Richard North Patterson

In letzter Instanz

Richard
North Patterson

In letzter Instanz

Roman

Deutsch von Kristian Lutze

C. Bertelsmann

Titel der Originalausgabe: »The Final Judgement«

Umwelthinweis:
Dieses Buch und sein Schutzumschlag wurden auf chlorfrei gebleichtem Papier gedruckt.
Die vor Verschmutzung schützende Einschrumpffolie ist aus umweltschonender und recyclingfähiger PE-Folie.

2. Auflage

Satz: Uhl + Massopust, Aalen
Druck und Bindung: Graph. Großbetrieb Pößneck
Printed in Germany
ISBN 3-570-12187-9

Für

Alison Porter Thomas

Erster Teil

Zwei Frauen

1

Als sie zwei Tage nach dem Mord Brett Allens Geschichte von Unschuld und Verwirrung hörte, schwankte die Anwältin zwischen Unglauben und Staunen, so dicht und lebhaft war die Schilderung – fast konnte man glauben, es wäre die Wahrheit.

Die Anwältin betrachtete Brett schweigend, das ovale Gesicht, das leicht geteilte Kinn, das wild gelockte Haar, die kleinen Brüste und den beinahe zu schlanken Körper einer Spätentwicklerin, die auf den ersten Blick jünger aussah als zweiundzwanzig. Besonders auffällig jedoch waren die leuchtend grünen Augen, die sie so intuitiv und direkt ansahen, daß es sie irritierte.

Laut Bretts Beschreibung war die Nacht frisch und windstill gewesen. Mondlicht glitzerte auf der schwarzen spiegelglatten Oberfläche des Sees und ließ die Umrisse der Kiefern, Birken und Ulmen am Ufer hervortreten. Bis auf James' gleichmäßigen Atem hatte Brett nichts gehört.

Sie waren nackt. Brett hockte noch immer rittlings auf ihm wie vorher, als sie sich geliebt hatten. Die Nacht war so kühl, daß sich ihre Brustwarzen fröstelnd zusammenzogen und die Feuchtigkeit auf ihrer Haut trocknete. Als sie zitterte, glitt James, schlaff und bewußtlos, aus ihr heraus.

Sie verspürte einen Anflug von Ärger. Wieder stieg Übelkeit in ihr auf, zusammen mit dem bitteren Nachgeschmack von Marihuana und dem Schwindelgefühl von zu viel Wein. Und dann explodierte die Nacht in tausend Scherben – zusammenhanglose Fetzen, farbige Standbilder inmitten eines schwarzen Strudels von Ereignissen, an die sie jetzt keine Erinnerung mehr hatte.

So erklärte sie ihrer Anwältin auch ihr Verhalten gegenüber der Polizei – eine Mischung aus Marihuana und Wein, Schock und Paranoia. Gras war eigentlich mehr James' Ding gewesen. Die Anwältin sah die Tränen in Bretts Augen glitzern, als sie das sagte, so als hätte sie sich gerade an ein besonders liebenswertes Detail erinnert.

Noch Tage später, als sie langsam zu der Überzeugung kam, daß Brett Allen eine Mörderin war, verfolgte sie dieser Moment.

An alles, was vor dem Joint passiert war, konnte sie sich deutlich erinnern, erklärte ihr Brett.

James hatte sie im Haus ihrer Eltern angerufen, wo sie den Sommer über wohnte. Sie hatten eine Weile geredet, bevor Brett aus Sorge, ihre Mutter könnte mithören, ein nächtliches Picknick mit Käse und Wein am See vorgeschlagen hatte. Dort hatte sie einen Lieblingsplatz, wo sie ungestört wären.

Sie hatte gespürt, daß das, was James ihr zu sagen hatte, nicht für fremde Ohren bestimmt war.

Brett hatte sich unter einem Vorwand entschuldigt. Sie sah den angespannten Ausdruck im schmalen Gesicht ihrer Mutter, die Schatten der unausgesprochenen Vorwürfe in ihren kühlen grauen Augen. Einen Moment lang war Brett hin und her gerissen zwischen Mitleid und Argwohn. Dann verließ sie das Haus, das sich düster und massig in ihrem Rücken erhob.

Sie holte James am College ab. Während der Fahrt wirkte er still und entschlossen, sein Gesicht eine Studie in Licht und Schatten – blasse Haut, dunkle Locken, markante Gesichtszüge. Eine seiner Schauspiellehrerinnen hatte ihn einmal halb verächtlich, halb bewundernd einen »jungen Lord Byron« genannt.

Sie fuhren über gewundene Straßen, waldig und still. Hin und wieder brachen Scheinwerfer durch die Dunkelheit, dann das gleichmäßige Licht eines einzelnen Wagens, der in einigem Abstand hinter ihnen herfuhr. Sie bogen unvermittelt in eine Schotterstraße ab, die eine schmale, dunkle Schneise durch den dichten Wald zog. Die Lichter des anderen Wagens folgten der Hauptstraße und verschwanden.

Brett blendete ab und folgte im Schrittempo der Spur ihrer Scheinwerfer, die sich einen Weg zwischen den hohen Bäumen bahnten.

Die Straße endete unvermittelt.

Brett hielt an. Wortlos und mit geübten Griffen öffnete sie den Kofferraum ihres ramponierten schwarzen Jeeps, nahm die Sporttasche mit dem Wein und dem Käse und klemmte sich eine kratzige Wolldecke unter den Arm. James folgte ihr in den Wald.

Auf einmal war der Himmel verschwunden.

Sie tasteten sich zwischen Stämmen und Zweigen einen Hügel hinab, wobei sie auf dem harten Boden immer wieder ausrutschten. Nach einem verregneten Frühling hatte es schon seit zwei Wochen nicht mehr geregnet. Ein Zweig schlug in Bretts Gesicht.

»Wohin gehen wir eigentlich?« murmelte James hinter ihr. »›Räuber und Gendarm‹ spielen?«

Warum nur, fragte sich Brett, flüsterten die Menschen im Dunkeln. Sie antwortete nicht.

Und dann erreichten sie die Lichtung.

Eine Wiese, die sich zum mondbeschienenen See hin öffnete. Sie blieb stehen und blickte aufs Wasser.

James stand hinter ihr und sagte nichts.

»Das gehört dir?« fragte er schließlich.

Kannst du das zurücklassen? hörte sie ihn innerlich sagen. Doch sie beantwortete nur die laut ausgesprochene Frage.

»Ja«, sagte sie einfach. »Es gehört mir.«

Sie meinte natürlich nicht den See. Er war eine Meile lang und fast genauso breit; am anderen Ufer gab es ein paar Sommerhäuser und Campingplätze für Angler, die man im Dunkeln nicht sehen konnte. Doch der Platz, auf dem sie standen, war seit dem Tag ihrer Geburt für sie bestimmt gewesen. Es war eine ebenso schlichte Tatsache wie die Liebe ihres Großvaters.

Brett blickte aufs Wasser und zögerte durch ihr Schweigen die bevorstehende Aussprache hinaus.

Sie konnte den Steg, von dem aus sie den Kopfsprung gelernt hatte, mehr spüren als sehen. Trotzdem hätte sie jetzt genauso sicher dorthin schwimmen können wie im hellen Tageslicht. Genauso wie sie sich daran erinnern konnte, in der schmalen, felsigen Bucht zwischen Wiese und Wasser gestanden und eine in der Sonne glänzende Regenbogenforelle hochgehalten zu haben, damit ihr Großvater sie sehen konnte.

Brett drehte sich um, stellte die Sporttasche ab und hielt James die Decke hin, damit er ihr half, sie auf der Wiese auszubreiten. Sie spürte die Feuchtigkeit des Bodens.

Sie machten es sich auf der Decke bequem, Brett im Schneidersitz, James lag auf der Seite, den Kopf auf eine Hand gestützt. Sie waren von drei Seiten von Wald umgeben; vor ihnen lag schwarz, glatt und glänzend der See. Vom anderen Ufer hörte Brett den leisen Schrei eines Reihers. Ansonsten waren sie vollkommen allein.

»Was ist los?« fragte sie ihn.

James wischte sich das Haar aus der Stirn. Brett wußte, daß es eine Geste war, um Zeit zu gewinnen, ein Zeichen des Zögerns.

»Ich will, daß wir nach Kalifornien gehen«, sagte er schließlich.

Ihre Stimme war ruhig. »Das weiß ich.«

»Ich meine, schon bald.«

Es war schwer, seinen Gesichtsausdruck zu deuten. Doch hinter der lässigen Pose, die so typisch für ihn war, konnte Brett seine Angst spüren.

»Warum bald?«

Er sagte eine Weile nichts. Doch in dem Jahr, das sie nun zusammen waren, hatte Brett gelernt, sein Schweigen zu verstehen. Sie wartete.

»Das Dope, das ich verkauft habe«, sagte James schließlich, »ich habe es nie bezahlt.«

Brett wollte nichts von James' Geschäften wissen. Sie hatten sich zwei Monate lang deswegen in den Haaren gehabt: James beharrte darauf, daß dies für ihn – ohne Familie oder nennenswerte Ersparnisse – die einzige Möglichkeit war, sein teures Studium an »der verdammten Eliteuni«, wie er es spöttisch nannte, zu finanzieren. Er hatte versprochen, daß es nur vorübergehend sein würde.

»Nie bezahlt ...«, wiederholte Brett tonlos. »Ich wußte gar nicht, daß deine Freunde Kredit geben ...«

»Ich brauche das Geld. Wir brauchen das Geld. Um hier abzuhauen.« James hob seine Stimme. »Deine Familie wird dir garantiert nichts geben. Nicht dafür.«

»Warum sollte sie?«

»Tja, warum sollte sie.« Sein Ton wurde sofort sanfter. »Aber ich mußte irgendwas tun.«

Brett wußte, daß er sie zu seiner Komplizin machen wollte. »Ohne mich zu fragen?« fuhr sie ihn an. »Du kannst tun, was du willst, und ich soll bloß darauf reagieren?«

Er richtete sich auf und sah sie an. »Ich schulde ihnen etwas mehr als dreitausendfünfhundert.« Er beugte sich vor und sprach drängend weiter. »Ich habe das Zeug für fast viertausenddreihundert verkauft. Das reicht für die Fahrt an die Küste, für die Kaution und für die Miete im ersten Monat.«

Brett kannte seinen Traum. Er würde jobben gehen und sich als Schauspieler bewerben; sie würde von zu Hause, von ihrer Familie weglaufen – raus aus der erdrückenden Atmosphäre von zu viel Nähe und zu hohen Erwartungen – und die Bücher schreiben, von denen sie wußte, daß sie sie schreiben konnte. Doch für James schien dieser Traum viel realer zu sein als für sie.

»Ich habe ein Leben, James. Ein wirkliches Leben. Und zwar nicht nur mit dir.« Brett spürte den faden Nachklang ihrer Worte und versuchte es noch einmal. »Okay, meine Eltern sind anstrengend, vor allem meine Mutter. Aber da ist auch noch mein Studium. Ich bin es ihnen schuldig, es abzuschließen. Ich bin es mir schuldig. Und mein Großvater – den ich sehr liebe, was du nur schwer verstehen kannst, wie ich inzwischen begriffen habe, – hat ein Herzleiden. Was immer ich ihnen antue, ich muß damit leben. Es geht nicht nur um dich, verstehst du? Es geht nicht einmal darum, daß ich den großen amerikanischen Roman schreibe.« Sie hielt inne und fuhr dann ruhiger fort. »Du hattest nie eine Familie. Weder im Guten noch im Schlechten. Die Dinge sind komplizierter, als du denkst.«

James stieß seinen Atem aus. Er nahm ihre Hand und sagte leise: »Du bist meine Familie.«

Brett wußte, daß sie das rühren sollte. Doch sie spürte, was James nie zugeben würde: daß hinter all seiner Berechnung die Einsamkeit eines Siebenjährigen stand, dessen Mutter tot und dessen Vater verschwunden war und dessen Zukunft in einer Reihe von Pflegefamilien bestand, die ihn nur des Geldes wegen aufnahmen.

Mit gemischten Gefühlen sah Brett ihm in die Augen und versuchte den Menschen zu erkennen, der sich dahinter verbarg.

Plötzlich zuckte James zusammen. Er war schon halb aufgesprungen, bevor sie das Geräusch überhaupt gehört hatte.

Im Unterholz raschelte es, vielleicht das Knacken eines Zweiges. James erstarrte; erst jetzt erkannte Brett, wie sehr er sich fürchtete. Seine Angst machte ihr eine Gänsehaut.

»Was *war* das?« fragte er leise.

Sie sah sein schmales, angespanntes Gesicht und lauschte.

Nichts.

Sie drehte sich langsam um und blickte zu den blassen Zweigen am Rand der Lichtung. Dahinter war es stockdunkel.

»Na, man sagt doch, die Wölfe kommen zurück«, sagte sie, halb scherzend. »Aus Kanada.« Sie spürte, wie er seine Hände auf ihre Schultern legte. »Im Wald gibt es nachts alle möglichen Tiere. Alles außer Menschen.«

Als er nicht antwortete, senkte sie die Stimme und fragte: »Wie schlimm ist es?«

James packte ihre Schultern fester.

»Er hat mich angerufen«, sagte er dann. »Mein Lieferant.«

»Und?«

»Er will sein Geld. Ich hab ihm gesagt, daß ich es noch nicht hätte.«

Brett schloß die Augen. Sie begriff, daß sie Teil einer Frist war, die James sich selbst gesetzt hatte. Leise sagte sie: »Gib ihm das Geld.«

Sie hörte ihn ausatmen. »Zu spät. Er weiß, daß ich ihn angelogen habe.«

Für Brett hörte sich der Satz irgendwie unvollständig an. Als sie sich zu ihm umdrehte, starrte er noch immer über ihre Schulter in die Dunkelheit. »Sie sind in meine Wohnung eingebrochen, Brett. Gestern abend. Sie haben alles verwüstet und meine Laken zerrissen.«

Brett sah ihn an, bevor sie ihn zögernd fragte: »Hast du die Polizei gerufen?«

Er lächelte sie kurz und schief an und sagte mit einer seltsamen Mischung aus Zuneigung und Verbitterung: »Du bist wirklich die Enkelin eines Richters, weißt du das.«

Ihre Stimme wurde drängender. »Es kann doch noch nicht zu spät sein, James. Sie wollen doch nur ihr Geld. Was haben sie davon, dir etwas anzutun?«

»So läuft das nicht, Brett. Bitte, glaub mir.«

Sie schüttelte den Kopf, wie um ihre Gedanken zu ordnen. »Das sind einfach zu viele Überraschungen zu kurz hintereinander. Ich weiß nicht mehr, was ich hier eigentlich mache...«

Ihre Stimme verlor sich. Er hat schon als Kind lernen müssen, sich selbst zu schützen, dachte sie; er ist keine Nähe gewohnt.

Brett wandte sich ab und ging ans Ufer.

Nach einer Weile hörte sie seine Schritte hinter sich und sah sein blasses Spiegelbild auf dem Wasser, eine hagere Gestalt, die Hände in den Taschen vergraben. Er machte keine Anstalten, sie zu berühren.

Ihr wurde bewußt, daß sie mit einem Ohr noch immer auf mögliche Geräusche aus dem Wald horchte.

»Was willst du jetzt tun?« fragte er.

Sie zuckte hilflos die Schultern. »Ich weiß nicht.«

»Wir müssen eine Entscheidung treffen.«

»Du hast doch schon für uns entschieden, James. Jetzt muß ich nur noch entscheiden, ob ich damit leben kann.«

Sein Schatten schien ein wenig in sich zusammenzusacken. Nach einer Weile sagte er: »Dann sei einfach *bei* mir, okay?«

Brett wußte, was er meinte, vielleicht sogar, bevor er es selbst ahnte. Instinktiv suchte James in ihrer Zärtlichkeit Zuflucht vor seiner Unsicherheit.

Sie drehte sich zu ihm um. »Willst du mich gefügig bumsen?«

Wieder dieses schiefe Lächeln. Dahinter sah Brett seine Verletzlichkeit aufflackern. »Eigentlich nicht.«

Sie empfand leichte Gewissensbisse. »Gut«, sagte sie. »Weil ich nämlich Hunger habe. Und Durst.«

James nahm zögernd ihre Hand und führte sie zur Decke zurück.

Sie hockten sich hin, und James packte den Käse aus und schnitt ihn mit einem Taschenmesser in Scheiben, während Brett Rotwein in Pappbecher goß. Sie hörten keine Geräusche außer ihren eigenen.

Beim zweiten Becher Wein spürte Brett einen leisen Glimmer. Eine angenehme Trägheit breitete sich in ihrem Körper aus.

Sie setzte sich zwischen James' Beine, lehnte sich an seine Brust und schmiegte in einer Art Waffenstillstand ihren Kopf an seine Schulter. Sie tranken gemeinsam aus einem Becher, den sie in der Hand hielt. Brett trank nur selten Alkohol, mit jedem Schluck schien sich die Nacht ein wenig enger um sie zu schließen wie ein warmer Kokon. Die Augenblicke zersplitterten zu einzelnen Eindrücken – das Auf und Ab der zirpenden Grillen, der Glanz des

Wassers, der satte rote Geschmack des Weins, das zugleich rauhe und zarte Gefühl von James' Gesicht auf ihrer Haut. Sie versuchte, ihre Ängste zu verdrängen, ihre Entscheidung auf den kühlen, klaren Morgen zu verschieben, wenn der See erst silbern, dann golden glänzen würde.

»Was denkst du?« fragte er.

»Nichts, ich bin einfach nur hier«, erwiderte sie und trank den Becher leer.

James wußte, daß es besser war, sie nicht zu drängen. Schweigend griff er um sie herum, um den leeren Becher wieder zu füllen. »Ein bißchen Gras?« fragte er. »Ich habe einen Joint dabei.«

Es ist falsch, dachte ein Teil von ihr. Es würde darauf hinauslaufen, daß sie, benommen von Wein und Dope, miteinander schliefen, und was immer geschah, würde kaum mehr bedeuten als bloße Triebbefriedigung. Doch sie brauchte Zeit, bis ihr Unterbewußtsein die Antworten liefern würde, die sie jetzt noch nicht fand.

Als er den Joint angezündet und den ersten Zug flach und kurz eingeatmet hatte, nahm sie ihn James aus den Fingern.

Sie war noch immer nicht an das Zeug gewöhnt. Der erste Zug brannte bitter in ihrem Hals. Doch nachdem sie ein zweites Mal langsamer und fester gezogen hatte, ließ sie sich in James' Arme sinken.

Wieder veränderte sich die Nacht. Von Wolken und Straßenlaternen ungetrübt, waren die Sterne von einer diamantenen Klarheit.

So blieben sie sitzen, reichten den Joint hin und her und leerten den Wein. James schien weniger eine Person als vielmehr eine physische Präsenz zu sein; Brett empfand jetzt eine tiefe Versunkenheit in diesen Ort – der Himmel, das Wasser, das Rascheln des Windes in den unsichtbaren Bäumen. Das war alles, was sie wollte.

Und dann strichen James' Hände zärtlich und zögernd über ihr T-Shirt.

Sie trug keinen BH. Sie spürte, wie sich ihre Brustwarzen unter seiner Berührung aufrichteten, wie ihre Nervenenden plötzlich zum Leben erwachten und eine pulsierende Wärme ausstrahlten, da wo James sie noch nicht berührt hatte. Ein stummes Schnurren vibrierte in ihrem Hals.

Zumindest in dieser Hinsicht kannte er sie. Was das anging, waren sie perfekt.

Seine Fingerspitzen streichelten jetzt ihre Brustwarzen. Und plötzlich explodierten der Wein und das Gras und das Prickeln auf ihrer Haut in einem wilden Verlangen.

Auf ihren Knien balancierend, drehte sie sich zu ihm um und zog ihr T-Shirt aus.

Langsam, wie in einem Ritual, löste er die Schnürsenkel ihrer Turnschuhe, stieß sie sanft auf die Decke, öffnete den Reißverschluß ihrer Jeans und streifte sie von ihren Beinen.

Daß er sich nicht auszog, sagte alles. Sie lag auf dem Rücken und betrachtete die Sterne, als er unter das Gummiband ihres Slips griff.

Brett spreizte ihre Beine für ihn.

James beugte sein Gesicht nach unten. Einen Moment lang empfand Brett es als stummes Opfer, als ein Flehen nach Nähe. Dann spürte sie nur noch sein Gesicht zwischen ihren Schenkeln und seine tastende Zunge.

Als ihre Hüften zu zucken begannen, konnte sie nichts dagegen tun und wollte auch gar nicht. Die Laute, die aus ihrer Kehle drangen, waren jetzt mehr Schreie als Murmeln, kamen schneller und schneller, Blut strömte an die Stellen, wo seine Zunge sie berührte. Ihre Bewegungen wurden unkontrolliert.

Ein Schrei in der Dunkelheit.

Brett kniff die Augen fest zusammen, als ihr ganzer Körper von Zuckungen geschüttelt wurde.

Und dann war sie still.

Sie schien unfähig, sich zu rühren. Bei all ihrer Trägheit schienen Sex, Gras und Wein wie auf einer Looping-Bahn durch ihren Kopf zu kreisen.

Unbeholfen kniete Brett sich hin. Sie konnte die Hitze spüren, die von ihren Schenkeln abstrahlte.

James kam ihr jetzt unwirklich vor, ein Sammelsurium von Teilen: Augen, die sie begehrten, eine Hand, die sie packte. Sie spürte den Rauch und den Alkohol in ihrer Magengrube. Die Nacht begann sich zu drehen.

»Himmel«, murmelte sie.

Er schien sie nicht zu hören; seine Bewegungen hatten auf einmal die linkische Konzentration eines Betrunkenen. Als er seine Hose herunterzog, sah Brett die verblichenen alten Bilder eines

Kinofilms vor sich, ein Monster, das von einem Fuß auf den anderen schwankend durch Tokio taumelte.

Sie schluckte ihre Übelkeit hinunter. Als er seinen Penis vor ihr Gesicht hielt, schüttelte sie den Kopf.

Nur nicht hinlegen, sagte sie sich.

»Lehn dich zurück«, murmelte sie.

Das tat er. Unbeholfen wandte sie sich von ihm ab und kroch nackt zu ihrer Sporttasche.

»Wo willst du hin?« fragte er träge.

Stumm durchwühlte sie die Tasche, bis sie das zugeschweißte Päckchen gefunden hatte. Sie kroch zu ihm zurück und zeigte es ihm.

»Du nimmst doch die Pille«, sagte er.

Brett starrte ihn an. Leise sagte sie: »Ich ziehe ihn dir über.«

Er betrachtete ihr Gesicht, ohne noch etwas zu sagen.

Danach wieder Fragmente: wie sie das Gummi über seinen Schwanz streifte und die ölige Glitschigkeit zwischen ihren Fingern spürte, wie sie sich auf die Knie rappelte, um ihn zu besteigen, das stumpfe Gefühl, als er in sie eindrang. Ein Fieber auf ihrer Haut, zu klamm für Leidenschaft.

Als James stöhnte und seinem Höhepunkt entgegendrängte, dachte sie an zwei sich paarende Hunde.

Sie ritt ihn aus purem Trotz, während sie gegen ihre Übelkeit ankämpfte. Er kam nicht. Verzweifelt, geradezu panisch schob sie eine Hand unter seinen Rücken und riß ihn hoch. Er zuckte unter ihr; ihr wurde vage bewußt, daß sie mit ihren Nägeln seine Haut aufgeschürft hatte.

Er riß die Augen auf und murmelte schwach: »Ich liebe dich ...«

Brett hörte auf, sich zu bewegen. Von Zärtlichkeit überwältigt, berührte sie sein Gesicht.

James war eingeschlafen.

Als sie in der plötzlichen Kälte der Nacht zitterte, glitt er aus ihr heraus. Sie starrte ihn an, erneut schwindelnd und benommen, und kämpfte gegen den verrückten Impuls an, ihn an den Haaren hochzuziehen. Und dann verwandelte sich ihre Wut in Trauer.

Sie wußte, daß es so viel Unverdorbenes, so viel Gutes in ihm gab. Er war zärtlich zu ihr, immer. Wenn sie wütend wurde, schlug er nicht zurück, sondern sah sie, eher verwirrt, an und versuchte zu verstehen. Als ob er auf Musik warten würde, die er noch nicht hören konnte.

Sanft bettete sie seinen Kopf auf die Decke und legte ihn auf die Seite. Er schlief unschuldig wie ein Kind.

Verloren in ihrem Rausch und der Dunkelheit hatte Brett ganz vergessen, daß der See da war. Doch jetzt kam ihr auf einmal die Idee, das kalte Wasser könnte helfen, einen klaren Kopf zu bekommen.

Sie stand auf und ging zum Wasser.

Der See schimmerte trübe wie ein gläserner Fels. Brett tastete sich nackt über die Wiese bis zum felsigen Ufer und schrie auf, als die spitzen Steine in ihre Füße schnitten.

Ein Platschen und dann der Schock der Kälte, als sie in das Wasser tauchte.

Das Schwimmen strengte sie an, sie bewegte sich schwerfällig, bis sie auf einmal in die schwarze Tiefe gezogen und vom See verschluckt wurde. Panisch ruderte sie mit den Armen, während sie spürte, wie sie unterging...

Und dann lag sie mit dem Gesicht nach unten zitternd und keuchend auf den rauhen Holzplanken des Stegs. Erst verwundert, dann erschreckt fragte sie sich, wie sie dorthin gekommen war.

Langsam wie eine Frau, die dem Ertrinken nur knapp entronnen war, drehte sich Brett auf den Rücken. Sie hatte den brackigen Geschmack von Algen und abgestandenem Wasser im Mund. Ihr Herz pochte laut in ihrer Brust.

Langsam beruhigte sich ihr Atem. Der Gedanke zurückzuschwimmen kam ihr nicht.

Zeit verstrich. Brett sah ein Bild aus ihrer Kindheit: ihre Mutter, damals noch ruhig und selbstbewußt, wie sie ihr den Kopfsprung beibrachte, während ihr Großvater mit einer Aura zufriedener Zurückgezogenheit zusah. Brett starrte zum Mond, der jetzt so nah war, daß sie fast die Krater auf seiner Oberfläche berühren konnte.

Und dann hatte sie auf einmal das Gefühl, eine Art Urinstinkt, daß sie nicht allein waren.

Ohne Sinn für Entfernungen oder Proportionen blickte Brett zum Ufer. Die Wiese, auf der James schlief, schien sich zu entfernen. Das blasse Mondlicht leuchtete wie Phosphor im hohen Gras.

Plötzlich erhob sich daraus ein Schatten.

Brett richtete sich auf. »James...«

Der Schatten sah sich überrascht um. Ihre Stimme hallte über das Wasser. »James...«

Der Schatten verschwand ebenso plötzlich wieder in den Schatten ihrer Phantasie...

Nein.

Ohne nachzudenken, stand Brett auf und sprang ins Wasser.

Der Schock der Kälte fühlte sich jetzt echt an. Sie hatte weniger Angst vor dem Schwimmen, als davor, anzukommen und die Wiese zu sehen. Zitternd vor Kälte stieg sie aus dem Wasser.

Die Wiese breitete sich schwarz und still vor ihr aus. Sie spürte das Gras unter ihren Füßen, als sie zu der Picknickdecke ging.

Der Schatten war nicht James gewesen. Er lag noch genauso da, wie sie ihn verlassen hatte, nur daß er jetzt in den Mond starrte.

Aus seiner Kehle drang ein Laut.

Klingt wie Schnarchen, dachte Brett, als sie näherkam. Und doch nicht wie Schnarchen. Im Licht des Mondes sah sie, daß sein Mund offenstand, und hörte seinen abgerissenen Atem.

Wieder dieses Geräusch. Ein Gurgeln, dachte Brett plötzlich. Wie bei einem Mann, dessen Lungen voll Wasser sind.

James erstickt an seinem eigenen Erbrochenen, dachte Brett voller Entsetzen.

Mit raschen, instinktiven Bewegungen kniete sie sich neben ihn. Sein Gesicht leuchtete kurz im Mondschein auf, bevor sie ihre Lippen auf seine preßte und begann, ihn künstlich zu beatmen.

Sie spürte die Feuchtigkeit und hörte ihren eigenen Atem in seiner Kehle rasseln. Die Augen fest zugekniffen, sah sie erst jetzt sein Gesicht, wie es war, bevor sie die Mund-zu-Mund-Beatmung begonnen hatte.

Brett wich zurück, eine warme Flüssigkeit sickerte aus seinem Mund auf ihr Gesicht, ihren Hals und ihre Brüste.

Unter ihr bebte sein Körper in heftigen Zuckungen. Sein Gesicht war verschmiert, seine Augen starrten ins Leere. Ein letzter Blutschwall quoll aus seiner durchtrennten Luftröhre.

Zwischen seinen Rippen steckte ein Messer.

Brett gab keinen Laut von sich. Sie stand zitternd da und versuchte zu begreifen. Sah das Blut an ihren Fingern.

Und erst da wurde ihr klar, daß sie das Messer aus seiner Brust gezogen hatte.

Ihr Schrei hallte über das Wasser.

Das Ganze war wie ein Alptraum in schnell aufeinander folgenden Bildern: ihre Hand, die das Messer umklammert hielt; seine Brieftasche, die ihm beim Ausziehen aus der Hose gefallen war. Die dunkle klaffende Schnittwunde in seinem Hals.

Sie fuhr herum und starrte wie wild um sich. In ihren Ohren wurde der säuselnde Wind zum Stöhnen des sterbenden James.

Blindlings rannte Brett in die Dunkelheit.

Schwärze hüllte sie ein. Zweige schlugen gegen ihr Gesicht und ihren Körper, während sie mit beiden Händen um sich schlug, um die Blätter aus ihrem Gesicht zu wischen. Jetzt war die Dunkelheit in ihrem Kopf. Das verzweifelte Umsichschlagen war ein Traum, jeder Moment wie der andere, die Wiese hinter ihr genauso unwirklich wie der Mond, den sie nicht sehen konnte. Die Zeit dehnte sich ins Unendliche. Und dann tauchten im Mondlicht vor ihr auf einmal die Umrisse des Jeeps auf.

Brett verlangsamte ihre Schritte. Als sie nackt aus den Bäumen trat, wußte sie nicht, was sie glauben sollte. Zögernd streckte sie ihre Hand aus.

Er war wirklich. Die Schlüssel steckten noch.

Brett öffnete die Tür, warf, was sie bei sich trug, auf den Beifahrersitz und drehte den Zündschlüssel.

Es funktionierte. Brett verriegelte den Wagen. Sie wußte nicht, wie lange sie so nackt dagesessen und dem Geräusch des Motors gelauscht hatte.

Dann schaltete sie das Licht an. Als sie den Wagen wendete, bahnten sich die Lichtkegel der Scheinwerfer einen Weg durch den Wald. Genau wie vorhin.

Brett legte einen anderen Gang ein und fuhr los.

Als Brett erwachte, war es dunkel. Sie schmeckte Blut und Erbrochenes. Ihre Lippen fühlten sich geschwollen an. Sie war nackt.

Sie hing über dem Lenkrad. Der Gestank von Übelkeit erfüllte den Wagen. Ihr Magen fühlte sich hohl an.

Sie spürte ein Pochen in ihrem Kopf. Mit steifem Hals lehnte sie sich in den Sitz zurück und sah sich um.

Ein bewaldeter Straßenrand. Sie hatte keine Ahnung, wo sie war oder wie sie hierhergekommen war. Sie war bewußtlos gewesen. Sie wußte nicht, warum sie weinte.

Ein Licht kam auf sie zu.

Brett zuckte zusammen und wandte den Kopf. Das Licht füllte ihre Windschutzscheibe.

Hinter dem Schein der Taschenlampe erkannte sie die Umrisse eines Mannes.

Das Licht kam um den Wagen herum zur Fahrertür. Brett rollte sich seitlich zusammen, das Gesicht gegen die Tür gepreßt, die Arme vor der Brust verschränkt, Augen und Mund fest geschlossen.

Es klopfte am Fenster.

Nein, dachte sie, *bitte. Tut mir nicht weh.*

Brett grub die Finger in ihre Haut und zwang sich, die Augen zu öffnen. Ein Lichtstrahl fiel auf ihren Körper, erfaßte ihre Schenkel und den Schatten ihres Schamhaares.

Brett betrachtete ihren nackten Körper, und ein Schauder durchfuhr sie.

»Machen Sie auf«, verlangte eine Stimme.

Die Stimme eines jungen Mannes, dachte Brett. Sie schluckte. »Machen Sie auf«, sagte er noch einmal. »Polizei.«

Polizei. Mit dem Instinkt eines Kindes streckte sie die Hand aus und kurbelte, während sie mit dem anderen Arm ihre Brüste bedeckte, die Scheibe zwischen sich und der Stimme herunter.

Er war jung mit kurzem dunklem Haar und einem blassen Gesicht. Obwohl er eine Uniformjacke der örtlichen Polizei trug, kannte sie ihn nicht.

Er sah verwirrt aus, verlegen. »Was ist passiert?«

Brett schüttelte den Kopf. Die Worte wollten nicht kommen. »Übel...«

Er leuchtete mit der Taschenlampe in den Wagen und ließ den Strahl hierhin und dorthin wandern. Mit angespannter Stimme fragte er: »Ist jemand verletzt?«

Plötzliche Bilder. Sie mitten in der Nacht rittlings auf James, seine starrenden Augen. Ein Messer in ihrer Hand.

»Miss?«

Ein Alptraum. Sie war bekifft, diese Bilder waren zu schrecklich, um etwas anderes zu sein als ein Traum. James lag zu Hause in seinem Bett.

Ihre Stimme war schwach. »Bitte, bringen Sie mich nach Hause ...«

Der Strahl seiner Taschenlampe fiel auf den Beifahrersitz.

Ein Haufen Kleidung, eine Brieftasche. Ein blutiges Messer.

»Ich muß Sie mitnehmen, Miss.«

Ein abgerissenes Schluchzen entfuhr Bretts Kehle. »Warum ...«

Eine kurze Pause. »Trunkenheit am Steuer.«

Der Strahl der Lampe wanderte zu ihr zurück. Brett sah das Blut an ihren Händen und die Blutspritzer auf ihrem Körper.

Die Ellenbogen auf die Knie gestützt, beugte sie sich nach vorn und übergab sich.

Er gab ihr seine Jacke.

An die Fahrt zur Wache hatte sie keine Erinnerung mehr. Nur an die Schrotflinte und das Knacken des Funkgeräts, sonst nichts. Als sie dann auf einmal zusammengekauert an die Betonwand einer Zelle gelehnt saß, war es, als ob sie aus einer Ohnmacht erwacht wäre. Der Polizist stand vor ihr.

Sie wandte sich ab, zog seine Jacke über ihre Schenkel und sah die Spritzer von Erbrochenem auf ihren Beinen.

Er hatte James' Brieftasche in der Hand und betrachtete das Foto auf dem Führerschein. Eingeschweißt hinter Plastik wirkte James' Blick starr und verängstigt.

Mit schrecklicher Lebhaftigkeit sah Brett auf einmal die klaffende Wunde in seinem Hals vor sich.

Die Stimme des Polizisten klang merkwürdig sanft. »Ich glaube, irgendwo dort draußen ist jemand verletzt und braucht unsere Hilfe. Wenn wir ihn nicht finden ...«

Bretts Augen füllten sich mit Tränen. »Suchen Sie am See«, sagte sie matt. »Vielleicht ist er dort.«

»Am Lake Heron?«

Brett schluckte und nickte.

Der Polizist eilte davon. Brett hörte seine Schritte auf den Fliesen, seine Stimme am Telefon. Ausgelaugt wartete sie, bis er zurückkam.

»Ich bringe Sie ins Krankenhaus«, sagte er.

Eine uniformierte Beamtin der Staatspolizei mit einem spitzen Vogelgesicht erwartete sie vor der Notaufnahme.

Gemeinsam führten sie Brett durch trostlose Flure. Der Polizist hielt ihren Arm gepackt. Brett taumelte unter den Neonlichtern entlang wie eine Schlafwandlerin.

Am Ende des Ganges befand sich ein leerer Raum.

Die Polizistin führte Brett hinein. Brett stand da und sah sich um – eine Liege, zwei Stühle, ein Metallschrank, ein Waschbecken und ein Spiegel.

Brett bemerkte, daß der junge Polizist in der Tür stehengeblieben war. »Ist das hier okay?« fragte er.

Die Polizistin nickte. »Zum Warten schon. Bis sie etwas finden.«

Der Polizist zögerte, sah Brett an und ging.

Die Polizistin schloß die Tür.

Sie wandte sich an Brett: »Tut mir leid, aber ich muß Ihnen diese Jacke ausziehen.«

Brett zog sie fester um ihren Körper. »Warum?«

»Vorschrift.« Ohne Bretts Antwort abzuwarten, öffnete die Polizistin den Reißverschluß der Jacke und streifte sie von Bretts Schultern.

Brett begann wieder zu zittern.

»Darf ich mich waschen?« fragte sie.

»Nein, noch nicht.«

Brett starrte sie an. Mit der kurzangebundenen Strenge einer Lehrerin nahm die Polizistin die Handschellen von ihrem Gürtel, drehte einen Stuhl in Richtung Schrank und sagte: »Setzen Sie sich bitte hierhin. Ich muß Sie fesseln.«

Brett wurde auf einmal wütend. »Sagen Sie mir, warum, verdammt noch mal.«

Die Polizistin warf ihr einen kühlen Blick zu. »Damit Sie sich nichts antun.«

Einen Moment lang wollte Brett ihre Eltern, ihren Großvater anrufen. Dann fiel ihr Blick in den Spiegel.

Ihr Gesicht war blutbespritzt.

Brett machte einen Schritt nach vorn, wie angezogen von ihrem Spiegelbild. Sie sah das getrocknete Blut auf ihren Lippen, ihrem Hals und ihren Brüsten.

Brett setzte sich auf den Stuhl.

Als sie die Hände ausstreckte, zitterte sie. Auch an ihren Fingerspitzen klebte Blut.

Die Polizistin bog Bretts Arme nach hinten und fesselte sie mit den Handschellen an den Metallstuhl.

Eine dickliche Krankenschwester kam herein. Schweigend nahm sie eine Spritze und stach sie in Bretts Arm. Merkwürdig distanziert beobachtete Brett, wie sich der Plastikkolben mit ihrem Blut füllte. Sie konnte die Nadel kaum spüren.

Dann ließ die Krankenschwester sie wieder mit der Polizistin allein.

»Wie lange muß ich hierbleiben?« fragte Brett.

Keine Antwort.

Zeit verstrich. Vielleicht Minuten, vielleicht Stunden.

Es klopfte.

Brett drehte sich um. Die Polizistin öffnete die Tür nur einen Spalt weit, um Bretts Blöße zu schützen.

»Was gibt's?« fragte sie.

Eine männliche Stimme, die Brett noch nicht kannte, antwortete. »Sie haben ihn gefunden. Am Lake Heron.«

»Geht es ihm gut?« fragte Brett.

Ein Flüstern jetzt. Die Polizistin schloß die Tür und überreichte ihr einen Bündel Papiere.

»Das ist ein Durchsuchungsbefehl«, sagte sie. »Ausgestellt auf Ihren Namen.«

»Weswegen?«

Ein langer Blick. »Er ist tot.«

Brett begann zu zittern.

Alles veränderte sich.

Brett stand da, stumm, ein Magnet für Fremde. Eine weitere Polizistin fotografierte mit einer Polaroidkamera ihr Gesicht, ihren Hals, ihren Körper, ihre Fingerspitzen...

Ein Messer in ihrer Hand...

Eine Schwester in einem Laborkittel schnitt erst eine Strähne von Bretts Haar, dann eine Locke von ihrem Schamhaar ab. Die Bilder kamen jetzt schneller. Ein Schatten, der sich umdrehte...

Die Schwester kratzte Blutreste von Bretts Haut auf ein Stück Plastik...

Blut spritzte aus seinem Hals.
Brett drehte sich zu der Beamtin um. »Ich muß unbedingt mit jemandem reden.«
Ein rascher, vorsichtiger Blick. »Mit wem denn?«
»Mit dem Polizisten, der mich hergebracht hat.«
Sie schüttelte den Kopf. »Erst müssen wir das hier hinter uns bringen. Dann suchen wir ihn.«
Auf ein Zeichen der Polizistin näherte sich von der Seite ein schnurrbärtiger Arzt. Behutsam führte er Brett zu der Liege und erklärte, daß er einen Abstrich von ihrer Vagina machen würde.
Brett lag da und starrte ins Neonlicht. Als sie die Beine spreizte, erinnerte sie sich an das Gefühl von James' Zunge.
»Ist schon gut.« Die Stimme des Arztes war beruhigend, tröstlich. »Wir sind fast fertig.«
Unsicher stand Brett auf. Die Polizistin hielt ihr einen Overall hin. »Sie können sich jetzt anziehen.«
Brett versuchte nicht, sich zu waschen.
Als sie sich angezogen hatte, nahm die Schwester erst die eine, dann die andere Hand und kratzte mit einem Skalpell unter jedem Fingernagel...
James hatte gezuckt, als sie seinen Rücken aufgekratzt hatte...
Sie hatte ihn dort liegenlassen. Für Minuten, vielleicht sogar Stunden, und sie hatte es ihnen nicht erzählt...
»Bitte«, sagte sie, »ich muß jetzt mit jemandem reden.«
Sie nahmen ihre Fingerabdrücke und brachten sie ins Gefängnis.

Am Himmel zeichneten sich schon die ersten violetten Streifen der Dämmerung ab. Jetzt erkannte sie das Gebäude. Sie hatte es noch nie von innen gesehen.
Sie führten sie in einen beengten Raum mit zwei Metallschreibtischen. An einem saß der junge Polizist; irgendwie hatte er seine Jacke zurückbekommen. Ihm gegenüber saß ein Fremder, auf dem Tisch vor ihm stand ein Kassettenrecorder.
Er war untersetzt, hatte ein rötliches Gesicht mit blauen Augen und strahlte eine gelassene Autorität aus. Er hatte gehört, daß sie reden wollte. Er hoffte, daß sie nichts gegen das Aufnahmegerät hatte. Die übliche Belehrung...
»Sie haben das Recht zu schweigen...«

Brett wartete, bis er fertig war, und erzählte ihnen dann alles, was sie wußte.

Als es vorbei war, suchte sie in ihren Augen vergeblich nach einem Zeichen. Sie führten sie wieder in die Zelle, und sie war allein.

Aus dem Nebenraum drangen Stimmen. »Weißt du, wer ihr Großvater ist?« fragte jemand.

Erst nach einer Weile sah sie den Mann vor ihrer Zelle stehen.

Er war groß, fast schlaksig mit schwarzem, graumeliertem Haar. Sein Hemd und seine Khakihose waren zerknittert, und er war unrasiert. Zwei tiefe Falten um die Mundwinkel ließen sein Gesicht noch länger erscheinen und verliehen seinen großen braunen Augen einen wissenden und beinahe traurigen Ausdruck. Er wirkte so gütig, irgendwie vertraut.

»O Brett.« Seine Stimme war weich vor Melancholie. »Was in Gottes Namen hast du getan.«

Es war, dachte Bretts Anwältin, genau die Frage, die sie auch gern gestellt hätte. Doch sie war Strafverteidigerin und durfte sie deshalb nicht stellen.

»Wissen Sie, wer das war?« fragte Brett. »Der Mann im Gefängnis?«

Die Anwältin zögerte, noch immer gefangen in dem Geschehen, das Brett ihr geschildert hatte, noch immer unsicher, wieviel davon sie ihr glauben konnte. Aber das Gesicht des großgewachsenen Mannes war ihr sehr gegenwärtig.

»Es war der Staatsanwalt«, erklärte sie Brett. »Jackson Watts. Wir waren auf dem College miteinander befreundet.«

»Und heute?«

»Ich weiß nicht«, begann die Anwältin und stockte, bevor sie den Satz beendete. »Als ich ihn das letzte Mal gesehen habe, warst du noch nicht auf der Welt.«

Einen Moment lang sah Brett sie neugierig an, sagte jedoch nichts.

»Sag mir«, fuhr die Anwältin fort, »wollte die Polizei sonst noch etwas von dir wissen?«

Brett zögerte. »Ich glaube, sie haben mich gefragt, ob James noch andere Freundinnen hatte.«

Die Anwältin neigte den Kopf. »Worauf du geantwortet hast . . .«

»Nein.« Bretts Stimme klang jetzt verärgert. »Völlig unmöglich.«

2

Zwei Tage zuvor hatte die ehrenwerte Richterin Caroline Clark Masters noch ihre gebräunten Beine von sich gestreckt, sich den Sand durch die Zehen rieseln lassen und auf das weite, mit weißen Schaumkronen gesprenkelte Blau des Nantucket Sund geblickt.

Es war Nachmittag, und es war Sommer. Die Sonne glitzerte auf dem Wasser, ein von Nordosten wehender Wind zerzauste ihre schwarzen Locken. Das Meer war mit Booten übersät, die gegen den Wind nach Edgartown kreuzten. Der Strand erstreckte sich schier endlos, Wellen brachen sich auf dem gelbbraunen Sand, bis sie in der Ferne in einen weißen Dunst überzugehen schienen, der wie ein Hauch über dem Wasser schwebte. In Caroline stiegen längst vergessene Erinnerungen auf.

Vielleicht lag es an dem Jungen. Oder besser dem jungen Mann, der jetzt nur noch eine Gestalt war, die am Wasser entlangging und immer kleiner wurde.

Er hatte ein bißchen so ausgesehen wie David oder jedenfalls so, wie sie sich an ihn erinnerte. Weniger die Haare. Etwas in seinen Augen. Vielleicht hatte Caroline, der eigentlich nach Alleinsein zumute gewesen war, ihn deshalb angesprochen.

»Hallo.«

Er blieb stehen und blickte von Caroline zu dem riesigen Haus auf dem Kliff. Vielleicht ein wenig schuldbewußt, weil er ihren Privatstrand betreten hatte.

»Hi.« Er trat von einem Fuß auf den anderen. Er trug nur eine abgeschnittene Jeans, war schlank, sonnengebräunt und nicht unattraktiv. Einigermaßen ehrfürchtig fragte er: »Gehört das Haus Ihnen?«

Caroline schüttelte lächelnd den Kopf. »Ich habe es nur für eine Woche gemietet.«

Er nickte. Ja, hatte Caroline gedacht, ein leicht grüblerischer Blick und dieselben grau-blauen Augen. Aber nicht dieselbe rasche Auffassungsgabe.

»Ich hab mich manchmal gefragt, wie das mit dem Haus so war«, sagte er. »Weil sich der Strand doch angeblich völlig verändert hat, durch Stürme und Unterspülungen und so.« Er nickte in Richtung der Felsen und Holzschwellen, die sich hinter ihr vom Strand bis zum Kliff erhoben. »Jemand hat mir erzählt, daß das Haus vor ein paar Jahren fast untergegangen wäre.«

Caroline lächelte erneut. »Vor dreißig Jahren«, sagte sie, »hätten wir beide noch im Vorgarten gestanden. Der Besitzer und seine Familie haben hier Croquet gespielt.«

»Haben Sie sie gekannt?«

Caroline nickte. »Ja, ich habe sie gekannt.«

Als er sie jetzt genauer ansah, spürte Caroline, wie er ihr Alter schätzte. Dann drehte er sich um und zeigte auf eine nahegelegene Landzunge. »Ich habe dort draußen ein paar Steinhaufen gesehen. Wissen Sie, was das mal war?«

»Ein Bootshaus. Aber es gehörte zum Nachbargrundstück.«

»Wissen Sie, wofür es benutzt wurde?«

»Manchmal als Lagerraum.« Da war noch etwas, wie Caroline an der Art erkannte, wie er seinen Kopf neigte. »Von einem Wirbelsturm zerstört, nehme ich an.«

»Vermutlich«, erwiderte Caroline, um einen beiläufigen Tonfall bemüht. »Als ich das letzte Mal hier war, stand es noch.«

Der Junge schwieg, wie in stille Meditation über die Vergänglichkeit aller Dinge versunken. »Ich hoffe, es stört Sie nicht, daß ich all diese Fragen stelle.«

»Überhaupt nicht.«

Er legte erneut den Kopf zur Seite. »Kenne ich Sie von irgendwoher?«

Caroline wurde plötzlich bewußt, daß sie sich wünschte, er würde noch ein wenig bleiben. Lächelnd entschied sie, ihm ein wenig zu schmeicheln. »Ich glaube, daran würde ich mich erinnern.«

»Ich meine, es ist nicht so, als ob wir uns schon mal begegnet wären.« Er sah sie ein wenig verlegen an. »Waren Sie nicht früher mal beim Film oder so?«

Diese taktvolle Erwähnung ihres Alters – die sie ihrer Ansicht nach mehr als verdient hatte – ließ Caroline laut über sich selbst lachen. Das zugehörige Grinsen hatte etwas Spöttisches, was allerdings durch das Grübchen auf einer Wange und das Leuchten in ihren grün-braunen Augen abgeschwächt wurde. »Nicht, daß ich wüßte.«

Der Junge kam einen Schritt näher. »Nein, wirklich.«

Caroline blickte zu ihm auf, noch immer umspielte ein Lächeln ihre Mundwinkel. »Nein«, sagte sie bestimmt. »Wirklich nicht.«

Und jetzt sah sie seiner kleiner werdenden Gestalt nach, bis sie verschwunden war.

Fünfundvierzig, dachte sie, die Narben der Jugend längst verheilt. Sie konnte das nicht verstehen: die Ereignisse, die sie zu dem gemacht hatten, was sie war, hatten Caroline Masters eine entschieden unsentimentale Lebenshaltung gelehrt. Trotzdem war sie hergekommen. Manchmal kam es ihr so vor, als hätten sich die entscheidenden Begebenheiten ihres Lebens nicht in New Hampshire, im Haus ihrer Kindheit ereignet, sondern an diesem Ort, in Martha's Vineyard, nahe am Wasser.

Sie blickte auf die Bucht. Sie wußte nicht einmal, ob David noch lebte – ein Mann Mitte Vierzig, der kaum oder nur voller Bitterkeit an sie dachte. Sie hoffte nicht einmal mehr, es je zu erfahren.

Vielleicht war es die Nominierung, die ihre schlafende Vergangenheit wachgerüttelt hatte.

»Gibt es da irgend etwas, das wir wissen sollten«, hatte der Berater des Präsidenten sie gefragt, »irgend etwas, was das Weiße Haus in Verlegenheit bringen könnte?«

»Nein«, hatte Caroline Masters geantwortet. »Nichts.«

Zwanzig Jahre lang hatte sie mit immer drängenderem Ehrgeiz darauf gewartet, daß man ihr diese Frage stellte. Vielleicht war es geradezu zwangsläufig, daß sie jetzt, wo die Nominierung zum Greifen nahe war, darüber nachdachte, was sie zu der Frau gemacht hatte, die sie war.

Der Präsident hatte nur noch zwei Kandidaten in der engeren Wahl, Caroline und einen angesehenen Anwalt hispanischer Herkunft. Um fünf Uhr würde das Telefon klingeln, und Caroline würde als Richterin an das Bundesgericht der Vereinigten Staaten berufen werden – oder eben nicht.

Nur noch eine Stufe unter dem Obersten Gerichtshof – ein Gedanke, den sie sich jedoch abergläubisch verbot.

Ein gewaltiger Schritt, aber vielleicht auch kein weiterer Weg als der, den sie schon zurückgelegt hatte. Dreiundzwanzigjährig war sie nach Kalifornien gekommen, hatte vollkommen auf sich allein gestellt erst ein Jurastudium und dann fünfzehn harte Jahre im Büro der staatlichen Pflichtverteidiger absolviert, in denen sie Mörder und kleine Dealer mit mehr Erfolg vertrat als statistisch vorgesehen. Nebenbei hatte sie Lehraufträge übernommen und Artikel über Strafjustiz publiziert, um sich einen Namen zu machen. Durch Frauengruppen und ein wenig politisches Engagement hatte sie neue Kontakte geknüpft, allerdings stets darauf bedacht, sich ihre Privatsphäre zu bewahren.

Als Caroline schließlich an das Bezirksgericht von San Francisco berufen wurde, entsprach das durchaus noch ihrer Karriereplanung. Doch was dann kam – der Fall Carelli –, war ein Zufall gewesen.

Die Anklage lautete auf Mord. Die Angeklagte Mary Carelli war eine bekannte Fernsehjournalistin, das Opfer ein berühmter Schriftsteller. Sie waren allein in einem Hotelzimmer gewesen, als die Carelli ihn nach eigener Aussage in Notwehr getötet hatte, weil er versucht hatte, sie zu vergewaltigen.

Caroline leitete die gerichtliche Voranhörung. Der Gerichtsmediziner erklärte, daß Carellis Behauptung einer versuchten Vergewaltigung weder durch die am Tatort gesicherten Spuren noch durch den Zustand der Leiche bestätigt wurde. Das hätte mehr als genügt, um einen hinreichenden Tatverdacht zu begründen und die Mordanklage vor einem höheren Gericht zuzulassen, was – in jedem anderen Fall – Carolines einzige Aufgabe als Bezirksrichterin gewesen wäre. Doch dann entschied sich Carellis Anwalt, den hinreichenden Tatverdacht schon in der Voranhörung in Frage zu stellen, und verlangte eine Fernsehübertragung der Anhörung.

Zwei Wochen leitete Caroline die meistgesehene Voranhörung der Justizgeschichte, und sie tat es mit Kompetenz, Witz und mit untadeliger Fairness, wie sich fast alle Beobachter einig waren. Nach dem Ende der Anhörung war Caroline genauso prominent wie Mary Carelli selbst.

Und sie verschwendete keine Zeit. Sie trat im Fernsehen auf, gab sorgfältig ausgewählten Journalisten Interviews, in denen sie ihren Charme spielen ließ, ohne viel über ihren biographischen Hintergrund preiszugeben. Angebote trudelten ein: Sie entschied sich für eine ihr angediente Partnerschaft bei einer großen Kanzlei aus San Francisco, die ihr Wirtschaftskontakte und breit gestreute Referenzen zu bieten hatte. Als ein neuer Präsident ans Ruder kam und die Demokraten die ersten Bundesrichterposten zu besetzen hatten, erkannten die Menschen, die sich für derartige Dinge interessieren, die Vorteile, die darin lagen, eine qualifizierte, vielseitig erfahrene und allseits geschätzte Frau zu fördern. Genau wie Caroline es erwartet hatte.

Diverse Treffen fanden statt. Zunächst mit feministischen und anderen Gruppen, deren Sympathie Caroline genoß. Dann mit einem Anwaltskomitee, das für einen einflußreichen Senator des Staates Kalifornien eine Vorauswahl geeigneter Kandidaten traf. Schließlich mit dem Senator selbst – eine Begegnung, die nach anfänglicher Nervosität auf Carolines Seite überaus positiv verlaufen war. Die eigentliche Nominierung war Sache des Präsidenten, und der Senator hatte Konkurrenz von einigen Kollegen aus anderen Bundesstaaten, die ihre jeweiligen Favoriten protegierten. Doch der Empfehlungsbrief, den der Senator an das Weiße Haus geschrieben hatte, war ungewöhnlich nachdrücklich gewesen, und der Präsident stand in seiner Schuld. Caroline wagte zu hoffen.

Und dann Funkstille. Monate vergingen. Sie war bereits überzeugt, daß ihre Nominierung in weite Ferne gerückt war. Eine Law-and-Order-Gruppe sprach sich in einem Brief an den Senator, mit Durchschlag an den Präsidenten, gegen ihre Kandidatur aus; eine Anti-Abtreibungs-Initiative bezeichnete sie als »kinder- und familienfeindlich«. Caroline vergrub sich in ihre Arbeit und unternahm lange Radtouren und kurze Wanderungen.

Es wird wirklich Zeit, sich einen Hund anzuschaffen, hatte sie sich gesagt.

Und dann rief der Senator wieder an. »Sie stehen noch immer auf der Liste«, erklärte er Caroline. »Walter Farris wird Sie anrufen – der Berater des Weißen Hauses. Seien Sie also vorbereitet. Und rufen Sie mich an, wenn es vorbei ist.«

Farris selbst hatte zwei Tage später angerufen, ein Mann mit einer trägen, verschnupften Stimme – weißhaarig und übergewichtig, wie Caroline von Fotos wußte. Er erklärte ihr, daß noch zwei weitere Kandidaten im Rennen wären, und er hatte noch ein paar Fragen.

Sie gingen ihren Background durch: Familiengeschichte, Ausbildung; aber recht oberflächlich, im Grunde war es nur eine Einleitung zu seiner letzten Frage: *Haben Sie etwas zu verbergen?*

»Ich glaube, die Sache steht so«, hatte der Senator ihr später erklärt. »Der andere Kandidat ist ein führendes Mitglied der hispanischen Gemeinde in Tucson, ebenfalls hoch qualifiziert, außerdem ist der Senator, der ihn empfiehlt, ein einflußreiches Mitglied im Finanzausschuß des Senats. Wenn einer von Ihnen ein Problem hat, erspart das dem Präsidenten die Wahl…«

Nein, hatte Caroline beiden geantwortet, *es gibt nichts*.

Sie blickte auf die Uhr. Viertel vor vier. In etwas mehr als einer Stunde würde Farris anrufen.

Sie sah zum Haus hoch. Nein, entschied sie, sie war noch nicht bereit, wieder hineinzugehen.

Vom Strand ragte ein schmaler Bootssteg ins Meer. Caroline ging barfuß über die Planken zu ihrem gemieteten Segelboot, das sie am Ende vertäut hatte, nahm eine Flasche Bier aus der Kühlbox im Rumpf, setzte sich und ließ ihre Beine über den Bug baumeln.

Sie nippte an ihrem Bier und betrachtete das Kondenswasser, das an der Flasche hinabperlte. Das Bier war noch von gestern übrig, als sie die Kühlbox mit Brot und Käse, Bier und Mineralwasser bepackt, das Segel ihres Catboat gesetzt hatte und zur Tarpaulin Cove bei den Elizabeth Islands aufgebrochen war, ein Turn, den sie zuletzt mit vierzehn unternommen hatte. Obwohl Caroline diese Gewässer seit Jahren nicht mehr befahren hatte, brauchte sie keine Seekarte: Sie erinnerte sich noch genau an jede Boje.

Als sie am Morgen aufgebrochen war, war es ein klarer Tag gewesen, Wasser und Himmel strahlten in lebhaften Blauschattierungen. Caroline ließ sich lächelnd den Wind um die Ohren blasen. Sie hatte ein durch und durch sinnliches Verhältnis zur Natur – Sonne und Meer machten sie ausgelassen, Regen deprimierte sie. Darin war sie wie ihre Mutter früher.

Sie steuerte den Leuchtturm bei Tarpaulin Cove an, machte das Boot fest, schwamm an den Strand und schlief in der Sonne ein. Erst die Flut, die an ihren Zehen leckte, weckte sie.

Auf dem Rückweg war eine schmale Nebelbank über das Wasser getrieben, und bei Middle Ground hatte der Wind gedreht.

Caroline hatte ein wenig gegen die kabbelige See ankämpfen müssen und war leicht nervös geworden. Es war keine wirklich gefährliche Situation gewesen, doch der Sog der Erinnerung war stark...

Caroline drehte sich wieder zum Haus um.

Es stand unweit des Kliffs, ein großzügiges Holzhaus mit Aussicht in alle Richtungen, typische Cape-Cod-Architektur mit jeder Menge Giebeln, umgeben von Rosen und einem weißen Palisadenzaun. Der älteste Teil war Ende des sechzehnten Jahrhunderts erbaut und dann zweihundert Jahre später von zwei Ochsen aus dem Zentrum von Edgartown nach Eel Point gezogen worden. Ihr Vater hatte den Rest des Hauses angebaut und ein wenig später die Rosen gepflanzt. »Sie gedeihen gut nahe am Wasser«, hatte er der kleinen Caroline erklärt. »Wie du.«

Und doch hatten die jetzigen Besitzer den Namen »Masters« nur mit Caroline in Verbindung gebracht, als sie das Haus gemietet hatte. Sie kannten ihre Familie nicht, und Caroline hatte nur erklärt, daß sie »das Haus kennen« würde.

Ohne hinzuzufügen: *Und jedes Zimmer ist für mich voller Erinnerungen.*

Als sie die Stufen zum Kliff hinaufstieg und das Haus betrat, zeigte die alte Standuhr zwanzig nach vier an.

Noch vierzig Minuten.

Sie ging durch den Alkoven vorbei an dem Zimmer, in dem Betty und Larry in jenem letzten Sommer gewohnt hatten; durch das Eßzimmer mit den Deckenbalken, wo ihre Familie bei Kerzenlicht zu Abend gegessen hatte, ihr Vater am Kopf des Tisches; und dann in das sonnige Schlafzimmer, das für sie noch immer das Zimmer ihrer Mutter war. Als sie das große Bad betrat, stellte sie sich den längst verschwundenen, großen Schminkspiegel vor und sah noch einmal das letzte, bleibende Bild, das sie von ihrer Mutter hatte – zierlich, aber eindrucksvoll – wie sie voller Konzentration ihr Spiegelbild betrachtete, während sie mit der linken Hand Mascara auftrug und an den bevorstehenden Abend dachte...

Doch jetzt warf der Badezimmerspiegel nur Carolines Bild zurück, das Bild einer Frau, die sechs Jahre älter war, als die Frau in dem Schminkspiegel es je werden sollte. Das Bild einer Juristin, vielleicht sogar bald Bundesrichterin, die ihrer Mutter kaum ähnelte.

Außer, dachte Caroline mit einem schwachen Lächeln, daß sie genauso eitel war.

Den Rest hatte sie zu ihrem Bedauern offenbar von ihrem Vater geerbt. Die Länge – mit ein Meter fünfundsiebzig war Caroline fünfzehn Zentimeter größer als ihre Mutter. Das schwarze Haar mit dem leichten kastanienroten Schimmer. Ein adlernasiges Gesicht, das ihre Yankee-Vorfahren möglicherweise als »Charakterkopf« bezeichnet hätten: einen spitzen Haaransatz, hohe Wangenknochen, lange Nase, voller, gleichmäßiger Mund, markantes, gespaltenes Kinn. Jeder einzelne Zug ein wenig zu ausgeprägt, dachte Caroline trocken, wäre da nicht das Fernsehen erfunden worden; es waren die Medienleute, die – sehr zu Carolines öffentlicher Gleichgültigkeit und privatem Vergnügen – immer öfter ihren Stil und ihr aristokratisches Aussehen erwähnten. Immer noch besser, hatte sich Caroline gedacht, als »kurz vor der Menopause mit Neigung zu Cellulitis...« Was mit Verlaub keine angemessene Beschreibung einer hohen Bundesrichterin war.

Zwanzig vor fünf.

Warum, fragte sich Caroline, war ihr das so wichtig? Was würde von ihr bleiben, wenn sich ihre Ambitionen nicht verwirklichen ließen?

Im Grunde ihres Herzens wollte sie es gar nicht wissen. Sie war mit ihrem Ehrgeiz gut gefahren – er hatte ihr Leben interessant, herausfordernd und sinnvoll gemacht, Punkt. Es gab Dinge, an die man besser nicht rührte.

Vielleicht war es dumm gewesen, hierher zu kommen, dachte sie. Nach wie vor eine impulsive Persönlichkeit, hatte sie nur gelernt, ihre Impulse zu unterdrücken oder sie schlimmstenfalls zu verbergen. Hierher zurückzukehren, war solch ein spontaner Einfall gewesen: Mit Ausnahme ihrer Sekretärin wußte praktisch niemand, wo sie war; und kein Mensch wußte, daß dies einst ihr Zuhause gewesen war.

Langsam ging Caroline auf die Veranda. Sie blickte nach Westen übers Meer. Draußen raschelte der Seewind in den Rosen ihres Vaters. Ganz in der Nähe war ein glatter, flacher Fels – größer als ein Tisch –, den er hatte hertransportieren lassen. Wenn er im Urlaub aus New Hampshire herkam, saß er an diesem Fels mit Blick auf das Meer und notierte in Langschrift seine Ansichten über das Leben...

Fast fünf Uhr.

Caroline saß in einem Korbstuhl neben einem Glastisch, auf dem das Telefon stand. Sie hob den Hörer erst einmal, dann noch einmal ab, um das Freizeichen zu kontrollieren.

Zehn nach fünf, viertel nach fünf.

Sechzehn nach fünf.

Das Telefon klingelte.

»Caroline.« Die verschnupfte Stimme klang weit weg. »Hier ist Walter Farris.«

Caroline sammelte sich und versuchte seinen Tonfall zu deuten. »Walter, wie geht's Ihnen?«

»Gut. Prächtig sogar. Haben Sie vielleicht einen Moment Zeit, um mit dem Präsidenten zu sprechen?«

Caroline lachte überrascht auf. »Na ja, eigentlich wollte ich gerade den Rasen mähen...«

»Eine Sekunde. Er steht direkt neben mir.«

Caroline spürte, wie sie errötete. »Caroline«, sagte die Stimme in ihrem sanften Singsang.

»Mr. President?«

»Walter hat mir erzählt, daß Sie ans Bundesappelationsgericht wollen.«

Eine kurze Pause. »Ich muß, Mr. President. Seit dem Abschlußball habe ich nicht mehr so sehnlich auf den Anruf eines Mannes gewartet.«

Ein ehrliches Glucksen, offensichtlich schmeichelte ihm die harmlose Zweideutigkeit. »Nun, Caroline, das Amt gehört Ihnen...«

Caroline spürte, wie ihr ganzer Körper aufseufzte und alle vorgetäuschte Leichtigkeit von ihr wich. »Es fällt mir schwer, Ihnen zu sagen, was das für mich bedeutet, Mr. President.« Sie hielt inne und fuhr mit sanfterer Stimme fort: »Darauf habe ich seit meinem Jurastudium hingearbeitet. Und nach meiner Berufung werde ich noch härter arbeiten, um mir diese Nominierung zu verdienen.«

»Das weiß ich. Wie dem auch sei, Walter möchte Sie noch mal kurz sprechen. Schauen Sie doch mal vorbei, wenn Sie zu den Senatsanhörungen nach Washington kommen, okay?« Ein kurzes Zögern. »Herzlichen Glückwunsch, Richterin Masters...«

»Caroline?« Das war wieder Farris. »Sie müssen sich für die

Senatsanhörung zur Bestätigung Ihrer Berufung fit machen. Jennifer Doran aus dem Justizministerium wird sich mit Ihnen in Verbindung setzen und Ihnen bei der Vorbereitung helfen. Sie kennt das Verfahren ...«

Als Caroline den Hörer auflegte, konnte sie sich kaum noch erinnern, wie das Gespräch zu Ende gegangen war. Sie hatte Tränen in den Augen.

Merkwürdig, dachte Caroline, etwas so lange und so unbedingt gewollt zu haben, daß sie jetzt gar nicht glauben konnte, daß es wahr geworden war ...

Sie saß einfach nur da, Tränen strömten über ihr Gesicht. Sie war sehr froh, daß niemand sie sehen konnte, und wußte einen Moment lang nicht, was sie tun sollte.

Ich muß auf mich anstoßen, dachte sie. Schwungvoll ging sie in die Küche und mixte sich einen Krug Martini.

Der erste Martini war von geradezu therapeutischer Frische, und sie trank ihr Glas in zwei großen Zügen leer. Zum Teufel mit dem Abendessen. In einem solchen Augenblick wird jeder unvernünftig. Morgen früh würde sie die einzige sein, die davon wußte.

Um sieben saß sie noch immer auf der Veranda und sah zu, wie das Blau des Meeres im Licht der Abendsonne zu einem Grau verblaßte. Die bitteren Erinnerungen waren für den Augenblick verschwunden, sie hätte in diesem Moment nirgendwo sonst auf der Welt sein wollen.

Es dämmerte schon, als das Telefon klingelte.

Sie zögerte und versuchte, ihre Gedanken zu ordnen. Es dauerte einen Moment, bis sie den Hörer abnahm.

»Hallo.«

»Caroline?«

Zunächst schaltete ihr Verstand gar nicht. Doch sie konnte es auf ihrer Haut spüren: eine Stimme, die sie seit zwanzig Jahren nicht mehr gehört hatte, die ihr aber vertrauter war als jede andere. Eine Stimme, die zu diesem Haus gehörte.

Caroline stand auf, plötzlich hellwach. Sie brachte keine Antwort heraus.

»Caroline.« Seine Stimme klang älter, vielleicht auch rauher von der Überwindung, die ihn dieser Anruf gekostet haben mußte. »Es gibt ein Problem, mit Brett. Du mußt nach Hause kommen.«

Zweiter Teil

Die Heimkehr

1

Am nächsten Morgen flog Caroline Masters nach Boston, mietete einen Jeep und fuhr nach Norden. Eine Stunde später überquerte sie die Staatsgrenze von New Hampshire und hatte das Gefühl – bleischwer und voller Vorahnungen –, aus der Zukunft in die Vergangenheit gezogen zu werden.

Vor dreiundzwanzig Jahren hatte sie diesen Ort für immer verlassen. Sie erinnerte sich kaum mehr daran; die Fahrt, die sie auf dem Rücksitz hinter Betty und ihrem Mann Larry verbracht hatte, auf dem Weg nach Martha's Vineyard, wo die Familie ihren letzten gemeinsamen Sommer verbringen sollte. Am Ende des Sommers würde sie sich schwören, nie mehr zurückzukehren.

Und nun war sie hier.

Bevor sie die Insel verlassen hatte, hatte sie Walter Farris angerufen und ihm lediglich erklärt, daß ein Notfall in der Familie sie für ein paar Tage von ihren Pflichten fernhalten würde. Er war höflich und verständnisvoll; vielleicht hatte Caroline sich den leisen Unterton von Vorsicht nur eingebildet, die unausgesprochene Frage – welcher Notfall so ernst sein konnte, daß er sie zu einem solchen Zeitpunkt in Anspruch nahm, und so heikel, daß sie es vorzog, keine weiteren Erklärungen abzugeben. Doch die Weigerung, sich zu erklären, hatte ihr ganzes Leben bestimmt, seit sie erwachsen geworden war; und obwohl sie sich dumm und egozentrisch vorkam, kämpfte sie schon jetzt gegen den Aberglauben an, daß sie es gewesen war, die mit ihrem Urlaub in Martha's Vineyard die Vergangenheit wachgerufen hatte, die jetzt auf sie und das ihr unbekannte Mädchen wartete.

Trotzdem hatte er gewußt, daß sie kommen würde.

Als sie weiter nach New Hampshire hineinfuhr, spürte sie ihn. Vereinzelte Farmen und kleine Städte waren die einzigen Überbleibsel eines lange zurückliegenden Wohlstands, der geholfen hatte, ihn zu dem zu machen, der er war. Als sie die Paßstraßen über die White Mountains erklomm – steile Felswände, gewundene Bäche und tiefe Schluchten, meilenweit dichte Wälder, durchbrochen nur von blanken Granitfelsen, zerklüftet von der Zeit und dem rauhen Wetter –, mußte sie wieder an seinen Glauben denken, dieses Neuengland sei eine ganz besondere Landschaft, seine Ermahnungen über die Natur und die Tugenden des Winters: wie sie Einfallsreichtum und Entschlossenheit hervorbrachten und die Menschen an die Herausforderungen erinnerten, die vor ihnen lagen, und an die Umsicht, derer es bedurfte, sie, allein auf sich und Gott gestellt, zu meistern. Und sie wußte, daß dieser Mann und diese Landschaft sie trotz all der Jahre und all ihrer Anstrengungen zutiefst geprägt hatten.

Aus den wolkenverhangenen Gipfeln talwärts kommend, hielt sie sich nordwestlich Richtung Vermont und kam durch strömenden grauen Regen näher zu dem Ort, den sie Zeit ihres Lebens als den seinen gekannt hatte. Gestern schien sehr weit weg.

Die Straßen waren besser, ein paar Sägemühlen hatten offenbar dicht gemacht, aber sonst hatte sich nur wenig verändert. In Carolines Erinnerung war es eine Landschaft, in der Beziehungen wichtig waren, wo jeder für sich lebte, aber die Menschen ein gutes Gedächtnis hatten, wo einmal erworbener Respekt – für einen Menschen oder die Familie, aus der er stammte – tief ging. Denn dies war keine Gegend, in die Fremde kamen; Flüchtlinge und Sommerfrischler aus Massachusetts machten meistens schon kurz vor diesem Winkel von New Hampshire halt. Die Menschen, die hier lebten, hatten schon immer hier gelebt, vielleicht waren es inzwischen ein paar weniger, manche Söhne und Töchter hatten ihre Heimat auf der Suche nach einem besseren Job verlassen, während wieder andere geblieben waren. Das Leben schien ebenso zeitlos wie die unberührten Seen, Flüsse und Wälder.

Die Landschaft veränderte sich, gewundene Täler und Flüsse, Hügel, die sich jäh vor dem weiten Himmel erhoben. Die Straßen wurden schmaler; an einer Kreuzung hinter einer baufälligen Kirche bog Caroline in eine Schotterstraße und folgte dem Pfeil nach »Resolve Village«. Eine Meile vor der Stadt verließ sie die Straße und bog in einen Waldweg, bis sie schließlich eine Lichtung erreichte, die bis heute »Masters Hill« genannt wird.

Caroline war sich kaum bewußt gewesen, wie langsam sie gefahren war. Sie hatte mehr auf markante Punkte geachtet – einen zerklüfteten Felsen, den sie einmal erklettert hatte, einen Blick auf den blaugrau in der Ferne liegenden Lake Heron – als auf die Aura vertrauter und doch so fremder Orte. Schließlich hielt sie unvermittelt an.

Steif von der langen Fahrt stieg sie in Nebel und Regen aus.

Auf einem Hügel erhob sich eine weiße Holzkirche. Der erste Masters hatte sie vor einhundertfünfzig Jahren für seine Familie und die Bewohner der umliegenden Gehöfte errichtet, ihre Türmchen und gläsernen Fenster stammten sichtlich aus einer anderen Zeit. Hier hatte er sich erst eine, dann eine andere Frau genommen; hier hatten Betty und Larry geheiratet, Caroline war Brautjungfer gewesen und hatte sich danach vorgestellt, selbst einmal hier zu heiraten. Hier hatte sie die meisten Sonntagvormittage ihrer Jugend verbracht, mit ihren Eltern und ihrer Schwester war sie in der ersten Reihe gesessen, wo die Masters-Familie nach Tradition und Recht zu sitzen pflegte. Sie konnte sich noch an die schlichten Holzbänke und die karge Einrichtung erinnern, die schmucklosen Riten eines Glaubens, der viel zu gesetzt war für jede Form von Hysterie. Obwohl sie wußte, daß die Kirche nach altem Brauch nicht verschlossen sein würde, trat Caroline nicht ein.

Statt dessen ging sie zu dem Friedhof hinter der Kirche, auf dem die Masters seit Generationen ruhten.

Wuchernde Birken verdeckten das Licht und bedrängten die verwitterten Steine am Rande des Friedhofs. Wind, Regen und Schmutz hatten dem Granit zugesetzt, und der Grabstein eines lange vergessenen Säuglings war sogar umgestürzt.

In der Mitte des Friedhofs standen die Steine ihrer Familie. Auf dem größten, einem rechteckigen Granitblock, der sich über die anderen erhob, waren die Namen aller Familienmitglieder eingraviert: Channing Masters, Elizabeth Brett Masters, Elizabeth Wells Masters und ganz unten Caroline Clark Masters, geb. am 17. April 1950. Nur bei Elizabeth Brett Masters war ein Todesdatum angegeben.

Auf dem Grab von Elizabeth Brett Masters war ein weiterer Stein aufgestellt worden, der sie dem Gedenken der Nachwelt als »Geliebte Ehefrau von Channing und Mutter von Elizabeth« anempfahl.

Caroline wandte sich ab und ging zum Rand des Friedhofs.

Der Grabstein war schmutzig und mit Blättern bedeckt. Caroline kniete sich auf den feuchten Boden und wischte ihn mit kalten, steifen Fingern ab. Sie sah die Inschrift »Nicole Dessaliers Masters, geb. 1925, gest. 1964« und las die Worte, die sie bis heute schmerzten wie eine offene Wunde: »Ehefrau von Channing, Mutter von Caroline«.

Mit kaltem und nassem Gesicht stand Caroline vor dem Grab und bat stumm um Vergebung für Dinge, die sie damals nicht gewußt hatte. Erst als sie sich abwandte, bemerkte sie, daß es aufgehört hatte zu regnen.

Eine halbe Meile weiter hielt Caroline am Rand einer Straße, die sich den Hügel hinaufwand. Zu ihrer Rechten jenseits des sanft abfallenden Waldes konnte Caroline die fernen Lichter des Dorfes Resolve erkennen – ein Kirchturm, eine Kreuzung, weiße Holzhäuser aus vergangenen Jahrhunderten. Und dann wieder nur Wald, so weit das Auge reichte.

Caroline wandte sich in die andere Richtung und betrachtete das Haus, in dem sie geboren war.

Mit seinen drei Stockwerken und zwanzig Zimmern erhob es sich majestätisch bis zu der achteckigen Kuppel, von der aus die Masters meilenweit sehen konnten. Weißgetünchte Mauern, Bogenfenster, in ihrer Massigkeit durch keinerlei Prunk oder modische architektonische Kinkerlitzchen zurückgenommen. Luxuriös war nur die Innenausstattung: drei Meter fünfzig hohe Decken, sieben offene Kamine aus Granit, eine sich über vier Stockwerke erstreckende gewundene Freitreppe, der schwebende Ballsaal.

Für ihn ein Symbol seines Geburtsrechts und der Verpflichtungen, die es ihm auferlegte: Dieses Haus konnte man nicht verlassen wie andere Häuser, man mußte es erhalten und weitergeben wie das Leben der Masters selbst. Doch im Kreis der Familie konnte er auch über ihre Wurzeln scherzen. Der erste Masters namens Adam hatte sich unsterblich in eine junge Frau aus der kosmopolitischen Oase Portland, Maine, verliebt. Wild entschlossen, sie zu heiraten, hatte Adam dieses Haus als Monument seiner Leidenschaft errichtet, in der Hoffnung, sie zu überraschen und zu betören. Eine Woche nach seiner Fertigstellung hatte Adam dann selbst eine Überraschung erlebt, und zwar in Form eines Briefes der jungen Frau, in dem sie ihm das Verlöbnis aufkündigte. Das Haus, so hatte er der kleinen Caroline erklärt, war als bleibendes Mahnmahl dafür erhalten geblieben, wie dumm manche Männer sich aus Liebe zu gewissen Frauen aufführen konnten, eine Torheit, die seither jeder Masters durch immense Heizkosten büßen mußte. Damals hatte Caroline die Geschichte lustig gefunden.

Er trug die Kosten noch immer, natürlich. Die Nebengebäude – eine Scheune mit angebautem Stall, der heute als Garage benutzt wurde – waren frisch gestrichen. Als sie über den steinernen Pfad den Hügel hinauf durch die Schatten der uralten Bäume schritt, sah Caroline, daß das Anwesen gut gepflegt war, das Wasser des kleinen Teiches neben der Scheune frisch und klar war. Es wirkte noch fast genauso wie an dem Tag, als sie es zum letzten Mal gesehen hatte.

Caroline hielt inne und atmete tief durch. Dann ging die Haustür auf; kurz bevor Caroline sehen konnte, wer ihr öffnete, wappnete sie sich innerlich für die Begegnung. Doch dann stand Betty in der Tür, die Hände in den Taschen ihrer Khakihose, und starrte ihre Halbschwester über die Distanz von Jahren hinweg an.

Caroline ging auf Betty zu und betrachtete ihr Gesicht, verglich es mit dem Bild, das sie von ihrer letzten Begegnung in Erinnerung hatte.

Betty kam ihr auf der überdachten Veranda entgegen.

»Hallo, Caroline.«

Sie war eine Frau mittleren Alters, dachte Caroline und war idiotischerweise überrascht. Betty trug eine Nickelbrille, und auf ihrem kurzen ergrauten Haar lag nur noch ein Schatten des einstigen Braun. Das Alter hatte die Verhärmtheit, die schon im Gesicht der jungen Betty angelegt gewesen war, hervortreten lassen; die schmale Nase war ausgeprägter, die Furchen waren tiefer geworden, während die blaugrauen Augen mit ihren Krähenfüßen auf blasser Haut irgendwie intensiver wirkten. In den verdrießlichen Jahren, die sie als Schwestern gemeinsam verbracht hatten, hatte Caroline mit der unausgesprochenen Grausamkeit eines Teenagers immer gedacht, daß Betty so aussah wie ihre Mutter, die mit einem Schlag die Seligkeit errungen und dem unschmeichelhaften Alter ein Schnippchen geschlagen hatte, indem sie gnädig im Kindbett gestorben war. Jetzt machte Bettys Anblick Caroline einen Moment lang traurig, obwohl sie sich nicht sicher war, warum.

Ohne Vorrede fragte Caroline: »Wie geht es ihr?«

Betty warf ihr einen scharfen Blick zu: *Was glaubst du denn, wie es ihr geht*, malte Caroline sich ihre Gedanken aus. Leise sagte sie: »Vergiß nicht, daß ich sie nicht kenne.«

Wieder ein rascher Blick, als ob Betty das vergessen hätte, dann ein zustimmendes Nicken. »Sie ist sehr emotional, manchmal ziemlich eigensinnig, lebendig eben. Das Mädchen, das ich in den letzten Tagen gesehen habe, ist ein hohläugiges Wrack. Sie schwankt ständig zwischen stoischer Trauer, elender Furcht und Unglauben.«

Caroline nickte. »Das Marihuana hat bestimmt auch nicht geholfen. Ein Teil von ihr ist sich vielleicht nicht sicher, was wirklich passiert ist.«

Wieder dieser stechende Blick; Betty sah auf einmal verkniffen und ängstlich aus. »Sie hat ihn nicht getötet...«

Stumm beobachtete Caroline ihre Schwester, während Betty klar wurde, daß sie, verheddert in den Stricken ihrer schwierigen gemeinsamen Geschichte, eine Frage beantwortet hatte, die Caroline gar nicht gestellt hatte. Steif sagte sie: »Es war Vaters Idee, dich zu rufen.«

Wieder nickte Caroline. »Ich weiß.«

Betty schien blaß zu werden und um Fassung zu ringen, während sie über die Bedeutung von Carolines Worten nachsann. Leise sagte Caroline: »Wir sind beide aus der Übung, Betty. Und das Ende war so, wie es war.«

Betty senkte den Blick und atmete hörbar aus. Doch als sie Caroline dann wieder ansah, schien die Spannung zwischen ihnen ein klein wenig nachgelassen zu haben. »Du siehst gut aus, Caroline. Aber das ist ja keine Überraschung mehr. Seit wir dich im Fernsehen gesehen haben.«

»›Wir‹?«

Ein kurzes Aufblitzen in Bettys Augen – eine Andeutung von Neid und Ironie. *Es ist dir also immer noch wichtig*, las Caroline ihre Gedanken und haßte sich für die Frage. Eine Zeitlang schien Betty sie zu mustern. »Du bist eine berühmte Frau, Caroline. Und das hast du ganz alleine geschafft – ohne ihn, ohne irgendeinen von uns. Ist es das, was du wolltest?«

Du weißt, was ich wollte, dachte Caroline mit plötzlicher Bitterkeit. Mit einer Beherrschung, die sie all ihre Kraft kostete, sagte sie: »Wie kannst du das auch nur fragen?«

Betty wandte sich ab. Nach einer Weile sagte sie: »Brett ist oben, Caroline.«

Caroline schüttelte den Kopf. »Dafür ist es noch zu früh.«

Betty drehte sich überrascht um. »Warum bist du dann gekommen? Begreifst du denn nicht, daß man sie möglicherweise des Mordes anklagen wird...«

Caroline machte sich nicht die Mühe, sich zu erklären.

»Wo ist er?« fragte sie.

2

In einer Jacke, die sie sich von Betty ausgeliehen hatte, nahm Caroline den gewundenen Pfad zum Masters Hill hinauf.

Dorthin ging er immer, wenn er nachdenken wollte, wie sie sich erinnerte.

»Er hat dich nicht so bald erwartet«, hatte Betty ihr erklärt. »Und ich konnte ihn nicht aufhalten.«

Es dauerte einen Moment, bis Caroline wieder einfiel, daß er gut über siebzig war, und sie zog die Brauen hoch.

»Herzprobleme«, sagte Betty wie zu einer Fremden. »Ein Infarkt im letzten Jahr – ein leichter, aber immerhin. Doch er will das Wandern nicht aufgeben, er weigert sich, auch nur darüber nachzudenken.«

Als sie den steilen Hügel hinaufstieg, dachte Caroline daran, wie er sie früher mit auf den Gipfel genommen hatte: Weder das Kind von damals noch die Frau von heute konnten sich vorstellen, daß er verwundbar war.

Doch sie sah auch, daß er nur noch selten unterwegs war. Der Pfad – einst gut ausgetreten von der Masters-Familie, die seiner schlanken Gestalt den Berg hinauf folgte – verschwand bisweilen im Unterholz oder unter einer dicken Nadeldecke, und nur ihrem guten Gedächtnis war es zu verdanken, daß sie nicht vom Weg abkam. Der Pfad stieg jetzt zwischen den dicken Fichten steil an, so daß Caroline öfter ins Rutschen geriet und immer wieder zum Luftholen stehenbleiben mußte.

Sie war aus der Übung, wie sie verärgert feststellte. Doch das war nicht der Grund, warum ihre Schläfen so pochten. Ein Teil hatte mit Betty zu tun, ein größerer Teil mit diesem Mädchen, das sie noch nie gesehen hatte. Doch der größte Teil wartete nur noch ein paar Schritte entfernt.

Sie erreichte eine Lichtung: ein von Wind und Regen verwitterter, kahler Felsvorsprung aus Granit. Als Kind hatte sie hier mit ihrem Vater immer Station gemacht, weil sie noch zu klein gewesen war, um bis ganz nach oben zu steigen. Als sie jetzt stehenblieb, erwartete sie fast, ihn hier zu treffen.

Doch es war niemand da.

Caroline setzte sich auf den Fels, um sich auszuruhen. Von hier aus hatte man meilenweit klare Sicht. Es gab nur noch wenige Lichtungen; die Natur hatte das Land zurückerobert, hatte verlassene Bauernhöfe und alte Steinmauern umhüllt, während die Energie der Menschen sich westwärts gewandt hatte, aus den Augen, aus dem Sinn. Die Masters hatten das brachliegende Land gekauft, mit dem Vermögen, das sie zunächst mit Holz gemacht hatten, dann durch den Verkauf ihrer privaten Eisenbahnlinie, die einst die familieneigenen Sägemühlen bedient hatte, an die Boston and Maine Railroad-Gesellschaft. Und das war keine ungewöhnliche Investition gewesen, sondern eine stolze, fast hochmütige Erklärung: Die Masters würden hierbleiben, so zeitlos wie das Land.

Doch das hatten sie nicht getan. Jahre später hatten sie so viel wie möglich von dem Land verkauft; Caroline vermutete, daß das stolze Aussehen des Masters-Anwesens ihren Vater einiges gekostet hatte und daß er tief in seinem Herzen wußte, daß er zur letzten Generation gehörte, die in diesem Haus geboren war und auch darin sterben würde. Mit ihrem Weggang hatte Caroline mehr verlassen als nur eine Familie.

Trotzdem würde er stolz abtreten, und niemand außerhalb der Familie würde ihren Niedergang an der Fassade des Hauses ablesen können. Dieser Ort war viel zu sehr Teil von ihm, wie er Teil dieses Ortes.

Der Hügel war in seinem Besitz geblieben. Von hier aus konnte man die ganze Stadt sehen. Caroline erinnerte sich noch, wie sie einmal mit ihm zusammen hier oben gewesen und ihn gefragt hatte, wie Resolve zu seinem Namen gekommen war. Sie hatte ein aufregendes Stück Historie erwartet, einen heldenhaften Kampf gegen die Indianer oder für die Unabhängigkeit. Doch als ihr Vater sie ansah, blitzte der Schalk in seinen Augen.

»Resolve«, sagte er mit gespielter Feierlichkeit, »hat sich seinen Namen verdient, indem es sich von Connaughton Falls abgespalten hat. Während des berühmten Streits darüber, ob der Täufling bei der Taufe ganz oder nur teilweise untergetaucht werden soll. Damals, Caroline, haben sich die Neu-Engländer Glaubensfragen noch zu Herzen genommen.«

Sie sah, daß er es ernst meinte, und fragte: »Und für was waren wir?«

»Natürlich für das ganze Untertauchen.« Wie immer hatte sein Lächeln seiner Miene etwas von ihrer bedrohlichen Strenge genommen. »Wir Bürger von Resolve dulden keine halben Sachen.«

Selbst mit acht hatte Caroline schon den ironischen Unterton gehört. Denn Richter Channing Masters war der erste Bürger von Resolve, und er konnte selbstbewußt für andere sprechen.

Später hatte sie begriffen, daß Channing – der als Richter selbst kein Amt anstreben konnte – mithalf, die Stadträte, den Polizeichef, die Schulaufsicht, die Kirchenältesten und natürlich den Pastor auszwählen. Er hatte ihr das nie ausdrücklich erzählt, es war einfach allgemein bekannt. Und es war kein Privileg, sondern eine Pflicht; sein Interesse war es, Männer mit Integrität und Urteilsvermögen zu finden. Doch die Männer, die Channing Masters ausgewählt hatte, behandelten ihn anders als andere. Wenn Caroline neben ihm gesessen hatte, hatte sie immer das Gefühl gehabt, ihr Vater würde über die Stadt wachen.

Sie bezweifelte, daß sich daran viel geändert hatte. In diesem Winkel von Neuengland änderten sich die Zeiten nur sehr langsam. Channing mit seiner Aversion gegen jede Mode, im Denken oder in der Kleidung, fand das richtig so. Carolines Mutter war da anderer Ansicht gewesen.

Caroline stand auf und blickte den Hang hinauf, bevor sie ihren Aufstieg fortsetzte.

Auf der Kuppe des Hügels saß ihr Vater auf einem umgestürzten Baumstamm.

Channing Masters blickte auf.

Caroline sah, wie er mit verschiedenen Gefühlsregungen gleichzeitig kämpfte – Schmerz, enttäuschte Liebe, eine sinnlose Freude, sie wiederzusehen, und Ärger, daß sie ihn überrascht hatte.

»Caroline«, sagte er.

Sie blieb in einigem Abstand stehen, um die Distanz zu wahren, die sie beide zu brauchen schienen, und kämpfte gegen eine innere Taubheit an, während sie gleichzeitig die Spuren, die die Zeit hinterlassen hatte, registrierte: die durchdringenden Augen waren eingefallen und blutunterlaufen, markante Falten rahmten seinen Mund, seine hohe Stirn war zur Halbglatze geworden, Haar, Schnurrbart und die buschigen Augenbrauen grau. Mit dem Alter waren alle Fettpolster verschwunden, seine knochige Gestalt ließ ihn fast mitleiderregend mager aussehen. Doch sein Kinn war noch immer markant, sein dunkler Blick wach, beinahe finster. Er war so, wie sie sich ihn vorgestellt hatte.

Sie konnte sich nicht überwinden, ihn »Vater« zu nennen.

»Du hast mich gerufen«, sagte sie. »Hier bin ich.«

Er sah sie an, als hoffte er, ihre Verschlossenheit zu durchdringen. Leise fragte er: »Was hast du in Martha's Vineyard gemacht? In unserem alten Haus?«

»Gesegelt.« Sie hielt inne. »Warum sollte ich sonst dorthin fahren.«

Caroline sah, wie er zusammenzuckte ob der Mauer, die zwischen ihnen stand, und fand ihr Gleichgewicht wieder.

Sie setzte sich ein Stück von ihm entfernt auf den Baumstamm und blickte auf die sich endlos erstreckenden Hügel und Täler, die in der Ferne weniger zu enden als vielmehr zu verschwinden schienen. Als sie soweit war, sah sie ihn direkt an. »Du hast mich als Anwältin hergerufen. In jeder anderen Hinsicht – und vielleicht auch in dieser – ist es für uns alle das denkbar Schlimmste.«

Channing sah sie an. »Brett ist unschuldig.« Seine Stimme nahm plötzlich einen strengen Ton an. »Du kannst von mir denken, was du willst. Doch dieses Mädchen wird für dich nicht bloß irgendein Fall sein.«

Caroline erwiderte seinen Blick. »Vielleicht wirst du dir noch wünschen, daß es so wäre«, sagte sie leise.

Er schien über diese Andeutung nachzudenken, bevor er ebenso ruhig antwortete: »Dein Urteilsvermögen wird dich eines Besseren belehren.«

Caroline spürte die vertraute Last ihrer Kindheit, seine als Gewißheit formulierte Erwartung. »Dann sollte ich dir vielleicht sagen, daß ich nicht weiß, ob ich über den morgigen Tag hinaus bleiben werde. Ganz zu schweigen davon, ob ich ihre Verteidigung übernehmen werde, sollte es dazu kommen.«

Er sah sie überrascht an. »Wie kannst du nur...«

»Wie kannst *du* nur.« Caroline hielt inne und sprach dann leise weiter: »Ich dachte, du hättest durch mich gelernt, wie Gefühle das Urteilsvermögen beeinflussen. Das will ich ihr nicht antun.«

Channing bedachte sie mit einem stoischen Blick, doch in seinen Augen las sie Hoffnung und Erwartung. »Dann hast du sie also getroffen.«

Caroline atmete tief ein. »Nein, das habe ich nicht.«

Er kniff die Augen zusammen. »Sie hat gewartet...«

»Ich wüßte gern, was die Polizei weiß. Bevor ich mir ihre Geschichte anhöre oder das, was sie mir zu erzählen hat.«

Sein Gesicht versteinerte. »Du glaubst, das würde sie tun – lügen...«

»Menschen, die Angst haben, tun das«, unterbrach sie ihn spöttisch. »Sogar die paar Unschuldigen, die man hin und wieder trifft. Und ich bin mir ziemlich sicher, daß *du* mehr darüber weißt, was die Polizei weiß, als *sie*.«

Zum ersten Mal umspielte die Andeutung eines Lächelns die Mundwinkel ihres Vaters wie in Erinnerung an das Vergnügen vergangener intellektueller Spiegelfechtereien. Dann war das Lächeln wieder verschwunden, und er wirkte ernst, fast respektvoll: »Wo soll ich anfangen?«

»Mit dem Anruf von Jackson. Was ist passiert, nachdem er erkannt hatte, daß es Brett war, die sie verhaftet hatten?«

Channing faltete nachdenklich die Hände. »Jackson hat im Morgengrauen angerufen«, sagte er gedehnt. »Betty hat den Anruf entgegengenommen. Sie war schon auf und hat sich Sorgen gemacht.«

»Was hat sie gedacht, wo Brett war?«

»Bei ihm, nehme ich an.« Seine Stimme klang mißbilligend. »Diese jungen Leute scheinen sich nichts dabei zu denken, die ganze

Nacht wegzubleiben, mit wem auch immer, ohne jede Erklärung...«

Er hielt abrupt inne; erst jetzt spürte Caroline das frostige Lächeln auf ihren Lippen. Ihre Blicke trafen sich, und ihr Vater fuhr mit gedämpfter Stimme fort. »Betty war zu durcheinander, um die Einzelheiten zu begreifen – ich habe Jackson kurz darauf zurückgerufen. Er hat mir in groben Zügen geschildert, was passiert war: die Leiche, Bretts Zustand, das Blut, das Messer und die Brieftasche und daß sie irgendeine Aussage gemacht hat. Dann hat er sich damit einverstanden erklärt, daß wir sie gegen Hinterlegung ihres Ausweises abholen.«

»Was mir Rätsel aufgibt. Ist es möglich, daß Jackson bezweifelt, daß sie ihn getötet hat? Oder nimmt er an, daß sie einen Fehler machen wird?«

Ihr Vater warf ihr einen scharfen Blick zu. »Jackson kennt unsere Familie, er hat Brett schon als Kind gekannt, obwohl sie sich kaum noch an ihn erinnern kann. Es fällt ihm schwer, das zu glauben.« Er machte eine Pause. »Aber natürlich darf er mir nichts sagen.«

Caroline neigte den Kopf. »Und der Polizeichef?«

Er zuckte knapp mit den Schultern. »Hat mir aus Gefälligkeit erzählt, daß Jackson auf die Ergebnisse der kriminaltechnischen Untersuchung wartet – Blutgruppe, Fingerabdrücke und dergleichen –, währenddessen leuchtet er den Hintergrund des Toten aus. Ich glaube, was Jackson Sorgen macht, ist die Tatsache, daß Brett so lange damit gewartet hat, bis sie ihnen erzählt hat, was geschehen ist. Oder wo.« Seine Stimme wurde wieder kalt. »Aber dieser James Case hatte sie auch mit Wein und Marihuana abgefüllt. Beides ist sie nicht gewöhnt.«

Caroline fand seinen Zorn ärgerlich; er machte es ihr schwer, einen kühlen Kopf zu bewahren. »Das ist ja beruhigend«, erwiderte sie trocken. »Außerdem spricht es gegen einen Vorsatz.«

Er stand abrupt auf, seine Gestalt stand drohend über ihr. Seine Stimme war voller Zorn. »Brett hat es nicht getan, verdammt noch mal. Sie hat ein zu weiches Herz, für streunende Tiere und für Streuner wie diesen Case.«

Caroline starrte ihn direkt an, ihre Gesichtszüge waren hart, ihr Tonfall sachlich und nüchtern. »Ich habe einmal einen Serienmörder verteidigt, der seinen Opfern die Kehle durchgeschnitten hat, um sie dann, während sie verbluteten, zu vergewaltigen.« Sie machte eine Pause und sprach fast im Plauderton weiter: »Danach ist er nach Hause gegangen und hat gemeinsam mit seinem Cockerspaniel friedlich in seinem Bett geschlafen. Seine größte Sorge bei seiner Verhaftung war, wer jetzt den Hund füttern würde.«

Seine Stimme zitterte jetzt. »Dies ist dein eigen Fleisch und Blut...«

»Und ich bin jetzt eine Anwältin. Deswegen hast du mich doch vermutlich herbestellt. Also erspare mir bitte die rührseligen Kindheitsgeschichten. Es ist auch so schmerzhaft genug.« Caroline stand auf und sah ihn direkt an. »Wenn wir uns treffen, werde ich Brett mit all dem Mitgefühl begegnen, das sich für ihre Tante Caroline geziemt. In der Zwischenzeit wollen wir uns lieber dem anstehenden Problem zuwenden. Zum Beispiel der Frage, ob man die Herkunft des Messers festgestellt hat.«

Er wandte sich ab und blickte in die Berge. Nachdem es den ganzen Tag über geregnet hatte, hing jetzt ein Nebel über den Tälern. »Nicht, daß ich wüßte«, sagte er schließlich.

»Haben sie das Haus durchsucht?«

»Ja.«

»Und etwas gefunden?«

»Nein. Zumindest haben sie nichts mitgenommen.«

»Was ist mit Zeugen?«

Er drehte sich wieder zu ihr um. »Soweit ich weiß, hat in der Gegend niemand etwas gesehen, keinen Menschen, kein Auto. Nicht mal Bretts Wagen.«

Caroline lächelte ein wenig. »Dein Freund, der Polizeichef, ist nicht unbedingt eine Sphinx, was?« sagte sie und ihr Lächeln verblaßte. »Sie haben euch alle wegen des Messers befragt, nehme ich an.«

»Die Staatspolizei, ja. Ich habe ihnen gesagt, daß ich keine Ahnung hätte.« Er machte eine kurze Pause. »Offen gesagt, vermuten sie, daß Brett es bei sich getragen hat.«

Caroline zuckte die Schultern. »Wenn sie etwas anderes vermuten würden, müßten sie annehmen, daß jemand in der Nähe war, der beschlossen hat, James Case auf besonders intime Weise niederzumetzeln, um anschließend als Visitenkarte seine Waffe zu hinterlassen. Was aus Sicht der Polizei ziemlich weit hergeholt ist.«

Channing richtete sich auf. »Jemand muß ihnen gefolgt sein.«

»In den Wald? Mitten in der Nacht? Zu meinem alten Lieblingsplatz?«

Er preßte die Lippen zusammen. »Er gehört jetzt Brett, Caroline, und es ist lange her, seit du in New Hampshire gelebt hast. Hier gibt es keine Zufallsmorde. Jemand wollte den Jungen umbringen und hat den Zeitpunkt genau abgepaßt.«

Caroline spürte einen pochenden Kopfschmerz. Sie rieb sich die Schläfen. »Ohne Beweise ist diese Theorie nur schwer zu verkaufen. Brett hat ihn dorthin gebracht, an einen einsamen Ort, auf dem Land unserer Familie. Sie könnten ihr das als Vorsatz auslegen ...«

»Wenn Brett nicht schwimmen gegangen wäre, könnte sie jetzt auch tot sein. Sie hatte Glück, daß sie ihn aufgeschreckt hat ...«

»*Wen*, verdammt noch mal?«

Channing schüttelte langsam den Kopf. »Ich weiß es nicht. Vielleicht war es ein Landstreicher, der die Brieftasche nehmen wollte und sie wieder fallen ließ, als er Brett gehört hat. Vielleicht war es, wie sie gesagt hat, eine Drogengeschichte.«

»Weiß sie, wer der Lieferant ist?«

»Natürlich nicht.«

Diesmal schüttelte Caroline den Kopf. »Profis bringen niemanden wegen ein paar tausend Dollar um.« Sie hielt kurz inne. »Gibt es denn irgendwelche Anhaltspunkte dafür, daß sonst noch jemand dort war? Außer Brett, meine ich.«

Caroline sah, daß er nicht aufbrauste; für den Augenblick schien er seinen Ärger beiseite geschoben und akzeptiert zu haben, daß sie es mit Fakten zu tun hatten. »Das wissen wir noch nicht. Der Tatort wurde von Jacksons Leuten untersucht – den Staatspolizisten.«

»Wer hat die Leiche gefunden?«

»Die Polizei von Resolve. Zwei junge Streifenbeamte, die den Spuren gefolgt sind.«

»Was weißt du darüber?«

»Nur das, was mir die Einheimischen erzählt haben. Die zwei Polizisten sind auf die Leiche gestoßen und haben sofort die unmittelbare Umgebung abgesucht. Nachdem sie nichts gefunden haben, haben sie den Notarzt und die Staatspolizei alarmiert, die beide kurz darauf am Tatort eintrafen. Der Notarzt stellte Case' Tod fest, und die Polizei benachrichtigte Jackson in Concord. Danach haben sie sich einen Durchsuchungsbefehl für Bretts Grundstück und ihre Person besorgt – den sie mit demütigender Gründlichkeit ausgeführt haben –, und anschließend haben sie ihre Aussage aufgenommen.«

Caroline konnte es sich ausmalen. »Zu diesem Zeitpunkt«, warf sie dazwischen, »waren bereits vier oder fünf Amateure am Tatort herumgetrampelt, haben Fußabdrücke hinterlassen, die Leiche bewegt und alles in allem ein Riesenchaos angerichtet, ganz zu schweigen von der Möglichkeit, daß sie es versäumt haben, Brett ordnungsgemäß über ihre Rechte zu belehren.«

»Das stimmt.« Channing verschränkte die Arme und machte eine Kunstpause. »Aber die Staatspolizei handhabt die Sache ganz ausgezeichnet, genau wie Jackson Watts. Du darfst nicht denken, daß er noch immer der Junge ist, mit dem du mal ausgegangen bist.« Eine weitere Pause. »Und dem du den Laufpaß gegeben hast.«

Caroline reagierte nicht. »Was macht Jackson denn inzwischen so?«

»Er ist intelligent und bescheiden, was einen Teil seines Charmes ausmacht. Er leitet die Abteilung für Gewaltverbrechen beim Generalstaatsanwalt und hat Aussichten, als Richter ans Bezirksgericht berufen zu werden. Was mich unter anderen Umständen überaus freuen würde, denn er ist ein sehr anständiger Mann.« Seine Stimme wurde traurig, fast als würde er eine Abschiedsrede halten. »Ehrlich gesagt würde ich mir wünschen, daß er schon auf dem Richterstuhl säße. Wie er bestimmt auch.«

Sein Gesicht war, wie Caroline jetzt bemerkte, aschfahl geworden; er ließ seine schmalen Schultern hängen, jede Leidenschaft war von ihm gewichen. »Vielleicht wird Jackson den Fall gar nicht vertreten«, gab Caroline zu bedenken.

Channing schüttelt den Kopf. »Er hat mir nie etwas geschuldet, Caroline. Außer vielleicht, der Mann zu bleiben, der er, wie ich stets prophezeit habe, geworden ist.«

Caroline erwartete einen unterschwelligen Vorwurf in seinen Worten zu hören, doch sie spürte nur das Pochen in ihrem Kopf. Fast sanft sagte ihr Vater: »Du siehst müde aus, Caroline.«

Ich habe heute nacht praktisch nicht geschlafen, hätte sie fast erwidert. Statt dessen sagte sie: »Es war ein langer Tag. Und er ist noch nicht zu Ende.«

Channing verstand ihre Anspielung. »Du wirst sie mögen, sehr sogar. Selbst unter diesen Umständen.«

Sie rieb ihre Schläfe. »Erzähl mir, wie war er – dieser James?«

»Sehr attraktiv.« Nach einer kurzen Pause klang seine Stimme härter. »Aber er war einer von der unbeständigen Sorte, schwach und egoistisch und mit jenem Hang zur narzißtischen Selbstbespiegelung, den Frauen offenbar unwiderstehlich finden.«

Caroline kniff die Augen zusammen. »Wie oft hast du ihn getroffen?«

»Du meinst, länger als nur zwischen Tür und Angel? Zwei- oder dreimal vielleicht.«

Sie sah ihn abfällig an. »Und da hast du all das wahrgenommen«, sagte sie mit tonloser Stimme. »Und auch noch, welchen Einfluß er auf Brett hatte?«

Channing schien blaß zu werden. »Das hat dich all die Jahre angetrieben, oder nicht? Und jetzt wird es dich zur Bundesrichterin machen.«

Caroline spürte, wie ihre Gesichtszüge erstarrten; irgend etwas in ihrem Blick ließ ihren Vater die Hand heben, um den Gedanken zu Ende zu führen. »Was immer euch trennt, Caroline, Betty ist eine gute Mutter gewesen. Und deshalb ist Brett ein guter Mensch geworden...«

»Und am Ende kann jeder immer nur so gut sein wie seine Mutter.«

»Du kannst grausam sein, Caroline«, sagte er, ohne mit der Wimper zu zucken. »Obwohl ich das nie so empfunden habe. Damals nicht und heute auch nicht.« Er ließ seine Hand sinken, und seine Stimme wurde flehend und sanft. »Du wirst ihr doch helfen, oder nicht?«

Caroline sah ihn an. »Indem ich bleibe«, erwiderte sie schließlich, »oder indem ich abreise.«

»Bitte, Caroline, bleib. Ich bitte dich um Frieden. Nur für eine Weile, und nicht für mich – oder Betty –, sondern für sie.« Er richtete sich wieder auf. »Ich kenne meine Enkelin, wie du sie nie kennen kannst. Und ich weiß, daß sie unschuldig ist.«

3

Vor der Haustür wartete Caroline und versuchte, sich die junge Frau vorzustellen. Channing Masters öffnete schweigend die Tür, und sie betrat das Haus ihres Vaters.

Im Wohnzimmer blieb sie, die Hände in den Taschen, stehen.

Alles war, wie sie es in Erinnerung hatte – die antiken Möbel, die chinesischen Teppiche, selbst der Geruch der Dinge aus einer anderen Zeit: die große Standuhr aus dem Jahr 1850 im Foyer; die Porträts ihrer Vorfahren im Wohnzimmer, Heldenposen in Öl – ein General, ein Senator, ein Holzmagnat und ein Geistlicher mit buschigen Augenbrauen; die Bücher ihres Vaters in der Bibliothek, Erstausgaben von Kipling und Poe, gesammelte Werke von Dickens und Henry James, Plinys Briefe. In diesem Zimmer hatte er ihr immer vorgelesen.

Was machte sie hier ... Langsam ging Caroline ins Eßzimmer.

An dem polierten Mahagonitisch hatte die Familie immer ihre gemeinsamen Mahlzeiten eingenommen. Und nachdem Betty zum Smith College gegangen war und wenig später Carolines Mutter gestorben war, waren sie ein paar Monate lang zu zweit gewesen – Channing und seine jüngste Tochter, hatten miteinander die Mahlzeiten eingenommen und seine Arbeit, ihre Studien oder die Neuigkeiten des Tages besprochen. Und es waren mehr als nur beiläufige Gespräche gewesen, wie Caroline sich erinnerte. Eher ein Einführungskurs in die Zusammenhänge von Politik und der Natur des Menschen, mit Lektionen aus der großen Weltgeschichte.

Caroline hatte es unendlich genossen. Und sie hatte damals nur ein einziges Ziel gekannt: sich als Anwältin hier niederzulassen und dem Weg ihres Vaters so weit wie möglich zu folgen. An dem Abend, als sie zum Internat in Dana Hall aufgebrochen war, hatte Caroline seine Einsamkeit gespürt und die Trauer in seinen Augen gelesen. Sie hatte seinen Ärmel gepackt und ihn noch einmal gefragt, ob sie nicht bleiben sollte. Er hatte den Kopf geschüttelt. »Dort wird man sich um deine Bildung kümmern«, sagte er. »Und zwar besser als ich oder eine Schule in der Nähe das könnte. Kinder sind nicht dazu da, ihren Eltern zu gefallen, und Eltern nicht, um sich selbst zu gefallen ...«

Gerade das hatte mehr als alles andere in ihr den Wunsch geweckt, vor allem ihm zu gefallen.

Erst jetzt bemerkte Caroline, daß er neben ihr stand. Das Haus fühlte sich leer an.

Leise fragte sie: »Wo ist sie?«

»Ihr Zimmer ist oben.«

Caroline drehte sich nicht um. »Welches ist es?«

»Deins.«

Caroline ging die Treppe hoch. Sie spürte den Blick ihres Vaters im Rücken.

Die Hand auf dem Geländer blieb sie stehen.

Sie drehte sich um und blickte zum Musikzimmer, stellte sich ihre Mutter vor, an dem Klavier, das dort schon lange nicht mehr stand.

Schon damals, als Caroline noch nicht wußte, wie es enden würde, hatte ihre Mutter seltsam fehlbesetzt gewirkt – fieberhaft, temperamentvoll, viel zu offen und lebhaft für diesen Ort. Caroline erinnerte sich daran, wie ihre Mutter Reisen geplant hatte, die sie dann doch nie unternommen hatten, bis sie es am Ende aufgegeben hatte; wie ihre Eltern begonnen hatten, über Politik zu diskutieren. Nicole hatte eine blinde Leidenschaft für Adlai Stevenson und später dann für John F. Kennedy entwickelt, die ihrem republikanischen Ehemann beide ein Greuel waren. Obwohl noch kaum in der Pubertät, hatte Caroline gespürt, daß dieser Streit nur eine Metapher für einen Konflikt war, der zu tief ging, um ausgesprochen werden zu können: den Wunsch ihrer Mutter, ein Leben hinter sich zu lassen, das nie wirklich ihres geworden war.

Caroline war aufgefallen, daß ihr Vater sich immer öfter zurückzog. Während ihre Mutter Zuflucht an dem lackierten Flügel im Wohnzimmer suchte, wo sie in hauchigem Französisch, das ihrer Tochter beizubringen sie sich nie die Mühe gemacht hatte und das auch sonst niemand im Haus sprach oder verstand, Edith-Piaf-Chansons sang.

Doch selbst diese Sprache war, wie Caroline später erfahren hatte, nicht wirklich ihre Muttersprache gewesen. Der Lauf der Geschichte hatte sie ohne Familie oder Vaterland zurückgelassen, ohne ein Zuhause außer diesem.

Und auch wenn ihre Mutter »La Vie en Rose« gesungen hatte, hatte stets eine leise Ironie mitgeklungen. Den dunklen Kopf erhoben, die Augen fast geschlossen, mit einem schwachen Lächeln auf den Lippen, so sang Nicole Dessaliers Masters...

Caroline drehte sich wieder um und stieg langsam die Treppe zu Bretts Zimmer hoch.

Brett saß am Fenster und blickte hinaus, so daß Caroline sie zuerst von hinten sah – ihren schlanken Körper, die braunen Locken. Dann fuhr Brett, aus ihren Gedanken erschreckt, herum.

Sie hatte lebhafte grüne Augen.

Caroline hatte das Gefühl, sie ungebührlich lange zu betrachten, obwohl es nur ein paar Sekunden gewesen sein konnten. Sie sah das zarte Kinn, den vollen, ebenmäßigen Mund, das schmale Gesicht und die hohe Stirn einer mehr als nur hübschen jungen Frau. Doch sie sah auch den verschmierten Lidschatten über ihren Wangenknochen, die Übermüdung in ihrem Gesicht. Nur ihre grünen Augen wirkten überraschend lebendig und fixierten Caroline mit einer fast unheimlichen Direktheit.

»Du bist Caroline, nicht wahr? Meine Tante.«

Ihre Stimme war sanft. Einen Moment lang hing Caroline ihrem Klang nach. Dann sagte sie: »Ja, ich bin Caroline.« Sie schloß die Tür und zwang sich, den Blick von Brett abzuwenden und sich im Zimmer umzusehen. Es herrschte das für ein Mädchen auf der Schwelle zum Erwachsenwerden typische Durcheinander – über einem Stuhl hing ein roter Hosenanzug, an der Wand ein Poster der Sängerin Tori Amos; auf einem Stapel Taschenbücher lag ein Exemplar von Susan Faludis *Backlash*. Nach einer Weile sagte Caroline: »Es sieht nicht mehr ganz so aus, wie ich es in Erinnerung habe.«

»Das war doch früher dein Zimmer, oder?«

Vom Tag ihrer Geburt bis zu dem Tag, an dem sie gegangen war. Als sie ein kleines Mädchen war, war ihr Vater jeden Abend gekommen und hatte ihr einen Kuß auf die Stirn gedrückt. Und es gab auch Abende, selten, überraschend und kostbar, an denen Nicole Masters ihr etwas vorlas, mit einer leichten Rotweinfahne und einem lebhaften französischen Akzent, der jeder Geschichte einen Hauch von Exotik verlieh. Anschließend hatte sie dann das Licht ausgemacht und sich über Caroline gebeugt...

Wieder ertappte sich Caroline dabei, wie sie Brett anstarrte.

»Was ist los?« fragte Brett.

Caroline erfand eine Antwort. »Ach nichts. Nur eine alberne Erinnerung – meine erste kindliche Rebellion. Wenn mein Vater oder meine Mutter das Licht und das Radio ausgemacht hatten, habe ich immer heimlich in einem Kofferradio unter der Bettdecke die Red-Sox-Spiele gehört, ganz aufgeregt und stolz, daß ich nie erwischt wurde.« Sie lächelte schwach. »Rückblickend bin ich sicher, er hat es gewußt. Vielleicht hat es ihn im stillen sogar gefreut.«

Zum ersten Mal leuchtete so etwas wie verwandtschaftliche Nähe in Bretts Augen auf. »Ich durfte immer mit Großvater zu den Spielen im Fenway Park gehen – ich konnte es jedesmal kaum erwarten.« Ein kurzer Blick zur Seite. »Hat er dich auch mitgenommen?«

Caroline nickte. Und dann fiel ihr plötzlich wieder ein, warum sie gekommen war, so unvermittelt, daß ihre eigene Vergeßlichkeit sie schockierte.

Sie durchquerte das Zimmer und setzte sich neben Brett.

Was dann geschah, überraschte sie selbst. Fast ihr halbes Leben lang hatte sie neben Mandanten gesessen, die der Vergewaltigung, des Kindesmißbrauchs oder des brutalen Mordes angeklagt waren. Der Serienmörder, von dem sie ihrem Vater erzählt hatte – ein pockennarbiger Mann mit den Augen eines Frettchens – hätte sie ohne die Trennscheibe aus Plexiglas wahrscheinlich aus purer Lust vergewaltigt und ermordet. Caroline hatte also durchaus gelernt, bestimmte Bilder zu unterdrücken. Doch als Brett ihren Blick jetzt erwiderte und sich ihre Augen mit Furcht und Hoffnung füllten, stellte sich Caroline die Hände des Mädchens blutbefleckt vor.

Caroline rieb sich die Augen. »Verzeih mir, wenn ich mich mehr wie eine Anwältin als wie deine Tante benehme. Aber wir haben eine Menge Arbeit vor uns.«

Plötzlich sah Brett verängstigt aus, sie fiel regelrecht in sich zusammen. Caroline kämpfte gegen ihr Mitgefühl an: Sie wußte nur zu gut, daß die intensivsten Gefühle – sei es verzweifelte Unschuld oder das Entsetzen über die eigene Schuld – sich in den Mienen ihrer Mandanten oft täuschend ähnlich sahen.

»Im Grunde genommen«, sagte sie, »möchte ich nur wissen, was du der Polizei erzählt hast. Denn damit mußt du leben.«

Brett lehnte sich zurück. Ihre Stimme klang angespannt. »Ich habe ihnen die Wahrheit gesagt, genauso wie ich dir jetzt die Wahrheit sagen werde.«

Das Mädchen hatte die Hypothese, mit der die Strafverteidigerin Caroline Masters ihre Arbeit begann, offenbar sofort durchschaut. Daß Brett schuldig war, daß sie lügen würde. Daß es nicht Carolines Aufgabe war, die Wahrheit herauszufinden, sondern sie vor der Staatsanwaltschaft zu verbergen.

»Die Wahrheit kann in vielen Fällen durchaus nützlich sein«, sagte Caroline sanft. »Doch was du der Polizei erzählt hast, läßt sich nicht mehr ändern. Und die hat offenbar noch einige Fragen.«

Brett schluckte und schien um ihre Fassung zu ringen. Als Caroline sie anblickte, sah sie auf einmal ein verängstigtes und einsames Kind. Und dann streckte Brett Allen auf einmal ihre Hand aus, wie um Caroline hinter ihrer Mauer aus Schweigen zu erreichen, und berührte ihre Hand. »Glaub einfach an mich«, sagte sie. »Bitte.«

Caroline betrachtete Bretts Finger, die im Kontrast zu ihren sonnengebräunten Händen ganz weiß waren. Sie spürte die Leichtigkeit ihrer Fingerspitzen.

Instinktiv und trotz jahrelanger Ausbildung nickte sie langsam. »Also gut«, sagte sie. »Erzähl mir alles.«

Es dämmerte bereits, als Brett fertig war; der stille Raum lag im Zwielicht eines schimmernden Graus, das bald in Dunkelheit übergehen würde. Caroline war erschöpft.

»Wußte sonst noch jemand, daß du zum See wolltest?« fragte sie leise.

»Niemand«, erwiderte Brett langsam. Sie schien immer noch in Erinnerung versunken. »Es war eine spontane Idee. Damit wir in Ruhe reden konnten.«

»Weil ihr Angst hattet, jemand könnte mithören?«

Ein widerwilliges Nicken. »Mir war, als hätte ich gehört, wie jemand das andere Telefon abgenommen hat. Aber vielleicht habe ich mir das auch nur eingebildet.«

»Jemand?«

Bretts Stimme war tonlos. »Meine Mutter«, sagte sie seufzend.

Caroline beobachtete ihr Gesicht. »Nicht dein Vater? Oder dein Großvater?«

Brett schüttelte den Kopf. »Mein Vater war nicht zu Hause. Und Großvater hat in seinem Zimmer einen eigenen Anschluß. Außerdem würde er so etwas nie tun.«

Caroline wartete. »Aber deine Mutter schon?«

»Wegen James.« Brett drehte sich zum Fenster und fügte dann leise hinzu. »Meine Mutter hat ihn gehaßt. Sie hat gewußt, daß er gedealt hat.«

»Hast du es ihr erzählt?«

»Natürlich nicht. Aber mein Dad hat Gerüchte gehört, vom Campus-Sicherheitsdienst.« Sie sah Caroline wieder an. »Du weißt doch, daß er hier unterrichtet.«

Natürlich, dachte Caroline, so hatte er sie zurückgelockt – mit einer Anstellung für einen sich abmühenden Doktoranden, einem Haus für seine Familie und einer Enkelin, um seine eigene Leere zu füllen. Und alles, was Larry zu verlieren hatte, war sich selbst.

»Dann muß dein Vater doch auch eine Meinung zu James gehabt haben«, sagte sie.

»Hatte er auch. Aber er ist nicht wie meine Mom.« Erneut flackerte Wut in Bretts Gesicht auf und erlosch wieder, als wäre sie zu müde, das Gefühl festzuhalten. Mit monotoner Stimme fuhr sie fort: »Mom wollte mir eine perfekte Welt bieten, als ob das möglich wäre. Sie hat alles gehaßt, was mich irgendwie bedroht hat. Selbst jetzt ...«

Caroline lehnte sich zurück. In ein paar knappen Worten hatte dieses Mädchen genau die Betty beschrieben, die sie kannte. Eine bittere Erinnerung blitzte auf – zwei Jahrzehnte alt –, doch dann hatte Caroline sich wieder im Griff. Ihre eigene Geschichte mit ihrer Schwester würde sie zu gegebener Zeit angehen; als Anwältin hatte sie ganz praktische Gründe, die Aufmerksamkeit des Mädchens von Betty abzulenken.

»Dieser Dealer, der James bedroht hat«, sagte sie, »weißt du, wie er heißt oder wo man ihn finden kann?«

Brett schüttelte den Kopf. »James wußte, daß ich mit seinen Drogengeschäften nicht einverstanden war.« Ein neuer Ausdruck hatte sich auf ihr Gesicht gelegt, eine Art trotziger Loyalität. »Er hat gesagt, daß er aussteigen will. Daß er es nur gemacht hat, weil er sonst nichts hatte. Gott weiß, daß ich ihm glauben wollte. Daß ich an *ihn* glauben wollte.«

Caroline ordnete still ihre Gedanken. Die Art, wie Brett von James sprach, klang nicht nach Mord, es sei denn, sie war eine begabte Schauspielerin. »Hatte James Mitbewohner?« fragte Caroline. »Oder Freunde, die seinen Dealer kennen könnten?«

»Keine Mitbewohner. Wenn er nicht mit mir zusammen war, war James am liebsten für sich.«

»Irgendwelche Nachbarn?«

Brett zögerte. »Ich hab mal einen Typ namens Daniel Suarez getroffen«, sagte sie schließlich. »Er war nett. Aber ich glaube nicht, daß er und James enge Freunde waren...«

»Was ist mit Frauen?«

Brett sah sie erst überrascht, dann abwehrend an. Schneidend erwiderte sie: »*Wir* waren zusammen.«

Caroline fragte sich, was sie so aufgewühlt hatte: ein Problem mit James, das Bedürfnis, den toten Geliebten zu idealisieren, oder Wut darüber, daß Caroline eine Beziehung in Zweifel ziehen konnte, die durch seinen Tod schon so befleckt war, daß die Polizei sogar annahm, sie könnte ihn ermordet haben.

»Keine Freundinnen«, wiederholte Caroline. »Genau wie du der Polizei erzählt hast?«

»Nicht daß ich wüßte.« Brett verschränkte die Arme. »James sah sehr gut aus. Ich weiß nicht, was war, bevor wir uns kennengelernt haben. Oder wer ihn sonst noch attraktiv fand, egal ob er sich etwas daraus gemacht hat oder nicht.«

Caroline hob den Kopf und dachte, einen Finger auf ihren Mund gelegt, über Bretts Antwort nach. Dann fragte sie leise: »Gibt es irgend etwas – was auch immer –, das die Polizei zu der Annahme bringen könnte, du hättest einen Grund gehabt, ihn zu töten?«

Brett erhob sich langsam von ihrem Stuhl, die Augen weit aufgerissen. Ihre Stimme zitterte vor Wut und Erregung. »Weißt du, wie James aussah, als ich ihn gefunden habe, Tante Caroline? Weil ich mich nämlich nur allzugut daran erinnern kann.« Sie kämpfte mit den Tränen. »Man hat ihm die Kehle durchgeschnitten. Er ist an seinem eigenen Blut erstickt – als ich die Hand nach ihm ausgestreckt habe, hat sich der Kopf vom Hals gelöst und ist nach hinten gefallen, so daß mir sein Blut ins Gesicht gespritzt ist...« Brett schloß einen Moment lang die Augen und starrte dann Caroline an.

»Ich habe ihn geliebt, trotz all seiner Fehler. Wenn du das nicht glauben oder respektieren kannst, will ich dich nicht hier haben.«

Caroline zwang sich zur Beherrschung. »Ich habe dich gefragt«, sagte sie kühl, »ob die Polizei einen Grund zu der Annahme hat, daß du ihn getötet hast.«

Brett stand da, allein mit ihrer Wut. Caroline wartete einfach. Was immer sie jetzt sagte oder tat, konnte das Mädchen veranlassen, sich noch weiter von ihr zurückzuziehen. Und Caroline war selbst überrascht, wie sehr sie wollte, daß das nicht geschah.

Brett hob den Kopf. »Es gibt keinen Grund.«

»Dann setz dich, bitte.«

Nach einer Weile nahm Brett Platz. Bei aller Erschöpfung sah sie Caroline mit neuer Entschlossenheit an. Carolines Schläfen pochten. »Ich werde immer wieder Dinge sagen oder fragen«, sagte sie, »die mir nicht gefallen und die dir nicht gefallen. Zum Beispiel die nächste Frage.«

Brett straffte stumm die Schultern. Irgend etwas an dieser Geste ließ Carolines Herz aufgehen. Auch wenn sie sich gleichzeitig fragte, ob Bretts Sprunghaftigkeit – ihre Stimmungswechsel und die plötzlich aufblitzende Wut – einer möglichen Schuld oder einfach nur dem Streß und Schlafmangel zuzuschreiben waren.

»Das herausspritzende Blut«, fragte Caroline sanft. »Wie würdest du es beschreiben?«

Brett riß die Augen auf, doch ansonsten blieb ihr Gesichtsausdruck unverändert. »Es ist nicht gespritzt.«

»Aber als man dich fotografiert hat, hattest du Blut im Gesicht, am Hals und am Körper.«

Brett verzog noch immer keine Miene. »Blut*flecken.*«

Caroline lehnte sich zurück. »Das Blut ist also nicht aus der Wunde gespritzt.«

»Nein.«

Caroline erwartete, daß Brett sie fragte, warum das so wichtig war. Doch ihre Wut schien sich erschöpft zu haben. Auch in ihrem Blick lag nicht die geringste Neugier.

Caroline stand auf und schaltete eine Lampe auf einem kleinen Tisch an. Es wurde jetzt schnell dunkel. Wie durch Carolines Bewegung aufgeweckt, wandte Brett den Kopf und starrte durch das Fenster in die heraufziehende Dunkelheit.

»Wieviel Wein hast du an dem Abend getrunken?« fragte Caroline.

Ein knappes Schulterzucken. »Wir haben uns eine Flasche geteilt.«

»Bevor ihr den Joint geraucht habt?«

Brett blickte noch immer nach draußen. »Ja.«

»Wie oft in etwa hattest du vor diesem Abend schon Marihuana geraucht?«

»In meinem ganzen Leben?«

»Ja.«

»Fünf- oder sechsmal.«

Caroline lächelte ein wenig. »Wie konntest du da Musik hören?«

Ein erneutes Schulterzucken. Im Spiel von Licht und Schatten wirkte Bretts Profil jetzt sehr weit entfernt, wie hinter Glas. Nach einer Weile sagte sie: »Ich habe davon immer einen kratzigen Hals bekommen. Ich mochte nicht.«

»Kannst du die Wirkung beschreiben, die es an diesem Abend auf dich hatte?«

Brett schien nach innen zu blicken. »Es ist schwer zu beschreiben.« Sie kniff die Augen zusammen. »Hast du schon mal einen Stummfilm gesehen? Es war so ähnlich – flackernde Bilder, dazwischen schwarze Löcher. Und ich kann mich an keinen Ton erinnern ...«

»Was weißt du noch von dem Polizisten, der dich verhaftet hat?«

Brett schloß die Augen. »Das Messer.«

»Wo war es?«

»Auf dem Sitz.«

»Wo er es sehen konnte?«

»Ja.«

Caroline beugte sich vor. »Hat der Polizist, der dich verhaftet hat, dir deine Rechte erklärt – das Recht auf einen Anwalt, das Recht zu schweigen und daß alle Aussagen, die du machst, gegen dich verwendet werden können?«

Brett runzelte die Stirn. »Ich glaube nicht ... ich kann mich nur daran erinnern, das Messer angestarrt zu haben. Nichts schien zusammenzupassen.«

»Warum hast du ihnen dann später erzählt, daß sie am See nach James suchen sollten?«

»Es war so, wie ich es eben gesagt habe – der Typ, der mich aufgesammelt hat, hat gemeint, es könnte sein, daß jemand verletzt ist, und dann ist mir James irgendwie wieder eingefallen.« Brett sah jetzt blaß aus. »Ich weiß, wie das klingt...«

»Hat er dir dann deine Rechte vorgelesen?«

Brett schluckte hart; einen Moment lang war sich Caroline nicht sicher, ob sie die Frage gehört hatte. Dann antwortete Brett leise: »Ich kann mich nicht daran erinnern, daß mir zu diesem Zeitpunkt jemand meine Rechte erklärt hat. Später schon – als sie zu zweit waren und das Aufnahmegerät mitlief.«

Caroline verfiel in nachdenkliches Schweigen.

Brett wandte sich ihr zu, wie durch ihr Verstummen geweckt. »Warum ist das alles so wichtig?«

Die Frage klang weniger neugierig als müde. Es war, als hätte Brett die Orientierung verloren, so daß für sie kein Ereignis wichtiger war als irgendein anderes.

Einen Moment lang fragte sich Caroline, wieviel sie ihr erzählen sollte. Doch das Mädchen wirkte intelligent, und unter aller emotionalen Aufgewühltheit spürte Caroline eine große Widerstandskraft.

»Es ist eine Frage des polizeilichen Verfahrens«, erwiderte Caroline. »Der erste Polizist hätte dir wahrscheinlich deine Rechte verlesen müssen, bevor du ihm erzählt hast, wo sie nach James suchen sollten. Das heißt, ein vernünftiger Anwalt könnte es schaffen, daß deine ganze Aussage nicht zur Beweisaufnahme zugelassen wird...«

Brett stand abrupt auf. »Aber ich will aussagen, was passiert ist...«

»Woher willst du wissen«, unterbrach Caroline sie, »was genau passiert ist?«

Brett sah sie überrascht an. »Wie meinst du das?«

»Ich meine, daß Alkohol und Drogen der Erinnerung Streiche spielen können. Es kommt vor, daß man Lücken hat, die man unmöglich füllen kann. In solchen Fällen neigen die Menschen dazu, ihre primäre Erinnerung – also das, was wirklich passiert ist – mit ihrer sekundären Erinnerung zu vermischen. Das heißt, mit dem, an was sie sich gerne erinnern wollen oder an was sie sich zu erinnern hoffen. Oder was sie einfach nur für logisch halten.«

Brett begann im Halbdunkel ihres Zimmers auf und ab zu gehen. »Das klingt fast so, als wolltest du nicht, daß ich mich erinnere.«

»Es ist eine Warnung«, erwiderte Caroline mit kühlem Nachdruck, »sich, auch mit den besten Absichten, nicht an Dinge zu erinnern, die nie geschehen sind. Weil man dafür gehängt werden kann.«

Brett fuhr herum. »Wie?«

Caroline stand auf, ging auf Brett zu und faßte sanft ihre Schultern. Sie wirkt so zerbrechlich, dachte sie. Brett blickte überrascht und ängstlich auf, und irgend etwas in Carolines Gesicht schien ihren Blick dort zu halten.

»Brett«, sagte Caroline leise, »du kennst mich überhaupt nicht. Aber ich möchte, daß du mir bitte noch ein paar Minuten zuhörst, wie schwer es auch sein mag. Weil ich mich mit diesen Sachen beschäftige, seit du ein kleines Mädchen warst. Und wer immer diesen Fall übernimmt – wenn es einen Fall gibt, muß klar denken.«

Brett sah zu ihr auf. »Du wirst ihn nicht übernehmen?«

»Das sollte ich eigentlich nicht tun.« Der angstvolle und verlassene Ausdruck in Bretts Gesicht ließ Caroline ihre Schultern fester fassen. »Wir sind verwandt. Und ich glaube, das macht es uns schwerer als gedacht. Uns allen beiden.«

Brett wandte sich ab. Caroline führte sie behutsam zu ihrem Stuhl. Als sie wieder ihr gegenüber Platz genommen hatte, kämpfte Brett mühsam um ihre Fassung. *Der verdammte Mistkerl*, dachte Caroline. Ihr war übel, und ihr wurde bewußt, daß sie nichts mehr gegessen hatte, seit ihr Vater sich bei ihr gemeldet hatte.

»Ich will versuchen, dir zu erklären«, sagte sie langsam, »wie die Polizei den Fall sieht. Denn das weiß ich bereits. Für sie gibt es im Grunde zwei mögliche Anklagen. Und die erste lautet auf vorsätzlichen Mord. In diesem ersten Fall gehen sie davon aus, daß du schon lange im voraus beschlossen hast, James zu töten. Doch er war größer und kräftiger als du. Also hast du ihn an einen einsamen Ort gebracht – nachts an einen See –, den du kanntest und er nicht. Du hast ein Messer mitgenommen, angeblich für das Brot und den Käse. Du hast ihn ermutigt, erst Wein zu trinken und dann Marihuana zu rauchen, weil du wußtest, daß ihn das träge machen würde. Und als ihr euch dann geliebt habt und du auf ihm saßest, hast du ihn ...«

Bretts Mund stand halb offen, ihre Augen waren schmerzerfüllt. Caroline zwang sich fortzufahren. »Du hast niemanden gehört, weil niemand sonst dort war. Die Geschichte mit dem Dealer hast du erfunden. Und du bist auch nie schwimmen gewesen.« Caroline hielt inne, atmete tief ein und beendete den Gedanken. »Statt dessen hast du deinem Geliebten, bevor er zum Höhepunkt kommen konnte, die Kehle durchgeschnitten...«

Aschfahl schloß Brett die Augen.

»Vielleicht«, fuhr Caroline fort, »hast du nicht mit dem vielen Blut gerechnet. Deswegen hast du dir die Geschichte ausgedacht, wie du einen halb enthaupteten Mann künstlich beatmet hast. Doch den Rest hast du so geplant, daß es wie ein Raubmord aussehen mußte. Deswegen hast du auch das Messer und die Brieftasche mitgenommen, um sie später wegzuwerfen. Doch gleichzeitig warst du auch bekifft und schockiert von deiner eigenen Tat. Du bist in Panik geraten und zum Jeep gelaufen, weil du so schnell wie möglich vom Tatort fliehen wolltest. Doch du bist nicht weit gekommen. Du hast angehalten und mußtest dich übergeben...«

»Nein!« Brett saß kerzengerade auf ihrem Stuhl. »So ist es nicht gewesen.«

Caroline zwang sich weiterzusprechen. »Man hat dich mit dem Messer und der Brieftasche erwischt, von oben bis unten mit Blut besudelt. Eine neue Geschichte mußte her, und du warst nicht in der Verfassung, dir eine auszudenken. Also hast du so getan, als wärst du so bekifft, daß du nicht klar denken konntest, und hast die nächsten acht Stunden damit verbracht, dir ein Alibi auszudenken, das alle diese Dinge erklären würde. Und am Ende ist dir dann nichts Besseres eingefallen als ein Dealer, der James Case mitten in der Nacht zum See gefolgt ist, um ihm für ein paar tausend Dollar die Kehle durchzuschneiden.«

Brett beugte sich vor und stützte ihre Ellbogen auf die Knie.

»Bist du dir also wirklich sicher, daß du die Brieftasche genommen hast?« fragte Caroline leise. »Vielleicht hatte James sie auch im Jeep liegen lassen. Das wäre jedenfalls nett. Es wäre auch nett, wenn man die Polizei daran hindern könnte, deine drei verschiedenen Aussagen zu verwenden – ›es ist nichts passiert‹, ›vielleicht ist er am See‹ und ›ein Dealer muß ihn getötet haben‹ –, und es wäre sogar noch besser, wenn man sie daran hindern könnte auszusagen, daß du acht Stunden gebraucht hast, bis du mit der letzten Version herausgerückt bist. Deswegen würde ich unbedingt hoffen, daß der erste Polizist dich nicht über deine Rechte belehrt hat.« Caroline machte eine Kunstpause. »Denn wenn er es vermasselt hat und du ganz besonders viel Glück hast, können sie auch den Durchsuchungsbefehl nicht benutzen, den sie sich besorgt haben, nachdem du sie zum See geschickt hast. Und das würde heißen, keine Blutspritzer, keine Nagelproben, eigentlich gar keine Beweise.«

Ihr Gesicht in den Händen vergraben, sagte Brett kein Wort und bewegte sich nicht. Ruhig fragte Caroline: »Hörst du mir zu, Brett?«

Langsam blickte das Mädchen auf. Ihr Gesicht war aschfahl.

»Du hättest eine weiße Weste, und die Polizei hätte nur dich, ein Messer und eine Leiche. Das reicht nicht. Und wenn Jackson Watt anderer Meinung ist, kannst du immer noch entscheiden, ob du aussagen willst, wohlwissend, daß das, was du vorher gesagt hast, nicht gegen dich verwendet werden kann. Das ist – schlimmstenfalls – das, was ich für dich erreichen will.«

Brett schien sich zu sammeln. »Wenn ich dir so zuhöre«, sagte sie, »habe ich das Gefühl, du klagst mich an.«

»Ich klage dich nicht an. Ich demonstriere dir nur die juristischen Möglichkeiten.«

Brett erhob ihre Stimme. »Ich hatte keinen Grund, so etwas zu tun...«

»Kein Motiv.« Caroline lächelte schwach. »Das ist ein Problem für Version Nummer eins. Und deswegen kommt dieser Fall vielleicht so nie zur Anklage. Womit wir bei Version Nummer zwei wären.« Caroline hielt inne und fuhr in ruhigem, mitfühlendem Tonfall fort. »Kannst du noch mehr davon ertragen? Es ist wichtig.«

Offenbar hatte sie Brett damit für sich zurückgewonnen. »Also gut«, murmelte sie, »wenn es sein muß.«

Caroline lehnte sich zurück. »Anklage Nummer zwei«, sagte sie, »lautet auf Totschlag. In gewisser Weise wird es dir vielleicht noch schwerer fallen, diese Version anzuhören.«

Brett sah sie schweigend an.

»Es ist ganz einfach.« Carolines Stimme war wieder völlig nüchtern. »Du hattest nicht vor, ihn umzubringen. Ihr habt euch betrunken und bekifft über irgendwas gestritten. Und dann hast du die Beherrschung verloren. Es war keine rationale Tat, sondern ein bizarrer Impuls. Noch bevor du wußtest, was du tatest, hattest du ihm die Kehle durchgeschnitten.«

Brett starrte sie mit aufgerissenen Augen an.

Behutsam beendete Caroline ihren Gedanken. »Vielleicht erinnerst du dich nicht einmal mehr daran, ihn getötet zu haben. Oder vielleicht willst du dich nicht mehr daran erinnern. Also hast du der Polizei eine Geschichte erzählt, die du unbedingt selbst glauben willst.«

Brett schlug die Augen nieder. »Wir haben uns nie gestritten ...«

»Das Messer«, unterbrach Caroline sie.

Langsam, widerwillig, drehte Brett sich zu ihr um. »Was ist damit?«

»Es ist entscheidend. Wenn sie das Messer zu James oder dir zurückverfolgen können, ist das, was ich gerade skizziert habe, möglicherweise nicht die Theorie der Staatsanwaltschaft. Es könnte *deine* plausibelste Verteidigung sein. Gegen eine Anklage wegen vorsätzlichen Mordes.«

Caroline streckte die Hand aus und berührte ihren Arm. »Bevor du antwortest, Brett, muß ich dir noch etwas sagen. Du hast mich gebeten, dir zu glauben. Ich biete dir etwas Besseres an.« Caroline hielt inne und sprach noch leiser weiter. »Es ist mir egal, was passiert ist. Mir kommt es nur darauf an, daß man dir nicht weh tut.«

Brett richtete sich auf und sah Caroline mit ihren grünen Augen direkt an. Ebenso leise sagte sie: »Ich hatte keinen Grund, ihn zu töten, und ich habe dieses Messer nie zuvor gesehen. Ich bin unschuldig.«

4

Als Caroline müde die Treppe hinunterkam, war sie auf Larry nicht vorbereitet.

Er stand beim Eßtisch und hielt einen Teller in der Hand. Als er sich umdrehte und im Kerzenlicht erstarrte, sah Caroline hinter dem müden Blick eines Fünfzigjährigen den sanften und bedächtigen jungen Mann, den sie gekannt hatte; er war noch immer schlank, wenn auch mit den Jahren ergraut, und der gütige Ausdruck in seinem Gesicht tendierte zur Ernsthaftigkeit und nicht mehr – wie früher – zur amüsierten Ironie, mit der er als Doktorand der Literaturwissenschaft zwar gewußt hatte, daß sein Metier brotlos war, jedoch fest daran geglaubt hatte, daß das Leben ihn für seine Unvernunft belohnen und ihm den Job, den er so dringend brauchte, und das Baby, das Betty sich so verzweifelt wünschte, schon irgendwie bescheren würde. Einen Moment lang wünschte sich Caroline, sie könnte das Ende jenes Sommers ungeschehen machen, damit sie es jetzt nicht in seinem Gesicht lesen müßte.

»Caro«, sagte er leise.

Sie nickte nur. Sie wußte nicht, was sie sagen sollte.

Noch immer zögernd, machte er einen Schritt auf sie zu, als wolle er sich ihrer Gegenwart versichern. Caroline kam ihm nicht entgegen. Er blieb stehen und betrachtete ihr Gesicht, bis er zu lesen schien, was dort geschrieben stand.

»Warum?« fragte Caroline leise. »Warum hast du sie hierher gebracht?«

Larry zuckte nicht mit der Wimper; Caroline sah, daß er sich auf diese Begegnung vorbereitet hatte. »Alles, was zählt, ist, wie es ihr jetzt geht.«

Trotz seiner defensiven Haltung hörte Caroline auch den unterschwelligen Vorwurf, als hätte die Familie, die hier lebte, einen Preis bezahlen müssen, von dem Caroline nie etwas erfahren würde. »Ja«, sagte sie kühl. »Es tut mir natürlich sehr leid für dich.«

Larry sah sich um. Drängend sagte er: »Caroline, bitte...«

»Um ehrlich zu sein, Larry, ich weiß nicht, wie es ihr geht. Außer, daß sie viel zu jung ist für das alles.«

Caroline bemerkte, wieviel Kraft ihr Bemühen um Leidenschaftslosigkeit sie kostete: Ein Teil von ihr war völlig ausgebrannt. Larry betrachtete sie schweigend.

»Wir haben mit dem Abendessen gewartet«, sagte er dann mit einem Unterton leiser Entschuldigung. »Du siehst blaß aus, Caro. Es wäre bestimmt gut, wenn du etwas ißt.«

Carolines Kopf fühlte sich leicht an vor Hunger und Erschöpfung. Ja, dachte sie, das war der Larry, an den sie sich erinnerte – aufmerksam, fast rührend bemüht, Mitgefühl zu empfinden. Der

Larry, dem sie ihr Herz ausgeschüttet hatte, als sie sich nicht mehr an ihre eigene Familie wenden konnte. Sie schüttelte den Kopf. »Es war ein anstrengender Tag...«

Als ob dieses Eingeständnis ihm neues Selbstbewußtsein gegeben hätte, streckte Larry die Hand aus und legte sie sanft auf ihre Schulter. »Bleib hier«, sagte er. »Bitte. Wir haben dir ein Zimmer zurechtgemacht.«

Caroline sah ihn direkt an. Erst jetzt bemerkte sie Betty, die in der Küchentür stand und sie beobachtete.

Larry folgte Carolines Blick und drehte sich zu seiner Frau um. Bettys Gesicht war eine unergründliche Maske.

Larry ging durch den Raum auf Betty zu. »Ich helf dir mit der Pasta«, erklärte er in einem um Normalität bemühten Tonfall. »Wir werden unter uns sein, nur wir drei.«

In einem Anfall von schwarzem Humor sah Caroline kurz das Bild einer Fernsehfamilie vor sich. Sie stellte sich vor, wie Betty flötend sagte: *Ja, Dad ißt heute abend auf seinem Zimmer. Es regt ihn einfach zu sehr auf, Caroline zu sehen.* Dann wurde ihr klar, daß sie Betty mit einem schwachen, aber grimmigen Lächeln betrachtete.

Betty schien sich aufzurichten. Aus dem Augenwinkel sah Caroline die ermahnenden Blicke, die Larry ihrer Schwester zuwarf, und die stummen Worte, die seine Lippen formten, bevor beide in der Küche verschwanden.

Ganz automatisch setzte sie sich auf den Platz, auf dem sie immer gesessen hatte.

Sie aßen, in der Tradition von Carolines Vater und Großvater, bei Kerzenlicht.

Und es war, als ob es ihrer Wahrnehmung Streiche spielte. Das Licht, das auf dem Kristallkronleuchter tanzte, und sein Widerschein in dem Spiegel mit den schräggeschliffenen Kanten schienen von einem anderen Abend zu stammen. Als sie ihre Schwester über den Tisch hinweg ansah, mußte sie daran denken, daß ihr Vater immer am Kopf der Tafel gesessen hatte, sie und Betty einander gegenüber und Nicole Masters – schmächtig und schön – am anderen Ende des Tisches. Das Bild jedoch, das Caroline am markantesten in Erinnerung war, war das ihrer Schwester, wie sie allein und verlassen dasaß. Allein mit der Gleichgültigkeit ihrer Stiefmutter und gesegnet mit einer Halbschwester, die ihr Vater vergötterte. Wenn ihre Blicke sich begegneten, bildete sie sich ein, in Bettys Augen noch immer die Eifersucht und Verwirrung eines Mädchens erkennen zu können, das – ohne zu wissen, warum – gleichzeitig ihre Mutter und ihre Vorrangstellung verloren hatte. Doch mittlerweile hatte ihr eigenes Muttersein ihr Gesicht gezeichnet.

Larry brach das Schweigen. »Danke, daß du gekommen bist, Caro«, sagte er leise.

Caroline wandte langsam den Kopf und starrte ihn an, bis sein Blick zu zucken begann. Sie stellte sich vor, wie er sagte, *es tut mir leid.* Als wollte er etwas überspielen, murmelte er: »Wir wissen, daß dir das nicht leicht gefallen sein kann.«

Und ich weiß, dachte Caroline, daß keiner von euch mich hier haben will. Das Gesicht ihrer Schwester war hart, sie machte keinerlei Anstalten, in Larrys höfliche Dankbarkeitsfloskeln einzustimmen.

Caroline legte ihre Gabel aus der Hand. »Vielleicht ist es das beste, wenn wir versuchen, den Ablauf der Ereignisse zu rekonstruieren.«

Betty schwieg. Nach einer Weile sagte Larry: »Ich war nicht zu Hause, Caro. Ich war Zelten in Vermont.« Ein kurzer Seitenblick zu Betty. »An einem Forellenbach, den ein Kollege mir empfohlen hat.«

»Ganz alleine?«

Ein langsames Nicken, ein verwundertes Kopfschütteln. »Ich hätte nie gedacht, wie abgeschnitten von der Welt man dort ist ... «

Caroline sah die starre Entschlossenheit um Bettys Mundwinkel. Sie nahm ihr Rotweinglas und nippte daran, während sie ihre Schwester über den Rand hinweg betrachtete. »Aber du warst hier«, sagte sie.

Betty nickte kaum merklich. Caroline spürte, daß nicht nur ihre Anwesenheit sie belastete; sowohl Larry als auch Betty schienen ausgelaugt von einem Ereignis, das sie noch immer nicht ganz akzeptieren konnten. Als Larry seine Hand auf Bettys legte, schien sie es gar nicht zu bemerken.

»Wer war sonst noch hier?« fragte Caroline.

Betty zögerte und starrte Larrys Hand an wie einen Fremdkörper. »Nur Vater«, sagte sie. »Oben.«

»Wann hat Brett das Haus verlassen?«

»Gegen acht, glaube ich.« Ein Hauch von Ungeduld lag in ihrer Stimme. »Ich kann mich wirklich nicht mehr erinnern.«

»Und von euch beiden ist keiner ausgegangen – weder du noch Vater?«

»Nein.«

»Wußtest du, wohin Brett wollte?«

Ein scharfer Blick. »Natürlich nicht.«

»Natürlich nicht?« wiederholte Caroline.

Larrys Hand zuckte. »Natürlich gab es Spannungen«, ging er dazwischen. »Wegen Bretts Beziehung mit James. Betty hat das meiste davon abgekriegt.«

»Was heißt das...?«

»Wir haben uns gestritten«, sagte Betty mit ausdrucksloser Stimme. »Über die Drogengeschichten dieses Jungen – ich nehme an, du weißt davon. Über den Jungen überhaupt.« Betty lehnte sich zurück und betrachtete Caroline mit neuer Offenheit. *Bist du hergekommen, um mich zu richten?* schien ihr Blick zu sagen. Mit einem scharfen Unterton fügte sie hinzu: »Eltern zu sein ist schwierig, Caroline.«

Caroline sah, wie Larry Bettys Hand fester drückte – eine besänftigende Geste. »Das habe ich auch schon gehört«, erwiderte sie so trocken wie möglich.

Betty errötete leicht. Mit ruhigerer Stimme fuhr sie fort: »James Case war genau das, was Brett nicht brauchen konnte – er war egozentrisch und unverantwortlich, nur auf seinen Vorteil und sein Vergnügen bedacht. Er war der klassische Versager, er hätte sie ins Unglück gestürzt und ihr Herz gebrochen. Ich konnte es nicht ertragen, das mit anzusehen.« Betty hielt inne und zog ihre Hand langsam unter der ihres Mannes hervor. »Brett nimmt von jedem Menschen immer nur das Beste an. Und zwar weit mehr, als ihr gut tut«, fuhr sie mühsam beherrscht fort. Anstatt in ihm einen eitlen jungen Mann zu erkennen, der einen egozentrischen und unseriösen Beruf anstrebt, hat sie in ihm nur das verletzte Kind gesehen, zu dem sie irgendwie vordringen konnte, wenn sie geduldig war. Er wollte, daß sie für ihn alles aufgab...«

Betty stoppte abrupt, wie von ihren eigenen Ausführungen erschreckt.

Larrys nervöser Blick wanderte von Betty zu Caroline. Doch Caroline sagte nichts.

Betty sah sie jetzt mit einem neuen, fast stolzen Ausdruck an. »Ich habe ihr erklärt, daß sie lieber hoffen sollte, daß ihr James nie Erfolg haben würde«, sagte sie. »Weil er sie dann nämlich verlassen hätte.«

Carolines Hals schnürte sich zusammen. Leise fragte sie: »Und was hat Brett geantwortet?«

Betty sah sie zögernd an. »Daß sie alt genug wäre, selbst zu entscheiden, was am besten für sie ist. Und daß sie das auch tun würde.« Geradezu steinern fuhr sie fort: »Sie glaubt, ich bin eine Glucke, die nicht loslassen kann, weil meine obsessive Beziehung zu meinem Kind das einzige ist, was ich in meinem engen und begrenzten Leben habe. Aber ich weiß, daß sie noch lernen muß, zwischen Romantik und Selbstzerstörung zu unterscheiden.«

Caroline sah sie lange und kühl an. »Glaubst du wirklich«, fragte sie, »daß sie so dumm wäre?«

Ihre Blicke begegneten sich. »Glaubst *du*«, erwiderte Betty, »daß sie eine Mörderin ist?«

Das brachte Caroline kurzzeitig aus dem Gleichgewicht. »Ich weiß es nicht«, sagte sie. »Ich habe sie schließlich nicht großgezogen, oder?«

Caroline hörte, wie Larry ausatmete, und sah, wie Betty den Mund wieder aufmachte. Mit aufgesetzter Ruhe fuhr sie fort: »Im Gegensatz zu dir natürlich. Was mich zu der Frage führt, ob du je ihre Telefongespräche belauscht hast?«

Betty erstarrte. »Wie kommst du darauf...?«

»Weil sie glaubt, daß du es gestern getan hast. Speziell an dem Abend, als sie sich mit James verabredet hat, um an den Lake Heron zu fahren.«

Betty schien blaß zu werden. »Warum behauptet sie das?«

»Weil sie gehört hat, wie jemand das andere Telefon abgenommen hat.«

Betty rieb sich die Augen. »Nein«, sagte sie.

»Nein?«

»Nein.« Betty verschränkte die Arme und starrte auf den hart glänzenden Tisch. »Warum ist das jetzt noch wichtig? Für sie oder dich?«

»Für Brett, weil Zweiundzwanzigjährige wohl nicht gerne belauscht werden. Und für mich, weil ich nicht umhin kann, mich zu fragen, ob du jemandem davon erzählt hast.«

Betty erstarrte. Larry legte eine Hand auf Carolines Arm. Halb ängstlich, halb schroff fragte er: »Worum geht es hier eigentlich, Caroline? Um die Gegenwart oder die Vergangenheit?«

Caroline wandte ihren Blick nicht von Betty. »Um die Gegenwart, sehr sogar. Ich wüßte nämlich gerne, ob einer von euch weiß, wie irgend jemand sonst erfahren haben könnte, wohin Brett mit ihm gefahren ist.«

Wieder begegneten sich ihre Blicke. »Nein«, erklärte Betty knapp. »Ich habe meiner Tochter nicht nachspioniert.«

Caroline sah sie fragend an. »Und du hast keine Ahnung«, bohrte sie weiter, »wie sonst irgend jemand erfahren haben könnte, daß sie dort war?«

»Nein.« Eine kurze Pause. »Vielleicht hat James es jemandem erzählt. Oder jemand ist ihnen einfach gefolgt.«

Caroline zuckte die Achseln. »Vielleicht.«

Betty erhob ihre Stimme. »Sie hat ihn nicht getötet.«

Caroline sagte nichts. Betont langsam hob sie ihr Weinglas und leerte es. Betty schloß die Augen; Caroline spürte Larrys Blick. Der Wein schien sie benommen zu machen.

»Ich nehme an, die Polizei hat euch schon wegen des Messers befragt«, fragte sie.

Betty öffnete die Augen einen Spalt weit und nickte langsam.

Caroline wandte sich an Larry. »Und dich?«

Larry schüttelte den Kopf. »Mich haben sie noch nicht vernommen.«

Caroline beugte sich vor und sah beide nacheinander an. »Weil es nämlich sehr wichtig ist, daß man dieses Messer nicht zu Brett zurückverfolgen kann. Oder zu diesem Haus.«

Bettys Körper versteifte sich. »Du glaubst, sie hat ihn getötet.«

»Ich glaube gar nichts«, erwiderte Caroline scharf. »Aber wer immer Brett vertritt, kann keine Überraschungen gebrauchen. Es ist sehr wichtig, daß es keinen Hinweis gibt, der die Polizei in der Annahme bestärken könnte, daß Brett dieses Messer gekauft hat.«

Ruhiger fuhr sie fort: »Es geht nicht nur darum, daß du oder Vater der Polizei erklärt, daß ihr nichts über das Messer wißt oder daß im Haus kein Messer fehlt. Wir müssen auch mit Sicherheit wissen, daß niemand etwas anderes behaupten kann, damit wir nicht bei einer Lüge ertappt werden.« Caroline hielt inne. »Habt ihr beide ganz genau verstanden, was ich sage?«

Bettys Mund war schmal geworden. »Ich verstehe dich nur zu gut. Brett sagt, daß sie das Messer noch nie gesehen hat. Du willst sichergehen, daß wir uns überlegt haben, ob wir sie, für den Fall, daß sie lügt, decken können. Es sei denn, wir wüßten es besser.«

»Damit hättet ihr doch kein Problem, oder?« erwiderte Caroline sanft, bevor sie nach kurzem Zögern hinzufügte: »Übrigens war das, was du gerade gesagt hast, sehr unklug. Weniger der Gedanke. Aber ihn laut zu äußern.«

Betty stand auf und starrte auf ihre Schwester herab. »Sie haben mir Fotos von dem Messer gezeigt, Caroline. Und ich habe es noch nie zuvor gesehen.« Sie warf einen kurzen Blick zu Larry und sah dann wieder Caroline an. »Wenn ihr mich jetzt bitte entschuldigt, Brett ist alleine.«

Und mit diesen Worten verließ sie das Zimmer.

Caroline hörte ihre Schwester die Treppe hochgehen, während Larry nachdenklich schwieg. Sie griff nach der Weinflasche und goß ihre Gläser noch einmal voll.

Erst dann wandte sie sich ihm zu. Das Kerzenlicht vertiefte die Falten in seinem Gesicht, seine Augen wirkten müde, traurig und vielleicht sogar beschämt. Doch er wandte den Blick nicht ab.

»Also«, sagte Caroline sanft.

Larry atmete aus und blickte mit zusammengekniffenen Augen auf die flackernde Kerze.

Caroline wartete einfach nur. Angesichts ihrer Gefühle war es das Beste, was sie tun konnte.

»Lange Zeit gab es überhaupt keine Dozentenstellen«, sagte er leise. »Schließlich habe ich den einzigen Posten angenommen, den ich finden konnte – an einem College in Connecticut.«

»Soweit ich mich erinnere, stand das auch in deinem Brief. Du hast mir geschrieben, daß du ein Zuhause gefunden hättest, genau wie du es mir versprochen hattest.«

Larrys Gesichtszüge erstarrten. »Ich weiß noch genau, was ich zu dir gesagt habe. Du mußt mich nicht daran erinnern.« Er sah sie an und fügte noch leiser hinzu: »Ich war nicht gut genug, Caro. Ich war ihnen zu langweilig, sie haben mich gefeuert.«

»Ja«, erwiderte Caroline kühl. »Das dachte ich mir schon.«

Larry hob flehend die Hände. »Ich hatte keinen Job...«

»Du hattest ein Kind und ein eigenes Leben.« Zum ersten Mal erhob Caroline ihre Stimme. »Wie konntest du zulassen, daß er das tut.«

»So war es nicht.« Larry hielt inne und rieb sich die Nase. »Dein Vater hat mir einen Job angeboten, an den ich glauben konnte – was für jemanden, der im Beirat eines College sitzt, das von seiner Familie so großzügig ausgestattet wurde, daß das älteste Gebäude auf dem Campus Channing-Bibliothek heißt, nicht besonders schwer gewesen sein dürfte. Und Betty wollte – oder mußte – in seiner Nähe sein. Nachdem du weg warst, waren wir alles, was er noch hatte...«

»Eben.«

Er sah sie direkt an. »Verdammt noch mal, Caroline, ich hatte Brett zu versorgen. Ich kenne deine Gefühle und deine Gründe, aber es waren damals nicht meine.«

Caroline lehnte sich zurück und legte die Fingerkuppen aufeinander. »Und heute?«

»Ob ich dafür gezahlt habe, meinst du? Würdest du dich besser fühlen, wenn ich sage ›ja‹?«

»Besser? Nein. Nichts, was du sagst, würde noch etwas ändern. Vor allem jetzt nicht mehr.« Caroline schüttelte langsam den Kopf. »Nein, ich kann bestenfalls noch eine gewisse morbide Neugier entwickeln. Für jemanden, den ich einmal sehr gerne mochte.«

Larry errötete und wandte sich ab. Als er sie kurz darauf wieder ansah, lag unausgesprochener Schmerz und ein stummes Flehen in seinem Blick.

»Das Ganze ist wirklich absolut unglaublich«, sagte Caroline.

Larry sagte nichts. Caroline verschränkte die Arme, wie um sich gegen Kälte zu schützen. »Also«, sagte sie schließlich, »wie ist es für dich gewesen?«

Larry betrachtete schweigend seinen Wein, bevor er daran

nippte und das Glas mit noch immer abwesendem Blick wieder abstellte. »Bis die Sache mit Brett passiert ist«, sagte er schließlich, »hätte ich wahrscheinlich geantwortet, gemischt. Ein neues Leben in stiller Verzweiflung, an der man besser nicht rührt. Doch jetzt fange ich an, die Wahrheit zu erkennen, falls die Wahrheit über mich überhaupt wichtig ist. Und sie kommt mir noch viel trauriger vor, als bloß ein festangestellter Schwiegersohn zu sein.«

»Inwiefern?«

»Weil ich nur Zuschauer meines eigenen Lebens bin. Obwohl Channing jetzt in der oberen Etage wohnt, ist dieses Haus nicht meins – ich bin nur der Kustos. Und in der Beziehung, in der es wirklich drauf ankommt, ist auch diese Familie nicht meine.« Er hielt inne und fügte leise hinzu: »Genau wie du es mir vor Jahren prophezeit hast.«

Caroline sah ihn an und schwieg.

»Ich hätte erkennen müssen, wie das mit Betty war«, fuhr er schließlich fort. »Zuerst hat er deine Mutter geliebt und dann hat er dich geliebt. Brett war sozusagen ihr Geschenk an ihn, weil er sie nie um ihrer selbst willen geliebt hätte...«

»Mein Gott...«

»Ich weiß, ich weiß. Aber damals wußte ich es noch nicht. Was alles so kompliziert macht, ist die Tatsache, daß Betty ihn gleichzeitig verehrt und verachtet. Viel von ihrer Sorge um Brett – ihrer Zudringlichkeit und ihrer Gluckenhaftigkeit – rührt nur daher, daß sie Brett unbedingt die Liebe geben wollte, nach der sie sich als Kind immer gesehnt hat. Den immer liebenden, allumfassenden Vater...«

»*Ich* hatte das, und es hätte mich fast zerstört«, sagte Caroline, bevor sie leiser und zögernd fortfuhr: »Vielleicht hat es das in gewisser Weise sogar.«

Larry verfiel in Schweigen, als wüßte er nicht, was er darauf erwidern sollte. »Das ist die andere Sache, die Betty ihm gegeben hat«, sagte er schließlich. »Irgendwann ist mir klar geworden, daß sie mehr mit ihm über Brett sprach als mit mir. Und seit Channing sich, als Brett sieben war, zur Ruhe gesetzt hat, hatte er auch immer mehr Zeit für sie.« Er sah Caroline an. »So geht die Kette weiter«, fügte er leise hinzu. »Von deiner Mutter zu dir zu Brett.«

Lange Zeit wußte Caroline nichts zu sagen.

Sie betrachtete das Porzellan, die Ölgemälde, den silbernen Cognacschwenker auf dem Tisch und spürte, wie sich der Schmerz langsam in ihr aufbaute.

»Dieser Junge«, sagte sie gedehnt, »wie war er?«

Larry betrachtete ihr Gesicht. »Ungefähr so, wie Betty ihn beschrieben hat«, sagte er schließlich, »vielleicht hat sie ein bißchen übertrieben. Aber ich glaube auch, daß er so verkorkst war, daß er Brett irgendwann weh getan hätte. Was mir Sorgen machte – ohne daß Betty und ich je darüber hätten reden können – war, daß Betty sie vertreiben könnte.«

Caroline strich sich mit dem Finger über die Lippe. »Könnte Betty ihr nachspioniert haben?«

Einen Moment wirkte Larry verlegen. »Ich glaube ja. Obwohl es ihr zu peinlich wäre, das zuzugeben. Es würde für Brett das Faß zum Überlaufen bringen.« Er machte eine Pause. »Betty ist wütend, weil sie Angst hat. Und verängstigte Menschen tun alles mögliche. Unter anderem versuchen sie, ihre Welt so gründlich zu kontrollieren, bis alles perfekt ist. Die Ironie ist, daß Betty alles daran gesetzt hat, daß Brett in New Hampshire bleibt, und meiner Ansicht nach damit nur erreicht hat, daß sie im Herbst nach ihren Prüfungen höchstwahrscheinlich woanders hingeht.« Er blickte an Caroline vorbei, als wollte er sich vergewissern, daß niemand sonst zuhörte, bevor er fragte: »Hat Brett dir von dem Streit erzählt?«

»Welchem Streit?«

»Zwischen Betty und James. Kurz nachdem ich herausgefunden hatte, daß er dealte, kam James zu uns. Betty hat ihm die Tür aufgemacht. Als ich ins Wohnzimmer kam, forderte sie ihn gerade auf, das Haus sofort zu verlassen.«

Larry hielt inne und starrte ins Leere. »Ihre Stimme war leise und gepreßt – ein Zeichen, daß sie kurz davor war, völlig auszurasten, und sich nur noch mit Mühe beherrschen konnte. Bevor ich dazwischengehen konnte, tat James das Schlimmste, was er tun konnte. Er lächelte auf sie herab.

Du hättest ihn sehen müssen. Er war ein dunkler Typ, gutaussehend, und dann dieses manirierte Lächeln, überlegen und leicht abschätzig. Er blickte mit diesem Lächeln auf Betty herab wie ein Anthropologe, der gerade auf eine besonders seltsame Pygmäenart gestoßen ist.«

Larry hielt inne und sah Caroline an. »Es war wie ein Schlag ins Gesicht«, sagte er leise. »Bevor ich sie aufhalten konnte, fuhr Betty herum, packte eine Kristallvase und warf damit nach ihm. Er hat sich nicht einmal geduckt. Er hat den Kopf ein wenig zur Seite genommen, und die Vase zerschellte an der Wand. Ich war gerade zwischen die beiden getreten – James hatte noch immer dieses eigenartige Lächeln aufgesetzt, Betty kämpfte mit den Tränen der Wut – als Brett die Treppe herunterkam und uns anstarrte.

›Deiner Mutter ist ein Mißgeschick passiert‹, sagte James achtlos. ›Ruf mich an.‹ Und dann drehte er sich um und ging.« Larry machte eine Pause. »Scherben auf dem Fußboden und Scherben zwischen meiner Frau und meiner Tochter hinterlassend, die wieder zu kitten vielleicht Jahre brauchen wird.« Er senkte die Stimme und sprach noch eindringlicher weiter: »Gott, Caro, ich wünschte, das wäre noch immer unser größtes Problem.«

Caroline schwieg eine Weile, gefangen in der von ihm beschriebenen Szene. »Und du konntest sie nicht bremsen?«

»Betty?« Larry starrte zu Boden, als überlegte er, wieviel er preisgeben sollte. »Es hat einige Probleme gegeben, Caro. Betty ist zur Zeit sehr verletzlich, und ich habe nicht viel Kapital auf der Bank. Außerdem war Channing derselben Meinung wie sie.«

»Ja.« Carolines Ton war ebenso kühl wie ihre Empfindungen. »Gewohnheiten sind eben schwer zu durchbrechen.«

Sie saßen wieder eine Weile schweigend im flackernden Licht der Kerzen.

Larry faltete die Hände. »Wie war es mit ihm?«

»Mit Vater? Genau wie immer. Alle Gefühle noch genauso frisch, als wäre es gestern passiert. Nur daß ich inzwischen, anstatt zweiundzwanzig zu sein, zweiundzwanzig Jahre damit gelebt habe.« Sie zuckte die Schultern und fügte, wie um dieses Gespräch zu beenden, hinzu: »Ich bin jetzt Anwältin, und ich bin hier, um einen Job zu erledigen. Wenn auch nur für eine gewisse Zeit.«

»Für eine gewisse Zeit?«

»Liegt es nicht auf der Hand, daß ich Bretts Mandat nicht selbst übernehmen kann? Zumindest, falls es zu einem Prozeß kommen sollte?«

Larrys Gesichtszüge wirkten auf einmal abgespannt. »Meinst du, daß es so weit kommen wird?«

»Das weiß ich noch nicht. Aber ich werde morgen versuchen, mich mit Jackson Watts zu treffen. Vielleicht weiß ich dann mehr.«

»Jackson?« sagte Larry und schüttelte den Kopf.

Caroline sah ihn unverwandt an. »Wie gesagt, ich sollte ihre Verteidigung nicht selbst übernehmen.«

Larry lehnte sich in seinem Stuhl zurück. Er sah so erschöpft aus, wie Caroline sich fühlte.

Sie fragte sich, wann sein Haar so dünn geworden war, wann die Falten in seinem Gesicht begonnen hatten, seine Mundwinkel nach unten zu ziehen, wann sich der Ausdruck der Enttäuschung in seinen Augen eingenistet hatte. Sein Lächeln war einst so unbeschwert gewesen; jetzt hatte sie ihn seit ihrer Ankunft noch gar nicht lächeln sehen, genausowenig wie ihr selber nach Lächeln zumute war. Unsichtbare Sorgen lasteten auf seinen Schultern.

»Komm, ich helf dir den Tisch abzuräumen«, sagte sie.

Er sah sie wieder an und lächelte, wie sie es sich gewünscht hatte, zum ersten Mal schwach.

Der Abwasch war auch in jenem Sommer ihre Aufgabe gewesen. Betty war die Köchin gewesen. Und sie hatten nach dem Essen gemeinsam abgewaschen und dabei über Politik, Filme und Literatur diskutiert – Larry war ein Bewunderer von Silas Marner gewesen; Caroline hatte George Eliot für den Größten gehalten – und dann die Sonnenuntergänge über dem Nantucket Sund vor dem Fenster. Obwohl er fünf Jahre älter war als sie und promovierte, hatte Larry sie ernst genommen, auch wenn er sie gerne geneckt und provoziert hatte. Eines Abends hatte er sie nach einer besonders hochfliegenden Diskussion über George McGovern und dem letzten abgetrockneten Teller auf die Wange geküßt und scherzhaft gesagt: »Ich habe die falsche Schwester geheiratet...«

Zwanzig Jahre später blitzte sie plötzlich derselbe Larry aus den Augen eines mittelalten Mannes an. »Bist du sicher...«

Caroline zuckte die Schultern. »Ihr habt doch eine Spülmaschine oder nicht.«

Er lächelte erneut, und gemeinsam trugen sie schweigend das Geschirr in die Küche.

In gewisser Weise empfand Caroline die Küche als den seltsamsten Raum im ganzen Haus; nicht mehr vertraut, sondern statt dessen mit dem Nippes ihrer Schwester angefüllt – bunte Topflappen, ein besticktes Tuch, kleine Figürchen und ein Hahn aus Porzellan – muntere kunstgewerbliche Kleinigkeiten, mit der eine Mutter ein gemütliches Zuhause schaffen wollte. Larry spülte das Geschirr ab und reichte es ihr in dem vor zwei Jahrzehnten eingespielten Rhythmus an. Nur daß Caroline jetzt in der Küche ihrer Schwester stand und den Abwasch in ihre Spülmaschine räumte.

Caroline nahm den letzten Teller entgegen. »War's das?« fragte sie.

»Fast«, sagte er. Und dann blieb er stehen und betrachtete sie im hellen Licht der Küche. Fast schüchtern und scheinbar selbst überrascht, sagte er: »Du bist sehr schön, Caro. Immer noch.«

Ihre Blicke begegneten sich, und Caroline lächelte schwach. »Immer noch«, wiederholte sie. »Findest du das nicht ziemlich traurig?«

Er schüttelte den Kopf. »Für mich ist es so ungefähr das einzige, was nicht traurig ist«, antwortete er.

Caroline blickte zu Boden. Nach einer Weile sagte sie: »Ich muß dir etwas sagen.«

»Was?«

»Das mit dem Messer war mein Ernst, Larry.«

»Wie meinst du das?«

Sie sah ihn wieder direkt an. »Wir sind mit Gewehren und Messern aufgewachsen – Jagdmessern, Fischmessern, was auch immer. Mein Vater hatte im Stall eine ganze Sammlung.«

Larry machte einen Schritt zurück, als wolle er sie genauer ansehen. »Was willst du mir damit sagen?«

Und was denkst du? fragte sich Caroline. »Ich möchte nur absolut sicher sein, daß man das Messer nicht bis hierher zurückverfolgen kann. Und daß du darauf vorbereitet bist, wenn die Polizei dich doch noch danach fragen sollte.«

»Caroline«, sagte Larry mit fester Stimme. »Denk doch mal einen Moment lang nach. Brett ist knapp ein Meter sechzig groß und wiegt patschnaß vielleicht gerade mal fünfzig Kilo. James' Luftröhre wurde durchtrennt...«

»Ich konnte schon mit zehn einen Fisch ausnehmen«, unterbrach Caroline ihn. »Genau wie Betty. Mit dem richtigen, frisch geschliffenen Messer hätten wir beide diesem Jungen schon in der siebten Klasse die Kehle durchschneiden können.« Sie faßte seinen Arm.

»Mach dir bitte nicht vor, daß es einen leichten Ausweg aus dieser Sache gibt. Den gibt es nicht.«

Seine Lippen wurden schmal. »Ich glaube, ich habe mich dir gegenüber nicht ganz deutlich ausgedrückt. Was immer diese Familie für Probleme haben mag, wir ziehen keine Mörder groß. Brett hat diesen Jungen geliebt, und selbst wenn es nicht so wäre, ist sie zu Gewalt schlichtweg nicht fähig. Egal wie berauscht sie war.«

Caroline wandte den Blick ab. »Sie ist sehr leicht in Wut zu bringen, Larry – wie wir alle. Ich habe es gesehen.«

»Alles, was du gesehen hast, ist ein Nervenbündel von einem Mädchen.« Seine Stimme wurde lauter. »Wärest du das nicht auch?«

»Natürlich.«

Dieses bereitwillige, sanfte Eingeständnis schien Larrys Wut zu besänftigen. »Brett ist ein Mensch mit sehr viel Courage, Caro. Mit Mumm, Elan und einem unabhängigen Geist – trotz Betty.« Er sah Caroline an und lächelte schwach. »Manchmal schaue ich uns an und frage mich, von wem sie das wohl hat.«

Caroline überlegte eine Zeitlang, bevor sie Larry ansah und ihm die Frage stellte, die sie ihrer Schwester nie stellen würde.

»Erzähl mir von ihr«, sagte sie. »Alles.«

5

Am nächsten Morgen duschte Caroline, zog sich an und fuhr in Gedanken versunken zwei Stunden bis Concord, der Hauptstadt von New Hampshire.

Um halb neun hatte sie vom Telefon in der Küche Jackson Watts' Büro angerufen, nervös nicht nur wegen Brett, sondern auch wegen der Vorstellung, überhaupt mit ihm zu sprechen.

Er war in einer Sitzung, hatte seine Sekretärin gesagt. Caroline nannte ihren Namen und die Angelegenheit, in der sie Watts zu sprechen wünschte. Nach einer langen Pause, die sie ungeduldig abwartete, meldete sich wieder die Sekretärin mit der knappen Nachricht, sie könne kommen. Aufgeregt und erleichtert zugleich zögerte Caroline kurz, den Hörer aufzulegen; und in diesem Augenblick hörte sie das leise Klicken eines anderen Telefons, wenn sie es sich nicht nur eingebildet hatte.

Das Telefon in der Hand spitzte Caroline die Ohren. Das Haus war still. Auf dem Weg zurück in ihr Zimmer sah sie niemanden.

Sie begann, sich fertigzumachen. Am Abend zuvor hatte sie ein rotes Kleid in den Schrank gehängt, das zwar für den Anlaß ein wenig unpassend wirkte, aber das einzige war, das sie dabeihatte. Dankbar bemerkte sie, daß es wenigstens nicht verknittert war. Sie ertappte sich dabei, wie sie ihr Make-up mit besonderer Sorgfalt auftrug, und dachte voller Selbstironie, daß kein Problem so ernst sein konnte, daß sie darüber ihre Eitelkeit vergaß. Aber natürlich hatte es eine Menge mit ihrem Wiedersehen mit Jackson Watts zu tun.

Ihr Gesicht und ihr Körper waren damals so anders gewesen; sie war so anders gewesen. Es war mehr als idiotisch – geradezu pervers – anzunehmen, daß jemand, den sie einmal tief verletzt hatte, sie noch immer attraktiv finden würde, unter welchen Umständen auch immer, von den gegebenen ganz zu schweigen. Trotzdem hoffte sie es.

Sorgfältig zog Caroline ihren Lidstrich. *Was immer du sonst sein magst,* ermahnte sie sich, *– und das ist vielleicht nicht viel – du bist immer noch ein Profi.*

Sie nahm ihren Aktenkoffer und verließ ihr Zimmer. Wieder mußte sie an das Geräusch am Telefon denken.

Auf der Treppe blieb sie stehen und versuchte, sich im Haus zu orientieren. Ein Stockwerk höher, direkt über ihr, lag Bretts Zimmer, ihr altes Zimmer. Unwillkürlich fragte sie sich, wer es für sie ausgesucht und wie Brett in diesem Zuhause gelebt hatte. Einen Moment lang stellte sie sich Brett so vor, wie sie selbst als Kind gewesen war, ein junges Mädchen, das lächelnd die Treppe hinuntergerannt war, um zur Schule zu gehen, unschuldig an dem, was gewesen war, und ahnungslos, was noch kommen würde...

Erst wollte Caroline noch kurz bei Brett hereinschauen, um zu sehen, wie es ihr ging. Doch dann sagte sie sich, daß ihre Aufgabe eine andere war. Sie mußte nach Concord fahren und Jackson Watts treffen. Als sie die nächsten zwei Stunden über sonnige Ebenen und durch schattige Wälder fuhr, konzentrierte sie sich ganz auf die mögliche Anklage gegen Brett Allen.

Concord hatte sich kaum verändert. Die Ladenschilder auf der Main Street waren bunter, die Backsteingebäude im Geschäftsviertel eine Spur schmuddeliger, die ganze Stadt vielleicht ein wenig ärmlicher. Doch die Nebenstraßen waren nach wie vor gepflegt und von Bäumen gesäumt. Und dann war da natürlich noch das Gebäude, das sie seit Kindheitstagen kannte und an das sie noch heute dachte, wenn jemand vom »Kapitol« sprach.

Sie parkte den Wagen und kam über den breiten grünen Rasen mit den schattigen Bäumen, vorbei an der Statue von Daniel Webster, zu dem monumentalen Granitbau mit seinem für Regierungsgebäude typischen Säulenvorbau und der vergoldeten Kuppel – eine weitere Erinnerung an Channing Masters.

Als Caroline knapp neun Jahre alt gewesen war, hatte ihr Vater sie einmal zu einem Treffen mit seinem Freund, dem Gouverneur Wesley Powell, mitgenommen. An seiner Hand hatte sie die Marmorkorridore und die riesige, reich verzierte Abgeordnetenkammer besichtigt, deren vierhundert Mitglieder die drittgrößte repräsentative Körperschaft der westlichen Welt darstellten, wie Channing ihr erklärt hatte. Im Empfangszimmer des Gouverneurs mit seinen hohen Decken und dem langen Mahagonitisch, den Porträts früherer Amtsträger und dem handgeschnitzten Sims über einem Kamin aus schwarzem Marmor hatten sie miteinander geplaudert. Caroline gegenüber war der Gouverneur förmlich, aber freundlich gewesen, Channing gegenüber entspannt, aber respektvoll. Als sie in einem riesigen Polsterstuhl neben ihrem Vater Platz genommen hatte, der mit dem Gouverneur in ein Gespräch über Dinge vertieft war, die sie noch nicht ganz begriff, war Caroline überzeugt gewesen, daß es keinen größeren Mann gab als ihren Vater, keinen besseren Staat als New Hampshire. Eine andere Familie oder ein anderes Zuhause hätte sie sich nicht vorstellen können...

Mit den Gedanken bei Brett ging Caroline die beiden Blocks bis zu dem alten Bankgebäude, in dem jetzt die Büros der Generalstaatsanwaltschaft untergebracht waren. Sie nahm den Aufzug in den ersten Stock, folgte einem Schild mit der Aufschrift »Kapitalverbrechen« und fragte die Empfangssekretärin nach Jackson Watts.

Die Sekretärin benachrichtigte ihn, und Caroline nahm, die Beine übereinander geschlagen und um eine Miene distanzierter Gelassenheit bemüht, im Empfangsbereich Platz.

Eine Tür ging auf. »Hallo, Caroline«, sagte eine Männerstimme. Sie blickte auf und sah ihn.

Caroline hätte fast instinktiv gelächelt. Der Mann, der vor ihr stand, sah dem Jackson, an den sie sich erinnerte, noch immer sehr ähnlich – groß und schlacksig, das Haar bis auf ein paar graue Strähnen um Schläfen und Ohren nach wie vor schwarz. Die Ohren selbst waren noch immer zu groß, fielen aber bei dem jetzt breiteren Gesicht nicht mehr so ins Auge. Sein Gesicht wirkte weitgehend unverändert, das kräftige, gespaltene Kinn, die zerfurchten Wangen und die ausgeprägte Nase, vor allem aber die leuchtenden braunen Augen, die schon immer sein größtes Plus gewesen waren. Als er sie betrachtete, wurde ihr bewußt, daß er überaus attraktiv aussah.

Caroline stand auf. »Hallo, Jackson.« Ein wenig verlegen streckte sie die Hand aus. Sein Griff war kühl – von Anwalt zu Anwalt.

»Vielen Dank, daß du so kurzfristig Zeit für mich hattest«, sagte sie.

Er sah sie leicht verwundert an. *So kurzfristig?* schien sein Blick zu sagen. *Es ist dreiundzwanzig Jahre her, seit du einfach verschwunden bist.* Doch er sagte nur: »Ich bin sicher, ihr macht euch große Sorgen. Bitte, komm rein.«

Sie folgte ihm über einen kargen Gang mit dem leicht stalinistischen Gepräge aller modernen Regierungsgebäude zu einem ordentlichen, rechteckigen Büro mit einem Holzschreibtisch, auf dem sich Akten stapelten. Er ging um den Schreibtisch herum und blieb mit schiefer Krawatte und aufgekrämpelten Hemdärmeln dahinter stehen, ein Staatsanwalt bei der Arbeit. Er sah sie fragend an.

»Ich habe mir die ganze Zeit überlegt, was ich als erstes sagen soll«, begann Caroline, »jetzt wo du bei der Staatsanwaltschaft für Kapitalverbrechen verantwortlich bist und die Akte meiner Nichte auf deinem Schreibtisch liegt.«

Sie hatte gehofft, in seinen Augen irgendeine Reaktion lesen zu können, doch sie sah nichts, was sie zu deuten gewußt hätte.

»Ich bin aus einer ganzen Reihe von Gründen sehr unglücklich darüber, Caroline.« Er stieß den Atem aus. »Nicht nur, weil ich deinen Vater sehr schätze und respektiere, ich erinnere mich auch daran, Brett einmal als acht- oder neunjährigem Mädchen begegnet zu sein ...« Er zuckte die Schultern, als könne und wolle er dem nichts hinzufügen.

»Laß mich noch mal von vorne anfangen«, sagte Caroline leise. »Wie geht es dir, Jackson?«

»Ansonsten gut.« Jackson betrachtete eine Weile ihr Gesicht. »Das sind die grundlegenden Fakten: Ich habe eine Tochter im Teenageralter, die ich sehr liebe, einen Hund und keine Frau mehr. Eine Angelhütte am Lake Heron und eine gute Chance auf einen Richterposten. Alles in allem bin ich recht zufrieden, und überraschenderweise ist vieles in meinem Leben tatsächlich so gekommen, wie ich es erwartet habe.« Er zuckte erneut die Schultern. »Aber vielleicht überrascht dich das gar nicht.«

O Jackson, dachte Caroline, *darum ging es nie – es waren so viele andere Dinge, die nichts mit dir zu tun hatten.* Leise sagte sie: »Ich habe oft an dich gedacht. Manchmal denke ich sogar heute noch an dich.«

Er stützte sein Kinn in eine Hand und musterte sie mit offenem Blick. »Seit jenem Brief aus Martha's Vineyard habe ich nie wieder von dir gehört.«

Caroline verspürte ein stechendes Schuldgefühl. Doch sie wußte, daß es für Entschuldigungen längst zu spät war und sie es nie erklären könnte. »Ich weiß«, erwiderte sie schlicht. »Niemand hier hat je wieder von mir gehört.«

»Und jetzt bist du zurückgekommen. Wegen Brett.«

»Ja.«

Er lehnte sich in seinen Stuhl zurück und sagte: »Es sieht übel aus, Caroline.«

Es dauerte einen Moment, bis Caroline ihm folgen konnte. Sie spürte, wie sich ihr Hals zuschnürte. »Sieht es nur übel aus oder ist es übel?«

»Es ist übel.« Er schien einen Moment zu zögern. »Ich muß dir natürlich nichts erzählen – noch ist keine Anklage erhoben worden. Doch die Fakten liegen klar auf der Hand. Ich kann mit dir durchgehen, was du wahrscheinlich schon weißt oder zumindest vermutest.«

»Bitte.«

»Also gut.« Er war jetzt kurz angebunden, ganz Staatsanwalt. »Laß uns mit dem möglichen Vorsatz anfangen. Sie hat ihn an einen einsamen Ort gelockt, den sie kannte, er aber nicht. Und dann hat sie ihn unter Drogen gesetzt ...«

Caroline hob die Hand. »Mit dem Vorsatz, ihn zu töten? Auf ihrem eigenen Grund und Boden? Mit einem Messer?«

Jackson sah sie an. »Ihre Fingerabdrücke waren auf dem Messer und an seiner Kehle. Und zwar nur ihre.«

»Das heißt, die Laborergebnisse liegen bereits vor?«

Er zögerte. »Die meisten.«

»Weil ich noch nie in meinem Leben gehört habe, daß Fingerabdrücke an einer Leiche gesichert wurden.«

Jackson runzelte die Stirn. »Im Moment kann ich dir nur sagen, sie wurden gesichert, Caroline.«

Sie spürte, daß er sich nicht drängen lassen wollte, und fragte mit gedämpfter Stimme: »Habt ihr sonst noch was?«

»Ja. Sie war von oben bis unten mit seinem Blut bespritzt, und zwar in einem Muster, das die Vermutung nahelegt, daß es aus einer durchtrennten Arterie ausgetreten ist. Unter ihren Fingernägeln haben wir Spuren seiner Haut gefunden. Und ihre Fingerabdrücke waren auch auf der Brieftasche – wiederum als einzige.« Er hielt kurz inne. »Du hast sie gesehen, Caroline. Sie ist kein Dummkopf. Selbst unter den schlimmsten Umständen kann man sehen, wie es in ihrem Kopf arbeitet.

Sie hat offenbar die Geistesgegenwart besessen, die Brieftasche, das Messer und ihre Kleider mitzunehmen – vielleicht, um es wie einen Raubmord aussehen zu lassen, oder aber, um alle Spuren ihrer Anwesenheit zu tilgen. Trotzdem war sie angeblich noch Stunden später zu bekifft, um der Polizei zu erzählen, was passiert war.« Er schüttelte den Kopf. »Das kaufe ich ihr beim besten Willen nicht ab. Es ließe sich leicht argumentieren, daß sie nicht erwartet hatte, von der Polizei aufgegriffen zu werden, und dann die nächsten paar Stunden brauchte, um sich in der neuen Situation zurechtzufinden. So daß wir erst kurz vor Morgengrauen überhaupt eine Geschichte von ihr zu hören bekamen.«

Caroline schwieg: Sein Bericht war dem Szenario, das sie Brett aufgezeigt hatte, erschreckend ähnlich. Anstatt Einwände zu erheben, fragte sie nur: »Hast du das Protokoll der Durchsuchung?«

Jackson nickte langsam und zog eine Aktenmappe aus seiner Schublade.

»Laut Angaben des Beamten, der die Verhaftung vorgenommen hat,« sagte sie, nachdem sie die Unterlagen überflogen hatte, »waren Bretts Haare naß.«

»Na und?«

»Wenn sie also naß war und trotzdem Blut an ihrem Körper hatte, muß sie schwimmen gegangen sein, genau wie sie ausgesagt hat.« Sie blickte zu Jackson auf. »Es gibt doch keinerlei Anzeichen, daß James ebenfalls im Wasser war, oder?«

Jackson betrachtete sie, bevor er sagte: »Nicht daß ich wüßte.«

»Weil die Locken, von denen im Bericht die Rede ist, so eine Art Familienplage sind – meine Haare haben sich auch immer gekräuselt, wenn ich schwimmen war, weißt du noch? Wenn Brett also alleine geschwommen ist, hätte jemand anderes genug Zeit gehabt, ihn zu töten. Genau wie sie gesagt hat.« Sie hielt inne. »Wie hoch war ihr Alkoholspiegel, Jackson?«

»Eins Komma sechs Promille.«

Caroline blickte langsam auf. »Beeindruckend.«

Jackson neigte den Kopf. »Willst du vielleicht andeuten, daß das gegen einen Vorsatz spricht?«

»Ich will andeuten, daß es gegen deinen ganzen Fall spricht.« Caroline richtete sich auf. »Vielleicht gefällt dir ihre Geschichte nicht. Doch sie erklärt alles – das Blut, die Fingerabdrücke, die Hautfetzen unter ihren Nägeln, sogar die Tatsache, daß er nicht ejakuliert hat. Und sie hat keine einzige Lücke. Alles hätte sich genauso abspielen können, wie sie gesagt hat.« Caroline machte eine Kunstpause. »Sie sagt also entweder die Wahrheit oder ist ein intuitives kriminelles Genie, das nicht nur die grausame Ermordung eines jungen Mannes, der eineinhalb mal so groß und doppelt so stark war wie sie, planen und ausführen, sondern auch noch eine höchst komplizierte Geschichte erfinden konnte, die für alle gesicherten Spuren, bei denen selbst ein Kriminologe nur raten könnte, eine plausible Erklärung bietet, und das wenige Stunden, nachdem sie ihrem Geliebten die Kehle aufgeschlitzt hat. Nicht zu vergessen, daß sie unter Alkohol- und Drogeneinfluß stand. Unter anderen moralischen und juristischen Umständen wäre ich ungeheuer stolz auf sie, Jackson.«

Jackson riß die Augen ein wenig auf. Sein Blick wurde argwöhnisch, aber eindringlich, so als ginge es nicht nur um seinen professionellen Stolz, sondern auch darum, daß er sich von der Frau, die vor ihm stand, nie wieder demütigen lassen wollte.

»Nach acht Stunden«, erwiderte er kurz angebunden. »Mehr als genug Zeit, um auszunüchtern.«

»Das wage ich zu bezweifeln.« Wie sollte sie ihm das erklären, ohne überheblich zu klingen, dachte Caroline.

»Wollen wir uns nicht setzen? Tut mir leid, daß ich dir mein Plädoyer gehalten habe.«

»Nein, es war sehr interessant. Und informativ.« Er setzte sich. »Also, warum bezweifelst du es?«

»Weil ich lange als Pflichtverteidigerin in San Francisco gearbeitet habe, wo Drogen ein riesiges Problem sind. Das heißt, viele meiner Mandanten waren alkohol- oder drogengeschädigt. Deshalb habe ich mich aus purer Notwendigkeit ein wenig mit der Pharmakologie beschäftigt.« Sie machte eine Pause und sagte dann: »Zum einen ist das Gras, das die Kids heutzutage rauchen, nicht mit dem Kraut zu vergleichen, das wir früher mal probiert haben.«

Er zog die Braue hoch. »Nicht?«

»Nein. Das heutige Gras hat einen THC-Anteil von fünfzehn Prozent, drei- bis fünfmal so viel wie in unseren glorreichen Tagen. Wenn Brett eine unerfahrene Kifferin war – und davon gehe ich aus –, könnte ein Joint Reaktionen bei ihr auslösen, die wir beide nicht mal ahnen können. Zweitens: Wenn sie den Wein vorher getrunken hat – wovon ich ebenfalls ausgehe –, hatte das Gras einen zusätzlichen Effekt. Der Rauschzustand wird massiv intensiviert: Man hat schwarze Löcher im Gedächtnis, die man zum Teil nie wieder füllen kann, man befindet sich in einer Art surrealem Trancezustand, in dem man die Wirklichkeit eher wie eine Abfolge von Dias wahrnimmt, so daß man hinterher seiner eigenen Erfahrung mißtraut.« Caroline hielt inne, bevor sie knapp hinzufügte: »Und einer derart schrecklichen Erfahrung möchte man natürlich ganz besonders mißtrauen.«

Jackson sah sie skeptisch an. »Und das alles wegen eines einzigen Joints.«

»Es könnte vieles erklären. Daß sie zuerst eine Mund-zu-Mund-Beatmung versucht hat. Daß sie später Probleme hatte, sich zu erinnern – oder zu glauben –, daß dieses schreckliche Ereignis wirklich stattgefunden hat. Die Übelkeit und das Erbrechen sind typisch für die kombinierte Wirkung von Marihuana und Alkohol, die genauso wie die Wahrnehmungsstörungen durch einen Orgasmus noch intensiviert werden. Wie du dich vielleicht aus deiner Jugend ebenfalls erinnern wirst.«

Jackson sah sie auf einmal argwöhnisch an, als wüßte er nicht, was er darauf entgegnen sollte. *Was soll das*, schien seine Miene zu sagen. Dann zuckte er die Schultern und erwiderte mit einem angedeuteten Lächeln: »Ich wußte nicht, was es war. Vielleicht die Erde, die sich aufgetan hat.«

Nach welchen Regeln wird dieses Spiel gespielt, fragte sich Caroline. Sie drängte weiter. »Der entscheidende Punkt ist, daß sie gar nicht so schnell wieder ausnüchtern konnte. Die Wirkung klingt nicht nach Stunden, sondern erst nach Tagen ab. Bretts Schilderung entspricht absolut dem, was man über das Erinnerungsvermögen unter dem Einfluß von Drogen weiß. Glaub mir bitte, daß das nicht irgendein Quatsch ist, den Strafverteidiger gerne erzählen.« Sie machte eine Pause und fügte dann leiser, fast widerwillig hinzu: »Was mich trotzdem zu der Frage der ordnungsgemäßen Belehrung über ihre Rechte bringt.«

»Das habe ich mir fast gedacht.« Sein Blick war jetzt wachsam. »Schieß los. Ich höre.«

»Das weißt du doch schon, Jackson. Tatsache ist, daß sogar ich weiß, wann du die Ermittlung übernommen hast – nämlich als Brett im Krankenhaus festgehalten wurde, bis man einen Durchsuchungsbefehl für ihre Person und ihr Grundstück am See erwirkt hatte. Ab da habt ihr angefangen, die Sache korrekt zu handhaben. Doch da könnte es schon zu spät gewesen sein.« Caroline bemühte sich um einen ruhigen, respektvollen Ton, als sie weitersprach: »Als man dich angerufen hat, um dir mitzuteilen, daß man ein nacktes, blutbespritztes Mädchen mit einem blutigen Messer aufgegriffen, ins Gefängnis gesteckt und dazu bewegt hatte, die Beamten auf den See hinzuweisen, was hat man dir da über das Verlesen ihrer Rechte berichtet?«

Jacksons wachsames Lächeln war in Wirklichkeit gar kein Lächeln. »Sag du's mir.«

»Es hat nie stattgefunden. Und das heißt, daß Bretts Anwalt – wer immer das sein wird – eine gute Chance hat, zu erwirken, daß ihre erste Aussage über James' Leiche sowie sämtliche aufgrund dieser Aussage gesicherten Spuren, vielleicht sogar die Leiche selbst, auf jeden Fall aber die bei der Durchsuchung des Seegrundstücks und an Bretts Person sichergestellten Indizien und ihre spätere Aussage über die Umstände von James' Tod vor Gericht nicht als Beweise zugelassen werden.« Caroline schnippte mit dem Finger. »Weg, einfach so. Und dann stehst du mit leeren Händen da.«

Jacksons Lächeln war verschwunden. »Caroline«, sagte er verwundert, »ich habe mir alle möglichen Gespräche zwischen uns ausgemalt, aber dieses bestimmt nicht.« Sein Ton wurde schärfer. »Außerdem liegst du falsch. Das blutige Messer war deutlich zu sehen, Grund genug für die Polizei anzunehmen, daß möglicherweise jemand verletzt worden war. Doch man wußte nicht, wer oder was oder warum und ob Brett und eine mögliche weitere Person nicht von einem Dritten angegriffen worden waren. Kein Gericht der Welt wird die Polizei dafür tadeln, daß sie gefragt hat, ob es einen Verwundeten gibt, dessen Leben vielleicht noch gerettet werden konnte. Man nennt das auch ›Gefahr im Verzug‹.« Er beugte sich vor. »Laß mich dir eine Frage stellen: Bist du bereit, ihr zu einem Lügendetektortest zuzuraten?«

Caroline konnte nicht umhin, seine Cleverness zu bewundern. Leise erwiderte sie: »Ich glaube nicht an Lügendetektortests. Außerdem kann ein schlauer Ermittler den Test dazu benutzen, um sie zu verhören.«

Du glaubst nicht an sie, schien er zu denken, obwohl ihm der Gedanke offenbar wenig Freude bereitete. »Dann muß ich dir erklären, daß Brett aus Sicht der Staatsanwaltschaft große Probleme hat. Aus den bereits bekannten Gründen sowie aus einigen, die du ganz sicher noch nicht kennst.

Deine Verteidigung kann, wenn überhaupt, nur in der Behauptung bestehen, jemand sei ihnen zum See gefolgt. Doch das würde heißen, daß dein imaginärer Mörder sich auf den Weg gemacht hat mit dem Wissen, daß sie James allein lassen würde – denn wer könnte vernünftigerweise davon ausgehen, zwei gesunde und kräftige Collegestudenten niederzumetzeln? Außerdem mußte er wissen, daß James zu betrunken und/oder bekifft sein würde, um sich zu verteidigen.« Er machte eine Pause und sah Caroline eindringlich an. »Und er – oder sie – müßte gewußt haben, wie man im Wald verschwindet, ohne eine Spur zu hinterlassen.«

Ein Stoß durchzuckte Caroline. »Haben dir das die Leute von der Spurensicherung erzählt?«

Jackson faltete die Hände. »Als Brett vom Tatort geflohen ist, hat sie eine deutliche Spur hinterlassen – niedergetrampeltes Unterholz, zerbrochene Äste, Flecken von James' Blut an den Blättern. Wenn Bretts Geschichte stimmt, ist es unmöglich, daß der Mörder nicht ähnliche Spuren hinterlassen hat. Und bis jetzt haben wir nichts gefunden . . .«

»Das kann kaum sein. Lokale Polizeibeamte und Sanitäter waren vor Ort. Du kannst mir nicht erzählen, daß es rund um den ganzen See keine Fußabdrücke und was weiß ich noch für Spuren gibt, von Polizisten oder sonst jemandem, der im Wald herumgetrampelt ist. Ich glaube nicht, daß die Spurensicherung in der Lage ist festzustellen, wer sonst noch am Tatort gewesen sein könnte.«

Jackson beugte sich vor. »Außer dem Pfad, den Brett genommen hat, gibt es offenbar keinen anderen Fluchtweg. Der Mörder müßte genauso mit James' Blut bespritzt gewesen sein wie Brett. Doch wir haben nur die Blutspur gefunden, die sie hinterlassen hat – sonst nichts. Und wen willst du mir als möglichen Täter anbieten? Irgendeinen Penner, der die Brieftasche eines Studenten klauen wollte? Das glaubst du doch selbst nicht.« Jackson erhob seine Stimme. »Das war eine Beziehungstat, Caroline. Der Mörder hat den Jungen abgeschlachtet wie ein Tier, mit einem sehr scharfen Messer. Nenne mir einen Fall, in dem jemand so etwas mit einem Fremden getan hätte.«

Caroline sah ihn unverwandt an. »Charles Manson, zum Beispiel. Außerdem kannst du Brett nicht das geringste Motiv für den Mord nachweisen, schon gar nicht für einen derart bestialischen Mord.«

Jackson zögerte, ein schweigendes Eingeständnis, bevor er entgegnete: »Und du kannst keinen anderen Tatverdächtigen präsentieren.«

»Du vergißt James' Lieferanten.«

Jackson zog eine Braue hoch. »Vielleicht bin ich THC-mäßig nicht ganz auf dem laufenden, aber ich weiß bestimmt, daß es für einen kleinen Dealer in dieser Sache nichts zu holen gab.« Er machte eine Pause, als wäre es nicht sicher, ob er noch mehr verraten sollte, bevor er hinzufügte: »Wir haben James' Wohnung durchsucht und keine Spuren für einen Einbruch oder gar zerrissene Laken gefunden. Bretts Geschichte, daß irgend jemand seine Wohnung auf den Kopf gestellt hat, stimmt einfach nicht.«

Wieder fühlte sich Caroline getroffen. »Vielleicht hat er sie angelogen. Was den Dealer angeht...«

Jacksons angedeutetes Lächeln wirkte jetzt melancholisch. »Also, was bleibt? Bloß ein Mädchen, das vielleicht so unter Drogen stand, als sie ihren Freund getötet hat, daß du es auf Totschlag runterhandeln kannst.«

Caroline betrachtete ihn, bevor sie leise fragte: »Ihr habt doch das Messer nicht zu ihr zurückverfolgt, oder?«

Er schwieg einen Moment. »Nein.«

»Was für ein Messer ist es?«

»Ein Cahill-Anglermesser – ein ziemlich gutes.« Er hielt inne und betrachtete sie eine Weile. Vielleicht möchtest du es gerne mal sehen.«

Caroline nickte langsam. »Ja, das würde ich gerne.«

Jackson griff in eine zweite Schublade, zog eine durchsichtige Plastiktüte heraus und legte sie auf den Schreibtisch.

Caroline starrte stumm auf die Waffe.

Das Messer war eine Wertarbeit mit einem Knauf aus Knochen und einer langen, gezackten Klinge. Das Messer eines Anglers, der seine Ausrüstung sorgfältig pflegte. Die Klinge war blutverkrustet.

Caroline hatte ein flaues Gefühl im Magen. Erst nach einer Weile bemerkte sie Jacksons prüfenden Blick und fragte sich, wie lange sie das Messer betrachtet hatte.

Sie drehte die Tüte um. Auf der Rückseite der Klinge entdeckte sie wie erwartet die Seriennummer. Sie war zum Teil von Blut verdeckt. Caroline mußte blinzeln, ihre Lesebrille war in ihrem Aktenkoffer. Doch sie wollte nicht, daß Jackson wußte, was sie tat. Sie hatte schon als kleines Mädchen ein exzellentes Zahlengedächtnis gehabt.

Langsam gab sie Jackson die Tüte zurück. »Ein gutes Stück, wie du gesagt hast.«

Er legte das Messer auf den Schreibtisch zwischen ihnen und sah sie direkt an. »Ist das alles?« fragte er. »Oder gibt es sonst noch irgend etwas, was du besprechen möchtest?«

»Im Augenblick nicht.« Sie zögerte. »Danke.«

Caroline stand auf. Sie fühlte sich ein wenig abwesend, und ihr war leicht schwummrig.

Jackson erhob sich hinter seinem Schreibtisch und stemmte die

Hände in die Hüften. »Habe ich dich eben richtig verstanden? Hast du vor, diesen Fall möglicherweise nicht zu übernehmen?«

Das riß sie aus ihrer Trance. Sie sah ihn direkt an. »Wenn es keine Anklage gibt, spielt das doch keine Rolle.«

Er sagte nichts, sondern betrachtete sie nur mit eindringlichem und neugierigem Blick. »Ich habe gehört, du wirst Bundesrichterin.«

Caroline nickte langsam. »Sieht so aus.«

Er schien sie einen weiteren Moment zu mustern, bevor er schließlich sagte: »Das alles tut mir sehr leid. Für Brett und für alle anderen Beteiligten.«

Er streckte seine Hand aus, und Caroline ergriff sie rasch. »Danke«, sagte sie, »ich finde allein nach draußen.«

Sie drehte sich um und ließ ihn stehen.

Den Weg zu ihrem Wagen nahm sie kaum wahr. Den Blick auf ihre Schuhspitzen geheftet, sah sie weder nach rechts noch nach links und hob ihren Blick nicht einmal, als sie am Kapitol vorbeikam. Im Wagen blieb sie eine Zeitlang still sitzen.

Dann öffnete sie ihren Aktenkoffer auf dem Beifahrersitz, holte Stift und Zettel heraus und notierte die Seriennummer von der Klinge des Cahill-Messers.

6

Als Caroline heimkehrte, war, wie sie gehofft hatte, niemand zu Hause. Doch als sie auf ihr Zimmer zuging, fand sie eine Nachricht an der Tür.

Sie starrte auf den Zettel mit Bettys ordentlicher Handschrift. Ein Bob Carrow hatte angerufen. Vom *Manchester Patriot-Ledger*.

Caroline setzte sich aufs Bett.

Darauf war sie nicht vorbereitet. Dar *Patriot-Ledger* war die einzige überregionale Zeitung New Hampshires und hatte die öffentliche Meinung im Bundesstaat lange dominiert; politisch weit rechts stehend, attackierte sie Demokraten, Feministinnen und liberale Richterinnen, wie Caroline eine sein würde, mit besonderer Heftigkeit. Seit Carolines Kindheit rief die Redaktion in regelmäßigen Abständen zu Kreuzzügen für mehr Verurteilungen und längere Haftstrafen auf. Es gab keinen guten Grund, diesen Anruf zu erwidern, ganz bestimmt nicht für Caroline, deren potentielle Verwicklung in eine Strafsache in ihrer unmittelbaren Familie bei einer Veröffentlichung bestimmt bis zum Weißen Haus vordringen würde. Wütend und erschöpft knüllte sie den Zettel zusammen.

Doch dann hielt sie inne, öffnete ihre Hand und starrte auf das zerknitterte Papier.

Wer, fragte sie sich, hatte ihr das angetan?

Denn sie mußte auch an Brett denken. Sollte es zum Prozeß kommen, würden sämtliche Medien New Hampshires in großer Aufmachung darüber berichten, ganz besonders der *Patriot-Ledger*. Für Caroline, die Anwältin, war es wichtig, daß die Presse ausgewogen über ihre Mandantin berichtete – vielleicht sogar wohlwollend, wenn Caroline etwas nachhalf. Und das tat sie bestimmt nicht, indem sie die größte Zeitung des Staates ignorierte.

Eine halbe Stunde saß sie grübelnd da, dachte über die Gründe nach, die sie bewogen hatten, dieses Haus zu verlassen, und über die zwanzig Jahre, in denen sie daran gearbeitet hatte, Bundesrichterin zu werden. Und über ein Mädchen, das sie kaum kannte.

Dann strich sie den Zettel glatt und ging zum Telefonieren in die Küche.

»Bob Carrow.«

Eine Stimme, wie sie sie aus zahllosen Redaktionen kannte – nervös, begierig, aggressiv.

Sie gab sich Mühe, höflich, ein wenig überrascht und vage gelangweilt zu klingen. »Hier ist Caroline Masters.«

»Oh, ja. Vielen Dank, daß Sie zurückrufen. Ich habe gehört, Brett Allen ist Ihre Nichte.«

»Ja«, erwiderte sie trocken, »das habe ich auch gehört.«

Ein kurzes Zögern am anderen Ende. »Es besteht die Möglichkeit, daß sie des Mordes angeklagt wird.«

»Tatsächlich? Wen hat sie denn ermordet?«

»Nun, James Case...«

»Wer hat Ihnen das erzählt? Nein, lassen Sie mich raten, das Büro des Generalstaatsanwaltes.« Caroline machte eine Pause und fuhr dann mit fester, ruhiger Stimme fort: »Sie sprechen von einer jungen Frau, die gerade einen geliebten Menschen verloren hat – unter grausamen Umständen, einschließlich des traumatischen Erlebnisses, seine Leiche zu finden. Und niemand – kein Mensch – hat auch nur den geringsten Grund, sie in irgendeinen anderen Zusammenhang mit diesem Mord zu bringen, von so etwas wie einem Tatmotiv ganz zu schweigen...«

Caroline bremste sich. Schon morgen konnte die Polizei etwas finden, ermahnte sie sich. Es war an sich gar nicht ihre Art, sich so weit vorzuwagen.

»Sie halten sie also für unschuldig?« fragte Carrow.

»Unschuldig? Brett hätte leicht selbst zum Opfer werden können. In dieser Hinsicht – wenn auch nur in dieser – hat sie großes Glück gehabt.«

»Wer hat James Case Ihrer Ansicht nach dann getötet...«

»Auf jeden Fall niemand, der zweiundzwanzig und über beide Ohren verliebt in ihn war.« Caroline dämpfte ihre Stimme. »Und ich hoffe, daß Brett von Ihrer Zeitung Objektivität und Fairness erwarten kann.«

Ihr Tonfall hatte angedeutet, daß das Gespräch damit beendet war. »Nur noch eine Frage«, sagte Carrow hastig. »Das Weiße Haus hat gerade Ihre Nominierung als Richterin an das Bundesappellationsgericht bekanntgegeben. Halten Sie es für angemessen, daß eine Kandidatin für ein derart hohes richterliches Amt in eine Strafsache verwickelt ist?«

Caroline spürte ihre plötzliche Nervosität und fragte sich, woher sie kam. »Ich glaube, Sie mißverstehen meine Rolle. Ich bin als Mitglied der Familie nach New Hampshire gekommen.«

»Aber heute morgen haben Sie den stellvertretenden Generalstaatsanwalt Mr. Watts getroffen. Was war der Zweck Ihres Treffens?«

»Ich wollte der Sorge meiner Familie Ausdruck verleihen. Auch was die Ergreifung des Täters angeht.« Sie gönnte sich einen Unterton der Verärgerung. »Denken Sie mal darüber nach, Mr. Carrow. Nicht nur, daß jemand den Freund meiner Nichte ermordet hat, dieser Jemand läuft auch noch immer frei herum. Stellen Sie sich vor, wieviel Angst das dem Mädchen macht.«

Einen Augenblick war es still in der Leitung. »Übernehmen Sie Miss Allens Verteidigung?«

»Verteidigung? Sie braucht keinen Rechtsbeistand. Alles, was sie braucht, ist die Unterstützung ihrer Familie.« Caroline machte eine Pause. »Ich gehe davon aus, in Kürze nach San Francisco zurückzukehren, um mich wieder der Angelegenheit zu widmen, bei der ich durch diese Tragödie gestört worden bin – nämlich meiner Vorbereitung auf die Senatsanhörungen. Was mir selbstverständlich eine große Ehre ist. Sonst noch was?«

Sein Ton war eine Mischung aus Höflichkeit und einer gewissen Scheinheiligkeit. »Ich weiß, daß das schwierig ist. Doch ich würde es für hilfreich halten, wenn Miss Allen persönlich mit uns sprechen könnte.«

Caroline atmete tief ein. »Ich bin sicher, Sie werden verstehen, wie wenig Brett im Moment danach zumute ist, mit Fremden zu sprechen. Für den Augenblick müssen Sie also mit mir vorlieb nehmen. Doch sollte sie je das Bedürfnis haben, mit jemandem – außerhalb ihres engsten Verwandtenkreises – über diese Angelegenheit zu sprechen, werden wir es Sie ganz bestimmt wissen lassen.«

»Okay«, sagte er einigermaßen besänftigt, bevor er eifrig hinzufügte, »als ersten, nach Möglichkeit – okay?«

»Ja, nach Möglichkeit.« Sie machte eine längere Pause. »In unserer Familie genießt der *Patriot Ledger* großen Respekt.«

»Gut.« Sie hörte sein Zögern, bis er entschied, sie nicht weiter zu bedrängen. »Vielen Dank, Miss Masters.«

»Aber das war doch selbstverständlich.«

Als sie auflegte, wartete Caroline erneut auf das Klicken eines zweiten Telefons, doch sie hörte nichts.

Im Stall ihres Vaters war es düster, fast wie in einem Schuppen. Die Sonne fiel durch ein Fenster hoch über ihr und warf lange Schatten in die Ecken. Auf einer Seite stand ein weißer Jeep, der in dem riesigen Raum fast winzig wirkte.

Caroline, die Anwältin, wußte, daß sie umkehren und dieses Gebäude verlassen sollte. Doch das tat sie nicht.

Im hinteren Teil des Stalls war die Werkbank ihres Vaters, sein Werkzeug, die Schraubzwinge zum Holzsägen. Channing Masters glaubte an das Prinzip »Selbst-ist-der-Mann«; Caroline fragte sich, wie oft sie dabeigesessen hatte, wenn ihr Vater etwas gebaut oder repariert hatte, nie bereit, ein Scheitern einzugestehen.

Caroline ging an der Werkbank vorbei zu dem Ständer mit den Gewehren.

Alles war an seinem von jeher angestammten Platz – Gewehre zum Jagen und für Fangschüsse, ein Revolver, eine Armbrust, diverse Angelruten. Die Waffen waren gereinigt und geölt, ihre Läufe poliert, die Angelruten und Spulen mit Angelschnur versehen. Caroline hatte das Gefühl, sich an die meisten Gegenstände zu erinnern. Ihr Vater ging sorgfältig mit seinen Sachen um; weil sein Herz daran hing und er ein praktischer Mensch war, pflegte er, was er hatte, und warf nur selten etwas weg. An Neuem fand er keinen Geschmack.

Neben den Angelruten war ein Holzregal mit Haken.

Als Zehnjährige hatte Caroline mitgeholfen, es zu bauen. Sie hatte das Holz lackiert und kaum abwarten können, bis der Lack getrocknet war, damit sie das Regal an der Wand befestigen und die Messer, eins nach dem anderen in ledernen Scheiden an Haken aufhängen konnten.

Am Ende des Regals entdeckte Caroline einen leeren Haken. Plötzlich kam ihr der Stall kalt und zugig vor.

Sie drehte sich um, ging zurück zum Haus und schloß die Tür hinter sich.

An die Tür gelehnt, blieb sie eine Zeitlang stehen. Sie dachte, daß sie Betty und Larry einen Bericht über die Ereignisse des Tages schuldete – auf jeden Fall schuldete sie ihn Brett. Doch jetzt mußte sie erst einmal weg hier.

Sie ging zum Telefon, reservierte ein Zimmer im Resolve Inn und verließ das Haus.

7

Noch halb im Traum schreckte Caroline in einem fremden Zimmer hoch. Vor dem Fenster breitete sich das erste Grau der Dämmerung aus. Erst nach einer Weile erkannte sie die wenigen antiken Möbel und die Schiebefenster, und ihr fiel wieder ein, daß sie in Resolve war, der Stadt ihrer Kindheit. Sie fühlte sich orientierungslos: Ihr war, als hätte sie zwanzig Jahre gebraucht, sich ein Leben aufzubauen, und nur drei Tage, es wieder zu verlassen.

Sie zog Jeans und einen Pullover an, ging nach unten in den Speisesaal, goß schwarzen Kaffee in einen großen Becher und schlenderte auf die Veranda vor dem Haus und weiter die Hauptstraße der kleinen Stadt hinunter.

Links von der Straße erhob sich sanft ein Hügel, rechts fiel die Böschung zu einem rauschenden Bach hin ab. Die Straße selbst war inzwischen asphaltiert, aber sonst hatte sich wenig geändert. Caroline folgte der Allee, vorbei an den weißen Holzhäusern aus dem vorigen Jahrhundert, als die Gegend prosperiert hatte; der schmucklosen Kirche mit dem kleinen Turm, in dem die Gemeindeversammlungen abgehalten wurden; der Bibliothek in dem gelben Flachbau, die laut dem Schild vor dem Eingang noch immer exzentrische Öffnungszeiten nach den Launen der Bibliothekarin pflegte; dem hölzernen, mittlerweile leicht angeschmuddelten Freimaurergebäude auf einem zurückliegenden Hügel. Auch Channing Masters war der Loge beigetreten, weniger aus Begeisterung denn aus sozialer Verpflichtung. Caroline konnte sich noch daran erinnern, wie ihre Mutter sich allerlei geheime Freimaurerrituale ausgemalt hatte, mit Geweihen und Frauenkleidern und Blutschwüren gegen Nicht-Freimaurer. Channing hatte ihren Spott schweigend erduldet.

Das einzige, was neu war, war ein großer Wohnwagen – ansonsten gab es kein Zeichen von Handel. Der Gemischtwarenladen war mit Brettern vernagelt, die Zapfsäule davor stillgelegt. Caroline vermutete, daß es jetzt an einer befahreneren Straße in der Nähe eine Tankstelle und einen Supermarkt gab.

An der Stelle, wo die Straße eine Kurve machte und eine Brücke über den Fluß führte, kehrte sie um. Über der Stadt hing ein vager Hauch von Depression.

Caroline ging auf ihr Zimmer zurück, rief Brett an und schlug ihr vor, auf dem Lake Winnipesaukee segeln zu gehen. Es überraschte sie nicht, daß Brett sofort einverstanden war.

Die Luft war warm, und es ging ein leichter Wind; Brett stand am Ruder der gemieteten Jolle. Das Segeln schien sie zu verändern. Auf der Fahrt nach Winnipesaukee hatte sie sich wie eine Muschel zurückgezogen. Doch jetzt hatte sie Farbe im Gesicht, ihre Augen leuchteten, und sie handhabte das Boot mit routinierten, instinktiven Bewegungen. Es war, als ob die körperliche Bewegung eine innere Spannung lösen würde – genau wie bei Caroline immer. Sie strahlte auf einmal eine Sinnlichkeit aus, die Caroline vorher nicht wahrgenommen hatte.

Caroline vermutete, daß Channing Brett das Segeln auf dem Lake Winnipesaukee beigebracht hatte, nachdem er das Haus in Martha's Vineyard verkauft hatte, als sie noch ein Baby war. Sie schien jede Bucht des ausgedehnten Gewässers zu kennen und die bewaldeten Hügel an seinen Ufern mit einem Gefühl großer Vertrautheit zu betrachten, versunken in angenehme Erinnerungen. Als eine plötzliche Böe die Segel traf und Brett bei dem Versuch, gegen den Wind anzukreuzen, eine Ladung Wasser abbekam, grinste sie mit unvermittelter Lust in die Sonne. Caroline beschloß, sie so lange segeln zu lassen, wie sie wollte.

Erst kurz vor zwei, nach drei Stunden auf dem Wasser, gingen Brett und Caroline in der Nähe von Woodman's Cove vor Anker.

Die Luft war jetzt feucht, doch die Sonne brannte heiß; Caroline trank aus der Dose. »Billiges, wäßriges amerikanisches Bier«, sagte sie. »Perfekt für einen Tag wie heute.«

Sie saßen einander am Heck gegenüber und blickten auf das Wasser und die umliegenden Hügel, während das Boot sanft hin und her schaukelte. Auch Brett hielt eine Dose Bier in der Hand und versuchte zu lächeln. Doch offenbar war sie wieder in der harten Realität gelandet; sie wirkte irgendwie gedämpft, aber wachsam.

»Wie ist es mit dem Staatsanwalt gelaufen?« fragte sie schließlich.

Caroline überlegte. »Ihm fehlen vor allem zwei Dinge, und beide sind entscheidend. Er kann dich nicht mit dem Messer in Verbindung bringen, und er kann, was noch wichtiger ist, keinen Grund dafür finden, warum du deinen Freund getötet haben solltest...«

»Es gibt keinen«, sagte Brett schlicht.

Auf Caroline machte sie jetzt wieder einen zerbrechlichen Eindruck. »Wärst du mit ihm gegangen?« fragte sie.

Caroline sah ein Flackern in Bretts Augen, vielleicht war es Schmerz, bevor Brett zu ihrer Überraschung ruhig erwiderte: »Nein, ich glaube nicht.«

»Hat irgend etwas zwischen euch nicht gestimmt?«

»In gewisser Weise schon.« Brett sah sie jetzt direkt an. »Manchmal hatte ich das Gefühl, daß ich nie wußte, was James dachte oder plante. Er hat schon als Kind gelernt, sich selbst zu schützen – er war keine Nähe gewohnt. Ich habe es verstanden. Aber so hätte ich nicht leben können.«

Warum hast du ihn dann geliebt, wollte Caroline fragen, doch das war eine Frage, die eine Anwältin nicht stellen sollte. Sie bemerkte, daß Brett sie mit neuem Interesse beobachtete.

»Warum bist du eigentlich weggegangen?« fragte Brett. »Darüber wird hier nämlich nie geredet.« Sie zögerte einen Moment, als fürchte sie, taktlos zu sein, und sagte dann noch: »Nicht über dich und nicht über deine Mutter.«

Caroline lächelte matt. »Typisch Neuengland.«

»Ein typischer Fall von Verdrängung«, sagte Brett müde. »Bis du dauernd im Fernsehen warst, hatte ich deinen Namen jahrelang nicht gehört. Und dann saß Großvater in seinem Zimmer, hat sich angeschaut, wie du diesen Prozeß geleitet hast, und mit keinem Menschen ein Wort geredet. Und meine Mutter war auch kurz angebunden und gereizt.«

Carolines Schulterzucken sollte nonchalant wirken. »Manchmal ist Schweigen nur Schweigen. Und Abwesenheit einfach nur das.«

Doch Brett zeigte sich unbeeindruckt. »Es ist nicht nur Schweigen, Tante Caroline. Es ist noch etwas anderes. Sowohl für Großvater als auch für meine Mutter.«

Vielleicht versuchte auch Brett die Beziehung zu ihrer Familie zu klären und suchte jetzt in Carolines Geschichte nach Hinweisen. Sie lächelte kurz. »Zuerst kannst du mal die ›Tante‹ weglassen – das klingt, als wäre ich eine schreckliche mittelalte Matrone aus einem Broadway-Musical, ›Caroline‹ reicht. Und was unsere Familie angeht, so ist vermutlich die ehrlichste Antwort, die ich dir geben kann, daß ich unabhängig sein wollte und mir absolut sicher war, daß ich es nur sein könnte, wenn ich weggehen würde. Was die anderen empfunden haben, kann ich nur vermuten: Ich war damals zweiundzwanzig und habe – offenbar im Gegensatz zu dir – nicht groß über die Gefühle anderer Menschen nachgedacht.«

»Wo bist du hingegangen?«

»Ich habe ein Jahr auf Martha's Vineyard gelebt«, sagte Caroline, um einen beiläufigen, desinteressierten Tonfall bemüht. »Dann bin ich nach San Francisco gegangen, habe mich für ein Jurastudium eingeschrieben und bin hängengeblieben. Das ist alles.«

»Aber warum San Francisco? Warst du jemals vorher dort?«

Caroline schüttelte den Kopf. »Es klang nett und schien mir damals so weit von Zuhause entfernt, wie es eben ging.«

»Wovon hast du gelebt?«

»Ich habe gearbeitet. Außerdem hatte meine Mutter mir ein bißchen Geld hinterlassen. Aus einer Lebensversicherung.«

Brett betrachtete sie eine Weile, wie hin und her gerissen zwischen Neugier und Rücksichtnahme. Leise sagte sie: »Ich habe noch nie ein Bild von deiner Mutter gesehen.«

Caroline lächelte knapp. »Das ist kaum überraschend. Sie ist seit dreißig Jahren tot.« Sie hielt inne, weil ihr ihr eigener Tonfall nicht gefiel. Sanfter fuhr sie fort: »Sie war klein und dunkel und sehr hübsch. Als Kind fand ich sie immer irgendwie exotisch.«

Brett schien zu zögern, vielleicht wegen des Ausdrucks in Carolines Gesicht. »Es tut mir leid«, sagte sie schließlich. »Aber ihr beide seid so etwas wie das Familiengeheimnis. Von deiner Mutter weiß ich nur, daß sie Französin war und bei einem Unfall ums Leben gekommen ist.«

Caroline schwieg einen Moment. Doch sie fand es immer noch leichter, über ihre Mutter zu sprechen, als über sich selbst. »Sie war eine französische Jüdin«, korrigierte sie schließlich. »Und das war die eine Sache, die ihr Leben entscheidend geprägt hat.«

Eines Abends – Caroline war neun oder zehn gewesen – war ihre Mutter zum Gutenachtsagen in ihr Zimmer gekommen. Freudig überrascht hatte Caroline sie gebeten, eine Geschichte zu erzählen. Mit gespielter Verzweiflung hatte Nicole erwidert: »Aber ich weiß heute abend keine Geschichten.«

Caroline wußte, daß ihre Mutter getrunken hatte. Sie merkte es an ihrem Atem, an ihrer unbeschwerten Stimmung und ihren leichten Problemen, die Wörter der ihr fremden Sprache auszusprechen. Dadurch ermutigt erwiderte sie: »Dann erzähl mir von deiner Familie. Von deinen Eltern und deinem Bruder.«

Caroline wußte nur, daß sie tot waren. Doch in der Dunkelheit ihres Kinderzimmers spürte sie das Schweigen ihrer Mutter wie eine Last auf ihrer eigenen Brust. Nicole war vollkommen still.

»Willst du es wirklich hören, Caroline?«

Die Stimme ihrer Mutter klang jetzt glasklar, und ihr Stimmungsumschwung machte Caroline angst. Doch sie konnte nicht nein sagen.

»Ja«, antwortete sie. »Ich will.«

Wieder Stille. »Wir haben in Paris gelebt«, sagte Nicole schließlich. »Mein Vater war Professor für Jura an der Universität. Meine Mutter hat sich zu Hause um mich und meinen Bruder Bernard gekümmert.« Sie machte eine kurze Pause und fuhr mit ironischem Unterton fort: »Ich weiß noch, daß ich immer dachte, daß sie irgendwie komisch redet – sie war Russin, keine französische Staatsbürgerin, und erst als junges Mädchen nach Frankreich gekommen. Doch als Kind war es mir einfach nur peinlich. Sie war genau wie mein Vater jüdisch. Doch seine Familie war zutiefst französisch geprägt. Sicher, wir sind in die Synagoge gegangen und haben die religiösen Feiertage beachtet, aber ansonsten fühlte ich mich nicht anders als die Kinder seiner Kollegen. Na ja, vielleicht ein bißchen anders – aber ich habe mich bestimmt nicht *bedroht* gefühlt.« Sie hielt inne und fragte leise: »Du weißt doch, was es heißt, Jude zu sein, nicht wahr Caroline? Was während des Krieges passiert ist?«

Sie nickte. Irgend etwas an ihrer Frage ließ Caroline nach ihrer Hand greifen.

Ihre Mutter schien es nicht zu bemerken. »Als die Deutschen einmarschiert sind«, fuhr sie leise fort, »war ich fünfzehn und Bernard zwölf. Marschall Petain wurde das Oberhaupt einer französischen Marionettenregierung. Und ich begann zu spüren, was es heißt, jüdisch zu sein. Mit siebzehn mußte ich einen Davidstern tragen. Wegen der Rassengesetze, die nicht die Deutschen, sondern unsere französischen Landsleute erlassen hatten. Mein Vater protestierte und nannte die Gesetze unmoralisch. Als er seinen Posten an der Universität verlor, riefen einige Freunde an, um ihr Mitleid zu bekunden. Doch besucht hat uns niemand. Wir haben keinen von ihnen je wiedergesehen.«

Caroline versuchte sich ihre Mutter als Außenseiterin vorzustellen, ihre eigene Familie – Channing, Nicole und Betty – als Geächtete. »Was habt ihr gemacht?« fragte sie.

»Mein Vater hat unser Haus und unseren Besitz verkauft, und wir sind in das jüdische Viertel von Paris gezogen. Das ganze Jahr 1942 über gab es Verhaftungen. Ausländische Juden wurden von der französischen Polizei oder deutschen Soldaten abgeholt, an Sammelpunkten zusammengepfercht und dann per Bahn abtransportiert. Wohin, wußten wir nicht. Ich hatte noch immer Hoffnung.« Nicole hielt inne. »Ich habe meinen Vater vergöttert, mußt du wissen. Solange er noch Hoffnung hatte, hatte ich sie auch. Wir waren schließlich *Franzosen*. Und Vater glaubte, daß keine französische Regierung – nicht einmal diese – ihre eigenen Bürger im Stich lassen würde. Und sei es nur aus Stolz.«

Im Mondlicht, das durch das Fenster hereinfiel, betrachtete Caroline das Gesicht ihrer Mutter. Es wirkte durchsichtig, emotionslos, als würde sie eine Geschichte aufsagen, die zu erzählen sie schon vor langer Zeit müde geworden war.

»Als ich achtzehn war«, fuhr sie fort, »haben sie mich auf die Universität geschickt. Als ob sie mich, indem sie so taten, alles wäre normal, schützen könnten. Und das haben sie in gewisser Weise auch getan. Eines Abends wartete mein Bruder nach der Vorlesung auf mich. Ein ehemaliger Fakultätskollege meines Vaters hatte erfahren, daß es eine weitere Verhaftungswelle geben sollte, und ihn gewarnt. Also bat mich mein Vater, bei meiner nichtjüdischen Freundin Catherine zu übernachten. Ich flehte Bernard an, mit mir zu kommen. Doch er mußte zurück.« Nicoles Stimme hat einen Ton leiser Ironie angenommen. »Um meinen Eltern zu sagen, daß ich in Sicherheit war.«

Ohne zu wissen warum, schlang Caroline die Arme um ihren Körper. Ihre Mutter beachtete sie nicht. Sie schien Carolines Anwesenheit kaum wahrzunehmen.

»In jener Nacht habe ich bei Catherine geschlafen«, fuhr sie fort. »Aber am nächsten Morgen mußte ich einfach nachsehen. Das Viertel, in dem wir wohnten, stammte noch aus dem Mittelalter – enge, dunkle, gepflasterte Gäßchen. Ich war gerade in unsere Straße eingebogen, als ich einen uniformierten Polizisten sah, einen Franzosen. Er trug in jeder Hand einen Koffer und weinte. Ich hatte noch nie einen Polizisten weinen sehen. Hinter ihm folgte, begleitet von weiteren Polizisten, eine Schlange von Kindern und Erwachsenen, die ihre Koffer mit sich schleppten. Am Ende der Schlange gingen mein Vater, meine Mutter und mein Bruder.

Ich wartete, bis sie an mir vorbeikamen.

Meine Mutter sah mich überhaupt nicht. Sie starrte stur geradeaus, eine Hand in der meines Vaters, die andere in Bernards. Tränen flossen über ihr Gesicht. Als sie vorbeikamen, sah mich mein Vater an der Straßenecke stehen. Ich wollte ihn ansprechen, die Hand ausstrecken, doch seine Lippen formten stumm das Wort ›nein‹. Er starrte mich noch einen Moment länger an, um sicherzugehen, daß ich verstanden hatte, und riß dann seinen Blick von mir los. Da begriff ich. Meine Mutter war keine französische Staatsbürgerin, und mein Vater wollte sie nicht verlassen. Genausowenig wie Bernard. Ich beobachtete, wie sie um die Ecke gingen und verschwanden.«

Nicoles Stimme brach ab. Caroline konnte kaum atmen.

Mit gedämpfter Stimme fragte sie: »Was ist mit ihnen passiert, Mama?«

Nicole schien im Dunkeln die Schultern zu zucken.

»Catherines Vater kannte jemanden«, antwortete sie schließlich. »Ich wurde nach Le Chambon in der Gegend der Cévennes gebracht. Dort gab es eine Tradition des Widerstands – viele Bauern waren Protestanten, deren Vorfahren ebenfalls verfolgt worden waren. Den Rest des Krieges verbrachte ich bei einem Bauern und seiner Familie. Sie waren sehr nett zu mir, genau wie alle anderen Dorfbewohner. Doch ich träumte die ganze Zeit nur von Bernard und meinen Eltern, fragte mich, wo sie waren und wie es ihnen ging, und betete alle möglichen Gebete für sie ... Nach dem Krieg kehrte ich nach Paris zurück. Ich arbeitete als Dolmetscherin für die Amerikaner und fragte jeden nach Unterlagen über die Deportation oder auch nur nach Gerüchten über meine Familie. Schließlich erfuhr ich von einem freundlichen amerikanischen Offizier ...«

Ihre Mutter brach ab, in ihren Augen standen Tränen.

Ängstlich griff Caroline nach ihrer Hand. »Was, Mama?«

Erst jetzt sah Nicole sie an. Leise antwortete sie: »Deine Großeltern sind in Auschwitz gestorben. Genau wie der Junge, der dein Onkel gewesen wäre.«

Instinktiv streckte Caroline ihre Arme aus, um sie zu umarmen. Doch Nicole hielt sie zurück und sah Caroline eindringlich an, bis ihre Tränen getrocknet waren.

»Du bist Jüdin, Caroline. Und es gibt auf der ganzen Welt keine Regierung und keinen Menschen, dem man je wirklich trauen kann. Denk immer daran.«

Brett sagte lange Zeit gar nichts. Caroline fühlte sich erschöpft.

Sie saßen schweigend da, ihre Bierdosen unbeachtet in der Hand. Brett schien sie zu betrachten. Schließlich fragte sie: »Wie kam es, daß sie Großvater geheiratet hat?«

Caroline sammelte ihre Gedanken. »Nachdem seine erste Frau bei der Geburt deiner Mutter gestorben war, fühlte er sich ein wenig verloren, glaube ich. Also ließ er Betty bei einer Tante und einem Onkel und ging als Jurist zur Armee. Nach dem Krieg hat er in Paris Beweismittel gegen deutsche Kriegsverbrecher für die Nürnberger Prozesse zusammengetragen.« Caroline hielt inne und fuhr dann leise fort. »Er war der ›freundliche Offizier‹, der meiner Mutter vom Schicksal ihrer Eltern berichtet hat. Danach muß ihr New Hampshire wie ein ziemlich sicherer Ort vorgekommen sein. Und mein Vater hatte sich in sie verliebt.«

Bretts Miene drückte Mitgefühl aus. »Glaubst du, daß sie ihn auch geliebt hat?«

Caroline blickte an ihr vorbei auf die Berge. »Meine Mutter ist gestorben, als ich vierzehn war«, sagte sie schlicht. »Ich war noch zu klein, um es wirklich zu wissen.«

Brett sah sie sanft und fragend an. »Das muß doch schrecklich für dich gewesen sein.«

Mehr, als du je ahnen wirst. »Oh, es war schwierig.« Sie lächelte schwach. »Aber vierzehn ist sowieso ein schwieriges Alter.«

Brett sagte eine Weile nichts. Caroline beobachtete sie und konnte fast spüren, wie sie die Versatzstücke ihrer Familiengeschichte zusammensetzte und sich fragte, in welchen Winkel wessen Herzens sie bisher nie geschaut hatte. Doch Caroline war für sie eine Fremde, und Nicole ein Grabstein auf einem Friedhof. Nur Channing Masters war real.

»Als sie starb«, fragte Brett schließlich, »wie war das für Großvater?«

Caroline hörte die unausgesprochene Frage: *Wie konntest du ihn trotzdem so verletzen?* Doch sie beschloß, wenigstens darauf mit der ganzen Wahrheit zu antworten.

»Oh«, sagte sie leise. »Ich bin ziemlich sicher, es hat ihm das Herz gebrochen.«

Es war etwa vier Uhr, die Sonne fiel schräg auf das blaue Wasser des Sees. Brett war in grüblerisches Schweigen versunken. Doch Carolines Geschichte schien ihre Gedanken ein wenig von der Gegenwart abgelenkt zu haben, und zumindest dafür war Caroline dankbar.

»Bist du je verheiratet gewesen?« fragte Brett.

Caroline lächelte. »Nicht ein einziges Mal.«

»Hast du dich nie einsam gefühlt?«

Caroline sah sie an. Ihre Neugier war bestimmt auch Ausdruck ihres Bedürfnisses, eigene Antworten zu finden. Caroline fragte sich, wieviel sie überhaupt noch mit Betty sprach. »Eigentlich nicht«, erklärte Brett. »Man gewöhnt sich daran, für sich zu sein. Natürlich gibt es noch immer die Vorstellung, daß eine alleinstehende Frau sich angeblich unfruchtbar fühlt, im wörtlichen wie im übertragenen Sinne. Vor allem«, fügte sie mit einem spöttischen Grinsen hinzu, »wenn sie ihr Elend noch durch eine erfolgreiche berufliche Karriere verschlimmert.«

Brett neigte den Kopf. »Dann wolltest du nie Kinder haben?«

Caroline zuckte die Schultern. »Eine Freundin von mir hat mal gesagt: ›Ich liebe Kinder zu sehr, um ihnen eine Mutter wie mich zuzumuten.‹« Sie hielt inne und dachte, daß dieses Mädchen eine ehrliche Antwort verdient hatte. Sanfter fuhr sie fort: »Vielleicht hätte ich gern Kinder gehabt. Aber man versucht eben, die Dinge, die man nicht ändern kann, zu verdrängen. Es ist besser so.«

Brett nickte und betrachtete sie noch eingehender. Sie sah nicht aus, als wollte sie weitere Fragen stellen.

Als die Sonne langsam unterging, spürte man eine erste Kühle in der Luft. Caroline zog sich einen Anorak über.

»Was wirst du tun, wenn alles vorbei ist?« fragte sie.

Die Frage schien Brett zu überraschen. »Ich weiß es nicht«, sagte sie. »Mir kommt im Moment alles so unwirklich vor. Bevor das alles passiert ist, wollte ich schreiben, Kurzgeschichten, Romane.«

Es war vielleicht gut, sie über die Zukunft reden zu lassen, dachte Caroline, über etwas, das nichts mit James Case zu tun hatte. »Warum schreiben?«

»Weil ich glaube, daß ich Talent habe – zumindest glauben

meine Dozenten das.« Fast schwärmerisch fuhr sie fort: »Es kommt mir so vor, als ob das der einzige Beruf ist, bei dem das, was man denkt und fühlt, wirklich zählt.«

Caroline nickte. »Hast du schon viel geschrieben?«

»Eine Menge.« Sie lächelte kurz. »Ich denke mir ständig Geschichten aus, damit habe ich schon angefangen, als ich noch ganz klein war – vielleicht mit drei oder so. Ich habe mir Leute, Orte und Dinge ausgedacht, die es nie gegeben hat. Mein Dad sagte immer, daß ich Wirklichkeit und Phantasie nicht auseinanderhalten kann...« Brett hielt inne und sah Caroline kurz an.

Caroline tat so, als habe sie es nicht gemerkt. »Und was haben deine Eltern dazu gesagt?«

Brett schwieg einen Moment. »Damit waren sie einverstanden – vor allem Dad. Und Großvater hat gesagt, daß Schriftsteller einen bestimmten Ort brauchen – wie Faulkner sein Yoknapatawpha County. Und daß ich einen solchen Ort schon hätte. Gleich hier.«

»Nun«, sagte Caroline sanft, »das ist in der Tat bequem. Für alle.«

Brett lächelte ein wenig. »Den Teil habe ich schon begriffen – daß er mich hierbehalten wollte. Aber mein Großvater war auch immer für mich da: zum Wandern, zum Hausaufgabenmachen oder einfach nur so zum Reden über Bücher und das Schreiben. Wenn ich nachmittags nach Hause kam, hat er meistens schon auf mich gewartet. Um etwas zu unternehmen oder sich einfach meinen Tag erzählen zu lassen.« Ihr Lächeln erstarb. »Ich hatte nichts dagegen. Es war, als ob ich die einzige gewesen wäre, die für ihn übriggeblieben ist.«

Caroline war überrascht; ohne jede Vorwarnung konnte Brett von unbefangenem Geplauder auf scharfsichtige Beobachtungen umschalten. »Wie meinst du das?«

Brett sah sie direkt an. »Ich meine, daß meine Mutter nie seine Lieblingstochter war, Caroline. Du warst es.«

»Das glaube ich nicht. Ich glaube nicht, daß es je so war.«

Brett schüttelte den Kopf. »Als wir einmal zusammen wandern waren, habe ich ihn nach dir gefragt. Er sah so traurig aus, daß ich nie wieder gefragt habe.« Brett zögerte: »Bist du deswegen zurückgekommen? Wegen ihm?«

»Die Welt dreht sich nicht nur um ›ihn‹.« Caroline hielt inne und fuhr mit sanfterer Stimme fort: »Um ehrlich zu sein, bin ich deinetwegen zurückgekommen.«

Brett sah sie erst überrascht, dann skeptisch an. »Warum?«

»Wir sind schließlich verwandt.« Caroline atmete tief ein. »Ich bin Anwältin und will dir helfen. Meine Probleme mit der Familie sind nicht deine Probleme.«

»Tut mir leid – ich wollte dich nicht verärgern.«

Caroline winkte ab. »Das hast du nicht. Wirklich nicht.« Mit leiser Neugier fragte sie: »Und wie paßt dein Vater in dieses Bild?«

Brett lehnte sich zurück. »Du und Dad, ihr wart Freunde, nicht wahr?«

»Ja. Das waren wir.«

Brett nickte langsam. »Dad ist mir manchmal ein Rätsel ... er hat meine Erziehung mehr oder weniger Mom überlassen.« Spöttisch fuhr sie fort: »Wahrscheinlich hat sich der Elternteil mit den stärksten Gefühlen durchgesetzt. So wie meine Mom ist, war das keine ernsthafte Auseinandersetzung – und Dad wollte den Ärger nicht, den sie ihm gemacht hätte, wenn er es darauf angelegt hätte.« Brett hielt inne, als würde sie sich schämen; wieder spürte Caroline die Wechselhaftigkeit ihrer Gefühle. »Das sollte ich eigentlich nicht sagen. Ich weiß, daß mein Dad mich liebt, und er kann sehr nett sein. Er geht Konflikten nur gerne aus dem Weg, und ich glaube, Moms Emotionen sind so stark,daß sie ihm angst machen. Manchmal kommt es mir so vor, als ob Großvater – der meine Mom noch am ehesten einschüchtert – mehr mein Vater war als er.«

Einen Moment lang dachte Caroline an den Larry mit den sanften Augen und dem trägen, freundlichen Lächeln, der ihr den Spitznamen »Caro« gegeben hatte. Sie dachte an ihn, wie er den schlafenden Säugling gehalten hatte, verwundert über seine plötzliche Vaterschaft. Und sie empfand Trauer und Wut, daß er an den Rand gedrängt worden war im Leben dieses Mädchens, ersetzt durch Bettys und Carolines Vater.

»Hast du je rebelliert?« fragte Caroline.

Brett lächelte schwach. »Hast du die Satellitenschüssel hinter dem Haus gesehen? Das war meine Rebellion. Ich habe ihm damit gedroht, aufs Internat zu gehen, wenn er mir den Kontakt mit der Außenwelt – in Form von ›Beverly Hills 90210‹ – verweigert.«

»Keine allzu große Rebellion.«

»Ich weiß. Ich habe sogar zugelassen, daß sie mich aufs Chase College geschickt haben, wo Dad unterrichtet, damit ich in der Nähe bleiben konnte. Nicht wie Mom, die aufs Smith College gegangen ist.« Eine wütende Erinnerung schien sie innehalten zu lassen. »Natürlich hat sie zu mir gesagt, daß James nur Ausdruck von Rebellion wäre. Vor allem, nachdem sie von seiner Dealerei erfahren hatten.«

Caroline schwieg, hin und her gerissen zwischen dem Bild dieses Mädchens, das sich in einem Netz unausgesprochener familiärer Gefühle verfangen hatte, und ihren eigenen Zweifeln an Bretts Geschichte. Und dann sah sie zu ihrer Überraschung die Tränen, die über Bretts Gesicht kullerten.

»Was ist denn?« fragte sie leise.

»Du hast mich doch vorhin schon gefragt, ob ich mit ihm gegangen wäre.« Brett machte eine Pause und versuchte, ihre Stimme zu kontrollieren. »Was ich dir nicht erzählt habe, ist, daß ich nachts wachliege und mir wünsche, ich *wäre* mit ihm gegangen, wäre einfach mit ihm in den Jeep gestiegen und noch an jenem Abend Richtung Westen aufgebrochen.« Brett schloß die Augen und fügte leise hinzu: »Weil wir dann heute in Kalifornien angekommen wären und James noch leben würde.«

Es war schon elf, als Caroline auf ihr Zimmer zurückkam.

Auf der Rückfahrt war Brett eingeschlafen. Caroline war gefahren und hatte hin und wieder in Bretts scheinbar so friedliches Gesicht geblickt. Selbst wenn sie aufgewacht wäre, hätte Caroline es nicht übers Herz gebracht, sie nach dem Messer zu fragen.

Jetzt starrte sie auf die Nachricht in ihrer Hand – sie war von Walter Farris aus dem Weißen Haus. Neben ihr auf dem Nachttisch lag eine Ausgabe des *Manchester Patriot-Ledger,* aufgeschlagen auf der Seite mit dem Artikel, in dem Caroline zitiert wurde. *Warum,* fragte sich Caroline, *habe ich Farris heute morgen nicht angerufen?*

Ein kühler Wind wehte herein. Caroline stand auf und schloß das Fenster bis auf einen Spalt, damit sie frische Luft zum Schlafen hatte.

Morgen würde sie Walter Farris anrufen. Und dann würde sie Jackson Watts bitten, den Tatort besichtigen zu dürfen, das Stück Land, das ihr Vater einst ihr zugedacht hatte.

8

Als erstes bemerkte Caroline eine Reserviertheit in Farris' Stimme, die vorher nicht dagewesen war.

»Ich hätte Sie anrufen sollen«, sagte Caroline. »Es ging nur alles so schnell. Wie Sie sich vorstellen können, ist das Ganze für Brett und die Familie sehr nervenaufreibend.«

»Das verstehe ich durchaus, Caroline. Es besteht jedoch eine gewisse Unklarheit darüber, ob Sie als Anwältin Ihrer Nichte aktiv geworden sind.«

Caroline zögerte. »Eher als Ihre Tante ...«

»Dieses Treffen im Büro des Generalstaatsanwalts macht mir Sorgen. Was immer Ihre Absicht gewesen sein mag, es könnte der Eindruck entstehen, daß die Kandidatin für ein Bundesrichteramt Ihren zukünftigen Einfluß zugunsten einer Verwandten einsetzt. Und, was noch schlimmer ist, die Ermittlungen in einem Mordfall beeinflußt.«

Caroline hörte den scharfen Unterton. »Also, das ist kaum der Eindruck, der hier entsteht, Walter.« Sie machte eine kurze Pause. »Und meine Anwaltstätigkeit werde ich fortsetzen, bis der Senat meine Nominierung bestätigt. Das ist absolut üblich.«

»Natürlich«, sagte er, um Geduld bemüht. »Aber es ist durchaus unüblich, ein Familienmitglied in einem brandheißen und potentiell sensationsträchtigen Mordfall zu vertreten. Von der Nominierung einmal abgesehen, wäre es auch kaum klug – Sie können gar nicht anders, als emotional beteiligt sein, und das darf ein Rechtsbeistand nicht sein. Wenn Ihre Nichte einen Anwalt braucht, können Sie ihr bestenfalls helfen, einen guten zu finden.«

Genau dasselbe würde ich auch sagen, dachte Caroline. »Das habe ich vor, falls es zu einer Anklage gegen Brett kommen sollte, was wir alle nicht hoffen.«

»Selbst wenn nicht«, entgegnete Farris, »können bei der Anhörung zur Ihrer Nominierung Fragen zur Sprache kommen, die wir alle nicht wollen.« Mit schneidender Stimme fuhr er fort: »Wir leben in einer schönen neuen Welt, Caroline, die Republikaner kontrollieren den Senat, und obwohl wir einen relativ großen Spielraum bei unseren Ernennungen haben, sind feministische Strafverteidigerinnen zur Zeit nicht unbedingt Lieblinge der öffentlichen Meinung.« Er machte erneut eine Pause. »Ich will Ihnen lediglich ganz offen zu verstehen geben, daß der Präsident nur begrenzt politisches Kapital für Sie einbringen kann. Wenn Sie also mehr tun, als diesem Mädchen bloß die Hand zu halten, ist das allein Ihre Sache.«

»Natürlich«, erwiderte Caroline mit falscher Gelassenheit. »Ich werde aufpassen. Wie ich dem Präsidenten bereits gesagt habe, bedeutet mir diese Nominierung mehr, als ich ausdrücken kann. Genauso wie sein Vertrauen.« Sie zögerte. »Und Ihres.«

»Das weiß ich«, sagte Farris, der sich zum Ende des Gesprächs um einen aufmunternden Tonfall bemühte. »Und bis jetzt ist es ja auch noch keine große Geschichte. Wir wollen nur nicht, daß es sich möglicherweise noch dazu entwickelt.« Er machte eine weitere dramatische Pause. »Nicht wahr?«

Caroline nickte in die Stille ihres Zimmers. »Natürlich.«

Eine halbe Stunde lag Caroline grübelnd auf dem Bett. Durch ihr Fenster fiel die blasse Morgensonne. Bei hellem Tageslicht wirkte die aus ihrer Kindheit vertraute Stadt noch fremder als gestern. Doch als sie das Telefon erneut zur Hand nahm, schien auch das unvermeidlich.

»Jackson Watts«, meldete er sich knapp.

»Ich bin's, Caroline«, sagte sie ohne Vorrede. »Du hast nicht zufällig dem *Patriot-Ledger* erzählt, daß ich bei dir war, oder?«

»Nein, habe ich nicht. Aber das ist mir auch nicht schwergefallen. Normalerweise rede ich überhaupt nicht mit der Presse, es sei denn, es gibt einen zwingenden Grund. Und das war hier nicht der Fall.«

Obwohl er nicht wütend klang, fühlte Caroline sich gemaßregelt. »Tut mir leid«, sagte sie.

»Schon gut.« Es entstand eine Pause. »Hast du deswegen angerufen?«

»Eigentlich nicht ...«

»Ich wollte nämlich mit dir reden.«

Diesmal war Caroline überrascht. »Über Brett?«

»Nein«, erwiderte er leise, fast widerwillig. »Über alles außer Brett.«

Caroline setzte sich wieder aufs Bett und streckte die Beine aus. »Hältst du das für klug?« fragte sie leise.

»Ich habe nicht vor, irgendeinen Ehrenkodex zu verletzen, falls du das meinst.« Er schwieg einen Augenblick. »Aber als du gestern mein Büro verlassen hast, kam mir das Ganze irgendwie unvollständig vor, Caroline. Nach all den Jahren warst du auf einmal da und ebenso schnell wieder weg. Und wir haben außer über Brett kaum ein Wort gewechselt.« Sein Tonfall veränderte sich. »In mir wurden Erinnerungen aufgewühlt, und ich habe gemerkt, daß ich noch immer nicht klüger bin...«

Caroline rieb sich die Augen. Nach einer Weile sagte sie: »Wann? Und wo?«

»Ist das ein ›ja‹?«

Sie zögerte erneut. »Ja, das ist ein ›ja‹.«

»Ich komme heute abend in eure Gegend – ich fahre zu meiner Angelhütte. Ich bleibe übers Wochenende.« Er klang auf fast jungenhafte Art erleichtert. »Morgen vielleicht? Wir könnten zusammen angeln gehen.«

»Gerne«, sagte Caroline, bevor sie zögernd hinzufügte: »Da war doch noch etwas, Jackson.«

»Was?«

»Der Tatort. Ich würde ihn gern sehen. Heute noch, wenn's geht.« Ihre Stimme klang sanft. »Immerhin gehört das Land meinem Vater.«

Bevor sie zum See fuhr, erledigte Caroline noch einen weiteren Anruf.

Es war früher Nachmittag, als sie den Waldweg erreichte. Am Straßenrand stand ein Wagen der Staatspolizei, das gelbe Plastikband, mit dem der Tatort abgesperrt worden war, war bereits durchgeschnitten.

»Er ist schon am See«, erklärte ihr der Polizist.

Caroline fuhr bis zum Ende des Waldwegs und parkte neben seinem Truck.

Dort blieb sie eine Weile im Wagen sitzen und sah sich um. Dann stieg sie aus, blieb vor dem dichten Kiefernwald stehen, der die Sicht auf den Lake Heron völlig verdeckte, und atmete den kräftigen Geruch von Holz, Nadeln und vermodernden Blättern ein.

Dieser Geruch war tief in Carolines Sinne eingegraben, dabei war sie nach jenem letzten Frühlingsabend mit Jackson vor dreiundzwanzig Jahren nicht mehr hier gewesen. Für sie hatte ihr Vater dieses Stück Land einst gekauft; hier sollte sie sich ein Ferienhaus, vielleicht sogar ein Zuhause bauen.

Langsam betrat Caroline den Wald.

Die Sonne war von dem dichten Blattwerk verdeckt, nur vereinzelte Strahlen drangen durch das Grün und tauchten den Wald in ein kathedralenartiges Licht. Trotzdem war es nicht schwer, Bretts Fluchtweg zu folgen – ein wahlloser Zickzack, der durch Streifen von gelbem Plastikband an den Zweigen markiert war. Caroline ergriff einen der Zweige und sah auf einem Blatt einen blaßvioletten Streifen, Blut, das Brett hinterlassen haben mußte, als sie in panischer Angst vor der Leiche in den Wald gerannt war.

Der Wald wirkte beengend und kalt. Caroline beschleunigte ihre Schritte, zum Rand hin wurden die Sonnenstrahlen zwischen den Stämmen breiter, zwischen den Blättern schimmerte das blaue Wasser des Sees. Sie atmete tief ein.

Als sie zwischen den Bäumen hervortrat, sah sie ihn.

Er stand am Ufer und blickte über den See zu der Angelhütte, die sein eigener Vater in den dreißiger Jahren errichtet hatte. Er stand absolut reglos. Caroline wunderte sich vor allem, wie aufrecht er sich hielt.

Am Rand der Lichtung blieb sie stehen. »Hallo, Vater«, sagte sie kühl.

Er drehte sich um. Ohne eine Antwort abzuwarten, kniete sie sich auf die Wiese.

Einen Moment lang mußte sie seltsamerweise an Jackson denken und daran, wie sie sich hier zum ersten Mal schüchtern geliebt hatten. Und auch ihr flüchtiger, schuldbewußter Gedanke – gespenstisch und irrational –, ihr Vater könnte zusehen, fiel ihr wieder ein. Doch dann konzentrierte sie sich auf ihre Aufgabe.

Das Gras schien flachgelegen. Daraus konnte sie auf die Stelle schließen, wo Brett und James miteinander geschlafen hatten, vielleicht sogar auf die Position der Leiche. Doch es hatte seit der Mordnacht geregnet, und sie konnte sich keineswegs sicher sein.

Sie spürte, daß ihr Vater hinter sie getreten war. »Und?« fragte er.

»Jackson hat ziemlich beeindruckendes Material aufgefahren.« Sie blickte auf in seine schwarzen, durchdringenden Augen. »Er behauptet, daß es kein Anzeichen dafür gibt, daß sonst noch jemand hier war.«

Channing kniff die Augen zusammen. »Keine Blutspuren?«

»Keine. Außer Bretts.«

Er kniete sich steif neben Caroline und starrte auf das Gras. »Sie gehen natürlich davon aus, daß er von oben bis unten mit Blut besudelt war.«

»›Er‹?«

»Der Mörder.« Channing streckte eine Hand aus, als ob er einen imaginären Kopf halten würde. »Angenommen, er kniete nicht auf Case, sondern hinter seinem Kopf. Und dann...«

Wortlos fuhr Channing mit der anderen Hand langsam über das Gras, in der Hand ein unsichtbares Messer, das eine Kehle durchschnitt, die nicht mehr dort war.«

»Das ist es«, sagte er leise. »Er kniete hier. Er hat den Blutschwall gar nicht abbekommen.«

Caroline spürte, wie ihr kalt wurde. »Jackson hat auch angedeutet, daß es keine Fußspuren, zerbrochene Zweige und dergleichen gibt, die einen zweiten Fluchtweg markieren.«

»Warum auch? Hat Brett behauptet, etwas gehört zu haben?«

»Sie hat nichts davon erwähnt.«

»Also«, erwiderte Channing schroff und ungeduldig, »dann ist er nicht durch den Wald geflohen.«

Er erhob sich ein wenig wackelig, und in seinem Gesicht spiegelte sich sein Widerwillen über seine zunehmende Gebrechlichkeit. Er machte Caroline ein knappes Zeichen, ihm zu folgen.

Sie gingen stumm nebeneinander zum Ufer des Sees. Caroline fiel auf, daß sie nur miteinander sprachen, wenn es um Brett ging.

Er blieb stehen und starrte auf einen Flecken Schlick. »Das hier habe ich mir eben angesehen.«

Vor seinen Füßen befanden sich Stiefelabdrücke, daneben die Abdrücke zweier verschiedener Paar Schuhe. »Die Schuhabdrücke stammen vermutlich von Polizisten, die auf der Suche nach dem Mörder zum Wasser gerannt sind«, sagte er leise. »Den Stiefelabdruck könnte der Mörder hinterlassen haben.«

Caroline sah ihn noch immer nicht an. »Um am Ufer entlangzuwaten?«

»Ja. Vielleicht hatte er sogar ein Kanu.«

Das riß Caroline aus der Phantasiewelt, in der seine Geschichte fast glaubhaft klang, zurück in die Realität. »Ein Kanu? Unmöglich.«

Channing runzelte die Stirn. »*Wir* sind immer von der Angelhütte mit dem Kanu zum Picknick hierhergekommen«, erklärte er mit rauher Stimme und wies auf den Steg. »Dort haben wir immer gesessen, weißt du noch?«

Caroline hörte die Verletzung hinter seinen Worten und erwiderte sanft: »Ich erinnere mich noch sehr genau. Und wenn jemand an uns vorbeigepaddelt wäre, hätten wir ihn bestimmt gesehen und gehört. Genau wie Brett.«

»Wirklich? Unter Drogen? Nachts?«

Caroline schüttelte den Kopf. »Tut mir leid, Vater, aber das ergibt keinen Sinn – ein vorsätzlicher, geplanter Mord, begangen von einem Mann, der damit rechnet, daß sein benommenes Opfer ihm die Kehle präsentiert, während seine Freundin eine Runde schwimmen geht. Bitte verlang nicht von mir, daß ich das irgend jemandem verkaufe.«

Er verfiel in Schweigen. Caroline wandte sich ab und betrachtete das geschwungene Ufer. »Nein, der Fluchtweg am Ufer entlang gefällt mir ein wenig besser – und sei es nur, weil wir Jackson dann keine Fußspuren zeigen müssen. Aber wie ist er hergekommen?«

Widerwillig sah ihr Vater sie an. »Genauso wie er auch wieder verschwunden ist, Caroline. Oder willst du nur mit mir streiten?«

Die Bemerkung traf sie. »Das ist wirklich der Gipfel der Egozentrik«, entgegnete sie. »Ich versuche eine Verteidigung für Brett zu finden. Vorzugsweise eine, die funktioniert.«

Channings Augen blitzten. »Dann streng dich an«, fauchte er.

Caroline sah ihn unbeeindruckt an. »Deswegen habe ich dich hergebeten«, sagte sie und wandte sich ab.

Nach einer Weile ging sie zu einer lehmigen Stelle, die durch eine schmale Grenze aus Bäumen und Büschen von der Wiese getrennt war. Selbst nach dem Regen war der Lehm noch knochentrocken. Sie spürte ihren Vater hinter sich.

»Theoretisch hätte er auch *hier* warten können«, sagte sie. »Keine Zweige zum Knicken, der Boden möglicherweise zu hart für Fußspuren. Das könnte man zumindest verwenden, wenn man die Kriminaltechniker ins Kreuzverhör nimmt.«

Er schwieg eine Weile. »Dann bist du also wieder da gelandet, ja? Eine Verteidigerin, die versucht, eine plausible Geschichte für eine schuldige Mandantin zu erfinden.«

»Was heißt hier wieder? Bisher bin ich noch nirgendwo gelandet, es sei denn in deiner Phantasie.« Sie senkte ihre Stimme. »Allen außer dir erscheint es ziemlich einleuchtend, daß ich Bretts Mandat nicht übernehmen sollte, falls es zum Prozeß kommt. Interessanterweise auch meinen Freunden im Weißen Haus.«

»Was soll das heißen?«

Die Hände in den Taschen blickte Caroline auf den See. Kleine Wölkchen spiegelten sich zwischen den Wellen, die der Wind über dem Wasser aufgewühlt hatte. »Der Berater des Weißen Hauses hat mich heute angerufen«, sagte sie schließlich. »Sie haben die Story im *Patriot-Ledger* gelesen.«

»Ja«, sagte er gleichgültig. »Ich habe sie auch gesehen.«

»Die Sache ist die, daß irgend jemand diesem Reporter von meinem Besuch bei Jackson erzählt hat.« Sie machte eine Pause. »Es wird zu einem Problem für mich, Vater. Jedenfalls wenn mir weiterhin daran liegt, Bundesrichterin zu werden.«

Channing verschränkte die Arme. »Ich hatte auch mal Ambitionen. Wenigstens bis zum Obersten Gericht des Staates wollte ich es bringen, vielleicht sogar weiter. Doch nach dem Tod deiner Mutter habe ich sie vergessen. Deinetwegen.«

Caroline hörte ihn. »Wegen mir? Oder wegen ihr?« fragte sie leise.

Channing schien zu erbleichen. Ebenso leise erwiderte er: »Was meinst *du*, Caroline?«

Sie wandte sich vor dem Ausdruck in seinem Gesicht ab. »So oder so«, sagte sie kühl, »ist es wohl kaum dasselbe.«

Channing starrte sie an. »Nicht?«

»Nicht für mich. Ich kann nicht noch mehr Presserummel gebrauchen.«

»Tatsächlich«, erwiderte er leicht verächtlich. Sie betrachtete ihn wieder. Mit zugekniffenen Augen starrte er über das Wasser, als wäre er taub für ihre Besorgnis.

Du hast es ihnen gesagt, dachte sie, *damit ich mich entscheiden muß*. Hin und her gerissen zwischen Zweifel und Vorwürfen stand sie da.

»Was ist los?« fragte er leise.

Caroline zögerte, unentschlossen. Doch als sie anfing zu sprechen, war die Frage, die ihr in den Sinn kam, eine ganz andere. »Erinnerst du dich noch an das Messer, das ich dir geschenkt habe?«

Seine Miene erstarrte. »Was ist damit?«

»Es ist nicht mehr da, wo du es immer aufbewahrt hast.«

Er riß die Augen auf, bevor sie plötzlich einen eisigen Ausdruck annahmen. In diesem Augenblick erkannte Caroline, daß er die Frage genau verstanden hatte. Doch als er antwortete, war seine Stimme wieder sanft.

»Es gab eine Zeit, als alles, was mich irgendwie an dich erinnerte, schmerzhaft für mich war. Ein Mahnmal der Hoffnungen, die ich mir gemacht habe.« Gleichgültig fuhr er fort: »Ich habe das Messer verschenkt, Caroline, schon vor Jahren.«

Sie zögerte. »Weißt du noch, an wen?«

»Nein. Aber darum geht es hier ja auch gar nicht.« Seine Miene versteinerte. »Sind wir jetzt fertig, Caroline?«

Ohne ihre Antwort abzuwarten, drehte sich Channing Masters um und ging zurück zu seinem Truck.

Caroline verbrachte den Nachmittag alleine.

Sie wußte, daß es vor allem eine Verzögerungstaktik war – im Büro anzurufen, ihre Post durchzugehen, die Nachrichten von Freunden und Mandanten zu erwidern, die ihr zu ihrer Nominierung gratulierten. In ihren eigenen Ohren klang ihre Dankbarkeit hohl, wie Zeilen aus einem Drama, die von einer Schauspielerin aufgesagt wurden. Wie um sich selbst Mut zu machen, erklärte sie ihrer Sekretärin, daß sie in vier Tagen an die Westküste zurückkommen würde.

Doch selbst als sie das sagte, konnte sie ihre Gedanken nicht von Brett losreißen.

Ihre Handtasche stand auf dem Nachttisch. Sie legte den Hörer auf und griff danach.

In der Tasche war der Zettel mit der Seriennummer.

Sie nahm ihn heraus. Nach einer zehnminütigen Odyssee durch die Telefonauskunft hatte sie die Nummer der Cahill-Knife-Company ermittelt. Weitere fünf Minuten später hatte sie schließlich eine Sekretärin in der Leitung, die ihr möglicherweise helfen konnte.

Die Sekretärin klang leicht gereizt. »Wie lautet die Seriennummer?« fragte sie.

Langsam wiederholte Caroline sie.

Einen Augenblick war es still in der Leitung. Aus irgendeinem Grund, vielleicht wegen ihrer Einschätzung von Jackson Watts, hatte Caroline das Gefühl, daß sie nicht die erste war, die in dieser Sache anrief. Vorsichtig erkundigte sich die Sekretärin: »Was genau wünschen Sie?«

»Ich möchte wissen, ob Sie das Messer zumindest bis zu dem Laden verfolgen können, in dem es verkauft wurde.«

»Und wofür brauchen Sie diese Information?«

Caroline zögerte. »Ich bin Anwältin«, sagte sie betont langsam und angespannt. »Es könnte sein, daß es sich bei diesem Messer um ein Beweisstück handelt. In einem Strafverfahren.«

»Und wie war Ihr Name?«

Wieder zögerte sie. »Masters. Caroline Masters.«

»Hm-hm.« Es entstand ein neuerliches Schweigen. »Nun, ich weiß nicht, ob wir den Laden ermitteln können...«

»Könnten Sie es zumindest versuchen?« Caroline fand, daß ihre Stimme einen seltsam flehenden Unterton angenommen hatte. »Selbst das Herstellungsjahr würde mir weiterhelfen.«

»Hören Sie, rufen Sie mich in zwei oder drei Tagen noch mal an. Vielleicht habe ich bis dahin etwas.« Sie zögerte, als ob sie diese Zusage bereits bedauerte. »Und inwiefern würde das Jahr helfen?«

»Es ist wirklich eine vertrauliche Angelegenheit. Aber das Jahr würde mir sehr weiterhelfen. Bitte, es ist wichtig.«

Die Sekretärin zögerte. »Also gut«, sagte sie dann.

Caroline bedankte sich höflich und legte auf.

9

Caroline und Jackson Watts kreuzten gemächlich auf die Mitte des Lake Heron zu. Jacksons schwarzes Dingi aus Gummi erinnerte an ein Landungsboot, ein tuckernder Außenbordmotor schob es träge voran, der Himmel war strahlend blau, und das Sonnenlicht glänzte wie Muskowit auf dem schimmernden Wasser. Es war ein Tag wie aus Carolines Jugend.

Sie hatten kaum gesprochen. Jackson hatte sie in einem grünen Pick-up-Truck abgeholt, auf dessen Ladefläche Angelruten lagen. Sie waren zu seiner Angelhütte gefahren, ein schmuckloser Schuppen aus den dreißiger Jahren, mit einer ordentlichen kleinen Küche, von der aus man den See durch die Bäume glitzern sah. Er hatte sie ein wenig verlegen herumgeführt; Caroline sah einen deutschen Schäferhund, der neben dem steinernen Kamin schlief, auf dem Kaminsims das gerahmte Foto eines hübschen braunhaarigen Mädchens von etwa dreizehn Jahren. Und dann hatten sie wie in alten Tagen die Holztreppe zum Ufer hinunter genommen, zwei Angelruten eingepackt und das Boot gestartet.

Mit einer geübten, lässigen Bewegung aus dem Handgelenk warf Jackson seine Schnur aus. Caroline lehnte sich zurück, ließ die Arme über die Seiten des Dingi hängen und genoß den Tag. Die steilen, mit Kiefern, Birken und Ahornbäumen bedeckten Hänge vermittelten einem ein Gefühl vertraulicher Abgeschiedenheit. Die Stelle, an der James Case gestorben war, lag außer Sichtweite, und Caroline spürte, daß Jackson sich ihr nicht nähern würde. Die Luft war still und kühl.

Jackson drosselte den Motor. Das Boot bewegte sich jetzt kaum noch vorwärts, der Bug schob sich träge durchs Wasser.

»Du bist also dort gewesen«, sagte er schließlich.

Caroline blickte in den Himmel. »Am ›Tatort‹, wie es jetzt heißt? Ja. Ich fand das Ganze ziemlich eigenartig.«

Jackson nickte. »Ich auch.«

Sie verfielen wieder in Schweigen.

Damals war er so süß gewesen, dachte Caroline. Natürlich viel zu drängend, aber auch rücksichtsvoll; es war eben für beide das erste Mal gewesen, und er konnte nichts dafür, daß es nicht Jackson Watts war, bei dem Lust und Befriedigung für sie eins geworden waren.

Sie betrachtete sein Gesicht, zwei Jahrzehnte später, die Falten um seine auf die Angelschnur gerichteten Augen, die unter seinen hohen Wangenknochen eingefallen wirkenden Wangen. Sie erinnerte sich an sein schiefes, fragendes Lächeln, und ihr fiel auf, daß sie es noch nicht wieder gesehen hatte.

»Dieser Brief«, sagte sie schließlich.

Seine Gesichtszüge schienen sich anzuspannen. »Ja?«

»Er hat mir immer leid getan«, fuhr sie zögernd fort. »Nach unserem Wiedersehen tut es mir mehr leid denn je.«

Er sah sie an. »Warum?«

»Weil es mich daran erinnert hat, wie gern ich dich mochte.«

Jackson kniff nachdenklich, vielleicht in schmerzhafter Erinnerung, die Augen zusammen. »Ich wußte nicht, was ich damit anfangen sollte: ›Ruf nicht an, schreib nicht, versuche nicht, mich zu sehen – ich komme nie mehr zurück.‹ Ich fühlte mich hilflos.« Er zuckte die Schulter. »Hilflos und unzulänglich.«

Er sagte das ohne Nachdruck, doch Caroline spürte, wie sehr sie ihn verletzt hatte.

Sie schüttelte langsam den Kopf. »Es ging damals nicht um dich – was alles, wie ich weiß, nur noch schlimmer und noch schwieriger zu erklären macht. Weil die Art, wie es gelaufen ist, nicht nett war. Aber ich war damals auch kein netter Mensch. Vielleicht bin ich es bis heute nicht.«

Jackson sah sie fragend an. »Damals hast du nur gesagt, es müßte sein. Als ob du irgendwie keine andere Wahl gehabt hättest.« Er hielt inne und fuhr leiser fort: »All die Jahre habe ich mich gefragt, was es gewesen sein könnte. Du hast ja nicht nur mich verlassen – du hast deine Heimat verlassen, deine Familie, ein Leben, das du schon geplant hattest.«

»Deswegen kannst du mir auch glauben, daß es nicht um dich ging, Jackson.«

Er wandte sich ab und starrte auf die glitzernde Wasseroberfläche. »Ich habe am Ende deinen Vater gefragt, weißt du«, sagte er ruhig. »Als ich die Ungewißheit nicht mehr ausgehalten habe...«

Caroline spürte, wie sich ihre Brust zusammenschnürte. »Und was hat er gesagt?«

»Daß du deine eigenen Gründe hattest und daß er seiner Ansicht nach nichts tun könnte, um dich je zurückzugewinnen. Es war, als hätte ich ihn nur an jemanden erinnert, den er vergessen wollte. Danach habe ich ihn kaum noch gesehen.« Er sah sie wieder an und fuhr ruhig fort: »Was ist mit dir geschehen, Caroline?«

Caroline lächelte abschätzig. »Bitte, ich habe keine Lust, einer von diesen ichbezogenen, selbstreflektierenden Singles zu sein, die jede leise Erschütterung ihrer Jugendjahre eines Entwicklungsromans für würdig halten. Die Peinlichkeit wäre schlimmer als jede Schande.«

Jackson lächelte nicht. Er betrachtete sie eine Weile einfach nur und sagte dann sanft: »Nicht du hast um dieses Gespräch gebeten. Sondern ich.«

Caroline sah ihn ernst an. »Wenn das, was ich über meine Familie sagen könnte, irgendeinen Sinn ergeben würde, würde ich es bestimmt tun, Jackson. Aber es ist sinnlos. Du mußt mir einfach glauben und, so hoffe ich, meine Entschuldigung annehmen. Wenn es dafür nicht schon zu spät ist.«

Jackson betrachtete sie lange. »Nein«, sagte er schließlich. »Dafür ist es nicht zu spät.«

Sie sahen sich schweigend an. »Ich glaube, jetzt werfe ich auch eine Schnur aus«, sagte Caroline.

Sie angelten. Caroline empfand den Moment als angenehm zeitlos, ein Ritual unter Freunden, in das man auch nach Jahren wieder eintauchen konnte.

»Und du willst Richter werden?« fragte sie schließlich. »Hmhm.« Er machte eine Pause. »Straftaten zur Anklage zu bringen ist was für junge Männer. Ich fange langsam an zu denken. Und ich glaube – und hoffe –, daß ich das richtige Temperament dafür habe, einen Prozeß zu leiten.« Er lächelte kurz. »Natürlich nicht so wie du.«

Caroline zog eine Braue hoch. »Angeberisch, meinst du?«

Er grinste sein schiefes Halbgrinsen, an das sie sich so gut erinnerte. »Ich meinte eigentlich eher deine bewundernswerte Fairness. Und natürlich deine Gelehrsamkeit, was man ja beides im Fernsehen bewundern konnte.« Er sah sie von der Seite an. »Weißt du noch, wann du beschlossen hast, Richterin zu werden? Das war für eine Frau damals ein ziemlich ehrgeiziger Plan. Ganz zu schweigen von einem Teenager.«

»Ja«, erwiderte sie trocken. »Ich war mir viel zu sicher in allem. Auch in der festen Überzeugung, ein Recht auf alles zu haben, was ich wollte.«

»Wenn man auf Masters Hill aufwächst, neigt man wohl zu solchen Ansichten«, entgegnete er ebenso trocken.

»Ich habe mich immer gefragt«, sagte er nach einer Weile, »wieviel von deinem Ehrgeiz, Richterin zu werden, von Channing stammte.«

»Damals? Wahrscheinlich eine Menge. Aber inzwischen ist es längst mein eigener Ehrgeiz. So daß ich es heute nicht mehr unterscheiden kann. Es ist mir auch egal.«

Er ließ seine Schnur in das Wasser flirren in der Hoffnung, eine imaginäre Forelle zu fangen. »Dann bedeutet es dir also sehr viel.«

Caroline starrte in die Ferne. »Mehr als ich dir sagen kann«, antwortete sie. »So viel, daß es mir Angst macht, auch nur darüber zu reden, als ob ich es dadurch verlieren könnte.«

Er sah sie ernst an. »Diese Sache mit Brett. Bist du fest entschlossen, sie nicht zu vertreten?«

Caroline spürte, wie die Wärme von ihr wich. »Ja«, erwiderte sie. »Ich bin fest entschlossen, sie nicht zu vertreten.«

Caroline betrachtete ihn.

Nach einer Weile sagte sie: »Du wärst ein guter Richter, Jackson. Du warst immer fair. Und bist es offensichtlich noch immer.«

Jackson schien seine Spule zu begutachten. In diesem Augenblick spürte Caroline das Fehlen einer Frau in seinem Leben, und es war ihr auf einmal peinlich, wie wenig sie von ihm wußte, wie wenig sie gefragt hatte. Vor allem, wo Jackson sich in gewisser Weise weiter um sie gesorgt hatte.

»Erzähl mir von deiner Ehe«, sagte sie.

Jackson holte ein wenig Schnur ein. »Einfach so?«

Caroline lächelte. »Nicht, wenn du noch nicht darüber nachgedacht hast. Aber ich nehme an, das hast du inzwischen.«

»Na ja, ich habe mir zumindest ein paar Rationalisierungen zurechtgelegt.« Jackson lehnte sich an die Wand des Bootes. »Carole ist einer von diesen Menschen, die der strahlende Mittelpunkt jeder Party sind – sie hat ein tolles Lächeln, lacht gerne, und neue Orte und Menschen lassen sie regelrecht aufleben. Zunächst war ich von ihrem Charme fasziniert. Später habe ich angefangen zu glauben, daß er weniger eine Qualität als mehr ein Symptom war.«

»Wie meinst du das?«

»Meine Version von Carole – abgeschliffen durch zahlreiche Besuche bei einem Therapeuten – ist die, daß sie eine zutiefst unzufriedene Frau ist: Alles, was die Zukunft bringt, muß auf jeden

Fall besser sein, weil die Gegenwart immer irgendwie ungenügend ist.« Er sah Caroline an. »Weißt du noch, daß du mal etwas Ähnliches über deine Mutter gesagt hast?«

Die Erinnerung war Caroline unangenehm. »Das habe ich als Teenager geglaubt. Ich weiß nicht, ob ich das immer noch glaube.« Sie bemühte sich um einen Ton trockener Ironie: »Aber was deine Ex-Frau angeht, bist du ein zurechnungsfähiger Erwachsener.«

Er zuckte die Schultern. »Wir waren jedenfalls grundverschieden. Mein Leben gefiel mir; sie dachte, ich hätte den ganzen Spaß, also beschloß sie, Jura zu studieren. Doch bis ich mir überlegt hatte, wie ich das Geld zusammenkratzen konnte – das war ganz am Anfang unserer Ehe –, hatte sie bereits entschieden, daß sie Anwälte verachtete. Was ich wohl irgendwie persönlich genommen habe.« Er stieß einen unterdrückten Seufzer aus. »Wie sich herausstellte, hätte ich das nicht tun sollen. So war Carole eben – mit ihrem Charme ergatterte sie einen Job, fand ihn bald langweilig, fing etwas Neues an und ließ auch das wieder sein. Was dann leider immer meine Schuld war. Die Wochenenden waren wie eine Episode aus einem billigen Comic – Carole rekelte sich im Bett herum, trug bis mittags ihren Morgenmantel und war völlig lethargisch. Bis wir zu einer Party gingen, wo sie dann auf einmal strahlte wie Osram. Je mehr sie irgendwelche Fremden anlächelte, desto mehr fraß ich den Ärger über ihre Falschheit in mich hinein. Was ich mich jedoch nicht zu sagen traute. Wie so viele Anwälte hasse ich Konflikte außerhalb des Gerichtssaals. Zumindest die Art Konflikte, für die es keine Regeln gibt.« Er machte eine Pause und fuhr dann leiser fort. »Sie hatte auch wahrhaft denkwürdige Launen, deren Regeln ich *auch* nie begriffen habe.«

»Was ist passiert?«

Jackson schwieg eine Weile. »In gewisser Weise war es der reinste Witz«, sagte er schließlich. »Ich hatte mir beim Mittagessen den Magen verdorben, kam unerwartet nach Hause und erwischte sie mit ihrem Trainer im Bett. Absolut klassisch Carole, immer avantgarde – ich meine, sie war viel zu trendy, um einfach den Typen von nebenan zu bumsen oder wenigstens ihren Therapeuten.« Die Erinnerung daran schien ihn noch immer zu erstaunen. »Und weißt du, was ich im ersten Moment gedacht habe? Daß ich sie schon seit Jahren nicht mehr so hatte oben sitzen sehen ...«

Caroline fing an zu lachen. »Tut mir leid«, brachte sie prustend hervor, »warum nicht gleich der Gärtner ...«

»Weil wir uns keinen leisten konnten, wo wir doch schon den Trainer bezahlen mußten. Da wußte ich jedenfalls, daß mir die Energie fehlte, um zu versuchen, diese Ehe zu retten – ich wollte einfach nicht mehr.« Sein Lächeln erreichte nicht ganz seine Augen. »Also war eine gute Geschichte alles, was mir von meiner Ehe blieb. Und die habe ich bis heute keiner Menschenseele erzählt.«

Caroline sah ihn, jetzt nicht mehr lächelnd, an.

»Weißt du, was mir zu schaffen macht?« sagte Jackson schließlich. »Die Erinnerung daran, wie sehr ich auf meine Karriere fixiert war. Daß ich vielleicht so achtlos war, daß ich Carole – unsere ganze Ehe – falsch verstanden habe. Daß ich am Anfang, als es noch wichtig war, etwas hätte tun können. Und daß *ich* die Hauptursache ihres Unglücks war.«

Caroline betrachtete ihn eine Weile. »Ich war nicht dabei, Jackson«, sagte sie schließlich. »Aber ich würde wetten, daß es nicht so war.«

Jackson zuckte die Schultern. »Was soll's«, sagte er, »es ist vorbei.«

Caroline nahm ihre Rute in die Hand und sah ihn direkt an. »Wie alt war deine Tochter damals?«

»Acht. Kein gutes Alter.« Die Hand an der Pinne steuerte er das Boot in einer langgezogenen Schleife vom Ufer weg. »Sie ist jetzt sechzehn. Was für uns beide offenbar auch kein gutes Alter ist.«

»Wie kommt's?«

Er sah sie an. »Also wirklich, Caroline, wie viele langweilige Abendessen mit geschiedenen Männern hast du schon durchlitten? Dir Geschichten angehört über Kinder, die du nicht kennst, und die du, nachdem du von ihnen gehört hast, auch nicht kennenlernen wolltest.«

Caroline lächelte. »Noch nicht annähernd genug.«

»Ich werde mich bemühen, mich kurz zu fassen, was mir nicht schwerfallen dürfte – denn originell ist die Geschichte ganz bestimmt nicht. Carole hat Jenny zu ihrer kleinen Vertrauten gemacht, zu einer Ersatzfreundin. Und ich war nicht stark genug – oder nicht oft genug da –, um das zu verhindern.« Er zuckte die Schultern. »Unser Kontakt ist mittlerweile freundlicher geworden.

Aber sie ist halt sechzehn – ihre Prioritäten sind Schule, Freundinnen, ihr Freund und natürlich die Auseinandersetzung mit ihrer Mutter. So daß ihr Dad verständlicherweise irgendwo ganz unten auf ihrer Liste steht.« Er lächelte schwach. »Bist du jetzt froh, daß du gefragt hast?«

»Ja, das bin ich«, erwiderte Caroline, bevor sie innehielt. »Ich habe mich immer gefragt, was ich verpaßt habe, weil ich keine Kinder habe. Es kommt vermutlich auf die Umstände an.«

Sein Lächeln wirkte jetzt echter. »Es hängt von der Tagesform ab. Trotzdem wollte ich nicht ohne sie sein.«

Warum, fragte sich Caroline, obwohl sie Jackson trotz allem einen Moment lang um dieses Gefühl beneidete. Doch das war ein Gedanke, den sie nicht in Worte fassen konnte.

Sie verfielen wieder in Schweigen. Caroline holte ihre Schnur ein und warf sie erneut aus. Die Stille zwischen ihnen fühlte sich jetzt tiefer an, trauriger, sicherer.

Plötzlich zerrte etwas an der Schnur.

»Mein Gott«, sagte Caroline. »Ein Fisch.«

Als die Schnur nachgab, drehte sich Jackson grinsend zu ihr um. »Das war doch der Plan, oder nicht? Weißt du noch, wie es geht?«

»Natürlich«, fauchte sie ihn an, riß die Rute zur Seite und blokkierte die Spule. Jackson beobachtete sie mit amüsiertem Interesse.

Was immer es für ein Fisch war, er war kräftig. Eingedenk der Fallstricke – die Leine konnte reißen, der Fang wieder vom Haken gehen –, holte sie ein wenig Schnur ein. Die Rute bog sich, während der unsichtbare Fisch um sein Leben kämpfte. Caroline fragte sich, ob es ein Barsch oder eine Forelle war.

»Vorsichtig«, murmelte Jackson.

Die Leine spannte sich, der kämpfende Fisch tauchte erstmals aus dem Wasser, seine bunten Schuppen glänzten in der Sonne.

Caroline grinste. »Eine Forelle.«

Jackson schaltete den Motor ab. Die Rute bog sich, und Caroline stemmte sich dagegen. Während sie rasch die Schnur einholte, tauchte der Fisch noch mehrmals aus dem Wasser.

Mit einem plötzlichen Ruck landete die Forelle vor ihren Füßen, ihre Kiemen arbeiteten und zitterten geschockt von der Niederlage und der schrecklichen Abwesenheit von Wasser.

»Ein Prachtstück«, sagte Jackson.

Caroline blickte auf die Forelle hinab, bevor sie mit noch immer geübten Handgriffen vorsichtig den Haken löste.

Einen Moment lang hielt sie das zappelnde Tier mit beiden Händen fest. Dann stand sie halb auf und warf es zurück ins Wasser. Einen Moment lang schimmerte es regenbogenfarben und silbern über der Wasseroberfläche, dann war es verschwunden.

Gemeinsam betrachteten sie die Wellen, die sich auf dem Wasser ausbreiteten.

»Ich bin froh, daß wir hierher gekommen sind«, sagte sie.

Jackson lächelte schwach. Nach einer Weile fragte er sie: »Wie wär's mit Abendessen? Im Trout Club natürlich. Zu Ehren deiner humanitären Geste.«

Caroline sagte einen Moment lang nichts, bevor sie antwortete: »Ja, gerne.«

10

Der Trout-Club war ein weitläufiges, eingeschossiges Gebäude aus dem neunzehnten Jahrhundert, mit Kanus und Kajaks am Seeufer, Stühlen auf einer Wiese mit Blick auf den See, einer mit Fliegengittern geschützten Veranda mit weiteren Stühlen, sowie abgetrennten Gesellschaftsräumen und Tischen für Cocktails und Snacks. Carolines Urgroßvater hatte den Bau seinerzeit mitfinanziert, deshalb zierte sein Porträt mit den grimmigen Augen und dem fransigen Schnurrbart eine Wand im vorderen Zimmer. Es war umgeben von alten Angelruten aus Bambus und weiteren Fotos lange vergessener Mitglieder, von denen viele dem uralten Bund zwischen Mensch und Fisch gehuldigt hatten – triumphierende Männer und vereinzelt auch Frauen aus einer anderen Zeit, die stolz Barsche, Forellen und Lachse von zum Teil erstaunlichen Ausmaßen präsentierten. Caroline war seit ihrer Kindheit hierher gekommen, und als Teenager hatte sie ihren Vater einmal mit der Bemerkung amüsiert, daß man, um an diese Wand zu kommen, genauso tot sein müßte wie die Fische. Er hatte lächelnd erwidert, daß er hoffte, sein Bild dort nie hängen zu sehen. »Keine Sorge«, hatte Caroline geantwortet, »das wirst du auch nicht.«

Jetzt stand sie schweigend in der Lobby.

»Es hat sich nichts verändert«, sagte sie schließlich.

Jackson lächelte. »Wir sind in Neuengland. Hier ist demonstrative Bescheidenheit eine Lebensphilosophie.«

Das stimmte natürlich. Doch Caroline dachte, daß es schon einer gewissen Genialität bedurfte, ein Gebäude immer so aussehen zu lassen, als ob es dringend gestrichen werden müßte. Genau an diesen Eindruck erinnerte sie sich, und es schien sich nichts geändert zu haben.

Das Abendessen nahmen sie auf der Veranda ein. Jackson fand eine Kerze und im Kühlschrank eine Flasche Chardonnay und brachte zwei warme Mahlzeiten aus der Küche.

»Forelle«, sagte er. »Das Gleichgewicht der Natur nimmt seinen Lauf.«

Caroline lächelte, trank ihren dritten Scotch aus und blickte auf den See.

Dämmerung senkte sich, das letzte Licht schwebte wie Rauch über dem schwarzen Wasser. Man hörte das Zirpen der ersten Grillen; unwillkürlich mußte Caroline an Bretts Beschreibung jenes Abends denken, und sie fragte sich erneut, wieviel davon wahr war. Einen Moment lang wollte sie Jackson nach den Drogenhändlern fragen, doch dann unterdrückte sie diesen Impuls aus Taktgefühl und aus Taktik. Wenn seine Leute nichts fanden, würde die Verteidigungsstrategie an Glaubwürdigkeit verlieren. Es wäre viel besser, wenn Bretts Anwalt einen der Ermittler in den Zeugenstand rufen und ihn öffentlich dafür tadeln könnte, es *versäumt* zu haben, irgendwelche Nachforschungen anzustellen.

»Einen Penny für deine Gedanken«, sagte Jackson.

»Warum?«

»Weil du gerade diesen irgendwie verschleierten und gleichzeitig gespannten Gesichtsausdruck hast, wie früher immer, wenn wir über Politik diskutiert haben, kurz bevor du mir ein rhetorisches Argument buchstäblich um meine Ohren gehauen hast.«

Caroline lächelte erneut. »Ich hatte eigentlich eher daran gedacht, meine Gabel in diese buchstäbliche Forelle zu stechen«, erwiderte sie und tat genau das.

Der Fisch war frisch und perfekt zubereitet, in Butter gedünstet – mit einem Hauch Zitrone. »Absolut großartig«, sagte sie. »Ich habe ewig keine Forelle mehr gegessen.«

Jackson goß ihr ein Glas Wein ein. Als sie das eichene Bouquet auf der Zunge schmeckte, stellte Caroline fest, daß sie ihr selbstgesetztes Alkohollimit bereits großzügig überschritten hatte. Ein Teil von ihr war beunruhigt, während der andere das überraschende Wohlgefühl genoß.

»Als ich dich vorhin gefragt habe, wie du lebst«, sagte Jackson, »wollte ich natürlich auch wissen, ob du mit jemandem zusammen lebst.«

Caroline schüttelte den Kopf. »Nicht mal mit einer Forelle.«

Jackson nickte langsam. »Ich glaube, ich habe mal irgendwo gelesen«, fuhr er vorsichtig fort, »daß du nie verheiratet warst...«

Caroline sah ihn von der Seite an. Wie ertappt, wandte er den Blick ab. Caroline fing plötzlich an zu lachen. »Warum fragst du mich nicht einfach, ob ich immer noch hetero bin, Jackson?«

Er sah sie erstaunt an, vergrub sein Gesicht in den Händen und schüttelte den Kopf wie jemand, der gerade einen unverzeihlichen Fauxpas begangen hat. »Ich meine, ich habe alles *mögliche* gedacht. Wenn du mich sitzenlassen konntest...«

Caroline grinste. »Du meinst, ob ich in jenem Sommer nach Martha's Vineyard gefahren und über Nacht lesbisch geworden bin?«

Er hob seine Hand. »Bitte, ich gebe auf. Hilf mir da raus.«

Caroline lächelte. »Frauen ohne erkennbare Bindungen, egal ob lesbisch oder hetero, sind daran gewöhnt. Meistens sind es allerdings Obertrottel, die so fragen. Mir fällt dann immer Martina Navratilova ein, die, von irgendeinem idiotischen Sportreporter gefragt, ob sie noch immer lesbisch sei, geantwortet hat: ›Sind Sie noch immer die Alternative?‹«

Jackson grinste sie dümmlich an. »Tut mir leid. War auch nur so ein flüchtiger Gedanke.« Er musterte sie neugierig. »Aber du klingst wie ein überzeugter Single, Caroline.«

Sie trank einen Schluck Wein und dachte über ihre Antwort nach. So lange schon hatte sie es sich zur fast abergläubischen Gewohnheit gemacht, möglichst wenig aus ihrem Privatleben zu erzählen. Doch heute abend fühlte sie sich dabei auf einmal einsam. Sie blickte in das gütige Gesicht von Jackson Watts, eines Freundes, den sie – wie brüchig und flüchtig auch immer – wiedergefunden hatte. So daß zumindest ein Stück ihrer Vergangenheit eine warme Erinnerung war.

»›Überzeugt‹?« sagte sie leise. »Ich glaube, es ist eher so, daß etwas, das als Selbstschutz beginnt, am Ende aus irgendeinem Grund zur Gewohnheit wird. Irgendwann merkt man, daß man emotional eingerostet ist. Daß man keine Nähe mehr gewohnt ist, kein Talent mehr für kleine Kompromisse hat.« Sie zuckte die Schultern. »Und vielleicht ist es einem dann auch nicht mehr so wichtig...«

Er sah sie ernst an. »Und was machst du statt dessen? Einfach allein leben?«

Vielleicht war es der Wein, dachte Caroline, oder der wohlige Schutz der Dunkelheit. Vielleicht war es auch ihr Bedürfnis, ihm über irgend etwas die Wahrheit zu sagen, in der Hoffnung, daß er sie nicht verurteilen würde.

Sie betrachtete ihr Weinglas. »Was ich mache, Jackson? Ich habe eine Reihe kleinerer Affären. Manchmal im Urlaub, manchmal nur für eine Nacht – die längerfristigen scheinen immer an Karriere, Kindern oder was auch immer zu scheitern.« Mit ironischem Unterton fuhr sie fort: »In letzter Zeit habe ich offenbar eine Vorliebe für mittelalte verheiratete Männer entwickelt. Einige waren sehr angenehme Gesellschafter, und es besteht keine Gefahr, daß sie Teil meines Lebens werden, oder es auch nur wollen, wenn sie vernünftig sind.«

Er schwieg. Sie blickte auf den See, der wie ein schwarzes Tuch unterhalb der mondbeschienenen Hügel lag. Er goß ihre Gläser noch einmal voll.

»Na ja«, sagte er leise, »wir schlagen uns alle so durch.«

Als sie ihn ansah, wirkte er ernst, aber nicht unfreundlich. Er hob sein Glas und stieß mit ihr an. »Auf dich, Caroline.«

Sie lehnte sich in ihren Stuhl zurück. Schweigend leerten sie die Flasche.

Als sie aufbrachen, war die Nacht kühl und still.

Sie stiegen in das Boot, Jackson ließ den Motor an; das leise Tuckern war das einzige Geräusch auf dem dunklen See.

Caroline lehnte sich zurück und spürte die Nachtluft auf ihrer Haut. Ihr Schwips klang ein wenig ab, und ihr Zeitgefühl kehrte zurück; die Ruhepause, die sie genossen hatte, neigte sich ihrem Ende zu. Sie beobachtete, wie Jackson sie über den See navigierte und das Ufer mit wachen Augen nach seiner Hütte absuchte.

»Da«, sagte er.

Kurz darauf legten sie an seinem Steg an. Jackson sprang aus dem Boot, Caroline warf ihm die Leine zu, und er machte sie an einem Pfahl fest. Er reichte ihr die Hand, als sie auf den Steg kletterte, und ließ sie zu ihrer Überraschung auch nicht wieder los. Er betrachtete sie, als wäre er über sich selbst verblüfft, bevor er ihr seine Finger wieder entzog und seine Hände in die Tasche steckte.

»Kann ich dir noch was anbieten, bevor wir aufbrechen? Kaffee, Brandy ...«

Nach kurzem Zögern nickte Caroline. »Brandy.«

»Gut.« Jackson drehte sich um und stieg die Treppe zum Hügel hinauf. Caroline folgte ihm. Der Wind raschelte in den Bäumen, ein satter Kiefergeruch hing in der Luft. Caroline erinnerte sich an die Nächte, die sie in der Hütte ihres Vaters übernachtet hatte, und an das beruhigende Gefühl, Wald um sich zu wissen. Die Sterne am Himmel leuchteten hell.

Sie betraten die Hütte, und er ging zum Kamin, warf einige Scheite hinein, ging in die Hocke, breitete Brennholz aus und zündete ein Streichholz an. Die Flamme züngelte hoch. Caroline stand in der Küche und beobachtete schweigend, wie die ersten blauen und orangefarbenen Flämmchen aus dem brennenden Scheit züngelten.

Jackson stand auf und drehte sich zu Caroline um. »Dann hol ich uns mal den Brandy.«

Ohne sie anzusehen, ging er durch die Küche, öffnete einen Schrank und griff nach zwei Cognacschwenkern und einer Flasche Cognac. Mit gesenktem Kopf schenkte er beide Gläser vorsichtig ein. Er drehte sich um, gab Caroline ein Glas und hob seins. »Worauf trinken wir diesmal?«

Caroline hielt den Cognacschwenker mit beiden Händen umfaßt. »Ich weiß nicht.« Sie zögerte einen Moment. »Ich wollte nur nicht wieder wegfahren, ohne etwas zu sagen. Wie ›danke‹ zum Beispiel.«

»Wofür?«

»Dafür, daß du mir ein wenig vergeben hast. Und daß du mir das Gefühl gibst, noch immer mein Freund zu sein.«

Er sah sie eigenartig an, verletzlich und überrascht. Fast flüsternd sagte er: »Mein Gott, Caroline ...«

Ihre Brust schnürte sich zusammen. Wie ohne nachzudenken, ging sie zu ihm, nahm das Glas aus seiner Hand und stellte es neben ihres auf die Spüle.

Zögernd drehte sie sich wieder zu ihm um.

»Was ist?« fragte er.

Caroline nahm sein Gesicht in beide Hände und sah ihm in die Augen. Ihre Bluse streifte über seine Brust.

Jackson blickte zu ihr herab, als wolle er sich vergewissern, daß er sie richtig verstanden hatte. Leise sagte er: »Ich glaube, ich erinnere mich ...«

Als er sie küßte, lächelte sie immer noch.

Sein Mund war warm, irgendwie vertraut. Sie schloß die Augen und lehnte sich eine Weile an ihn. Stumm und sanft hielt er sie und küßte ihr Haar.

Ihre Nervenenden kribbelten.

Jackson lehnte sich zurück. Als sie zu ihm aufblickte, hielt er den Kopf fragend geneigt.

Caroline nickte stumm.

Langsam begann er, ihre Bluse aufzuknöpfen.

Sie sah ihn unentwegt an, ohne den Blick von seinem Gesicht zu wenden. Als er fertig war, hakte sie ihren BH auf und ließ ihn zu Boden fallen.

Ihre übrigen Sachen zog sie sich selbst aus.

»Du bist wunderschön«, sagte er. »Noch immer.«

Halb lächelnd begann sie, sein Hemd aufzuknöpfen.

Es war noch immer sein Körper, nicht mehr so straff wie früher, aber noch immer seiner. Als sie seine Haut berührte, fühlte sie sich warm an.

Er führte sie zum Kamin. Davor stand ein Sofa. Noch immer ihre Hand haltend, wies Jackson mit dem Kopf fragend auf das Sofa. Caroline zuckte lächelnd die Schulter.

Als sie nebeneinander lagen, küßte Jackson ihre Stirn. »Ich habe gar nichts«, murmelte er. »Aber mir geht's gut.«

»Mir auch.«

Behutsam wanderte sein Mund in die Mulde ihres Halses. Sie schob sich unter ihn.

Er war noch immer behutsam, aber erfahren. Erfahren in seinen Küssen und den Berührungen seiner Fingerspitzen. Caroline bewegte ihre Hüften, ohne nachzudenken. Sie schlang die Arme um seinen Hals und preßte ihre Lippen hungrig auf seine.

Als er in sie eindrang, war es anders.

Caroline preßte ihr Becken gegen seins. Diese wohlige, entspannte Wärme, dieses Wissen, daß alles gut werden würde, hatten sie früher nie gehabt. Sie nahm nur noch die Hitze ihrer Körper wahr, das beharrliche, sich langsam steigernde Drängen seiner Bewegungen in ihr, und ihrer Bewegungen mit ihm – schneller, schneller …

Sie rief seinen Namen, als sie ihn in einer Explosion der Sinne mit jeder Pore spürte.

Mit tauben Fingerspitzen klammerte sie sich in einer Welt aus Dunkelheit und Nähe an ihn, als er in ihr kam.

Danach lag sie neben ihm, ohne reden zu wollen oder zu müssen, und beobachtete die tanzenden Schatten des Feuers.

Noch immer schweigend gab sie ihm einen zärtlichen Kuß der Anerkennung.

Er lächelte sie an. »Besser?«

»Besser.« Sie küßte ihn erneut. »Die gute alte Carole.«

Das brachte ihn zum Lachen. Als sie sich eine Stunde später noch einmal liebten, saß Caroline auf ihm.

Am nächsten Morgen erwachte sie in seinem Bett. Ihre Schläfen pochten von dem Scotch und dem Wein.

»Hallo«, sagte er.

»Hi.«

Sie stützte sich auf einen Ellenbogen, als müsse sie erst überlegen, in welcher Stimmung sie war. »Alles in Ordnung?« fragte er sie nach einer Weile. »Ich hab mich doch nicht in einen Kürbis verwandelt, oder?«

Sie lächelte nicht. »Nein. Ganz und gar nicht.«

Er zog eine Braue hoch. Seine Miene sagte: *Rede, wenn du möchtest, aber ich will dich nicht drängen.*

Caroline verfluchte sich selbst. »Gestern nacht war ich sehr egoistisch«, sagte sie. »Es war schön mit dir, und ich wollte nicht, daß es endet. Doch bei Tageslicht betrachtet bin ich fast so etwas wie Bretts Anwältin – die das moralische Chaos, in dem sie steckt, noch dadurch verschlimmert hat, daß sie mit dem zuständigen Staatsanwalt geschlafen hat.«

Er sah sie ernst an. »Dann sieh mich doch als einen Ex-Freund, Caroline, wenn dir das hilft.«

Für Caroline füllte der Gedanke an Brett auf einmal den ganzen Raum. »Schön wär's.«

»Unabhängig davon, ob du ihr Mandat übernimmst oder nicht?«

Caroline rieb sich die Augen. »Ich weiß nicht, Jackson. Bitte, ich muß über all das nachdenken.« Sie hielt inne. »Das hat im übrigen in keiner Weise etwas mit Bretts Schuld oder Unschuld zu tun. Aber schon die Tatsache, daß ich dir das erklären muß, macht unser Problem deutlich.«

Er schwieg. Caroline saß auf der Bettkante.

»Ich glaube, ich muß jetzt wirklich gehen«, sagte sie leise.

»Sicher.«

Sie zogen sich schweigend an.

»Fertig?« fragte er und ging forsch zur Tür.

Sie faßte sanft seinen Ellenbogen und hielt ihn auf. Er drehte sich um.

Caroline versuchte zu lächeln. »Ich dachte nur«, sagte sie, »daß ich dich gerne zum Abschied küssen würde. Hier drin, wo uns keiner sieht.«

Er blieb stehen und sah sie ernst an.

Caroline küßte ihn langsam und fest auf den Mund. »Ich wünschte wirklich, daß du nicht der Staatsanwalt wärst«, sagte sie.

Er lächelte schwach. »Und ich wünschte, du hättest eine andere Nichte«, erwiderte er.

Auf dem kurzen Weg zurück in die Stadt plauderten sie über Belanglosigkeiten. Was sie heute vorhatten. Wie sich Resolve verändert hatte. Über alles mögliche, außer über Brett.

Als sie vor dem Gasthof hielten, stieg Jackson nicht aus.

Er stützte sich auf das Lenkrad. »Ich würde dich gerne noch einmal sehen«, sagte er. »Bevor du abreist.«

Caroline berührte seine Hand. »Wir werden zumindest noch einmal miteinander reden.«

Er nickte langsam.

Caroline zwang sich auszusteigen. Sie war schon in der Tür des Gasthofs verschwunden, bevor sein Pick-up außer Sichtweite war – wieder ganz die Anwältin, die einen neuen Tag begann.

11

Es dauerte jedoch noch einige Stunden, bis Caroline, die Anwältin, entschieden hatte, was zu tun war, und eine weitere Stunde, bis sie zum Chase College aufbrach. Jackson Watts beschäftigte sie noch immer viel zu sehr.

Der Campus lag auf einem waldigen Gelände, das sich in die umliegenden Hügel schmiegte. Eine überdachte Brücke spannte sich über einen Bach, der sich an einem Uhrenturm mit Spitzdach, einer Reihe von neoklassizistischen Backsteingebäuden und einer breiten, von Bäumen gesäumten Wiese entlangschlängelte. Doch das Gebäude, in dem James Case gewohnt hatte, ein zweistöckiges Mietshaus am Stadtrand, war ein Überbleibsel aus der Eisenhower-Ära. Sogar der Backstein war unecht.

Daniel Suarez wohnte im ersten Stock. Caroline nahm die Treppe, fand Zimmer 203 und klopfte an.

Der Junge, der die Tür öffnete, war höchstens zwanzig – groß und schlank mit leuchtenden braunen Augen. Er wirkte auf attraktive Art sensibel und leicht schwermütig.

»Sie sind Bretts Tante?« fragte er.

»So ist es. Sie hat Sie mir gegenüber einmal erwähnt.«

Er bat sie herein. Der Raum erinnerte an andere Zimmer aus lange vergangenen Zeiten in Harvard oder Radcliffe – herumliegende Kleidungsstücke, Stapel von Büchern und Zeitschriften, abgestandene Gerüche aus der Küche. Sogar die Poster – die Stones und Led Zeppelin – hatten sich nicht groß verändert.

Caroline mußte lächeln, als sie den ergrauten Charlie Watts erblickte. »Mögen Sie die Stones?« fragte Daniel.

»Früher mal«, sagte sie achtlos. »Jetzt stehe ich mehr auf Cheryl Crow und REM. Nostalgie ist mir eher unangenehm.«

Seine Augen blitzten amüsiert auf. »Meinem Dad nicht. Er ist ein echter Deadhead.«

»Tja«, meinte Caroline schulterzuckend. »Vielen Dank jedenfalls, daß Sie Zeit für mich haben.«

»Aber sicher doch. Kann ich Ihnen was anbieten?«

»Haben Sie eine Cola?«

»Ich glaube ja.« Er ging in die Küche, durchkramte den Kühlschrank und kam mit einer gekühlten Dose Pepsi zurück.

»Die tut's auch«, sagte Caroline.

Sie setzten sich an den Küchentisch, und Daniel sah sie abwartend an.

»Sie sind also Brett hin und wieder begegnet«, sagte sie.

»Hm-hm.« Er wies mit dem Kopf auf das Nachbarapartment. »James hat nebenan gewohnt, und sie war oft bei ihm, manchmal haben wir uns gegenseitig mit Milch oder Essen oder so ausgeholfen. Zwei- oder dreimal sind wir auch ins Reden gekommen.«

»Wie war sie?«

Er nickte vorsichtig, wie zur Selbstbestätigung. »Sie war wirklich nett, sehr umgänglich. Man konnte mit ihr über so ziemlich alles reden.«

»Und James?«

Daniel machte eine Pause und warf einen Blick auf den fleckigen Teppich. »Er war anders«, sagte er schließlich, »ich meine, schon auch gescheit und ziemlich begabt. Aber mehr ein Eigenbrötler.«

»Hatte er Freunde?«

Er dachte kurz nach, ob über die Wahrheit oder nur über seine Antwort, wußte Caroline nicht zu sagen. »Vor allem Brett.« Er hielt inne und sah Caroline mit seinen glänzenden Augen an. »Glauben die Bullen wirklich, daß sie ihn umgebracht hat?«

»Ich sehe nicht, wie sie damit durchkommen wollen«, sagte sie und sah ihn direkt an. »Ich nehme an, sie waren auch schon hier.«

Sein Schulterzucken war eher ein Schütteln. »O ja.«

»Was wollten sie wissen?«

»So ziemlich dasselbe wie Sie. Wer James' Freunde waren. Ob ich Brett kannte. Wie ihre Beziehung war ...«

»Und ob er mit Drogen gehandelt hat?«

Sein Blick war jetzt unbeweglich. »Auch das.«

»Und was haben Sie ihnen erzählt?«

»Daß er mir keine verkauft hat.«

»Hat James es je versucht?«

»Nein.« Er machte eine Pause. »Was das Zeug angeht, halte ich mich raus.«

Er sah sie unverwandt an, doch Caroline war sich ziemlich sicher, daß eine gründliche Durchsuchung seines Apartments einen in der Sockenschublade versteckten Beutel Marihuana zutage gefördert hätte, was Daniel Suarez natürlich nicht zugeben wollte.

Caroline sah ihn einfach weiter an.

Er verschränkte die Arme und wurde ein wenig zappelig, während er versuchte, ihrem Blick standzuhalten. »Warum ist diese Drogensache überhaupt so wichtig?«

Caroline wußte, daß er sich vielleicht noch weiter in sich zurückziehen würde, wenn sie ihm die Wahrheit sagte, doch sie hatte kaum eine andere Wahl. »Mal angenommen, er hätte wegen der Drogen Ärger gehabt«, sagte sie, »weil er seinen Lieferanten irgendwie gelinkt hat.«

Daniel schien nachzudenken. »Davon hätte ich nichts gewußt«, sagte er schließlich.

Ihre Blicke trafen sich, und Caroline war sich sicher, daß er die Wahrheit sagte, genauso wie sie vermutete, daß sein unausgesprochenes Eingeständnis, daß James gedealt hatte, ein bewußtes Signal gewesen war. In ihr Schweigen hinein sagte Daniel, vorgebeugt und mit einem stummen Flehen in den Augen, leise: »Wenn ich Brett irgendwie helfen könnte, würde ich es tun.«

Am besten war es, ihn zu beschämen, dachte Caroline. Also erwiderte sie skeptisch: »Ach? Und warum das?«

»Weil mir nicht gefallen hat, wie er sie behandelt hat.«

Caroline spürte, wie sie sich vor Überraschung anspannte. Beiläufig fragte sie: »Was soll das heißen?«

Daniel sah sie fest an und zuckte dann die Schultern. »Vielleicht hat Brett es nicht gewußt.«

»Daß er sie mißhandelt hat?« Caroline bremste sich und fuhr dann fast unwillkürlich fort: »Wie hätte sie das nicht wissen können?«

Daniel faltete die Hände. *Dann wissen Sie es also auch nicht,* sagte sein Blick. »Es gab da ein blondes Mädchen vom College, das öfter herkam. Ich habe nur ihren Vornamen mitbekommen – Megan.«

»Sie kam öfter ›her‹?«

»Um James zu besuchen.«

»Wahrscheinlich eine Freundin.« Caroline machte eine Pause und fuhr dann scheinbar gleichgültig fort: »Wie oft war sie denn hier?«

»Ein paarmal.« Leiser fügte er hinzu: »Einmal, morgens, hat sie sich, nur in James' T-Shirt, Milch ausgeliehen.«

Caroline lehnte sich zurück. Nach einer Weile fragte sie: »Hat dieses Mädchen irgend etwas Besonderes gesagt?«

Daniels Gesicht blieb ernst. »Nein, es war mehr ihre Art – sie war aufgedreht, ein bißchen selbstzufrieden. Fast aufdringlich. So als wollte sie, daß irgend jemand weiß, daß sie mit ihm bumst. Und sei es nur ich.«

Denk nach, ermahnte sich Caroline. Sie schwieg einen Moment und formulierte ihre nächste Frage sehr vorsichtig. »Als die Polizei Sie nach Bretts Beziehung zu James gefragt hat, was haben Sie da geantwortet?« sagte sie gedehnt.

Ihre Blicke begegneten sich: Ein Gefühl stummen Einverständnisses durchzuckte sie wie ein Schock.

»Ich habe ihnen gesagt, daß alles bestens war«, erklärte er mit einem schwachen Lächeln. »Soweit ich weiß, war es das ja auch.«

Caroline lief in ihrem Zimmer auf und ab, als das Telefon klingelte.

Sie griff nach dem Hörer. Eine näselnde Sekretärin verkündete, daß der Senator aus Kalifornien sie zu sprechen wünschte. Nach einem Klicken war der Senator in der Leitung.

»Caroline?« Er klang kurz angebunden und dienstlich. »Ich habe Ihre Nummer von Ihrem Büro. Wie geht es Ihnen?«

Caroline atmete tief ein. »Es ging mir schon mal besser, das muß ich leider zugeben. Wir haben hier eine Art familiäres Problem.«

»Das habe ich gehört«, sagte er und machte eine kurze Pause. »Walter Farris hat mich heute angerufen. Um in Kontakt zu bleiben und in der Hoffnung, daß ich seiner Besorgnis noch einmal Nachdruck verleihe. Was ich hiermit tue.«

Caroline schloß die Augen. »Danke«, sagte sie, obwohl es irgendwie unangemessen klang.

»Oh, sicher.« Mit freundlicherer Stimme fuhr der Senator fort: »Ich bin sicher, das Ganze muß schrecklich für Sie sein. Und daß Sie alles *Angemessene* tun wollen, um Ihrer Nichte zu helfen.«

Caroline überhörte die Betonung nicht. »Natürlich. Aber allzu viel kann auch ich nicht ausrichten.«

»Da haben Sie vermutlich recht. Hoffentlich klärt sich die Sache auf, und Ihre Nichte wird vollkommen rehabilitiert.«

Er schlug einen beiläufigeren Ton an: »Und wann, denken Sie, werden Sie wieder nach Hause kommen?«

Caroline zögerte einen Moment. »Ich nehme an, in drei oder vier Tagen.«

»Gut.« Es entstand eine weitere Pause. »Schließlich hat eine Reihe von Leuten sehr hart für diese Nominierung gearbeitet. Genauso hart wie Sie.«

»Danke«, sagte Caroline, »ich weiß das zu schätzen.«

»Dann bis bald«, sagte der Senator und legte auf.

12

Am nächsten Morgen rief die Frau von der Rezeption in Carolines Zimmer an, um zu verkünden, daß ein Mr. Watts in der Halle auf sie warte.

Überrascht stellte sie fest, daß sie nicht auf ihn vorbereitet war. Sie warf einen flüchtigen Blick in den Spiegel und ging nach unten.

Er saß in einem Sessel. Als er sie sah, stand er auf, ohne sie anzulächeln, wie sie es eigentlich halb erwartet hatte. Selbst seine Augen wirkten düster.

»Was ist los?« fragte sie ihn leise.

Er blickte zur Rezeption. »Laß uns nach draußen gehen, ja?«

Schweigend gingen sie auf die Veranda und setzten sich nebeneinander auf die Hollywoodschaukel. Außer einem Jungen auf einem Fahrrad war die Straße menschenleer.

»Du solltest doch längst wieder in Concord sein«, sagte sie.

Jackson sah sie mit zutiefst unglücklicher Miene von der Seite her an. »Das sollte ich auch«, sagte er, »und ich wünschte, ich wäre es.«

Caroline fühlte sich wie taub. »Brett«, sagte sie leise.

»Du mußt ihr einen Anwalt besorgen, Caroline.« Er seufzte unhörbar. »Wir beantragen einen Haftbefehl. Noch heute nachmittag.«

»Weswegen?«

»Mord.«

Caroline dachte daran, daß sie gestern morgen noch neben ihm aufgewacht war. »Es ist etwas geschehen«, vermutete sie.

Jackson nickte langsam. »Gestern morgen ist eine neue Zeugin aufgetaucht. Sie hat sich bei der Staatspolizei gemeldet. Ich habe sie gestern abend getroffen.«

Caroline überfiel eine düstere Vorahnung. »Was hat sie gesagt?«

Jackson stand auf und blickte auf die Straße. »Sie behauptet, sie wäre James' Geliebte gewesen. Angeblich hat James sie gebeten, mit ihm nach Kalifornien zu gehen.«

Der Satz klang irgendwie unvollständig. »Und?«

»Offenbar war Brett geradezu zwanghaft eifersüchtig – ihre ganze Beziehung zu James war zwanghaft. Sie hat seine Wohnung beobachtet, um zu sehen, ob er andere Frauen traf.« Er machte eine Pause und sprach dann monoton weiter: »Eines Abends hat James diese Frau mit zu sich nach Hause gebracht. Sie behauptet, Brett habe sich mit ihrem Schlüssel Zugang verschafft und die beiden im Bett erwischt. Dann habe sie gedroht, alle beide zu töten.«

Caroline stand ebenfalls auf und stellte sich neben ihn. »Hört sich das für dich wirklich plausibel an?«

Jackson blickte noch immer auf die Straße. »Diese Frau macht einen guten Eindruck. Sie ist offensichtlich nicht bloß eine Spinnerin.«

»Warum hat sie dann so lange gebraucht, um sich zu melden?«

»So lange nun auch wieder nicht.« Er wandte sich Caroline zu. »Wie erpicht wärst du darauf, Hauptzeugin in einem ziemlich sensationellen Mordprozeß zu sein?«

Caroline legte beide Hände auf das Geländer der Veranda und sagte leise: »Trotzdem ist das für mich kein vorsätzlicher Mord. Selbst wenn man dieser Frau glaubt.«

»Wenn man dieser Frau glaubt, Caroline, hat Brett Case lange vor der Tat bedroht.« Er senkte seine Stimme. »Entweder Brett hat ihn mit dem Vorsatz, ihn zu töten, zum See gelotst, oder sie hatte betrunken und high einen plötzlichen Eifersuchtsanfall und hat ihm, ohne nachzudenken, die Kehle aufgeschlitzt. Was wohl die Version von Bretts Anwalt sein wird.«

Caroline schloß die Augen. »Wie hieß das Mädchen?«

Jackson schüttelte langsam den Kopf. »Ich muß ihre Privatsphäre schützen. Wenn Bretts Anwalt die Aussage dieser Frau lesen möchte, werde ich sie ihm zu gegebener Zeit zukommen lassen. Aber nicht jetzt.«

Caroline richtete sich auf, verschränkte die Arme und kämpfte gegen ein Gefühl der Hilflosigkeit an. »Was ist mit Kaution?«

Jackson runzelte die Stirn und sprach dann mit der nüchternen Stimme eines gut vorbereiteten Staatsanwalts weiter. »Ich werde Einspruch erheben müssen, dem man auch stattgeben wird. In New

Hampshire ist es praktisch ausgeschlossen, bei einer Anklage wegen Mordes auf Kaution freigelassen zu werden.«

Caroline versuchte sich Brett im Gefängnis vorzustellen, ein Bild, gegen das ihr Verstand sich wehrte. »Mein Gott, Jackson, es besteht doch keine Fluchtgefahr.«

Jackson sah sie direkt an. »Es hat wirklich keinen Sinn, darüber zu debattieren«, sagte er leise. »Es tut mir wirklich leid, das mußt du mir glauben.«

»Wolltest du mir das sagen?«

Er sah ihr in die Augen. »Ich bin gekommen, um ein Arrangement zu treffen, daß Brett sich stellt. Und um es dir persönlich zu sagen, wie schwer es mir auch gefallen ist.«

»Was für ein Arrangement?«

»Wir werden die Anklage gegen Brett erst morgen nachmittag erheben, damit ihr noch ein wenig Zeit mit ihrer Familie bleibt. Wenn du damit einverstanden bist, daß euch ein Polizeiwagen folgt, kannst du sie zum Gefängnis in Connaughton Falls bringen, wo man sie jederzeit besuchen kann. Außerdem werde ich versuchen, ihr die Presse vom Hals zu halten.«

Caroline wußte, daß er die Sache so fair wie möglich handhabte. »War's das?«

Er sah sie lange Zeit einfach nur an, bevor er sagte: »Das war's.«

Sie nickte. »Danke.«

Jackson wollte gehen, blieb dann aber dicht neben ihr stehen und berührte ihren Ellenbogen. Sie starrte auf seine Hand, bis er sie sinken ließ.

»Auf Wiedersehen, Caroline«, sagte er, ging zu seinem Pick-up und fuhr davon.

Als Caroline nach Masters Hill fuhr, nieselte es ununterbrochen, wie am Tag ihrer Heimkehr.

Larry war in der Bibliothek. Ohne Vorrede fragte Caroline: »Ist Brett zu Hause?«

»Sie macht einen Spaziergang.« Er studierte ihren Gesichtsausdruck. »Ist irgendwas nicht in Ordnung?«

»Geh und such Betty.«

Er sprang alarmiert auf. »Soll ich auch Channing rufen?«

»Nun hol sie schon her, um Himmels willen.«

Als Larry mit Betty zurückkam, war ihr Gesicht blaß.

»Was ist los, Caroline?«

»Setzt euch, bitte.«

Das taten sie. Caroline blickte auf ihre Schwester und ihren Schwager, die in den gepolsterten Sesseln auf einmal ganz klein wirkten. Larry bemühte sich, die Ruhe zu bewahren. Aus Bettys Gesicht war jede Farbe gewichen.

»Es gibt keine angenehme Art, euch das zu sagen«, begann sie mit sanfterer Stimme. »Ich habe gerade Jackson gesehen. Er wird Brett wegen vorsätzlichen Mordes anklagen.«

Betty öffnete den Mund, gab jedoch keinen Ton von sich. »Warum?« brachte Larry hervor.

»Es gibt eine Zeugin, die behauptet, daß sie eine Beziehung mit James hatte. Brett hat angeblich davon erfahren und gedroht, beide zu töten.«

Betty ballte die Fäuste. »Das ist absolut lächerlich. Brett würde nie einen Menschen bedrohen.« Sie hielt inne, und die Wut in ihrem Blick wich der Sorge. »Wer ist diese Frau, Caroline?«

»Ich weiß es nicht.« Einen Moment erwog sie, Larry zu fragen, ob er eine Studentin namens ›Megan‹ kannte, ließ es dann aber bleiben. Das Risiko, daß Betty – oder sogar Larry – etwas Unkluges unternahmen, war zu groß. »Jackson wollte mir den Namen nicht nennen...«

»Weil sie lügt.«

Bettys Wut hatte etwas Erbarmenswürdiges. Caroline kannte diesen Ausdruck von Müttern, die gerade erfahren hatten, daß ihr Kind in die Mühlen eines Rechtssystems geraten war, das sie nicht kontrollieren, ja nicht einmal verstehen konnten. Doch sonst waren diese Mütter immer Fremde gewesen, und ihre Kinder nur irgendwelche Mandanten.

»Bretts Anwalt wird es schon früh genug in Erfahrung bringen«, sagte sie leise.

Larry hatte offenbar sofort begriffen, was sie meinte. Caroline beobachtete, wie Bettys Gesicht sich verfärbte, als es ihr dämmerte.

»Du willst ihr nicht helfen?« fragte sie.

Caroline zwang sich zur Ruhe. »Ich dachte, das wolltest du nicht. Und das sollte ich auch nicht. Um Bretts willen.«

»Um Bretts willen«, rief Betty wütend und höhnisch und sprang auf. »Nennst du das Selbstlosigkeit?«

Caroline verschränkte die Arme. »Ja«, erwiderte sie kühl. »In Ermangelung eines anderen Wortes, auf das wir uns einigen könnten.«

Larry stand ebenfalls auf und faßte Bettys Arm. »Das ist Caros Entscheidung. Wir müssen jetzt nach vorn blicken.«

»Ich würde jemanden aus New Hampshire vorschlagen«, erklärte Caroline mit ruhigerer Stimme. »Jemand, der die geschriebenen und ungeschriebenen Gesetze hierzulande kennt. Vater wird jemanden wissen.«

Betty starrte sie an. »Und was wirst du für sie tun?«

»Außer ihrem Anwalt mit meinem besten Rat zur Seite zu stehen?« Caroline hielt inne, seufzte und fuhr dann leiser fort: »Nach Hause fahren. Zu unser aller Besten und aus all den Gründen, wegen derer ich seit mehr als zwanzig Jahren nicht mehr Teil dieser Familie bin.«

Caroline beobachtete, wie sich im Gesicht ihrer Schwester eine ganze Reihe von Gefühlen widerspiegelten – Unentschiedenheit, Antipathie und dann eine so große Angst um Brett, daß sie alles andere ausradierte. »Betty«, sagte Caroline leise, »das ist jetzt das Anständigste, was ich tun kann. Es war schon entschieden, als ich mich damals entschlossen habe, wegzugehen. Ganz egal, was du getan hast oder wie ich empfinde.«

Betty ließ sich schwerfällig und plump wieder in den Sessel fallen, ihr Gesicht war stumpf vor Ratlosigkeit und Verwirrung. Larry legte seine Hand auf ihr Bein. Keiner von beiden sah Caroline an.

»Es gibt nur noch eine Sache, die ich um Bretts willen unbedingt zur Sprache bringen möchte.«

Es dauerte eine Weile, bis Larry den Kopf hob und fragte: »Ja?«

»Mein Vater hatte ein Fischmesser – ein Cahill mit einem Griff aus Knochen, das er in der Garage aufbewahrte. Wo ist es?«

Larrys Miene verdüsterte sich. »Was willst du damit sagen?«

»Betty?« Caroline wartete, bis sie aufblickte. »Vater sagt, er hätte es schon vor Jahren verschenkt.«

Betty sah sie scharf an. »Was willst du damit sagen?«

»Ich will damit nur sagen, daß die Frage auftauchen könnte«, erklärte Caroline möglichst neutral. »Und daß es in diesem Fall unbedingt in Bretts Interesse wäre, wenn sich die Familienmitglieder übereinstimmend erinnern. Oder daß zumindest niemand eine unbedachte Antwort gibt.«

Larrys Miene versteinerte. »Caroline. Ich habe keine Antwort. Ich kümmere mich nicht um Channings Sachen ...«

»Verdammt«, platzte Betty los. »Du glaubst, Brett hat ihn getötet.«

Carolines Gesicht blieb ausdruckslos, als sie mit ruhiger Stimme erwiderte. »Ich glaube gar nichts. Ich schlage nur vor, daß ihr anfangt nachzudenken.«

Betty preßte die Lippen aufeinander. »Was Vater auch gesagt hat, es ist die Wahrheit, Caroline, falls das deine Frage war.«

Caroline sah sie eine Weile an, bevor sie sagte: »Ich werde es Brett selbst erzählen – es gibt einige Dinge, die ich ihr sagen muß. Ich bin sicher, ihr habt nichts dagegen, wenn ich auf der Veranda auf sie warte.«

13

Zuerst sah Caroline sie von weitem, eine Kapuzengestalt im Nieselregen, den Blick zu Boden gesenkt.

Brett schien sie erst zu bemerken, als sie ihre knirschenden Schritte auf dem Kies hörte.

Sie blieb stehen, die Hände in den Taschen ihrer gelben Regenjacke vergraben, und sah Caroline ins Gesicht. »Was machst du denn hier, Caroline? Willst du dir eine Lungenentzündung holen?« Die Tatsache, daß sie nicht lächelte, verriet ihre Nervosität.

Caroline sah sie lange einfach nur an, bevor sie leise sagte: »Mandanten belügen ihre Anwälte immerzu. Ich hätte es wissen müssen.«

Brett warf ihr einen seltsam gehetzten Blick zu, schuldbewußt und überrascht zugleich, öffnete den Mund, brachte jedoch keinen Laut heraus.

»Nein«, fuhr Caroline fort, »ich sollte dich aus deinem Elend erlösen. Also, wer bitte ist Megan?«

Brett blickte kurz zu Boden, bevor sie die Schultern reckte, Caroline ansah und sagte: »Eine Frau, mit der James etwas hatte.«

Caroline nickte. »Das hat sie Jackson auch erzählt.«

Bretts grüne Augen fixierten Caroline. »Es war vorbei, Caroline.«

»War es das? Vielleicht möchtest du mir davon erzählen?«

Brett nickte langsam. Als sie weitersprach, war ihre Stimme belegt.

»James war so attraktiv – bei ihm war es eine Schwäche. Diese Megan hat ihm auf dem ganzen Campus nachgestellt – in der Bibliothek, in der Mensa, nach Seminaren. Es war, als hätte sie seinen Stundenplan auswendig gelernt.« Bretts Miene wirkte jetzt geradezu beunruhigt. »Es war irgendwie unheimlich ...«

»Und wie fand James das?«

Brett wollte antworten, sah jedoch Caroline an, als sei ihr ein neuer Gedanke gekommen. »Es tut mir leid, Caroline«, sagte sie leise. »Ich wünschte, du wärst nicht so wütend auf mich.«

Caroline neigte den Kopf. »Bin ich das?«

»Ja, auf deine Art.«

Caroline schwieg, Brett sah sie verletzt, aber auch herausfordernd an. »Die Gefühle, die ich vielleicht habe, tun nichts zur Sache«, erwiderte Caroline knapp. »Entscheidend sind deine. Und seine.«

Brett verschränkte die Arme und verzog das Gesicht in schmerzhafter Erinnerung. Nach einer Weile sagte sie: »Ich glaube, anfangs fand James sie attraktiv. Als ob es irgendwie schmeichelhaft war, verfolgt zu werden.«

»War das dein Eindruck – daß sie ihn verfolgt hat?«

Brett nickte stumm. »Das konnte ich ihm vergeben. Ich meine, es ging ja nicht von ihm aus ...«

Ihre Stimme erstarb. Caroline spürte die Feuchtigkeit in den Haaren, den Regen auf ihrem Gesicht. Ihr beschlagener Atem hing in der Luft. »Und was konntest du ihm nicht so leicht vergeben?« fragte sie leise.

Brett schluckte, blickte zu Boden und sah dann wieder Caroline an. »Ich bin eines Abends auf sein Zimmer gekommen, um Aufzeichnungen abzuholen, die ich dort vergessen hatte. Ich dachte, er wäre nicht zu Hause. Statt dessen habe ich Megan angetroffen.«

»Angetroffen?«

»Ja«, antwortete Brett tonlos. »Im Bett mit James.«

»Was ist dann passiert?«

»Ich habe die beiden nur angestarrt. James wirkte irgendwie beschämt und ertappt. Doch sie hat mich fast angelächelt, mit diesem seltsamen Funkeln in den Augen – als ob sie irgendeinen Wettbewerb gewonnen hätte. Noch nie in meinem Leben habe ich eine Frau so gehaßt.«

Caroline registrierte, daß Bretts Beschreibung des Mädchens der von Daniel Suarez entsprach. »Und was hast du dann getan?« fragte sie streng.

Brett atmete aus. Nach einer Weile sagte sie: »Ich wußte, daß ich nicht bleiben konnte – weil ich sonst getobt oder losgeheult oder mich sonstwie lächerlich gemacht hätte vor ihm und dieser Frau. Also habe ich meinen Schlüssel von dem Ring gezogen, ihn aufs Bett geworfen und möglichst ruhig zu James gesagt: ›Wenn du darüber reden möchtest, kannst du mich anrufen‹.« Ihre Stimme zitterte bei dieser quälenden Erinnerung. »Dann bin ich gegangen.«

»Hast du sonst noch irgendwas gesagt? Zu ihm oder zu ihr?«

»Zu ihm habe ich alles mögliche gesagt. Aber kein Wort zu ihr. Damals nicht und später auch nicht.«

»Nicht?«

»Nein. Warum sollte ich ihr die Befriedigung gönnen?«

»Und James?«

»Kam noch am selben Abend auf mein Zimmer.« Sie hielt inne und schüttelte den Kopf, bevor sie mit gesenkter Stimme fortfuhr: »Er hat mir versprochen, daß es nie wieder passieren würde. Er sagte, daß sie ihm einfach keine Ruhe gelassen hätte. Und als ihm dann offenbar klar wurde, wie erbärmlich das klang, hat er angefangen zu weinen...«

»Und wie hast du reagiert?«

»Ich glaube, ich habe bloß kopfschüttelnd dagesessen. Ich sagte, daß er da vielleicht ein Problem hätte, eins, mit dem ich nicht leben könnte. Nicht einmal versuchen wollte zu leben...« Ihre Stimme nahm einen verwunderten Ton an. »Und dann wollte er mit mir schlafen.«

Caroline stieß unwillkürlich ein kurzes Lachen aus, das in ihren eigenen Ohren bitter klang.

Brett sah sie an. Noch immer zornig und wütend fuhr sie fort: »Ich habe ihm gesagt, nur mit Gummi.«

Caroline stemmte die Hände in die Hüften. »Deswegen hast du

auch in jener Nacht ein Gummi dabei gehabt«, sagte sie. »Und deswegen wolltest du auch nicht mit ihm nach Kalifornien gehen.«

»Unter anderem deswegen. Ja.«

Caroline sah sie direkt an. »Warum warst du überhaupt noch mit ihm zusammen?«

Brett schien sich zu sammeln. »Weil er es mir versprochen hat und weil ich ihn geliebt habe.« Sie wandte den Blick ab. »Soweit ich weiß, hat er sein Wort gehalten.«

Caroline betrachtete sie. »Wie lange ist das her?«

»April«, sagte sie leise. »Ich weiß es noch so genau, weil es zwei Tage vor meinem Geburtstag war.«

Caroline schwieg eine Weile. »Hast du ihn je bedroht? Oder sie?«

»Bedroht?« Brett sah sie schockiert an. »Nein. Nie. Wer behauptet das?«

»Ich denke, Megan. Obwohl Jackson mir nicht verraten wollte, wer...«

»Das ist Unsinn.«

Caroline sah sie stumm an. »Willst du wissen«, begann Brett leise, »warum ich es dir nicht erzählt habe. Und warum du mir jetzt trotzdem glauben solltest.«

Es war an der Zeit, es ihr zu sagen, dachte Caroline. »Es spielt kaum eine Rolle...«, setzte sie an.

»Nein«, unterbrach Brett sie. »Ich möchte es dir erklären.«

Caroline fühlte sich müde. »Ich weiß es schon«, erwiderte sie tonlos. »Du hattest Angst, daß es dich schuldig erscheinen lassen würde.«

»Das auch.« Bretts Blick wurde sorgenvoll. »Aber da ist noch etwas, was ich dir nicht erzählt habe...«

»Was?«

»Wir haben uns an jenem Abend gestritten.« Brett hielt inne, bevor sie hinzufügte: »Über sie...«

Brett sah James in der Dunkelheit an und schüttelte den Kopf, wie um ihre Gedanken zu ordnen. »Das sind mir zu viele Überraschungen zu kurz hintereinander. Ich weiß nicht mehr, was ich hier eigentlich mache.«

»Was meinst du damit?«

Er setzte eine Leidensmiene auf, was sie irgendwie wütend machte. »Was ich meine? Außer dieser neuesten Sache?«

James betrachtete Brett mit neuer Intensität. »Sie? Es ist vorbei.«

Sie richtete sich auf. »Hast du eine Ahnung, wie sehr du mich verletzt hast? Glaubst du vielleicht, dir wäre etwas Trauriges passiert, als ich dich mit diesem Miststück beim Bumsen erwischt habe?« Ihre Stimme nahm einen verwunderten Ton an. »Existiere ich überhaupt für dich, abgesehen von dem, was du von mir brauchst?«

Er streckte die Hände aus. »Bitte, Brett. Willst du nicht endlich aufhören, mich zu bestrafen?«

»Ich habe dich noch nicht genug bestraft«, entgegnete sie kalt. »Solange du noch glauben kannst, ich würde auf dir rumhacken. Und solange ich noch nachts aufwache und das Bild von dir und ihr im Bett vor mir sehe.«

Ihre Stimme hallte über das Wasser. James sah sich um, als ob er befürchtete, belauscht zu werden. »Ich weiß, daß ich dir weh getan habe«, sagte er leise. »Ich habe es in deinem Gesicht gesehen. Aber glaubst du, ich habe an diesem Abend nur wegen mir geweint? Ich habe mich so geschämt.«

Das besänftigte ihre Wut nicht. »Wer weiß«, sagte sie tonlos.

James kam auf sie zu. »Ich weiß.«

»Na, ich jedenfalls nicht. Ich kann nicht. Noch nicht.« Sie schüttelte den Kopf. »Ja, ich brauche noch etwas Zeit, bis ich dir wieder vertrauen kann. Und jetzt sagst du mir, daß ich keine Zeit mehr habe. Wegen einer anderen Sache, bei der ich nicht mitreden kann. Nur ein kleines Problem mit Drogen, das dich bei jedem Geräusch im Wald aufspringen läßt. Behauptest du jedenfalls...«

Brett wandte sich ab und ging ans Ufer.

Nach einer Weile hörte sie seine Stimme hinter sich und sah sein blasses Spiegelbild auf dem Wasser, eine hagere Gestalt, die Hände in den Taschen vergraben. Er machte keine Anstalten, sie zu berühren.

»Was willst du jetzt tun?« fragte er.

Sie ließ hilflos die Schultern sacken. »Ich weiß es nicht...«

Trotz des Regens konnte Caroline die Tränen in Bretts Gesicht sehen. »Ich hatte Angst, dir zu erzählen, wie wütend ich auf ihn war«, murmelte Brett.

»Weil du gedacht hast, es würde dich in einem schlechten Licht erscheinen lassen?«

Brett schüttelte den Kopf. »Weil ich das Gefühl hatte, wirklich etwas Böses getan zu haben«, erklärte sie mit Angst und Aberglauben in der Stimme. »Als ob ich so wütend gewesen wäre, daß es ihn irgendwie umgebracht hat...«

Das erschütterte Caroline. Vorsichtig fragte sie: »Glaubst du, daß es so gewesen ist?«

»Nein«, antwortete Brett grimmig. »Aber als du gesagt hast, daß sie denken könnten, daß ich unter Drogen die Beherrschung verloren hätte, bekam ich es mit der Angst zu tun. Ich dachte, daß ich jetzt erst recht nicht zugeben dürfte, daß wir uns gestritten haben.«

Caroline sah sie an. »Das mußt du auch nicht zugeben«, sagte sie leise. »Nicht einmal gegenüber deinem Anwalt.«

Brett starrte sie an. Bevor sie fragen konnte, fuhr Caroline fort. »Man hat entschieden, dich zu verhaften, Brett. Wegen vorsätzlichen Mordes.«

Brett schien nach hinten zu taumeln und starrte Caroline entsetzt an. »Warum?«

»Wegen Megan. Sie behauptet, daß du James aus Eifersucht gefolgt und ihrer beider Leben bedroht hättest. Aus seiner Sicht hat Jackson kaum eine andere Wahl.«

Es gab keine Tränen und kein Protestgeschrei. Brett sagte nur entmutigt: »Wie sehr sie mich hassen muß...«

Caroline sah sie an und versuchte den Sinn hinter diesen Worten zu ergründen. Dann zwang sie sich fortzufahren: »Jackson möchte, daß du dich bis morgen nachmittag freiwillig stellst. Er wird dafür sorgen, daß du in Connaughton Falls untergebracht wirst. Ich fürchte allerdings, daß sie eine Kaution ausschlagen werden.«

Brett schloß die Augen. »Deine Eltern wissen es schon«, sagte Caroline sanft. »Bevor ihr irgendwelche Entscheidungen trefft, werdet ihr alle gründlich miteinander reden müssen. Und ich werde euch helfen, einen Anwalt zu finden.«

Brett nickte langsam, eine herzzerreißende Geste; als ob sie glaubte, sie habe es wegen ihrer Lügen verdient, daß Caroline sie jetzt im Stich ließ.

Brett schluckte und öffnete die Augen. »Begleitest du mich morgen?« fragte sie Caroline.

Caroline zögerte, bis sie den Ausdruck in Bretts Gesicht sah. »Ja«, sagte sie leise. »Natürlich.«

Schweigend, die Hände in den Taschen, gingen sie gemeinsam zum Haus zurück.

Als Caroline Brett am nächsten Nachmittag abholte, war es ein unangemessen strahlender Tag.

Brett wartete mit einem Duffel-Seesack auf der Veranda, ihre Eltern und ihr Großvater standen verlegen daneben.

Channing wirkte tief erschüttert, gequält und um Jahre gealtert. Betty und Larry machten einen grimmig verschlossenen Eindruck, so als wüßten sie nicht, was sie tun oder sagen sollten. Bettys Augen hatten den Ausdruck eines Menschen, den ein Schock so schwer und unerwartet getroffen hatte, daß er ihn noch gar nicht hatte verarbeiten können: sie starrte Brett mit so viel sprachloser Angst und Liebe an, daß Caroline den Blick abwenden mußte.

Sie sah Brett an und sagte leise: »Wir müssen los.«

Brett nickte. Als sie sich ihrer Familie zuwandte, trat Caroline einen Schritt zurück. Sie beobachtete, wie Betty Brett steif umarmte und sie, ohne eine Träne zu vergießen, auf die Wange küßte, bevor sie die Arme verschränkte und stur geradeaus blickte. Sie sah Larrys mattes Lächeln, als er Bretts Schulter drückte. Zuletzt kam Channing an die Reihe, der als einziger Tränen in den Augen hatte.

Seine Stimme war rauh und kräftig. »Mach dir keine Sorgen«, hörte Caroline ihn sagen. »Ich werde dich sehr bald da rausholen. Das kannst du mir glauben, Brett.«

Das nutzlose Versprechen eines alten Mannes, dachte Caroline, dessen Macht sich überlebt hatte. Brett umarmte ihn, bevor sie sich verlegen abwandte, auf Caroline zukam und nickte. Als sie den Kiesweg hinuntergingen, starrte Betty Caroline an, als hätte sie ihr das Kind geraubt.

Im Wagen sagte Brett: »Ich wollte nicht, daß sie mitkommen. Es würde alles nur noch schlimmer machen.«

Caroline nickte. »Hast du Bücher mitgenommen?«

»Ja.« Als Caroline den Wagen anließ, wandte sich Brett ihr zu. »Wie wird es dort sein?«

»Etwas karg«, erwiderte Caroline, um einen nüchternen Tonfall bemüht. »Das Gute ist, daß es ein umgewandeltes Bezirkskrankenhaus ist, also nicht als Gefängnis geplant wurde.«

Für eine Weile war der leidende Blick aus Bretts Augen verschwunden. Caroline vermutete, daß sie vor allem Ruhe brauchte. Also bemühte sie sich, Ruhe auszustrahlen. Es war die längste zwanzigminütige Autofahrt, an die sie sich erinnern konnte.

Die Anklageerhebung selbst ging so rasch und leise vonstatten, daß Caroline sich hinterher nur noch verschwommen daran erinnern konnte. Am deutlichsten hatte sich ihr Bretts stoische Haltung eingebrannt. Anschließend durfte sie Brett zum Bezirksgefängnis begleiten, wie Jackson es ihr versprochen hatte.

Das umgewandelte Krankenhaus in Connaughton Falls – ein dreistöckiges, rotes Backsteingebäude vom Ende des neunzehnten Jahrhunderts – fungierte gleichzeitig als Polizeiwache. Caroline und Brett schritten, von zwei Polizisten flankiert, über das abgeschirmte Gelände. Brett blickte zu den Fenstern in den oberen Stockwerken.

»Werde ich dort oben untergebracht?« fragte sie.

»Ja. Du bekommst eine Einzelzelle.«

Brett verlangsamte ihre Schritte, blieb stehen, drehte sich um und ließ ihren Blick über das sonnige Gelände schweifen. Caroline hielt die Tür auf, bis Brett das Gebäude betrat.

Die Aufnahme war ein trister grüner Kasten. Neben dem uniformierten Beamten hinter dem Schreibtisch wartete Jackson Watts mit einer kurzhaarigen Staatspolizistin. Alles, was er zu Caroline sagte, war: »Sie erwarten sie bereits.«

Der junge Polizist kümmerte sich um die Formalitäten, tippte die nackten Fakten ihres Lebens in einen alten Computer und nahm ihre Fingerabdrücke ab. Jackson stand in der Ecke, Caroline neben Brett. Der stoische Ausdruck, um den sich Brett bemühte, schnitt Caroline ins Herz. War es möglich, daß sie ihn nicht umgebracht hatte, fragte sie sich. Oder hatte sie selbst inzwischen einfach die Grenze zwischen Anwältin und jemand anderem überschritten.

Sie bemerkte, daß der Polizist sie ansah. »Wir sind fertig«, sagte er.

Aus ihren Gedanken aufgeschreckt, wandte sich Caroline an Brett und sagte leise: »Es wird Zeit.«

Bretts Gesichtsausdruck veränderte sich unmerklich, ihre Lippen schienen zu zittern. Caroline faßte aufmunternd ihre Schultern und sagte: »Alles wird gut.«

Bretts flehender Blick war ihre einzige Antwort. Caroline wußte inzwischen, daß Brett sie nicht bitten würde zu bleiben. Sie wandte den Kopf ab, damit Caroline ihre Tränen nicht sehen konnte.

»Alles wird gut«, murmelte Caroline noch einmal und zog sie an sich.

»Ich habe ihn nicht getötet...«

Sie fühlt sich so zierlich an, dachte Caroline. Über Bretts Schulter hinweg sah sie Jackson an und formte mit den Lippen stumm das Wort »warte«.

Er sah Caroline eindringlich an und nickte.

Sie hielt das Mädchen hilflos in den Armen, bis Brett sich ausgeweint zu haben schien. Doch jetzt war es Caroline, die nicht wußte, wie sie sich verabschieden sollte.

Brett blickte langsam zu ihr hoch. In ihren Augen standen Furcht und Entschlossenheit. »Es ist okay...«

Caroline spürte Jacksons Blicke. Und dann nahm sie, ohne es zu wollen, Bretts Gesicht zwischen ihre beiden Hände und sagte leise: »Ich werde bleiben, bis du keinen Anwalt mehr brauchst.«

Caroline sah Bretts dankbaren und den überraschten Ausdruck von Verwunderung in Jacksons Gesicht. Als die Beamtin Brett stumm abführte, hing jene mit den Blicken noch immer an Caroline. Jackson beobachtete sie beide.

Caroline drehte sich um und ging durch die Holztür. Es war vollbracht.

Als sie allein auf ihrem Zimmer saß, rief sie nicht noch einmal in Masters Hill an. Sie sprach mit niemandem.

Neben ihr auf dem Bett lag die Telefonnummer der Cahill-Messer-Manufaktur.

Es kam ihr wie die völlige Kapitulation ihres eigenen Willens vor, als sie nach dem Telefon griff.

»Cahill...«, meldete sich die Zentrale.

Caroline nannte den Namen der Sekretärin, den sie sich notiert hatte. Als sie sich am anderen Ende meldete, klang Caroline ziemlich gelassen. »Hier ist Caroline Masters. Vielleicht erinnern Sie sich. Ich habe neulich wegen der Seriennummer eines Cahill-Messers angerufen.«

Nach kurzem Zögern erklärte die Sekretärin kühl: »Wie schon befürchtet, kann ich Ihnen nicht sagen, wohin dieses Messer geliefert wurde. Noch, wer es gekauft hat.»

»Ich verstehe.« Caroline machte eine kurze Pause. »Sie sagten neulich, daß sich das Herstellungsjahr möglicherweise feststellen ließe.«

»Ja«, antwortete die Frau jetzt geduldiger. »Das kann ich.« Man hörte das durchs Telefon gedämpfte Rascheln von Papier. »Hier ist es. Laut meinen Unterlagen wurde es neunzehnhundertvierundsechzig hergestellt. Anfang des Jahres.«

»Neunzehnhundertvierundsechzig«, wiederholte Caroline mit bemüht fester Stimme.

»Ja, wie gesagt.«

»Vielen Dank«, verabschiedete sich Caroline höflich und legte den Hörer auf.

Sie streckte die Arme aus und registrierte seltsam unbeteiligt, daß ihre Hände zitterten.

Dritter Teil

Sommer 1964

1

Als Nicole Masters vorgeschlagen hatte, mit ihr drei Wochen früher als geplant nach Martha's Vineyard zu fahren, war Caroline überrascht gewesen.

»Nur wir beide«, hatte ihre Mutter lächelnd erklärt. »Ein bißchen Zeit für uns, bevor wir dich aufs Internat schicken.«

Caroline vergötterte ihren Vater und würde ihn vermissen. Doch sie liebte das Haus am Eel Point und die Tage, die sie in ihrer Segeljolle, einem Crosby-Catboat, das ihr Vater ihr im Sommer zuvor gekauft hatte, auf dem Wasser verbringen konnte. Und sie freute sich, daß ihre Mutter so aufgeregt war. Nicole war oft distanziert, ihre Launen so unbeständig, daß Caroline sich nie sicher war, was ihre Mutter für sie oder Channing empfand. Seit sie sich selbst anschickte, eine junge Frau zu werden, reagierte Caroline sehr empfindlich auf das wachsende Schweigen zwischen ihren Eltern und hatte begonnen, ein kompliziertes Muster aus Ursache und Wirkung zu erahnen – je mehr sich ihr Vater ihr zuwandte, desto mehr zog sich ihre Mutter zurück.

Wie so häufig bei ihrer Mutter blieben die Zeichen dieses Rückzugs unausgesprochen. Die gemeinsamen Reisen mit Channing nach New York – einst scheinbar Nicoles größtes Vergnügen – fanden nicht mehr statt; obwohl Caroline nicht wußte, warum, hatte ihre Mutter darauf mit wachsendem Desinteresse an ihrem Zuhause auf dem Dorf reagiert. Sie verbrachte ganze Tage auf ihrem Zimmer; mit anderen Frauen ihrer Gesellschaftsschicht – Anwalts-, Arzt- oder Bankiersgattinnen – pflegte sie höflichen Kontakt ohne jeden Anschein von Vertrautheit, eben eine Begleiterscheinung der Position ihres Mannes. In diesem Frühling hatte Caroline beobachtet, daß ihre Mutter, die die kleinen schönen Dinge des Lebens so liebte, im Garten hinter dem Haus keine bunten Blumen mehr gepflanzt hatte. Aus instinktiver Vorsicht hatte sie sie nicht danach gefragt.

Die Reise nach Martha's Vineyard kam ganz plötzlich. Sie saßen zu dritt am Abendbrottisch; Carolines Vater erzählte gerade, wie sein Großvater das Sommerhaus von einem Ochsen nach Eel Point hatte schleppen lassen, und es war, als ob er nur zu Caroline sprach. Nicole saß ihrem Mann gegenüber und lauschte mit einer so gleichbleibenden Höflichkeit, daß Caroline förmlich spüren konnte, wie sich für ihre Mutter die Minuten dahinschleppten.

Wie um das wettzumachen, sagte Caroline zu ihrem Vater: »Ich kann es kaum erwarten, wieder hinzufahren. Wann geht's los?«

Ihr Vater lächelte. »Im Juli. In einem Monat.«

»Vielleicht auch schon früher.« Ihre Mutter hatte die ganze Zeit geschwiegen. Caroline war überrascht, als sie sich ihr zuwandte. »Möglicherweise könnte ich meine zahlreichen Verpflichtungen absagen und mit dir schon früher fahren, Caroline. Wenn dein Vater einverstanden ist, natürlich.«

Ihre kühle Ironie ließ Caroline Channing ansehen. Doch dessen unergründlicher Blick war auf Nicole gerichtet. Auch sie sah ihn unverwandt an: und vielleicht hatte nur Caroline die darin liegende Herausforderung spüren können. Verlegen fragte sie: »Meinst du, das ginge, Vater? Ich könnte mit meinem neuen Boot segeln.«

Channing sah seine Frau noch einen Moment lang an, bevor er sich Caroline mit einem knappen, aufmunternden Lächeln zuwandte. »Aber natürlich, Caroline. Es war ein ziemlich langer Winter. Für euch beide.«

Caroline sah ihn an, und ihr wurde bewußt, daß sie den Gedanken, mit ihrer Mutter alleine zu sein, gleichzeitig als Desertion und Erleichterung empfand. Und daß ihr Vater all das wußte.

Einen Tag, nachdem Carolines Schuljahr zu Ende war, brachen sie auf.

Sie machten einen Zwischenstop in Boston, wo sie sich Sommerkleider kauften und im Ritz Carlton einkehrten. Am nächsten Tag schenkte Nicole Caroline mit leuchtenden Augen ein goldenes Armband und ihr erstes Paar teurer Ohrringe. »Wir sind so provinziell geworden«, erklärte sie leichthin, »daß wir alle beide Gefahr laufen, wie Heldinnen eines englischen Schauerromans zu enden, so ernst und schmucklos, daß niemand uns mehr anschauen mag. Eine Tragödie für uns und die Welt gleichermaßen.«

Als sie in Martha's Vineyard eintrafen, hatte die Reise sich zu einer Art Eskapade entwickelt, einer munteren Rebellion gegen die Trübseligkeit, die ihre Mutter offensichtlich empfand.

Doch die Empfindungen ihrer Mutter gingen sehr viel tiefer. Auf der Insel brodelte die Bürgerrechtsbewegung – Gottesdienst, Kundgebungen und Vorträge von jungen Aktivisten aus dem Süden, die hier ihren Urlaub verbrachten. Am folgenden Sonntag nahm Nicole Caroline zu einem Gedenkgottesdienst für Medgar Evers mit, den ermordeten Führer der Bürgerrechtsbewegung. Obwohl ihre Mutter nichts gesagt hatte, fragte sich Caroline, ob sie an ihre eigene Familie dachte. Als sie die Hand ihrer Mutter berührte, drückte Nicole sie fest.

Doch die meiste Zeit war das Leben unbeschwert, fast munter. Wenn sie ins Kino gingen, zog Nicole eine Taylor-Burton-Romanze einem Kriegsfilm wie *Der längste Tag* jederzeit vor, genauso wie sie eine Beatles-LP für die Plattensammlung erwarb. Doch gleichzeitig verfolgte Nicole das Rennen um die Präsidentschaft mit einer humorlosen Intensität: Als der Parteitag der Republikaner Nelson Rockefeller niederbrüllte, murmelte sie kopfschüttelnd: »Beängstigend. Wenn man überlegt, daß Kennedy noch vor einem Jahr gelebt hat.« Kurz darauf sagte sie: »Jetzt kriegen die Amerikaner ihren eigenen rassistischen Krieg.«

»Was meinst du damit?«

»Vietnam. So mörderisch und gleichzeitig so provinziell – als hätten sie nicht aus der einen Lektion gelernt, die die Franzosen die Welt lehren können: Ethnozentrismus.«

Für Caroline war es, als ob sie eine Fremde kennenlernte, zynisch und verzweifelt, die mit den Launen ihrer Mutter lebte. Für Caroline war dieses Fenster, das sich plötzlich zur Seele ihrer Mutter aufgetan hatte, gleichzeitig aufregend und irritierend, als ob sie erkannte, wie weit sich Nicole hinter der Mauer ihres Schweigens schon von ihrer Familie entfernt hatte. In den ersten Tagen erwähnte Nicole ihren Mann nicht ein einziges Mal.

Diese Erkenntnis beunruhigte Caroline am meisten. Doch das wurde ihr erst bewußt, als Nicole eines Abends ans Telefon ging. An der Art, wie Nicole sich meldete, erkannte Caroline, daß am anderen Ende nicht Channing war.

Vielleicht klang ihre Stimme ein wenig höher, vielleicht war ihr schlanker Körper plötzlich wie katzenhaft lauernd erstarrt. »Wer war das?« fragte Caroline.

Sie saßen auf der mit Fliegenfenstern geschützten Veranda und betrachteten den Sonnenuntergang über dem Meer. Nicole stellte ihr Weinglas ab; der verschleierte, nachdenkliche Blick, mit dem sie Caroline ansah, schien aus New Hampshire importiert, so sehr unterschied er sich von der Leichtigkeit der letzten Tage, die sie gemeinsam verbracht hatten. »Oh, ein Freund«, sagte sie beiläufig. »Erinnerst du dich noch an Paul Nerheim? Er möchte uns gerne wiedersehen.«

»Uns alle?« fragte Caroline.

Ihre Mutter stutzte und sah sie scharf an, bevor sie mit einer wegwerfenden Handbewegung erwiderte: »Das hängt vermutlich vom Zeitpunkt ab«, und trocken hinzufügte, »aber ich werde dir auf jeden Fall früh genug Bescheid sagen.«

Also weiß sie, was ich empfinde, dachte Caroline. Sie war sich nicht sicher, ob das ein Trost war.

Schon bevor sie die Gefühle ihres Vaters wahrgenommen hatte, hatte Caroline Paul Nerheims Lächeln nicht gemocht.

Irgend etwas daran gefiel ihr nicht – vielleicht die Art, wie es an ihrer Mutter haftenblieb, dachte sie jetzt.

»Du bist sehr groß«, hatte er zu Caroline gesagt, »wie eine Tänzerin oder eine Sportlerin.«

Es war im Sommer des Vorjahres gewesen, Caroline war damals dreizehn gewesen und noch nicht daran gewöhnt, größer als Nicole zu sein; ihre Brüste hatten sich noch nicht entwickelt, und sie fürchtete, ihrem Vater zu ähnlich zu sehen. Weil sie das wußte und um ihr eine Antwort zu ersparen, hatte ihre Mutter erwidert: »Eher wie das Mannequin, das ich nie werden konnte.« Wie aus Loyalität mit Caroline hatte Channing nicht gelächelt.

Ihre Familie – Channing, Nicole und Caroline – stand im Eingang von Nerheims Sommerhaus auf Martha's Vineyard. Caroline empfand ihre Anwesenheit dort als eine dieser seltsamen, scheinbar willkürlichen sozialen Verpflichtungen, die so typisch für Erwachsene waren; aus irgendeinem Grund hatte Nerheim sie eingeladen; irgend jemand – ihre Mutter, vermutete Caroline – hatte zugesagt, obwohl Caroline nicht verstehen konnte, warum sich irgend jemand die Mühe machte. Sie wußte, daß Nerheim ein Investmentbanker aus New York war, der ihre Eltern auf einer sommerlichen Party in Edgartown kennengelernt hatte, zu dem Nicole den widerwilligen Channing überredet hatte, und daß Nerheim ein Bekannter von John F. Kennedy gewesen war. Was sie jedoch am deutlichsten spürte, war die Tatsache, daß dieser Mann nie ein Freund ihres Vaters werden würde.

Sogar ihr Aussehen war vollkommen verschieden: der sonnengebräunte Nerheim mit seinem Tennispullover und der goldenen Uhr; Channing in seinen schlichten Hosen, einem einfachen Hemd und bequemen Wanderschuhen. Selbst Nerheims schmales Gesicht, seine flinken Augen und lebhaften Gesten schienen das genaue Gegenteil von Channings gelassener Würde und seiner Aura aufmerksamer Gerechtigkeit zu sein. Nicole stand lächelnd zwischen den beiden und berührte leicht Nerheims Arm.

»Wirklich reizend von Ihnen, uns einzuladen, Paul. Und ihr Sommerhäuschen, wie sie es nennen, ist wirklich hübsch.«

Und das war es auf seine Art auch: Sie waren einer unasphaltierten, gewundenen Straße durch die Wälder von Chillmark gefolgt, entlang der unsichtbaren Klippen der Atlantikküste, bis zum parkartig angelegten Rasen vor einer derart extravaganten Villa, daß Caroline einen Moment lang sprachlos war. Es war ein weitläufiges, fast pfefferkuchenhausartiges Gebäude mit Kaminen, Fenstern und Gaupen, wohin das Auge blickte, und einer verglasten Veranda, deren wellenförmige Scheiben der Fassade etwas Wogendes und Fließendes gaben. Nicole verstand es, ihrem Entzücken Ausdruck zu verleihen.

»Das ist wundervoll«, sagte sie. »So viele Menschen leben, als würden sie mit ihren Vorfahren verkehren.«

Caroline blickte zu ihrem Vater, der Nicole mit einem schwachen Lächeln bedachte. »Das hier würde meine Vorfahren wohl in den Wahnsinn treiben«, sagte Nerheim und gönnte Nicole ein verschwörerisches Lächeln, das Channing auszuschließen schien. »Wenn ich wüßte, wer sie waren. Kommen Sie, ich zeige Ihnen die Mansarde.«

Die Mansarde war aus poliertem Teakholz und geformt wie der Bug eines Schiffes. Caroline war fast wider Willen beeindruckt.

»Der ursprüngliche Besitzer hatte einen Bootsbauer engagiert, bis ihm das Geld ausgegangen ist«, erklärte Nerheim. »Es blieb jahrelang unvollendet, bis ich es im letzten Sommer habe fertigstellen lassen. Ein Meisterwerk der Bootsbauerkunst.«

»Schwimmt es auch?« erkundigte sich Channing sanft.

Nerheim lachte kurz. »Vielleicht werden wir es bald wissen«, sagte er. »Beim nächsten Hurrikan...«

»Aber wo ist der Ballsaal?« unterbrach Nicole. »Wo Sie doch offenbar ein so großer Tänzer sind, Paul.«

»Oh«, sagte er. »Ich werde uns ein Glas Champagner einschenken und Sie hinführen.«

Die Gläser in der Hand, waren ihre Eltern Nerheim über den Rasen zu einem sorgfältig gepflasterten Steinpfad gefolgt, der sich kunstvoll durch den Wald schlängelte und auf einer Lichtung mit einem Tennissandplatz endete.

Am Netz blieben sie stehen. Umgeben von Wald konnten sie vom Haus aus weder gesehen noch gehört werden. Nerheim verbeugte sich ironisch.

»Der Ballsaal?« fragte Nicole.

»Was sonst«, erwiderte Nerheim lächelnd.

Beim Abendessen, das von zwei schweigsamen Bediensteten serviert wurde, plauderte Nerheim über die Opernsaison in New York, die Symphoniker und die Jazzclubs, die er hier und dort kannte. Nicole lauschte aufmerksam und verleitete ihn mit neugierigen Nachfragen zu ausschweifenden Exkursen, die, wie Caroline sah, nur ihre Mutter interessierten. Die Fragen, die Nerheim an ihren Vater richtete, wirkten so bemüht höflich, daß sie nur Channings Unfähigkeit unterstrichen, über die Themen zu sprechen, die seine Frau offensichtlich fesselten. Zu Caroline sagte Nerheim praktisch nichts.

»Kann ich einen Spaziergang machen?« fragte sie vor dem Dessert. »Ich würde gerne das Meer sehen.«

»Natürlich«, antwortete ihr Vater und entschuldigte sie, ohne einen Blick auf ihren Gastgeber zu werfen.

An der frischen Abendluft atmete Caroline tief durch.

Hinter den Bäumen ging die Sonne unter. Caroline folgte dem düsteren Pfad, bis sie an eine Gabelung kam, blieb einen Moment lang verwirrt stehen und nahm dann die Abzweigung, die ihrer Vermutung nach zum Wasser führen mußte. Doch der Wald war so dicht, daß sie sich erst nach einem steilen Anstieg, der geradewegs in den Abendhimmel zu führen schien, so unvermittelt auf einem jäh abfallenden Kliff oberhalb des endlosen Blaus des Atlantiks wiederfand, daß sie einen Moment lang von Höhenangst gepackt wurde.

Gut fünfzig Meter unter ihr erstreckte sich ein Sandstrand; das von Wind und Regen verwitterte, orangefarbene Sandsteinkliff war so steil, als wäre es unmittelbar vor ihren Füßen jäh abgebrochen. In die Steilwand waren im Zickzack Stufen gehauen, die zum Strand hinunterführten, daneben konnte man die gerippeartigen Überreste von früheren Treppen erkennen, die Stürmen zum Opfer gefallen waren.

Caroline setzte sich und blickte aufs Wasser.

Es war seltsam. Sie hatte den Ozean stets mit an Ehrfurcht grenzendem Respekt betrachtet, aber nie ängstlich. Doch unter der blauen Oberfläche des Wassers spürte sie jetzt ein wildes Tosen, dessen Gewalt sie aufgrund der Spuren von Verwüstung am Kliff nur erahnen konnte. Erst nach einer Weile stand sie unsicher auf und entfernte sich von dem Abgrund.

Als sie zur Villa zurückkehrte, saßen die Erwachsenen im Wohnzimmer und plauderten noch immer über die Oper. Ihr Vater blickte auf. »Müde?« fragte er sanft.

Zu Carolines Überraschung bedachte Nerheim Channing mit einem Ausdruck tiefer Höflichkeit und schenkte ihr ein fast reuiges Lächeln. »Sie sollte zumindest gelangweilt sein«, sagte er. »Ich bin in letzter Zeit so viel allein gewesen, daß ich ohne Rücksicht auf meine Gäste stundenlang über Dinge rede, die mich gerade interessieren. Ich bitte um Entschuldigung, Caroline.«

Caroline wußte nicht, was sie darauf sagen sollte. Doch der Gesichtsausdruck ihrer Mutter hatte sich verändert, als ob diese letzte Bemerkung sie mehr für ihn eingenommen hätte als alles, was vorher gesagt worden war. »Was wie Langeweile erscheinen mag«, sagte sie sanft, »ist bei Caroline Selbstgenügsamkeit. Und was die Musik betrifft, so gibt es in Resolve nur sehr wenig, was mit der Oper in Verbindung steht. Es war sehr freundlich von Ihnen, uns an die große weite Welt zu erinnern.«

Nerheim wandte sich Nicole zu, und sein Lächeln wurde warmherzig; vielleicht wirkte seine Bescheidenheit nur auf Caroline ein wenig zu selbstgefällig. »Vielen Dank, Nicole. Ich bin sicher, Resolve hat andere Reize. Beim nächsten Mal – und ich hoffe, es gibt ein nächstes Mal – müssen Sie mir davon erzählen.«

Nicoles Lächeln war schief und vielsagend – für Caroline konnte es alles mögliche bedeuten, von *wir wissen doch ganz genau, daß wir nie wieder zusammensitzen werden* bis *bitte geben Sie mir ein paar Tage Zeit, um zu überlegen, worin die Reize von Resolve bestehen.* Als Channing seine Kaffeetasse abstellte und seine Frau ansah, spürte Caroline die unausgesprochene Demütigung, die in der Luft lag.

»Ich bin ziemlich müde«, sagte sie zu ihrer Mutter, »wenn du nichts dagegen hast.«

»Aber natürlich«, sagte Nerheim mit einem verständnisvollen Lächeln und erhob sich vom Tisch.

An der Tür faßte Nerheim die Schulter ihres Vaters, eine Geste wie unter befreundeten Männern. Caroline, die wußte, wie sehr ihr Vater es haßte, von Fremden berührt zu werden, zuckte zusammen, aber seine Miene blieb unverändert. »Channing«, sagte Nerheim, »vielen Dank dafür, daß Sie mir Ihre Familie geliehen haben. Ich verbringe, wie gesagt, viel zu viel Zeit allein.«

Die Art, wie Channing die Hand ausstreckte, schuf eine Distanz zwischen den beiden Männern. »Vielen Dank«, erwiderte er höflich, »für die freundliche Einladung.«

Die Falten um Nerheims Augen vertieften sich, bevor er sich Nicole zuwandte und ihre Hand mit beiden Händen ergriff. »Nicole«, sagte er, »ich hoffe, wir sehen uns wieder. Wir alle.«

Ihre Mutter neigte den Kopf, und Caroline dachte, daß sie ihm, wenn Channing nicht dabei gewesen wäre, die Wange zum Küssen hingehalten hätte. »Oh, ganz bestimmt, Paul.« Sie musterte die Umgebung mit einem trockenen Blick. »In dieser Umgebung muß die Einsamkeit eine echte Prüfung für Sie sein.«

Nerheim lachte. »Und ob«, sagte er und ließ ihre Hand los.

Auf der Heimfahrt wurde wenig geredet. Channing hielt kurz an einer Straßengabelung, die Scheinwerfer erfaßten einen knorrigen Baum. »Links«, sagte Nicole leise. Ansonsten schwieg sie.

Als Caroline später in die Küche ging, um ein Glas Orangensaft zu trinken, hörte sie im Schlafzimmer ihrer Eltern laute Stimmen.

Obwohl sie es nicht wollte, schlich Caroline vor ihre Tür.

»Dieser Mann ist billig und anzüglich«, hörte sie ihren Vater sagen. »Und du hast mit ihm gespielt.«

»Der Mann ist höflich, Channing. Und das war ich auch. Für uns beide.«

»Du bist meine Frau.« Noch nie hatte Caroline diesen belegten Zorn in der Stimme ihres Vaters gehört. »Du mußt nichts für mich wettmachen. Ich bin sicher, es gibt genügend Frauen, die Paul Nerheim die Bewunderung entgegenbringen, die er offensichtlich so dringend benötigt.«

Darauf war es still. Als ihre Mutter weitersprach, klang ihre Stimme so gedämpft, daß Caroline sie kaum hören konnte. »Bewunderung«, sagte sie leise, »ist das einzige, was mir noch bleibt.«

Auf einmal schämte Caroline sich, ihre Eltern belauscht zu haben. Sie wandte sich ab und zog sich auf ihr Zimmer zurück.

Am nächsten Tag traten sie die Heimfahrt an, vier Tage früher als geplant. Jetzt, ein Jahr später, fiel diese Erinnerung wie ein Schatten zwischen Caroline und Nicole.

»Ich habe keine Lust, ihn zu treffen«, erklärte Caroline ihrer Mutter.

Nicole trank ihren Wein aus. »Das mußt du auch nicht«, erwiderte sie achtlos. »Ich bin nicht mal sicher, ob ich selbst Lust dazu habe.«

2

Die Tage verstrichen, Nicole wirkte auf einmal rastlos. Sie interessierte sich weniger für ihre Tennismatches, schlug keine neuen Ausflüge mehr vor und zog sich hinter ihre Bücher zurück. Sie ermutigte Caroline, sich mit den Töchtern anderer Sommergäste zu verabreden. Freundinnen aus vergangenen Jahren. Doch an zwei aufeinanderfolgenden Abenden ging sie alleine am Strand spazieren: Caroline beobachtete sie, wie sie, die Hände in die Taschen ihrer weißen Strickjacke gesteckt, den Blick aufs Meer gerichtet, am Wasser entlangging, und spürte ihre Verlorenheit.

Als sie zurückkam, wartete Caroline auf sie. Mit neuer Direktheit fragte sie: »Ist alles in Ordnung, Mutter?«

Nicole sah sie überrascht an, wie aus ihren Gedanken aufgeschreckt. »Hast du einen anderen Eindruck?«

Caroline zögerte, ängstlich, ihre instinktiven Gefühle auszusprechen. »Ich weiß nicht...«

Nicole lächelte schwach und sagte sanft: »Es hat nichts mit dir zu tun, Caroline. Falls es das ist, was du spürst.«

Caroline war erleichtert über diese zögernde Erneuerung ihres Bundes. »Was ist es dann?«

Ihre Mutter zuckte die Schultern. »Muß immer irgendwas sein?« Ihre Stimme klang leidenschaftslos, aber nicht unfreundlich. »Ich habe eben meine Launen, das ist alles. Vielleicht fallen sie dir ohne die Ablenkung durch deinen Vater nur mehr auf. Wenn ja, bitte ich um Verzeihung.«

Es war weniger eine Entschuldigung als eine Feststellung; als hätte sich Nicole mit ihrer eigenen Fremdheit abgefunden und erwartete nun von anderen, dasselbe zu tun. Doch das wollte Caroline nicht.

»Ich hab mir überlegt, daß wir morgen segeln gehen könnten.« Ihre Stimme nahm einen drängenden Tonfall an, als wollte sie ihre Mutter mit ihrer Begeisterung anstecken. »Wir segeln rüber zu Tarpaulin Cove – wie ich mit Vater letztes Jahr –, machen Picknick am Strand und gehen schwimmen. Das wird dir bestimmt Spaß machen.«

Nicoles Lächeln konnte die Traurigkeit in ihren Augen nicht ganz überdecken. »Meinst du?«

»Bestimmt«, erwiderte Caroline. »Ich mache uns belegte Brote und segle das Catboat alleine. Du mußt nur mitkommen.«

Nicole betrachtete sie, noch immer schwach lächelnd. »Also gut. Du machst es einem schwer zu widersprechen.«

Bevor Nicole es sich wieder anders überlegen konnte, ging Caroline in die Küche und begann, das Picknick vorzubereiten. Als das Telefon klingelte, nahm ihre Mutter das Gespräch in einem anderen Zimmer entgegen.

Caroline kam aus der Küche. »Das Picknick ist fertig«, sagte sie. »War das Vater?«

Nicole musterte sie. »Dein Vater hätte nach dir gefragt. Aber du kannst ihn gerne anrufen, wenn du willst.«

Dieser unausgesprochene Verweis ließ Caroline verstummen. Überdies wurde ihr klar, daß sie nicht mit Channing sprechen wollte.

Doch am nächsten Morgen wollte Nicole nicht segeln.

»Es tut mir leid, Caroline«, erklärte sie mit sanfter Stimme. »Aber ich fühle mich nicht besonders.«

In den Augen ihrer Mutter erkannte Caroline ein stummes Flehen um Verständnis – wofür wußte sie nicht. Und Nicole sagte nichts weiter.

»Es ist so ein schöner Tag«, platzte Caroline wütend heraus. »Und ich habe keine Lust, den ganzen Tag zu Hause oder im verdammten Yachtclub rumzuhängen.«

Nicole sah sie ernst an. »Deine Sprache, also wirklich, Caroline. Obwohl ich das mit dem ›verdammten‹ Yachtclub verstehen kann. Was schlägst du also vor?«

»Segeln. Zur Not auch alleine.«

Nicole blickte zu Boden, als ahnte sie, daß es Carolines größter Wunsch war, daß sie sich umstimmen ließ. Leise fragte sie: »Würde dein Vater dir das erlauben?«

Caroline verschränkte die Arme. »Letzten Sommer hat er gesagt, ich könnte alleine raussegeln, wenn ich es mir zutraue.«

»Und jetzt traust du es dir zu?«

»Ja.« Caroline zögerte, weil sie noch immer vergeblich auf ein Zeichen hoffte, daß Nicole doch mitkommen würde. Tonlos fragte sie: »Kann ich jetzt gehen, Mutter?«

Mit verschleiertem Blick wandte sich Nicole ab und warf einen prüfenden Blick zum Himmel. »Wann bist zu zurück?«

»Um sechs«, erwiderte Caroline möglichst gleichgültig. »Was soll ich hier auch früher?«

Als sich Nicole ihr wieder zuwandte, waren ihre Augen traurig. »Also gut«, sagte sie. »Du kannst gehen.«

Es war ein strahlender Tag.

Carolines Trotz verflog, ihre Laune besserte sich. Eine Weile vergaß sie sogar, daß sie ihr Vater, der die unvermuteten Tücken des Meeres kannte, nie alleine hätte segeln lassen. Ohne sich umzusehen, ging sie rasch zu dem Catboat.

Es war ein ansehnliches Boot und bestens gepflegt – eine sieben Meter lange Crosby-Jolle, Baujahr 1909. Als ihr Vater es ihr zum dreizehnten Geburtstag geschenkt hatte, hatte sie gegen Tränen der Rührung und Überraschung ankämpfen müssen.

»Dein Geburtstag ist ein besonderer Tag für mich«, hatte Channing sanft erklärt. »Segle dieses Boot mit der Umsicht, die es verdient.«

Schuldbewußt über ihren Eigensinn und voller warmer Erinnerungen setzte Caroline das Segel.

Der Himmel war wolkenlos, und es wehte eine steife, stetige Brise, so daß sie sich nicht die Mühe machte, den Wetterbericht zu konsultieren.

Der Turn nach Tarpaulin Cove verlief glatt und reibungslos. Caroline genoß das Gefühl, das Boot zu beherrschen. Hart am Wind segelnd, steuerte sie den Leuchtturm oberhalb der Bucht an.

Am Eingang der Bucht machte Caroline das Catboat fest und wandte sich um, um die Entfernung zu begutachten, die sie mit solcher Leichtigkeit zurückgelegt hatte. An diesem wolkenlosen Tag konnte sie Martha's Vineyard noch immer mit bloßem Auge sehen.

Sie würde sich Zeit nehmen, sagte sie sich, alles genau so tun, wie sie es getan hätte, wenn ihre Mutter sie nicht sitzengelassen hätte. Sie aß ihre belegten Brote, trank ihre Cola und ließ die Beine über den Bug baumeln. Erst als sie mit dem Essen fertig war, sprang sie ins kalte Wasser und schwamm ans Ufer.

Der Strand war menschenleer, der Sand warm. Sie lag in der Sonne, das Wasser leckte an ihren Füßen und Beinen, und Caroline verlor sich in ihren Gedanken.

Sie würde nicht auf ihre Mutter wütend sein, beschloß sie. Lange vor Carolines Geburt waren Dinge geschehen, für die Nicole nichts konnte und gegen die sie nicht ankonnte. Caroline würde damit leben, die guten Tage nehmen, wie sie kamen, und gegen die Enttäuschung ankämpfen, daß ihre Mutter sich ihr immer wieder entzog. Sie wünschte, für ihren Vater wäre es ähnlich leicht.

Als sie schließlich erneut aufs Meer blickte, hatte sich ein schmaler Nebelstreifen zwischen Himmel und Wasser geschoben.

Caroline richtete sich überrascht auf und wußte sofort, daß sie viel früher als geplant aufbrechen mußte.

Rasch schwamm sie zum Boot zurück. Als sie sich am Heck hochhangelte, war der Nebel schon dunkler geworden, eine dichte Bank hatte sich zwischen sie und die heimische Küste geschoben.

Sie setzte das Segel und hielt auf den Nebel zu. Das polierte Deck ihres Catboat glänzte noch immer im Sonnenlicht. Sie würde einfach durch den Nebel hindurchsegeln, beruhigte sich Caroline, und Martha's Vineyard auf der anderen Seite in der Sonne liegen sehen.

Als sie die ersten Nebelschwaden erreichte, ächzten die Segel. Das Wasser war auf einmal grau, und Nebel und Einsamkeit schlossen sie ein.

Ihr Gesicht war feucht und kalt. Das Boot pflügte durch das Wasser. Caroline konnte kaum noch etwas sehen. Immerhin war sie auf dem offenen Meer, sagte sie sich, wo wenig Gefahr bestand, wenn sie nicht von einem anderen Boot gerammt wurde.

Plötzlich hing der Nebel nicht mehr still über dem Wasser, sondern sauste in Fetzen an ihr vorbei und löste sich vor ihren Augen auf. Überrascht versuchte Caroline sich zu erinnern, was Channing ihr darüber gesagt hatte.

Kurz bevor sie die schwarze Wolkenfront auf sich zurasen sah, erinnerte sie sich wieder.

Ein Gewitter.

Ihr blieben nur Minuten. Jetzt wußte sie wieder, was ihr Vater ihr erklärt hatte – das Gewitter würde peitschenden Regen und tückische Winde aus allen Richtungen mit sich bringen. Außer ihr waren keine Segelboote mehr auf dem Wasser unterwegs.

Einen Moment lang war Caroline wie gelähmt. Dann fiel ihr noch etwas ein: Die Böen konnten das Boot zum Kentern bringen. Panisch hangelte sie sich an der Reling entlang zum Bug vor. Als der Sturm auf sie zufegte, löste sie die Takelage und holte das Segel ein.

Im nächsten Moment war das Gewitter über ihr.

Die erste Welle riß sie vom Bug. Sie stürzte zu Boden und klammerte sich an das Fall. Sie schrie auf; Regen peitschte ihr ins Gesicht. Jeden Moment würden die Böen mit über hundert Stundenkilometern über sie hinwegfegen, das Boot hüpfte bereits wie ein Korken, und Wellen schlugen über der Plicht zusammen.

Caroline warf sich aufs Deck, als die nächste Welle über das Catboat hinwegrollte.

Als sie die schmiedeeiserne Ruderpinne packte, riß eine Woge sie Richtung Reling und neigte das Boot zur Seite. Ihre Muskeln taten weh und waren bis zum Zerreißen gespannt. Sie spürte einen Sog unter sich, und das Boot richtete sich mit einem krampfartigen Ruck wieder auf.

Die Augen von Salzwasser verklebt, spürte Caroline die Urkraft des Meeres. Die nächste heftige Welle würde ihre Hände von der Pinne reißen und sie über Bord spülen.

Mit beiden Händen umklammerte sie das Steuer. Ihre Augen brannten von Salz und Tränen, Regen prasselte ihr ins Gesicht. Blinzelnd sah sie das Tau, das in der überfluteten Plicht umhertrieb.

Es war am Steuer befestigt. Innerlich hörte Caroline, wie Channing ihr befahl, sich ans Steuer zu binden.

Mit der rechten Hand griff sie nach dem Tau. Der Bug schoß aus dem Wasser. Caroline taumelte rückwärts und schlug mit dem Kopf auf die Planken. Das knackende Geräusch dröhnte in ihren Ohren, und dann wurde ihr übel und schwarz vor Augen. Wie aus eigener Kraft klammerten sich die Finger einer Hand noch immer an die Pinne.

Wasser schwappte ihr ins Gesicht und schwemmte das Tau in ihre Hand. Sie richtete sich auf und hörte erneut wie aus weiter Ferne die Stimme ihres Vaters. Sie befahl ihr, das Tau um ihre Hüfte zu wickeln und sich ans Steuer zu fesseln.

In dem hilflos dahintreibenden Boot fädelte sie das Tau zwischen den Speichen des Steuers hindurch und schlang es um ihre Hüfte. Ein instinktiv geknüpfter Knoten, und Caroline und das Boot waren eins.

Eine Meereswand schlug gegen die Planken. Caroline wurde nach oben gerissen, doch das Seil hielt sie zurück. Ihre Rippen knackten. Sie betete, daß der Knoten hielt und das Boot nicht kenterte, weil sie unter Wasser ans Steuer gefesselt hilflos ertrinken würde. Ein Blitz traf den Mast, gefolgt von einem ohrenbetäubenden Donnerschlag. Caroline schloß die Augen und betete zu niemand Bestimmtem. Das Boot war ein ohnmächtiger Spielball der Wogen, der Wind heulte in ihren Ohren, Regen peitschte ihr seitlich ins Gesicht.

Und dann war es vorbei. Caroline öffnete die Augen.

Ein letzter Streifen Dunkelheit zog über sie hinweg und dann war der Tag wieder strahlend blau. Caroline fing an zu weinen.

Nein, sagte sie sich und befreite sich mit steifen Händen. Ein pochender Schmerz pulsierte in ihrem Kopf, und ihr Brustkorb fühlte sich wund an.

Und dann konnte sie sich auf einmal nicht mehr bewegen, sie war hilflos, paralysiert.

Sie kämpfte gegen die Lähmung an und tastete sich zögernd zur Takelage. Als das Segel gesetzt war, knatterte und blähte sich der Stoff in einer frischen Brise. Vor sich konnte sie Martha's Vineyard sehen.

Wie taub packte Caroline erneut die Pinne. Ihre Augen waren salzverkrustet und geschwollen.

Erneut senkte sich Nebel über das Wasser.

Mit einer nordöstlichen Brise segelte Caroline darauf zu. Die Nebelbank bewegte sich nur langsam und breitete sich über dem Wasser aus. Caroline spürte, daß es diesmal keinen Sturm, keinen Laut geben würde.

Sie atmete tief durch und versuchte, die letzten zehn Minuten Sonne so gut wie möglich zu nutzen, bevor sie wieder in den Nebel eintauchte.

Diesmal war es anders: stumm, ruhig und windstill. Das Segel flatterte kurz auf und schrumpelte dann um den Mast herum zusammen.

Blind ließ sich Caroline mit den Wellen treiben.

Sie wußte, daß die Flut sie an Land treiben konnte, daß das Boot an den Felsen zerschellen konnte. Durch den Nebel hörte sie den gespenstischen Schlag der ersten Glockenboje. Orientierungslos trieb sie dahin.

Sie konnte nur dem unheimlichen Klang der Bojen lauschen, die langsam näher und näher kamen, bis sie sich sicher war, sie passiert zu haben und in Küstennähe zu treiben. Sie saß am Ruder im hinteren Teil der Plicht, versuchte, die Untiefen des West Chop zu umschiffen, und hoffte auf die nachmittäglichen Winde.

Sie spürte, wie die Klippen näherkamen, spürte die kabbelige See des flachen Gewässers. Doch dann blähte wie bestellt eine Böe das Segel.

Caroline packte das Ruder. Leicht leewärts geneigt verließ das Catboat die vorgelagerten Felsen des West Chop und segelte in die Sonne.

Wie durch Zauberhand tauchte hinter einem durchsichtigen Vorhang Martha's Vineyard auf. Sie konnte die Villen des Westchop sehen und in der Ferne die Masten, die sich im Hafen von

Vineyard Haven in den Himmel reckten. Caroline lächelte erschöpft und glücklich, als wollte sie nie wieder aufhören.

Sie konnte es nicht erwarten, es ihrer Mutter zu erzählen. Ihre Mutter zu sehen. Mit dem Sturm war alle Wut von ihr gewichen, vergessen durch ihre unglaubliche Rettung.

Beim Anlegen zwang sich Caroline, die maritimen Rituale einzuhalten, während sie doch darauf brannte, Nicole alles zu erzählen. Als sie das Boot vertäut hatte, warf sie einen letzten Blick darauf, bevor sie voller Liebe und Dankbarkeit mit zerschlagenen Knochen nach Hause eilte.

»Mutter«, rief sie.

Im Haus war es still. »Mom«, rief sie noch einmal.

Vielleicht schlief sie. Caroline drehte sich um, schlich den Flur zum Schlafzimmer ihrer Mutter hinunter. Erst als es bereits zu spät war und sie die Klinke schon in der Hand hatte, wußte sie auf einmal, was sie vorfinden würde.

Neben ihrer Mutter, die sie mit aufgerissenen Augen überrascht ansah, starrte sie das entsetzte Gesicht von Paul Nerheim an.

Ihre Körper waren wie erstarrt. Nerheim stützte sich auf die Ellenbogen und hatte das Laken bis über seine Hüften gezogen, Nicole lag unter ihm, die Beine gespreizt, die Spitzen ihrer Brüste noch immer an Nerheims Brust. Ihre Starre wirkte wie aus Glas, so zerbrechlich, daß Caroline sich nicht rühren konnte.

»Bitte«, sagte Nicole mit flehendem Blick. »Laß uns jetzt allein.«

Caroline spürte, wie ihre Knie weich wurden. »Mein Vater ...«

Nicole schloß die Augen. »Bitte.«

Caroline wich langsam zurück. Taumelnd ging sie ins Wohnzimmer, ließ sich in einen Sessel fallen und wartete. Sie wußte nicht, ob die Taubheit, die sie empfand, ihren eigenen verletzten Gefühlen oder denen ihres Vaters galt.

Plötzlich stand Paul Nerheim vor ihr. Sein Haar wirkte wirr und seine Kleidung derangiert. »Es tut mir leid, Caroline«, sagte er leise und zögernd. »Und ihr auch.«

Caroline starrte ihn einfach nur an.

Er zuckte hilflos die Schultern. »Deine Mutter möchte dich sehen.«

Caroline richtete sich auf. Mit einer Kälte, die sie an sich gar nicht gekannt hatte, sagte sie: »Verschwinden Sie. Auf der Stelle.«

Ihre Blicke trafen sich, dann nickte Nerheim langsam, drehte sich um und verließ das Haus.

3

Wenig später kam Nicole. Sie trug einen seidenen Bademantel und hatte eine Miene innerer Gefaßtheit aufgesetzt, die Caroline zerbrechlich schien. Sie nahm ihr gegenüber Platz und betrachtete sie eindringlich. Und erst jetzt nahm sie Carolines ramponierten Zustand wahr.

»Was ist passiert, Caroline? Dein Gesicht ist grün und blau!«

Caroline verschränkte die Arme und schwieg. Für Nicoles Besorgnis war es zu spät, und daß sie sich so billig kaufen ließ, erfüllte Caroline mit Wut und Verachtung

Nicole schien das zu spüren. »Also gut«, sagte sie leise. »Du möchtest eine Erklärung.«

Caroline war sich nicht sicher. Sie wollte vor allem, daß sich die letzte halbe Stunde auflöste wie der Alptraum, als der ihr das Ganze erschien. Doch sie fand keine Worte, das zu sagen.

Nicole schlug die Beine übereinander und strich abwesend ihren Bademantel glatt. In dem Licht, das durchs Fenster fiel, wirkte ihr Gesicht schmal und blaß. »Was ich getan habe, war falsch«, sagte sie schließlich. »Vor allem, weil du es gesehen hast.«

»Tut mir leid, daß ich dich überrascht habe, Mutter«, erwiderte Caroline kühl. »Ich weiß, daß du mich noch nicht zurückerwartet hast.«

Die Worte ihrer Tochter schienen Nicole wie ein Schlag ins Gesicht zu treffen. Sie riß die Augen auf, lehnte sich zurück und faltete die Hände. »Soll ich mich vielleicht selbst züchtigen, Caroline? Würde das die Dinge besser machen?«

Wieder fehlten Caroline die Worte.

»Nicht?« fuhr Nicole mit sanfter Ironie fort. »Dann möchte ich dich bitten, dir die Mühe zu machen, mir zuzuhören.«

Caroline zuckte die Schultern, doch sie spürte, wie ihr Herz raste.

»Ich habe diesen Moment nicht kommen sehen«, sprach Nicole weiter, »so daß ich keine Rede vorbereitet habe. Vor allem nicht für eine Tochter, die ihren Vater so sehr liebt wie du. Ich bitte dich also um Verzeihung, wenn ich mich taktlos oder unelegant ausdrücke.«

Caroline war von einer undefinierbaren Furcht erfüllt. Ihre Miene war steinern.

Nicole machte eine Pause und schien zu schlucken. »Channing hat eigentlich nicht viel falsch gemacht, Caroline, außer mich zu heiraten. Vielleicht war es sein Fehler, mich zu fragen. Bestimmt war es mein Fehler, ja zu sagen.«

Caroline erstarrte auf ihrem Stuhl. »Er hat dir ein Leben geschenkt.«

Zum ersten Mal flackerte Leidenschaft im Blick ihrer Mutter auf. »Er hat mir sein Leben geschenkt...« – sie brach ab und zwang sich, leiser fortzufahren. »Ich habe damals den gütigen Mann in ihm gesehen, Caroline. Vielleicht ein wenig patriarchalisch, aber freundlich. Was ich nicht sehen konnte, war der Mann voller Angst, Angst vor Frauen. Angst vor allem, was er nicht kontrollieren kann...«

»Vater hat keine Angst.« Caroline spürte, wie ihre Verwirrung in Wut umschlug. »Die Menschen sehen zu ihm auf.«

Nicole nickte langsam. »In seiner Welt, ja.«

Caroline bedachte ihre Mutter mit einem Blick kalter Zurückweisung. Nicole sprach leise weiter, als wollte sie sich zwingen, die Zeichen in Carolines Augen zu ignorieren. »Ich war die Wahl eines ängstlichen Mannes, Caroline. Jung und entwurzelt, eine Fremde im eigenen Land, erschüttert durch das, was ich verloren hatte. Ich hatte keine eigene Welt mehr...«

Nicole hielt inne. Ihre Stimme klang stoisch, sie bat nicht um Mitleid. Doch ein Teil von Caroline fühlte sich allein durch das bloße Zuhören schmutzig und mitschuldig. Schweigend beobachtete sie ihre Mutter.

»Channing glaubte an seine eigene Güte«, fuhr Nicole leise fort. »Aber er glaubte auch, daß ich ihm nie trotzen, ihn verlassen oder auch nur in Frage stellen könnte.« Nicole blickte zu Boden. »Als Mensch und als Liebhaber.«

Caroline versteifte sich. Nicole sah sie jetzt direkt an. »Wie immer man es auch betrachtet, Caroline, ich war eine Enttäuschung.«

In ihrer Stimme klang ein Hauch von Verbitterung mit, der so schwach war, daß Caroline nicht heraushören konnte, ob sie sich gegen ihren Vater oder gegen Nicole selbst richtete. Doch sie stürzte sich darauf. »Hör auf, mich gegen meinen Vater aufzuhetzen.« Ihre Stimme wurde lauter. »Du verdienst ihn nicht...«

»Nein?« brach es aus Nicole heraus. »Angst, Habgier und Wut? Ich dachte, du würdest das mehr als verdient finden.«

Seltsamerweise veränderte dieser plötzliche Ausbruch das Gleichgewicht zwischen ihnen; Caroline spürte, wie ihre Verwirrung einer kalten Kontrolliertheit wich. »Das hätte ich auch nie behauptet, Mutter. Jedenfalls nicht, bevor ich dich mit ihm im Bett erwischt habe. Also hat Vater dich vermutlich schon immer besser durchschaut.«

Nicole zuckte zusammen. »Ich weiß, daß ich dir keine besonders gute Mutter war«, sagte sie heiser. »Doch bitte, nimm das Gute von deinem Vater an, ohne ihm die Kontrolle über dein Leben zu geben. Denn die Gefahr besteht, daß er genau das tun wird – dein Leben und deine Gedanken kontrollieren.«

Caroline verspürte eine Mischung aus Furcht und Wut, verbunden mit dem plötzlichen Drang, um sich zu schlagen, damit ihre Mutter endlich aufhörte. »Verdammter Mist«, schrie sie. »Glaubst du, ich brauche Vater, damit er mir sagt, daß ich dich gerade mit Nerheim beim Bumsen erwischt habe...«

»Caroline, bitte.« Aschfahl stand Nicole auf. »Wenn wir schon darüber sprechen müssen, versuche wenigstens, mich als Frau zu verstehen. Ich bin sicher, du hast begonnen, diese Dinge selbst zu empfinden.«

Caroline spürte, wie sie errötete. Nicole hielt kurz inne und sah sie eindringlich an. »Mir ist kaum noch etwas geblieben, Caroline. Doch ich bleibe eine Frau mit den Bedürfnissen einer Frau.« Ihre Stimme war jetzt ganz ruhig. »Das ist eine Tatsache, an der dein Vater als Mann wenig Interesse zeigt. Ganz im Gegensatz zu Paul Nerheim, welche Fehler er auch immer haben mag.«

Daß ihre Mutter Nerheims Namen aussprach, machte die Demütigung ihres Vaters für Caroline vollends unerträglich. »Hör auf damit. Red nicht so über meinen Vater«, rief sie. »Er hat dich gerettet. Glaubst du etwa, daß das Schicksal deiner Eltern eine Entschuldigung ist? Nach dem Motto: ›Sie sind ermordet worden, also habe ich das Recht, jeden zu verletzen, den ich verletzen will‹...«

Caroline brach abrupt ab. Der Ausdruck im Gesicht ihrer Mutter war zu schrecklich anzusehen. Als sie jetzt mit sanfter und klarer Stimme antwortete, schien sie von sehr weit weg zu sprechen: »So sehr habe ich dich also verletzt...«

Caroline konnte nicht antworten oder sie auch nur ansehen.

Es entstand ein langes Schweigen. Schließlich spürte sie Nicoles Hand auf ihrer Schulter. »Ich weiß, daß du es deinem Vater nie erzählen wirst, Caroline. Doch ich möchte dich nicht zu meiner Komplizin machen. Paul Nerheim wird seinen Fuß nie wieder in dieses Haus setzen.«

Caroline antwortete nicht. Erst nach einer Weile merkte sie, daß ihre Mutter gegangen war.

Caroline ging zu der Veranda mit Blick auf das Meer und weinte, bis sie keine Tränen mehr hatte.

In den folgenden drei Tagen wechselten sie kaum ein Wort miteinander.

Caroline hatte weder das Bedürfnis ihre Mutter noch ihre Freundinnen zu sehen. Sie verließ das Haus früh: am ersten Tag zwang sie sich, nach Tarpaulin Cove und zurück zu segeln; an den beiden nächsten Tagen wanderte und radelte sie alleine über die Insel. Nicole machte keine Versuche, sich ihr zu nähern.

Caroline wußte nicht, wie Nicole ihre Tage verbrachte, und wollte es auch nicht wissen. Nachts konnte Caroline hören, wie sie im Haus auf und ab lief.

In einer Woche sollte Channing nachkommen.

Caroline fand den Gedanken unerträglich. Sie konnte sich ihre gemeinsamen Abendessen einfach nicht vorstellen, jedes Schweigen aufgeladen mit Channings Ahnungslosigkeit, der Schuld ihrer Mutter und ihrem eigenen Wissen, das Caroline, so sehnlichst sie es sich auch wünschte, nicht einfach ausradieren konnte.

Schließlich konnte Caroline das Schweigen nicht länger ertragen. Als sie am Nachmittag des vierten Tages von einer Radtour nach Hause kam, ging sie ins Zimmer ihrer Mutter.

Nicole war im Bad. Als Caroline sie sah, erstarrte sie.

Ihre Mutter saß am Schminktisch und betrachtete ihr feingeschnittenes Gesicht im Spiegel. Sie war gerade dabei, mit der linken Hand einen sorgfältigen Lidstrich um ihre hellgrünen Augen zu ziehen.

»Gehst du aus?« frage Caroline tonlos.

»Ja.« Der Gesichtsausdruck ihrer Mutter veränderte sich nicht. »Ich werde erst gegen Mitternacht zurück sein. Du brauchst also nicht auf mich zu warten.«

Caroline empfand den Moment als sehr seltsam: die Ironie in der Stimme ihrer Mutter, der eindringliche Ausdruck in ihren Augen, das Leuchten in ihrem Gesicht. Nicole drehte sich nicht um; Caroline war, als hätte sie ihre Mutter verloren.

»Was wollen wir tun?« fragte sie unvermittelt. »Wenn Vater kommt.«

Nicole bewegte den Stift ein wenig und blinzelte mit gesenkten Lidern in den Spiegel. »Darüber habe ich noch nicht nachgedacht. Was wir immer tun, nehme ich an.«

Das hörte sich für Caroline unecht an, sogar ihr Tonfall war ausweichend. »Was wir immer tun«, erwiderte sie verzweifelt, »wird für mich nicht mehr so wie immer sein. Ich glaube nicht, daß ich es ertragen könnte.«

Zum ersten Mal drehte sich Nicole um und fragte leise: »Aber was soll ich denn machen? Jetzt wo du es weißt. Soll ich es ihm erzählen, damit du es nicht tun mußt? Oder ihn einfach verlassen.« Sie hielt inne. »Was natürlich bedeuten würde, daß ich auch dich verlassen müßte, wenn Channing mit mir fertig ist. Denn er würde es nie zulassen, daß ich dich mitnehme.«

Caroline spürte, wie sie zitterte. »Dann geh wenigstens heute abend nicht aus. Bitte.«

Nicole sah sie an. »Ich muß«, sagte sie schließlich. »Wenigstens heute abend.«

Caroline wußte nichts zu erwidern.

Nicole betrachtete sie noch eine Weile, bevor sie sich konzentrierter als vorher wieder dem Spiegel zuwandte, als ob sie Carolines Blick nicht länger begegnen wollte.

Caroline ging auf die Sonnenveranda. Sie betrachtete die Wellen, die erst anschwollen und dann unten auf dem Strand ausrollten. Sie spürte die hypnotische Kraft des Wassers: So beängstigend das Meer auch sein konnte, so besänftigend war es in seiner Zeitlosigkeit.

Schließlich hörte sie die Schritte ihrer Mutter auf der Veranda.

Caroline drehte sich um und blickte in ihr Gesicht. Einen Moment lang sah Nicole sie mit weichen Augen an, dann beugte sie sich herab und küßte Caroline auf die Wange.

Caroline erstarrte und schwieg, weder einladend noch abweisend. Nicoles Kuß war leicht und flüchtig.

Ihre Mutter richtete sich auf und ging davon. Zu Carolines Überraschung blieb sie auf der Schwelle noch einmal stehen und drehte sich um.

»Es tut mir leid«, sagte sie schlicht und ging.

4

Caroline wartete auf sie.

Es blieb ihr nichts anderes übrig, sie konnte nicht schlafen. Sie malte sich aus, wie ihre Mutter den Abend verbrachte, und betete, daß ihr Vater nicht anrufen würde. Das Haus war dunkel und still.

Um ein Uhr war ihre Mutter noch immer nicht zurück.

Caroline ging nach draußen, stand auf dem Kliff und lauschte dem ruhigen, tiefen Rauschen der Brandung gegen den Fels. Die Nacht war schwarz und mondlos.

Eine steife Brise wehte ihr ins Gesicht. Caroline fröstelte und verschränkte die Arme gegen die Kälte. Vergeblich horchte sie auf das Geräusch von Reifen auf Kies, auf den weißen Porsche, den Nicole im Gegensatz zu Channing so liebte.

Nichts.

Caroline versuchte sich ihre Mutter vorzustellen und fand es schmerzhaft. Vielleicht, sagte sie sich, hatte Nicole ein wenig mehr als üblich getrunken und ihr Versprechen zurückzukehren vergessen. Vielleicht hatten sie mehr als einmal miteinander geschlafen.

Das Leuchtzifferblatt ihrer Armbanduhr zeigte auf eins.

Um zwei, so nahm sie sich vor, würde sie etwas unternehmen. Was, wußte sie nicht: es war eher, als könnte sie durch die Festsetzung einer Frist Nicoles Heimkehr erzwingen.

Manchmal trank ihre Mutter zuviel.

Sie stellte das mit einer nie gekannten unverblümten Nüchternheit fest und spürte die Veränderung in sich, die klarsichtige Trauer.

Trotzdem schreckte sie davor zurück, Nerheim anzurufen.

Mit einem Gefühl tiefer Einsamkeit kehrte Caroline zum Haus zurück. Sie ging in die Küche und blickte im blassen Licht auf die Wanduhr.

Sie würde es hassen, wenn ihre Eltern sich ihr gegenüber so aufführen würden, sagte sie sich, doch der Gedanke an ihre Eltern machte sie wieder traurig.

Der verdammte Paul Nerheim. Er hatte kein Recht.

Caroline kochte sich einen Tee.

Als sie ein Geräusch von draußen hörte, ging sie rasch zur Haustür und öffnete sie nur einen Spalt weit, damit ihre Mutter sie nicht sehen konnte.

Die Auffahrt war leer.

Caroline schloß die Tür wieder und lehnte sich dagegen. Dann ging sie in die Küche und schlug das Telefonbuch auf.

Sie starrte Nerheims Nummer an, bis sie sie auswendig kannte. Dann stand sie auf und zwang sich zu wählen.

Das Freizeichen erklang.

»Hallo?«

Es war Nerheim, seine Stimme klang verwirrt und benommen. Caroline holte tief Luft. »Ist meine Mutter da?«

»Caroline?«

»Ja.«

Er schwieg einen Moment. »Sie ist gegangen.« Nerheims Stimme war jetzt ganz klar. »Schon vor Stunden.«

Caroline spürte, wie sich ihre Brust zusammenzog. »Wann?«

»Kurz vor zwölf«, erwiderte er eigenartig freundlich. »Sie wollte zu dir nach Hause.«

Caroline schloß die Augen und sagte leise: »Sie ist nicht hier.«

Nerheims Schweigen schien sich endlos auszudehnen. Schließlich sagte er mit leiser Stimme, der Caroline sowohl Sorge als auch Tatkraft anhörte: »Ich werde die Polizei von Chillmark benachrichtigen. Und die Staatspolizei.«

Caroline erwiderte nichts; sie brauchte einen Moment, bis sie begriff, warum sie das nicht wollte.

»Nein«, sagte sie, »ich werde es tun.«

Eine Stunde später klingelte das Telefon. Caroline sprang auf und griff nach dem Hörer.

»Miss Masters?«

Caroline sank vor Enttäuschung in sich zusammen. »Ja?«

Der Mann sprach ruhig und gleichmäßig, mit einem ausgeprägten Massachusetts-Akzent. »Hier ist Sergeant Mannion von der Staatspolizei. Ihre örtliche Polizeidienststelle hat uns gemeldet, daß Ihre Mutter möglicherweise vermißt wird. Oder daß Sie zumindest nicht wissen, wo sie sich momentan aufhält.«

»Nein. Niemand weiß das.«

Er schien die Verzweiflung in ihrer Stimme zu hören. »Man hat mir berichtet, daß sie zuletzt gesehen wurde, als sie Windy Marks in Chillmark verließ. Ist das korrekt?«

»Ja.« Caroline zögerte. » Sie hat einen Freund besucht.«

»Wissen Sie, wohin sie sonst noch gefahren sein könnte?«

»Nein.«

Seine Stimme nahm einen zögerlichen Tonfall an. »Ist Ihr Vater da?«

Er ist in New Hampshire«, erwiderte sie und fügte fast entschuldigend hinzu: »Bei uns zu Hause.«

»Ich verstehe.« Die Stimme klang vorsichtig, neutral. »Sie ist noch nicht lange verschwunden ...«

»Bitte«, unterbrach Caroline ihn. »Können Sie nicht einfach nach ihr suchen? Ich habe Angst, sie könnte einen Unfall gehabt haben ...«

Caroline spürte, wie sich ihr Magen bei diesen Worten zusammenzog. Sie wollte ihm sagen: *Wenn ich nicht gewesen wäre, wäre meine Mutter jetzt zu Hause.*

Das konnte er nicht wissen, doch als er jetzt sanfter fortfuhr, hatte Caroline fast das Gefühl, daß er sie gehört hatte. »Was für einen Wagen fährt sie?«

»Einen weißen Porsche.«

Eine Weile lauschte Caroline der Stille, während er am anderen Ende nachdachte. »Also gut«, sagte er schließlich. »Ich werde nach ihr suchen. Wenn ich mich das nächste Mal bei Ihnen melde, ist sie wahrscheinlich schon längst wieder zu Hause.«

Zwei Stunden lang schwieg das Telefon, und es kam auch kein Auto. Caroline wanderte durch das leere Haus, ohne sich gegen ihre Schreckensphantasien wehren zu können. Noch nie in ihrem Leben hatte sie sich so alleine gefühlt.

Kurz vor fünf hatte die anbrechende Morgendämmerung das dunkle Meer blaugrau gefärbt. Als Caroline aus dem Fenster sah, wurde ihr klar, daß die Nacht ihre Hoffnung am Leben gehalten hatte. Im kalten Licht des Morgens wußte sie, daß ihre Mutter nicht zurückkehren würde.

Sie hörte das Knirschen von Kies; Reifen, die auf der Auffahrt bremsten.

Aufgeregt lief sie zur Tür. In ihrer Phantasie war Nicole Masters wieder am Leben und stieg gerade aus ihrem tiefliegenden Porsche, als Caroline die Tür öffnete.

Dann sah sie den schwarzen Streifenwagen und erstarrte.

Ein uniformierter Mann stieg aus. Als er näherkam, registrierte Caroline sein rötliches Haar, das sonnenverbrannte rosa Gesicht und seine sanften blauen Augen. Er ging mit leicht einwärts gerichteten Fußspitzen, was vielleicht der Grund dafür war, warum er nur langsam vorankam.

»Sie sind Caroline, nicht wahr.«

Es war die Stimme des Staatspolizisten. Er klang jetzt sanfter. Sie nickte wie benommen.

»Ich bin Frank Mannion«, stellte er sich mit gedämpftem Tonfall vor, ohne den Blick von ihr zu wenden. »Man hat einen Wagen entdeckt – einen weißen Porsche. Ich sollte jetzt besser Ihren Vater anrufen.«

Caroline stellte sich in die Tür, als wolle sie ihm den Weg zum Telefon versperren. »Wo?«

Ein Schatten huschte über sein Gesicht. »Am Strand. Unterhalb von Windy Gates.«

Carolines Herzschlag stockte, und ein Schauer durchlief ihren ganzen Körper. »Wie ...«

Er schien tief Luft zu holen. »Caroline«, sagte er, »in der Nähe des Wagens hat man die Leiche einer Frau gefunden.«

Ihre Augen schlossen sich, ihr Kopf sackte nach vorn. Sie hörte Mannion sagen: »Bitte, lassen Sie mich jetzt Ihren Vater anrufen.«

Mit geschlossenen Augen schüttelte Caroline langsam den Kopf.

»Jemand muß sie identifizieren.« Seine Stimme war noch immer ruhig. »Und Ihr Vater sollte jetzt bei Ihnen sein.«

Caroline öffnete die Augen. »Nein.«

»Caroline, es tut mir leid ...«

»Ich werde Ihnen seine Nummer nicht geben«, erklärte sie gepreßt. »Ich kann nicht zulassen, daß er es erfährt.«

Mannion schüttelte den Kopf. »Er muß es erfahren...«, begann er, als eine Art stummes Begreifen in seinem Blick aufflackerte.

»Bringen Sie mich hin«, sagte Caroline leise.

Die Fahrt löste sich in eine Reihe von einzelnen Bildern auf. Dämmerung über Martha's Vineyard, frisch wie die Schöpfung selbst, die weißen Häuser und Zäune von Edgartown; Wälder und Weiden, Telefonmasten, Steinmauern, Felder offen wie das schottische Moor, sanft zum Meer hin abfallend. Als sie sich Chillmark näherten, konnte Caroline das Zögern Mannions und die bleischwere Stille zwischen ihnen spüren.

»Haben Sie schon immer hier gelebt?« fragte sie.

Sie bemerkte seine Überraschung, sein kurzes Zögern. »Nein, ich bin neu hier. Vor mir gab es auf dieser Insel noch nie einen Vertreter der Staatspolizei.«

Caroline schwieg eine Weile. »Und, gefällt es Ihnen?«

Sie spürte, wie er kurz zu ihr herübersah, wie um abzuschätzen, was sie jetzt brauchte. »Die Einheimischen sind nicht direkt begeistert«, sagte er schließlich. »Sie haben die Dinge seit jeher auf ihre Weise geregelt. Aber meiner Frau gefällt es hier, und es ist gut für die Kinder.«

Caroline nickte. »Wie viele Kinder haben Sie?«

»Drei.«

Sie bogen von der Straße ab und folgten einem Feldweg Richtung Windy Gates. Caroline konnte nicht weitersprechen.

Die Äste massiger, dichter alter Bäume ragten über den Weg und verdeckten die Morgensonne fast völlig. Caroline spürte, wie sich ihre Brust und ihre Kehle zusammenschnürten; mit unvermittelter Klarheit sah sie ihre Mutter vor sich, wie sie am Abend zuvor mit Paul Nerheim zu Musik, die sonst niemand hören konnte, über den Tennisplatz tanzte, ihre Körper eng aneinandergeschmiegt, ein Eiskübel mit gekühltem Champagner griffbereit...

Als sie sich der Weggabelung näherten – ein Abzweig führte zu Nerheims Anwesen, der andere direkt Richtung Meer –, bremste Mannion den Wagen ab. Er preßte die Lippen zusammen.

Caroline drehte sich um und blickte die Straße zur Villa hinauf. Sie stellte sich vor, wie ihre Mutter von dort oben gekommen war. Wie an dem Abend, als Caroline mit ihren Eltern hier war. Sie sah sie blinzelnd am Steuer sitzen, während die Scheinwerfer des Wagens die gewundene Straße erleuchteten, bis sie den knorrigen Baum erreichte, der die Gabelung Richtung Ozean oder nach Hause markierte. Sie erinnerte sich daran, wie sie ihrem Vater leise erklärt hatte: »Links...« Sah sie allein in der Dunkelheit, nur daß sie diesmal die Abzweigung zum Wasser nahm.

»Sie kannte den Weg...«, murmelte Caroline leise.

Mannion sah sie fast ein wenig abergläubisch an, als hätte er Angst zu sprechen. Sie passierten die Gabelung und folgten dem leicht anschüssigen, gewundenen Weg, den Caroline damals gegangen war, bis sie nicht mehr weiterkonnte.

Sie fuhren jetzt langsamer. Die Kurven wurden steiler; Caroline bekam eine Gänsehaut, als sie sich erinnerte, und dann waren sie auch schon fast da – eine letzte Biegung nach rechts wie um eine Ecke und dann ein Stück bergauf aus dem Wald auf den offenen Himmel zu...

Am Rand der Klippe stand ein Krankenwagen.

Als Mannion den Wagen dahinter parkte, sagte Caroline leise: »Man sollte diese Straße sperren.«

Mannion wich ihrem Blick aus.

Sie stiegen aus. Er blieb am Wagen stehen, während Caroline zu der Stelle ging, wo die Straße einfach aufhörte.

Sie atmete tief ein, bevor sie sich zwang, auf den fünfundsechzig Meter unter ihr liegenden Strand zu blicken. Zuerst sah sie den weißen Porsche. Er lag in der Nähe des Wassers, die Räder nach oben, die Stoßstange hatte sich in den hellen Sand gegraben, und Wellen plätscherten gegen die Kühlerhaube. In der Nähe des Wagens schlenderten drei Männer am Wasser entlang wie Naturliebhaber, die auf den Sonnenaufgang warteten. Schluckend beobachtete Caroline, wie sich einer der Männer aus der Gruppe löste und langsam über den Strand ging.

Den Blick gesenkt blieb er stehen. Vor ihm lag eine winzige Gestalt. Sie war gekleidet wie ihre Mutter, hatte die Arme ausgestreckt, ihr schwarzes Haar lag auf dem Sand wie Tang, das die Flut angespült hatte. Um ihren Körper hatte das Wasser ein Muster aus Linien und Bögen gezeichnet, am dunkelsten dort, wo die letzte Welle ausgerollt war.

Caroline bekam keine Luft. Sie spürte Frank Mannion hinter sich.

Langsam ging Caroline auf die Steintreppe zu. Im Geiste sah sie ihre Mutter, wie sie von der Erde abhob und im freien Fall in die Dunkelheit stürzte.

Und ich habe sie hierher geschickt, dachte sie.

Caroline ging die letzten Meter bis zur Treppe.

Dicht gefolgt von Mannion, stieg sie mit gesenktem Kopf hinab, ohne zum Strand zu blicken. Vielleicht ist es nicht meine Mutter, sagte sie sich im stummen Gebet; von oben hatte die Frau zu klein und zerbrechlich ausgesehen, um die Frau zu sein, die Caroline kannte. Hinter ihr ächzten die Stufen unter Mannions trampelnden Schritten. Absatz für Absatz, bis ihre Füße den Sand berührten.

Kaltes Wasser leckte an ihren Füßen. Die Flut kam; Caroline drehte sich um und ging langsam auf die Leiche zu, während die erste Welle das Haar ihrer Mutter aus ihrem weißen Gesicht spülte.

Wie ein Roboter ging Caroline die letzten Meter bis zur Leiche von Nicole Masters.

Ihr Gesicht war wie Porzellan, aus ihrem Mund lief eine feine Blutspur, und ihr Hals war seltsam verrenkt. Ansonsten wirkte sie unversehrt. Doch der Geist, der Nicole Masters beseelt hatte, hatte sie verlassen; für ihre Tochter hatte die Wachsfigur im Sand aufgehört, ihre Mutter zu sein, die Frau, deren Profil sie zuletzt im Spiegel gesehen und die ihr zum Abschied einen Kuß gegeben hatte.

Tränenlos setzte sich Caroline neben die Leiche. »Laßt sie in Ruhe«, hörte sie Mannion murmeln.

So blieb sie hocken, starrte ihre Mutter an und wünschte sich, die Dinge ungesagt machen zu können, die Nicole jetzt nicht mehr weh tun konnten.

Nach einer Weile spürte sie Mannion neben sich.

Caroline blickte nicht auf. »Das ist sie«, murmelte sie. »Das ist meine Mutter.«

Er kniete sich neben sie und sagte leise: »Sie hat gebremst, Caroline. Die Spuren waren oben deutlich zu erkennen.«

Caroline schloß die Augen, und erst jetzt kullerten Tränen über ihre Wangen.

»Also«, sagte Mannion sanft, »verstehen Sie?«

Caroline nickte matt. Sie konnte nichts sagen.

»Wir müssen sie jetzt abtransportieren«, sagte er noch immer leise.

Nach einer Weile stand Caroline auf. Sie sog die Seeluft tief in ihre Lungen und blickte zu der Klippe, von der ihre Mutter gestürzt war. Oben sah sie die winzige Gestalt von Paul Nerheim stehen.

»Ich werde Ihren Vater anrufen«, sagte Mannion neben ihr.

Caroline starrte noch immer auf den Mann am Rande der Klippe. »Nein«, sagte sie, »das werde ich tun.«

Sie beerdigten ihre Mutter in Masters Hill, ein Stück abseits der Stelle, wo ihr Mann eines Tages liegen würde. Die Andacht war karg und kurz: Niemand erwähnte, daß sie Französin oder Jüdin gewesen oder wie sie hergekommen war. Die Einzelheiten ihres Todes blieben unausgesprochen.

Doch Caroline hatte ihrem Vater nichts erspart. Als er zu ihr gekommen war, hatte er seinen Arm um sie gelegt und mit heiserer Stimme gesagt: »Väter beschützen ihre Töchter, nicht umgekehrt. Warum hast du geglaubt, das tun zu müssen?«

In den Tagen nach der Beerdigung blieben sie unter sich. Auf Drängen ihres Vaters nahm Betty ihre unterbrochene Europareise wieder auf. Caroline behandelte er mit gespenstischer Freundlichkeit.

Als sie eines Abends nicht schlafen konnte, traf sie ihn um Mitternacht im Musikzimmer an.

»Möchtest du reden?« fragte sie.

»Nein, Caroline«, erwiderte er harsch. »Nicht mit dir.«

In diesem Augenblick hatte Caroline seine Einsamkeit gespürt und gewußt, daß seine Strenge nicht ihr, sondern sich selbst galt. Danach sprachen sie nie wieder über Nicole.

Genausowenig wollte er etwas davon wissen, daß Caroline blieb. Sie hatten sie in Dana Hall angemeldet, und Channing bestand darauf, daß nichts ihre Pläne ändern sollte. Als sie daran dachte, ihn allein zurückzulassen, tat es ihr in der Seele weh. Und wenn Channing sie nicht sah, weinte sie um ihre Mutter.

In den verbleibenden Wochen schufen sie sich den Anschein eines normalen Lebens.

Drei Tage vor ihrer Abreise hatte Channing Geburtstag. Heimlich suchte sie ein Geschenk für ihn aus. Am Morgen seines Geburtstags hatte sie ihn gedrängt, mit ihr auf dem Lake Heron angeln zu gehen.

Am Himmel zogen vereinzelte Wolken dahin; Sonnenlicht glitzerte auf dem Wasser, verschwand und leuchtete wieder auf. Caroline sah ihren Vater an.

»Ich liebe das hier«, sagte sie. »Ich wünschte, ich müßte es nicht verlassen.«

Channing lächelte schwach. »Du verläßt gar nichts, Caroline – dies ist dein Zuhause. Du gehst einfach für eine Weile fort.«

Caroline sah ihn an, sein schwarzes Haar, die tiefliegenden dunklen Augen, das markante Gesicht, in dem nur sie seine Verletzung lesen konnte. »Ich wünschte, ich könnte auf dich aufpassen«, sagte sie impulsiv.

Einen Moment lang leuchtete der Schmerz in seinen Augen auf, bevor er lächelnd sagte: »Dafür bin ich noch lange nicht alt genug, Caroline. Du mußt abwarten, bis deine Zeit gekommen ist.«

Caroline war verlegen, weil sie wußte, daß sie nicht hätte sehen dürfen, was sie gesehen hatte. Um es zu überspielen, sagte sie: »Ich habe entschieden, was ich werden will.«

»So? Und was willst du werden?«

»Ich will Anwältin werden. Wenn du nicht mehr als Richter tätig bist, können wir gemeinsam eine Kanzlei eröffnen.«

Er neigte den Kopf. »Und danach?«

Sie zögerte; vielleicht war es töricht, doch sie wollte, daß er es wußte. »Ich würde gern Richter sein, Frau hin oder her.«

Er sah sie lange einfach nur an, bevor er leise sagte: »Caroline, das würde mich sehr stolz und glücklich machen.«

Caroline spürte ein Kratzen im Hals und hätte fast sein Geschenk vergessen.

Linkisch griff sie in ihren Rucksack und zog die schlanke schwarze Schachtel mit dem Seidenband hervor, das sie darum gebunden hatte.

»Was ist das?« fragte er.

Caroline gab ihm das Geschenk. »Herzlichen Glückwunsch.«

Er betrachtete die Schachtel mit einem seltsam verhaltenen Lächeln. »Soll ich es aufmachen?«

»Dafür habe ich es ja mitgebracht.«

Vorsichtig löste Channing das Band. In der Schachtel war ein elegantes Cahill-Anglermesser.

Er hielt es hoch, bewunderte die lederne Scheide, den Griff aus Knochen, die schmale Stahlklinge.

»Caroline...« Er hielt inne, und einen Moment lang glaubte Caroline, er könnte nicht zu Ende sprechen. Doch dann sagte er schlicht: »Das ist das prächtigste Messer, das ich je gesehen habe.«

Sie versuchte zu lächeln. »Damit du deine Fische auch ohne mich ausnehmen kannst.«

Channing Masters nahm ihre Hand in beide Hände.

Als sie zum Erntedankfest vom Internat nach Hause kam, hing das Messer in ihrem Regal im alten Stall. Ihr Vater hatte dafür gesorgt, daß es makellos gepflegt war.

Vierter Teil

Die Zeugin

1

Caroline stand am Grab ihrer Mutter. Es war ein heller Morgen, langsam wich die Kühle der Nacht; nur hier, in der schattigen Ecke des Friedhofs, lag noch Tau auf dem Gras. Nicoles Grabstein war an den Rändern moorbewachsen.

Während sie den Grabstein ihrer Mutter betrachtete, hörte Caroline, wie hinter ihr jemand näherkam.

Sie drehte sich nicht um. »Wer ist es?« fragte sie.

»Wir müssen reden, Caroline.«

»Dafür hättest du dir einen besseren Zeitpunkt aussuchen können. Und einen geeigneteren Ort.«

Ihr Vater schwieg einen Moment. »In den zwanzig Jahren, in denen du weg warst«, erwiderte er schließlich, »bin ich immer hierhergekommen. Was auch immer unsere Erinnerungen sein mögen, sie gehören uns beiden.«

Caroline drehte sich um, entfernte sich ein paar Schritte vom Grab ihrer Mutter und sah ihn an.

Der Schock über Bretts Verhaftung stand ihm ins Gesicht geschrieben, seine schwarzen Augen brannten wie im Fieber. »Ich wußte, daß du bleiben würdest, Caroline.«

Der Instinkt zu fliehen, der tiefe Drang, diesen Ort und diesen Mann zu verlassen, packte Caroline auch noch nach zwei Jahrzehnten mit unverminderter Heftigkeit. Sie verschränkte die Arme. »Bist du gekommen, um mir das zu sagen?«

Das Licht in seinen Augen verdüsterte sich. »Betty sagt, daß du nach Concord fahren willst, um die Akten der Staatsanwaltschaft einzusehen. Ich möchte mitkommen.«

»Nein danke.«

Er versteifte sich. »Das ist meine Enkelin.«

Caroline spürte, wie die Wut in ihr hochstieg. »Läuft es für dich am Ende immer darauf hinaus, was deins ist?«

»Geht es um mich, Caroline? Oder um dich?« In seiner Stimme klangen Stolz und Verzweiflung mit. »Niemand ist besser geeignet, dich zu beraten. Hast du vergessen, daß ich nach Nürnberg Jacksons Posten inne hatte und danach zwanzig Jahre lang auf der Richterbank gesessen habe? Ich kenne das Gesetz, die Anwälte, die Richter, all die ungeschriebenen Regeln. Wenn ich nicht dein Vater wäre, würdest du mich um meine Mithilfe bitten.« Er hielt inne und fuhr mit sanft flehendem Ton fort: »Es gab einmal eine Zeit, Caroline, als du dir nichts sehnlicher gewünscht hast.«

Caroline musterte sein Gesicht. »Darum geht es dir also«, erwiderte sie kalt. »Durch Brett endlich doch noch zu gewinnen. Sie mußte nur jemanden umbringen.«

Seine Wangen leuchteten fleckig. »Wie kannst du so etwas sagen?«

»Daß sie ihn umgebracht hat?« Caroline zuckte die Schultern. »Ich kann mir nicht sicher sein, stimmt. Doch jetzt, wo ich ihre Anwältin bin, interessiert mich die Frage, ob sie diesen Jungen nun ermordet hat oder nicht, auch nicht mehr besonders. Und deine diesbezüglichen Gefühle interessieren mich noch ein bißchen weniger.«

Channing kam auf sie zu. Einen Moment lang schien es, als wolle er seine Hand nach ihr ausstrecken. Doch seine Arme hingen eigenartig steif herab. »Bitte«, sagte er rauh. »Ich könnte bald sterben. Ich möchte noch erleben, daß sie rehabilitiert wird.«

Caroline fühlte sich plötzlich müde. »Das wird nicht leicht werden, Vater. Dafür mußt du vielleicht noch eine Weile leben.«

Er schien in sich zusammenzusacken. »Wie geht es ihr?« fragte er leise.

»Unter diesen Umständen ganz gut. Sie hat natürlich Angst, und ihre Launen sind dramatischen Schwankungen unterworfen. Doch sie scheint eine gewisse Widerstandskraft zu besitzen.«

Channing wandte den Blick ab. »Glaubst du, sie hält durch?«

»Ja, eine Weile schon.«

Channing sah sie wieder an und sagte leise: »Ich weiß, daß ich dir viel aufgebürdet habe.«

»Du? Ich bin wegen ihr geblieben.«

Er antwortete nicht. »Dieses Richteramt«, sagte er schließlich, »wie steht es damit?«

Die Nachfrage überraschte sie. Einen Moment lang schien der Boden unter ihren Füßen nachzugeben. »Darüber kann ich jetzt wirklich nicht nachdenken ...«

»Ich kann dir helfen, Caroline.« Seine Stimme wurde wieder kräftiger. »Tim Braddock ist Mitglied und designierter Vorsitzender des Justizausschusses des Senats. Ich könnte ihn anrufen ...«

Caroline schüttelte den Kopf. »Das ist das letzte, was ich jetzt gebrauchen kann. Oder will. Begreifst du das?«

Einen Moment lang sah ihr Vater fast zerbrechlich aus. »Ja«, erklärte er schließlich würdevoll, »das tu ich.«

»Dieser Teil unseres Lebens ist vorüber, Vater.« Caroline sah ihn direkt an, atmete tief ein und fuhr fort: »Doch wenn du Bretts Problem – emotionslos – mit mir analysieren willst, bin ich bereit, alles andere hintenanzustellen. Zumindest für den Augenblick.«

Er hob den Kopf. »Danke«, sagte er schlicht und ging.

James Case starrte sie von dem Foto an.

Der tödliche Schnitt durch seine Kehle war ein dunkler Strich, und sein Kopf war in einem für lebende Menschen unmöglichen Winkel verrenkt. Seine Augen wirkten trocken und glasig. Sein Gesicht war blutbespritzt; auf seinen leicht geöffneten Lippen stand eine rote Blase.

Caroline legte das Foto neben die anderen auf den Tisch.

Die Kriminaltechniker hatten gründliche Arbeit geleistet. Es gab fast zwanzig Farbabzüge – die Stationen des Leidens und Sterbens des James Case, dachte Caroline. Sein nackter, auf der Decke ausgestreckter Körper. Sein blutbespritzter Leib. Das Kondom über seinem schlaffen Penis. Die klaffende Wunde in seiner Brust. Eine Nahaufnahme seines Halses, auf der Caroline seine Stimmbänder erkennen konnte.

Unwillkürlich mußte sie an Brett denken. »Der Mörder«, sagte sie, »hat nichts dem Zufall überlassen.«

Channing stand hinter ihr und betrachtete die Fotos mit leisem Ekel. »Manchen Menschen ist eben kein langes Leben zugedacht«, murmelte er. »Wie konnte sie nur je mit ihm schlafen?«

Caroline wandte sich stumm ab.

Sie befanden sich in einem kahlen Konferenzzimmer im Polizeipräsidium und gingen gemeinsam die Akten durch. Ihr Vater ließ den Augenblick verstreichen und sprach dann weiter, als sei nichts geschehen: »Auf die Theorie, daß der Mörder übers Wasser oder am Wasser entlang gekommen sein könnte, hat Jackson keine Antwort.«

»Und wer soll das gewesen sein? Der Mörder, meine ich.«

»Case' Lieferant. Vielleicht sogar ein Landstreicher.«

»Ich habe die Polizeiberichte überprüft. Es gibt keine Berichte über Obdachlose in der Gegend – auch nichts über Raubüberfälle oder Einbrüche. Was James' wütenden Dealer angeht, sieht es so aus, als ob zumindest seine Einbruchstory falsch ist.« Sie machte eine Pause und betrachtete ein Bild vom blutigen Körper des Jungen. »Nein, wir fahren besser, wenn wir die Sache mit den Pennern und Dealern auf sich beruhen lassen. Lieber konzentrieren wir uns darauf, der Polizei vorzuwerfen, diese Spur nicht ernsthaft genug verfolgt zu haben, als selbst zu ermitteln. Es könnte sich sonst herausstellen, daß es tatsächlich nicht nötig war.«

Channing stand unruhig auf. »Du brauchst einen Verdächtigen, Caroline.«

Ohne Antwort zu geben, nahm Caroline einen Umschlag zur Hand und zog einen durchsichtigen Pergaminbeutel hervor. Der Blick ihres Vaters erstarrte.

Wortlos reichte sie ihm den Beutel.

Er hielt ihn zwischen den Fingern hoch und starrte auf das Cahill-Messer mit dem Knauf aus Knochen. Das Heft war noch immer blutverkrustet.

»Weißt du, wo Betty war?« fragte Caroline leise.

Channing fixierte sie mit kaltem Blick. »Zu Hause«, sagte er. »Bei mir.«

Ihre Blicke trafen sich, und Caroline wies mit dem Kopf auf die Tüte. »Eine ziemliche Sauerei, nicht wahr. Aber wie du schon sagtest, wird Jackson dieses Messer nie zu Brett zurückverfolgen können. Vorausgesetzt, sie ist unschuldig.«

Ohne zu antworten, wandte sich ihr Vater ab und packte das Messer wieder in den Umschlag.

»So«, sagte Caroline leise, »dann können wir unsere Aufmerksamkeit jetzt anderen Dingen zuwenden.« Sie gab ihm ein Foto von James' Körper. »Zum Beispiel der Frage, was an diesem Bild nicht stimmt.«

Abwesend nahm Channing das Bild und betrachtete es. »Nicht viel Blut«, sagte er schließlich.

Caroline nickte. »Genau, es ist zu wenig – bei einer blutenden Arterie hätte er von oben bis unten mit Blut besudelt sein müssen. Vor allem wenn der Mörder ihm, wie du vorgeschlagen hast, die Kehle von hinten durchgeschnitten hat, um nichts von dem Blutschwall abzubekommen.«

Channing betrachtete das Bild. »Und wenn Brett auf ihm gehockt hätte«, sagte er, »wie die Polizei annimmt?«

»Dann müßte sie blutbesudelt gewesen sein, was jedoch laut Fotos und Protokollen nicht der Fall war. Und wir können davon ausgehen, daß sie auf ihm gesessen hat – sie haben ihre Fingerabdrücke am Hals und im Blut auf seiner Brust gefunden.« Caroline machte eine Pause. »Jackson wird natürlich anderer Meinung sein. Ich werde Experten brauchen.«

»Einen Serologen?«

»Möglicherweise. Auf jeden Fall einen Kriminalisten, einen forensischen Pathologen und einen Privatdetektiv. Außerdem – sehr wichtig – jemanden, der etwas über die Wirkung von Drogen und Alkohol auf das Erinnerungsvermögen aussagen kann.«

Channing setzte sich. »Wieviel wird das alles kosten?«

»Wenn es zum Prozeß kommt? Einhunderttausend. Vielleicht auch mehr.«

Channing starrte auf den Tisch. »Caroline«, sagte er langsam, »von meiner Pension abgesehen habe ich nur sehr wenig Geld.«

Das überraschte sie; sie dachte kurz, daß es ihr als Kind nie an etwas gefehlt hatte. »Wie ist das möglich?«

Er faltete die Hände vor seinem Körper. »Es ist schon lange so. Ich habe es dir nur nie erzählt.« Seine Stimme klang müde. »Es gab eine Zeit, als ich geglaubt habe, daß du Masters Hill am Leben erhalten würdest. Dann warst du weg...« Er riß sich zusammen und fuhr mit fatalistischem Tonfall fort: »Meine Investitionen brachten weniger und weniger, und Betty und Larry haben kein eigenes Geld. Das heißt, uns bleibt nur das Haus und das, was von unserem guten Namen noch übrig ist.«

Caroline wußte, daß er letzteres nicht ironisch meinte. Von der Seite sah sie das entschlossene Kinn ihres Vaters, sein stolzes Gesicht. Er wagte es nicht, sie anzusehen.

»Habt ihr Brett deswegen nicht aufs Internat geschickt?« fragte Caroline.

Seine Augen verengten sich. »Wir haben getan, was wir für das Beste hielten. Um jeden Preis.«

Caroline betrachtete ihn und meinte: »Gut gesagt.«

Channing starrte stur geradeaus und schwieg. »Wenn es dazu kommt«, sagte Caroline schließlich, »kannst du doch Masters Hill beleihen.«

Einen Augenblick blieb sein Blick unbeweglich. »Das habe ich bereits getan. Und die Grundstückspreise in dieser Gegend sind gefallen ...«

Es war, als ob sie ihn folterte, dachte Caroline plötzlich.

»Also gut«, sagte sie. »Ich kann ein wenig Geld aufbringen. Aber zwanzigtausend brauche ich sofort. Entweder von dir oder von Betty.«

»Wofür?«

»Für die Vorverhandlung.« Sie machte eine Pause. »Ich habe eine bei Jackson beantragt, und sie findet bereits in zehn Tagen statt. Angenommen, ich beschließe, die Sache durchzuziehen, brauche ich Unterstützung von Experten.«

Channing wandte sich ihr zu. »Wie die Verteidigung es im Fall O. J. Simpson gemacht hat?«

»Genau, und aus den gleichen Gründen. Wie Simpsons Anwälte habe ich keine Chance – das Gericht wird den hinreichenden Tatverdacht bestätigen. Aber wenn das Gericht es mir durchgehn läßt, kann ich Jacksons Zeugen in die Zange nehmen, bevor sie vorbereitet sind – den Pathologen und die Kriminaltechniker.«

Channing betrachtete sie. »Oder Brett ermutigen, sich auf einen Handel einzulassen«, bemerkte er spitz, »wenn sie sieht, was alles gegen sie spricht.«

Caroline erstarrte. »Möglicherweise schaffe ich es trotzdem nicht, Brett früh genug weichzukneten, um mein Richteramt noch zu retten«, entgegnete sie sarkastisch. »Aber es hat noch weitere Vorzüge. Wie zum Beispiel die Möglichkeit, schon vor Beginn des eigentlichen Prozesses den Kampf um die öffentliche Meinung zu gewinnen – oder noch besser, die Öffentlichkeit dermaßen mit den angeblichen Beweisen gegen Brett zu traktieren, daß sie sie irgendwann nicht mehr schockierend finden. Es ist immer leichter, einer

Jury begründete Zweifel einzureden, wenn sie sich schon mit dem Schlimmsten vertraut gemacht hat und langweilt, wie du weißt.« Sie zuckte die Schultern. »Außerdem, wenn ich schon wieder als Anwältin praktizieren muß, könnte ein unerwarteter Sieg die Nachfrage erhöhen. Vielleicht hilft es mir sogar, die Kosten für Bretts Verteidigung aufzubringen.«

Channing errötete. »Ich werde nicht zulassen, daß du sie bedrängst, sich auf einen Handel...«

»Du wirst es nicht ›zulassen‹? Dann solltest du vielleicht darüber nachdenken, daß lebenslänglich für Brett merklich länger bedeuten würde als für dich.« Carolines Ton wurde weicher: »Sag mir nie wieder, was du zulassen wirst und was nicht, Vater. Denn ich werde tun und sagen, was immer ich für Brett für das Beste halte.«

Channing betrachtete sie, und einen eigenartigen Moment lang meinte Caroline, ein schwaches Lächeln auf seinem Gesicht gesehen zu haben. »Ich kann die Zwanzigtausend auftreiben«, sagte er ruhig. »In drei bis vier Tagen.«

Caroline antwortete nicht. Einen Moment lang ordnete sie ihre Gedanken und setzte dann ihre Lesebrille auf.

Sie hatte sich die Zeugenaussage von Megan Race bis zum Schluß aufbewahrt.

Sie las sie einmal auf ihren Inhalt hin durch und versuchte dabei, ihre Gefühle von den Worten auf dem Papier zu trennen. Bei der zweiten Lektüre machte sie sich eifrig Notizen.

Als sie fertig war, schob sie die Bögen über den Tisch. »Lies das.«

Als wolle er Caroline imitieren, setzte Channing eine Hornbrille auf. Das überraschte sie, weil sie sich nicht daran erinnern konnte, daß er je eine Lesebrille gebraucht hatte. Er las schweigend.

Als er fertig war, legte er die Blätter auf den Tisch. Sein Gesicht war blaß. »Sie lügt.«

»Warum?«

»Sie muß lügen.« Er wandte sich ihr zu. »Ohne dieses Mädchen hat Jackson keinen richtigen Fall. Zumindest wenn deine Experten ihren Job ordentlich erledigen.«

»So ist es.«

Channing musterte sie voller Unbehagen, bevor er leise fragte: »Du willst die Voranhörung wegen ihr, stimmt's?«

Caroline lächelte schwach. »Mal angenommen, in Wahrheit ist

Megan die Obsessive. Angenommen, *sie* hat die beiden verfolgt und ihnen nachspioniert.« Sie beobachtete die Reaktion in seinem Gesicht und fügte mit einem Hauch von Ironie hinzu: »Mal angenommen, Vater, sie hat ihn sogar getötet.«

Channing starrte auf die Blätter vor ihm. »Und was ist, wenn sie an jenem Abend bei Freunden war – vorausgesetzt, das Ganze ist dein Ernst.« Er senkte die Stimme. »Oder, was noch realistischer ist, sie hat einen untadeligen Ruf.«

Carolines Lächeln wurde kalt. »Dann werde ich sie fertigmachen müssen, oder nicht? Um unser aller willen.«

2

»Ich habe alles, was ich für eine Mordanklage brauche«, erklärte Jackson ihr. Caroline hatte ihn bei seiner Angelhütte angetroffen. Er stand im grauen Morgenlicht am Steg, die Sonne brach durch eine dünne Wolkenschicht. Der See war ruhig. Sie steckte beide Hände in die Taschen ihrer Jeans. »Bis auf den Beweis, daß das Messer ihr gehörte.«

Jackson bedachte sie mit einem ironischen Seitenblick. »Messer werden nicht registriert. Ich muß nicht wissen, woher es stammt.«

Caroline spürte, wie sich ihre Nerven anspannten. »Du überziehst diese Anklage«, beharrte sie. »Wenn du ernsthaft glaubst, daß es nach vorsätzlichem Mord aussieht, kann ich wunderbar auf Unzurechnungsfähigkeit plädieren – Brett, die mit kaltem Verstand geplant hat, rennt blutverschmiert und nackt durch den Wald, nachdem sie die Leiche kaltblütig entsorgt hat, indem sie sie für jedermann sichtbar auf ihrem eigenen Grund und Boden liegen ließ.«

Jackson sah sie mit einer Mischung aus Mitgefühl und Neugier an. Dann setzte er sich auf den Steg, ließ die Beine über den Rand baumeln und machte ihr ein Zeichen, sich neben ihn zu setzen.

Schweigend nahm Caroline Platz.

»Du willst ein wenig auf den Busch klopfen«, sagte er sanft. »Speziell, was die Chancen angeht, mit Totschlag im Affekt davonzukommen. Dann wäre Brett vor ihrem dreißigsten Geburtstag wieder draußen.«

Er ist gut, dachte Caroline. Oder vielleicht war sie nicht mehr so gut.

»Es kann nie schaden«, erwiderte sie, »der Realität ins Auge zu sehen.

Jackson blickte auf den See und schüttelte langsam den Kopf. »In deiner Welt – in San Francisco – ist die Realität vielleicht zweihundert Morde pro Jahr. Also muß sich die Staatsanwaltschaft auf Handel einlassen, sonst bricht das System zusammen. Aber wir sind hier in New Hampshire, wo es im ganzen Bundesstaat weniger als vierzig Morde im Jahr und einen enormen Druck auf die Staatsanwaltschaft ibt, sie auch zur Anklage zu bringen.« Er sah sie direkt an. »Ich will keine Spielchen mit dir spielen, Caroline. Nach den Richtlinien kommt Totschlag im Affekt nicht in Frage. Das Beste, was ich anbieten kann, ist bei der Strafzumessung mildernde Umstände zu berücksichtigen und statt lebenslänglich nur zwanzig Jahre zu fordern.«

Caroline lehnte sich einen Moment sprachlos zurück. »Das ist absolut mittelalterlich«, sagte sie. »Sie müßte sitzen, bis sie zweiundvierzig ist.«

»Das ist absolut New Hampshire«, verteidigte Jackson sich. »Und James Case ist nicht einmal vierundzwanzig geworden. Du erwartest von mir, daß ich ihn verkaufe.«

»Tue ich das?« Caroline drehte sich abrupt zu ihm um. »Oder überkompensierst *du* da etwas?«

»Indem ich zwanzig Jahre für ein Leben verlange?« Eine plötzliche Wut, kontrolliert, aber eindringlich, flackerte in seinen Augen auf. Doch er zwang sich, langsam und ruhig fortzufahren. »Und was genau sollte ich kompensieren, Caroline?«

Caroline schwieg. Sie bedauerte ihre Worte und war unsicher, was sie sagen sollte. Sie beobachtete, wie seine Wut sich legte und er sich statt dessen innerlich von ihr zurückzog.

»Also gut.« Er faltete die Hände und starrte stur geradeaus. »Wenn du dich auf meine frühere Beziehung zu Channing beziehst, geht es den anderen Mitarbeitern meiner Abteilung nicht besser – er hat zwei von den leitenden Juristen zu ihrem Posten verholfen und kennt die beiden anderen durch politische Verbindungen bei den Republikanern.« Seine Stimme klang fast beiläufig. »Wie gesagt habe ich seit deinem Weggang keinen näheren privaten Kontakt mehr mit Channing gehabt. Es war für uns beide ein wenig schmerzhaft.«

»Womit wir bei dir wären.«

Er wandte sich ihr mit einem so kühlen Blick zu, daß sie es fast verletzend fand. »Wenn ich ein Problem habe, dann das, in einem Fall die Anklage zu vertreten, in dem du auf der Gegenseite stehst. Und bei allem, was zwischen uns war – oder ist –, bist du diejenige, die nicht hier sein sollte.«

Seine letzten Worte, ausdrucks- und leidenschaftslos vorgetragen, trafen Caroline wie ein Schlag ins Gesicht. Sie zwang sich, ruhig zu bleiben. »Es war ein sehr schöner Tag für mich, mit uns beiden, Jackson. Doch das hat nichts mit dem zu tun, weswegen ich hergekommen bin. Hier geht es nur darum, daß ich mich für eine faire und gerechte Behandlung meiner Mandantin einsetze.«

Er verschränkte die Arme. »Ich habe dir einen Lügendetektortest angeboten.«

»Nein. Aus all den genannten Gründen. Und weil sie durch die Drogen möglicherweise so verwirrt war, daß sie keine genaue Erinnerung hat.«

Er zog seine Brauen hoch. »Wie wäre es dann mit einer ganz einfachen Frage, wie ›Hast du James Case getötet?‹ Was wird sie sagen – ›Ich kann mich nicht erinnern‹?« Er hielt inne, dachte über die Absurdität seiner Frage nach und zuckte wegwerfend die Schultern. »Ob es dir gefällt oder nicht, wir wissen beide, daß Brett ihn getötet hat, es geht nur noch um die Frage Mord oder Totschlag. Und du bist für einen Verteidiger gleichzeitig zu nah dran und zu weit weg: eine Anwältin aus Kalifornien, die – bei all deinen Fähigkeiten – praktisch nichts darüber weiß, wie die Dinge hier funktionieren.«

Das lies sie einen Moment verstummen; die Bemerkung kam ihren eigenen unausgesprochenen Ängsten gefährlich nahe. »Ich kann lernen, Jackson. Bei all meinen Fähigkeiten ...«

»Warum tust du das?« wollte er wissen. »Ich meine, du hast sie zwanzig Jahre nicht gesehen, und es hat dich ganz offensichtlich einen feuchten Dreck gekümmert ...«

»Das zu beurteilen, steht dir nicht zu.«

»Nicht?« Er schüttelte verwundert den Kopf. »Was versuchst du hier eigentlich wem zu beweisen? Ich dachte, du hättest diesem Ort den Rücken gekehrt ...«

»Himmel.« Caroline lehnte sich zurück, starrte ihn an und fuhr mit leiser Stimme fort. »Versuch nicht, mich zu analysieren. Dafür weißt du nicht genug.«

Er preßte seine Lippen aufeinander. »Verzeih mir, Caroline, aber es gibt in diesem Staat eine Menge guter Strafverteidiger, die nicht den Ballast mit sich herumschleppen, mit dem du hierher zurückgekehrt bist, und bei denen auch kein Richterposten auf dem Spiel steht.« Er hielt inne und fuhr sanfter fort: »Das Ganze ist bereits eine Tragödie für Brett und ihre Familie. Ich möchte nicht, daß es auch noch für dich zur Tragödie wird. Und ich möchte schon gar nicht – das ist meine Schwäche – in irgendeiner Form dazu beitragen.«

Caroline spürte die emotionale Anspannung von sich weichen. »Ich habe es ihr versprochen«, sagte sie schlicht.

Er betrachete sie eine Weile. »Kein Totschlag, Caroline. Wenn du das willst, mußt du es auf einen Prozeß ankommen lassen.«

Sie nickte langsam. »Dann rechne mit einer Voranhörung, ja?«

Er neigte den Kopf. »Ist das alles?«

»Das ist alles.« Caroline stand auf. »Danke für deine Zeit.«

Sie standen sich eine Weile schweigend gegenüber und sahen sich an. Dann lächelte Caroline kurz und wandte sich ab. Er brachte sie nicht zu ihrem Wagen.

»Megan Race«, wiederholte der Detektiv und notierte sich den Namen in einem Notizblock.

Sie saßen im Büro von Carolines neuem örtlichen Berater, Carlton Grey, einem bebrillten Veteran des lokalen Gerichtswesens. Grey saß an seinem Walnußholzschreibtisch, während Caroline und Joe Lemieux, der Detektiv aus Concord – dunkelhaarig, Anfang bis Mitte Dreißig und asketisch wirkend –, auf den Besucherstühlen gegenüber von Grey Platz genommen hatten.

»Was genau brauchen Sie?« fragte Lemieux sie.

»Alles«, erwiderte sie knapp. »Und das in weniger als zehn Tagen. Wo kommt sie her, was für Jobs hatte sie, was für Seminare hatte sie belegt? Hat sie je einen Therapeuten konsultiert oder tut sie es noch? Wer sind ihre Freundinnen und – besonders wichtig – ihre Ex-Freunde? Letzteres hat Priorität.«

Lemieux betrachtete sie neugierig. »Wonach suchen wir eigentlich?«

»Nach allem, was uns hilft, ihre Glaubwürdigkeit zu erschüttern.« Caroline machte eine dramatische Pause. »Irgendwas ist da bestimmt, Joe. Das hat jeder.«

Er nickte schweigend.

»Dann ist da ihre Beziehung zu dem Toten, James Case«, fuhr Caroline fort.

Carlton Grey beugte sich vor. »Wenn ich Sie recht verstehe, Caroline, wollen Sie wissen, wann sie endete.«

Caroline nickte. »Laut ihrer Aussage waren Megan und James ein Paar, bis daß der Tod sie geschieden hat – so sehr, daß er sie gebeten hat, mit ihm nach Kalifornien zu gehen. Laut Brett hingegen hat James die Beziehung im April abgebrochen – vor über einem Jahr. Ich frage mich, ob irgend jemand sie seither zusammen gesehen hat.«

Lemieux notierte die Fragen in seinem Notizblock. Er hatte lange, schmale Finger und strahlte eine gewisse Feinfühligkeit aus. Er würde Menschen nicht unnötig unter Druck setzen. »Und die Ex-Freunde ...?« fragte er.

»Zunächst einmal, gab es welche? Wenn ja, werden wir darüber nachdenken, ob und wie wir sie ansprechen.« Sie blickte von Lemieux zu Grey und zurück. »Es wäre hilfreich, wenn irgend jemand aussagen würde, daß sie bösartig, gemein oder – am allerbesten – unausgeglichen und instabil ist.«

Grey nickte. »Sie brauchen einen Grund, aus dem sie gelogen haben könnte.«

»Exakt.« Sie sah wieder Lemieux an. »Es wäre überaus hilfreich, wenn wir es schon zur Voranhörung hätten.«

»Sie wird nicht zugegen sein«, warf Grey ein. »Jackson würde sie nie aufrufen.«

Caroline lächelte. »Aber ich kann sie unter Strafandrohung vorladen, oder nicht? Vorausgesetzt, der Richter läßt mich.«

Grey zog eine Braue hoch. »Sie haben unsere Gesetzesvorschriften und die Verfahrensordnung studiert.«

»O ja, das tue ich gelegentlich.« Sie lächelte schwach. »Das ist eine meiner Fähigkeiten.«

»Meine Nichte hat mich gebeten, sie zu vertreten«, sagte Caroline langsam. »Es hat mich selbst überrascht, daß ich ihr diese Bitte nicht abschlagen konnte.«

Es war Abend; sie hatte Walter Farris zu Hause angerufen. Einen Moment lang hörte sie nur das Rauschen der schlechten Leitung. Dann sagte Farris: »Das stellt ein Problem dar.«

Caroline zwang sich, ruhig zu bleiben. »Muß es das wirklich? Es steht realistischerweise außer Frage, daß ich hier meinen Einfluß geltend machen könnte. Wirklich, Walter, ich hatte gehofft, daß im Zeitalter der familiären Werte die Menschen – einschließlich der Senatoren – ein wenig Sympathie aufbringen würden. Was nützt es einem, zwanzig Jahre lang irgendwelche Fremden zu verteidigen, wenn man seiner eigenen Nichte nicht helfen darf?«

Diese sorgfältig vorbereitete Antwort ließ Farris eine Weile verstummen. Schließlich sagte er mit neutraler Stimme: »Ich nehme an, Sie stehen sich sehr nahe.«

Caroline bedachte ihre Antwort. »Wir sind uns sehr nahegekommen«, sagte sie und kehrte zu ihrem zurechtgelegten Appell zurück. »Wenn es in irgendeiner Weise hilfreich ist, kann ich dem Vorsitzenden des Justizausschusses gerne einen Brief schreiben, in dem ich ihm meine Schwierigkeiten darlege, mein fortbestehendes Interesse an dem Amt betone und meiner Hoffnung Ausdruck verleihe, daß die Anhörung zur Bestätigung meiner Nominierung unmittelbar nach Abschluß des Prozesses stattfinden kann.«

Caroline spürte, wie sie sich in dem nachfolgenden Schweigen anspannte. »Wie lange könnte das dauern?« fragte Farris schließlich.

Sie zögerte. »Möglicherweise sechs Monate.«

»Ich glaube, das ist zu lang«, erklärte er knapp. »Wenn wir erst einmal in die Nähe der Wahlen kommen, könnten die Republikaner das Verfahren verzögern, um abzuwarten, ob sie den nächsten Präsidenten stellen. Sie sind eine zu einfache Zielscheibe.«

Angespannt zwang sich Caroline, rasch zu denken. »Weil ich eine Frau bin?« fragte sie. »Oder, wie Sie es ausgedrückt haben, eine Feministin? Denn das ist ein Problem.« Zögernd und um einen nachdenklichen Tonfall bemüht, fuhr sie fort: »Doch möglicherweise kann man die ganze Angelegenheit auch von einer anderen Seite betrachten – als eine Chance für den Präsidenten, die Allgemeinheit daran zu erinnern, daß er zu seinen Ernennungen steht. Es sei denn, es gibt einen triftigeren Grund als Jesse Helms Mißbehagen, wie Sie es einmal formuliert haben.«

Sie sprach so sanft, daß Farris sie nicht attackieren konnte. »Was wollen Sie also von mir?« fragte er mit gedämpftem Ärger.

Caroline hielt den Atem an. »Sagen Sie dem Präsidenten nur, daß ich tun werde, was immer er wünscht«, erwiderte sie. »Schließlich bin ich nur eine Kandidatin von seinen Gnaden.«

Farris verfiel wieder in Schweigen. Caroline konnte sich ihn vorstellen – in die Enge getrieben, unfähig, es zu äußern, während er sich gleichzeitig fragte, wieviel davon Berechnung war. »Also gut«, sagte er schließlich. »Ich werde es weiterleiten.«

Allein in ihrem Zimmer schloß Caroline die Augen. »Danke«, sagte sie.

3

Eine Beamtin brachte Brett in ein karges Besprechungszimmer mit gelben Wänden und einem Tisch aus Preßspan, der nach Carolines Vermutung ursprünglich in irgendeinem Büro der Bezirksverwaltung gestanden hatte. Brett saß ihr gegenüber; die Beamtin verließ den Raum und blickte nur hin und wieder durch ein rechteckiges, vergittertes Fenster in der Metalltür. Der stumpfe Ausdruck in Bretts Augen war einem schwachen Leuchten gewichen.

»Danke, daß du gekommen bist«, sagte sie zu Caroline. »Ich habe angefangen, mich darauf zu verlassen.«

Caroline lächelte. »Oh, das ist reine Selbstbefriedigung – an einem Ort wie diesem erscheint meine Gesellschaft in neuem Licht. Ziemlich berauschend für eine Tante, die dich jahrelang vernachlässigt hat.«

Bretts Lächeln kam mit einiger Verspätung und wirkte mechanisch.

Sie ist blaß, dachte Caroline, und wirkt ein wenig distanziert, fast abwesend. »Was machst du denn so?« fragte Caroline.

»Yoga, ein bißchen lesen ... die Aufseherinnen sind ganz nett.« Sie rutschte auf ihrem Stuhl hin und her. »Ein paar Freunde haben mich besucht – aus der High School, weil die Leute vom College fast alle zu Hause sind. Aber sie wissen nicht, was sie mit mir reden sollen. Und ich weiß es auch nicht.« Sie zuckte wieder hilflos die Schultern. »Ich meine, ich kann ihnen kaum von meinen Alpträumen erzählen oder davon, daß ich James vermisse. Oder von meiner

Phantasie, daß wir jetzt zusammen in Kalifornien wären. Das würden sie wohl etwas unheimlich finden.« Brett starrte auf den Tisch. »Es ist vermutlich nicht ihre Schuld. Es gibt nicht viele Menschen, die so was durchmachen. Sie können ja schlecht sagen: »Ich weiß, wie du dich fühlst.«

Brett hielt kurz inne. »Weißt du, was wirklich seltsam ist?« sagte sie dann. »Das ist, soweit ich mich erinnern kann, das erste Mal, daß ich allein bin – ohne Großvater oder meine Eltern, ohne eine Mitbewohnerin oder vielleicht James. Es war mit ein Grund, weswegen ich mir nicht sicher war, ob ich James begleiten sollte. Es war Zeit, auf eigenen Füßen zu stehen.« Ihre Stimme nahm einen verwunderten Unterton an. »Und jetzt bin ich endlich allein ...«

Es ist, als ob sie mit sich selbst spricht, dachte Caroline und spürte eine eigenartige Vertrautheit zwischen ihnen.

»Als ich etwa in deinem Alter war«, sagte sie schließlich, »habe ich auch beschlossen, einige Zeit für mich zu verbringen. Es hat eine Weile gedauert – einige Monate, um genau zu sein –, dann war es vorbei, und ich merkte, daß ich zu einigen Beschlüssen über meine Zukunft gekommen war, sei es nun zum Guten oder zum Schlechten. Und über den Preis, den ich dafür zahlen würde.«

Brett betrachtete sie neugierig und fragte dann schlicht: »Und du meinst, das sollte ich auch tun – mir Zeit nehmen zum Nachdenken? Und zum Schreiben?«

Caroline zuckte die Achseln. »Wofür ist es sonst gut?«

Brett schwieg einen Moment, während sie mit den Fingern gedankenverloren mit einer Locke ihres braunen Haars spielte. »Ich kann immer nur daran denken, weswegen ich hier bin«, sagte sie schließlich.

Hinter diesem mit der Schlichtheit der Wahrheit geäußerten Satz hörte Caroline einen unausgesprochenen Vorwurf. Ich denke daran, sagte das Mädchen, weil ich unschuldig bin.

Carolines Blick ruhte unverwandt auf ihr. »Denk über das nach, was dir durch den Kopf geht«, erwiderte sie leise. »Aber solange du hier drinnen bist, kannst du über alles reden oder schreiben mit Ausnahme davon oder von James.«

Bretts Blick wurde kühl. »Weil sie es lesen werden.«

»Oder hören. Und vielleicht mißdeuten.«

Brett lehnte sich zurück und musterte sie, bevor sie sprach.

»Warum bist du hiergeblieben, Caroline? Wenn du nicht an meine Unschuld glaubst.«

Überrascht mußte Caroline an das blutige Messer denken. Sie bemühte sich, ihre Stimme ruhig zu halten. »Anwälte glauben gar nichts. Weil Glauben nutzlos ist. Ich und das Recht gehen von deiner Unschuld aus. Meine Aufgabe ist es lediglich, diese Unschuldsvermutung zu bewahren.«

»Das hört sich so kalt an.«

Merkwürdig, dachte Caroline, daß ein schlichtes Wort dieses Mädchens sie so verletzen konnte. »Manchmal ist ›Kälte‹ nur eine Frage des Standpunktes. Und du solltest immer davon ausgehen, daß irgendein Speichellecker sich einzuschmeicheln versucht, indem er etwas berichtet, was du gesagt hast. Ob nun wahr oder eingebildet.«

Brett verschränkte die Arme. »Wir befinden uns an unterschiedlichen Orten, nicht wahr? Nicht nur im Moment. Als du in meinem Alter warst und nachdenken mußtest, konntest du Ort, Zeit und Thema selbst bestimmen.« Ihre Stimme nahm einen bitteren Unterton an. »Ich bin nicht so frei. Vielleicht bin ich es nie, wenn du mich hier nicht rausholst.«

Caroline schlug schuldbewußt den Blick nieder. »Was ich gesagt habe, war dumm. Wir sind nicht gleich, und es ist nicht das Gleiche. Ich wollte dir nur zur Vorsicht raten.«

»Gut. Und ich werde versuchen, niemandem zu erzählen, daß ich James die Kehle durchgeschnitten habe.«

Als Caroline aufblickte, standen Tränen in Bretts Augen. Sie sahen einander schweigend an. Caroline atmete tief ein. »Da ist noch etwas, worüber wir reden müssen.«

Brett schien sich innerlich zu wappnen. Im blassen Neonlicht glänzten ihre Augen. »Schieß los.«

Caroline stützte ihre Wange auf einen Finger. »Ich habe mit Jackson gesprochen«, sagte sie gedehnt. »Er wird sich nicht auf Totschlag einlassen.«

Bretts Gesicht wurde hart. »Ich auch nicht. Das habe ich dir doch schon gesagt.« Sie beugte sich vor und sah Caroline direkt in die Augen. »Das hört sich für jemanden, der meine Unschuld nur vermutet, vielleicht verrückt an. Aber ich werde mich nicht einer Tat schuldig bekennen, die ich nicht begangen habe.«

Nach einer Weile zuckte Caroline die Schultern. »Tja«, sagte sie, »das vereinfacht die Sache, nicht wahr?«

Brett stand auf und begann, im Raum auf und ab zu gehen, bis sie plötzlich stehenblieb und Caroline ansah: »Wann ist diese gerichtliche Voranhörung, von der du mir erzählt hast?«

»In acht Tagen. Vorausgesetzt, wir bestehen darauf.«

Brett starrte auf sie herab. »Ich will diese Anhörung. Und ich will aussagen.«

Caroline stieß ihren Stuhl vom Tisch zurück.« »Nein«, sagte sie knapp, »auf gar keinen Fall.«

»Nun, ich werde es trotzdem tun.« Brett wurde lauter. »Ich sitze hier Tag für Tag rum, ohne irgend jemandem meine Unschuld erklären zu können. Also werde ich es dort tun.«

Caroline bemühte sich um einen ruhigen, mitfühlenden Ton. »Ich kann deine Gefühle verstehen – zumindest soweit ich dazu in der Lage bin. Doch der ganze Sinn dieser Voranhörung besteht für mich darin, Jacksons Zeugen unvorbereitet zu erwischen, am allerwichtigsten Megan Race – die sich weigert, überhaupt mit mir zu sprechen. Ich werde nicht zulassen, daß er dich ebenso kalt erwischt.«

Wie beabsichtigt, ließ die Erwähnung von Megan Brett verstummen. Caroline wollte die Gunst des Augenblicks nutzen. »Prozesse sind wie Theaterstücke, Brett. Man muß seinen Text beherrschen oder das Stück zumindest so gut kennen, daß man improvisieren kann. Ich kann das Beweismaterial noch nicht mit letzter Sicherheit beurteilen. Und es bleibt nicht mehr annähernd genug Zeit, dich angemessen auf das Ganze vorzubereiten.«

»Theater?« Brett sah sie ungläubig und zornig an. »Die Wahrheit ist die Wahrheit, und ich werde aussagen.« Ihre Augen funkelten jetzt. »Wessen Prozeß ist das, Caroline? Deiner oder meiner?«

Caroline stand auf und sah Brett direkt an. »Darüber diskutiere ich nicht. Ich weigere mich, dir zu helfen, Selbstmord zu begehen. Jackson wird dich in Stücke reißen, noch bevor du kapiert hast, daß er nicht Jimmy Stewart ist... Hast du mich verstanden, Brett?«

»Ja.«

Caroline machte eine Pause und nahm sich zusammen. »Und jetzt hörst du mir zu. Wenn du darauf bestehst, steige ich aus.«

Brett starrte sie mit offenem Mund an. Ihr Gesicht war aschfahl. »Dann steig aus. Ich habe die Nase voll davon, nicht selbst über mein Leben bestimmen zu dürfen.«

»Dies ist ein ausgesprochen schlechter Zeitpunkt, damit anzufangen«, fuhr Caroline sie an. »Erwachsen bist du erst dann, wenn deine erste Entscheidung nicht so dumm ist wie diese. Triff nicht die falsche Entscheidung, nur um überhaupt eine zu treffen. Bitte.«

Brett schien zu schwanken, bevor sie ihre Lippen trotzig aufeinanderpreßte. »Du kannst gehen. Großvater wird jemand anderes für mich finden.«

Mit welchem Geld, wollte Caroline sagen. Doch das Mädchen vor ihren Augen ließ sie innehalten – sie wirkte so zerbrechlich, während Stolz und Furcht in ihrem zarten Gesicht miteinander rangen. »Ich werde gehen«, sagte sie schließlich, »aber erst werden wir noch etwas miteinander machen.«

»Was?«

»Setz dich«, sagte Caroline knapp. »Ich bin Jackson, und du bist du. Genau wie in der glorreichen Szene vor Gericht in nur acht Tagen, die du dir ganz ohne meine Einmischung so lebhaft vorstellen kannst. Vergiß nicht mitzuschreiben.«

Blaß, aber entschlossen nahm Brett steif Platz.

Caroline blieb stehen und sah sie an. »Die Spielregeln sind ganz einfach. Ich stelle die Fragen, und du hast zehn Sekunden Zeit für die Antwort. Damit dein Publikum sehen kann, wie aufrichtig du bist.«

Brett starrte sie trotzig an. »Nicht so feindselig«, ermahnte Caroline sie. »Denk dran, ich bin Jackson, und die Wahrheit ist die Wahrheit.«

Brett wurde rot. »Fängst du jetzt an?«

»Also gut.« Während sie sich sammelte, konnte Caroline ihren eigenen Puls spüren. »Den Mord hast du schon beschrieben, deinen Schock und dein Entsetzen, und alle Zuschauer hatten großes Mitgefühl. Jetzt sind wir im Polizeiwagen – und du mußt nur erklären, was als nächstes passiert ist.«

Caroline sah einen ersten Schimmer der Unsicherheit, vielleicht auch des Selbstzweifels.

»Als der Polizist dich gefunden hat, warst du nackt, ist das zutreffend?«

Brett nickte stumm.

»Du mußt laut und deutlich antworten für das Protokoll. Ich würde dir raten, mit klarer, fester Stimme zu sprechen.«

»Ja.« Bretts Stimme klang hart. »Ich war nackt.«

»Und blutverschmiert.«

Brett zögerte. »Ja, ich hatte Blut an mir, ja...«

»Augenkontakt, bitte – sonst machst du einen schlechten Eindruck.« Sofort schlüpfte Caroline zurück in ihre Rolle. »Wo hat sich deiner Ansicht nach James zu diesem Zeitpunkt aufgehalten?«

Brett kniff die Augen zusammen, wie krampfhaft bemüht, sich zu erinnern. »Ich war stoned.«

»Aber du warst nicht ›stoned‹, als du ihn abgeholt hast?«

Brett reckte die Schultern. »Nein.«

»Konntest du dich daran nicht erinnern?«

»Doch, ich glaube schon.«

Caroline stemmte ihre Hände in die Hüften. »Hast du dann auch ›geglaubt‹, daß James einfach so mir nichts dir nichts verschwunden ist?«

»Ich wußte es nicht.« Brett schloß die Augen. »Diese Bilder spukten in meinem Kopf herum wie in einem Alptraum.«

»Im Wagen wurde doch eine blutige Brieftasche gefunden, oder nicht?«

Brett schloß die Augen. »Ja.«

»Hast du die auch für einen Alptraum gehalten?«

Brett schüttelte langsam den Kopf. »Da waren nur Erinnerungsfetzen. Ich wollte sie nicht glauben.«

»Oh, da war noch etwas mehr. Da war auch noch das blutige Messer auf dem Beifahrersitz, oder nicht?«

Bretts Miene wirkte jetzt gehetzt. »Ja.«

»Und hast du auch geglaubt, daß das aus einem Traum stammt?«

»Nein«. Brett blickte in stummem Flehen auf, als ob sie wieder Caroline und nicht ihren Peiniger ansah. »Du mußt das verstehen. Keine Sache kam mir realer vor als die andere. Ich konnte mich nicht erinnern, was geschehen war.«

Caroline nahm ihr gegenüber Platz und sagte leise: »Du meinst, du kannst dich nicht mehr daran erinnern, ob du ihn getötet hast oder nicht?«

»Nein.« Brett versteifte sich. »Das hätte ich nicht gekonnt.«

Caroline machte eine Pause; sie hatte ein flaues Gefühl in der Magengrube. Ganz ruhig sagte sie: »Das hättest du nicht gekonnt? Ich dachte, du kannst dich nicht mehr erinnern.«

»Doch.« Brett schlug die Augen nieder. »Aber erst später.«

»Acht Stunden später?«

»Ich weiß nicht. Wann immer es war, daß ich wieder einigermaßen klar denken konnte.«

»Und davor, woher stammte deiner Vorstellung nach das ganze Blut?«

Brett schüttelte ängstlich den Kopf. »Ich habe keine Ahnung.«

»Deswegen konntest du dich zwei Stunden später offenbar auch nur daran erinnern, daß James ›vielleicht‹ am See war.«

»Ja«, erwiderte Brett heiser. »Ich dachte, daß er dort vielleicht sein könnte.«

Caroline beugte sich vor. »Und warum hast du das geglaubt?«

»Weil ich mich daran erinnert habe, mit ihm dorthin gefahren zu sein.«

»Aber daran hast du dich doch die ganze Zeit erinnert, oder nicht – genauso wie du dich daran erinnert hast, ihn abgeholt zu haben. Weil du zu diesem Zeitpunkt noch nicht stoned warst.«

»Ich weiß nicht.« Bretts Stimme wurde lauter. »Vielleicht war es das Messer im Wagen.«

Caroline schüttelte langsam den Kopf. »Nein, Brett. Denn du wußtest all das schon – James, das Blut, das Messer, die Brieftasche – zwei Stunden vorher, als du noch im Polizeiwagen gesessen bist.« Fast tonlos fuhr sie fort. »Doch dem Streifenpolizisten hast du nichts von all dem gesagt.«

Brett faßte sich an die Augen. »Ich konnte mich nicht erinnern.«

Caroline legte einen Finger auf ihre Lippen und betrachtete das Mädchen. »Sag mir«, setzte sie in einem Ton milder Neugier an, »funktioniert dein Erinnerungsvermögen immer so? Daß es erst nach Stunden oder sogar Tagen wiederkommt?«

Brett starrte auf den Tisch. »Es waren die Drogen. An die Sachen, die passiert sind, als ich nicht stoned war, kann ich mich erinnern.«

Caroline machte eine Pause und sammelte sich. »Wie an dem Abend, als du James im Bett erwischt hast?« Eine tödliche Pause. »Mit einem nackten Mädchen namens Megan Race?«

Brett ließ den Kopf ein wenig sinken. »Megan...«, begann sie und brach dann ab.

Caroline beugte sich vor und fragte mit einer schrecklichen Ruhe: »Warst du da auch stoned, Brett?«

»Nein.«

»Aber als dich die Polizei nach Freundinnen von James gefragt hat, hast du irgendwie trotzdem vergessen, das zu erwähnen.«

»Nein.« Caroline sah die pulsierende Vene an Bretts Schläfe: »Ich wollte nicht daran denken, mich nicht daran erinnern.«

»Ich verstehe«, sagte Caroline mitfühlend. »Genauso wie du dich nicht daran erinnern willst, James getötet zu haben.«

Ein Beben lief durch Bretts Körper. Als sie schließlich ihren Kopf hob, liefen Tränen über ihr Gesicht. Ihr stummer Blick auf Caroline war ihr letzter, dürftiger Rest von Trotz.

Einen Moment lang wollte Caroline sie trösten, doch dann sagte sie nur vollkommen nüchtern: »Dein Text muß sitzen.«

Brett schluckte. Sie sagte immer noch kein Wort. Caroline wartete, bis sie sicher war, daß sich das Mädchen nicht übergeben würde, bevor sie fortfuhr. »Natürlich war das nur improvisiert. Jackson wird viel besser sein.« Ihre Stimme war ruhig. »Es sei denn, ich kann verhindern, daß deine Aussagen als Beweismittel vor Gericht zugelassen werden – etwas, was ich durch die gerichtliche Voranhörung erreichen will. In diesem Fall wird Jackson keine Möglichkeit haben, auch nur eine von diesen Fragen zu stellen.«

Brett schien unfähig, sich zu bewegen oder zu sprechen.

Stumm griff Caroline nach ihrer Hand. »Hör mir zu, Brett.« Carolines Stimme war jetzt wieder unverstellt und sanft. »Ich kann dir nur versprechen, daß ich mein Bestes geben werde. Und daß ich mich von nichts und niemandem davon abbringen lasse – auch von dir nicht.« Sie machte eine letzte Pause. »Bitte, erlaube es mir.«

Brett blickte auf ihre Hände. Nach einer Weile fragte sie: »Kann ich jetzt gehen, Caroline?«

»Natürlich.«

Durch das Glasfenster beobachtete Caroline, wie sie abgeführt wurde. Ihre Bewegungen waren müde und wie benommen. Sie sah sich nicht um.

Draußen blieb Caroline eine Weile still in ihrem Wagen sitzen, bevor sie sich dazu überwinden konnte, loszufahren.

Im Gasthof eilte sie auf ihr Zimmer und rief Joe Lemieux an. Als er abnahm, fragte sie ihn ohne große Vorrede: »Haben Sie den Stundenplan des Mädchens schon?«

4

Vom Rand des viereckigen Innenhofes beobachtete Caroline, wie die junge blonde Frau ihren Job in der Mensa verließ, mit entschlossenen Schritten über den Campus ging und, ohne es zu wissen, direkt auf sie zukam.

Es waren nur wenige Menschen unterwegs – kleine Gruppen von Studenten, die Sommerkurse belegt hatten, einige Dozenten, ein paar Jungs mit nackten Oberkörpern, die Frisbee spielten – und die einsame Gestalt jener Frau, die irgendwie abseits wirkte. Als sie jetzt tief in Gedanken versunken näherkam, konnte Caroline erkennen, daß sie hübsch war und das Blond nicht echt. Ihre Augen waren auf den Boden gerichtet.

Caroline versuchte ihre Anspannung zu unterdrücken und machte einen Schritt auf sie zu. »Megan?«

Die Frau blieb stehen und riß ihre blaugrauen Augen auf. Sie blinzelte, als versuchte sie, die große Frau vor ihr auf einer gleitenden Risikoskala zu bewerten. Dann huschte ein Ausdruck des Verstehens über ihr Gesicht, gefolgt von einem schwachen Lächeln, das weniger freundlich als vielmehr mißtrauisch wirkte. »Sie sind Bretts Anwältin, die Frau, die mich angerufen hat.«

»Ja«, erwiderte Caroline möglichst sanft und freundlich. »Genaugenommen bin ich auch ihre Tante.«

Jeder Ausdruck schien auf Megans Gesicht zu weichen. »Wer hat Ihnen aufgetragen, zu mir zu kommen. Ihr Vater?«

Caroline schüttelte den Kopf. »Ich habe mich durchgefragt und bin aus eigenem Antrieb gekommen ...«

»Das ist eine Belästigung – ich habe Ihnen doch schon gesagt, daß Mr. Watts mir verboten hat, mit irgend jemandem zu sprechen.« Megan stemmte die Hände in die Hüften. »Hören Sie, wenn Sie glauben, das Ganze wäre leicht für mich ...«

Caroline hob um Verständnis bittend beide Hände. »Nein, ich bin sicher, es ist ziemlich schrecklich für Sie. Jemanden zu verlieren, ist schon schlimm genug, ohne daß man das Ganze vor Gericht noch einmal durchleben muß.«

Megan starrte Caroline an, verschränkte die Arme und blickte wieder zu Boden. Sie preßte die Lippen aufeinander, schloß die Augen und schüttelte den Kopf. »Es ist, als ob sie mir das Herz herausgerissen hätte, während mein Körper weiterlebt...«

Sie brach abrupt ab und blickte stirnrunzelnd auf den gepflasterten Pfad vor sich. »Ich sollte wirklich nicht mit Ihnen darüber reden«, meinte sie zweifelnd.

»Aber ich muß mit Ihnen reden.« Caroline machte eine Pause. »Megan, ich will offen zu Ihnen sein. Ich stehe vor der Frage, ob ich es überhaupt zu einem Prozeß kommen lassen soll. Es wäre unehrlich, Ihnen zu verschweigen, daß diese Entscheidung vor allem von Ihnen abhängt.«

Megan schien sich ein wenig zu strecken, und Caroline erkannte, daß sie normalerweise eine sportliche, aufrechte Haltung hatte. »Und Sie meinen, ich könnte Ihnen helfen?«

Caroline spürte, wie ihr Widerstand trotz ihrer Zweifel zu bröckeln begann. »Wäre es nicht das beste für alle, wenn es überhaupt nicht zum Prozeß käme?«

Megan verengte die Augen. »Ich werde darüber nachdenken und Mr. Watts anrufen.«

»Ach, Sie wissen doch schon, was er sagen wird«, erwiderte Caroline. »Und wenn nicht – ich kenne Jackson, und er liebt es, Fälle zur Anklage zu bringen –, für einen Staatsanwalt ist das wirklich etwas anderes.« Ihre Stimme wurde wieder sanfter. »Es kann doch bestimmt keinen Schaden anrichten, wenn Sie bei einer Tasse Kaffee darüber nachdenken, oder? Ich warte hier schon ziemlich lange und würde mich gern einen Moment hinsetzen.«

Megan überlegte kurz und zuckte dann die Schultern. »Wohl nicht.«

Gemeinsam gingen sie zurück zur Cafeteria. Sie überquerten die kleine weiße Brücke über dem Bach, der beim gegenwärtigen sommerlichen Tiefstand friedlich vor sich hinplätscherte. »Sind Sie gerne hier?« fragte Caroline. »Oder waren Sie es zumindest bis jetzt?«

»Vor der Sache mit James, meinen Sie? Ich weiß nicht – die Leute hier sind ziemlich oberflächlich.« Sie lächelte spöttisch. »Nach dem Motto – laß uns Ski fahren und jede Menge Bier trinken –, wissen Sie? Die meisten von ihnen können Günter Grass nicht von Kurt

Vonnegut unterscheiden.« Ihr Lächeln erstarb und ihre Stimme wurde fast grimmig. »James schon.«

Sie hat eine Art, sich zu geben, als wären wir gleichaltrig, dachte Caroline und beschloß instinktiv, darauf einzugehen. »Es ist so schwer, wirklich jemanden zu finden«, bemerkte sie. »Ich hatte schon so oft das Gefühl, daß das, was man so Konversation nennt, bloß eine Menge Lärm um nichts ist, und manchmal ertappe ich mich auf einer dieser schrecklichen Cocktailpartys dabei, wie ich mir selbst zuhöre, als wäre ich jemand anders. Es ist schwer, sozusagen auf Automatik zu schalten.«

Megan sah sie von der Seite an, wie um zu entscheiden, ob sie ihr ihr Vertrauen schenken sollte. »In meinem Alter ist es noch schlimmer«, sagte sie schließlich. »Ich glaube an ernsthafte, wirklich intensive Freundschaften. Aber wie soll das gehen mit Menschen, die Angst haben, überhaupt zu denken.«

»Und Sie meinen, das würde besser, bloß weil sie älter werden?« fragte Caroline.

»Ich hoffe doch.« Megan hielt inne und fuhr leiser fort: »Vielleicht haben ältere Männer wenigstens die Gelegenheit gehabt, erwachsen zu werden und sich einigen Dingen zu stellen. Aber mit James war es anders.«

Eine Zeitlang sagte Caroline gar nichts. Sie erreichten die Cafeteria, einen Bauhausartigen Zementklotz, der nicht zur Umgebung passen wollte. Mit respektvoller Neugier fragte Caroline: »Haben Sie das je versucht – ältere Männer?«

Megan warf ihr einen scharfen Blick zu. »Mit Ausnahme des Sex war es besser. Aber wie gesagt, James vereinte das alles.«

Sie sagte das mit einem trotzigen Stolz in der Stimme, als wollte sie Caroline daran erinnern, daß James ihr gehörte und daß es ihr egal war, wer es hörte: am Nebentisch blickte ein bebrillter Junge von seiner Zeitung auf. Megan führte Caroline zu einem Tisch in der Mitte des Raumes.

Er wirkte steril und hohl, von allen Seiten verglast. Caroline sah sich um. »Wer war der Architekt?« fragte sie irritiert.

Megan winkte ab. »Schrecklich, nicht wahr?«

Sie setzten sich einander gegenüber. Megan strich sich einige Strähnen ihres blonden Haars aus dem Gesicht, schlug die Beine übereinander und fixierte Caroline. »Ich glaube, Architektur ist wie

Politik. In den neunziger Jahren geht es um gar nichts mehr, außer vielleicht darum, Frauen wieder dorthin zurückzudrängen, wo sie hingehören. Genauso ist es mit diesem Gebäude.« Sie sah sich leicht verächtlich um. »Für mich sagt es nur zwei Dinge – Ingenieur und Penis. Es hat überhaupt keine spirituelle Dimension.«

Caroline nickte verständnisvoll, weil sie spürte, daß unter der neuen gesprächigen Megan eine zweite ängstliche lauerte. »Wir leben nicht gerade in einem spirituellen Zeitalter«, meinte Caroline. »Wir glauben nicht mehr an die Dinge, an die wir früher geglaubt haben, und nichts ist an ihre Stelle getreten. Nicht einmal Güte und Freundlichkeit.« Sie machte eine kurze Pause und sagte dann leise: »Dieses Treffen fällt mir sehr schwer, Megan, weil es mir unheimlich leid tut, was mit James passiert ist, und mit Ihnen.«

Megan blickte wieder zu Boden, Falten legten sich auf ihre hohe Stirn, und ihr Mund begann zu zittern. »Wir waren ein Paar«, murmelte sie, »und dann auf einmal nicht mehr. Wegen ihr.«

Caroline faltete die Hände. »Ich kenne Brett eigentlich kaum«, gab sie zu. »Ich stehe niemandem aus der Familie besonders nahe, und jetzt muß ich sehen, wie all das zusammenpaßt und einen Sinn ergibt...«

»Es ergibt keinen Sinn«, sagte Megan jetzt wütend. »Wenn man nicht begreift, wie Brett Allen wirklich ist.«

Caroline schüttelte den Kopf. »Ich bin nicht sicher, ob mir das bis jetzt gelungen ist, und es bleibt nicht mehr viel Zeit.«

Megan blickte auf. »Jackson hat etwas von einer Anhörung gesagt.«

Daß sie ihn »Jackson« nannte, war die Bestätigung einer neuen Vertrautheit zwischen ihnen, dachte Caroline. »In sieben Tagen«, erwiderte Caroline, »doch ich bin immer noch unentschieden, ob ich sie wirklich will.« Sie machte eine Pause, als würde sie zögern, bevor sie sagte: »Brett behauptet nach wie vor, völlig unschuldig zu sein...«

»Würden Sie das nicht auch tun«, entgegnete Megan verächtlich, »wenn Sie jemandem die Kehle durchgeschnitten haben...«

»Aber gerade das fällt mir schwer zu glauben. Trotz aller Beweise.«

»Sie haben gar nicht alle Beweise.« Megan beugte sich vor und sah Caroline eindringlich an. »Sie hat uns bedroht, sie ist uns gefolgt. Sie ist krank – krank und obsessiv.«

Caroline atmete vernehmlich aus. »Das mag schon sein, Megan. Aber Sie sind die einzige, die das weiß.«

»Nur weil James tot ist.« Megan packte Carolines Ärmel. »Haben Sie es nicht auch schon gespürt – sie hat etwas Wildes, Ungezähmtes. Diese grünen Augen verfolgen mich bis in meine Träume.« Plötzlich standen Tränen in ihren Augen. »Das ist ja das Schreckliche – schon jetzt kann ich ihr Gesicht deutlicher vor mir sehen als seins. Als ob ich für den Rest meines Lebens mit ihr leben müßte.«

Caroline blickte zu Boden. »Es geht mich nichts an«, sagte sie leise, »aber Sie müssen ihn für sich irgendwie lebendig erhalten, indem ein Teil Ihrer Liebe auch ein Teil von Ihnen bleibt.«

Megan schüttelte den Kopf. »Was kann man denn tun, wenn man so eng mit jemandem zusammen war, eine gemeinsame Zukunft vor Augen hatte, und dann hat man plötzlich nur noch Bilder im Kopf – immer wieder dieselben, und ohne jedes wirkliche Leben.« Ihre Stimme wurde sanfter. »Ich kann mich noch erinnern, wie er mir Szenen aus seinem Stück vorgespielt hat...«

Caroline berührte ihren Arm. »Es tut mir leid...«

»Wir haben dauernd miteinander geschlafen, er wollte mich ständig. Ich sollte mich für ihn ausziehen und mich drehen, damit er sehen konnte, wie schön ich war.« Sie sah Caroline mit plötzlicher Lebhaftigkeit an. »Er hat mich nicht ausgenutzt – es war nur ungeheuer intensiv wie alles, was wir zusammen gemacht haben. Wir haben jeden einzelnen Augenblick so bewußt erlebt...«

Caroline sah sie verwirrt an. »Aber was war mit Brett? Wie paßte sie ins Bild?«

Megan schien sich zu sträuben. »Oh, sie war immer da – wußten Sie, daß sie gedroht hat, sich umzubringen, wenn er sie je verlassen würde?« Wütend fuhr sie fort: »Ich wünschte, sie hätte es getan. Statt dessen hat sie James getötet. Ich nehme an, das war das einzige, was sie wirklich ernst gemeint hat.«

»Hatten Sie denn keine Angst?«

»Jeder hätte Angst gehabt. Seinen Geliebten in sich zu spüren, und auf einmal steht er nackt am Ende des Bettes und kämpft mit dieser Frau, die versucht, einem die Augen auszukratzen.« Megan schüttelte den Kopf. »Danach waren wir beide vorsichtig – es war fast so, als wären wir untergetaucht. Vielleicht hat James sich auf merkwürdige Art alle Optionen offengehalten, indem er mich mehr wie eine Affäre als wie eine ernsthafte Beziehung behandelt hat.« Für einen Moment schwang ein Hauch von Verachtung in ihrer Stimme mit, doch Caroline war sich nicht sicher, wem sie galt. »Aber wir hatten, was wir hatten, und am Ende hat sich James entschieden, mit mir zusammenzusein.«

Megans Augen leuchteten jetzt; Caroline spürte, wie ihre Nervenenden plötzlich Warnsignale aussandten. In einem Tonfall leichter Verwunderung fragte sie: »Warum war er dann in der Nacht seines Todes mit Brett zusammen?«

Megan lächelte gespenstisch, eine Mischung aus Verbitterung und Triumph. »Weil wir beschlossen hatten, sie und diesen Ort hinter uns zu lassen und nach Kalifornien zu gehen. An jenem Abend wollte er es ihr sagen.« Ihre Stimme wurde plötzlich sanft. »Und als ich hörte, daß sie ihn getötet hat, wußte ich, daß er es auch getan hatte.«

Caroline starrte sie lange Zeit einfach nur an. Sie wußte nicht, was sie fragen sollte.

Das schien Megan aus ihrer Wut zu reißen. »Ich weiß nicht, wie Sie Ihre Entscheidungen treffen«, sagte sie ruhig. »Aber was auch immer Sie tun, muten Sie diesen Menschen keinen Prozeß zu. Denn ihre Tochter ist eine Mörderin.« Sie machte eine Pause und betrachtete Caroline, bis so etwas wie Mitgefühl in ihrem Gesicht zu lesen war. Sie berührte mit den Fingerspitzen Carolines Handgelenk, und ihre Stimme wurde fast vertraulich. »Ich weiß, sie ist Ihre Nichte, Caroline, es muß Ihnen sehr schwer fallen, den Tatsachen ins Auge zu sehen. Aber auch Sie werden irgendwann erkennen, was James am Ende erkannt hat – daß sich hinter diesem Porzellanpüppchen eine selbstsüchtige und wahnsinnige Frau verbirgt.« Sie hielt inne und fügte ruhig hinzu: »Und Sie werden erkennen, was James als einziges nicht erkannt hat: daß sie ihn töten würde, wenn er versuchen sollte, sie zu verlassen.«

5 Brett saß vor ihr. Die Metalltür fiel zu, und sie waren alleine.

Bretts Augen waren rotgerändert und vor Müdigkeit verquollen. Sie musterte Caroline trübe, als ob ihr Streit vom Vortag sie aller Illusionen beraubt hätte. »Was ist jetzt wieder?« fragte sie mit flacher Stimme.

Caroline legte ihre Arme auf den Tisch und bemühte sich, ihre eigenen Gefühle in den Griff zu bekommen.

»Ich habe Megan Race getroffen. Es ist noch viel schlimmer als angenommen. Laut Megans Aussage waren sie und James ein Paar. Sie hatten beschlossen, gemeinsam nach Kalifornien zu gehen. Und ausgerechnet an dem Abend, an dem James es dir erzählen wollte, ist er gestorben.«

Brett schien durch nichts mehr zu erschüttern zu sein; das einzige Zeichen dafür, daß sie Caroline überhaupt gehört hatte, war ihr starrer Blick. Leise sagte sie: »Das ist nicht wahr. Nichts von alledem.«

Caroline betrachtete sie. »Du kannst nicht wissen, ob er sie getroffen hat«, erwiderte sie, »und Megan behauptet, daß du sie verfolgt hast.«

Zum ersten Mal flackerte Wut in Bretts Blick auf, auch wenn ihre Stimme ruhig blieb. »Ich mußte ihn nicht verfolgen. Nachdem ich sie zusammen erwischt hatte, war er praktisch jede Nacht mit mir zusammen.«

Caroline bemerkte, daß Bretts Selbstkontrolle sie mehr in den Bann zog als ihre Beteuerungen. »Die ganze Nacht?« fragte sie.

Brett starrte sie an. »Ich steh nicht auf Quickies. Wenn jemand mit mir schlafen will, möchte ich, daß er bei mir bleibt.«

Das fand Caroline irgendwie rührend – die Erinnerung an ein Ritual, das Wiedererwachen ihres Stolzes angesichts der schrecklichen Neuigkeiten. »Vielleicht hatte Megan andere Regeln.«

Brett schüttelte den Kopf. »James mag ein Schauspieler gewesen sein, aber er war kein guter Lügner. Ich wußte immer, wenn er die Unwahrheit sagte.«

Sie stellte das mit einem Hauch Fatalismus fest, wie Caroline überhaupt bemerkte, daß Brett, wenn sie mit unabänderlichen

Tatsachen konfrontiert wurde, etwas seltsam Klarsichtiges bekam. Es war merkwürdig, daß ihr Brett in diesem extremen Moment, in dem Caroline ihre Schuld endgültig akzeptiert hatte, so real erschien.

»Und woher hat sie dann diese Idee mit Kalifornien?« fragte Caroline.

Zum ersten Mal wandte Brett den Blick ab. »Ich weiß nicht«, sagte sie schließlich. »Sie muß es sich irgendwie ausgedacht haben.«

»Aber wie? Und, was vermutlich noch entscheidender ist, warum?«

Brett blickte wieder auf. »Ich weiß nicht, wie. Aber das Warum ist offensichtlich.«

»Eifersucht?«

Brett starrte sie an. »Ich war eifersüchtig«, sagte sie langsam. »Aber Megan Race ist psychisch krank.«

Caroline lehnte sich zurück. »Weil sie sich all das ausgedacht hat...«

»Weil sie sich mich ausgedacht hat.« Brett wirkte auf einmal gequält, als ob ihr plötzlich klar geworden wäre, womit sie es zu tun hatte. »Ich habe James geliebt. Aber ich war nicht von ihm besessen – wie schwer mir das auch gefallen sein mag, ich war bereit, ihn ziehen zu lassen.« Ihre Augen leuchteten mit neuer Intensität. »Caroline, wenn diese Frau dir von mir erzählt, dann spricht sie über sich selbst.«

Caroline beobachtete sie. »Aber du kennst sie eigentlich gar nicht, oder?«

Brett erstarrte. »Ich kenne sie so, wie sie mich kennt, über James.«

Caroline beugte sich vor. »Woher willst du wissen«, fragte sie leise, »daß James ihr nicht erzählt hat, daß er sie mit nach Kalifornien nehmen würde? Und denk bitte nach, bevor du antwortest.«

»Das habe ich schon, verdammt noch mal.« Brett stand abrupt auf. »Hör mir zu. Gestern nacht konnte ich nicht schlafen – ich habe bloß dagelegen und bin im Kopf nochmal alles durchgegangen. Ich war völlig geschockt, weil du mich so übel auseinandergenommen hast, daß ich irgendwann das Gefühl hatte, ihn wirklich ermordet zu haben. Aber du hast mich nur gefragt, wie ich mich nach dem Joint verhalten habe, nachdem ich ihn gefunden hatte.

Denn du hattest recht – an die Dinge, die passiert sind, bevor wir das Gras geraucht haben, kann ich mich genau erinnern.« Die Worte sprudelten jetzt förmlich aus ihr heraus. »Er hat mich gebeten, mit ihm nach Kalifornien zu kommen, wir haben über seine Dealerei gestritten und darüber, daß er Megan gebumst hat. Und dann habe ich ihm gesagt, daß ich nicht wüßte, was ich tun würde. Er hat sich wegen Megan geschämt, ja? Es ist völlig ausgeschlossen, daß er mir später, nachdem wir beide den Joint geraucht hatten, erzählt hat, daß er nicht mich, sondern sie mit nach Kalifornien nehmen will. Wir haben uns nicht gestritten, sondern miteinander geschlafen – heißt das für dich denn gar nichts?« Sie hielt inne, als sei ihr ein Gedanke gekommen, und senkte dann die Stimme, während sie Caroline ansah. »Ich weiß, daß ich dich wegen des Streits belogen habe. Aber ich wußte, daß ich lüge. Genauso wie ich weiß, daß ich dir jetzt die Wahrheit sage. Egal was du denkst.«

Caroline blickte schweigend zu ihr hoch. Es gab zu viele Dinge, die sie nicht sagen konnte. Etwa daß sie von dem Messer wußte. Daß Brett günstigenfalls selbst *nie* wissen würde, was sie im Augenblick von James' Tod getan hatte. Daß die Aussage von Megan Race sauber zu dem Beweismaterial paßte. Und daß die erste Lektion, die Caroline, die Anwältin, gelernt hatte, als Brett noch ein namenloses ungeborenes Kind war, lautete, daß jeder Schuldige irgendwann anfängt, an die Geschichte seiner eigenen Unschuld zu glauben, wenn man ihm nur genügend Zeit läßt.

Wie durch Carolines Schweigen herausgefordert, wollte Brett wissen: »Was hältst du denn von Megan?«

Die Frage klang wütend, doch Caroline konnte das Flehen darin hören – glaub mir, nicht ihr. Und dann hatte Caroline eine schlichte Eingebung, als ob Flügel gegen die Fensterscheiben ihres Unbewußten geschlagen hätten. Es war ganz einfach die Erinnerung daran, geliebt zu haben.

»Ich glaube«, sagte sie schließlich, »daß Megan ihn nie geliebt hat. Der James, den sie beschrieben hat, war nur ein Spiegel für sie.«

Es dauerte einige Stunden, bis Joe Lemieux ihre Nachricht erwiderte, und als er sie von einem öffentlichen Telefon aus anrief, war sie gerade vor Erschöpfung eingeschlafen.

»Tut mir leid«, sagte er. »Aber ich war mit den Ermittlungen beschäftigt. Ich habe mit allen Nachbarn geredet, die mit mir reden wollten.«

Caroline versuchte sich zu konzentrieren. »Und?«

»Die meisten waren keine Studenten, also hatte ich teilweise Glück.«

»Ich auch, in gewisser Weise. Ich habe Megan heute getroffen.«

»Was halten Sie von ihr?«

»Sie ist ziemlich intelligent, das ist klar. Aber auch sehr launisch und vielleicht ein wenig narzißtisch – sie ist ganz offensichtlich ein Mensch, der Aufmerksamkeit mag, ja sogar braucht. Diese Beschreibung könnte natürlich auf viele zutreffen.« Caroline machte eine Pause. »Die großen Fragen sind: Hat irgend jemand Megan noch nach Anfang April zusammen mit James gesehen? Und gab es davor oder danach irgendwelche anderen Partner?«

»An beiden Fronten sind meine Informationen noch ein wenig dünn.« Lemieux machte eine Pause, wie um seine Gedanken zu ordnen. »Sie hat sich mit Case getroffen, aber Anfang April sagt ihren Nachbarn natürlich nichts – sie haben sich die Daten ihrer Affären nicht gemerkt. Aber James' Foto war in allen Zeitungen, und die beiden Personen, die sich daran erinnern können, ihn bei Megan gesehen zu haben, glauben, daß es schon Wochen her ist. Was mit der Aussage von Daniel Suarez übereinstimmen würde. Und *alle* waren sich darin einig, daß sie sie seit mehr als einem Monat nicht mehr zusammen gesehen haben.«

»Sie behauptet, daß sie sich versteckt haben. Und natürlich wunderschönen Sex miteinander hatten.«

»Muß echt toll gewesen sein, kann ich nur sagen. Weil kein Mensch sie zum Luftholen hat auftauchen sehen.«

Caroline dachte einen Moment darüber nach. »Graben Sie weiter. Ich brauche alles, was auf eine Beziehung – oder eben keine Beziehung – in der Zeit um den Mord hindeutet.«

»Okay, was andere Männer angeht, habe ich sogar noch weniger.«

»Weniger oder gar nichts?«

»Nur eins. Vor Monaten hat Megan eine ihrer Nachbarinnen – eine Frau mittleren Alters, die nicht besonders erpicht darauf war – im Waschkeller festgenagelt und angefangen, ihr von einer Beziehung zu einem älteren Mann zu erzählen. Irgendwas von wegen, wieviel besser es sei.« Lemieuxs Stimme nahm einen belustigten Unterton an. »Ich habe eine Weile gebraucht, bis die alte Dame zugab, daß mit ›es‹ Sex gemeint war und daß Megan diesbezüglich nicht besonders schüchtern ist. Für mich hört sich diese Megan ein bißchen zickig an, obwohl die Dame sie als charmant und lebhaft beschrieben hat – nur für ihren Geschmack vielleicht ein wenig zu blaustrümpfig.«

»Emanzipiert, meinen Sie«, bemerkte Caroline trocken. »Und das Ganze hat sich kurz nach Ende der Sklaverei ereignet. Aber ich frage mich, ob Megan nicht vielleicht noch ein wenig mehr ist.«

Einen Augenblick war es still in der Leitung. »Falls Sie meinen, instabil, scheint niemand diesen Eindruck zu haben«, erwiderte Lemieux skeptisch.

»Behauptet irgend jemand, sie zu kennen?«

»Sie zu kennen?« Lemieux dachte kurz nach. »Nach dem, was mir die Leute erzählt haben, hatte ich den Eindruck, daß Megan ziemlich redselig sein kann, aber das ist wohl nicht dasselbe. Und ich habe wirklich keine Ahnung, wie sie sich unter Gleichaltrigen verhalten hat.«

»Keine Freundinnen, die zu Besuch kommen?«

»Nicht, daß ich wüßte.« Eine weitere Pause. »Genaugenommen habe ich niemanden getroffen, der erwähnt hätte, einmal in ihrer Wohnung gewesen zu sein.«

»Und was ist mit ihrer Familie?«

»Da habe ich ebenfalls wenig, und was ich habe, ist nicht schön. Ihr Vater kam bei einem Bootsunfall ums Leben, als sie ungefähr zwölf war. Ihre Mutter wurde daraufhin so depressiv, daß sie immer wieder in Nervenheilanstalten eingeliefert werden mußte.«

Caroline schwieg für einen Moment. »Finden Sie mehr über ihre Mutter heraus«, sagte sie schließlich. »Die Daten ihrer Anstaltsaufenthalte, wenn möglich. Und ich bin immer noch an möglichen Therapien von Megan interessiert. Und meinen Sie, Sie könnten mir einen Stundenplan ihrer Seminare besorgen?«

»Für welchen Zeitraum?«

»Seit sie hier ist.«

Lemieux überlegte. »Ohne gegen das Gesetz zu verstoßen?«

»Das wäre auf jeden Fall vorteilhaft«, erwiderte Caroline ätzend. »Für uns beide.«

»Ganz meine Meinung. Ich werde sehen, was sich machen läßt.«

Caroline bedankte sich und legte auf.

Sie ging ans Fenster. Die Dämmerung senkte sich über die weißen Häuser und die sanft geschwungene Landschaft. Unter ihrem Fenster schlenderte ein altes Paar vorbei. Caroline sah ihnen nach, bis sie verschwunden waren, und fragte sich plötzlich, wie viele Mahlzeiten sie in ihrem Leben alleine zu sich genommen hatte.

Sie sollte etwas essen, dachte sie ohne Begeisterung: Sie fühlte sich schwach vor Hunger. Sie fragte sich gerade, wohin sie gehen sollte, als das Telefon klingelte.

»Hallo?«

»Caroline.« Bettys Stimme klang angespannt. »Ich würde dich gerne treffen. Bitte.«

Caroline setzte sich auf die Bettkante. »Können wir das auf morgen verschieben?« fragte sie.

6

»Danke, daß du gekommen bist«, sagte Betty.

Sie saßen auf der Veranda; der Morgen war klar, aber kühl, der schwarze Kaffee in Carolines Tasse dampfte. Von der Seite wirkte ihre Schwester nachdenklich; es war, als ob Bretts Problem so gewaltig war, daß ihre gegenseitige Entfremdung im Vergleich dazu unbedeutend erschien.

»Du hast mich gebeten zu kommen«, erwiderte Caroline. »Also bin ich gekommen.«

Betty sah sie nicht an. »Ich weiß, wie sehr du mich haßt. Du glaubst, ich hätte dich gleich zweimal verraten.«

Caroline unterdrückte ein bitteres Lächeln. Interessant war nicht Bettys Einsicht – wohl kaum –, sondern die Tatsache, daß sie sie ausgesprochen hatte. Leise erwiderte Caroline: »Nicht nur mich.«

Betty kniff die Augen zusammen; einen Moment lang fragte sich Caroline, ob sie ihre Andeutung verstanden hatte. »Jahrelang habe ich mir eingeredet, daß ich aus Liebe gehandelt habe«, sagte Betty schließlich.

»Und jetzt?«

»Ich weiß, wie eifersüchtig ich war – auf dich, und auf ihn. Auf dich war ich schon immer eifersüchtig.«

Caroline blickte die Schotterstraße und den zum Dorf hin steil abfallenden Hügel hinunter und dachte an die wenigen Schuljahre, in denen sie und Betty, fünf Jahre auseinander, an der Straße gestanden und auf den Bus gewartet hatten. Gemeinsam und doch getrennt, dachte Caroline – Schwestern und doch keine Schwestern. »Ich war noch ein Kind«, sagte Caroline. »Praktisch ein Niemand.«

Betty schüttelte den Kopf. »Für mich warst du seine dunkelhaarige Prinzessin, mit einer wunderschönen Mutter, die den Platz meiner Mutter eingenommen hatte, so wie du meinen Platz eingenommen hattest.« Sie sprach ruhig weiter: »Erbärmlich, ich weiß – schon damals hast du gar nicht an mich gedacht. Aber das war vielleicht das Schlimmste.«

Es war erbärmlich, dachte Caroline. »Wenn ich den Preis dafür gewußt hätte«, erwiderte sie, »wäre ich einfühlsamer gewesen. Andererseits sind Siebenjährige das nur selten.«

Betty wandte sich ihr zu, ihre grauen Augen sahen Caroline fast anklagend an. »Weißt du, wie furchtbar es ist, dich jetzt wiederzusehen? Es ist, als würde ich all mein Versagen und all meine Schuld wiedersehen, alle Fehler, die ich gemacht habe bei dem Versuch, wiedergutzumachen, was ich damals getan habe.« Ihre Stimme wurde sanfter. »Und selbst dafür gibst du mir die Schuld, nicht wahr?«

Also hatte sie es verstanden, dachte Caroline. Sie nippte an ihrem Kaffee und betrachtete ihre Schwester kühl über den Rand ihrer Brille hinweg. »Auf die Gefahr hin, erneut wenig Einfühlungsvermögen zu zeigen, stelle ich nur fest, daß mir die Energie fehlt, mir darüber Gedanken zu machen. Aber wir müssen alle unsere eigenen Ideen darüber entwickeln, was – und wer – für uns wichtig ist. Vor allem in einer Zeit wie dieser.«

Betty wurde knallrot. »Du hast das Talent, grausam zu sein, Caroline.« Sie machte eine Pause und fuhr dann zögernd fort: »Ich habe dich hergebeten, um mit dir über Brett zu sprechen, nicht über meine Gefühle. Ich dachte nur, es würde helfen, wenn wir zuerst dem, was geschehen ist, so ehrlich wie möglich ins Auge blicken.«

Caroline sah sie an. »Was würde es nützen?« fragte sie leise. »Manchmal wiegt eine Tatsache unendlich viel schwerer als die Gründe dafür. Glaubst du, daß es wirklich wichtig ist, daß du das, was passiert ist, so nicht gewollt hast? Mal angenommen, es wäre so.«

Betty blickte zu Boden; im verhärmten Gesicht dieser alternden Frau konnte Caroline die Züge der jungen Betty erkennen – wachsam, ein wenig ängstlich, als ob ihr etwas genommen werden sollte. Vielleicht war es ein Ausdruck all dessen, was zwischen ihnen vorgefallen war, daß sie kein Mitgefühl aufbringen konnte. »Betty«, sagte sie leise, »das führt zu nichts. Es wird nie zu etwas führen. Vielleicht sollten wir uns um unserer selbst willen auf Brett konzentrieren.«

Betty schloß einen Moment die Augen. »Auch für sie habe ich getan, was ich für das Beste hielt«, sagte sie schließlich. »Hätte ich das nicht getan und sie gehen lassen, hätte es jemanden wie James Case vielleicht nie gegeben.«

Caroline sagte nichts; das Wissen um die Ironie des Schicksals stand so deutlich in Bettys Augen geschrieben, daß sie von einer Antwort absah.

»Ich habe gedacht, ich wäre eine gute Mutter«, fuhr Betty fort, »indem ich sie in meiner Nähe halte, auf sie aufpasse – alles, was ich mir von einer Mutter gewünscht hätte.« Sie wandte sich Caroline zu. »Von der kostbaren Mutter, von der ich wußte, daß du sie hattest und daß du und Vater sie beide geliebt habt.«

Caroline beobachtete sie angespannt. Doch im Gesicht ihrer Schwester stand kein Wissen geschrieben; er hat dir nie erzählt, wie und warum meine Mutter gestorben ist, dachte sie mit grimmiger Belustigung. Es war, als wären sie in verschiedenen Familien aufgewachsen. Der Gedanke machte Caroline ruhig und sprachlos.

»Wollte er Brett nicht auch ›in der Nähe halten‹?« fragte sie schließlich.

Betty richtete sich auf. »Das wollten wir alle. Vielleicht war ich nicht die beste oder klügste Mutter, aber ich habe es versucht.« Sie hielt inne. »Das mag sich vielleicht grausam anhören, Caroline. Doch du mußtest dich nie damit auseinandersetzen, dieses Baby im Arm zu halten und auf einmal zu wissen, daß du – mit all deinen Fehlern und Verblendungen – diesen Menschen mehr als jeder andere zu dem machen wirst, was er einmal sein wird.« Sie senkte ihre Stimme. »Es gab nur einen Moment, den ich als ähnlich schrecklich und beängstigend erlebt habe: den Tag, an dem ich

Brett zum erstenmal in den Kindergarten geschickt habe und mir auf einmal klar wurde, daß es dort draußen so vieles gab, was sie berühren würde und worauf ich nicht den geringsten Einfluß nehmen konnte.«

Caroline hielt den Becher mit dem kalten Kaffee in ihren Händen und versuchte, ihre Gefühle zu ordnen. »Aber das ist unvermeidlich«, sagte sie sanft. »Und wenn ein Kind älter wird, wird das Unvermeidliche irgendwann selbstverständlich.«

Betty schien die Zähne zusammenzubeißen. »Diese Welt ist eine andere als die, in der wir aufgewachsen sind. Die Drogen sind schlimmer, die willkürliche Gewalt hat zugenommen, zufälliger Sex – einschließlich Vergewaltigung – kann tödliche Folgen haben. Wer würde sich beeilen, seine Tochter in diese Welt hinauszustoßen, bevor sie sich wirklich ein eigenes Urteil bilden kann ...«

»Und wie soll sie sich dann je ein eigenes Urteil bilden?« fauchte Caroline. »Indem sie sich an ihre Eltern kettet? Oder genauer gesagt an einen strengen alten Mann, der Angst vor allem und jedem hat, was er nicht kontrollieren kann ...«

Betty fuhr herum. »Glaubst du, James Case war besser? Hättest du gewollt, daß deine Tochter mit einem nichtsnutzigen, selbstsüchtigen Jungen zusammen ist, der sie mit Drogen in Kontakt bringt, dem man die Untreue von seinem verwöhnten Gesicht ablesen kann und der sich nie einen Dreck um etwas anderes als um sich selbst geschert hat? Würdest du wollen, daß sie ihre Talente und ihre Vergangenheit wegwirft für eine Zukunft, die keine Zukunft ist?«

Caroline versuchte ihre Wut zu zügeln. »Und wer trifft diese Entscheidungen?« fragte sie. »Brett oder du? Die Erfahrung hat ja gezeigt, was dabei herauskommt, wenn du es tust ...«

»Du glaubst also, das wäre dabei herausgekommen?« fragte Betty auf einmal ruhig. »Du glaubst, daß Brett diese Entscheidung getroffen hat, nicht wahr? Du glaubst, daß sie fähig war, einen Mord zu begehen – zumindest unter dem Einfluß von James' Drogen.«

Caroline überlegte sich ihre Antwort. »Wenn ihn jemand anders getötet hat«, sagte sie schließlich, »hätte er oder sie den beiden an den Lake Heron folgen müssen. Oder zumindest wissen müssen, daß sie dorthin fahren würden.«

Ihre Blicke begegneten sich. »Ziehst du diese Möglichkeit zumindest in Betracht?« fragte Betty.

»Ich ziehe alles in Betracht, was helfen könnte. Doch es gibt praktisch keine Hinweise darauf, daß ihnen jemand gefolgt ist – keine Reifenspuren auf dem Waldweg, keine anderen Fahrzeuge, die gesehen wurden.« Caroline hielt inne, während sie das Gesicht ihrer Schwester weiter beobachtete. »Und wenn jemand gewußt haben soll, daß sie zum Lake Heron wollten, stellt sich die Frage, wer. Und wohl auch, woher?«

Betty stand auf und ging zum Rand der Veranda, von wo aus sie schweigend auf das Dorf im Tal hinabblickte. »Was ist mit diesem Mädchen«, fragte sie, »das behauptet, James hätte in jener Nacht mit Brett Schluß machen wollen?«

»Das kommt mir ziemlich weit hergeholt vor.« Caroline blieb auf ihrem Stuhl sitzen, so daß sie Bettys Gesicht nicht sehen konnte. »Hat Brett je von ihr gesprochen?«

»Nein, das hätte sie bestimmt nicht«, antwortete Betty resigniert. »Bis heute weiß ich nicht mal ihren Namen.«

Caroline stand auf und stellte sich neben Betty. »In gewisser Weise ist es besser, je weniger du weißt. Weil nichts, was Brett oder ich zu dir sagen, vertraulich ist.«

Betty sah sie an. »Man wird mich doch nicht auffordern, gegen sie auszusagen, oder?«

»Worüber?« Caroline machte eine Pause und fuhr mit scharfem Unterton fort: »Gibt es noch etwas, was ich wissen sollte? Etwas, was auch die Polizei wissen könnte?«

Betty schüttelte rasch den Kopf. »Nein ... natürlich nicht. Es ist nur, daß sie alles verdrehen könnten, etwa die Auseinandersetzungen, die wir wegen James hatten ...«

»Wie sollte Brett das schaden?«

»Gar nicht, vermutlich«, sagte Betty zögernd. »Außer, sie würden versuchen, sie als unausgeglichen hinzustellen.«

Caroline schwieg eine Weile. »Da würde ich mir keine Sorgen machen«, antwortete sie schließlich. »Ich bezweifle, daß Jackson Interesse daran hat, der Jury viel Zeit zu lassen, die gequälte Mutter kennenzulernen. Bedauerlicherweise hat er Besseres zu tun.«

Hinter ihnen ging die Tür auf. Als Caroline sich in Erwartung ihres Vaters umdrehte, sah sie Larry aus dem Haus treten.

Er wirkte ernst. »Hallo, Caroline.«

Betty ging zu ihm. »Hast du nach Vater gesehen?«

»Ja. Er ist jetzt aufgestanden.« Larry wandte sich wieder Caroline zu. »Das alles ist eine große Belastung für ihn. Normalerweise ist er schon um sechs Uhr auf den Beinen, doch in letzter Zeit wirkt er ständig müde. Aber wenn er kurz vor neun immer noch nicht aufgetaucht ist...« Er zuckte die Schultern.

Caroline nickte langsam. »Es tut mir leid«, sagte sie zu Larry, »aber ich muß dich etwas fragen.«

Larry sah sie müde und sorgenvoll an. »Worum geht's?«

»Diese Studentin – die Zeugin gegen Brett, ihr Name ist Megan Race. Ich habe mich gefragt, ob du sie vielleicht kennst – oder ein befreundeter Kollege.«

»Megan Race?« wiederholte Larry. Er steckte seine Hände in die Tasche und starrte auf die Veranda, während Betty ihn angespannt beobachtete. »Sie ist die Frau, mit der James ein Verhältnis hatte?«

»Ja.«

Seine Augen schienen schmaler zu werden. »Weißt du, welches Hauptfach sie studiert?«

»Nicht aus dem Kopf. Weißt du irgendeinen Weg, wie ich an ihre Akten herankomme?«

»Keinen legalen...«

»Ich bitte dich ja gar nicht, etwas Illegales zu tun. Ich wäre nur dankbar für jede Information, auf die du stößt.«

Larry schien aufzuatmen. »Ich werde darüber nachdenken«, sagte er. »Ernsthaft.«

Als Caroline in ihr Gasthaus zurückkehrte, warteten zwei Nachrichten auf sie.

Als unkompliziert erwies sich der Rückruf bei Walter Farris. Sie meldete das Gespräch an und wartete dann zehn Minuten, während sie im Zimmer auf und ab lief. Als Farris ihren Anruf endlich entgegennahm, war sie sich sicher, daß er ihr sagen würde, daß ihre Nominierung zurückgezogen würde.

»Caroline«, sagte er schroff, »ich habe mit dem Präsidenten gesprochen.«

Sie spürte ihre Anspannung. »Und?«

»Wir behalten uns das Recht vor, die Nominierung zurückzuziehen, wenn der Prozeß zu lange dauert oder es irgendwelche Probleme mit Ihren Aktivitäten dort oben gibt. Und damit meine ich jedes Problem, das wir als solches betrachten.« Farris machte eine dramatische Pause. »Aber fürs erste bleibt ihre Nominierung bis auf weiteres bestehen.«

Caroline setzte sich aufs Bett. »Danke.«

»Danken Sie dem Präsidenten, der mehr Mitgefühl hat, als ich es gehabt hätte. Bitte, Caroline«, fuhr er sanfter fort, »mißverstehen Sie das nicht. Ab sofort sind Sie auf sich allein gestellt. Ein Fehltritt, und ich werde höchstpersönlich den Stecker rausziehen.«

Die zweite Nachricht kam von Joe Lemieux, den sie erst nach zwei Versuchen über seinen Pieper erreichte.

»Ich habe ihren Stundenplan«, sagte er. »Nicht die Noten, aber man kann zumindest sehen, was sie belegt hat. Was immer das nutzen mag.«

»Es ist ein Anfang. Wir können sehen, welcher Professor sie möglicherweise kennt und wer sonst noch in ihren Seminaren war. Wie sind Sie übrigens an die Sachen rangekommen?«

»Über den Zentralrechner der Universität – Studenten können ihre Seminarbelegung, ihre Anmeldung und eine Menge andere Sachen über Computer eingeben.« Lemieux lachte leise. »Das Computerzeitalter eröffnet unbegrenzte Möglichkeiten, um in die Privatsphäre anderer einzudringen – in diesem Fall habe ich nur Megans Studentennummer gebraucht, an die nicht schwer heranzukommen war. Obwohl ich es niemandem gegenüber erwähnen würde.«

Caroline atmete tief durch. »Bestimmt nicht, das können Sie mir glauben. Und bitte, nehmen Sie Rücksprache mit mir, bevor Sie noch einmal etwas Derartiges unternehmen. Ich habe kein Interesse daran, wegen einem Verstoß gegen den Ehrenkodex von der Anwaltskammer belangt zu werden.«

»Verstehe.« Er klang leicht verärgert. »Hören Sie, wollen Sie die Sachen nun oder nicht?«

Caroline zögerte. »Ja, ich will sie«, sagte sie dann. »Aber ich möchte nicht, daß Sie sie faxen. Bringen Sie sie nur persönlich vorbei.«

Sie ging in Carlton Greys Büro und verbrachte die nächsten zwei Stunden mit dem Lesen von Gesetzestexten und dem Telefonieren mit Experten – einem Serologen, einem Kriminalisten und einem Arzt für Alkohol- und Drogenkranke. Es war also schon fast halb vier, als sie ins Gasthaus zurückkehrte und den Umschlag unter ihrer Tür fand.

Sie öffnete ihn und begann, die Unterlagen durchzugehen. Megan war im dritten Studienjahr; als Caroline bis zum ersten Trimester ihres zweiten Studienjahres gekommen war, stutzte sie, starrte auf den Stundenplan und wünschte, sie würde es nicht glauben.

Das Telefon klingelte erneut.

Sie beeilte sich nicht, den Hörer abzunehmen. »Caroline«, sagte Larry, »ich muß dir etwas sagen.«

»Ja«, antwortete sie. »Ich weiß.«

7

Caroline traf ihn in seinem Büro im Englischen Institut. Er saß am Schreibtisch und wirkte zu verzweifelt, um den Blick abzuwenden.

Caroline nahm ihm gegenüber Platz und sagte leise: »Du hättest es mir früher sagen sollen.«

Larry starrte sie an. »Was mußt du von mir denken?« fragte er mit einem Rest von Würde. »Bis heute morgen wußte ich nicht, wer die Zeugin war, und ich dachte, daß ich mein Geständnis nicht gerade vor Betty ablegen müßte, weil deine Anwesenheit ihre Demütigung komplett gemacht hätte.«

Ihre Blicke begegneten sich. »Sie weiß es nicht?« fragte Caroline.

»Nicht mit Gewißheit und ganz bestimmt nicht, wer.« Er stand abrupt auf. »Irgendwas stimmt nicht mit ihr.«

»Du meinst, mit Megan?«

»Natürlich mit Megan.« Er umfaßte mit beiden Händen die Stuhllehne. »Erst läßt sie sich mit Case ein, und jetzt ist sie die Hauptzeugin gegen Brett. Es ist, als ob sie einen Plan hätte, meine Tochter zu zerstören...«

»Ich wage zu bezweifeln, daß sie mit James Case' Tod gerechnet hat.«

Larry erstarrte. »Woher willst du wissen, daß nicht Megan ihn getötet hat? Das kann doch kein Zufall sein...«

Caroline hob die Hand. »Das sage ich gar nicht. Ich sage nur, daß du diese Frau bis vor Bretts Tür geführt hast.«

Er wurde blaß. »Aber würde das nicht bedeuten, daß Brett unschuldig ist?«

Caroline neigte den Kopf. »Nein. Aber es könnte bedeuten, daß die Zeugin der Anklage diskreditiert ist.« Sie machte eine Pause. »Neben den Auswirkungen auf deine Ehe.«

Larry sah sie leeren Blickes an. »Da ist nichts mehr zu retten«, sagte er schließlich. »Wie für so vieles andere ist es auch dafür zu spät.«

Caroline nickte langsam. »Dann erzähl mir von dir und Megan. Offenbar bist du der einzige, der sie kennt. Außer James Case.«

Den Blick abgewandt ging Larry zur Tür, schloß sie fest und ging dann ans Fenster. Dort blieb er stehen und betrachtete die Spätnachmittagssonne, die weich auf die roten Backsteingebäude und den hügeligen Campus fiel.

»Es war eine schöne Zeit hier«, sagte er. »Alles in allem.«

Caroline blickte auf seine schlanke Gestalt und sein im Sonnenlicht schimmerndes Haar. Sie sagte nichts.

Larry schien sich innerlich zu wappnen. »Zu meiner Entschuldigung kann ich nur anführen, daß es nicht von mir ausging, Caro, zumindest nicht bewußt. Diese Frau kam zu mir.«

»Ich glaube nicht an Kismet«, meinte Caroline. »Laut meiner Erfahrung wissen Menschen wie Megan Race immer genau, wen sie finden.«

»Mag sein.« Larry wandte sich vom Fenster ab. »Aber in den Seminaren war ich der Mann, dem sie zugehört haben. Nicht wie zu Hause.« Er sagte das mit einem verächtlichen Unterton, als ob er beide Rollen – den bewunderten Dozenten und den entthronten Ehemann – lächerlich fand.

»Und Betty?« fragte Caroline. »Wo war sie bei all dem?«

»Sie hat geschwiegen, ganz in der großen Tradition eurer Familie, die langsam auch meine wurde.« Er sah sie wieder an. »Ich glaube, daß alle Sexratgeber ihr Thema verfehlen. Es geht nicht darum, Riegel A in Schlitz B zu schieben. Es geht um all die unausgesprochenenen, ungeklärten Dinge.« Larry wandte kurz den Blick ab. »Eine trübe Depression sickert fast unmerklich in deine Seele, bis dich die vermeintliche Lebendigkeit eines Menschen wie Megan Race so überwältigt, daß du das Offensichtliche übersiehst – daß es nämlich, egal was sie in dir sieht, nicht um dich geht.

Zunächst kam sie mir nicht besonders bemerkenswert vor, ein blondes Mädchen in der ersten Reihe, das meinen scharfsinnigen Ausführungen leicht vorgebeugt und mit offenem Mund lauschte. Dann fiel mir auf, daß sie nach der Vorlesung immer noch einen Moment sitzenblieb, während ein nachdenkliches, fast zärtliches Lächeln um ihre Mundwinkel spielte. Und irgendwann fängt man dann an, hin und wieder in ihre Richtung zu blicken und auf seltsame Art auf sie zu zählen, ohne daß einer ein Wort gesagt hat.«

Larry machte eine Pause. Die Traurigkeit in seinen Augen paßte zu den Falten in seinem Gesicht und am Hals, zum Erschlaffen einer Persönlichkeit, die, aller Illusionen beraubt, ihre Lebenskraft verloren hatte. »Als sie anfing, in mein Büro zu kommen«, sagte er leise, »wußte ich tief in meinem Herzen, was kommen würde. Alles paßte auf einmal zusammen. Die Art, wie sie von T. S. Eliot auf Themen überleitete, die nichts mit dem Seminar zu tun hatten. Wie sie die Tür hinter sich schloß, keine Lust auf einen Kaffee hatte und nicht öffentlich gesehen werden wollte. Ihre fast rücksichtslose Offenheit über sich und nach einer Weile auch ihr Sexualleben.

Ich habe uns mit einer eigenartigen Faszination beobachtet, wie ein Zuschauer seiner eigenen Verführung. Der verheiratete Professor, der mit gelassenem Interesse seiner hübschen Studentin zuhört, während sie von Dylan Thomas bruchlos zu Ausführungen überleitet wie ›Ich glaube, Sex ist spirituell – ich meine, ein freier ungehemmter Verstand ist erotischer als ein gut gebauter Körper . . .‹« Er brach kopfschüttelnd ab.

»Ich habe sie getroffen«, sagte Caroline leise. »Du hast echte parodistische Talente entwickelt, Larry. Sie hat tatsächlich diese leicht atemlose Art zu sprechen.«

Larry schloß die Augen. »Himmel Herrgott noch mal«, murmelte er. »Wie konnte ich das nur tun.«

»Weil du – nicht zum ersten Mal in deinem Leben – die Konsequenzen nicht bedacht hast. Zumindest nicht alle.«

Er wandte sich ab. »Nie im Leben habe ich geglaubt, Caro, daß ich damit meine Tochter gefährden könnte. Meine Ehe, ja, vielleicht auch meinen Job.« Sein Ton war nachdenklich und bitter. »Später habe ich mich gefragt, ob es nicht einem geheimen Wunsch nach Selbstzerstörung entsprang, dem Wunsch, mein Leben, so wie ich es kannte, bildlich gesprochen, zu beenden. Wie auch immer, ich hatte die Grenze überschritten. Als Megan in mein Büro kam, um mir mitzuteilen, daß sie eine Affäre mit mir wollte, war ich längst nicht mehr überrascht.

Ich saß da, während sie mit einem seltsamen Leuchten in den Augen die Regeln erläuterte. Sie würde nicht mehr in mein Büro kommen und meinen Namen niemandem gegenüber erwähnen. Sie wollte meine Ehe nicht durcheinanderbringen und keines meiner Seminare mehr belegen. Sie wollte nur Zeit mit mir.« Larrys Stimme wurde wieder ruhig. »Als sie ihre Hand ausstreckte und mir den Schlüssel gab, hatte ich schon Phantasien von uns. Am nächsten Nachmittag ging ich zu ihr.«

Larry machte eine Pause; das Mädchen in Caroline, das vor mehr als zwanzig Jahren harmlos mit dem Mann ihrer Schwester geflirtet hatte, hatte genug gehört. Doch als Anwältin konnte sie auf ihre eigenen Empfindlichkeiten genausowenig Rücksicht nehmen wie auf den Rest seines Stolzes.

»Bitte erspar mir die Details nicht«, sagte sie. »Ich muß mir ein Bild von dieser Frau machen.«

Larry lehnte sich an die Wand. Wie zu sich selbst murmelte er: »Ich komme zu spät zum Abendessen.«

Das verblassende Licht, das durchs Fenster hereinfiel, ließ sein eingefallenes Gesicht noch hohlwangiger wirken. Caroline sagte nichts.

»Als wir zum ersten Mal allein waren«, sagte Larry leise, »bat sie mich darum, mich aufs Bett zu legen und ihr zuzusehen. An der Wand hing ein großer Spiegel. Langsam zog sie sich aus ... Als sie fast nackt war, drehte sie sich um, um sich selbst im Spiegel zu betrachten.«

Kopfschüttelnd hielt Larry inne. »Ich kann mich noch daran erinnern, wie sich unsere Blicke im Spiegel trafen und sie mit den Lippen stumm die Worte ›Ich liebe dich‹ formte. Nach einer Weile beugte sie sich nach vorn. Ich begriff sofort. Als ich in ihr war, masturbierte sie bis zum Höhepunkt. Und als ich mit noch immer offenen Augen kam, lächelte sie ihr eigenes Spiegelbild an. ›Ich mache alles, was du willst‹, flüsterte sie. Auf einmal war ich Gott, Caro. Es gab nichts, was ich nicht von ihr haben konnte – nichts. Und als wir fertig waren, womit auch immer, sagte sie jedesmal, daß ich der beste Liebhaber sei, den sie sich je ausgedacht hätte ...«

»›Ausgedacht‹ war das Wort«, fuhr Larry mit müder und leerer Stimme fort. »Ich bin sicher, daß meine neue Manneskraft nur ein Hirngespinst von ihr war. Aber eben auch eines von mir.« Er suchte nach Worten. »Ein Teil von mir wußte, daß diese ›Beziehung‹ völlig willkürlich war, eine Erfindung von ihr. Aber ich war auf einmal wieder ein sexuelles Wesen. Ich spürte, wie ich aufrechter ging, öfter lächelte, ein großer Liebhaber in meiner geheimen Welt.«

Caroline beobachtete ihn unverwandt. »Und das war alles? Diese Mischung aus *Intermezzo* und *Fatal Attraction*?«

Er zuckte zusammen. »Nein. Wir haben auch geredet.«

»Worüber?«

»Es gab wiederkehrende Themen. Ihre gesellschaftlichen Ansichten – die sich als wirre Mischung aus Camille Paglia und der ›Politik der Bedeutung‹ entpuppten. Literatur natürlich: Manchmal hat sie mich gebeten, ihr etwas vorzulesen.« Er überlegte einen Moment. »Und immer häufiger auch ihre Kindheit. Vor allem traumatische Erfahrungen, Einsamkeit... Ihr Vater ist bei einem Unfall ums Leben gekommen.«

Caroline nickte. »Ist dir daran irgendwas seltsam vorgekommen?«

Er kniff die Augen zusammen. »Damals weniger als heute.« Er sah sie an. »Als ich Schluß gemacht habe, habe ich Brett als Grund angegeben. Jetzt fällt mir ein, daß Megan damals sagte, ich hätte Brett ihr vorgezogen.« Er schüttelte verärgert den Kopf. »Im nachhinein betrachtet, war es so, als würde sie einen Vater verlieren. Der Ausdruck in Carolines Augen veränderte sich. »Ich dachte, sie wollte nur ein Stück von deinem Verstand. Und von deinem Körper.«

»Am Anfang schon. Auch dafür hatten wir Regeln: montags und donnerstags von drei bis halb sechs. Bis sie eines Tages überraschend in meinem Büro auftauchte. Das war der erste Verstoß gegen die Regeln. Sie redete drauf los, noch bevor ich protestieren konnte.« Larry machte eine nachdenkliche Pause. »Ich habe dir bis jetzt kein Bild von ihrer Energie vermittelt, die Erregung, die Vertraulichkeit, mit der sie mich angesehen hat, dieses strahlende Lächeln. Es war, als ob sie auf einmal mein Leben übernehmen würde...«

»Ja, das habe ich auch schon beobachtet, obwohl es auf mich

leicht verzweifelt gewirkt hat.« Caroline sah ihn eine Weile an. »Vermutlich wollte oder brauchte sie etwas von dir.«

»Sie wollte ein Wochenende mit mir wegfahren.« Larry brachte es jetzt nicht mehr über sich, sie anzusehen. Er wirkte aschfahl. »Und dann hat sie mir einen weißen Umschlag in die Hand gedrückt und mich gebeten, ihn zu öffnen, bevor ich antworte. Darin befand sich ein Polaroid, sie hatte sich selbst vor dem Spiegel aufgenommen. Sie hielt die Kamera nur mit einer Hand ...« Seine Stimme erstarb.

»Ja«, sagte Caroline ruhig. »Ich glaube, ich verstehe. Sprich weiter.«

Larry verschränkte die Arme. »Außerdem war ein kurzer Brief in dem Umschlag. Sie versprach mir etwas, das einzige, das zu fragen ich bisher nicht gewagt hatte.« Er machte erneut eine Pause. »Ich weiß nicht, ob es das war oder das Lächeln auf ihrem Gesicht, als ich aufblickte. ›Siehst du‹, sagte sie, ›ich kenne dich.‹«

Caroline verspürte eine düstere Ahnung. »Und du bist mit ihr weggefahren.«

»Ja.«

»Und Betty?«

»Als ich ihr gesagt habe, ich würde zelten fahren, wurde sie sehr still.« Larry blickte aus dem Fenster. »Das hatte ich nicht mehr gemacht, seit Brett ein kleines Mädchen gewesen war, und Betty hat einen siebten Sinn für alles, was sie oder ihre Welt bedroht. In der Woche, bevor ich gefahren bin, haben wir kaum ein Wort miteinander geredet.

Megan und ich sind in die White Mountains gefahren. Mit jeder Meile fühlte ich mich gehetzter und unsicherer. Wir hatten kaum das Zelt aufgeschlagen, als ich darauf drängte, daß sie ihr Versprechen einlöste. Doch das war nur eine Flucht vor meinen eigenen Gedanken ...

Für Megan bedeutete es sehr viel mehr. ›Jetzt ist es anders, wir sind anders‹, erklärte sie mir. ›Kein Junge hat das je mit mir gemacht. Ich habe auf einen Mann gewartet.‹ Etwas in ihrer Stimme ließ mich zusammenzucken. Es war zum einen das plötzlich völlig klare Gefühl, daß sie mir eine Rolle in einer Phantasie zugedacht hatte, die außer Kontrolle geraten war. Doch das Schlimmste war die Diskrepanz zwischen dem ›Mann‹ ihrer Phantasie und dem

Ehemann, der voller Reue und Erinnerungen an eine fünfundzwanzigjährige Ehe dachte und fürchtete, erwischt zu werden, bevor er sich eines Besseren besann.« Er machte eine Pause. »Und dann – und das war unheimlich – fing sie an, mich über Betty auszufragen.«

Er schüttelte den Kopf. »Ich hatte die Illusion, daß ich meine beiden Welten voneinander getrennt halten konnte, Caro, daß ich, um ein paar Stunden in der einen zu verbringen, in der anderen nur ein wenig lügen müßte. Und auf einmal wollte Megan alles wissen: wie Betty und ich uns kennengelernt hatten, was sie mochte, wie unser Zuhause aussah und was für eine Mutter sie war, was wir zusammen im Bett machten.

Es war völlig bizarr. Ich hatte bereitwillig mein Ehegelübde gebrochen, doch unsere Privatsphäre zu verletzen wäre ein zu großer Verrat gewesen.« Er dämpfte seine Stimme. »Es war, als ob das, was zwischen uns war – unsere Enttäuschungen, unser Versagen, unser Verstehen und sogar unser Schweigen –, Betty und mir gehörte. Und daß ich es nie verschachern könnte, um die Bedürfnisse dieses Mädchens zu befriedigen.«

»Und danach?«

Larry wandte sich ihr wieder zu. »Zwei Wochen später war es vorbei.«

Caroline legte einen Finger auf ihre Lippen. »Ist sonst noch etwas passiert?« fragte sie.

Larry nickte stumm. »Das Gleichgewicht geriet aus den Fugen«, sagte er schließlich. »Sie fing an, von einer Rolle in meinem Leben zu phantasieren, mich in Fragen der Karriere und meiner Beziehung zu Betty zu beraten. Sie sprach sogar davon, daß sie sich mit Brett anfreunden wollte...« Kopfschüttelnd hielt er inne. »Ich konnte mir nicht vorstellen, was Brett von ihr halten würde...«

»Ich schon«, sagte Caroline kühl. »Hat Megan sie je angesprochen?«

»Nicht, daß ich wüßte – ich glaube nicht, daß Brett von der Geschichte erfahren hat. Das hätte ich gespürt. Aber ich hatte das Gefühl, daß Megan immer näher zum Kern meines Lebens vordrang.« Larry steckte die Hände in die Taschen. »Kurz bevor ich Schluß gemacht habe, gab es an zwei aufeinanderfolgenden Abenden kurz vor dem Essen einen Anruf. Den ersten hat Betty entgegengenommen; sie sagte, daß der Teilnehmer am anderen Ende einen Moment gewartet und dann aufgelegt hätte. Ich versuchte, es abzuschütteln, doch tief in mir saß die Angst, daß ich wußte, wer...

Beim nächsten Mal achtete ich darauf, selbst abzunehmen. Wir waren in der Küche. Als ich zum Telefon stürzte, blickte Betty vom Waschbecken auf. Sie beobachtete mein Gesicht, als Megan zu sprechen begann...

›Ich wollte nur deine Stimme hören‹, sagte sie.

Betty hatte sich mir zugewandt. ›Ich glaube, Sie haben sich verwählt‹, brachte ich heraus.

›Danke‹, flüsterte Megan und legte auf.«

Larry senkte den Blick. »Als ich auflegte, beobachtete Betty mich eine Weile. Sie hat überhaupt nichts gefragt. Da wußte ich, daß sie es wußte. Und daß ich einen Weg, irgendeinen Weg finden mußte, um es zu beenden.

Die nächsten beiden Tage bis zu unserem Montag versuchte ich, mir Entschuldigungen zurechtzulegen. Irgend etwas, um die Explosion zu dämpfen, die ich befürchtete.

Megan saß auf der Bettkante, die Hände gefaltet, während ich es ihr sagte. Ich versuchte, es mit der Person zu begründen, von der ich dachte, daß Megan am meisten Mitgefühl mit ihr entwickeln könnte – mit Brett.« Mit harscher Stimme fuhr er fort: »Die ganze Zeit habe ich mir gedacht, was für ein Lügner ich doch war – ein Versager, der seine eigene Rolle zu dem aufblies, was ein echter Vater vielleicht getan hätte. Seltsam ist nur, daß diese Geschichte einmal wahr gewesen ist – als Brett sechs war, bevor sie mich hier praktisch mit Haut und Haaren verschlungen haben, habe ich mir einmal überlegt, Betty, meinen Job, die drohende Allgegenwärtigkeit deines Vaters und dieses Hauses zu verlassen.« Seine Stimme wurde sanfter. »Weißt du, was mich zurückgehalten hat, Caro? Daß ich ohne Brett hätte gehen müssen. Denn sie hätten sie mir nie überlassen.«

Caroline verschränkte die Arme und senkte den Kopf. Einen Moment lang wußte sie nichts zu sagen. »Und Megan?« fragte sie schließlich.

»Hat völlig unerwartet reagiert. Es gab keine Tränen, keine Wut, keine Drohungen. Sie sagte nur: ›Du hast deine Tochter mir vorgezogen.‹ Als hätte sie es erwartet. Ich ging, so schnell ich konnte.

Danach war ich tagelang nervös – zuckte jedesmal zusammen, wenn das Telefon klingelte oder meine Bürotür aufging, weil ich Angst hatte, daß sie es war.

Aber es kam nichts. Nur ein schlichter, trauriger Brief, der mir auf seine Weise genauso viel angst machte, weil er eine Beziehung beschrieb, die wir nie hatten.« Er seufzte. »Eine Begegnung verwandter Seelen nannte sie es.«

Caroline blickte auf und fragte leise: »Hast du den Brief aufbewahrt?«

»Natürlich nicht.«

»Ich hatte nur gehofft, daß du zumindest einen Beweis dafür hast, daß all das auch passiert ist.«

Larry starrte sie an. »Ich werde aussagen müssen – aufzeigen, daß diese Frau diese Dinge getan und gesagt hat, um sich an *mir* zu rächen ...« Der Gedanke ließ ihn innehalten, bevor er mit ruhiger Entschlossenheit fortfuhr: »Und natürlich muß ich es Betty sagen. Sobald ich zu Hause bin.«

Caroline rieb sich fast abwesend die Schläfen und blickte zu Larry auf. »Hast du damals irgend einem Menschen von Megan erzählt?«

Larrys Augen weiteten sich; fasziniert beobachtete Caroline, wie es ihm dämmerte. »Nein«, sagte er mit flacher Stimme, »ich war sehr vorsichtig.«

»Also hat euch niemand je zusammen gesehen?«

»Ich glaube nicht.«

»Keine Geschenke oder Fotos?« fragte Caroline sanft. »Nicht mal ein Polaroid?«

Larry errötete. »Nein.«

Caroline lehnte sich zurück. »Dann müßte dir auch klar sein, auf welche Weise Megan hofft, damit durchzukommen, Larry. Weil es dir ja offensichtlich auch gelungen ist.«

Larry ließ sich schwer auf einen Stuhl fallen. Schweigend saßen sie im Halbdunkel des frühen Abends.

»Warum sollte irgend jemand glauben«, sagte er schließlich, »daß ich mir eine derartige Geschichte zusammenphantasiere und meine Ehe gleich mit ruiniere.«

»Oh, ich glaube dir – für mich klingt das Ganze absolut plausibel. Aber der Grund, warum du dir eine solche ›Geschichte zusammenphantasieren‹ würdest, ist ganz einfach: Du versuchst deine Tochter zu retten, indem du behauptest, die Schlüsselzeugin der Anklage würde nur aus Trotz so handeln. Auch wenn deine Version Megans Beziehung zu James nicht erklärt oder ihre ziemlich fatale Behauptung, daß sie diejenige gewesen sei, die James mit nach Kalifornien nehmen wollte.« Ruhig fügte sie hinzu: »Woher soll Jackson wissen, daß Betty nicht Teil deiner Verschwörung ist.«

»Man wird mir glauben«, erklärte Larry trotzig.

»Tatsächlich? Es ist nämlich erwiesen, daß Megan etwas mit James hatte – wie lange und warum auch immer –, während du nicht beweisen kannst, daß sie je mit dir zusammen war.« Caroline machte eine kurze Pause. »Wann war übrigens Schluß?«

»Im Spätherbst letzten Jahres.«

»Eine hübsche kalte Spur.« Caroline zog eine Braue hoch. »Dann war das mythische Wochenende mit Megan also nicht dasjenige, auf dem du warst, als James Case ermordet wurde.«

»Nein.« Larry wandte den Blick ab. »Ironischerweise war ich da wirklich allein. Um nachzudenken.«

Caroline lächelte freudlos. »Nun, dann bist du zumindest nicht auch noch Megans Alibi.«

Larry schloß die Augen und sagte leise: »Dieser Sommer hat ein schlimmes Ende genommen, Caro. Für uns alle.«

Lange Zeit schwieg Caroline. Dann sagte sie mit sanfter Stimme: »Ich will versuchen, diese Information zu benutzen, ohne dich in den Zeugenstand zu rufen. Zunächst werde ich mit Jackson reden – wenn er befürchtet, daß Megans Glaubwürdigkeit angekratzt ist, wird er die Anklage vielleicht fallenlassen und zunächst weiterermitteln. Auch in Megans Richtung.« Noch leiser fügte sie hinzu: »Also mußt du es Betty oder Brett jetzt noch nicht sagen. Ich gebe dir Bescheid, wenn es soweit ist.«

Larry öffnete die Augen. »Und Channing?«

Caroline richtete sich auf. »In unserer Familie sind wir nun weiß Gott lange genug mit allem zu Daddy gelaufen, meinst du nicht auch?« polterte sie los, bevor sie sich bremste und ruhiger fortfuhr: »Wenn es nicht unbedingt sein muß, möchte ich diese Familie nicht in noch schlimmerem Zustand zurücklassen, als ich sie vorgefunden habe. Das wäre mehr, als sogar ich ertragen kann.«

8

»Der Vater der Angeklagten hat also deine Starzeugin gebumst«, sagte Caroline, »die auf mich übrigens einen mehr als nur leicht unausgeglichenen Eindruck macht.«

Jackson saß neben ihr auf einer Parkbank in der Nähe der Polizeiwache. Er krempelte gelassen seinen Ärmel hoch, als hätte sie ihm nichts weiter Bemerkenswertes mitgeteilt. »Das ist wirklich eine Schande«, sagte er schließlich. »Megan spricht immer so freundlich von dir. Jedenfalls besser als du von ihr, wie es scheint.«

Caroline sah ihn offen an. »Du sitzt in der Klemme, Jackson, und das weißt du auch. Die Verteidigung ist mit brisanten Informationen zu dir gekommen, die sie auch hätte benutzen können, um dich vor Gericht fertigzumachen. Wenn du einfach so weitermachst, ohne entsprechende Ermittlungen anzustellen, ist das praktisch ein Amtsvergehen.«

Jackson wandte sich ihr zu. »Also gut«, sagte er. »Was soll ich deiner Meinung nach tun?«

Caroline sah ihn eindringlich an. »Zunächst einmal solltest du ein Ermittlungsteam zu Larry schicken und seine Geschichte prüfen lassen – irgendwo muß es irgend jemanden geben, zu dem Megan etwas gesagt hat.« Sie holte tief Luft. »Wenn sich jedoch niemand findet, fordere ich dich auf, die Wohnung des Mädchens durchsuchen zu lassen.«

»Du willst einen Durchsuchungsbefehl? Wozu?«

»Um einen Beweis für ihre Beziehung zu Larry zu finden. Und um herauszubekommen, ob sie nach dem April noch eine Beziehung zu dem Opfer hatte.«

Jackson starrte sie an. »Deswegen bist du also gekommen. Du willst, daß der Staatsanwalt es sich mit seiner eigenen Zeugin verscherzt, indem er etwas tut, wozu die Verteidigung keine Macht hat, nämlich sich einen Durchsuchungsbefehl zu besorgen und ihre Wohnung auf den Kopf zu stellen.« Seine Stimme nahm einen ungläubigen Ton an. »Sag mal, Caroline, hast du damit in San Francisco Erfolg gehabt?«

»In San Francisco hatte ich so etwas noch nicht.« Caroline spürte, wie die Leidenschaft hinter ihrer vorgetäuschten Gelassenheit durchbrach. »Megan ist so offensichtlich voreingenommen, daß sie sich die ganze Geschichte auch ausgedacht haben könnte...«

»Nicht, was ihre Aussage angeht, daß James mit ihr nach Kalifornien gehen wollte«, unterbrach Jackson sie. »Und das weißt du verdammt gut. Bitte beleidige meine Intelligenz nicht.«

Caroline faltete die Hände. »Vielleicht läßt sich auch das erklären. Wenn man einfach in ihrer Wohnung nachsehen würde.«

»Wenn ich dieses Mädchen wie eine *Verbrecherin* behandle, meinst du.« Er betrachtete sie lange nachdenklich. »Ich weiß, daß es um deine Familie geht. Aber ich habe keine Grundlage, um das zu tun, was du verlangst.«

»Meineid ist meines Wissens *strafbar*.«

»Nur, wenn man ihn beweisen kann.« Jackson machte eine Pause. »Paß auf, ich werde selbst mit Larry reden, ohne dich. Und ich werde meine Leute ein bißchen rumschnüffeln lassen. Und dann werde ich Megan mit den Vorwürfen konfrontieren.«

Caroline stand auf. »Womit denn, verdammt noch mal. Sie wird es abstreiten, und ich werde sie – wie ein Idiot – auf die Anhörung vorbereitet haben.«

»Unsinn. Wenn du ernsthaft geglaubt hast, du könntest Brett retten, indem du Megan Race im Kreuzverhör demontierst, hättest du es, ohne mit der Wimper zu zucken, getan – Scheiß auf die Ehe ihrer Eltern. Aber du hast nichts in der Hand, und du glaubst auch nicht, etwas in die Hand kriegen zu können. Es sei denn, ich helfe dir.« Er hielt inne und fuhr ruhig fort. »Du kannst es genausogut mir überlassen, das Mädchen zu überrumpeln. Denn wenn es ein echtes Problem gibt, weißt du, daß ich entsprechend handeln werde.«

Caroline sah ihn an. »Ja«, sagte sie schließlich, »so viel weiß ich wirklich. Doch ich glaube, ich habe einen schrecklichen Fehler gemacht, und du bist im Begriff, auch einen zu machen. Was immer das Brett kosten mag.«

Jackson stand auf. »Um ganz aufrichtig zu sein, hoffe ich das nicht«, erwiderte er. »Denn diese Anhörung, die du so unbedingt haben willst, findet heute in fünf Tagen statt, und es wäre nett, wenn dabei zumindest so etwas Ähnliches wie die Wahrheit herauskommen würde. Und die sieht so aus – und ich gehe immer noch davon aus, daß das auch deine Überzeugung ist –, daß Brett Allen diesen Jungen getötet hat.«

Er drehte sich um und ging zurück in sein Büro.

Caroline stieg aus dem Wagen und stand allein vor dem Wäldchen.

Es war Nacht, vor zwölf Stunden war sie aus Concord zurückgekommen. Langsam nahm das Bild in ihrem Kopf Gestalt an, bis sie sich, als sie den Wald jetzt betrat, vorstellen konnte, Brett zu sein.

Äste knackten unter ihren Füßen, Zweige schlugen ihr ins Gesicht und gegen ihren Körper. Die Arme schützend erhoben, konnte sie fast nichts sehen. Instinktiv ertastete sie sich ihren Weg.

Die Finsternis wirkte undurchdringlich. Durch die riesigen Kiefern brach kein Mondlicht. Caroline hörte nichts als ihre eigenen Geräusche.

Und dann sah sie einen ersten Lichtschimmer und konnte die Baumstämme erkennen.

Mit rascheren Schritten ging sie auf den Rand der Lichtung zu. Ihr Gesicht war schweißnaß.

Sie kniete sich an die Stelle, wo James Case gestorben war, und blickte auf den See.

Am Himmel stand ein halber Mond, nur die Hälfte des Lichtes, das Brett gehabt hatte, und das Wasser glitzerte wie ein schwarzer Edelstein. Sie konnte den Steg, zu dem Brett geschwommen sein wollte, nicht sehen.

Im Wald hinter ihr knackte es.

Caroline fuhr herum, ihr Herz raste. Der Wald war duster und still. Mit einem Schaudern auf der Haut starrte sie in die Dunkelheit.

Zögernd wandte Caroline sich wieder dem See zu.

Einen Moment lang stand sie still und versuchte, sich zu erinnern, wo der Steg lag. Dann zog sie Jacke und Jeans aus und ging über die Wiese aufs Wasser zu. Nur mit Shorts und einem Top bekleidet, fühlte sich die Nachtluft kühl an.

Mit tastenden Schritten bewegte sie sich aufs Ufer zu, Steine schnitten in ihre Füße, genau wie Brett es beschrieben hatte.

Der erste Kälteschock, als sie ins Wasser sprang, riß sie aus ihren Gedanken. Sie war jetzt Caroline, die zum Steg schwamm, den ihr Vater gebaut hatte, als sie ein kleines Mädchen war, getragen von einer Erinnerung, die die Risse in ihrem Leben überbrückte.

Sie schwamm wie früher mit langen und ruhigen Zügen. Sie

merkte, daß sie fast auf die Sekunde genau den Moment wußte, in dem ihre Hand den unsichtbaren Steg berühren würde.

Sie zog sich hoch und saß schwer atmend in der kühlen Nachtluft.

Hier draußen auf dem See war das Licht heller, weil kleine Bäume den Mond verdeckten. Doch das Ufer war vor dem Hintergrund des dunklen, formlosen Waldes kaum zu erkennen. Nur die Wiese wirkte etwas heller.

Regungslos lauschte sie.

Nichts.

Langsam ließ sie ihren Blick am Ufer entlangwandern. Doch sie sah und hörte niemanden. Sie spürte die Kälte und die Dunkelheit, ihre nassen Locken, während sie angestrengt über das Wasser spähte.

Etwas hatte sich verändert.

Als sie sich umsah, huschte im Mondlicht ein silberner Schatten über die Wiese.

Caroline erstarrte. Erst als sich der Schatten stumm und geräuschlos hinkniete, war sie sich völlig sicher.

Caroline sprang ins Wasser und schwamm mit ebenso panischen Zügen, wie Brett es vielleicht getan hatte. Ihre Glieder schmerzten und ihre Nerven kribbelten, während sie sich dem Ufer näherte. Der Puls dröhnte in ihren Ohren.

Als sie aus dem Wasser kam, blieb der Schatten regungslos hocken.

Mit abgerissenen Atemzügen betrat sie die Wiese und spürte das Gras unter ihren Füßen. Der Schatten stand auf und drehte sich zu ihr um.

»Hallo, Vater«, sagte Caroline.

Channing Masters trat vor. Seine tiefliegenden Augen blieben im Schatten.

»Dann konntest du mich also sehen.«

»Nur auf der Lichtung. Vorher nicht.« Caroline machte eine Pause, um zu Atem zu kommen. »Von wo bist du gekommen?«

»Über den Weg, der bei Moshers Haus vorbeiführt. Er endet etwa hundert Meter von hier.«

Im Mondlicht erkannte sie, daß seine Stiefel naß waren. »Und dann am Wasser entlang?«

»Ja. Genau wie ich vorgeschlagen habe«, antwortete er mit fester Stimme. »Du konntest mich weder sehen noch hören, Caroline – genausowenig wie Brett. Bis ich die Lichtung erreicht hatte.«

»Stimmt. Aber dann müßte der Mörder, wer immer es gewesen sein mag, den Weg gekannt haben. Und außerdem irgendwie gewußt haben, wo Brett und James hingehen würden.«

Channing setzte sich und starrte schweigend auf den See. »Er hätte nur wissen müssen, daß sie hierher kommen wollten«, sagte er schließlich. »Auf dem Schild am Anfang von Moshers Weg steht ›Lake Heron‹.« Er sprach jetzt leiser. Caroline zog ihre Jacke an und kniete sich neben ihm ins Gras. »Müde?« fragte sie.

»Ein wenig, ja.« Er blickte noch immer aufs Wasser. »Weißt du, was seltsam war, Caroline? Als du eben aus dem Dunkel auf mich zukamst, sah dein Gesicht einen Moment lang aus wie das von Nicole.«

Caroline verschränkte die Arme und schwieg eine Weile, bevor sie leise erwiderte: »Ich bin ihr jetzt nicht ähnlicher, als ich es früher war. Wenn ich mein Gesicht ansehe, Vater, sehe ich immer nur dich.«

Er schwieg. Sie starrte auf das Gras vor ihren Füßen.

»Ist dir noch nicht aufgefallen, daß ein Messer die falsche Waffe für deinen Mörder ist?« fragte sie schließlich. »Wie konnte er – oder sie – davon ausgehen, daß es ihm gelingen würde, zwei gesunde junge Menschen auf einmal niederzumetzeln?«

Channing nickte langsam. »Ich denke, er würde eine Pistole benutzen. Aber er hat vermutlich gesehen, daß Case alleine war und schlief.« Er hielt inne und fuhr nachdenklich fort: »Das Messer hat den Vorteil der Geräuschlosigkeit, was wiederum eine unbemerkte Flucht ermöglicht.«

Mit zusammengekniffenen Augen zupfte Caroline an einem Grashalm herum. »Das heißt, er hätte Pistole und Messer mitbringen müssen. Zudem ein sehr wertvolles Messer.«

Als Caroline sich ihm zuwandte, sah ihr Vater sie nicht an. »Ich sage ja nur«, meinte er schließlich, »daß es eine plausible Möglichkeit ist, die für eine Jury reichen könnte.«

Caroline sagte nichts.

Nach einer Weile stand er, noch immer aufs Wasser blickend, auf. »Könnte diese Megan eine Verdächtige sein?«

»Eine ›plausible‹ Verdächtige, meinst du? Im Gegensatz zu bloß einer Lügnerin?«

Channing zögerte. »Ja.«

»Das weiß ich noch nicht.« Einen Moment lang beobachtete Caroline ihn. »Aber deine Theorie braucht auf jeden Fall einen Verdächtigen. Genauso wie Brett ziemlich verzweifelt einen braucht.«

9

Abwesend ging Caroline ihre Notizen durch und begann, ihre Befragung der Polizeizeugen vorzubereiten – die Beamten, die die Verhaftung und die erste Vernehmung durchgeführt hatten, der Gerichtsmediziner, die Kriminaltechniker. Carlton Greys karges Büro war ruhig; das erste Licht der Dämmerung fiel durchs Fenster. Noch vier Tage bis zur Anhörung.

Die Presse hatte begonnen anzurufen. Caroline hatte sich höflich und selbstbewußt gezeigt und leise angedeutet, daß die Anhörung große Probleme der Anklage offenbaren würde. Doch Jackson hatte sich geweigert, die Geschichte in irgendeiner Weise zu kommentieren. Caroline wußte nichts über den Status von Megan Race.

Sie erhob sich vom Schreibtisch und sah aus dem Fenster. Brett sah den Dingen mit einer neuen Gefaßtheit entgegen; obwohl sie erkennbar müde und ängstlich war, behandelte sie Caroline mit einer gewissen Höflichkeit, als ob sie spürte, daß Caroline ihre Selbstbeherrschung brauchte. Es war fast, als hätten sie die Rollen gewechselt – Caroline war reizbar, ihre Nervenenden begannen auszufransen. Ohne es zu bemerken, hatte sie den Punkt der Erschöpfung bereits weit hinter sich gelassen.

Als das Telefon klingelte, zuckte sie zusammen.

Sie drehte sich um und sah das Telefon auf einem Beistelltisch stehen, den sie bisher nie beachtet hatte. Sie sammelte sich, ging durch den Raum und nahm ab.

»Ja?«

»Caroline?« fragte Jackson. »Ich habe es beim Gasthof versucht, doch man sagte mir, daß du nicht da wärest. Ich weiß, es ist noch früh, aber ich weiß auch, daß du dir große Sorgen machst.«

Er klang so höflich, daß Carolines Hoffnungen zu schwinden begannen. »Ich nehme an, es geht um Megan.«

»Genau.« Jackson sprach schnell, als habe er seine Rede auswendig gelernt. »Wenn es nur um Larrys Fehlverhalten ginge, wäre mir die Sache leichter gefallen – seine Geschichte klang überzeugend und auch recht schmerzhaft. Ich hätte ihm gerne geglaubt...«

»Aber?«

»Aber er konnte mir keinerlei Beweise präsentieren, und auch unsere Ermittler haben nichts gefunden – kein Mensch hat sie je zusammen gesehen oder Megan außerhalb der Uni auch nur seinen Namen erwähnen hören. Mit Ausnahme einer vagen Bemerkung gegenüber einer Nachbarin über die Vorzüge älterer Liebhaber gibt es nichts, was darauf hindeutet, daß Larry die Wahrheit sagt...«

»Dann unterziehe ihn einem Lügendetektortest«, schlug sie spontan vor.

Doch Jacksons Höflichkeit war so allumfassend, daß er ihr ihre eigene Weigerung bezüglich Brett nicht einmal vorhalten mußte – was als Antwort auch genügte.

»Wenn ich das tue«, entgegnete er ruhig, »muß ich es auch bei Megan tun. Was die Aufgabe der Befragung von Zeugen, von denen keiner eines Verbrechens angeklagt ist, vom Gericht auf eine Maschine überträgt, deren Zuverlässigkeit von einer nicht unbeträchtlichen Anzahl von Fachleuten bezweifelt wird. So verfahren wir bei unseren Fällen nun mal nicht, und ich kann bei allem Respekt nicht jetzt auf einmal damit anfangen.«

Caroline richtete sich auf. »Hör auf, mich wie eine Idiotin zu behandeln, ja? Ich bin eine Anwältin, deren Mandantin aufgrund der Aussage einer Zeugin angeklagt wurde, die möglicherweise eine pathologische Lügnerin ist.«

Zum ersten Mal zögerte Jackson. »Ich habe mit ihr gesprochen, Caroline. Ziemlich ärgerlich – und auch ziemlich überzeugend. Megan sagt, Larry sei für sie nicht mehr gewesen als ein mittelmäßig interessanter Uni-Professor, bei dem sie nur ein einziges Seminar belegt hatte. Und als ob das notwendig gewesen wäre, hat sie mich daran erinnert, daß es in ihrer Aussage um eine belegte Beziehung mit James Case geht, die von deiner Mandantin entdeckt wurde. Eine weitere Tatsache, die bis zu Bretts Aussage, falls es dazu kommt, niemand bestreitet. Nicht einmal du.«

Caroline schwieg einen Moment. »Jackson«, sagte sie schließlich, »irgendwas stimmt nicht mit Megan Race. Ihr ganzer Auftritt neulich hatte nur das eine Ziel, mich zu überzeugen, für Brett auf schuldig zu plädieren. Alle meine Instinkte sagen mir, daß sie Angst hat auszusagen.«

»Dann verbirgt sie das aber sehr geschickt. Denn nachdem sie sich gemeldet hatte, mußte sie davon ausgehen, daß sie wahrscheinlich vor Gericht würde aussagen müssen. Und daß Larrys Geschichte, vorausgesetzt sie ist wahr, ein zentrales Thema jedes Kreuzverhörs sein würde...«

»Sie geht nur davon aus«, unterbrach ihn Caroline, »daß niemand in der Lage sein würde, es zu beweisen. Was dir ja auch nicht gelungen ist.«

Einen Moment lang sagte Jackson nichts. »Dann ist das wohl jetzt dein Problem«, meinte er schließlich.

Carolines Finger spannten sich um den Hörer. »Bitte, besorg dir einen Durchsuchungsbefehl«, sagte sie. »Such nach Kalendern, Notizbüchern, Papierfetzen – irgendwas, worauf Larrys Name steht. Oder James' Name.«

Diesmal zögerte Jackson nicht. »Es tut mir leid, Caroline. Ich werde diese Zeugin nicht weiter belästigen – es sei denn, du hast noch mehr. Hast du das?«

Caroline zögerte. »Nein. Noch nicht.«

»Dann ruf mich an, wenn du etwas hast«, sagte Jackson höflich und legte auf.

Bei geschlossener Bürotür hörte sich Caroline Joe Lemieuxs Bericht über Megan Race an. Es war schon nach Mittag, und Caroline hatte noch nichts gegessen.

»Wir können keinerlei Hinweise auf eine Therapie finden«, sagte er zusammenfassend. »Keine Geschichte auffälligen Verhaltens – zumindest nichts wirklich Bizarres.«

»Und was ist mit lediglich exzentrisch?«

»Das vielleicht schon. Sie scheint kaum Freunde zu haben – weswegen sie vielleicht ihrer armen Nachbarin und Ihnen Vorlesungen über ihr Sexualleben gehalten hat. Die einzige Mitbewohnerin, die ich finden konnte, sagte, daß Megan sich irgendwie an sie geklammert und versucht hätte, ihr Leben zu kontrollieren. Megan wäre auf die Dauer einfach zu anstrengend gewesen, meinte sie.« Lemieux zuckte die Schultern. »Seither lebt Megan allein.«

Caroline nickte. »Das stimmt alles mit Larrys Geschichte überein. Dieses Mädchen hat etwas Obsessives, Joe. Und das war genau ihre Beschreibung von Brett.«

»Das heißt?«

»Schwer gestörte Menschen projizieren manchmal all ihre Probleme auf einen anderen Menschen. In Brett sah Megan all die bedrohlichen Eigenschaften versammelt, die eigentlich sie hatte.«

Joe Lemieux runzelte die Stirn; mit seinem schmalen Gesicht und seinen nachdenklichen Augen ähnelte er eher einem in sein Fachgebiet versunkenen Doktoranden als einem Detektiv. »Mag sein«, meinte er skeptisch. »Aber wenn Sie recht haben, hat sich diese Megan eine ziemlich gute Fassade zurechtgelegt. Es gibt keinen Beweis, daß sie je eine Therapie gemacht hat. In der High School war sie eine herausragende Schülerin, ihre drei Jahre auf diesem College hat sie mit guten Noten und ohne erkennbare Probleme absolviert – und sie ist auch nie dabei erwischt worden, den Mond anzuheulen.« Er sah Caroline eindringlich an. »Eins habe ich allerdings, Caroline. Sie wissen doch, daß sie diesen Job in der Mensa hat – mittags und abends?«

»Hm-hm.«

»Warum auch immer und was immer das nutzen mag, an dem Abend, an dem James Case ermordet wurde, hat sie sich krank gemeldet.«

Caroline neigte den Kopf. »Das können wir beweisen?«

»Mit einigen Zeitlücken, sicher«, knurrte Lemieux. »Das Problem ist natürlich, daß es keinen Grund für die Annahme gibt, daß sie Anlaß hätte, diesen Typ zu hassen, oder daß sie auch nur in der Nähe des Lake Heron gewesen ist. Ganz zu schweigen davon, daß sie mit – was war es noch – einem Messer und einer Pistole herumgelaufen ist.«

Caroline betrachtete ihn. Leise sagte sie: »Das kann sich jeder beschaffen, Joe. Das ist der American Way.«

»So ist es. Aber es ist noch ein weiter Weg, bis Sie eine Pistole in die Hand dieses Mädchens gelegt haben. Oder auch nur dieses Messer.«

Caroline schwieg eine Weile. »Wie sieht ihr Tagesablauf momentan aus?« sagte sie schließlich.

Lemieux sah sie scharf an. »Darf ich fragen, warum?«

Caroline zuckte die Schultern. »Reine Neugier.«

Lemieux kniff die Augen zusammen und sagte mit flacher Stimme: »Es ist täglich derselbe Ablauf – von zwölf bis zwei serviert sie Mittagessen, von acht bis zehn abends arbeitet sie in der Cafeteria. An manchen Abenden, wenn nicht viel zu tun ist, macht sie früher zu.«

»Danke.«

Lemieux betrachtete seine Fingernägel. »Hatten Sie beim Staatsanwalt kein Glück?«

»Nein.« Caroline faltete die Hände vor ihrem Körper. »Wie ist das Haus, in dem Megan wohnt, gesichert?«

Lemieux blickte zu ihr hoch. »Es ist ein Apartmentgebäude aus den fünfziger Jahren«, sagte er langsam, »genau wie das, in dem Case wohnt. Die Haustür wird per Türdrücker geöffnet. Das ist alles.«

Eine Weile sagte Caroline nichts. »Sicherheitsriegel?« erkundigte sie sich.

Ihre Blicke trafen sich. Ebenso ruhig erwiderte Lemieux: »Das kann ich nicht tun, Frau Anwältin.«

Caroline hatte ein flaues Gefühl im Magen. Ihre Miene war ausdruckslos. »Sie können mir nicht sagen, ob es Sicherheitsriegel gibt?«

Lemieux sah sie unverwandt an. »Ich habe keine Riegel gesehen«, sagte er schließlich.

Ruhelos verließ Caroline gegen zwei das Büro. Sie trug Jeans und setzte sich hinters Steuer, schon bevor sie wußte, wohin die Fahrt gehen sollte.

Sie fuhr an Masters Hill vorbei und beachtete das Haus ihres Vaters kaum. Sie parkte den Wagen an dem Weg, den sie vor zwei Wochen gegangen war, bevor sie Brett Allen getroffen hatte.

Stetig und langsam erklomm sie zwischen Gebüschen und Bäumen den Hügel. Oben erwartete sie fast, ihren Vater auf dem umgestürzten Baumstamm sitzen und auf Resolve und das umliegende Land herabblicken zu sehen. Doch sie war allein.

Obwohl der Himmel verhangen war, hatte man eine klare Sicht auf die Dächer und Türme der Stadt, aus der sie gekommen war, und auf die sich nach Westen erhebenden Berge, deren höchste

Gipfel den Himmel zu berühren schienen. Sonst allerdings war gar nichts klar.

Seit mehr als zwanzig Jahren hatte Caroline nach dem Gesetz und seinen Vorschriften gelebt. Vielleicht nicht unbedingt nach den Regeln, wie die Leute sie verstanden – als Strafverteidigerin hatte Caroline die härteste Wahrheit der Justiz akzeptieren gelernt, daß nämlich die Unschuldsvermutung zwangsläufig die Schuldigen schützen mußte. Daß manchmal auch ein böser Mensch mit der Freiheit davonkommen mußte, wenn Polizei oder Staatsanwälte gegen die Regeln verstießen, und daß es Carolines Aufgabe war, um jeden Preis über die Einhaltung dieser Regeln zu wachen. Manchmal hatte sie der Gedanke verfolgt: Natürlich war eine gesetzlose Polizei eine Bedrohung der Rechtsordnung, aber worin lag die Gerechtigkeit, einen unverbesserlichen Verbrecher – einen Mörder, Vergewaltiger oder Kinderschänder – freizubekommen, nur damit er sein nächstes Opfer fand? In manchen Nächten war der Trost, daß sie damit auch Unschuldige schützte, zu theoretisch, um ruhig schlafen zu können.

Doch sie hatte sich stets an die Vorschriften gehalten, so wie sie sie verstand. Genau so, wie es ihrer Ansicht nach die Polizei tun sollte.

Sie schloß die Augen und stellte sich Brett vor.

Es fiel ihr schon viel zu leicht. Caroline kannte ihren Tagesablauf – die Einsamkeit, die mangelnde Bewegung, das Lesen, bis die Worte vor den Augen verschwammen, ihre Tagebucheintragungen, die sie zensieren mußte, um ihre geheimsten Gedanken zu schützen. Und dann folgte ihr Caroline in der Phantasie durch zwanzig Jahre Haft, die Jackson Watts mit dem gnadenlosen Pflichtgefühl eines Staatsanwalts als Mindeststrafe forderte. Sie spürte die schreckliche Einsamkeit bei gleichzeitigem Verlust jeder Privatsphäre, die Abwesenheit von Freunden, Liebhabern oder Kindern, das Verblühen ihrer Sexualität, während sie erst dreißig, dann vierzig wurde. Sie sah die Blässe in Bretts Gesicht und die Falten, die die leeren Jahre hinterlassen würden, während die Blüte ihrer Jugend verwelkt war. Und das alles wegen einer einzigen Zeugin und der Dunkelheit einer einzigen Nacht.

Caroline erinnerte sich plötzlich an eine Begebenheit aus ihrer Zeit als junge Anwältin. Ein auf Kaution freigelassener Mandant war in ihr Büro gekommen. Er bestritt seine Schuld nicht, sondern hoffte nur auf eine milde Strafe. Er war rothaarig, schmuddelig, schmächtig und machte ein bekümmertes Gesicht. »Sie haben es mir so leicht gemacht«, beschwerte er sich. Caroline erkannte, daß er wie so viele andere ihrer Mandanten irgendwelche namenlosen »Sies« für seine Taten verantwortlich machte. Und dann hatte er zum Beweis eine dünne Kreditkarte aus Plastik gezückt und durch den Türschlitz gezogen, bis die Tür scheinbar wie von selbst aufgesprungen war. »Sehen Sie«, sagte er anklagend. »Kein Riegel.«

»Ja«, hatte Caroline trocken erwidert. »Was können ›sie‹ da anderes erwarten?«

Sie konnten erwarten, dachte sie jetzt, daß eine Richterin das Gesetz achtete. Um jeden Preis.

Caroline stand auf und blickte auf die Stadt in der Ferne. Wenn das hier vorbei war, würde sie, egal was geschah, darum bitten, daß ihre Nominierung zurückgezogen wurde.

10

Einen halben Block die dämmrige Straße hinunter saß Caroline in ihrem Wagen.

Ihre Uhr zeigte 19 Uhr 50. Im Rückspiegel beobachtete sie die Haustür, doch niemand verließ das Apartmentgebäude.

Vielleicht arbeitete Megan heute abend nicht, dachte Caroline und wartete, halb erleichtert, halb angespannt, weiter.

Dann sah sie, wie die Tür aufging.

Sie drehte sich nicht um. Eine Bewegung huschte über den Spiegel; in der Dämmerung war die Gestalt der Frau nur ein winziger Schatten auf dem Glas. Caroline konnte sie nicht erkennen.

Das Beifahrerfenster war einen Spalt offen. Völlig regungslos wartete sie auf die Schritte auf der anderen Straßenseite und hoffte, daß das Zwielicht und der Schatten der Bäume das Innere des Wagens verdunkeln würden.

Durch das Fenster drang das leise Klacken von Holzabsätzen auf dem Asphalt.

Noch immer wandte Caroline sich nicht um. Kurz darauf sah sie die großgewachsene Gestalt von Megan Race ein wenig steifbeinig unter einem Baum entlanggehen.

Eine Laterne ging an. Caroline sah Megan als einen Schatten, der sich, ohne die Umgebung zu beachten, aus dem Licht ins Halbdunkel bewegte.

Caroline sah sich um und trat dann auf die leere, von Bäumen gesäumte Straße. Sie trug eine leichte Jacke und Jeans. Als sie die Straße überquerte, machten ihre Joggingschuhe kein Geräusch.

Der Weg bis zu dem Haus kam ihr verschwommen und unwirklich vor. Ungläubig erreichte sie die Tür.

Das Gebäude war ein steriler viergeschossiger Kasten. Megan wohnte im dritten Stock, wie Caroline wußte, was das Eindringen und eine mögliche Flucht noch schwieriger machte.

Unentschlossen stand sie da.

So kam sie nicht weiter – jemand könnte sie sehen.

Unbeholfen drückte Caroline auf alle zehn Klingelknöpfe der Apartments im ersten Stock.

Stille.

Caroline atmete tief durch und wartete. Dann drückte irgendeine vertrauensvolle Seele oben den Türöffner, und sie war drinnen.

Sie stand in der kargen Lobby – ein Fahrstuhl, eine Tür zum Treppenhaus, über der in grüner Neonschrift stand: Notausgang. Caroline öffnete die Tür und schloß sie hinter sich.

Das Treppenhaus war dunkel. Bald würden im ersten Stock die Wohnungstüren aufgehen, Mieter würden in den Flur spähen, um zu sehen, wer sie herausgeklingelt hatte. Caroline hastete die Stufen hoch.

Im ersten Stock fuhr sie herum und sah durch das Fenster der Tür eine Frau im Flur stehen. Erst als sie den dritten Stock erreicht hatte, wurde ihr klar, daß dieses Bild sie an Brett und an das Gefängnis erinnert hatte.

Schwer atmend blickte Caroline durch das Fenster. Der Flur war leer; von der Unruhe im ersten Stock war hier oben nichts zu spüren. Wenn sie erst einmal in Megans Apartment war, war sie außer Sichtweite.

Mit aufgesetzter Ruhe trat sie in den Flur. Er war nicht lang, nur fünf Türen auf jeder Seite. Megans Apartment lag links.

Nicht denken, sagte Caroline sich. *Einfach handeln*.

Sie ging bis zu Megans Tür.

In ihrer Jackentasche hatte Caroline ein Taschentuch und eine dünne Plastikkarte, die sie benutzte, um nach Büroschluß ihre

Kanzlei zu betreten. Es war die einzige ihrer Karten, auf der ihr Name nicht gespeichert war.

Als sie sich umsah, konnte sie niemanden entdecken. Aus dem Nachbarapartment drangen hohle Stimmen aus einem Fernseher.

Caroline zückte die Karte und legte das Taschentuch über den metallenen Türknauf. Ihre Stirn war feucht. Nun gab es keinen Zweifel mehr darüber, was sie hier tat; sie bereute es plötzlich, keine Handschuhe zu tragen. Sie schob die Karte in den Türschlitz...

Sie glitt ihr aus den Fingern.

Caroline hielt den Atem an. Leise klickend fiel die Karte auf die Fliesen und blieb, im Licht glänzend, vor ihren Füßen liegen. Erst jetzt wurde Caroline sich der Gefahr bewußt, daß sie auch durch den Spalt hätte fallen können.

Rasch hob sie die Karte auf.

Mit jedem Zögern wurde es wahrscheinlicher, daß jemand den Flur betrat – vielleicht der Hausmeister, der dem unerklärlichen Klingeln nachging. Carolines Uhr zeigte 20 Uhr 17.

Mit zusammengekniffenen Augen schob Caroline die Karte erneut in den Schlitz und zog sie bis zu dem Schloß, bevor sie sie ein wenig anwinkelte, um die Arretiervorrichtung des Türknaufs zu erreichen. Mit angehaltenem Atem schob sie die Karte zwischen Schloß und Rahmen und zog gleichzeitig behutsam an der Tür.

Ein leises Klicken, und Caroline spürte, wie sich der Knauf in ihrer Hand bewegte. Sie stieß die Tür auf, schlüpfte in Megans Apartment und schloß sie leise hinter sich.

Es war stockdunkel. Das Taschentuch über ihren Fingerspitzen tastete Caroline orientierungslos umher, bis sie den Lichtschalter an der Wand fand.

Als das Licht anging, wartete sie einen Moment blinzelnd, bis ihre Augen sich an die plötzliche Helligkeit gewöhnt hatten.

Es war ein schlichtes Apartment – ein Wohnzimmer, eine kleine Küche, daneben eine Tür, die wohl in Megans Schlafzimmer führte. Während Caroline noch unentschlossen dastand, hörte sie Schritte auf dem Flur.

Sie erstarrte.

Es waren die schweren Schritte eines Mannes. Sie kamen näher. Einen Moment lang glaubte Caroline, daß sie vor Megans Tür stehengeblieben waren. Dann kam der nächste Schritt und dann noch einer. Kurz darauf konnte Caroline sie nicht mehr hören.

Für eine Weile war sie hier sicher, sagte sich Caroline. Sie sah sich erneut um.

Sie hatte leuchtende Farben, lebhafte Plakate, vielleicht Fotos von Megan selbst erwartet, doch die Wohnung war nichtssagend und unpersönlich – die Möbel wirkten funktional, die Wände waren nackter Beton. Man hatte kaum das Gefühl, daß hier jemand lebte, dachte Caroline – jung oder alt, Mann oder Frau.

Das Taschentuch noch immer über der linken Hand betrat Caroline das Schlafzimmer.

Die eine Tür von Megans Kleiderschrank bestand aus einem großen Spiegel. Der Spiegel war direkt gegenüber dem Fußende von Megans Bett angebracht, ganz so wie Larry es beschrieben hatte. Sie war sich jetzt sicher, daß er die Wahrheit gesagt hatte.

Carolines Uhr zeigte 20 Uhr 25.

Rasch ging sie die Schubladen von Megans Kommode durch, fand jedoch nichts außer Hosen, T-Shirts, BHs und Slips – alle in einem chaotischen Haufen zusammengewürfelt. Bevor sie zum Kleiderschrank ging, wischte sie die Schubladengriffe ab.

Der Schrank war geräumig mit Schiebetüren aus Holz. Eine Tür hing neben der Schiene; mühsam schob Caroline sie auf und inspizierte den Kleiderschrank.

Sie sah Kleider, einen Parka, Stiefel und Schuhe. Doch was sie abrupt innehalten ließ, war eine große offene Kiste.

Zuoberst lag eine Polaroidkamera.

Caroline kniete sich vor den Schrank und legte die Kamera behutsam beiseite.

Darunter lag ein Spiral-Notizblock, auf dem Einband stand der Name von Larrys Seminar.

Caroline öffnete das Notizbuch. Die Notizen, die sie las, waren sehr detailliert, nicht die hastigen Kritzeleien einer Studentin, sondern etwas fast Ehrerbietiges, eine so wörtliche Wiedergabe jeder einzelnen Vorlesung, wie es bei einer eiligen Mitschrift eben möglich war. Aber sonst nichts.

Und dann sah Caroline den Kalender.

Er war vom Vorjahr. Die Monate Oktober und November, die Zeit ihrer Affäre, waren wie wütend herausgerissen worden.

An der Seite steckte eine Karte der White Mountains.

Caroline klappte sie auf. Am unteren Rand war der Zeltplatz, den Larry beschrieben hatte, umkringelt.

Einen Moment lang saß Caroline regungslos da. Sie wußte jetzt, daß sie recht hatte – zumindest in ihrer Einschätzung von Megan und dem, was Larry für sie gewesen war. Doch nichts, was sie bisher gefunden hatte, würde vor einem Gericht irgend etwas beweisen. Selbst wenn sie es mitnehmen könnte.

Vorsichtig legte Caroline alle Einzelteile zurück in die Kiste und schloß die Schranktür.

Es war jetzt 20 Uhr 43.

Caroline sah sich im Schlafzimmer um.

Das einzige bemerkenswerte Möbelstück war ein heller Eichensekretär.

Auf dem Regal standen ein paar Bücher, die sich alle mit Psychologie befaßten: Familie, normal und gestört; Einzelkinder; Väter und Töchter. Doch weder hier noch sonstwo fanden sich irgendwelche Hinweise auf Megans eigene Familie.

Caroline zog die Schublade des Sekretärs auf.

Darin befanden sich zwei edle Füller und ein rotes, ledergebundenes Tagebuch mit einem grünen Band als Lesezeichen.

Das Tagebuch klappte in Carolines Händen auf.

Die Einträge begannen mit Megans zweitem Studienjahr. Hastig begann Caroline zu lesen. Die ersten Seiten waren ein beunruhigendes Durcheinander – vage spirituelle Sehnsüchte, Beschreibungen von namen- und gesichtslosen Sexualakten, daneben paradoxerweise Feindseligkeiten gegen Männer im allgemeinen. Die Einträge schienen immer ausschweifender und vehementer zu werden, als Caroline sich zur Mitte vorarbeitete. Und dann blätterte Caroline weiter und entdeckte den Rest eines herausgerissenen Eintrags.

Die Monate September bis Dezember fehlten.

Ohne große Hoffnung las Caroline im Februar weiter.

Die Handschrift wirkte jetzt zackiger wie von der Heftigkeit der auf dem Papier ausgebreiteten Gefühle, doch Caroline fand keine Erwähnung von Larry.

Sie blätterte eine weitere Seite auf und hielt abrupt inne.

Sie las die Seite wieder und wieder. Mit zitternden Fingern überflog sie die Einträge, bis sie zum Mai kam.

Wieder hielt Caroline inne und starrte auf das Papier.

»Mein Gott«, sagte sie laut.

Im Schneidersitz auf dem Fußboden hockend, las Caroline das Ganze noch einmal sorgfältig durch. Sie spürte, wie ihr Herz raste.

Als sie fertig war, saß sie, das Tagebuch im Schoß, da und versuchte, ihre Gedanken zu ordnen.

Ihre Uhr zeigte 21 Uhr 15.

Es gab keine Möglichkeit, die Seiten zu kopieren und das Tagebuch wieder an seinen Platz in der Schublade zurückzulegen, als ob sie nie hier gewesen wäre. Der einzige erreichbare Kopierer stand in der Bibliothek des Chase College, und das barg zu viele Gefahren: Sie konnte gesehen werden; vielleicht gelang es ihr nicht, Megans Haus oder Wohnung erneut zu betreten oder sie wurde bei dem Versuch überrascht. Megan selbst könnte sie ertappen. Caroline starrte auf das Tagebuch in ihrem Schoß.

Ungeachtet möglicher Konsequenzen konnte sie die Wohnung nicht ohne dieses Buch verlassen.

Es war jetzt 21 Uhr 22.

Gegen ihre Nervosität ankämpfend, rekonstruierte Caroline ihren Weg durch die Wohnung und begann überall – am Lichtschalter und den Türklinken – ihre Fingerabdrücke abzuwischen.

Manchmal macht sie abends früher Schluß, hatte Lemieux gesagt.

Als Caroline hastig auf ihre Uhr sah, war es 21 Uhr 31.

Es blieb noch immer viel zu tun.

Sie ging ins Schlafzimmer, wischte die Griffe der Kommodenschubladen und der Schiebetür von Megans Kleiderschrank ab.

Das größte Problem war die Kiste. Caroline zog sie aus dem Schrank und wischte sie überall gründlich ab, wo sie ihrer Erinnerung nach hingefaßt hatte. Die Kamera, den Einband des Notizbuches, seine Ränder, die Ecken der Landkarte, die Kiste selbst.

Dabei achtete sie auf Geräusche. Doch sie hörte nur den Fernseher im Nebenapartment.

Als Caroline die Kiste mit der Schuhspitze wieder in den Schrank schob, war es 21 Uhr 51.

Sie drehte sich um und sah das Tagebuch auf dem Boden.

Sie wußte, daß dies der letzte Moment der Entscheidung war, die letzte Chance, das Tagebuch wieder in die Schublade zu legen und zu gehen. Sie spürte ihr Zögern und eine Vorahnung düsterer Konsequenzen.

Caroline ging durch das Schlafzimmer und wischte die Fingerabdrücke auf dem Sekretär ab.

Es war 21 Uhr 54.

In einer Viertelstunde würde Megan zurück sein.

Für lange Entscheidungen blieb keine Zeit mehr.

Caroline ging in die Mitte des Raumes, hob das Tagebuch auf und wandte sich zum Gehen, als sie plötzlich das Klimpern von Schlüsseln an der Tür hörte.

Einen Moment lang blieb sie wie erstarrt stehen und wußte hinterher nicht, welcher rettende Instinkt ihr, kurz bevor die Wohnungstür aufging, gesagt hatte, sich an die Wand zu drücken und das Licht im Schlafzimmer auszumachen.

Als Megan die Tür hinter sich schloß, starrte Caroline in den dunklen Raum.

Sie konnte die Kleiderschranktür eher ahnen als sehen. Ihr Puls hämmerte in ihren Ohren.

Caroline machte einen Schritt nach vorn und hoffte, nicht zu stolpern. Als Megans Schritte durchs Wohnzimmer näherkamen, hatte sie den Spalt der Schranktür gefunden.

Mit einer Hand zwängte Caroline die klemmende Tür auf. Als sie in den Schrank schlüpfte, quietschte die Tür leise und glitt wieder halb zu.

Mit winzigen Schritten drehte Caroline sich um.

Megan betrat das Schlafzimmer. Das Licht ging an.

Megan blieb stehen und sah sich um. Sie wirkte besorgt und unglücklich, von geheimen Gedanken zerfressen.

Caroline wußte, daß Megan sie sehen würde, wenn sie zum Schrank blickte. Sie wagte kaum zu atmen.

Megan ging bis in die Mitte des Zimmers und zog ihr Sweatshirt aus.

Seltsam fasziniert beobachtete Caroline sie – voller Angst, Megan würde ihre Jeans in den Schrank hängen, nachdem sie sie ausgezogen hatte.

Doch sie ließ sie auf dem Boden liegen.

Als sie nackt war, wandte sich Megan dem Spiegel zu und betrachtete sich eindringlich und kritisch. Und dann neigte sie ihren

Kopf und riß die Augen ein wenig auf, als flehe sie den Spiegel um Mitgefühl an. Sie strich mit einem Finger über ihre Brustwarze, während sie dastand wie eine Statue, gefangen in ihrer Einsamkeit. Caroline hielt die Luft an.

Megan wandte sich vom Spiegel ab und blickte nachdenklich zu Boden. Caroline konnte jetzt in ihr Gesicht sehen; Megan brauchte nur aufzublicken, um dem Blick ihrer Beobachterin zu begegnen. Doch sie wandte sich langsam ab und ging, Carolines Blickfeld verlassend, zur Kommode.

Jetzt waren es nur noch Geräusche – eine Schublade wurde aufgezogen, Kleider durchwühlt. Dann durchquerte Megan in einem Flanellnachthemd das Schlafzimmer und verschwand wieder.

Caroline zögerte. Wenn sie blieb, würde Megan sie mit Sicherheit entdecken; und selbst wenn nicht, konnte Caroline es nicht riskieren, durchs Schlafzimmer zu schleichen, während Megan ihrer Meinung nach schlief.

Megans Schritte wurden leiser.

Bitte, flehte Caroline sie stumm an, *geh in die Küche.*

Caroline stieg, das Tagebuch noch immer in der Hand, langsam aus dem Kleiderschrank und schlich geräuschlos durch das Schlafzimmer.

Von der Tür aus spähte sie ins Wohnzimmer.

Niemand.

Als Caroline das Wohnzimmer betrat, hörte sie aus der Küche Geklapper.

Caroline versuchte sich daran zu erinnern, wie sie eingerichtet war. Waschbecken und Schränke waren an der Wand; wenn sie dort zugange war, konnte Megan das Wohnzimmer nicht sehen.

Caroline atmete tief durch und ging rasch und leise auf die Tür zu. Ein paar Schritte noch bis zu der Stelle, wo Megan sie sehen konnte.

Als Caroline sie erreichte, warf sie einen raschen Blick zur Seite und erwartete fast Megans Schrei zu hören, doch sie sah, daß jene mit einem Teebeutel in der Hand vor dem Waschbecken stand.

Geräuschlos durchquerte Caroline das Wohnzimmer. An der Tür blieb sie stehen, hörte, wie Megan mit einem Löffel in einer Tasse rührte, und zückte ihr Taschentuch.

Das Taschentuch über der Hand drehte sie den Knauf der Wohnungstür. Die Tür ächzte leise.

Die Geräusche aus der Küche brachen abrupt ab.

Panisch blickte Caroline in den leeren Flur. Rasch schlüpfte sie aus der Tür, die hinter ihr mit einem leisen Klicken von selbst zufiel.

Caroline eilte zum Notausgang.

Der Lärm war ihr jetzt egal. Ihr Herz raste, als sie die Tür aufstieß und hinter sich wieder zuzog. Durch das Fenster sah sie, wie Megan in den Flur blickte.

Caroline rannte die Treppe hinunter und durch die Halle hinaus in den kühlen Abend.

Die Fahrt kam ihr unwirklich vor. Jede Kleinigkeit wurde zum Spiegel ihrer Angst – jedes Paar Scheinwerfer ein Polizeiwagen; und hatte der alte Mann, der auf der Veranda ihres Gasthauses saß, nicht auf das Tagebuch in ihrer Hand gestarrt? Sie eilte auf ihr Zimmer.

Dort setzte sie sich auf die Bettkante und dachte: *Jetzt weißt du, wie es sich anfühlt, eine Straftat zu begehen.*

Dann wurde ihr klar, daß sie das Tagebuch nirgendwo aufbewahren konnte.

In ihrem Aktenkoffer war ein Umschlag.

Als ihre Idee Gestalt annahm, erkannte Caroline, daß ihr gar keine andere Wahl blieb: Es war durchaus möglich, daß Megan inzwischen die Polizei alarmiert hatte.

Caroline nahm den roten Leuchtstift, mit dem sie wichtige Stellen in ihren Plädoyers markierte, aus ihrem Aktenkoffer und schrieb ihren eigenen Namen auf den Umschlag. Darunter »c/o Betty Allen«, sowie die Adresse von Masters Hill und die Bemerkung »persönlich und vertraulich«. Die unbeholfenen Blockbuchstaben waren nicht Carolines eigene Handschrift, sondern die eines Kindes.

Aus ihrer Handtasche zog sie ein Heftchen mit Briefmarken und frankierte den Umschlag.

Sie warf einen letzten Blick auf das Tagebuch, bevor sie es in den Umschlag steckte, die Gummierung befeuchtete und ihn fest zuklebte.

Als sie aus ihrem Zimmer die Treppe hinunterkam, saß der Mann nicht mehr auf der Veranda. Die Hauptstraße von Resolve war dunkel und leer.

Caroline wanderte alleine durch die Straßen ihrer Kindheit. In der Stille kam ihr eine Erinnerung: sie und Jackson Watts in einem Cabriolet, das er sich geliehen hatte, an einem warmen Sommerabend mit einem Sechserpack Bier auf dem Rücksitz durch die Stadt kurvend. Einen kurzen Moment lang waren die Jahre dazwischen wie weggeblasen, und ihr Leben war wieder jung.

Doch jetzt war nur noch Bretts Leben jung. Bis auf das Zirpen der Grillen und den leisen Hall ihrer Schritte auf dem Asphalt war es vollkommen still.

An einer Kurve lag die alte Kolonialwarenhandlung. Als Caroline näher kam, konnte sie die dunklen Umrisse eines Briefkastens erkennen.

Sie öffnete die Klappe und erwog einen letzten Moment lang ihre Optionen. Dann ließ sie den Umschlag in den Kasten fallen und überantwortete Bretts und vielleicht auch ihr eigenes Schicksal der amerikanischen Post.

Jetzt blieb nur noch eins zu tun.

Caroline ging bis zur Brücke. Unter sich konnte sie das leise Murmeln des Baches hören und im Mondlicht ihr Spiegelbild auf dem Wasser sehen.

Sie zog den Leuchtstift aus der Tasche und ließ ihn vorsichtig ins Wasser fallen. Es machte überhaupt kein Geräusch.

11

»Ich dachte, ich liefere sie persönlich ab«, sagte Caroline.

Wie schon einmal hatte sie Jackson am Steg vor seiner Angelhütte gefunden, wo er damit beschäftigt war, seinen Außenbordmotor zu reparieren. Er wischte sich das Öl an seiner Jeans ab.

»Was ist das?« fragte er.

»Vorladungen – fünf, um genau zu sein. Für deine diversen Leute und natürlich für Megan Race. Es sei denn, du ziehst es vor, daß ich ihr die Vorladung selbst überstelle.«

Jackson zögerte. »Nein, ich werde dafür sorgen, daß sie kommt.«

Caroline betrachtete ihn. »Irgendwie klingst du nicht übermäßig zuversichtlich.«

Jackson nahm die Vorladungen entgegen, überprüfte sie mit zusammengekniffenen Augen und blickte dann auf den in der Morgensonne glitzernden See.

»Megan hat mich gestern angerufen«, sagte er schließlich. »Sie glaubt, bei ihr wäre eingebrochen worden. Vorgestern abend.«

Caroline zog eine Braue hoch. »Sie glaubt? Entweder es wurde eingebrochen oder nicht.« Trocken fuhr sie fort: »Gibt es denn irgendwelche Spuren, die auf ein gewaltsames Eindringen hindeuten? Oder ist das nur ein weiteres Kapitel aus Megans reichhaltigem Phantasieleben?«

Jackson wandte sich ihr zu. »Sie glaubt, daß du jemanden geschickt hast, Caroline. Einen Profi.«

Caroline lachte kurz auf. »Ich habe niemanden ›geschickt‹.«

Jackson sah sie jetzt eindringlich an. »Davon bin ich selbstredend ausgegangen. Doch ich konnte nicht umhin, daran zu denken, wie heftig du mich erst kürzlich dazu gedrängt hast, ihre Wohnung durchsuchen zu lassen.«

Caroline sah ihn an. »Warum glaubst du ihr überhaupt? Vermißt sie irgendwas?«

Jackson runzelte die Stirn. »Ich weiß nicht. Aber was immer ihrer Meinung nach auch geschehen ist, es hat sie ziemlich verängstigt.«

»Vielleicht ist es ihr schlechtes Gewissen, wie bei Lady Macbeth.« Caroline lächelte schwach. »Wenn Megan anfängt zu murmeln, ›fort, verdammter Fleck‹, würde ich anfangen, mir Sorgen zu machen.«

Jackson stemmte seine Hände in die Hüften und blickte auf den Steg. »Caroline«, sagte er leise, »was weißt du von dieser Sache?«

Caroline beobachtete ihn. »Ist das eine Beschuldigung?«

Jackson sah sie von der Seite an. »Laß es mich anders ausdrükken«, sagte er schließlich, »von einem Profi zum anderen, gibt es da etwas, was ich wissen sollte?«

Einen Moment lang wünschte sich Caroline, mit ihm reden zu können. Doch das war unmöglich; der Impuls erstarb und hinterließ eine vage Traurigkeit. »Wie du mir so prägnant erklärt hast, Jackson, ist Megan jetzt mein Problem.« Sie hielt inne und fuhr dann leise fort: »Sorg einfach dafür, daß sie da ist, ja? Es wäre doch jammerschade, wenn Megan Race ihren Augenblick im Rampenlicht verpassen würde.«

»Ich habe einen Plan«, sagte Caroline leise, »wie wir mit Megan fertig werden.«

Brett neigte den Kopf. »Aber du wirst ihn mir nicht verraten.«

Caroline starrte auf den Tisch zwischen ihnen. »Nein, das werde ich nicht. Ich kann nicht.«

»Das verstehe ich nicht.«

»Ich weiß.« Sie sah Brett eindringlich an. »Du hast mich einmal gebeten, an dich zu glauben. Jetzt bitte ich dich, an mich zu glauben – zumindest daran, daß ich mein Möglichstes getan habe. Und daß es einen guten Grund dafür gibt, weshalb ich dir nicht sagen kann, was genau.«

Brett schüttelte langsam und stumm den Kopf.

»Ich möchte nicht, daß du ins Gefängnis gehst, Brett«, sagte Caroline leise, »das könnte ich einfach nicht ertragen.«

Irgend etwas in Bretts Gesicht hellte sich auf, sie strahlte eine neue Offenheit aus.

»Ich glaube dir«, sagte sie nach einer Weile. »Vielleicht ist es eine Wahl, die ich getroffen habe, wie bei Menschen, die sich entschlossen haben, an Gott zu glauben. Doch ich hatte unendlich viel Zeit, über dich nachzudenken, Caroline, und ich glaube nicht, daß du je glauben wirst, daß ich unschuldig bin. Statt dessen spüre ich diese unglaubliche Akzeptanz – als ob es dir egal wäre, ob ich James getötet habe, daß es dir nur darum geht, was jetzt mit mir geschieht.« Brett sah sie einen Moment lang an. »Sind alle Anwälte so?«

Caroline lächelte schwach. »So sind Strafverteidiger – der letzte Hort bedingungsloser Liebe. Mit Ausnahme der eigenen Eltern, natürlich.«

Brett wandte den Blick ab. »Meine armen Eltern«, sagte sie schließlich. »Mein Vater benimmt sich, als wäre er schuldig, und meine Mutter sitzt bloß da und versucht etwas zu sagen, wo es nichts zu sagen gibt, hilflos, wo ich ihre Hilfe am nötigsten bräuchte.« Sie schüttelte den Kopf. »Irgendwie macht es mich traurig für sie.«

Caroline schwieg eine Weile und zuckte dann die Schultern. »Sie kann wirklich nicht viel tun. Außer sich vielleicht überlegen, wie sie dich bei ihren Besuchen ein wenig aufmuntern kann. Was schwerer ist, als du vielleicht denkst.«

Brett betrachtete ihr Gesicht. »Warum haßt du sie so sehr?« fragte sie schließlich.

»Tue ich das?«

»Natürlich tust du das. Du redest immer so schrecklich distanziert von ihr, als würdest du sie wie unter einem Mikroskop betrachten. Das ist noch viel schlimmer als Zorn.«

Und es geht so viel tiefer, dachte Caroline. »Wir sind eben sehr unterschiedliche Menschen, das ist alles. Unser Leben hat uns an verschiedene Orte geführt.«

Brett sah Caroline unverwandt an. »So unterschiedlich, daß niemand dir nahe kommen kann?«

Wieder spürte Caroline diese seltsame Macht Bretts, sie zu verletzen. »Nun, wir haben halt unterschiedliche Talente«, erwiderte sie trocken. Und dann wurde ihr klar, wie sehr sie in diesem Moment wie ihre Mutter Nicole geklungen hatte.

»Tut mir leid«, sagte sie müde. »Ich glaube, ich habe die Selbstbekenntniswelle der achtziger Jahre verpaßt – manchmal habe ich den Verdacht, daß es mehr Schaden anrichtet als nützt. Was deine Mutter und mich angeht, ist das ein Problem nur zwischen uns beiden.« Sie lächelte erneut. »Aber mit ein bißchen Glück kannst du demnächst deine ureigenen Probleme entwickeln. Was natürlich alles ist, wofür ich lebe.«

Brett schwieg eine Weile. »Du klingst jetzt optimistischer als vorher.«

Wieder dachte Caroline an das Messer, das sie nie erwähnen würde. »Ich fühle mich auch besser«, sagte sie schließlich. »Zumindest in mancher Hinsicht.«

Nachdenklich strich Brett ihr Haar zurück; irgend etwas an dieser abwesenden Geste riß Caroline aus ihren Gedanken.

»Du bist Linkshänderin, nicht wahr?«

Brett sah sie fragend an. »Warum, du auch?«

»Kein bißchen.« Caroline hielt inne und wunderte sich über sich selbst. »Man sollte nur meinen, daß es mir aufgefallen wäre.«

Das fand Brett aus irgendeinem Grund komisch. Wie um sie zu trösten, legte sie ihre linke Hand auf die von Caroline. »Mach dir nichts draus«, sagte sie mit gespielter Besorgnis. »Du hast halt viel um die Ohren.«

Einen Moment lang lächelten sie gemeinsam.

Zwei Tage wartete Caroline.

Sie arbeitete auf ihrem Zimmer, machte sich aus der Erinnerung Notizen über die Einträge in Megans Tagebuch. Manchmal hielt sie inne und stellte sich vor, der Umschlag wäre aufgerissen worden und das rote Tagebuch verlorengegangen. Sie hörte nichts.

Am Nachmittag vor der Anhörung fuhr sie nach Masters Hill und hielt am Friedhof.

Es war ein heller und strahlender Nachmittag. Eine Weile blieb Caroline am Grabstein ihrer Mutter stehen.

Was würdest du von all dem halten? fragte sie.

Der Friedhof war ruhig und still. Kopfschüttelnd mußte Caroline über sich selbst lächeln.

Dann fuhr sie zum Haus ihres Vaters.

Betty saß auf der Veranda. »Alles in Ordnung mit dir?« fragte sie.

Caroline stand verlegen auf dem Rasen vor dem Haus. »Mir geht's gut.« Sie zögerte. »Ich wollte nur sagen, daß ich mein Möglichstes für sie tun werde. Und daß ich mich durch nichts ablenken lassen werde.«

Betty nickte langsam. »Das glaube ich dir. Wir alle glauben das.«

Caroline starrte auf den Rasen. *Bitte sag, daß es angekommen ist*, dachte sie.

»Die Anhörung beginnt um neun«, sagte sie. »Ich schlage vor, daß ihr um halb neun da seid und euch in die erste Reihe setzt. Du im Kostüm, Larry mit Jackett und Krawatte – wegen der Medien, verstehst du.«

»Natürlich.« Betty hielt inne, als sei ihr ein Gedanke gekommen. »Da ist übrigens ein Paket für dich angekommen. Aus irgendeinem Grund wurde es hierher geschickt.«

Caroline spürte, wie ihre Schultern vor Erschöpfung und Erleichterung nach unten sackten. »Kannst du es holen?«

Betty verschwand im Haus. Als sie zurückkehrte, hielt sie den Umschlag in der Hand und beäugte die kindliche Druckschrift mit ängstlicher Neugier.

Sie gab Caroline den Umschlag. »Ungeöffnet«, sagte sie tonlos. »Wie du siehst.«

Ihre Blicke trafen sich. Caroline sagte nichts.

Nach einer Weile betrachtete sie das Paket. »Seltsam«, murmelte sie. »Danke.«

Als sie sich auf dem Rasen umdrehte, spürte sie das Gewicht des Tagebuchs in ihrer Hand.

Bettys bedeutungsschwere Bemerkung hatte eine Erinnerung ausgelöst, die Caroline nicht sofort abrufen konnte – die Erinnerung an einen viele Jahre zurückliegenden Sommer, in dem eine andere Frau die Geheimnisse ihres Herzens auch einem Tagebuch anvertraut hatte.

Langsam ging Caroline zu ihrem Wagen und fuhr davon.

Fünfter Teil

Sommer 1972

1

Am Tag vor ihrem zweiundzwanzigsten Geburtstag sah Caroline ihn zum ersten Mal.

Der weitere Kurs ihres Lebens schien festgelegt – ab Herbst würde sie die juristische Fakultät in Harvard besuchen und anschließend in New Hampshire als Anwältin praktizieren. Es gab eine stillschweigende Übereinkunft mit Jackson Watts, mit dem sie so vertraut war, daß zwischen ihnen nicht viel gesagt werden mußte. Und wenn es in ihrem Leben an einer gewissen Leidenschaft oder Spontaneität mangelte, war Caroline stolz darauf, anders zu sein als ihre Mutter, die eine Sklavin ihrer Launen gewesen war. Caroline wußte, wie ihre Zukunft aussah, und sie war zufrieden damit.

Ein Teil dieser Zufriedenheit rührte daher, daß sie nach einer angemessenen Zeit, in der sie auf eigenen Beinen stehen würde, gemeinsam mit ihrem Vater eine Kanzlei betreiben würde. Er hatte davon gesprochen, mit sechzig sein Richteramt niederzulegen, mit seinem guten Namen Mandanten zu werben und Caroline zu beraten, während sie sich selbst einen Namen machte. Mit seinen Beziehungen zu den Republikanern konnte Channing außerdem eine Ambition fördern, die inzwischen auch die ihre geworden war – nämlich in ferner Zukunft von irgendeinem Gouverneur zur Richterin berufen zu werden. Natürlich hatten Caroline und ihr Vater politische Meinungsverschiedenheiten: Radcliffe und ihr eigener Reifeprozeß hatten Caroline nicht unberührt gelassen, ihre Ansichten über Vietnam und die Frauenbewegung stimmten nicht mit seinen überein. Doch ihren Auseinandersetzungen fehlte jeder persönliche Aspekt: Für Caroline war ihr Vater ein Mann, den sie von Herzen liebte, ihre Dispute waren eher eine Form geistigen Trainings. Sie war glücklich, ihn zu haben.

Seltsamerweise war es ihr Vater gewesen, der sie zu dem Urlaub in Martha's Vineyard ermutigt hatte.

Er hatte das Haus nicht verkauft. Doch die verbliebenen Masters waren nie dorthin zurückgekehrt: In den sieben Sommern seit dem Tod ihrer Mutter war es an Fremde vermietet worden, und Caroline hatte nie wieder von Martha's Vineyard gesprochen.

Doch dann, zu ihrer Überraschung, fing ihr Vater davon an.

»Was würdest du tun«, fragte er sie Weihnachten vor ihrem Examen, »wenn du den nächsten Sommer nach Lust und Laune verbringen könntest? Noch mal nach Europa reisen?«

Caroline schüttelte den Kopf. »Ich würde segeln.« Sie dachte einen Moment lang nach. »Vielleicht kann ich den Sommer über in der Karibik auf einem Charterboot arbeiten und nebenbei segeln.«

Ihr Vater lehnte sich in seinen Stuhl zurück und nippte an seinem roten Bordeaux. »Warum fährst du nicht nach Martha's Vineyard?« fragte er beiläufig. »Schließlich hast du dort das Segeln gelernt, und du hättest ein richtiges Haus.«

Caroline sah ihn an und ahnte, daß ihr Vater den Wunsch hatte, die Vergangenheit und ihre Mutter für immer hinter sich zu lassen. Doch der Preis eines solchen Sommers – sich der Erinnerung stellen und sie gleichzeitig vergessen – traf Caroline hart.

»Ich weiß nicht«, sagte sie. »Ich meine, was ist mit jobben?«

Ihr Vater stellte sein Weinglas ab. »Du hast in Radcliffe ziemlich hart gearbeitet, Caroline«, sagte er. »Bald wirst du einen hervorragenden Abschluß machen und dich einer Karriere widmen, die dir noch mehr abverlangen wird. Ich fände es schön, wenn du einen letzten Sommer lang nicht arbeiten müßtest.« Caroline dachte, daß seine Augen sagten, was er mit Worten nicht ausdrücken konnte. »Außerdem könnten Betty und Larry eine kleine Erholung von der akademischen Welt brauchen«, fuhr er mit neuer Festigkeit in der Stimme fort. »Und Larry sucht einen ruhigen Ort, wo er seine Doktorarbeit schreiben kann. Ich bin sicher, ein Sommer am Meer würde ihnen auch gefallen.«

Natürlich, dachte Caroline – für sie war das Haus nicht mit Erinnerungen belastet. Doch dieser Einwand kam ihr kindisch und egoistisch vor. »Ich denke darüber nach, Vater.«

»Natürlich.« Er lächelte schwach. »Ich kann übrigens dein Catboat hinbringen lassen, wenn du willst.«

Ein paar Wochen später entschied Caroline, daß sie nicht weglaufen, sondern den Sommer auf Martha's Vineyard verbringen und genießen würde, auch wenn nichts von all dem zwischen ihnen angesprochen wurde.

»Das freut mich«, sagte ihr Vater. »Natürlich komme ich euch besuchen. Doch das Beste daran ist, wie gut es dir und Betty tun wird.«

Caroline vermutete, daß das eine Anspielung auf etwas war, wovon sie nicht geglaubt hätte, daß ihr Vater sich Gedanken darüber machen könnte – ihr Verhältnis zu Betty, die in der stillschweigenden Familienarithmetik tatsächlich nur ihre »Halbschwester« war. Von Caroline durch Alter und Aussehen getrennt, schien Betty in Caroline einen Eindringling zu sehen, dessen enges Verhältnis zum Vater eine ältere Schwester überflüssig machte. Fünf Jahre nach Bettys Heirat mit Larry Allen standen sich Caroline und ihre Schwester nicht direkt feindselig, aber fremd gegenüber.

»Bestimmt«, murmelte Caroline nichtssagend und gleichgültig.

Merkwürdigerweise schien es tatsächlich zuzutreffen.

Vielleicht war Larry der Schlüssel. Nur wenige Tage nach ihrer Ankunft hatten er und Caroline einen entspannten, scherzhaften Umgang miteinander gefunden, und Betty schien nichts dagegen zu haben – als ob die Tatsache, daß Caroline Larry mochte, auch für sie eine Bestätigung war, und in gewisser Weise war es das sogar. Caroline sah, wie hingebungsvoll Betty ihn umsorgte und wollte, daß beide glücklich waren. Außerdem war Betty von einer fast schmerzhaften Ehrlichkeit, auf eine Art frei von jedem Getue und aller Eitelkeit, um die Caroline sie fast beneidete. Und sie erkannte, daß die Abwesenheit ihres Vaters sie frei genug machte, wenigstens Freundinnen zu werden.

Nur Bettys geradezu zwanghafter Kinderwunsch verursachte Spannungen.

Mit der Distanziertheit einer Amateurpsychologin ahnte Caroline, daß Betty sich wünschte, einen Sohn oder eine Tochter mit der Sorgfalt zu umhegen, die sie selber hatte entbehren müssen. Betty gegenüber diesen Gedanken zu äußern, wäre eine grausame Entblößung ihrer tiefsten Unsicherheiten gewesen. Doch Caroline sah, daß es Larry unter Druck setzte: Sie konnten sich ein Kind nicht wirklich leisten, trotzdem bestand Betty darauf, es weiter zu versuchen, aus welchen Gründen auch immer: Es wollte sich einfach kein Allen-Baby einstellen. Für Caroline schwebte das ganze

Thema irgendwo zwischen Tragödie und Farce, wobei Larry nächtlich Bettys Feld bestellte, während er heimlich betete, daß seine Saat unfruchtbar bliebe, bis das zarte Pflänzchen seiner Karriere erste Wurzeln geschlagen hatte.

»Wohlan«, murmelte er eines Tages, während er den letzten Teller abtrocknete, »zurück in die Salzminen.«

Er sagte das scherzhaft, sein jungenhaftes Aussehen, die Stubsnase und der braune Haarkranz verliehen ihm eine Aura fröhlicher Zuversicht, so daß Caroline grinsend erwiderte: »Ich hoffe nur, daß dein Konto noch nicht überzogen ist.«

Larry verdrehte in gespielter Erschöpfung die Augen. »Sollte dieses Kind je geboren werden, wird sie das einzige Baby in der Geschichte sein, das seine Eltern mehr schlafen läßt als vorher.«

Caroline zog eine Braue hoch. »›Sie‹?«

»O ja, das gehört zur Abmachung. ›Jungen-Spermien brauchen sich gar nicht erst zu bewerben.‹« Larry lächelte erneut. »Bleib nicht zu lange weg, Caro. In Ermangelung geeigneten eigenen Nachwuchses betrachten Betty und ich uns *in loco parentis*.«

»Lange wegbleiben?« fragte Caroline unschuldig. »Mit wem denn?«

Larry lächelte vielsagend. »Ich weiß noch nicht«, erwiderte er.

In der Erinnerung kam ihr dieser spezielle Tag ironischerweise kaum anders vor als alle anderen.

Sie segelte friedlich von Tarpaulin Cove zurück. Nach kurzer Eingewöhnung hatte sie ihre alte Sicherheit schnell wiedergefunden, und am Nachmittag wehte ein stetiger, günstiger Südostwind. Sie konnte diese Strecke nicht segeln, ohne an ihre Mutter zu denken. Sie hatte sich diskret erkundigt und erfahren, daß Paul Nerheim Windy Gates verkauft hatte; es schien, als ob sie dieser Sommer auf der Insel in unmerklichen Schritten immer zufriedener machen sollte.

Natürlich vermißte sie Jackson und ihre Freundinnen vom College. Doch sie hatte akzeptiert, daß ihre Zeit dort beendet war und sie nie wieder in diese Welt zurückkehren würde. Außerdem hatten zwei Freundinnen versprochen, sie Ende August zu besuchen. Was Jackson anging, so war sie es gewohnt, oft für Wochen oder sogar Monate von ihm getrennt zu sein. Sie wußte mittlerweile, daß sie durchaus etwas von einer Einzelgängerin hatte: Im Gegensatz zu vielen ihrer Freundinnen hatte sie sich noch nie in der Liebe zu einem Mann verloren. Und sie hatte auch nicht vor, jemals damit anzufangen.

Zuerst sah sie ihn von weitem am Ende des Masters Stegs – eine schlanke Gestalt mit dunklem Haar, die Hände in den Taschen. Obwohl nichts an ihm vertraut wirkte, schien er auf sie zu warten.

Als sie sanft und perfekt andockte, warf sie ihm das Seil zu. »Was dagegen, kurz zu helfen?« fragte sie.

Er fing die Leine und band das Boot fachmännisch am Steg fest. Caroline beobachtete ihn; er hatte den Kopf gesenkt, so daß sie nur sein lockiges Haar sehen konnte, pechschwarz wie ihres.

»Danke«, sagte sie.

Er blickte zu ihr hoch. Leicht irritiert, fast ein wenig geschockt, erkannte sie einen jungen Mann Mitte Zwanzig mit einer Spur jener Schönheit, die für sie auf ewig zu Nicole Dessaliers gehörte – lange Wimpern, eine schmale Nase, ein engelsgleiches Gesicht so voller Reinheit wie geschliffenes Glas. Dazu hatte er strahlend blaugraue Augen.

Sie drehte sich um und reffte das Segel. Als sie fertig war, stand er immer noch da.

»Nettes Boot«, sagte er.

Sie kletterte auf den Steg und musterte ihre Jolle. »Segelst du auch?« fragte sie.

»Ein wenig.« Er machte eine Pause. »Wo bist du gewesen?«

Caroline sah ihn noch immer nicht direkt an. »In Tarpaulin Cove.«

»Bist du schon öfter dorthin gesegelt?«

»Ein paarmal, vor sieben oder acht Jahren.« Sie zögerte. »Einmal wäre ich fast gekentert. Deswegen hatte ich das Gefühl, daß ich die Strecke noch einmal machen sollte.«

Er stand neben ihr und nickte. »Man sagt, diese Gewässer sind tückisch.« Er machte eine Pause und schien das Meer zu betrachten. »Es gab einmal einen berühmten Seefahrer von Martha's Vineyard, Joshua Slocum. Er hat Ende des letzten Jahrhunderts die ganze Welt umschifft. Dann kehrte er heim, brach an einem klaren Tag zum Segeln auf und verschwand. Kein Mensch hat ihn je wieder gesehen.«

Caroline wandte sich ihm nun doch zu und meinte spöttisch: »Die Geschichte kannte ich ja noch gar nicht. Wirklich sehr ermutigend.«

Er grinste ein schiefes Lächeln, jungenhaft und einnehmend, was ihn in Carolines Augen noch attraktiver machte. Doch der Ausdruck in seinen Augen blieb wachsam und ein wenig ängstlich.

Er streckte seine Hand aus. »Scott Johnson. Ich wohne im Haus der Rubins nebenan, als Hausmeister.«

Sein Händedruck war fest und kühl. »Caroline Masters«, sagte sie.

Er nickte erneut. »Ich habe dich schon gesehen.« Er wies mit dem Kopf auf das Haus. »Kommst du jeden Sommer hierher?«

Caroline betrachtete ihn eingehender; er hatte gleichzeitig etwas Zurückhaltendes und etwas Anmaßendes, was nicht recht zueinander passen wollte. »Schon seit Jahren nicht mehr«, sagte sie schließlich.

Scott lächelte knapp. »Die Rubins sind auch nicht oft hier. Aber wie Fitzgerald einmal gesagt hat, die Reichen sind anders.« Er wandte den Blick zu dem weißen Giebelhaus der Masters, das im weichen Licht der Nachmittagssonne auf der Klippe über dem Strand thronte. »Es fällt schwer, sich vorzustellen, daß irgend jemand hier nicht herkommen will. Zumindest immer dann, wenn er kann.«

Caroline verspürte eine leichte Verärgerung und fragte sich, wie sie sich auf dieses Gespräch hatte einlassen können. »Meine Mutter ist hier gestorben«, sagte sie gepreßt. »Vor einigen Jahren bei einem Unfall. Meine Familie hat andere Urlaubsorte gefunden.«

Er steckte die Hände in die Taschen. »Tut mir leid«, sagte er. »Wenn man zu viele Fragen stellt, ist früher oder später eine dumme dabei. Ich habe nur bemerkt, daß euer Haus bewohnt ist, und dann habe ich dich gesehen und bin neugierig geworden. Wahrscheinlich hatte ich nicht genug zu tun.«

Es war eine einigermaßen angemessene Entschuldigung. Sie bewirkte, daß Caroline das Gefühl hatte, unhöflich zu sein, wenn sie ihn jetzt einfach stehenließ. »Wie lange bist du schon hier?« fragte sie.

»Seit Januar. Die Winter hier sind ziemlich ruhig, wie ich festgestellt habe.«

»Dann bist du nicht von hier.«

»Nein.« Er lächelte. »Ich bin bloß vorbeigekommen und hab mich auf eine Anzeige hin gemeldet. Ich war vorher noch nie hier.«

Er sagt das einfach so dahin, dachte Caroline, aber irgend was an ihm paßt nicht zu dem Bild des nutzlosen Landstreichers, dem es egal ist, wo er bleibt, und nicht weiß, wohin er als nächstes will.

»Warum gerade Martha's Vineyard?« fragte sie.

»Es schien ein guter Ort, um über alles nachzudenken.« Er hielt inne und sah auf seine Uhr. »Jetzt muß ich die Rubins anrufen und ihnen Bericht erstatten.« Er lächelte wieder. »Die Reichen sind eben doch anders, weißt du. Sie erwarten pünktlich meinen Anruf.«

Mit diesen Worten ließ er sie stehen – und ihre Neugier war ein wenig geweckt.

In jener Nacht kam überraschend ein Sturm auf.

Er heulte ums Haus und rüttelte an Fenstern und Türen. Als Caroline aufwachte, dachte sie an ihr Boot und stellte sich vor, wie es gegen den Steg schlug oder aufs Meer hinaustrieb. Sie hatte es schließlich nicht selbst festgemacht.

Rastlos zog sie sich Blue Jeans und eine Daunenjacke über und verließ das Haus, um nach dem Boot zu sehen.

Der heulende Wind riß sie fast um. Doch die Nacht war seltsam klar, die Sterne hell und nah am endlos schwarzen Himmel. Die Welt kam ihr magisch und ehrfurchtgebietend vor.

Der Mast des Catboat ragte über den Steg hinaus. Als Caroline beruhigt auf ihn zuging, sah sie am Ende des Stegs eine einsame Gestalt stehen.

Er blickte, die Hände in den Taschen, aufs Meer, als würde der Wind ihm nichts anhaben können.

Ihre Schritte wurden vom entgegenkommenden Wind gedämpft. Etwa zwanzig Meter von ihm entfernt blieb sie bei ihrem Catboat stehen. Obwohl glitschige Wellen gegen den Rumpf schlugen, hatte irgend jemand es mit einer zweiten Leine fest am Steg vertäut. Es bewegte sich kaum.

»Das dürfte sicher sein«, sagte er.

Er hatte sich ihr zugewandt; Caroline spürte, daß er ihre Anwesenheit schon eine Weile geahnt hatte. »Hast du es vertäut?« fragte sie.

»Ja. Ich habe den Wind gehört und mir Sorgen gemacht.«

Es war die unpersönliche Sorge eines Seemanns, dem Boote mehr bedeuteten als ihre Besitzer. Der Gedanke dämpfte Carolines Dankbarkeit. »Danke«, sagte sie.

»Aber klar doch.«

Sein Gesicht blieb im Schatten, und er kam nicht näher. Caroline, der dieser Steg gehörte, kam sich vor, als würde sie in seine Privatsphäre eindringen. Doch ein wenig Höflichkeit schien angebracht. »Kann ich dir eine Tasse Kaffee anbieten?« fragte sie. »Wo wir beide schon auf sind.«

Der stille Schatten schien sie kurz zu betrachten. »Nein«, sagte er schließlich. »Aber ebenfalls vielen Dank.«

Er kam weniger auf sie zu als an ihr vorbei. Dann blieb er stehen und drehte sich zu ihr um; schlagartig wurde Caroline daran erinnert, wie schön er war.

»Das Boot ist sicher«, sagte er ruhig. »Schlaf schön, ja?«

Und damit ließ er sie erneut einfach stehen.

2

In den nächsten Tagen sah sie ihn nicht. Es war kein Segelwetter, entweder regnerisch oder windstill. Am ersten schönen Morgen – hell, frisch und windig – packte Caroline ihre Kühlbox und verließ voll gespannter Erwartung das Haus.

Er saß am Anfang des Stegs am Strand, einen Becher dampfenden Kaffee in der Hand. Als ob er gewußt hätte, daß sie segeln gehen würde, dachte Caroline. Doch er drehte sich nicht zu ihr um.

Sie blieb neben ihm stehen. »Hallo«, sagte sie.

Er blickte zu ihr hoch, seine blau-grauen Augen blitzten belustigt. »Du bist wohl ein unverwüstlicher Segel-Fan, was?«

Caroline hörte eine gewisse Bewunderung oder doch zumindest Verständnis in seinen Worten. Das war sie nicht gewohnt – Jackson, mit dem sie so viele Dinge teilte, konnte der Segelei nicht viel abgewinnen. Also fragte sie ihn, ohne nachzudenken: »Willst du mit raus kommen?«

Sein Blick verschleierte sich, wie hin und her gerissen zwischen seinem Desinteresse an ihrer Gesellschaft und seiner Lust zu segeln. Als er erneut aufblickte und sie direkt ansah, umspielte ein Lächeln seine Mundwinkel. »Meinst du, ich könnte zwischendurch mal das Ruder übernehmen?«

Er schien sich schnell mit dem Boot zurechtzufinden und seine Eigenarten mit Interesse zu registrieren. Er segelte so routiniert und selbstbewußt, daß nicht einmal eine gewisse Bescheidenheit in seinen Worten und Gesten verbergen konnte, was für ein erfahrener Segler er war.

Caroline hatte das Gefühl, unsichtbar zu sein. Minutenlang segelte er hart am Wind, wortlos in der strahlenden Frische des Tages. Seine Freude zu sehen bereitete Caroline stilles Vergnügen.

Als sie gerade dachte, daß er sie komplett vergessen hatte, drehte sich Scott zu ihr um. »Danke«, sagte er lächelnd. »Ist eine Weile hergewesen.«

Caroline übernahm das Ruder. »Wo hast du gelernt, so zu segeln?«

»Auf dem Erie-See.« Scotts Lächeln wurde breiter. »Du hast doch von den großen Seen gehört? Die haben sie in Radcliffe sicher auch schon zur Kenntnis genommen?«

Caroline spürte, wie ihr Ärger alle Höflichkeit verdrängte. »Ach, was soll denn der Mist«, gab sie zurück. »Dieser ›Mittelschichtsjunge trifft Daisy Buchanan‹-Film.« Sie dämpfte ihre Stimme ein wenig. »Es ist wie schlechter Fitzgerald. Und Fitzgerald ist an sich schon schlimm genug.«

Scott sagte nichts. Doch sie bemerkte, wie er seinen offenen, nachdenklichen Blick in stiller Achtung zum Wasser wandte. Er versuchte es nie wieder.

Sie segelten über den Vineyard-Sund zu der Mündung des Tashmoo-Sees, in dessen geschützen Wassern sie ankerten. Caroline teilte ihr Sandwich und ihr Bier mit ihm.

»Gehst du manchmal in die Stadt?« fragte sie. »Ins Black Dog oder Square Rigger?«

»Mit den College-Kids rumhängen, meinst du? Bier trinken, Musik hören?« Er schüttelte lächelnd den Kopf. »Ich fürchte, das habe ich schon vier lange Jahre gemacht.«

Caroline betrachtete ihn. »Du bist doch nicht gerade erst fertig geworden, oder?«

»O nein.« Sein Lächeln wurde schmaler, und der verschleierte Blick kehrte zurück. »Nein, es ist schon eine Weile her, seit ich auf dem College war.«

Etwas in seinem Ton und seiner Art deutete an, daß ihm weitere Fragen unwillkommen waren, doch Caroline merkte, daß ihr das egal war. »Und was hast du dann gemacht?« fragte sie.

Er sah sie derart direkt an, daß Caroline spürte, daß sie eine unsichtbare Linie übertreten hatte. »Nicht viel«, sagte er leise. »Zumindest nicht viel Nützliches.«

Doch Caroline war nicht bereit, sich einschüchtern zu lassen. Sie hielt seinem Blick stand und zog fragend ihre Brauen hoch.

Nach einer Weile seufzte er schwer, als hätte sie ihn in die Enge getrieben. »Ich sehe vielleicht nicht so aus«, sagte er schließlich, »aber ich bin ein Opfer der Außenpolitik dieses Landes. Ich habe Opfer gebracht, damit andere sterben konnten.«

Caroline kniff die Augen zusammen. »Du warst in Vietnam?«

Scott lächelte schwach. »Das ist es ja gerade. Ich war nicht in Vietnam. Das hat mich so ziemlich alles gekostet, was ich zu geben hatte.«

Caroline hörte eine gewisse Selbstironie aus seinen Worten heraus. »Laß mich raten«, sagte sie. »Du bist ein Psychopath, der sich in einen wunderbaren Jungen verliebt hat und an Heuschnupfen leidet.«

»An Heuschnupfen hatte ich noch gar nicht gedacht.« Scott schüttelte langsam den Kopf. Sein Lächeln war verschwunden. »Es ist in Wahrheit eine solche Verschwendung. Und das einzige, was ich zu verschwenden hatte, war Zeit.«

»Inwiefern?«

Scott schien seine Gedanken zu sammeln. »Ich habe mich mit dem sicheren Wissen durch das Ohio Presbyterian College gebummelt, daß in meinem geschützten Leben die schlimmste Form der zwangsweisen Einberufung ein verpflichtender Gottesdienstbesuch war. Und danach konnte ich immer noch einen Doktor in irgendwas machen oder so ...

Aber 1968 war ein magisches Jahr. Martin Luther King und Bobby Kennedy wurden erschossen, die Russen sind in der Tschechoslowakei einmarschiert, und mit seinem letzten politischen Atemzug hob Lyndon B. Johnson die Zurückstellung für graduierte

Studenten auf. Damit wies er der Klasse von '68 eine einzigartige Nische in der Weltgeschichte zu – der erste Jahrgang, der nicht mehr zurückgestellt wurde, und der letzte Jahrgang vor der Lotterie, die seither so viele Leben gerettet hat, daß sie dem alten Spruch, ›das Leben ist eine Lotterie‹, einen völlig neuen Sinn gegeben hat...«

Caroline dachte an Jackson. »Ich weiß«, sagte sie. »Mein bester Freund hatte die Nummer 301.«

Er sah sie kurz und scharf an. »Nun, dein Freund ist ein glücklicher Mann«, sagte er. »Ein Zimmerkollege von mir wurde getötet. Ein Freund kam wegen Wehrdienstverweigerung ins Gefängnis und hatte einen Nervenzusammenbruch. Und ich wurde gezwungen, meine Leidenschaft für den Lehrberuf zu entdecken.« Seine Stimme nahm einen ironischen Unterton an. »Eine Vorschulklasse an einer Ghetto-Schule. Eine Begegnung verwandter Seelen.«

Caroline zuckte die Schultern; irgend etwas an seiner schnoddrigen Art fand sie unattraktiv. »Ich nehme an, es hat dir deine Zurückstellung eingebracht.«

»Aber nur für ein Jahr. Meine Vorgängerin hatte dummerweise eine Fehlgeburt und war schon im nächsten September wieder da. Danach habe ich kurz selbst an eine Schwangerschaft gedacht. Aber es gab keine Frau, die ich schwängern wollte, und alleine konnte ich die Sache nicht durchziehen. Also habe ich mich wieder auf traditionellere Untauglichkeiten besonnen.«

Er machte eine Pause und blickte aufs Meer, der Wind zerzauste sein schwarzes Haar. Caroline erlebte ihn von Minute zu Minute anders und vermutete, daß sich hinter seinem Zynismus ein tieferes Gefühl verbarg. Scott zuckte abrupt die Schultern. »Es hat jedenfalls am Ende geklappt. Nach zwei Jahren bin ich endlich ausgemustert worden – Hiatushernie. Zum Glück beeinträchtigt es mein Segeln nicht.«

»Aber das ist doch gut, oder nicht?«

Scott schüttelte langsam den Kopf, weniger verneinend als eher verwirrt. »Das war es – das ist es. Aber ich hatte auf einmal kein Ziel mehr. Ich hatte so lange versucht, mich der Einberufung zu entziehen, daß ich nicht mehr wußte, wer ich war oder was ich wollte.«

Er verstummte. Ein kühler Wind kam auf; über ihnen kreiste eine

Möwe. Die Hände auf die Hüften gestützt, sah Scott ihr mit einem dünnen, verwunderten Lächeln nach.

Caroline beobachtete ihn und dachte über das Gehörte nach. Menschen waren nur selten wirklich unfähig, etwas zu tun, es sei denn, sie wollten es so, reflektierte sie, und die Gründe dafür, etwas nicht zu tun, waren häufig illusionär oder vorgeschoben. Sie spürte, daß Scott viel intelligenter war, als er vorgab. Und dann traf sie ihr erstes Urteil über Scott Johnson – mangelnder Ehrgeiz.

Sie schlang die Arme um ihren Körper. »Mir ist kalt«, erklärte sie ihm.

Er sah sie von der Seite an, halb amüsiert, halb verständnisvoll. »Laß uns zurücksegeln«, sagte er.

Sie legten an, und Caroline warf ihm die Leine zu. »Hast du noch Zeit für ein Bier?« fragte er. »Du bezahlst.«

In der Kühlbox war noch ein Bier übrig. Caroline warf ihm die kalte braune Flasche zu, er fing sie mit einer Hand.

Sie saßen nebeneinander auf dem Steg, ließen ihre Beine über den Rand baumeln und reichten das Bier hin und her. Caroline sehnte sich nach dem warmen Haus.

»Und was wirst du jetzt machen«, fragte er, »wo du mit dem College fertig bist? Nummer 301 heiraten?«

Caroline sah ihn scharf an; sie hatte Jackson nur als »Freund« erwähnt. »Warum, sollte ich das etwa?«

Wieder zog er seinen Mundwinkel hoch, als würde ihn ihre erkennbare Verärgerung amüsieren. »Nur wenn du willst.«

»Was ich ›will‹, ist eine Karriere als Juristin.«

Er neigte interessiert den Kopf. »Wieso Jura?«

Caroline wurde bewußt, daß sie das noch nie jemand gefragt hatte. Sie war sich plötzlich nicht einmal sicher, ob sie es sich je selbst gefragt hatte. »Mein Vater ist Richter«, erwiderte sie. »Ich bin damit aufgewachsen.«

Die Antwort klang hohl, unzureichend. Doch obwohl Scott sonst offenbar so bissig sein konnte, überraschte er sie, indem er nicht darauf einging, sondern statt dessen fragte: »Und als was möchtest du arbeiten, wenn du dein Jurastudium abgeschlossen hast?«

Caroline zögerte; sie hatte noch keine klaren Vorstellungen.

»Wahrscheinlich werde ich als Staatsanwältin anfangen. Nur um Erfahrungen zu sammeln.«

Scott wandte sich wieder dem Meer zu. »Na ja«, erwiderte er, »es ist schön, wenn man weiß, was man will.«

Diesmal war sie diejenige, die unvermittelt aufbrach.

3

»Hast du die Sache mit Eagleton gehört?« fragte Larry beim Abendessen.

Caroline goß sich Rotwein nach. »Welche Sache?«

»Er hat zugegeben, daß er sich einer Schocktherapie unterzogen hat.« Larry verzog das Gesicht. »Nichts Großes – nur hin und wieder ein kleiner Stromstoß, wenn er Depressionen hatte.«

»Ist das dein Ernst?«

»Es ist zumindest sein Ernst«, warf Betty ein. »Aber es ist nur zwei- oder dreimal passiert, in den sechziger Jahren. Die Presse macht eine Riesengeschichte daraus.«

Caroline starrte die beiden an. »McGovern ist erledigt«, sagte sie schließlich. »Die Nixon-Kampagne muß nur rüberbringen, daß McGovern diesen Typ in die Nähe des Atom-Knopfes bringen will, und die Leute werden sich fragen, was passiert, wenn Eagleton das nächste Mal seine Synapsen neu verkabeln läßt. Ich meine, wacht er dann auf und beschließt, daß Dienstag ein prima Tag ist, um Atombomben auf die Ukraine zu schmeißen? Und wenn McGovern seinen Kandidaten für das Amt des Vize-Präsidenten jetzt fallen läßt, wirkt er inkompetent.« Sie schüttelte den Kopf. »Die Politik hat so etwas Deprimierendes bekommen, zumindest für mich.«

Larry lehnte sich zurück, das Weinglas in beiden Händen. »Wie denkt eigentlich Jackson über Politik? Das habe ich nie herausfinden können.«

»Das liegt daran, daß Jackson sich nicht viel aus extremistischen Positionen macht, wie er es wohl nennen würde.« Caroline machte eine Pause. »Wenn sich jemand sein Studium erarbeiten muß, ist Politik reiner Luxus. Er hatte eben keine Zeit für Sit-ins.«

Larry nickte. »Ich war nur neugierig, das ist alles. Er und Channing scheinen sich gut zu verstehen.«

Caroline bemerkte, daß Betty Larry aufmerksam musterte. »Warum sollte Vater Jackson nicht mögen?« erkundigte sie sich.

»Aus keinem bestimmten Grund«, erwiderte Larry, den Blick noch immer auf Caroline gerichtet. »Ich mag Jackson. Und vor allem mag Caroline Jackson.«

»Nun«, sagte Betty schließlich, »damit herrscht darüber ja Einvernehmen. Zumindest in unserer Familie.«

Caroline wußte, daß Bettys Bemerkung freundlich gemeint war, vielleicht sogar zu ihrer Verteidigung gedacht. Doch irgend etwas an diesem Gespräch machte sie gereizt; vielleicht war es auch nur das Gefühl, Stellvertreterin in einem unterschwelligen Streit zwischen Larry und Betty zu sein.

»Bevor ich Jackson heirate, sage ich Bescheid«, meinte sie trokken. »Dann können wir eine Abstimmung abhalten.«

Larry warf ihr einen scharfen Blick zu und sagte, wie um das Thema zu wechseln: »Ich frage mich, was passiert wäre, wenn Betty *mich* zur Abstimmung gestellt hätte.«

»Ganz einfach«, erwiderte Caroline mit gespieltem Hochmut. »Ich hätte mein Veto schon eingelegt, bevor Vater überhaupt die Gelegenheit dazu bekommen hätte. Du bist viel zu arm, um derart unausstehlich zu sein.«

Larry grinste und hob sein Glas. »Auf die kleinen Leute«, sagte er und sah Betty an, »heute und in Zukunft.«

Lächelnd stieß Caroline mit beiden an. Das Lächeln ihrer Schwester wirkte ein wenig gezwungen.

»Was hatte das zu bedeuten?« fragte Caroline Larry hinterher.

Sie waren allein in der Küche und machten den Abwasch. Durch das Fenster sahen sie, wie Betty zu einem ihrer einsamen Strandspaziergänge aufbrach, eine einsame Gestalt in der Dämmerung vor dem Hintergrund des braunen Sands und des dunkler werdenden Wassers.

Larry beobachtete sie, während er abwesend ein Weinglas abtrocknete. »Was hatte *was* zu bedeuten?«

»Die Vibrationen am Abendbrottisch. Und ich meine nicht unsere Diskussion über Eagleton.«

Larry lächelte. »Oder Jackson?«

»Auch nicht.«

Larry schwieg eine Weile. »Dein Vater hat einen Versuchsballon steigen lassen«, sagte er schließlich. »Für Betty, wenn nicht auch für mich. Er will mir helfen, eine Dozentenstelle ganz in der Nähe zu finden. Es gibt ein bis drei Colleges in der Gegend, und ein paar Internate.«

Caroline wandte sich ihm zu. »Und was denkst du?«

»Ich bin mir, ehrlich gesagt, nicht sicher. Betty und mir ist eine gewisse Distanz zu unseren Familien ganz gut bekommen.« Er zuckte die Schultern. »Man muß gerechterweise sagen, daß Channing nur versucht, uns zu helfen, und sein Einfluß endet, wie er sich Betty gegenüber ausgedrückt hat, ziemlich genau an der Staatsgrenze.«

»Und was, denkst du, wirst du tun?«

»Oh, das ist noch längst nicht spruchreif.« Seine Stimme wurde wieder lebhafter. »Mein Assistentenjob in Syracuse läuft ziemlich gut, glaube ich, genau wie meine Doktorarbeit. Vielleicht kann ich in Syracuse bleiben oder sogar etwas Besseres finden.«

Es war ein Zug, den Caroline an Larry mochte – sein Optimismus, eine großzügige Geisteshaltung, die andere ebenso einschloß wie ihn selbst. »Ich kann mir schon vorstellen, was Betty denkt«, wagte sie zu bemerken. »Daß du dann ein Baby ernähren könntest.«

Larry wandte langsam den Blick ab. »Kurz vor unserer Abreise haben Betty und ich eine ganze Batterie von Tests über uns ergehen lassen. Sie waren ziemlich gründlich – ich mußte sogar in ein Glas wichsen. Was dem Glas bestimmt mehr Spaß gemacht hat als mir.« Er machte eine Pause. »Die Auswertung hat eine Weile gedauert, aber heute morgen sind die Ergebnisse gekommen. Sieht so aus, als hätten wir ein Problem.«

Caroline stellte ihren Teller ab. »Was genau?«

»Zu wenig Spermien in der Samenflüssigkeit. Nicht absolut zu wenig, aber auf jeden Fall unterdurchschnittlich.« Er lächelte freudlos. »Als du diesen Witz über mein ›überzogenes Konto‹ gemacht hast, lagst du völlig richtig. Vielleicht habe ich mich einfach ins Minus gebumst.«

Auf einmal spürte Caroline den Druck, der auf Larry lastete. »Meinst du nicht, daß es etwas damit zu tun hat?« fragte sie. »Wenn man Schwangerwerden wie ein Labor-Experiment betreibt, würde wohl nie jemand Babys haben. Du und Betty, ihr seid ja wie ein Hamsterpärchen geworden.«

»So was Ähnliches hat der Arzt auch gesagt. Der neue Marschbefehl lautet also, mich für die Hoch-Zeit zu schonen.« Er lächelte erneut. »Betty und ich hätten also heute abend Zeit, Scrabble zu spielen, wenn du Lust hast.«

Caroline lachte. »Ich helfe gerne. Solange es in der Familie bleibt.«

»Tausend Dank.« Larry nahm sein Geschirrtuch wieder zur Hand. »Ich denke mir, meine Samenproduktion wird explodieren, wenn ich erst einmal einen richtigen Job habe. Ist alles nur eine Frage, wieviel Spermien man sich leisten kann.« Er machte eine Pause, als sei ihm ein neuer Gedanke gekommen. »Der Typ von nebenan, Caroline, was ist mit ihm?«

Caroline spürte, wie ihre Augen schmal wurden. »Woher soll ich das wissen?«

»Na, du bist doch neulich mit ihm segeln gewesen. Da dachte ich, ihr zwei hättet euch vielleicht unterhalten.«

Caroline reichte ihm den letzten Teller an. »Er ist bloß ein übriggebliebener Achtundsechziger, das ist alles. Er hat kein Ziel und nichts zu tun.«

Larry wischte flüchtig über den Teller. »Scheint mir ein Einzelgänger zu sein. Trotzdem ein hübscher Junge.«

»Er ist kein Junge, Larry – er ist nur ein paar Jahre jünger als du. Ihm mangelt es nur an deiner dynamischen Zielstrebigkeit.«

Mit einem Lächeln in den Mundwinkeln sah Larry sie an. »Dann hast du also doch etwas über ihn herausgefunden.«

Caroline musterte ihn kühl. »Ich weiß nicht, was du denkst. Ich weiß nur, was ich denke – nämlich nichts. Ich wollte einfach nur freundlich sein.« Sie trocknete ihre Hände ab. »Meinst du, daß du dich jetzt auf das Scrabble-Spiel konzentrieren kannst? Weil ich dich nämlich fertigmachen werde.«

Larrys Lächeln wurde breiter. »Caro«, sagte er, »du bist so schön, wenn du wütend bist.«

4

Erst wenige Tage später sah sie Scott Johnson wieder, und zwar nur, weil sie keine Lust dazu hatte, sich von Larry bei jeder passenden und unpassenden Gelegenheit necken zu lassen.

Sie war von einem Segelturn zurückgekehrt, zu dem sie allein und von vorneherein entschlossen, ihn nicht einzuladen, aufgebrochen war. Es war ein guter Turn gewesen, und in Erinnerung daran, wieviel Spaß es ihm gemacht hätte, kam sie sich ein wenig egoistisch vor. Als sie das Boot festgemacht hatte, zögerte sie kurz und beschloß dann, ihn suchen zu gehen, bevor sie mehr Gedanken auf die Sache verschwendete, als sie wert war.

Er lebte in dem Bootshaus am Ende des schmalen Piers der Rubins, einem eingeschossigen Flachbau mit einer Dachterrasse mit Blick aufs Meer. Unter ihr schwappten die Wellen gegen die stämmigen Betonpfeiler.

Caroline klopfte an.

Unruhig wartete sie; vielleicht bildete sie sich die leisen Schritte im Haus nur ein. Sie wollte sich schon auf den Weg zur Villa der Rubins machen, als hinter ihr die Tür aufging.

Sie drehte sich wieder um. »Hallo«, sagte sie.

Er sah sie durch die halb geöffnete Tür an.

»Ich dachte, ich gebe dir noch eine letzte Chance«, erklärte sie, »mit College-Kids Bier trinken zu gehen.«

Die Tür ging einen Spalt weiter auf. In seiner Miene spiegelte sich eine ganze Palette von Gefühlen wider – Zögern, Verwunderung, das Unbehagen, überrascht worden zu sein. Doch der letzte Blick, den er Caroline zuwarf, sagte ihr, wie einsam er war.

»Wo?« fragte er.

Das Square Rigger lag am Stadtrand von Edgartown – ein dunkler, verrauchter Raum mit einer Holzbar und getäfelten Wänden, die Tische voll besetzt mit College-Studenten, die auf der Insel jobbten. Scott schien sich wieder hinter die Fassade zurückgezogen zu haben, die sie schon so oft an ihm gesehen hatte – amüsiert und ein wenig distanziert. Er ließ seinen Blick durch den Raum wandern.

»Die zukünftigen Führer Amerikas«, sagte er, »besaufen sich mit Budweiser. Vielleicht sitzt unser dreiundvierzigster Präsident mitten unter uns«, fügte er halb spöttisch, halb gedankenverloren hinzu.

»Daß er sich mit Bud besäuft, stört mich weniger«, gab Caroline zurück. »Ich hab nur was dagegen, daß er ein Mann ist.«

Scott lächelte. »Vielleicht haben sich die Chancen mit deiner Ankunft ein wenig verschoben. Wollen wir uns setzen?«

Sie ergatterten einen Ecktisch, als die Live-Band gerade die Bühne betrat – zwei Männer und eine langhaarige blonde Frau, die wie Scott etwa Mitte Zwanzig war. Die beiden Typen hatten zwölfsaitige Gitarren; die Frau trat vor, stellte sich in die Mitte der niedrigen Holzbühne und begann mit kehliger Stimme und beinahe so gut wie laut »If I Had A Hammer« zu röhren.

»Ich werd verrückt«, flüsterte Scott Caroline zu. »Das sind Peter, Paul und Mary.«

Mit einem knappen Lächeln machte sich Caroline auf einen Abend voller Sarkasmus gefaßt und begann bereits zu bereuen, daß sie ihn aus seinem selbstgewählten Exil gelockt hatte, aber dann sah sie das Leuchten in seinen Augen.

»Die Getränke gehen auf mich«, sagte er. »Was möchtest du?«

»Scotch.«

Er schien keinerlei Probleme zu haben, die Aufmerksamkeit der Kellnerin zu erregen, einer Brünetten mit Südstaaten-Akzent und einem breiten Lächeln. Als Miß Frohgelaunt dann auch noch in Rekordzeit an ihren Tisch zurückkehrte, wo sie von Scott mit einem strahlenden Lächlen, das Caroline noch gar nicht kannte, empfangen wurde, war sie sich sicher, daß sie hervorragend bedient werden würden.

Doch die Kellnerin sah Scott an und biß sich auf die Unterlippe, als würde sie die schlechten Nachrichten nur widerwillig überbringen. »Es tut mir leid«, sagte sie, »aber ich fürchte, ich muß Ihre Ausweise kontrollieren. Der Manager hat gesagt, ich darf keine Ausnahme machen.«

Scott verzog das Gesicht. »Schon wieder mit einer Minderjährigen erwischt«, sagte er und wandte sich vorwurfsvoll an Caroline. »Ich wußte doch, daß du nie für einundzwanzig durchgehst.«

Seine komödiantische Ader war Caroline bisher verborgen geblieben, sein abrupter Stimmungswechsel überraschte sie. Sie lächelte höflich und zeigte ihren Führerschein.

Die Kellnerin musterte ihn. »Danke«, sagte sie und wandte sich erwartungsvoll an Scott.

»Scotch«, erklärte er bestimmt. »Zweimal.«

Die Kellnerin zögerte einen Moment. Und dann zauberte Scott ein noch strahlenderes Lächeln auf seine Lippen; sämtliche Pflichten vergessend, lächelte das Mädchen ihn an, und als sie ging, um ihre Bestellung zu holen, sah sie sich noch einmal nach ihm um.

Caroline fand das gleichzeitig befremdlich und amüsant. »Ist es dir nicht ein bißchen peinlich, sie derart hemmungslos anzuflirten?« flüsterte sie Scott zu.

Scott setzte eine Unschuldsmine auf. »Wer sagt, daß ich sie angeflirtet habe?«

»Ich. Ich meine, ich habe nur zugesehen, und selbst ich habe mich ein bißchen angeflirtet gefühlt.«

Das Lächeln, mit dem Scott sie ansah, wurde verschwörerisch. »Ich lächle«, sagte er, »und wir trinken. Dann wird die Musik bestimmt auch besser.«

Das taten sie erst eine und dann noch zwei weitere Runden lang. Im Lokal herrschte jetzt eine fast sinnliche Stimmung – die schneidende Stimme der Blonden, das Schlagen der Gitarren, der Geruch von Rauch und Körpern auf engem Raum, schunkelnde, miteinander flüsternde oder sich anlächelnde Menschen. Scott bestellte einen vierten Scotch. Sein Gesicht wirkte jetzt fast sorglos; ein Teil von ihm schien bei Caroline zu sein, ein anderer an einem anderen Ort oder zehn anderen Orten, Kneipen, Partys oder Studentenbuden in einer Zeit, in der er sich, wie Caroline vermutete, selbst besser hatte leiden können. Die Blonde auf der Bühne kam jetzt richtig in Fahrt, ließ die Hüften im Beat der Musik kreisen und zucken, bis jeder Song noch ein wenig erotischer klang als der vorherige.

»Ich würde sie gern mal ›Onward Christian Soldiers‹ singen hören«, bemerkte Scott trocken.

Sein Gesichtsausdruck wirkte liebenswürdig, fast freundlich. Das ist kein Sarkasmus mehr, sondern eher amüsierte Toleranz für die Menschlichkeit der Sängerin, dachte Caroline, und ihr kam der überraschende Gedanke, daß Scott betrunken vielleicht netter war.

Als sie ihn wieder ansah, klopfte er mit einem vagen Lächeln noch immer den Rhythmus mit. Er schien alles andere vergessen zu haben, und auf einmal war Caroline froh, daß sie ihn eingeladen hatte.

Sie blieben, bis der Laden dicht machte.

Scotts Wagen war ein vergammelter VW-Käfer mit Kratzern in der schwarzen Zweitlackierung.

»Soll ich fahren?« fragte Caroline.

Das schien Scott aus seiner Stimmung zu reißen. Er überlegte einen Moment, bevor er sagte: »Ich bin okay.«

Caroline zögerte. Bis Eel Point war es nicht weit, und Scott wirkte auch nicht wie ein trotziger Betrunkener, dem sie die Schlüssel abnehmen sollte. Ohne zu widersprechen, stieg sie ein und schnallte sich an.

Scott ließ den Wagen an und pfiff leise vor sich hin.

In angenehmem Schweigen versunken, fuhren sie die Beach Road hinunter, während die Schatten der Bäume am Straßenrand hinter ihnen verschwanden. Caroline fand, daß er ein wenig schnell fuhr – nicht unkontrolliert, doch er bremste und beschleunigte nach einem inneren Rhythmus, nahm die Stimmung der Kneipe mit nach Hause, wie etwas, das er nicht verlieren wollte.

Der Wagen wurde schneller.

Caroline spürte, wie ihre Anspannung eine Distanz zwischen ihnen schuf, und sie wußte genau, warum.

Noch fünf Minuten, sagte sie sich. Die Straße war leer; er fuhr zwar schnell, aber doch sicher genug, um sie heil nach Hause zu bringen. Offensichtlich kannte er die Straße genau.

Schon bevor der erste rote Schein im Rückspiegel aufflackerte, sah sie ihn zusammenzucken. Seine Reaktion war fast außerirdisch. Er fluchte nicht, sagte nichts und zeigte auch sonst keine Gefühlsregung; statt dessen hatte sie das Gefühl, daß er wieder jemand anders geworden war, ein nüchterner Mann mit einer Reihe geordneter Gedanken, die durch sein Gehirn marschierten, während er den Wagen perfekt zum Stehen brachte. Nur Caroline sah, wie er blaß geworden war.

Der Streifenwagen hielt hinter ihnen. Scott sagte noch immer nichts.

Der Strahl einer Taschenlampe erfaßte den Rückspiegel. Mit schmalen Augen atmete Scott tief durch, richtete sich auf und stieg aus, um dem Polizisten gegenüberzutreten. Er schien Carolines Anwesenheit völlig vergessen zu haben.

Ihr Instinkt riet ihr, mit ihm auszusteigen.

Der Polizist war eine gesichtslose Gestalt hinter einer Taschenlampe, die auf Scotts wache Augen und seinen starren Körper gerichtet war. Als Caroline um den Wagen kam, sagte der Polizist gerade ruhig: »Ich fürchte, ich muß einen Blick auf Ihren Führerschein werfen, Freundchen.«

Die Stimme klang vage vertraut, auch die Art, wie er sich bewegte, kam ihr bekannt vor.

Scott machte keine Anstalten, seine Brieftasche zu zücken.

Caroline fiel plötzlich die Kellnerin ein, die auch nach ihrem Ausweis gefragt hatte.

Die Stimme des Polizisten klang jetzt härter: »Zeigen Sie mir bitte Ihren Führerschein!«

Scott blickte zum Wagen. Caroline spürte auf einmal ein heikles Gleichgewicht, das jeden Moment zu kippen drohte.

Instinktiv trat sie zwischen die beiden. Sie mußte blinzeln, weil der Strahl der Taschenlampe sie blendete. »Hallo«, sagte sie.

Sie sah, wie er den Kopf neigte und sie musterte.

»Caroline? Caroline Masters?«

»Ja«, antwortete sie. »Ich bin Caroline.«

Der Polizist machte einen Schritt nach vorn und trat ins Licht der Scheinwerfer seines Wagens. Zögernd sagte er: »Ich bin Frank Mannion.«

Die Erinnerung kam plötzlich und heftig, das Bild vom langen dunklen Haar ihrer Mutter, das von Wellen umspielt wurde, traf Caroline hart in der Magengrube.

»Ich kann mich erinnern«, sagte sie.

Sie sah, wie seine Schultern sich entspannten. Im Licht wirkte sein Gesicht zwar ein wenig schwammiger, aber noch immer freundlich, sein rotes Haar war an den Schläfen ergraut. Er nahm seine Mütze ab, wischte sich die Stirn und kam noch einen Schritt auf sie zu. Seine Stimme wurde sanft. »Ich habe mich immer gefragt, wie es Ihnen ergangen ist.«

»Ganz normal«, sagte Caroline und stellte dankbar fest, daß ihre Stimme einigermaßen normal klang. »Mein Vater und ich sind darüber hinweggekommen, und nächstes Jahr fange ich ein Jurastudium an. Alles in allem ist es ganz gut gegangen.«

Er nickte langsam. Caroline spürte Scotts Blick; irgend etwas an seiner Stille schnürte ihr den Hals zu.

»Und Sie?« fragte sie Mannion. »Hat sich Ihre Familie auf der Insel eingelebt?«

Er sah sie überrascht an. »Das wissen Sie noch?«

»Ich erinnere mich an jede Einzelheit jenes Tages. Auch daran, wie nett Sie waren.«

Mannion blickte zu Scott und trat unbehaglich von einem Fuß auf den anderen. »Na ja, uns geht es gut, danke. Mein Ältester ist gerade mit der High School fertig und geht demnächst aufs Boston College.« Er machte eine Pause und brach dann ganz ab. »Es gefällt uns hier.«

Caroline steckte die Hände in die Taschen. »Freut mich, daß es geklappt hat.«

Mannion nickte stumm, und dann schien ihm Scott wieder einzufallen. »Was dagegen, mal herzukommen?« fragte er.

Scott zögerte und ging dann auf Mannion zu. Seine Bewegungen wirkten seltsam müde – der Adrenalin-Abfall, dachte Caroline.

»*Haben* Sie einen Führerschein?« fragte Mannion.

Scott sagte nichts. Caroline spürte ihre erneute Anspannung.

Mannion war jetzt sanft, er stellte eine höfliche Frage: »Mein Freund?«

Scott zückte seine Brieftasche, kramte eine Weile darin herum und zog dann ein viereckiges Stück Papier heraus.

Mannion betrachtete es und sah Scott dann an. »Sie sind aber sehr weit weg von zu Hause«, sagte er schließlich. »Wo leben sie denn zur Zeit?«

»In Eel Point«, murmelte Scott. »Ich beaufsichtige das Haus der Rubins.«

Mannion schien ihn zu mustern. »Dann tun Sie mir und sich selbst einen Gefallen. Setzten Sie sich nicht betrunken ans Steuer.« Er wies mit dem Kopf auf Caroline. »Nicht mit ihr und auch nicht ohne sie. Und jetzt geben Sie mir Ihre Schlüssel.«

Wie in Trance streckte Scott die Hand aus.

Mannion nahm die Schlüssel und legte sie behutsam in Carolines Hand. »Sind Sie noch fahrtüchtig?« fragte er sie.

»Ja, ich bin okay.« Ein Gefühl der Erleichterung durchströmte Caroline. »Vielen Dank.«

Darauf ging Mannion nicht ein. »Fahren Sie vorsichtig, Caroline. Und viel Glück beim Studium.«

Wortlos gab er Scott seinen Führerschein zurück und ging zu seinem Wagen.

Ohne ein Wort zu wechseln, stiegen Caroline und Scott in den VW. Sie trat die Kupplung, bis sie ein Gefühl dafür entwickelt hatte, und fuhr dann vorsichtig an.

Mannions Streifenwagen folgte ihnen noch bis zu der Abzweigung nach Eel Point. Dann glitten die Scheinwerfer an ihnen vorbei, die roten Rücklichter, und der Polizist war verschwunden.

Auf dem Beifahrersitz rieb Scott sich die Augen.

Sie kamen an Rubins' Haus vorbei und parkten den Wagen an einem Wendeplatz oberhalb des Wassers. Vor ihnen lag der schwarze Ozean unter dem schwarzen Himmel. Caroline konnte noch immer ihr Herz klopfen hören.

»Was ist da oben passiert?« fragte Scott leise.

»Ich glaube, ich habe deinen Arsch gerettet.« Caroline sah ihn scharf an. »Oder dich doch zumindest vor einem Strafzettel wegen zu schnellen Fahrens bewahrt.«

Scott schwieg eine Weile. »Es hatte etwas mit deiner Mutter zu tun. Der Unfall, den du erwähnt hast.«

Caroline starrte durch die Windschutzscheibe. »Sie ist gefahren«, sagte sie mit flacher und emotionsloser Stimme. »Als es passiert ist, waren nur wir beide hier. Mannion hat mich an den Unfallort gebracht, um die Leiche zu identifizieren.«

»Und sie hatte getrunken.«

»Ja.« Caroline atmete aus. »Das war vor acht Jahren, okay? Ich bin drüber weg.«

Ihr Tonfall war schärfer als beabsichtigt. »Nein, es ist nicht okay«, erwiderte er. »Weder für dich noch für mich.« Seine Stimme war weich vor Selbstekel.

»Willst du dich selbst bemitleiden«, sagte Caroline schließlich, »oder hast du Lust, mir einen Kaffee zu machen?«

Einen Moment lang schien er zu zögern. Er betrachtete sie mit einer Intensität, die sie noch nie zuvor bei ihm gesehen hatte.

»Komm rein«, sagte er. »Bitte.«

5 Die Hand an der Klinke, schien Scott erneut zu zögern, bevor er die Tür öffnete. Sie betraten einen großen getäfelten Raum mit Holzfußboden und einer Küchenzeile an einer Wand. Caroline sah sich um, doch der Raum vermittelte nichts Persönliches. Er war karg und ordentlich – eine Couch, ein Couchtisch, an der Wand ein Seestück, alles zusammengewürfelt. Der einzige Gegenstand, der ihm gehören mußte, war eine ramponierte Gitarre, die in der Ecke lehnte.

»Kannst du spielen?« fragte sie.

»Ein bißchen.« Er lächelte. »Allerdings nicht gut genug, um mit der heutigen Abendunterhaltung mitzuhalten.«

Caroline wandte sich ihm zu. »Meinst du die Bar? Oder die Polizei?«

»Such dir eins aus«, sagte er und ging zum Herd.

Er würde sich nicht erklären, erkannte Caroline; vielleicht gab es auch nichts zu erklären. Über die Schulter fragte Scott sie: »Wie trinkst du deinen Kaffee?«

»Stark und schwarz. Wie vor Abschlußprüfungen.«

Caroline schlenderte ans Fenster. Unter sich spürte sie die leise Brandung des Nantucket Sund, ein Gefühl fast so, als stünde sie auf dem Bug eines Schiffes. Einen Moment lang kam ihr das Bild von Scott in den Sinn, wie er am Abend des Sturms dagestanden und aufs Meer geblickt hatte.

»Wo schläfst du?« fragte sie.

Er beugte sich über seine Kaffeekanne. »Auf der Veranda. Sie hat Fliegengitter, um die Mücken zu ärgern, und man hat da nachts frische Luft.«

Er füllte zwei Becher mit Kaffee. Als er ihr einen davon gab, streifte seine Hand über ihre, und Carolines Haut kribbelte. Sie war überrascht: Das gemeinsame Erlebnis mit der Polizei schien eine Spannung zwischen ihnen geschaffen zu haben, die vorher nicht dagewesen war. Sie konnte seine Nähe auf einmal deutlich spüren.

Sie wandte sich ab. »Kann ich die Veranda mal sehen?«

Sein Lächeln war halb fragend, halb amüsiert. »Sonst gibt es auch nichts mehr zu zeigen«, erwiderte er und öffnete eine Tür neben dem Herd. Caroline trat auf die überdachte Veranda.

Das stetige Rauschen des Windes und der Wellen erfüllte die Nacht. Die Luft war warm und schwer und roch nach Salz.

Caroline blieb stehen und atmete tief ein, während Scott Licht machte. Sie sah sich um. Aus der Dunkelheit tauchte auf einmal eine Pritsche, ein Nachttisch mit Büchern und ein zum Wasser gewandter Stuhl. Sie bemerkte einen Füller und unter den Büchern etwas, was wie ein halbfertiger Brief aussah. Zu Carolines Überraschung lagen *Ein Tag im Leben des Iwan Denissowitsch* und Jack Newfields Robert-Kennedy-Biographie ganz oben auf dem Stapel. Sie ertappte sich bei der Frage, wem er wohl schrieb.

Er wies auf den Stuhl. »Setz dich – ich bin eine horizontale Lebenshaltung gewöhnt.«

Vor ihrem inneren Auge sah sie Scott auf dem Bett liegen, und die wenigen Dinge, die ihm gehörten, schienen unter seiner Einsamkeit zu ächzen. Scott streckte sich auf der Pritsche aus, seinen Becher in beiden Händen. »Ich habe mich noch gar nicht richtig bedankt.«

»Wofür?«

»Dafür, daß du versucht hast, mich vor dem Gesetz zu schützen.« Er schien sie zu beobachten. »Komische Arbeit für eine angehende Staatsanwältin.«

Caroline zuckte die Schultern. »Der Abend war einfach zu nett, um mit einer Verhaftung zu enden.«

Scott lächelte schwach. »Abgesehen davon war es ein schöner Abend. Mein Debüt im hiesigen Gesellschaftsleben.«

Caroline zögerte, in ihrem Kopf formte sich eine Frage, die sie dann doch nicht stellte. »Mit Ausnahme deiner Fahrkünste war es ein voller Erfolg«, erwiderte sie trocken. »Und ich wüßte sogar schon jemanden, mit dem du dich verabreden könntest.«

Scott sah sie lächelnd an. »Kein Interesse«, sagte er.

»Na denn.«

Es entstand ein verlegenes Schweigen.

»Apropos Gesellschaft«, setzte Scott an, »wer wohnt denn noch bei euch? Bisher habe ich nur einen hageren Typen gesehen, der das Haus nur selten verläßt, und eine Frau, die immer einsame Strandspaziergänge macht. Aber niemanden, der wie der Patriarch aussieht.«

Diese unbekümmerte und leicht spöttische Aufzählung empörte Caroline ein wenig. Gleichzeitig fiel ihr auf, wie viel er aus wenigen

Andeutungen heraushörte – die Dominanz ihres Vaters, ihre Beziehung zu Jackson.

»Der ›hagere Typ‹«, erwiderte sie scharf, »ist mein sehr netter Schwager Larry, der an seiner Doktorarbeit sitzt. Die ›Frau‹ ist meine Schwester Betty, die zufällig eine Naturliebhaberin ist. Und was den ›Patriarchen‹ angeht, er trifft im Laufe des Sommers ein, um seine Besitztümer zu inspizieren.«

Er grinste, keineswegs eingeschüchtert. »Und was macht ihr drei so den ganzen Tag?«

»Oh, wir vollführen seltsame und geheime Rituale. Spielen Scrabble, diskutieren über die Wahl.« Ihr Ton wurde ernst und gedämpft. »Manchmal waschen Larry und ich zusammen ab. Im *Dunkeln*...«

Sein Grinsen wurde zu einem Lächeln, und vielleicht ein wenig demütiger fuhr er fort: »Tut mir leid. Familien interessieren mich einfach, das ist alles. Ich habe meine schon eine ganze Weile nicht mehr gesehen.«

Dieser Fetzen seiner Biographie klang echt. Ihr Bild von ihm veränderte sich ständig; im einen Moment war er schnoddrig und zynisch, im nächsten ein einsamer Mensch, in dessen Leben es irgendwo Menschen zu geben schien, die ihm nicht gleichgültig waren.

»Wie ist denn deine Familie so ausgestattet?« fragte sie.

»Das ur-amerikanische Paket.« Er starrte auf seinen Becher. »Eltern, die sich noch immer mögen. Ein Bruder auf dem College, der gar nicht so übel ist. Und eine sechzehnjährige Schwester, die so spät geboren wurde, daß ich nie mehr über die Tatsache hinwegsehen konnte, daß sie niedlich war. Das ist sie noch immer, wenn sie nicht gerade zu viel Junk-Food gefressen hat.«

In dieser beiläufigen und liebevollen Beschreibung hörte Caroline einen Ton des Bedauerns mitschwingen. »Und warum gehst du dann nicht einfach nach Hause?« fragte sie. »Man muß doch nicht im Exil leben, nur um sich verloren zu fühlen.«

Einen Moment lang sah er sie eigenartig an – verletzlich, ertappt –, dann wurde sein Blick wieder unergründlich. »Sich selbst zu verlieren ist nicht so leicht, wie du denkst.«

Die Bemerkung gab ihr Rätsel auf. Scott wandte den Blick ab; sie ertappte sich dabei, den unvollendeten Brief und dann das Buch auf dem Nachttisch zu betrachten. Sie wies mit dem Kopf auf das Buch. »Hast du für ihn gearbeitet?« fragte sie.

»Hm-hm. Ich habe ein paar Wochen meiner College-Zeit für die Vorwahlen in Indiana geopfert.« Wieder schien er seinen Becher zu betrachten. »Die Nacht, in der er erschossen wurde, war für mich das schlimmste Erlebnis, das nicht mich unmittelbar persönlich betroffen hat. Manchmal frage ich mich, wie viele Menschen deswegen noch gestorben sind. Oder ihre Hoffnung verloren haben.«

Caroline sah, daß Scott keine Antwort erwartete – er hätte genausogut Selbstgespräche führen können. Das ließ sie verstummen. Und wie verkehrt es auch sein mochte, so völlig ohne Perspektive zu leben, wie ihr Vater es nennen würde, schien Scott – genau wie Caroline manchmal – daran zu leiden, daß irgend etwas unwiederbringlich verloren war.

»Dafür war ich noch ein bißchen zu jung«, sagte sie schließlich. »Später kam mir der Gedanke, daß unsere besten Führer vielleicht schon tot sind und wir ohne sie langsam auseinandertreiben.«

Ohne zu antworten, starrte Scott auf seinen Becher. Und dann blickte er auf und lächelte ihr zu, ein schwaches Lächeln voller Ironie und Seelenverwandtschaft. »Wir sind schon ein trauriges Pärchen, wir beide. Außer dem Rest unseres Lebens haben wir nichts, worauf wir uns freuen können.«

Caroline lächelte. »Bis auf Segelturns und die Uni. Wenn du dich je entscheiden kannst, wo du deinen zweiten Abschluß machen willst.«

Scott zuckte wortlos die Schultern. Vielleicht ist er einfach froh, wieder von den ernsten Themen wegzukommen, dachte Caroline. Doch der Moment hatte etwas zwischen ihnen hinterlassen, was vorher nicht dagewesen war; wieder wurden ihr das Rauschen des Meeres und der Geruch von Salz und von *ihm* bewußt. Und dann dachte sie, daß er bis heute abend versucht hatte, jemand zu sein, der ihm nicht einmal annähernd ähnlich war.

Als ob er ihre Gedanken gelesen hätte, wechselte er erneut das Thema. »Worin macht dein Schwager seinen Doktor?« fragte er.

»In Englischer Literatur. In Syracuse.«

»Und Betty?«

»Möchte ein Baby haben.«

Scott sah sie fragend an. »Und bezahlt dein Vater die Frachtkosten?«

»Nicht, daß ich wüßte.«

»Autsch.«

Caroline fragte sich, ob eine weitergehende Erklärung Betty mehr oder weniger Gerechtigkeit widerfahren lassen würde. »Sie ist wirklich nett«, sagte sie dann. »Aber ich glaube, sie hat sich als Kind irgendwie heimatvertrieben gefühlt und deswegen eine Vorstellung von Familie entwickelt, die tiefer geht als die der meisten Menschen.« Caroline machte eine Pause. »Das Problem macht sie ein bißchen verrückt. So als ob jeder von hier bis zur Inneren Mongolei schwanger wäre, nur sie nicht.«

Scott zog eine Grimasse, und dann huschte eine Eingebung über sein Gesicht. »Warte«, sagte er, stand auf und ging nach drinnen. Kurz darauf kam er mit seiner Gitarre zurück.

»Was soll das werden, wenn es fertig ist?« fragte Caroline.

Er setzte sich feierlich auf die Bettkante, sah Caroline mit auf einmal glasigen Augen an und begann mit gespielter Inbrunst zu singen.

»She's having my ba-by ...«

Caroline grinste. »O nein ...«

Scott schien unbeeindruckt. In einer Parodie glückseliger Verzückung schloß er die Augen. Im blassen Licht wirkten seine Gesichtszüge hart und wie gemeißelt.

»She's having my ba-by.«

»What a lovely way to tell the world she loves me ...«

Caroline lachte laut los. Er bedachte sie mit einem Blick gekränkter Würde, ein zu Lebzeiten unverstandener Künstler, und sang jede Zeile aus tiefstem Herzen.

»Could have swept it from her life but she wouldn't do it ... She's having my ba-by.«

Der Text war wirklich absurd, dachte Caroline. Doch sein Talent ließ sie verstummen.

Erst als er fertig war, öffnete Scott wieder die Augen.

Sein plötzlicher Blick überraschte sie. »Mein Lieblingslied«, erklärte sie ihm. »Es bringt meine ganze Lebensphilosophie auf den Punkt.«

Scott grinste und verbeugte sich übertrieben.

Caroline stützte ihre Ellenbogen auf die Knie und ihren Kopf in die Hände und sah ihn an. Leise sagte sie: »Du bist wirklich gut, weißt du das?«

Er versuchte, es als Witz abzutun. »Gerade mal gut genug, um ein mittelmäßiger Bar-Musiker zu werden. ›Scott Johnson, demnächst in einem Holiday Inn in Ihrer Nähe‹.«

Er sagte es leichthin und lächelnd. Und dann trafen sich ihre Blicke, und beide hörten auf zu lächeln. In diesem Moment spürte Caroline, daß er mehr war als nur verloren, traurig oder süß, sie spürte, daß etwas in beiden von ihnen die Hand nach dem anderen ausgestreckt hatte und daß auch er es gefühlt hatte.

Caroline wußte nicht, was es war. Sie wußte nur, daß sich in diesem flüchtigen, unvergänglichen Augenblick für sie etwas verändert hatte.

Scott stellte die Gitarre beiseite, stand auf und sah sie stumm an. Sie standen nur ein paar Schritte voneinander entfernt.

Als sie auf ihn zuging, sah Caroline nur seine Augen, spürte nichts als nur ihren Puls.

Sein Mund war warm.

Wo bin ich gewesen? fragte sich ein Teil von Caroline. *Wer bin ich gewesen?* Sie schlang ihre Arme um ihn.

Sanft und behutsam zog Scott seinen Kopf zurück und lehnte ihn an ihre Stirn. Erst jetzt dachte sie an Jackson.

»Mein Gott«, murmelte er.

Also spürte er es auch. Diesen seltsamen Sog und den gleichzeitigen Drang zu widerstehen.

»Ich sollte jetzt besser gehen«, sagte sie leise.

Ohne recht zu wissen, was sie tat, ging sie zur Tür. Er versuchte nicht, sie aufzuhalten.

Auf der Schwelle drehte sie sich noch einmal um. Scott stand neben dem Bett und starrte sie an wie etwas, das er nicht haben konnte.

Wie zum Trost sagte Caroline: »Morgen gehen wir segeln, okay?« Sie lauschte ihren eigenen Worten nach und fügte leise hinzu: »Wenn du willst.«

Er sah sie regungslos an. »Ich will«, sagte er schließlich.

6 Am nächsten Morgen gingen sie segeln, genau wie an den beiden darauffolgenden Tagen.

Es war jetzt anders. Zwischen ihnen herrschte eine neue Behutsamkeit, eine unausgesprochene Zuneigung, auch wenn ein Teil von ihm ihr weiterhin auszuweichen schien. Manchmal spürte sie, wie beide versuchten, die Gedanken des anderen zu lesen. Doch keiner überschritt die unsichtbare Linie. Er berührte sie nie.

Doch er war stets zu gemeinsamen Unternehmungen bereit. Sie wanderten durch die Hügel bei Menemsha, besuchten ein Tom-Rush-Konzert, schwammen in dem Süßwassersee bei Long Point, die rauhe Brandung des Atlantiks nur einhundert Meter entfernt. Manchmal war das Beisammensein mit ihm fast mühelos; Scott konnte schweigen und wußte, wann er Caroline ihren Gedanken überlassen mußte. Auch seine Sarkasmen wurden seltener und waren meistens gegen ihn selbst gerichtet; er behandelte Caroline mit einem gewissen Respekt, als wenn er ihr weh tun könnte, wenn er ihr zu nahe kam. Die Tage schichteten sich sanft übereinander, bis die Zeit unwichtig geworden war. Und es gab nichts, was sie Jackson hätte beichten müssen.

Vielleicht hatte Scott mehr gewußt als sie, dachte Caroline später. Doch der Abend, an dem alles geschah, kam ihr – fast bis zu dem Moment, als es passierte – vor wie jeder andere auch.

Sie hatte die Idee gehabt, am Strand Hummer zu essen.

Scott hatte gelächelt. »Du meinst wie Faye Dunaway und Steve McQueen in *Thomas Crown ist nicht zu fassen*?«

Caroline schüttelte den Kopf. »Hast du dich nie gefragt, wie sie den Kochtopf in seinen Strandbuggy gekriegt haben? Ich meine, Hummer zum Mitnehmen. Von Homeport.«

Scott verdrehte die Augen. »Hummer zum Mitnehmen? Wo ist dein Neuengland-Arbeitsethos?«

»Tot und begraben«, erwiderte sie bestimmt. »Los, komm.«

Sie fuhren nach Edgartown, um Brot und eine Flasche gekühlten Wein zu kaufen. Caroline besorgte das Brot; als sie Scott in der Spirituosenhandlung suchte, sah sie, wie er den kalifornischen Chardonnay mit einer gewissen routinierten Gelassenheit musterte, als ob man derartig gravierende Entscheidungen nicht überstürzen dürfte.

»Schwere Entscheidung?« sprach sie ihn von hinten an.

Er drehte sich überrascht um. »Nur wenn man sich nicht mit Weinen auskennt«, sagte er und griff scheinbar wahllos eine Flasche. »Laß uns unser Glück mit der hier versuchen.«

In einer Art stillen Übereinkunft fuhr jetzt immer Caroline, und sie nahm sich Zeit. Kurz vor acht erreichten sie Menemsha.

Das Fischerdorf war malerisch und still – die Kutter waren wieder an Land, der Strand fast menschenleer. In der Ferne verschwand die Sonne hinter der Linie, wo der Ozean den Himmel berührte. Das leise Tuckern eines Außenborders hallte im Hafen wider.

Der einzige Laden, der noch offen hatte, war das Homeport-Restaurant – Leute betraten und verließen das Holzgebäude, ein paar Touristen sahen von der Terrasse aus dem Sonnenuntergang zu. Caroline bestellte zwei Portionen Hummer zum Mitnehmen, während er geduldig mit dem Wein und der Wolldecke unter dem Arm wartete, bis ihr Essen fertig war. Gemeinsam suchten sie eine geeignete Stelle am Strand.

Sie hatten es nicht eilig. Der Abend war lau; der Mond, der die Sonne ablöste, warf einen ersten Schimmer aufs Wasser. Caroline genoß den Luxus, Zeit zu haben.

Sie gingen am Strand entlang, bis die Lichter von Menemsha weit hinter ihnen lagen und sie alleine waren.

Scott brach ihr Schweigen. »Ich habe mir neulich dein Catboat mal angesehen. Das Dingi leckt – du solltest es bald mal machen lassen. Und eine der Rippen im Rumpf sieht morsch aus.«

Caroline mußte lächeln. Manchmal dachte sie, daß eines der Dinge, die sie verband, sein mittlerweile schon fast persönliches Interesse an ihrem Catboat war. »Würdest du auf mein Boot aufpassen, wenn ich abreise?« fragte sie. »Vielleicht möchte ich es hier lassen.«

Scott blieb stehen und blickte aufs Wasser. »Wenn ich dann noch hier bin«, sagte er schließlich. »Aber das glaube ich nicht.«

Caroline sah ihn an, verwundert über ihre eigene Traurigkeit. Vielleicht war es das Gefühl, daß nichts von Dauer war: Mit jedem Tag wurde der Sommer kostbarer, Scott und Martha's Vineyard waren in ihrem Kopf eins geworden. Sie konnte sich diesen Ort kaum noch ohne ihn vorstellen.

Gemeinsam breiteten sie die Decke aus. Caroline packte das Brot und den Hummer aus, Scott entkorkte die Weinflasche, goß zwei Gläser voll und gab Caroline eins davon. Es schien, als wollte er einen Toast aussprechen, doch dann sah er sie noch einmal an.

»Irgendwas nicht in Ordnung?«

Caroline tat mit der Decke beschäftigt. »Ach, ich weiß nicht«, sagte sie schließlich. »Ich glaube, ich habe mir idiotischerweise vorgestellt, daß du noch hier bist, wenn ich zurückkomme. Als hätte ich das Recht, mir jeden Winkel der Welt nach Belieben einzurichten.«

»Und ihn nach deinen Wünschen zu bevölkern?«

»Vermutlich.«

Scott sah sie eine Weile an. »So geht es einem wahrscheinlich, wenn man das Gefühl hat, daß alles gut ist. Aber die Dinge ändern sich. Mir vorzustellen, daß ich mit dir, deinem Mann und deinen Kindern segeln gehe, fällt mir ziemlich schwer.« Er lächelte, wie um der Bemerkung jede Spitze zu nehmen. »Auf jeden Fall würdest du dann ein größeres Boot brauchen.«

Caroline erwiderte sein Lächeln. »Was glaubst du denn, wie viele Kinder ich haben will?«

Scott grinste. »Ich weiß nicht. Nur mehr als ich wahrscheinlich haben wollte.« Er hob sein Glas. »Auf die Kontrolle des Bevölkerungswachstums.«

Caroline stieß mit ihm an und nippte an ihrem Wein. Es war der beste Wein, den sie je getrunken hatte.

Sie lehnte sich auf ihre Ellenbogen gestützt zurück. »Und was willst du machen?«

»Ich habe keine Ahnung – ich weiß nur, daß ich hier nicht bleiben kann.« Er blickte aufs Meer. »Vielleicht ist es die Kehrseite von dem, was du gesagt hast. Wenn du nächsten Monat abreist, um dein wirkliches Leben anzufangen, wird die Insel für mich ziemlich einsam sein.« Er zuckte die Schultern. »Es gibt andere Orte – ich bin kein nostalgischer Typ.«

Sie sah ihn an. Er hatte etwas Stilles, Konzentriertes, als ob er diesen Augenblick festhalten wollte. Da wurde ihr plötzlich klar, daß sie einen Teil von ihm instinktiv kannte und mit Sicherheit wußte, daß er zwar sie, nicht aber sich selbst anlog, daß er Stücke seiner Vergangenheit mit sich trug und daß dieser Sommer eines davon werden würde.

»Na ja, wir haben noch immer die Zeit, die wir haben«, sagte sie. »Und die war nicht so schlecht.«

Lächelnd wandte er sich ihr zu. »Überhaupt nicht schlecht. Es sei denn, der Hummer ist kalt.«

Sie deckte die Pappteller mit der zerlaufenen Butter auf. Die Hummer waren bereits zerlegt; sie mußten sie nur noch essen.

Der Abend war ruhig und friedlich. Das Wasser plätscherte um ihre Füße; ein schwacher Wind trug den Geruch von Salz und Meer mit sich. Keiner sagte etwas. Es war nicht nötig.

»Weißt du noch, wie es war, als Kind zelten zu gehen«, sagte er schließlich.

Caroline lächelte still. Das Bild war genau richtig: das Gefühl, von allem entfernt zu sein und trotzdem irgendwie sicher, während sich die Nacht um einen hüllte. Sie wußte, daß Scott keine Antwort erwartete.

Auf einmal öffneten sich all ihre Sinne.

Sie spürte, wie alles zusammenkam. Spürte die Brise auf ihrer Haut und ihrem Haar, sah das mondschimmernde Glitzern der Wellen, die Sterne am Himmel, hell und nah. Sie spürte, wie Scott sich neben sie legte, wie sie versunken in diesen Abend, und die Zeit schien stillzustehen.

Sie wußte nicht, wie lange sie so gelegen hatten, ohne sich zu bewegen. Sie wußte nur, was dieser Abend geworden war und ohne ihn nicht gewesen wäre. Und dann fand sie auch die Worte, ihm das zu sagen.

»Hast du je einen perfekten Tag erlebt?«

Scott drehte sich nicht zu ihr um. »Nein«, sagte er schließlich. »Aber eine perfekte Stunde. Jetzt.«

Zögernd legte Caroline ihre Hand auf seine. Er wandte sich ihr zu und betrachtete ihr Gesicht. Und dann streckte er langsam und behutsam die Hand aus und berührte ihr Haar. Der Blick in seinen Augen war nicht mißzuverstehen.

»Ja«, murmelte Caroline.

Er schien unfähig, sich zu bewegen. Und dann küßte Caroline ihn sanft, aber entschlossen.

Sie spürte seine Lippen auf ihrem Gesicht und an ihrem Hals. Sie schloß die Augen und umarmte ihn.

Jetzt war die Welt nur noch Gefühl. Sein Mund, langsam und ohne Eile. Sein schlanker, harter Körper auf ihrem. Die Art, wie seine Hände überall, wo er sie berührte, zu Hause zu sein schienen. Das Klopfen ihres Herzens.

Er löste sich von ihr, und Caroline spürte seine Finger am obersten Knopf ihrer Bluse. Sie öffnete die Augen.

Während er den obersten Knopf aufknöpfte, sahen sie sich an. Sie lag ganz still. Sein Blick ruhte unverwandt auf ihr, bis die Bluse neben ihr lag. Caroline trug keinen BH.

Sanft nahm sie seinen Kopf und bettete ihn zwischen ihre Brüste. Nach einer Weile spürte sie seine Lippen an ihren Brustwarzen und auf ihrem Bauch, spürte, wie er den Reißverschluß ihrer Jeans aufzog. Sie wölbte den Rücken, um ihm zu helfen.

Dann lag sie nackt und unbedeckt da und sah zu, wie er sich auszog. Er hatte einen schlanken, muskulösen Körper.

Er kniete vor ihr und senkte den Kopf. Seine Lippen streichelten ihre Schenkel und wanderten langsam zu ihrer Mitte hinauf. Caroline machte die Augen wieder zu.

Auf einmal fühlte sich alles neu an: seine Zunge, sein Körper, der so anders war als der von Jackson, als sie die Beine für ihn spreizte. Ihr Verlangen, als er in sie eindrang. Ihre drängenden Bewegungen, dieses fremde Begehren, das ihr Blut in Wallung brachte, bis sie nicht mehr aufhören konnte.

Mit dem ersten Beben ihres Körpers rief Caroline seinen Namen. Denn außer ihm war niemand da, der sie hören konnte.

Sie lag in seinen Armen, ermattet und außer sich, und spürte das warme Gefühl der Entspannung. Keiner sagte ein Wort. Es war, als ob ihr Verstand erst noch begreifen mußte, was ihre Körper längst wußten.

Was hat das zu bedeuten, fragte sich Caroline. Irgend etwas? Oder alles?

»War das auch nur eine perfekte Stunde?« fragte sie.

Scott zog sie an sich.

Sie konnten gar nicht mehr aufhören.

Manchmal mußte Caroline ihn nur ansehen. Sie gingen ins Bootshaus, fast ohne ein Wort zu wechseln, und standen nur Zentimeter voneinander entfernt, während sie sich auszogen. Sie verbrachten jede Nacht bei ihm. Und jedes weitere Mal nährte nur seinen Hunger nach ihr.

Sie brachte es nicht über sich, Jackson anzurufen – sowohl die Vorstellung, ihn anzulügen, als auch die, ihm die Wahrheit zu sagen, waren zu schmerzhaft. Und die einzige Wahrheit, die sie begriff, war die, daß sie einen Liebhaber hatte, der sie auf eine Weise fühlen ließ, wie Jackson das nicht konnte.

Es war nicht so, als hätte sie nicht versucht zu verstehen: die Caroline, die Scott so verzweifelt begehrte, war kein anderer Mensch. Doch ihre gewohnte Welt schien weit weg. In dieser neuen Welt war Caroline allein: Nicht einmal Scott – vor allem er nicht – konnte ihr helfen. Selbst die Welt von Martha's Vineyard war gespalten: Scheinbar bewußt ging Scott auf keinen ihrer Vorschläge ein, Zeit mit Betty und Larry zu verbringen. Sein Interesse galt allein Caroline.

Warum will ich ihn, fragte sich Caroline, *und was will ich von ihm?*

Daß Betty und Larry nichts sagten, verstärkte nur ihre Isolation. Ihr Schweigen sagte ihr, daß ihre Veränderung, ihr nächtliches Kommen und Gehen, so markant war, daß es sie argwöhnisch und verwirrt zurückließ. Vielleicht, so sagte sich Caroline elend, hätte wenigstens ihre Mutter sie verstanden.

Und trotzdem war sie mit Scott – von Augenblick zu Augenblick – glücklich.

Eines Morgens wachte sie auf, als er noch schlief und das Lächeln eines schönen Traums seine Mundwinkel umspielte. Sie beobachtete ihn, bis er aufwachte.

»Du hast gelächelt«, erklärte sie ihm.

Der schlaftrunkene Scott lächelte wieder. »Wirklich? Wahrscheinlich habe ich dir im Traum gerade beigebracht, wie man segelt.«

Sie küßte seine Stirn. »Nein«, sagte sie. »Ich habe dir beigebracht, wie man Auto fährt.«

Caroline lächelte noch immer, als sie die Schwelle zum Haus

ihres Vaters überschritt. Auf dem Küchentisch lag eine Notiz in Bettys verschnörkelter Handschrift.

»Vater hat angerufen«, lautete die Nachricht. »Ruf ihn bitte bei Gelegenheit zurück.«

7

Als Caroline ihren Vater anrief, war sein Ton vorsichtig und neutral; er fragte nach dem Segeln, ihren Plänen für die letzten Ferienwochen und Jackson. Erst gegen Ende des Gesprächs erwähnte er, daß er früher kommen wollte als geplant – am nächsten Tag, um genau zu sein.

Caroline legte auf und suchte Betty. Sie saß kaffeetrinkend auf der Veranda. Als sie Carolines Miene sah, sagte sie: »Dann hat er dir also erzählt, daß er früher kommt.«

Caroline starrte sie an. »Worum geht's hier eigentlich?«

Betty atmete tief durch. »Caroline, wir haben ihm kein Wort gesagt. Er hat in letzter Zeit mehrmals angerufen und wollte dich sprechen, und jedesmal hat einer von uns dich gedeckt. Aber Vater ist kein Idiot.«

»Ich bin zweiundzwanzig.«

Betty nickte. »Das verstehe ich. Doch du mußt das mal von seinem Standpunkt aus sehen – eine bis dato gefestigte und zuverlässige Tochter mit einem festen Freund daheim ist auf einmal praktisch zu keiner Tages- und Nachtzeit mehr zu erreichen. Meinst du nicht, daß du dir da auch ein paar Gedanken machen würdest?«

»Es ist schließlich mein Leben, oder nicht?«

Betty runzelte die Stirn. »Sogar Larry und ich haben uns so unsere Gedanken gemacht – wir kennen diesen Jungen überhaupt nicht, selbst du scheinst ihn, abgesehen davon, daß du die Nächte mit ihm verbringst, kaum zu kennen, und selbst wenn du mit uns zusammen bist, bist du mit dem Kopf eigentlich ganz woanders.« Betty machte eine Pause und fuhr mit sanfterer Stimme fort: »Hättest du was dagegen, mir zu erzählen, was eigentlich los ist, Caroline?«

Caroline spürte, wie ihre Abwehrhaltung bröckelte. Sie setzte sich auf den Klappstuhl neben Betty und betrachtete das Morgenlicht auf dem Wasser. »Ich wünschte, ich wüßte es.«

Betty nippte an ihrem Kaffee. »Nun, er ist sehr attraktiv.«

Caroline schüttelte den Kopf. »Es ist nicht nur sexuell.« Sie suchte nach Worten. »Es ist, als ob ich schon so viel mehr über ihn wüßte, als er mir erzählt hat.«

Betty schien zu überlegen. »Ist dir schon mal der Gedanken gekommen«, sagte sie schließlich, »daß er vielleicht wirklich nicht viel mehr ist als das, was er dir erzählt – ein zielloser Typ ohne tiefere Interessen außer Segeln. Und daß du aus Gründen, die dir selbst gar nicht bewußt sind, deine eigenen Bedürfnisse auf jemanden projizierst, der eine ziemlich leere Leinwand darstellt.«

Obwohl Bettys Ton nicht unfreundlich war, trafen ihre Worte Caroline. »Ich brauche keinen Psychiater, Betty.«

»Tatsächlich«, erwiderte Betty ruhig und unbeeindruckt. »Wie steht's denn so mit Jackson?«

Caroline wandte den Blick ab. »Ich glaube nicht, daß ich jetzt darüber reden kann.«

Betty betrachtete sie. »Dann laß mich dich als deine ältere Schwester bitten – denk wenigstens darüber nach. Und solange Vater hier ist, könntest du die Sache mit Scott vielleicht ein wenig abkühlen lassen. Es ist unsinnig, Vater mit etwas aufzuregen, was du selbst nicht verstehst.«

Caroline wußte, daß das ein guter Rat war, und Scott hatte keine Einwände.

»Tu, was du tun mußt«, sagte er. »Ehrlich, ich verstehe dich.«

»Aber uns bleiben nur noch vier Wochen. Und er bleibt eine ganze Woche.«

Scott zuckte die Schultern. »Er ist seit zweiundzwanzig Jahren dein Vater und ganz offensichtlich der Mensch, der dich am meisten beeinflußt hat.« Er nahm ihre Hand. »Ich erwarte nicht von dir, daß du dieses Boot zum Kentern bringst, und ich will es eigentlich auch gar nicht. Jedenfalls bestimmt nicht meinetwegen.«

Warum fühlte sie sich durch sein Verständnis so herabgesetzt, fragte sich Caroline.

Vielleicht weil es die Grenzen ihrer Bedeutung für sein Leben erkennen ließ, überlegte sie. Oder war es die schlichte Tatsache, daß Scott – wie Betty – so widerstandslos akzeptierte, daß es Carolines erste Pflicht war, Channing Masters zufriedenzustellen.

Sie hielt sich nicht an Bettys Rat.

Während der ersten Tage verbrachte Caroline ihre Zeit hauptsächlich mit ihrem Vater und unternahm mit ihm viele Dinge – Segeln, Wandern, eine Fahrradtour mit geliehenen Rädern –, die sie normalerweise mit Scott unternommen hätte. Mit Anfang Fünfzig war Channing Masters noch dynamisch und sportlich und genoß es sehr, sich in Begleitung seiner Jüngsten, seiner uneingestandenen Lieblingstochter, in der freien Natur zu bewegen. Was immer er sich für Sorgen gemacht hatte, er behielt sie für sich, so als ob ihm die Zeit, die er mit Caroline verbrachte, Versicherung genug war. Daß sie gelegentlich ein wenig abwesend wirkte, schien ihn nicht zu stören. Caroline merkte, daß auch er manchmal von Erinnerungen an Nicole abgelenkt wurde: Wenn er in Schweigen verfiel und aufs Wasser starrte, konnte Caroline den Schmerz, den ihre Mutter ihm zugefügt hatte, förmlich spüren. Und was Caroline anging, so schien ihre Vorspiegelung eines normalen Urlaubsalltags ihn davon zu überzeugen, daß soweit alles in Ordnung und eine Konfrontation überflüssig war.

Caroline merkte, daß sie sich selbst dafür verachtete. Aber nicht halb so sehr, wie sie Scott vermißte.

In der dritten Nacht nach der Ankunft ihres Vaters kam sie zum Bootshaus.

Als sie sich der Veranda näherte, schreckte Scott hoch. Sie sah, wie er sich abrupt aufrichtete und sich umblickte. Und dann sah sie, wie er erstarrte.

»Caroline?« fragte er mit gepreßter Stimme.

»Ja, ich bin's«, erwiderte sie.

Der Schatten seines Körpers entspannte sich in der Dunkelheit.

Sie trat an sein Bett und legte das Döschen mit ihrem Diaphragma auf den Nachttisch. »Ich habe dich einfach vermißt«, sagte sie.

Dankbar streckte Scott seine Arme aus.

Doch es war nicht mehr dasselbe. Caroline war es gewohnt, den Rhythmus ihrer gemeinsam verbrachten Tage in die Nächte mitzunehmen; jetzt hatte das Ganze etwas Heimliches, Eiliges und von ihrem übrigen Leben Abgetrenntes. Das Kind in Caroline malte sich aus, wie ihr Vater sie überraschte, und einen seltsam kühlen Augenblick lang trat ihr das Bild ihrer Mutter vor Augen, wie sie sich, unter Paul Nerheim liegend, Caroline zuwandte.

Scott schien das zu spüren. »Es ist ein bißchen wie auf der High

School, nicht wahr?« sagte er leise. »Wenn man ins Wohnzimmer schleicht, nachdem die Eltern schon ins Bett gegangen sind.«

Caroline lag in der Dunkelheit, lauschte dem Rauschen der Wellen und spürte die kühle Brise auf ihrer nackten Haut. »Hast du mich überhaupt vermißt?«

Eine Weile sagte Scott nichts. »Ziemlich sogar.« Er hielt inne und fuhr mit einem gewissen Fatalismus in der Stimme fort. »Es ist nur so: Du mußt deinen Vater besänftigen, und ich kann mich nicht auf eine Tragödie à la ›Romeo und Julia‹ einlassen, zumal es, bei Licht betrachtet, nur um die Zeit bis zu deinem Jurastudium geht.«

Warum, dachte Caroline, hörte sie unter seinem abgeklärten Realismus eine Bitterkeit heraus. Und gegen wen richtete die sich?

»Was willst *du* denn? Was soll ich tun?«

»Nichts.« Er küßte ihren Nacken. »Mach dir keine Sorgen um mich, Caroline. Es drängt mich überhaupt nicht, eine Rolle in eurem Familien-Mini-Drama zu übernehmen, nicht einmal eine Nebenrolle.«

In der Dunkelheit konnte sie sein Gesicht nicht sehen.

Am nächsten Morgen erklärte sie ihrem Vater, daß sie mit einem Freund segeln gehen wollte.

Channing zog freundlich die Brauen hoch. »Oh«, sagte er. »Mit wem?«

»Mit dem Hausmeister von nebenan. Er ist ein ziemlich guter Segler.«

»Hat er auch einen Namen?«

Caroline lächelte. »Ja«, sagte sie und ging Scott suchen.

Als Scott die Tür öffnete, lächelte er nicht. »Wie hast du mich erklärt?« fragte er.

»Es gibt nichts zu erklären. Kommst du nun mit oder soll ich alleine segeln?«

Scott warf ihr einen undurchdringlichen Blick zu und nahm dann zögernd seine Jacke von dem Haken neben der Tür. Ein wenig reumütig fügte er zärtlich hinzu: »Schon mal das Wort ›eigensinnig‹ gehört?«

Caroline fragte sich, warum auf einmal so viele Augenblicke – selbst einzelne Worte – in ihr Bilder von ihrer Mutter wachriefen.

In den nächsten beiden Tagen verbrachte Caroline Zeit mit Scott, ohne irgend jemandem Rechenschaft abzulegen.

Er schien ihre gemeinsame Zeit fast aus der Distanz zu betrachten und sie zu beobachten. »Ist dir schon mal der Gedanke gekommen, daß du mich benutzt?« fragte er leise.

Sie saßen nach einem langen Segelturn neben dem Boot und tranken Bier. Seine Frage erinnerte Caroline auf ärgerliche Weise an Bettys Mahnung. »Benutzen? Wozu?« fragte sie.

»Um gegenüber deiner Familie dein privates Terrain abzustekken.«

Caroline sah ihn lange und offen an. »Wenn dir etwas Besseres einfällt, wozu ich dich benutzen könnte«, sagte sie leise, »dann laß es mich wissen, Scott.«

Voller Wehmut dachte sie an die verrinnende Zeit.

In jener Nacht kam sie wieder zu ihm.

Sie verließ sein Haus vor Anbruch der Dämmerung, verloren in der Erinnerung an seine Berührungen und dem Chaos ihrer eigenen Gedanken. Und dann bemerkte sie das schwache Licht auf der Veranda der Masters-Villa. Sie blieb auf dem Strand stehen und blickte hinauf. Auf der Veranda stand still und stumm die Gestalt ihres Vaters im Halbdunkel und beobachtete sie.

Einen Moment lang rührte sich keiner von beiden.

Dann setzte Caroline ihren Weg über den Strand und die Treppe zur Klippe hinauf fort, um ihm gegenüberzutreten. Ihr Herz raste. Doch als sie die Klippe erklommen hatte, war das Licht aus, und er war verschwunden.

8

Als sie am nächsten Morgen am Frühstückstisch saßen, sagte ihr Vater kein Wort. Caroline trank ihren Kaffee und bemühte sich um einen gelassenen Eindruck. Sie hatte nicht geschlafen.

Larry schien nichts zu bemerken und plapperte über seine Doktorarbeit. Doch Caroline sah, daß Betty ihren Vater und sie beobachtete.

Als Caroline aufstand, um beim Abwasch zu helfen, hob ihr Vater die Hand. »Caroline«, sagte er, »ich hätte dich gern kurz gesprochen.«

Larry sah ihn beklommen an. Betty berührte seinen Arm und machte ihm ein Zeichen, ihr in die Küche zu folgen.

»Ja?« sagte Caroline.

Er faltete seine Hände und begann mit relativ ruhiger Stimme. »Ich konnte nicht umhin zu bemerken, daß du sehr viel Zeit mit dem Jungen von nebenan verbringst, wie man so sagt. Ich denke doch, daß ich ihn vor meiner Abreise noch gerne kennenlernen würde.«

Ihre Blicke trafen sich. »Warum, Vater?«

»Zunächst scheint es mir die Höflichkeit zu gebieten, mich für deine Freunde zu interessieren. Außerdem behaupten Betty und Larry seltsamerweise, daß auch sie ihn noch nicht kennen.« Sein Blick wurde spitz. »Was mir, unabhängig davon, wessen Schuld es ist, mehr als nur ein wenig unhöflich vorkommt, findest du nicht auch?«

Caroline fühlte sich in die Ecke getrieben; ihr Vater wußte oder ahnte, ›wessen Schuld‹ es war; und sie konnte Scotts Einsiedelei nicht entschuldigen. Die vergangene Nacht stand unausgesprochen zwischen ihnen.

Caroline zuckte die Schultern. »Ich kann ihn nur fragen, Vater...«

»Zum Abendessen?« Scott zog die Brauen hoch. »Worüber soll ich mich mit diesem Mann unterhalten? Und warum ist es dir so wichtig?«

»Weil er weiß, wie es zwischen uns steht.«

Scott schüttelte den Kopf. »Aber bist du nicht diejenige, vor der du dich verantworten mußt?«

Caroline verschränkte die Arme. »Man könnte meinen, du solltest den Rubikon überschreiten, statt dich einem mittelalten Mann beim Abendessen gegenüberzusetzen.« Sie machte eine Pause und fügte leise hinzu: »Manchmal tun Menschen einfach etwas für andere Menschen. Bitte, bring mich nicht in Verlegenheit.«

Scott stützte sein Kinn auf seine gefalteten Hände, und blickte aufs Meer. »Also gut«, sagte er. »Wenn es dir wirklich so viel bedeutet.«

Die erste Stunde verlief in trügerischer Ruhe.

Caroline erlebte Scott als einen völlig anderen Menschen – respektvoll gegenüber ihrem Vater; freundlich und charmant gegenüber Betty und Larry und aufmerksam gegenüber Caroline, ohne es zu übertreiben, so daß der Eindruck zurückblieb, daß er sie wirklich wertschätzte. Er half Betty in der Küche und unterhielt sich mit Larry über Politik.

Er machte einen völlig entspannten Eindruck, als ob ein Abendessen im Kreis einer privilegierten Familie etwas völlig Selbstverständliches für ihn wäre. Caroline sah, wie Larry und Betty mit ihm warm wurden, und er mit ihnen. Und wenn ihn Channing Masters' Nachfragen nach seinem Hintergrund störten, ließ er es sich kaum anmerken.

Nach den Cocktails nahmen sie am Tisch Platz. »Stimmt es, was man sagt«, fragte Scott Larry, »daß man entweder publiziert oder untergeht?«

»Kommt auf die Uni an«, erwiderte Larry lächelnd. »Meinst du, am Ohio Presbyterian College wäre noch ein Plätzchen für mich frei?«

Scott schien zu überlegen. »Ich denke schon. Mein letzter Kurs in englischer Literatur erinnerte eher an eine Séance als ein Seminar. Sogar die Toten haben ihn abgewählt. Und der Professor hatte umfangreich publiziert«, fügte er trocken hinzu.

Vom Kopf des Tisches beobachtete Channing ihn. »Haben Sie im Hauptfach Literatur studiert?« fragte er.

Scott schüttelte den Kopf. »Geschichte. Vor allem europäische Geschichte des zwanzigsten Jahrhunderts. Es war nicht besonders erfreulich.«

Channing lächelte nicht. »Das ist die Geschichte nur selten. Und sie wird es wohl auch kaum werden. Das ist die Natur des Menschen, fürchte ich.«

Caroline wandte sich ihrem Vater zu. »Findest du das nicht ziemlich Hobbesianisch gedacht?«

Channing sah sie an. »Ich glaube nicht an die grenzenlose Perfektionierbarkeit des Menschen, Caroline. Wenn ich das je getan habe, habe ich diesen Glauben in Deutschland verloren.«

Caroline sah Scott an. »Vater hat als Ermittler für die Ankläger in den Nürnberger Prozessen gearbeitet.«

»Und darüber bin ich dazu gekommen, an das Gerichtswesen zu glauben«, sagte Channing zu Scott. »Die Menschen sind am Ende immer nur das, was sie sind.«

Channing fixierte weiterhin Scott. »Doch die Gesetze werden

auch von Menschen gemacht«, warf Caroline dazwischen. »Und die Geschichte wird von Menschen gemacht. So wie wir es gerade in Vietnam versuchen.«

Larry bedeckte verstohlen die Augen und stieß einen stummen Seufzer aus. »Das böse V-Wort«, murmelte er.

Channing lächelte knapp und zog eine Braue hoch. »Was sagtest du gerade, Caroline?«

»Ich sage, wenn die Vietnamesen die Geschichte schreiben und ihr eigenes Tribunal abhielten, würden Nixon und Kissinger vielleicht als Kriegsverbrecher verurteilt.«

Channing runzelte die Stirn. »Ich denke, da machst du es dir zu einfach. Unsere Regierung hat keine Kriegsverbrechen begangen, sondern Kriegshandlungen ...«

»Sie hat Zivilisten bombardieren lassen, Vater. Tausende, und wofür? Um in einem Krieg das Gesicht zu wahren, den wir nicht gewinnen können und nicht einmal mehr zu gewinnen versuchen. Menschen sind dabei nur Figuren auf ihrem geopolitischen Schachbrett.«

Channing schüttelte den Kopf. »Bei allem Respekt, aber der Kommunismus ist eine Form der Tyrannei, die wahrscheinlich mindestens genauso vielen Menschen das Leben gekostet hat wie die Nazis. Mit denen du die Herren Nixon und Kissinger so munter vergleichst.« Seine Stimme wurde sanfter. »Verzeih mir, Caroline – natürlich hast du das Recht auf eine eigene Meinung. Aber ich glaube kaum, daß deine Großeltern, die in Auschwitz gestorben sind, diesen Vergleich billigen würden. Genausowenig wie deine Mutter.«

Caroline spürte, wie sie errötete. Doch trotz ihrer Scham erinnerte sie sich daran, daß Nicole ähnliche Ansichten gehabt hatte wie sie selbst und daß ihr Vater das auch wußte. Doch sie schaffte es nicht, das jetzt ins Feld zu führen.

In der nachfolgenden Stille sah sie, wie Scott sie zutiefst überrascht und voller Mitgefühl ansah. Channing wandte sich ihm zu. »Haben Sie auch eine Meinung dazu, Scott? Vielleicht war ich ein wenig zu harsch.«

Caroline sah, wie Scott seine Hände faltete. Er wartete kurz und blickte dann offen ihren Vater an, als sei er gerade zu einem Entschluß gekommen.

»Das weiß ich nicht«, sagte er leise. »Aber mir hat man ja auch nicht gerade den Tod von sechs Millionen Juden vorgehalten, von denen zwei auch noch meine Großeltern waren.«

Channing fixierte ihn. Für Caroline schienen alle anderen im Hintergrund zu verblassen: Betty, die den Blick niedergeschlagen hatte, und Larry, der ziemlich blaß aussah.

»Glauben *Sie*«, fragte Channing leise, »daß die Vietnamesen unsere Juden sind?«

Scotts knappes Lächeln erreichte seine Augen nicht. »Ich sage nur«, erwiderte er ebenso leise, »daß, wenn der gleiche Zug von Soldaten in ein deutsches Dorf einmarschiert wäre und jeden in Sichtweite getötet oder vergewaltigt hätte, bis praktisch kein Mensch mehr übrig war, daß man dann bestimmt keine Platte mit dem Titel ›Die Schlachthymne des Lieutenant Calley‹ herausgebracht hätte. Man hätte ihn aufgehängt...«

»Und das sicherlich zu recht. Aber Ihr Bezug auf My Lai weist für mich auf ein grundlegenderes Problem hin.« Channings Stimme war jetzt von einer tödlichen Ruhe. »Einige junge Leute mit, sagen wir, ›ausgeprägteren ethischen Empfindlichkeiten‹ haben für sich das Recht in Anspruch genommen, sich ihre Kriege auszusuchen. Tatsache ist, daß sie *diesen* Krieg den Menschen überlassen, die so minderbemittelt sind, daß ihnen Vietnam als eine Karriere-Chance erscheint. Und natürlich, um es mit Ihren Worten zu sagen, den Kriegsverbrechern. Denen es in Abwesenheit ihrer moralischeren Zeitgenossen, die sicher und wohlig zu Hause sitzen, an gutem Beispiel mangelt.«

Einen Moment lang war es still im Raum. »Ja, zum Glück mußte ich nicht sterben, um meine Position zu rechtfertigen«, sagte Scott. »Deshalb habe ich die Freiheit, hier mit den Lebenden zu argumentieren. Im Gegensatz zu meinem Zimmerkollegen im College, der dort drüben sinnlos gestorben ist.«

Für einen Augenblick erstarrte Channings Miene, bevor er plötzlich verlegen aufblickte. »Bitte verzeihen Sie mir, Scott. Ich habe mich als Anwalt dermaßen an Dispute gewöhnt, daß ich darüber bisweilen meine Rolle als Gastgeber vergesse.«

Scott schien ihn zu betrachten. »Kein Grund, sich zu entschuldigen«, sagte er. »Mein Dad und ich haben ständig so gestritten. Bis wir aufgehört haben, miteinander zu reden.«

In dem nachfolgenden nervösen Gelächter beobachtete Caroline, daß ihr Vater kaum lächelte.

»Warum hast du mir nie von deiner Mutter erzählt?« fragte Scott sie eine Stunde später.

Caroline sah ihn nicht an. »Es ist eben kein Thema, auf das man einfach so kommt.«

Sie standen auf seiner Veranda, die Hände auf dem Geländer, und beobachteten den Sonnenuntergang über dem Nantucket Sund. Er wandte sich ihr zu. »Aber das ist doch wichtig, findest du nicht?«

Sie neigte den Kopf und fragte leise: »Weiß ich alles Wichtige über dich?«

Er antwortete nicht, und auch Caroline schwieg eine Weile. »Es tut mir jedenfalls leid«, sagte sie schließlich, »daß ich diese Diskussion über Vietnam angezettelt habe.«

Scott kniff die Augen zusammen. »Es ging nicht um Vietnam, Caroline. Es ging um dich. Und um uns.« Er machte eine Pause. »Glaubst du wirklich, daß dein Vater auch nur einen Moment lang nicht ganz genau weiß, was er tut? Und was er will?«

Sie berührte seine Hand. »Er war ein guter Vater, Scott. Auf seine Art will er nur das Beste für mich.«

Scott schloß seine Hand um ihre. »Ich dachte immer«, sagte er leise, »daß sich die Qualität von Eltern daran mißt, ob sie erwachsene Menschen großziehen.«

Caroline versteifte sich und zog ihre Hand zurück. »Willst du damit sagen, daß ich das nicht bin?«

Scotts Blick blieb unverwandt ruhig. »Ich will sagen«, erwiderte er, »daß er dich zwingen könnte, dich zu entscheiden. Und zwar nicht so, wie er es sich vorstellt – zwischen ihm und all dem Bösen, das ich möglicherweise für ihn symbolisiere.« Er machte eine Pause und fuhr dann leise fort: »Sondern zwischen ihm und *dir*.«

Als sie zurückkam, saß ihr Vater auf der Veranda und trank einen Brandy. In der Dämmerung wirkten seine Augen tief und verschleiert.

Caroline setzte sich nicht. »Das war unverzeihlich«, erklärte sie mit flacher Stimme.

Er blickte zu Boden. »Ja, das war es wohl. Vor allem, wo ich darauf bestanden habe, daß er kommt.« Er klang ehrlich zerknirscht.

»Warum hast du das getan?« fragte sie.

»Weil ich glaube, daß Ideen und rigoroses Denken wichtig sind.« Er wandte den Blick ab. »Vielleicht war es auch mehr als das, Caroline. Ich merke, daß ich hier oft an Nicole denken muß. Ich denke an alles, was sie wegen des Holocausts durchmachen mußte, und daran, was ich glaubte, ihr deswegen zu bedeuten – an meine Vorstellung, sie irgendwie retten zu können. Und dann denke ich an Paul Nerheim.« Er machte eine Pause und fuhr leise fort: »Und dann empfinde ich unwillkürlich Zorn über ihren Verrat. Und den habe ich beim Abendessen an dir ausgelassen, ohne es zu wollen. Es war, als ob ihr zwei meine Gefühle erniedrigt hättet. Und dafür schäme ich mich natürlich.«

Das zu hören war schmerzhaft für Caroline, das Wissen, wie wenig die Jahre der stillen Zurückhaltung seine Wunden hatten heilen können. Sie spürte, wie ihre Wut verebbte und zu Trauer über ihre eigenen Erinnerungen wurde. Es gab nichts mehr, was sie noch sagen konnte.

Schweigend ging sie zu Channing und küßte ihn auf die Stirn. »Gute Nacht, Vater.«

Sie wandte sich zum Gehen.

»Willst du wissen, was ich denke?« fragte er sanft. »Über Scott.«

Caroline sah ihn erneut an und sagte dann: »Also gut.«

Ihr Vater stellte sein Glas ab, wie um seine Gedanken zu sammeln. »Irgend etwas stimmt nicht mit ihm, Caroline.« Sein Ton war noch immer sanft, fast widerwillig. »Ein echter Mensch ist ein Ganzes – er ist einfach die Summe dessen, was er ist und was er getan hat. Darüber muß man nicht nachdenken.« Er sah zu ihr hoch. »Hast du nicht bemerkt, wie dieser Junge nachdenkt? Nicht so sehr über seine Ideen – da ist seine Leidenschaft durchaus echt. Aber darüber, wer er ist. Oder wer er vorgibt zu sein.«

»Was genau willst du mir eigentlich sagen, Vater?«

»Das weiß ich noch nicht.« Seine Augen wurden schmal. »Es ist ein Instinkt, den du in zehn Jahren, wenn du Hunderte von Zeugen ins Kreuzverhör genommen hast, vielleicht auch entwickeln wirst. Du beobachtest ihre Augen und erkennst für den Bruchteil einer

Sekunde ihre Berechnung. Und du weißt, daß sie einfach ein kleines bißchen zu angestrengt nachdenken. Genau wie dieser Junge, der die erste Stunde des Abends damit verbracht hat, dümmer zu tun, als er ist.« Er machte eine weitere Pause. »Ich weiß nicht, wie es um dich und Jackson steht. Ich will es vielleicht auch gar nicht wissen. Aber Jackson ist ein echter Mensch und ein prächtiger Bursche dazu.«

»Und einer, der dir nie widerspricht.« Caroline erhob ihre Stimme. »Ist das nicht in Wirklichkeit dein Problem mit Scott? Daß er dir Paroli geboten hat?«

»Wie kannst du so etwas denken? Hier geht es um Charakter, nicht um Ideen.« Sein Blick wurde distanziert. »Ich möchte mich ja nicht einmischen, Caroline, und ich glaube, daß ich das auch bisher nicht getan habe – zumindest nicht mehr als jeder normale alleinerziehende Vater mit grundsätzlich guten Absichten. Aber ein schlechter Charakter ist wie eine Fäule, es gibt keine Heilung. Man kann sich nur vornehmen, sie zu meiden.«

Auf einmal spürte Caroline, daß es auch in diesem Gespräch nicht einfach nur um Scott Johnson ging, sondern wieder auch um ihre Mutter.

»Es gibt keine Fäule«, fauchte sie. »Außer in deinem Kopf.« Bevor er antworten konnte, fuhr sie herum und ging ins Haus.

9

Doch die Auseinandersetzung mit ihrem Vater zog sich wie eine Verwerfungslinie zwischen Caroline und Scott.

Wenn sie mit ihm zusammen war, empfand sie Freude und Leidenschaft, doch sie spürte auch die unterirdische Strömung ihres Zweifels: Alle ihre Instinkte sagten ihr, daß Channing auf eine gewisse Art, die sie nicht näher benennen konnte, recht hatte. Wenn sie allein in ihrem Zimmer saß, listete sie für sich die Widersprüchlichkeiten auf – zwischen Scotts sorgloser Art und seiner tiefsitzenden Vorsicht, seiner vermeintlichen Sicherheit und seiner offenkundigen Weltgewandtheit, seiner angestrengten Ungeselligkeit und der Leichtigkeit im Umgang mit den wenigen Menschen, die sie gemeinsam getroffen hatten; zwischen seiner Maske zynischer Ziellosigkeit und seiner Begeisterungsfähigkeit. Ihre Zeit lief ab, und vielleicht würde Caroline ihn nie wirklich kennenlernen.

Ein Teil von ihr spürte, daß es gefährlich war, Scotts Fassade zu durchdringen – wenn es gewisse Dinge gab, die er nicht mit ihr teilen wollte, mußte es einen Grund dafür geben. Doch mit jedem Tag, der verging und von dem Caroline nur wußte, daß sie möglichst jeden Augenblick mit ihm verbringen wollte, nagte der Gedanke an ihr, daß etwas zwischen ihnen stand, das auf ewig unausgesprochen bleiben würde, bis sie das Schweigen mehr fürchtete als seine Gründe dafür.

»Es gibt Dinge, die du mir nicht erzählt hast«, sagte sie. »Dinge über dich. Ich möchte wissen, warum.«

Nach einem langen Tag auf dem Wasser saßen sie auf der Dachterrasse, tranken Wein, aßen Käse und genossen den Sonnenuntergang, der die feinen Wölkchen orangerot färbte. Caroline hatte die angenehme Stille mit ihrer Frage so scharf und unvermittelt gebrochen, daß es gar nicht zur Stimmung des Tages passen wollte und sie selbst überraschte.

Doch Scott wirkte nicht überrascht. Mit einem verschleierten, traurigen Blick fragte er sie: »Wo kommt das her, Caroline? Von deinem Vater?«

»Hör auf, Schaukämpfe mit mir auszufechten, okay? Du gibst die ganze Zeit vor, jemand zu sein, der du gar nicht bist, und ich soll all meine Gedanken und Gefühle für mich behalten.« Als sie aufstand, spürte sie, wie wütend sie war. »Ich verbringe jede Minute, die ich kann, mit dir, als ob es um Leben und Tod ginge, und das einzige, was ich den ganzen Sommer über wirklich gemacht habe, ist mit dir vögeln. Weil ich sonst nicht zu dir vordringen kann.«

Er stellte sein Weinglas ab. »Du bist diejenige, die weggeht, Caroline. Ich erwarte ja gar nicht, daß du dein Jurastudium sausen läßt. Also erwarte auch nicht von mir, daß ich dir alle meine Geheimnisse gestehe.«

In diesen Worten hörte Caroline trotz der Härte, mit der sie ausgesprochen wurden, ein Gefühl mitschwingen. Sie legte ihre Hände auf seine Schultern und sah zu ihm auf. »Obwohl ich die ganze Zeit plane, mein Leben einfach so weiterzuleben, habe ich das Gefühl, daß du mich komplett umgekrempelt hast. Bedeutet dir dieser Sommer denn gar nichts?«

Sie sah, wie er ob der Intensität ihrer Gefühle blaß wurde, und kam sich auf einmal nackt und bloßgestellt vor.

»Sieh mich an«, sagte Scott leise.

Das tat sie zögernd. Tränen liefen über ihr Gesicht.

Als er das sah, schloß er die Augen. Caroline bemerkte, wie er schluckte. Dann öffnete er die Augen wieder, berührte ihr Gesicht und zeichnete mit den Fingerspitzen die Spur ihrer Tränen nach. Dabei sah er sie mit so offener Zärtlichkeit an, daß es fast weh tat.

»Warum tust du das?« fragte er. »Weißt du denn noch immer nicht, wie sehr ich dich liebe?«

Caroline war wie benommen. Sie schüttelte stumm den Kopf.

Er schien in sich zusammenzusacken. »Warum, glaubst du, bin ich hiergeblieben, Caroline? Ich hätte schon vor Wochen gehen müssen.«

Caroline packte seine Schultern. »Warum?«

Scott schüttelte den Kopf, legte seine Arme um sie und hielt sie mit einem schier verzweifelten Verlangen.

»Schlaf mit mir«, murmelte er. »Bitte.«

Seine Stimme war heiser; Caroline spürte, wie ihr ganzer Körper zitterte. Wie Kinder, die es zum Feuer zieht, gingen sie zum Bett.

Hektisch rissen sie sich die Kleider vom Leibe, suchten Hände und Mund des anderen, wie zwei Liebende, die sich wochenlang nicht gesehen haben. Doch so war es noch nie gewesen – verloren, verzweifelt, rücksichtslos, und als er in sie eindrang, bewegten sich ihre Körper in selbstvergessener Ekstase, bis beide gleichzeitig aufschrien.

Danach lagen sie im Dunkeln. Überwältigt und schutzlos tat Caroline, als ob sie schlafen würde. Sie fühlte sich innerlich aufgerissen.

Neben ihr bewegte sich Scott ruhelos und stand schließlich auf. Caroline sagte nichts.

Minutenlang lag sie alleine in der Dunkelheit. Scott kam nicht zurück. Nackt erhob sich Caroline aus dem Bett.

Die Luft war kühl. Sie bekam eine Gänsehaut und spürte, wie ihre Brustwarzen steif wurden. Sie wühlte durch die Kleider auf dem Boden, fand ein T-Shirt und zog es über.

Er stand nur in Jeans auf der Dachterrasse und starrte aufs Wasser.

Sie trat hinter ihn. An seiner Stille erkannte sie, daß er ihre Anwesenheit spürte. Doch er bewegte sich nicht.

»Was ist los?« fragte sie.

Er drehte sich zu ihr um. Im Mondlicht sah sie, wie er zögerte.

»Mein Name«, sagte er schließlich leise, »ist David Stern.«

Caroline hatte beinahe das Gefühl, daß er von jemandem sprach, den er verloren hatte. Sie nahm seine beiden Hände. Er betrachtete ihre verschränkten Finger. »Das Komische ist«, fuhr er fort, »daß Johnson nur ein Witz ist, wegen Lyndon. Und ›Scott‹, weil ich Fitzgerald schon immer gemocht habe. Ich vermute, wir werden nie über alles einer Meinung sein.«

Caroline starrte ihn an. »Aber wozu dieses Versteckspiel?«

»Kannst du dir das immer noch nicht denken?« Seine Stimme wurde leise und bitter. »Ich habe mich selber vom Dienst befreit. Ich bin ein ›Drückeberger‹.«

Das ließ Caroline verstummen; gleichzeitig erschüttert und erleichtert sah sie ihn erwartungsvoll an.

»Ich stamme aus Kalifornien, nicht aus Ohio«, sagte er schließlich. »Ich war in Berkley und wollte in Standford Jura studieren.« Er starrte zu Boden. »Außerdem war ich voll wehrtauglich. Ich war absolut gegen den Krieg. Mein Vater hat mich angebrüllt wegen des Zweiten Weltkriegs und so; meine Mutter hat mich angefleht, nach Kanada zu gehen; mein Wehrpflichtberater hat mir geraten, mich zu bemühen, als Kriegsdienstverweigerer anerkannt zu werden.

Nichts war richtig. Ich haßte den Krieg, und ich wollte nicht sterben. Kanada ist nicht meine Heimat. Und in Vietnam hätte ich nur den Krieg meines Vaters gekämpft. Zwei Jahre lang versuchte ich, ausgemustert zu werden. Bis meine Einspruchsmöglichkeiten erschöpft waren. Ich sagte mir, daß es das einzig Prinzipientreue wäre, ins Gefängnis zu gehen.« Er machte eine Pause und sah sie dann direkt an. »Dein Vater hat mich durchschaut. Im letzten Moment fehlte mir dann nämlich der Mumm. Am Tag, bevor ich mich melden sollte, bin ich einfach abgehauen.«

Sein Ton triefte vor Selbstverachtung. Wie um ihn zu ermutigen, drückte Caroline seine Hände. »Meine Mutter hat mir ein bißchen Geld gegeben«, sagte er schließlich. »Mein Vater hat es nie erfahren. Ich habe mich einfach eines Morgens mit meiner Gitarre und einem Koffer voller Sachen aus dem Haus geschlichen und auf den Namen Scott Johnson einen Flug nach Miami gebucht.

Nach Miami, weil ich in meinem früheren Leben nie dort gewesen war und dachte, ich könnte so vielleicht leichter ein neues anfangen.« Er schüttelte den Kopf. »Alles, was ich hatte, waren zweitausend Dollar und ein Führerschein auf den Namen David Stern. In einem schäbigen Hotel, wo es egal war, wer ich war, habe ich mir ein Zimmer gemietet und Kontakt zu einer Selbsthilfegruppe von Wehrdienstverweigerern gesucht, die ich von der Uni her kannte. Einige von ihnen machten noch Nebengeschäfte, indem sie die Geburtsurkunden Verstorbener dafür hernahmen, um neue Identitäten zu schaffen. Also gab ich ihnen ein wenig Geld und wartete in meinem Zimmer, während ich an meiner Legende arbeitete.«

Seine Stimme wurde wieder sanfter. »Tag für Tag wurde mir klarer, was ich getan hatte. Ich war jetzt ein Niemand. Ich hatte keine Freunde. Ich konnte keinem die Wahrheit sagen. Ich konnte meine Familie nicht anrufen oder ihnen schreiben – das FBI könnte ihr Telefon angezapft haben und die Post lesen, wie es einem Freund von mir passiert ist, der daraufhin im Gefängnis landete. Außerdem war ich mir nicht sicher, ob mein Dad nicht irgendeine Dummheit machen würde, wie nach mir suchen, und ob mein Bruder und meine Schwester sich nicht irgendwie verplappern würden.«

Caroline beobachtete sein Gesicht. »Die sind also echt, deine Familie.«

»O ja, die sind echt.« Er sah sie scharf an. »Der Brief, auf den du gelinst hast, als du das erste Mal hier warst, war an meine Tante in Denver. Sie verbrennt den Umschlag und liest den Brief meiner Mutter am Telefon vor. Trotzdem darf ich nie sagen, wo ich gerade bin.«

Caroline stellte sich vor, wie es wäre, abgeschnitten von der eigenen Familie umherzutreiben. Doch David war jetzt ganz in Erinnerungen versunken. »Bevor ich meine neuen Papiere bekam«, fuhr er fort, »verhaftete das FBI die Leute, bei denen ich sie bestellt hatte. Ich bin abgehauen, bevor mich irgend jemand finden konnte. Ich konnte keinen Wagen mieten, weil mein Name dann im Computer gelandet wäre, also habe ich mir ein Busticket nach Boston gekauft, der einzigen Stadt, die mir einfiel, in der ich unter den zahlreichen Studenten nicht auffallen würde. Doch ich mußte zu viele Menschen belügen, und dauernd verlangte jemand meine Papiere zu sehen – für Jobs, um ein Auto zu kaufen, sogar um etwas zu trinken. Mittlerweile ging mir das Geld aus. Ich mußte erkennen, was für ein Luxus es gewesen war, David Stern zu sein.« Seine Stimme wurde wieder weich. »Also kam ich hierher – ans Ende der Welt oder doch zumindest der Vereinigten Staaten.

Die Leute auf Martha's Vineyard sind an Durchreisende gewöhnt. Und sie lassen einen in Ruhe.« Er machte eine Pause. »Ich hab mir einen Job besorgt, mir einen unangemeldeten Wagen gekauft und gehofft, daß mich niemand entdecken würde, bis ich mir überlegt hatte, was ich tun wollte.«

Caroline sah ihn an. »Und an dem Abend, als wir in der Stadt waren ...«

»Ich hatte mich dazu überreden lassen, mit dir auszugehen, und jetzt bestand die Gefahr, daß du meinen Führerschein sehen würdest. Woher sollte ich wissen, mit wem du darüber reden würdest?« David schüttelte den Kopf. »Doch das war nichts im Vergleich zu der Idiotie, mich so zu vergessen. Dein Bullenfreund hätte mich nur durch den Computer jagen, meine Zulassung überprüfen oder sonstwie neugierig werden müssen.« Verwundert fuhr er fort: »Wenn du nicht gewesen wärst, säße ich vielleicht jetzt im hiesigen Knast und würde darauf warten, daß irgendein FBI-Typ aus Boston vorbeikommt, wenn er mal ein paar ruhige Tage hat. Da wußte ich, daß ich von hier weg mußte.«

In dem nachfolgenden Schweigen strich sie über sein Gesicht. »Wohin?«

»Nach Kanada.« Seine Stimme wurde leise und traurig. »Ich wollte schon vor Wochen aufbrechen. Doch jede Woche fand ich einen neuen Vorwand zu bleiben. Bis ich wußte, daß ich erst gehen würde, wenn du auch gehst.«

Ohne seine Hand loszulassen, machte Caroline einen Schritt zurück und versuchte, das Gehörte zu verdauen. »Und all die Dinge, die du mir erzählt hast ...«

»Waren im großen und ganzen gelogen. Bis auf die Geschichte mit Bobby Kennedy. Nur daß sie in Kalifornien passiert ist und nicht in Indiana. Ich war an dem Abend dabei, als er erschossen wurde.« Langsamer fuhr er fort. »Wir *hätten* gewonnen, Caroline. Wir waren so nah dran ...«

Er ließ den Satz unvollendet. Schweigend ballte er seine Faust in ihrer Hand.

Es war nur eine winzig kleine Geste, doch mit dieser Geste stürzte seine ganze Welt auf Caroline ein, die Tiefe seines Verlustes, die Angst, in der er lebte. Und auf einmal erkannte sie die ganze Last ihrer Verantwortung, ihn vor jedem zu schützen, der ihn aus Achtlosigkeit, Bösartigkeit oder mangelnder Phantasie an die Hüter des Gesetzes ausliefern konnte.

»Kann man das nicht irgendwie hinbiegen?« fragte sie.

Sein Lächeln war nicht unfreundlich, als ob er erkannte, daß sie in der Benommenheit ihres ersten Begreifens nicht weiter denken konnte als bis zu dem Wunsch, die Dinge mögen anders sein.

»Ohne ins Gefängnis zu gehen? Wir haben keine besonders barmherzige Regierung – zu viele Kids, die noch viel jünger waren als ich, sind nach Vietnam gegangen und gestorben, als daß noch allzu viele Leute Mitleid mit einem Wehrdienstflüchtigen haben. Ich fürchte, ich muß mich ganz alleine bemitleiden.« Er machte eine Pause. »Und was würde ich tun, wenn ich aus dem Gefängnis komme? Hierzulande könnte ich nicht mehr als Anwalt praktizieren. Wahrscheinlich dürfte ich nicht einmal wählen. Ich habe einfach eine falsche Entscheidung getroffen. Und jede Nacht gehe ich sie im Kopf wieder und wieder durch .. Ich habe die Schnauze voll von mir selbst. In Kanada gibt es zumindest Universitäten, und ich kann wieder David Stern sein. Vielleicht habe ich in ein paar Jahren sogar herausgefunden, wer er inzwischen geworden ist.«

Sie sah es vor sich: seine Einsamkeit, seine Furcht vor anderen, sein Wissen, daß er sich – in einem Moment der Angst und Unentschiedenheit – in einer Weise geschadet hatte, die für immer ein Teil von ihm bleiben würde. Und dann sagte er leise: »Es ist nicht viel, was ich dir zu bieten habe, nicht wahr?«

Caroline fühlte einen leichten Schwindel. Sie setzte sich auf einen Liegestuhl. »Ich will ein Leben«, sagte David leise. »Ich will ein Leben mit dir. Aber hier kann ich es nie haben.«

Caroline war übel. »Du bittest mich, mit dir zu kommen.«

»Ja.«

Caroline war, als wäre sie in das Leben einer anderen versetzt worden. Noch nie zuvor hatte sie sich so verloren gefühlt.

Er strich über ihr Haar. »Wenn ich jetzt von hier weggehen würde, ohne deine Antwort zu kennen, wäre das die eine Sache, mit der ich nie leben könnte.«

Caroline schüttelte den Kopf. »Es ist alles so viel...«

Er zog seine Hand zurück. »Ich weiß. Du hast deinen Vater. Du hast dieses Leben...«

»Ich habe das Leben, das du auch hattest.« Caroline erhob ihre Stimme. »Es ist nicht fair, das auf meinen Vater zu schieben. Bis vor zwei Jahren hattest du genau das gleiche Leben wie ich. Jetzt erfahre ich, daß das meiste, was du mir erzählt hast, gelogen war, daß dein Leben als US-Amerikaner vorbei ist und daß ich meins vielleicht gleich mit abgeben kann, um irgendwohin zu gehen, wo ich noch nie war oder hin wollte. Und ja, meine Familie soll ich auch zurücklassen.«

Er wandte sich ab. »Deswegen habe ich ja versucht, mich nicht in dich zu verlieben. Weil das gegenüber keinem von uns fair ist. Ganz bestimmt nicht dir gegenüber...«

»Laß mich einfach kurz allein, ja?«

Er sah sie einen Moment lang an, bevor er wortlos aufstand und ging.

Es war zu viel zu verdauen. Eine Zeitlang konnte sie nur die Orte sehen, die ein Teil von ihr waren und, so hatte sie geglaubt, immer sein würden – Masters Hill, die Stadt Resolve, der Hof von Harvard, Boston, der Lake Heron, die Ströme und Berge New Hampshires. Und dann sah sie die Gesichter ihrer Collegefreunde, die Gesichter von Jackson, Betty und Larry und das von Channing Masters, ihrem Vater, der stets bei ihr gewesen war und sie, solange sie denken konnte, geführt hatte.

Und doch hatte sie sich bei keinem von ihnen, mit niemandem je so gefühlt, wie sie sich mit David Stern fühlte.

David. Er war ein echter Mensch. Einen seltsamen, fast schwindelerregenden Augenblick lang empfand Caroline eine regelrechte Euphorie. Es war möglich; *sie* waren möglich.

Denn Caroline Masters liebte David Stern.

Glücklich und traurig, verliebt, verwirrt und ängstlich ging Caroline zu ihm. Er lag auf dem Bett und starrte an die Decke.

»Für mich mußt du ›David‹ sein, okay?« sagte sie leise. »Das ist zumindest ein Anfang.«

Er blickte voller Hoffnung und Zweifel zu ihr auf. »Ich verstehe es wirklich«, sagte er. »Wenn du nicht mitkommen kannst, gibt es gute Gründe dafür.«

Sie stand am Kopf des Bettes und betrachtete ihn im Mondlicht. Und dann zog sie langsam das T-Shirt über den Kopf.

Fast herausfordernd stand sie vor ihm. Als David verlangend und stumm zu ihr hochsah, wünschte sich Caroline, diesen Moment für immer festhalten zu können.

»Ich liebe dich, David.«

Schweigend streckte er seine Hand aus. Sie ging zu ihm; und dann liebte David Stern sie sehr langsam und zärtlich.

Hinterher lagen sie zusammen im Dunkeln. Minuten verstrichen schweigend. Und dann fuhr David noch immer wortlos mit seinen Fingern an ihrer Wirbelsäule entlang.

Vielleicht wollte er sie noch einmal, dachte Caroline und streichelte sein Gesicht.

»Erzähl mir von deiner Mutter«, sagte er leise. »Alles.«

10

Es war Wahnsinn. Die Körper schweißnaß lagen sie da und sahen sich an. Caroline konnte sich ein Leben ohne ihn nicht mehr vorstellen.

Dabei war ihr Leben vorher völlig geordnet verlaufen, sie hatte Stufe für Stufe erklommen auf dem einzigen Weg, den sie sich je hatte vorstellen können. Die Caroline Masters, die sie kannte, war keine Frau, die im luftleeren Raum lebte – sie war Neu-Engländerin, die Tochter ihres Vaters, hatte einen ersten Abschluß in Radcliffe gemacht und eine vielversprechende Karriere vor sich; außerdem war sie Jacksons Freundin. Ohne all das *gab* es keine Caroline Masters – es gab nur dieses leidenschaftliche Wesen, das ausschließlich durch die Liebe zu einem Mann definiert wurde, den sie kaum kannte, dessen wahrer Name auf ihren Lippen fremd klang und der sich ihr Leben nicht mit *ihm* vorstellen konnte.

Es war Wahnsinn.

Sie hatte Ringe unter den Augen und konnte weder schlafen noch essen, gleichzeitig war ihr übel.

Und trotzdem ging sie jede Nacht zu David.

Sie konnte sich nicht entscheiden, und da war niemand, der ihr hätte helfen können.

Viel intensiver als in den Monaten nach ihrem Tod vermißte Caroline ihre Mutter.

Ihr Vater rief an und auch Jackson. Wenn sie zu Hause war, um abzunehmen, klang Caroline in ihren eigenen Ohren wie eine plappernde Fremde. Die Reaktion ihrer Gesprächspartner registrierte sie kaum.

Der einzige Mensch, mit dem sie wirklich reden konnte, war David.

In der Stille der Nacht hörte er ihren Zweifeln und Ängsten zu. »Caroline, wenn ich gewußt hätte, daß ich dich in eine derartige Hölle schicke, hätte ich nie gefragt«, sagte er schließlich. »Ich hätte einfach weggehen sollen.«

Als sie später ging, sah er so traurig aus, daß Caroline auf einmal Angst hatte, ihn nie wiederzusehen. Als sie am nächsten Morgen aus dem Fenster blickte und in einer Ecke seiner Dachterrasse seinen Lockenkopf erblickte, schossen ihr Tränen in die Augen.

Es blieb nur noch eine Woche, und sie steuerte wie ein Roboter auf ihr Jurastudium zu, uninspiriert und unentschlossen.

Am Morgen, nachdem Caroline ihre Collegefreundinnen unter einem absolut fadenscheinigen Vorwand wieder ausgeladen hatte, ging sie alleine am Strand spazieren. Sie fühlte sich wie in ihrer eigenen Haut gefangen.

Mit tränenüberströmtem Gesicht setzte sie sich in den Sand.

Als sie zum Wasser sah, erkannte sie in der Ferne die Gestalt ihrer Schwester, die nach Muscheln suchte.

Ihr Instinkt bedeutete ihr aufzustehen. Doch ein anderer Teil von ihr war so gründlich erschöpft, daß es ihr egal war, was für einen Eindruck sie machte. Sie schaffte es lediglich, ihre Tränen zu unterdrücken, als Betty näherkam.

Schweigend setzte sich ihre Schwester neben sie. Eine Weile ließ sie den Sand durch ihre Finger rieseln und beobachtete, wie die Körner auf den Strand fielen. Ein kühler Nebel berührte ihre Gesichter.

»Bitte, Caroline, rede mit mir.«

»Es gibt wirklich nichts zu sagen.«

Eine Zeitlang schwieg Betty. »Dann muß ich dir etwas erzählen«, sagte sie schließlich. »Ich glaube, ich bin vielleicht schwanger.«

Caroline sah sie an. »Wie fühlst du dich?«

»Gut soweit.« Betty lächelte. »Aber meine Regel ist lange überfällig.«

Caroline zwang sich ebenfalls zu einem Lächeln und legte ihre Hand auf Bettys Schulter. »Ich hoffe, daß es stimmt. Dann werde ich ›Tante Caroline‹.«

»Das wärst du dann wohl.« Der Gedanke schien Betty Vergnügen zu bereiten, und als ihr Lächeln verblaßte, legte sie ihre Hand auf Carolines Arm. »Ich weiß, daß wir nicht immer wie echte Schwestern waren. Aber ich wünschte, du könntest mit mir reden.«

Caroline fühlte sich zu ausgelaugt, um zu sprechen. Wieder standen Tränen in ihren Augen.

»Bitte«, drängte Betty sie. »So kannst du nicht weitermachen.«

Caroline starrte lange in den Sand. In ihrem Kummer und ihrer Erschöpfung sagte sie einfach: »Er heißt nicht ›Scott‹.«

Die Worte kratzten in ihrem Hals und klangen nach Verrat. Betty preßte die Lippen zusammen. »Hat er Ärger…«

Caroline faßte ihre Schulter. »Ich kann nicht darüber reden. Wir können nicht darüber reden.«

»Was ist denn los?« Betty faßte ihren Arm fester. »Larry und ich sind schon ganz krank vor Sorge um dich, verstehst du? Genau wie Vater.«

Caroline schluckte. »Sie dürfen es nicht wissen«, murmelte sie. »Nur du.«

Nach einer Weile nickte Betty.

Caroline schloß die Augen. »Sie sind hinter ihm her – er hat sich der Einberufung entzogen.« Sie machte eine Pause und sah ihre Schwester direkt an. »Er hat mich gebeten, mit ihm zu kommen. Nach Kanada.«

Betty wurde blaß. »Mein Gott, Caroline.«

Ihre erschrockene Stimme schien Caroline wie Schockwellen zu durchströmen, und sie dachte, daß Betty vielleicht die einzige war, die sie verstehen könnte. »Ich weiß«, sagte sie. »Es würde mein ganzes Leben verändern…«

»Wie kannst du dann auch nur daran denken?«

»Weil ich noch nie jemanden so geliebt habe. Ich wußte nicht einmal, daß ich es konnte.« Sie spürte den Kloß in ihrem Hals. »Weißt du, wie das ist?«

Zum ersten Mal lächelte Betty schwach. »Dieses Gefühl, daß du ihm gar nicht nahe genug kommen kannst und er gar nicht tief genug eindringen kann? Dieses Gefühl, daß du für ihn deine Seele geben würdest.« Ihre Stimme klang heiser und reuevoll. »Eine neue Liebe ist wie ein Form von Wahnsinn. Und ein Teil der Selbsttäuschung liegt darin, daß man glaubt, man wäre die einzige, der das je passiert ist...«

»Das glaube ich gar nicht«, erwiderte Caroline scharf. »Es ist nur eben auch mir passiert.«

»Genau wie es mir passiert ist – mit Larry.« Betty machte eine Pause. »Aber er hat mich auch nie gebeten, meine Familie und alles, was ich kannte, wegzuwerfen. Und nach ein paar Wochen und Monaten hätte ich das auch nicht mehr getan. Denn ich konnte Larry in das Leben einbeziehen, das ich führen wollte, und ihn als Teil des Ganzen sehen. Zum Glück für mich hat er gepaßt.« Sie faßte Carolines Schulter. »Du hast dein ganzes Leben geplant, Caroline. Scott – oder wer immer er sein mag – paßt da nicht hinein. Und der Mensch, den ich jetzt ansehe, das bist nicht du.«

»Ist es mein Leben«, brach es aus Caroline heraus, »oder bloß das Leben, das unser Vater sich für mich ausgesucht hat?«

Betty sah sie erstaunt an. »Ist Kanada dein Leben?« gab sie zurück und fügte dann leiser hinzu: »Ich weiß, daß du das Gefühl hast, er wäre die Liebe deines Lebens. Aber das ist er nicht – wenn er es wäre, würde er dich nicht bitten, dein Leben zu ändern. Weil die Liebe so nämlich nicht funktioniert...«

»Du hast so viele Regeln dafür, wie alles zu funktionieren hat, die Liebe, die Familie. David bedrängt mich gar nicht...«

»David?«

Caroline zögerte. »Ja.«

Das schien Betty aus irgendeinem Grund den Wind aus den Segeln zu nehmen. Leise sagte sie: »Es tut mir leid. Ich hätte nie gedacht, daß dir so etwas passieren könnte.«

Caroline spürte die ehrliche Trauer ihrer Schwester. »Wie meinst du das?«

Betty blickte zu Boden. »Du hast auf mich immer einen so klugen und starken Eindruck gemacht, als ob du nie jemanden brauchen würdest, so wie ich Larry gebracht habe.« Sie schüttelte langsam den Kopf. »Eigentlich wollte ich dir ja helfen, und jetzt bin ich erschüttert. Vermutlich noch mehr wegen Vater als wegen mir.« Sie hielt inne und sagte dann leise: »Ich kann dich nicht ersetzen. Niemand kann das.«

Caroline wußte, daß ihr dieses Eingeständnis schwergefallen sein mußte. Stumm drückte sie Bettys Hand.

»Seit dem Tod deiner Mutter ist er so einsam gewesen«, sagte Betty schließlich. »Manchmal glaube ich, daß die Hoffnung, mit dir zusammen eine Kanzlei zu führen, das Wichtigste in seinem Leben ist.«

Es war, als ob David sie taub gemacht hätte gegenüber dieser schmerzhaften Wahrheit, dachte Caroline. »Ich weiß«, erwiderte sie schließlich. »Aber heißt das, daß ich es deswegen auch tun sollte?«

Betty sah sie wieder an. »Es war nicht nur Vaters Traum, Caroline. Es war auch deiner. Er hat nicht dafür gesorgt, daß du zum Jurastudium in Harvard angenommen worden bist – das warst du selbst.« Ihr Ton wurde schärfer. »Du sagst, daß du dein Leben nicht nach Vaters Vorstellungen leben kannst. Wie kannst du es da nach den Vorstellungen eines Menschen leben, von dessen Existenz du bis vor zwei Monaten nicht einmal gewußt hast?«

Caroline mußte still einräumen, daß es genau das war, was sie sich selbst auch schon vorgehalten hatte.

Betty beobachtete ihr Gesicht und sagte dann leise: »Sprich mit Vater, Caroline. Das ist das mindeste, was du tun kannst. Für ihn und für dich.«

Caroline rieb sich die Augen. »Ich kann nicht«, sagte sie kläglich.

»Vielleicht läuft für David eine Frist. Aber für dich doch nicht. Du kannst jederzeit nach Kanada gehen.« Sanfter ermahnte sie sie noch einmal. »Laß ihn gehen und sprich mit Vater. Weil ich nicht mitansehen könnte, was ihm das antun würde.«

Der Gedanke, daß die vernachlässigte Betty versuchte, die Familie zusammenzuhalten, rührte Caroline erneut zu Tränen. Und doch hinderte sie ein unerklärlicher innerer Impuls daran, dieses Versprechen zu geben.

»Bitte«, sagte Betty. »Um unser beider willen.«

Caroline ergriff die Hand ihrer Schwester. »Was ich tue und wie ich es tue, ist allein meine Entscheidung. Bitte, versprich mir das.«

Betty sah sie an, bevor sie den Blick niederschlug. »Also gut«, sagte sie.

»Ich fliege nach Boston«, sagte Caroline. »Oder nach Cambridge, um genau zu sein.«

David lag schweigend neben ihr in der Dunkelheit und schwieg. »Zu deinen alten Jagdgründen oder deinen neuen?« fragte er schließlich.

»Das weiß ich noch nicht.« Sie berührte seinen Arm. »Wohl auch, weil ich hier irgendwie nicht in Ruhe nachdenken kann.«

Er drückte sie an sich und sagte ein wenig traurig: »Das war der Plan.«

Am nächsten Abend flog sie nach Boston.

Am Nachmittag eines klaren, fast herbstlichen Tages schlenderte Caroline ziellos über den Campus von Harvard. Sie nahm kaum etwas davon wahr.

Eine Weile saß sie auf der Treppe der juristischen Fakultät. Studenten von Sommerkursen kamen und gingen, fast wäre sie eine von ihnen gewesen. Doch jetzt erkannte Caroline mit neuer Klarheit, daß sie es vielleicht nie sein würde.

Sie zwang sich, ihn nicht anzurufen.

In dieser Nacht, alleine auf ihrem Zimmer im Ritz-Carlton, schlief sie schlecht. Sie hatte weder zu Mittag noch zu Abend gegessen.

Am Morgen sah sie aus ihrem Fenster auf den Public Garden hinunter. Grün und idyllisch wirkte er wie ein Stück London in einer viel jüngeren Stadt. Der Himmel verfinsterte sich, und mit dem Instinkt einer Seglerin ahnte Caroline, daß über Martha's Vineyard stürmisches Wetter aufziehen würde.

Sie schloß die Augen und sah David, die Haare vom Wind zerzaust, lächelnd am Ruder. Sie ging zum Telefon und rief ihn an.

Das Telefon klingelte und klingelte. Sie legte nicht auf.

Endlich nahm er ab.

»Hallo«, sagte sie, »ich bin's.«

»Hallo.« Nur seine Stimme zu hören, hob ihren Mut. »Ich vermisse dich.«

»Ich vermisse dich auch.« Caroline atmete tief ein.

»Ich bin jetzt bereit, über alles zu reden, okay? Ich fliege heute nachmittag zurück.«

»Soll ich dich abholen?«

»Ich finde dich schon.« Sie machte eine Pause. »Dann habe ich noch ein bißchen länger Zeit.«

Es entstand ein Schweigen, bevor er leise sagte: »Kannst du mir nicht wenigstens andeuten, was du beschlossen hast?«

Sie setzte sich aufs Bett. »Ich denke, es ist besser, die Dinge einfach noch mal in Ruhe durchzusprechen, okay?«

»Okay.«

Er versuchte, stoisch zu klingen. Leise sagte sie. »Ich liebe dich, David.«

»Ich liebe dich auch, Caroline.«

Sie legte langsam den Hörer auf, ohne zu ahnen, daß es das letzte Mal war, daß sie ihn diese Worte hatte sagen hören.

11

Die zweimotorige Propellermaschine, mit der Caroline nach Martha's Vineyard zurückflog, wurde von einem heftigen Gewitter hin und her gerissen. Donner krachte, der Schlag ging ihr durch Mark und Bein; das winzige Flugzeug sackte, ein Blitz erleuchtete die aufgewühlte See unter ihr. Caroline klammerte sich an die Lehne ihres Sitzes und versuchte, an David zu denken.

Beim Landeanflug geriet die Maschine erneut ins Trudeln, bevor die Räder schließlich auf der Landebahn aufsetzten und das Flugzeug mit einer Schleife zum Stehen kam. Die Handvoll benommener Passagiere krabbelten wie Flüchtlinge in den peitschenden Regen hinaus. Caroline stieg als letzte aus.

Vor dem Flughafen, einem hölzernen Außenposten, der noch aus den Tagen des Zweiten Weltkriegs stammte, fand sie ein zerbeultes Taxi. Zitternd, mit nassem Haar und Gesicht, stieg sie ein. Der Regen prasselte gegen die Fenster wie Hagel. Nachdem sie ihr Fahrziel genannt hatte, sagten weder Caroline noch der grauhaarige Taxifahrer ein Wort.

Sie fuhr direkt zum Bootshaus.

Angesichts der Tatsache, daß sie möglicherweise im Begriff stand, ihr ganzes Leben zu ändern, fand sie ihren Wunsch nach besserem Wetter selbst albern.

Das Taxi bog in die Straße nach Eel Point ein.

Caroline versuchte sich zu sammeln. Im Dunkeln konnte sie nur den fleischigen Nacken des Taxifahrers und das im Scheinwerferlicht aufleuchtende Gestrüpp der moorartigen Felder erkennen. Dann kamen sie am Haus der Rubins vorbei, und die Landschaft öffnete sich zu der Klippe über der schwarzen stampfenden See.

Das Taxi hielt. Hastig kramte Caroline ein paar Scheine aus der Tasche und stieg mit ihrem Koffer in den Regen aus.

Auf der Klippe blieb sie einen Moment stehen und blickte zu den schattenhaften Umrissen ihres väterlichen Hauses hinüber, das etwa zweihundert Meter entfernt lag. In der Nähe schlug ein Blitz ein. Caroline fuhr zusammen, als der Donner krachte. Sie meinte kurz, die Umrisse des Wagens ihres Vaters erkannt zu haben, doch das konnte nicht sein.

Caroline drehte sich um und rannte hinunter zum Strand. Mit ihren Stiefeln kam sie in dem schweren feuchten Sand nur mühsam voran; als sie, den Koffer noch immer in der Hand, auf das Pier kletterte, keuchte sie heftig und konnte vor Regen fast nichts mehr sehen. Ihre Schritte hämmerten auf die Holzplanken, als sie auf seine Tür zurannte.

Caroline sah, daß das Licht brannte. Er wartete auf sie.

Sie lief die letzten paar Schritte und platzte durch die unverschlossene Tür. Blinzelnd sah sie sich in dem hellen Raum um. Alle Schubladen standen offen, und Davids Kleider lagen um den Koffer auf dem Fußboden verstreut.

Fassungslos und panisch sah sie sich nach ihm um.

Er stand mit aschfahlem Gesicht in der Tür zur Veranda. Die Spannung, die sich in Caroline aufgebaut hatte, zog sie zu ihm hin. Mit beiden Händen klammerte sie sich an sein Hemd. »Was ist passiert, David?«

Er starrte auf sie herab. »Dein Freund ist gekommen, um mich zu warnen«, sagte er gepreßt. »Frank Mannion. Er hat mir erklärt, daß er Wehrflüchtige auch nicht besonders gut leiden könnte, aber nicht wollte, daß du noch einmal so verletzt wirst.« Er machte eine Pause. »Morgen kommt das FBI, Caroline. Jemand hat mich verraten.«

Caroline spürte, wie sie erstarrte.

David beobachtete ihr Gesicht. »Du bist die einzige, der ich es erzählt habe. Die einzige, einschließlich meiner Mutter, die überhaupt weiß, daß ich hier bin.«

Caroline schloß die Augen. Sie legte ihren Kopf an seine Brust. Er rührte sich nicht und umarmte sie auch nicht. Leise fragte er: »Wem hast du es erzählt?«

»Nur meiner Schwester«, flüsterte sie elend.

Sanft, aber entschlossen stieß David sie weg. Als er sich auf den Boden kniete, um seinen Koffer zu schließen, war sein Gesicht angespannt und seine Augen waren schmale Schlitze.

Caroline zitterte vor Kälte. »Das würde sie nicht tun.«

David ließ den letzten Verschluß zuschnappen und blickte auf. »Aber dein Vater, oder nicht?« Er hielt kurz inne, bevor er sagte. »Die Reichen sind eben doch anders.«

Carolines Körper war wie taub. »Sein Wagen ...«

»Oh, er ist zurückgekommen.« Sein Ton war jetzt bitter. »Wahrscheinlich, um ›seine Besitztümer zu inspizieren‹, wie du es einmal ausgedrückt hast. Und eines davon bist du.«

Tränen schossen Caroline in die Augen, so überwältigt war sie – von ihrem Verrat an David und Bettys Verrat an ihr. Und ihres Vaters Verrat ...«

»Aber ich wollte mit dir gehen«, rief sie voller Schmerz. »Wir hätten geredet, und wenn du mich dann noch gewollt hättest, wollte ich mit dir gehen.«

David wurde blaß. »Sag das bitte nicht. Du wärst nie mitgekommen, nicht wirklich. Deine Bindung an sie ist viel zu eng.«

Seine Stimme klang flach und endgültig.

Caroline verschränkte die Arme und starrte zu Boden. Sie begriff, daß sich ihr Leben in einigen wenigen schrecklichen Augenblicken für immer verändert hatte. Verzweifelt fragte sie ihn: »Was willst du jetzt machen?«

Er sah sie mit einem spöttischen Lächeln an, in dem Caroline hoffte, einen Schimmer von Zuneigung gesehen zu haben. »Meinst du, du kannst ein Geheimnis bewahren?«

»Sag schon, verdammt noch mal.«

Wieder zuckte ein Blitz. David sah aus dem Fenster und sagte: »Ich stehle dein Boot.«

Caroline starrte ihn an. »Das ist Wahnsinn.«

»Wirklich?« David zog seine Jacke an. »Die beiden einzigen anderen Wege von dieser Insel sind der Flughafen und die Fähre von Vineyard Haven, und die werden bestimmt überwacht. Das einzige

Ticket, das ich dort bekomme, bringt mich direkt ins Gefängnis. Und ich habe keine Lust, wegen deiner Familie hinter Gittern zu landen.«

Eine große Verzweiflung packte Caroline. »Das schaffst du nie. Nicht in einem Catboat.«

Er sah sie fest an. »Ich bin schon bei viel schlimmerem Wetter gesegelt. Wenn ich das erst mal hinter mir habe, bin ich schon halb in Kanada. Nur ein netter Turn an der Küste von Maine entlang.«

Wortlos packte Caroline ihn und schüttelte den Kopf.

»Ich nehme das Boot«, wiederholte er. »Du kannst mir entweder helfen oder dich jetzt gleich von mir verabschieden.«

Caroline kämpfte gegen die Tränen. Mit belegter Stimme sagte sie: »Ich werde dir helfen.«

Sanft löste David ihre Hände von seiner Jacke und ging zur Tür. Als Caroline sich unschlüssig umsah, entdeckte sie seine Gitarre in der Ecke. Sie ging hinüber und griff danach.

Die Gitarre in der Hand wandte Caroline sich ihm zu. Er stand in der Tür und blickte erst auf die Gitarre und dann zu ihr. Mit einem schwachen Lächeln sagte er: »Los, komm.«

Im peitschenden Regen gingen sie den Pier hinunter. David trug seinen Koffer, Caroline seine Gitarre. Sie sahen sich nicht an, doch sie hatten es auch nicht eilig. Sie stapften über den Strand und hinterließen die Fußspuren eines Paares im Sand.

Am Ende des Masters-Dock hüpfte das Catboat im Sturm. Caroline blieb abrupt stehen.

»Ich habe das Dingi nicht reparieren lassen«, sagte sie. »Und die Rippe im Rumpf auch nicht.«

»Ich weiß.« David zögerte einen Moment, betrachtete das Boot und ging dann weiter.

Langsam folgte sie ihm. In Wind und Regen klangen ihre Schritte hohl.

David drehte sich um, sah sie an und warf seinen Koffer ins Boot. Caroline sprang mit der Gitarre in der Hand an Bord. Es goß in Strömen.

Sie ging unter Deck und stellte die Gitarre behutsam in eine Ecke. Einen Moment lang blieb sie stehen und sah sich um.

An Deck hatte David begonnen, das Segel zu entrollen. Sein lockiges Haar war klatschnaß.

Mit einem Frosch im Hals half Caroline ihm, das Segel zu hissen. Es knatterte laut im mörderischen Wind.

Wie benommen bewegte sich Caroline von einem Handgriff zum nächsten, genau wie sie es in diesem Sommer an so vielen Tagen getan hatten – schweigend und so aufeinander eingespielt, daß jedes Wort überflüssig war.

Carolines Tränen vermischten sich mit dem Regen.

David hatte sich ihr zugewandt. »Ich glaube, wir sind soweit, Caroline«, sagte er leise.

Sie schien unfähig, sich zu rühren. Schließlich kam er auf sie zu und nahm ihr Gesicht in seine Hände. »Nein«, sagte er, »das kannst du nicht.«

Das Boot schaukelte heftig. Tränen rannen über ihr Gesicht. David legte seine Hände an ihre Hüften und sah ihr tief in die Augen. Als ob er sich daran erinnern wollte, dachte Caroline kurz.

Vielleicht konnte sie ihn noch umstimmen.

Sanft hob er sie über die Reling auf den Steg. Sie streckte die Arme aus und erkannte, daß sie ihn nicht mehr berühren konnte.

»Meinst du, du kannst mir die Leine zuwerfen«, sagte er.

Caroline kniete sich auf den Steg und löste die Leine von dem Pfahl, an dem das Boot festgemacht war. Einen letzten Moment hielt sie die Leine fest, bevor sie sie ihm zuwarf.

»Bitte, laß mich wenigstens wissen, daß du es geschafft hast«, sagte sie. »Irgendwie.«

Er sah sie stumm an und schien sich zu einem Lächeln zu zwingen. »Keine Angst. Ich werde an Joshua Slocum denken.«

Der Wind ließ die Segel über ihm knattern. David warf ihr einen letzten langen Blick zu und wandte sich dann rasch seiner Aufgabe zu.

Die Hände in den Taschen sah Caroline zu, wie das Catboat in den Sturm hinausglitt.

Bald begann es im Dunkel zu verschwimmen. Caroline sah ihm angestrengt nach, eine schlanke Gestalt am Ruder; vielleicht hatte sie es sich nur eingebildet, doch ihr war, als hätte er sich im letzten Augenblick, bevor er auf dem offenen Meer verschwand, umgedreht und ihr zugewinkt.

Ihres Wissens fand man ihn nie. Sie hörte nie wieder von ihm.

Als Caroline später nach Kalifornien kam, versuchte sie, seine Eltern zu finden. Ohne Erfolg. Vielleicht war es besser so; sie war sich nicht sicher, was sie ihnen hätte sagen sollen.

Sie baute sich ihr eigenes Leben auf. Nur hin und wieder stellte sich die Strafverteidigerin Caroline Masters einen Mann namens David Stern vor, der in Kanada lebte. Sie hoffte, daß er ihr vergeben hatte, denn sie hatte ihm so viel zu erzählen.

Sechster Teil

Die Anhörung

1 Im Gewühl der Reporter erklomm Caroline Masters die Stufen zum Gerichtsgebäude von Connaughton.

Die Menschenmenge – die ausgestreckten Mikrofone, die Kameras und die drängelnden Reporter – war hauptsächlich Caroline zu verdanken. Zwei Tage vor der Anhörung hatte sie dem *Patriot Ledger* erklärt, daß sie Schwächen der Anklage aufdecken würde, und dabei Megan Races Namen genannt. Sie wiederholte diese Ankündigung im Fernsehen, um sicherzugehen, daß Megan sie nicht verpaßte. Dadurch war die Anhörung zu einem Ereignis geworden, Megans entscheidende Aussage stand in etwa drei Tagen an und wurde mit Spannung erwartet.

»Gehen Sie davon aus, daß Brett Allen rehabilitiert wird?« rief eine Reporterin.

Caroline machte eine Pause und blickte in die Kamera. Die Vorbereitung auf die Anhörung hatte sie Schlaf gekostet, und die Ringe unter ihren Augen hatten ihr mehr Arbeit gemacht als sonst. Doch in ihrem enggeschnittenen blauen Kostüm und mit neuer Frisur wirkte sie frisch und kompetent.

»Ich habe vor zu zeigen, daß die Anklage gegen Brett Allen niemanden überzeugen kann, der dieses Gerichtsgebäude unvoreingenommen betritt. Ich hoffe, diese Beschreibung trifft auch auf die Staatsanwaltschaft zu.«

Caroline wandte sich ab und machte damit ihre Kampfansage an Jackson zum O-Ton des Vormittags.

Oben auf der Treppe blieb sie stehen und wartete auf ihre Familie.

In seinem dreiteiligen Anzug wirkte Channing Masters wie der Inbegriff richterlicher Rechtschaffenheit. Erhobenen Hauptes stieg er die Treppe zu Caroline empor. Betty und Larry gingen links und rechts von ihm, seine Ellenbogen gefaßt und mit offenen und hoffnungsvollen Gesichtern, wie Caroline es ihnen eingeschärft hatte. Gemeinsam bildeten sie das Idyll einer Familie, die gekommen war, um Gerechtigkeit für ihr jüngstes Mitglied zu fordern.

Wenige Minuten zuvor war Jackson eingetroffen.

Mit einer gewissen Zurückhaltung erklärte er lediglich, daß es allein auf die Beweise ankäme. Megan Race war praktisch völlig abgetaucht: Zwei Abende zuvor hatte eine Fernsehkamera gefilmt, wie sie aufrecht und mit wütendem Gesicht ihre Wohnung verlassen hatte. Sie wollte nichts sagen.

Einen Tag vor der Anhörung war Jackson unangemeldet in ihrem Gasthaus aufgetaucht.

Auf ihrem Zimmer hatte er sie ungewöhnlich kühl gefragt: »Was hast du mit Megan Race gemacht?«

Mit gespielter Gleichgültigkeit hatte Caroline geantwortet: »Was habe ich denn laut Megan getan?«

Jackson sah sie an, seine Augen waren verquollen. Caroline wußte, daß er genauso müde war wie sie.

»Sie will, daß ich gegen dich ermittle«, sagte er schließlich. »Sie glaubt noch immer, jemand wäre in ihre Wohnung eingebrochen.«

Caroline lehnte sich zurück. »Gibt es irgendeinen Beweis für ein gewaltsames Eindringen?«

Jackson zögerte. »Nein, nicht, soweit wir feststellen können.«

»Dann ist es also nie passiert, oder? Genau wie der Dealer, der nie in James' Wohnung eingedrungen ist...«

»Spiel keine Spielchen mit mir. Megan ist auf einmal sprunghaft wie eine Katze – du hast sie irgendwie eingeschüchtert.«

»Vielleicht versucht sie, mich einzuschüchtern. Oder du.« Carolines Stimme war vor Anspannung spröde. »Wenn du gegen mich ermitteln willst, nur zu. Aber nicht, bevor die Anhörung vorüber ist.«

Jackson verschränkte die Arme. »Spar dir das für die Kameras, Caroline. Ich habe beobachtet, wie du das Mädchen in den letzten beiden Tagen öffentlich unter Druck gesetzt hast. Wenn du Grund zu der Annahme hast, daß sie keine verläßliche Zeugin ist, sag es mir...«

»Das habe ich bereits getan«, gab Caroline zurück. »Aber du bestehst ja darauf, sie trotzdem aufzurufen.«

»Sie bestreitet jede Beziehung zu Larry.« Jackson stand auf und stemmte die Hände in die Hüften. »Wenn du noch etwas anderes hast, sag es mir. Aber versuch nicht, mich reinzulegen.«

Caroline rieb sich die Nase und schwieg. »Hier geht es um eine Anklage wegen eines Kapitalverbrechens«, sagte sie schließlich. »Es geht um Brett, nicht um dich und mich. Du hast dich entschieden, diese Anklage auf der Aussage von Megan Race aufzubauen. Und ich habe das Recht, sie ins Kreuzverhör zu nehmen, ohne dir meine Vorgehensweise vorher zu erläutern.«

»Du hast etwas gemacht, nicht wahr?« fragte Jackson sie scharf. »Hast du nie daran gedacht, daß es, was immer es auch ist, ebenfalls herauskommen wird? Was ist mit deinem Richteramt?«

Caroline sah ihn besorgt an. *Und was ist mit deinem Richteramt,* wollte sie fragen; plötzlich wurde ihr bewußt, was eine öffentliche Blamage auch ihm antun konnte, und sie empfand Mitleid für ihn und für sich.

»Ich bin Strafverteidigerin«, erwiderte sie. »Brett geht vor.«

Seite an Seite mit ihrem Vater betrat Caroline den Gerichtssaal.

Sie sah ihn an und zögerte kurz. Und dann legte sie für die Presse und für Brett die Hand zunächst auf seine, dann auf Larrys Schulter, bevor sie sich zu Betty umdrehte.

Betty wandte den Blick ab. Um das zu überspielen, griff Caroline ihre Schulter und küßte sie sanft auf die Wange. Ihre Lippen berührten die Haut ihrer Schwester kaum.

Dann drehte sich Caroline erneut um, atmete tief ein und schritt zum Tisch der Verteidigung.

Der Gerichtssaal war klein und schlicht, an der Wand hingen die Flaggen der Vereinigten Staaten und New Hampshires. Die Pressevertreter begannen sich im hinteren Teil des Raumes zu versammeln, und dann begann der langsame Aufmarsch vor dem entscheidenden Gefecht: Jackson kramte am Tisch der Staatsanwaltschaft in seinen Papieren; ein Gerichtsdiener kam durch die Tür zum Richterzimmer, die Gerichtsstenographin nahm vor ihrer Maschine an einem Tisch vor der erhöhten Richterbank Platz, auf der sich Richter Towle niederlassen würde. Das Gemurmel der Zuschauer wurde leiser.

Caroline faltete die Hände unter dem Tisch. An der Rückseite öffnete sich eine weitere Tür, und Brett betrat in Begleitung eines Beamten den Gerichtssaal.

Sie trug das schlichte blaue Kleid, das Caroline für sie ausgesucht hatte, und ihr Haar war streng nach hinten gekämmt, um den ernsten und gefaßten Eindruck zu unterstreichen. Beim Anblick der vielen Menschen im Gerichtssaal schien Brett ihre strahlendgrünen Augen aufzureißen, ihr Blick suchte Caroline. Und dann lächelte sie knapp und kam direkt auf sie zu.

Caroline fühlte sich seltsam leicht, als sie aufstand. Deswegen war sie hier.

Brett blickte zu ihr auf. »Hallo«, sagte sie.

Ihre Stimme klang fast normal. »Alles in Ordnung?« fragte Caroline.

Brett lächelte erneut. »Alles, wenn ich nur hier rauskomme.«

Es sollte locker klingen, was jedoch mißlang. Caroline wünschte, sie könnte sie umarmen. Aber das ging nicht.

»Nun«, sagte sie mit ihrer ruhigsten Stimme, »ich will sehen, was ich für dich tun kann.«

Gemeinsam nahmen sie Platz. Unter dem Tisch drückte Caroline stumm Bretts Hand. Erst als Carlton Grey sich zu ihnen gesellte, ließ sie sie los.

»Bitte, erheben Sie sich«, rief der Gerichtsdiener.

Bezirksrichter Frederick Towle erschien. Er war pummelig mit braunen Haaren und weder größer noch älter als Caroline. Er nahm sich Zeit, sein freundliches rundes Gesicht wirkte ernst und ein wenig zerstreut, als ob er sich der Tatsache bewußt war, daß er beobachtet wurde. Er setzte sich auf den Richterstuhl und sah Jackson an.

Jackson machte keinen besonders glücklichen Eindruck, und Caroline wußte auch, warum: Um halb acht am selben Morgen hatte Richter Towle die Anwälte zu sich gerufen, um einleitende Verfahrensfragen abzuklären. Carlton Grey hatte erreicht, daß Caroline ebenfalls daran teilnehmen durfte; Richter Towle hatte sie höflich in New Hampshire willkommen geheißen und dann die Regeln für die Anhörung festgesetzt. Er habe lediglich die Absicht, erklärte er, festzustellen, ob die Staatsanwaltschaft einen hinreichenden Tatverdacht so weit begründen könnte, daß eine Anklage wegen vorsätzlichen Mordes gerechtfertigt sei. Jackson bekam die

Erlaubnis, Polizisten aufzurufen, die über die Aussagen weiterer Zeugen berichten würden, was strenggenommen Hörensagen war. Doch nach einem Einwand von Caroline entschied Towle, daß Jackson den hinreichenden Tatverdacht nicht allein durch die Aussage des leitenden Ermittlungsbeamten belegen könne, sondern auch vier der Zeugen der Anklage aufrufen müsse, deren Vorladung Caroline beantragt hatte – den Polizisten, der die Verhaftung vorgenommen hatte, den leitenden Ermittler, den Gerichtsmediziner und Megan Race.

Jackson hatte heftig protestiert – dies würde, so argumentierte er, der Verteidigung in einer Weise Erkenntnisse über das Material der Staatsanwaltschaft vermitteln, die nach in New Hampshire geltendem Recht unzulässig war. Doch Towle hielt dagegen: Es ginge nicht um Erkenntnisse, erwiderte er, sondern darum, einen hinreichenden Tatverdacht zu begründen, der auch auf der Glaubwürdigkeit von Megan Race und den Ergebnissen einer medizinischen Untersuchung basieren würde, die zu komplex seien, um aus zweiter Hand von einem Laien dargestellt zu werden. Caroline konnte den Einfluß ihres Vaters spüren, obwohl er nicht einmal in der Nähe des Gerichtssaals war.

Towle, der Jackson noch immer ansah, nickte jetzt. »Mr. Watts«, sagte er, und die Anhörung begann.

2

Als sie Jackson aufstehen sah, fragte sich Caroline einen Moment, ob dies ihr letzter Auftritt in einem Gerichtssaal werden würde. Das drohende Gefühl der Leere machte ihr angst – wer würde sie sein, wenn sie nicht mehr Richterin oder Anwältin sein konnte. Und dann spürte sie Brett neben sich.

Reiß dich zusammen, ermahnte sie sich. Für Brett war es jetzt wichtig, daß sie so gut war wie eh und je.

Ein junger Polizist kam an den mit Reportern voll besetzten Zuschauerrängen vorbei und betrat den Zeugenstand.

Jack Mann von der Polizei in Resolve entsprach dem Bild, das Brett von ihm gezeichnet hatte: untersetzt, gut gebaut, knapp zwanzig Jahre alt. Sein braunes Haar war an den Seiten im Stil der Marines kurz geschnitten, was sein zweigeteiltes Kinn und seine markante Nase noch hervorhob. Doch sein Gesicht war vom Leben noch kaum gezeichnet, und sein Blick wirkte unschuldig: Er machte den Eindruck eines anständigen Mannes, der mit fast schmerzhafter Ernsthaftigkeit versuchte, seiner Rolle gerecht zu werden. Caroline begriff, warum Brett ihm vertraut hatte.

Jackson stand neben dem Zeugenstand: dunkelblauer Anzug, weißes Hemd, gedämpfte Krawatte. Ein nüchterner Sprecher für Recht und Ordnung, der emotionslos die erste Verteidigungslinie musterte.

Jackson hielt sich nicht lange mit Formalien auf, sondern kam schnell auf die kritischen Punkte zu sprechen. »Wann sind Sie Brett Allen an jenem Abend begegnet?«

»Ich habe ihren Jeep gesehen.« Mann warf Brett einen raschen Blick zu. »Er stand mit aufgeblendeten Scheinwerfern am Rand der Country Road. Ich dachte, daß vielleicht jemand Hilfe bräuchte.«

Brett saß mit gesenktem Kopf neben Caroline. Schließlich zwang sie sich, Mann anzusehen, so daß Caroline jetzt die Profile zweier junger Menschen vor sich hatte – Brett, die zu dem Polizisten blickte, und Mann, der Jackson ansah.

»Also haben Sie angehalten?« fragte Jackson.

»Jawohl, Sir. Und ich bin zu dem Wagen gegangen.«

Jackson steckte die Hände in die Hosentaschen. »Und was haben Sie dort gesehen?«

»Zunächst konnte ich niemanden entdecken. Also habe ich mich dem Wagen mit meiner Taschenlampe von der Fahrerseite her genähert.«

»Und?«

Mann starrte jetzt geradeaus. »Im Wagen saß eine nackte Frau. Sie kauerte hinter dem Steuer, das Gesicht gegen die Fahrertür gepreßt.« Sein Ton klang erneut verwundert, als er sich an die Episode erinnerte. »Irgendwie zusammengerollt wie ein Fötus, als ob sie sich verstecken wollte.«

Brett wurde rot. Caroline berührte stumm ihren Arm.

»Ich habe sie von draußen angerufen«, fuhr Mann fort. »Nach einer Weile hat sie das Fenster geöffnet.« Er machte eine Pause. »Sie hat versucht, sich zu bedecken. Aber ich konnte erkennen, daß sie mit Blut und Erbrochenem verschmiert war.«

»Hat sie irgend etwas gesagt?«

»Nur, daß ihr übel war. Das konnte ich auch riechen – neben Marihuana und vielleicht auch Wein.«

Caroline sah sich um. Eine seltsame Wohlanständigkeit hatte sich über den Gerichtssaal gesenkt. Richter Towle blickte ins Leere, die Reporter machten sich nüchtern Notizen. Nur Larrys und Bettys Profile wirkten angespannt, und auch Channings Blick war starr.

Caroline wandte sich wieder Jackson zu.

Er machte ein paar Schritte auf Mann zu. »Hat sie Ihnen erzählt, wie es dazu gekommen ist?«

»Nein.«

»Auch nichts von einem Freund?«

»Nein.«

Mit hochgezogenen Brauen legte Jackson eine Kunstpause ein. »Oder von einem Mord?«

»Nichts dergleichen, Sir.«

Ein Schleier des Zweifels legte sich über Bretts Blick – Caroline spürte auf einmal, daß Brett selbst unsicher war, was geschehen war. Sie fragte sich, ob das besser oder schlimmer war als das Wissen um die eigene Schuld.

»Haben Sie den Wagen durchsucht?« fragte Jackson Mann.

»Nein, Sir – ich hatte keinen Durchsuchungsbefehl. Doch auf dem Beifahrersitz lagen mehrere nicht zu übersehende Gegenstände.«

Die Stimme des jungen Polizisten klang jetzt steif – er wollte allen zeigen, wie penibel er sich an die Vorschriften gehalten hatte. Wie zur Bestätigung nickte Jackson, bevor er fragte: »Was waren das für Gegenstände?«

»Eine Brieftasche und ein Messer.« Mann senkte die Stimme. »An dem Messer war Blut. Dem Aussehen nach war es noch nicht getrocknet.«

Der Prozeß hat begonnen, dachte Caroline: das langsame, schrittweise Anhäufen der Indizien für Bretts Schuld. Brett selbst war ruhig und aufmerksam.

»Haben Sie sie danach gefragt?«

Mann nickte langsam. »Ich habe gefragt, ob irgend jemand verletzt ist.«

»Und was hat sie geantwortet?«

»Ich kann mich nicht mehr ganz genau erinnern. Doch es lief auf ein ›nein‹ hinaus.«

»Und wie würden Sie ihr Verhalten beschreiben?«

»Sie wirkte völlig verängstigt, wie benommen. Doch ihre Blicke folgten mir – und ich konnte sehen, daß sie meine Fragen verstand. Als ich sie nach ihrem Namen fragte, hat sie ihn mir genannt.«

»Und was haben Sie dann gemacht?«

»Ich habe ihr erklärt, daß ich sie wegen Trunkenheit am Steuer mit auf die Wache nehmen würde.« Sein Ton wurde defensiver. »Ich wußte nicht, was sonst noch passiert war, aber sie war ganz offensichtlich betrunken oder bekifft.«

Caroline wußte, daß die nächste Frage entscheidend war. Jackson machte eine Pause, bevor er sie stellte, und dann betonte er jedes einzelne Wort.

»Sind Sie zum Zeitpunkt von Miss Allens Verhaftung bereits von einem Mord ausgegangen?«

Mann rutschte unruhig auf seinem Stuhl hin und her, doch seine Stimme war fest. »Ich hatte keine Ahnung, was passiert war, ich habe nur das Blut im Wagen gesehen und gedacht, jemand könnte verletzt sein. Zuerst habe ich vermutet, es könnte *ihr* Blut sein.«

»Also haben Sie sie mit auf die Wache in Resolve genommen?«

»Jawohl, Sir. Ich habe ihr meine Jacke gegeben und sie dorthin gebracht. Dann habe ich sie wegen Trunkenheit am Steuer in Verwahrung genommen und sie in eine Zelle gebracht.«

»Was haben Sie dann getan?«

»Ich habe die Brieftasche durchsucht und einen Führerschein mit dem Bild eines Mannes gefunden – ausgestellt auf den Namen James Case. Erst da war ich mir sicher, daß es nicht ihre Brieftasche war.«

Jackson nickte. »Hat Ihnen das Sorgen bereitet?«

»Jawohl, Sir.« Mann zog die Schultern hoch und runzelte die Stirn; Caroline beobachtete mit einer gewissen Distanziertheit, wie sich der junge Beamte sammelte, um die Antwort zu geben, die er mit Jackson einstudiert hatte. »Ich habe mir Sorgen gemacht, daß irgendwo da draußen jemand verletzt sein könnte, der Hilfe brauchte; ich meine, das ist einer der Gründe, warum man diesen Beruf wählt – um Menschen zu helfen und zu schützen. Man muß alles mögliche bedenken, zum Beispiel, daß da draußen vielleicht ein Mörder herumläuft, der weitere Menschen und vielleicht sogar Miss Allen verletzen könnte, wenn wir ihn nicht finden. Aber der erste Gedanke galt dem Besitzer des Führerscheins und der Frage, ob er vielleicht noch immer verletzt da draußen lag.«

»Ihre Sorge galt also der öffentlichen Sicherheit?« fragte Jackson.

»Jawohl, Sir. Und der Möglichkeit, ein Menschenleben zu retten.«

»Und Sie haben nicht geglaubt, daß ein Mord begangen worden ist oder daß Miss Allen ihn begangen haben könnte?«

Zum ersten Mal erhob sich Caroline, um Richter Towle anzusprechen. »Einspruch«, sagte sie mit ruhiger, klarer Stimme. »Und zwar gegen beide Fragen. Ich möchte Mister Watts Zeugenvernehmung nicht unterbrechen, aber er sollte den aufgerufenen Zeugen nicht sagen, wie ihre Antworten zu lauten haben. Schließlich wollen wir diesem Verfahren einen Rest von Spontanität bewahren.«

Towles eulenartiger Blick in Carolines Richtung besagte, daß er genau verstanden hatte; Jackson, der sich seines Zeugen nicht sicher war, versuchte, ihn durch eine Falle zu lotsen, in die Caroline ihn locken wollte – daß er nämlich zu lange damit gewartet hatte, Brett wegen des dringenden Mordverdachts ihre Rechte vorzulesen. Und Caroline mußte das unterbinden.

»Stattgegeben.« Towle wandte sich Jackson zu. »Lassen Sie uns das in Mr. Manns eigenen Worten hören – und Gedanken, wenn möglich.«

Jackson wirkte unbeeindruckt; mit seiner Frage hatte er Mann die Antwort bereits in den Mund gelegt, und Carolines Einspruch hatte nur unterstrichen, wie zentral sie war. »Haben Sie Miss Allen den Führerschein gezeigt?« fragte er.

»Jawohl, Sir.«

»Und was haben Sie ihr dazu gesagt?«

»Wie ich eben schon sagte – daß ich Angst hatte, jemand könnte verletzt sein, und daß sich sein Zustand möglicherweise verschlimmern würde, wenn wir ihm nicht helfen würden.«

Jackson nickte zustimmend. »Und hat sie geantwortet?«

»Ja. Sie sagte, wir sollten beim Lake Heron suchen.« Zu Brett gewandt fuhr er leise fort: »Dort fand man ihn dann mit aufgeschlitzter Kehle.«

Bretts Gesicht war weiß.

Jackson ließ den Moment verstreichen. »Was haben Sie in dem Zeitraum zwischen Miss Allens Aussage und dem Auffinden der Leiche gemacht?«

Langsam wandte Mann sich wieder Jackson zu. »Ich habe die Staatspolizei alarmiert. Auf ihre Anweisung hin habe ich Miss Allen ins Connaughton County Hospital gebracht und bin anschließend zurück zur Wache gefahren.«

»Und wann haben Sie sie das nächste Mal gesehen?«

»Nachdem die Leiche gefunden worden war und wir die Mordkommission der Staatspolizei eingeschaltet hatten. Man rief mich aus dem Krankenhaus an und sagte mir, daß sie mich sprechen wollte.«

»Was haben Sie getan?«

»Ich habe auf Sergeant Summers vom Dezernat für Kapitalverbrechen in Concord gewartet. Als er eintraf, ließ er sie vorführen.«

»Und zu diesem Zeitpunkt haben Sie Miss Allen auch ihre Rechte vorgelesen?«

»Sergeant Summers hat das getan. Es ist alles auf dem Band.«

»Und welchen Eindruck machte Miss Allen auf Sie?«

»Sie war blaß und erregt. Aber nüchtern – und begierig zu reden.«

»Hatten Sie den Eindruck, daß sie ihre Rechte verstanden hat?«

»Jawohl, Sir. Auf dem Band sagt sie, das sei ihr egal – sie wolle nur reden.«

Jackson machte eine Pause. »Wieviel Zeit war bis dahin vergangen, seit Sie sie aufgegriffen hatten?«

»Es war fast sechs Uhr. Ich habe sie ungefähr gegen halb zwölf aufgegriffen.«

»Machte sie einen vernehmungsfähigen Eindruck?«

»Jawohl, Sir.«

Jackson nickte. »Wir werden den Inhalt des Mittschnitts noch durch Sergeant Summers referieren lassen. Aber können Sie uns den Kern ihrer Aussage bezüglich des Todes von James Case mitteilen?«

Mann nickte langsam. »Sie hat uns erzählt, daß jemand anders ihn getötet hat. Und daß sie ihn so gefunden hat.«

»Haben Sie Miss Allen im Laufe der Vernehmung auch über ihre Beziehung zu Mr. Case befragt?«

»Jawohl, Sir.«

»Und was hat sie gesagt?«

»Daß er ihr Freund war.«

Plötzlich ahnte Caroline, was kommen würde. Sie wollte Einspruch erheben, weil das Band für sich selbst sprach. Aber wenn sie es jetzt zur Sprache brachte, würde das alles nur noch schlimmer machen.

Jackson machte eine Pause und musterte Mann eindringlich. »Und haben Sie sie gefragt, ob Mr. Case etwas mit anderen Frauen hatte?«

»Jawohl, Sir.«

»Und was hat sie darauf geantwortet?«

Als er Brett ansah, bemerkte Caroline, wie das Mädchen sich zusammenriß. »Miss Allen sagte: ›Natürlich nicht.‹« Mann hielt scheinbar nachdenklich inne. »Es war das einzige Mal, das sie wirklich wütend klang.«

Caroline spürte die Implikationen des Gehörten in ihrer Magengrube: daß Brett nämlich nüchtern genug gewesen war, um zu lügen. Und daß sie wegen Megan Race lügen mußte, weil sie über alles lügen mußte.

Unwillkürlich schlug Brett die Augen nieder.

An Caroline gewandt sagte Jackson ernst, aber höflich: »Ihr Zeuge.«

3

Caroline ging auf den Zeugenstand zu und nahm sich einen Moment Zeit, um sich zu sammeln. Sie sah, daß ihre Familie sie beobachtete, sah den grimmig prüfenden Blick ihres Vaters. Vor allem jedoch spürte sie, wie Brett in ihrem Rücken wartete.

»Lassen Sie uns noch einmal zum Anfang zurückkommen«, sagte sie. »Sie haben Brett Allen in ihrem Jeep gefunden, am Straßenrand, nackt.«

Mann sah sie mißtrauisch an. »Das ist richtig.«

»Blutbespritzt.«

»Ja.«

»Mit Erbrochenem besudelt.«

»Ja.«

»Und man könnte wohl sagen: desorientiert.«

Mann schüttelte den Kopf. »Ich weiß nicht, ob ich das sagen könnte.«

Caroline betrachtete ihn; *ganz langsam,* ermahnte sie sich. »Aber Sie hatten keinen Zweifel daran, daß sie berauscht war, oder?«

»Nein, eigentlich nicht.«

»Worauf stützte sich Ihre Einschätzung?«

»Ich glaubte, wie gesagt, Marihuana und Wein riechen zu können. Außerdem hatte sie sich übergeben.«

»Ist das alles?«

Mann lehnte sich auf seinen Stuhl zurück. »Ja, ich glaube schon.«

Caroline hob eine Braue. »Aber sie war nackt, oder?«

»Ja.«

»Wie viele andere nackte Fahrer haben Sie schon aufgegriffen?«

Mann zögerte und zuckte dann die Schultern. »Keine.«

»Trotzdem haben Sie ausgesagt, daß Sie den Eindruck hatten, Miss Allen habe Sie verstanden, als Sie sie wegen Trunkenheit am Steuer festgenommen haben. Basierte diese Einschätzung auf einer Äußerung von Miss Allen?«

»Nein.«

»Weil sie nämlich überhaupt nicht reagiert hat, oder?«

»Nicht, daß ich mich erinnern könnte.«

Caroline kam einen Schritt näher. Mit flacher Stimme sagte sie: »Nachdem Sie ihr erklärt haben, daß Sie sie mitnehmen würden, hat sie sich vielmehr gleich – unmittelbar darauf – übergeben.«

Mann wirkte unruhig. Er zögerte. »Ja, das hat sie getan, ja.«

»Und auf dem Weg zur Wache hat sie nichts gesagt, richtig?«

»So war es.«

»Also beruhte Ihre Einschätzung, daß diese nackte, blutbespritzte und berauschte junge Frau nichtsdestoweniger *nicht* ›desorientiert‹ war, allein auf der Tatsache, daß sie Ihnen ihren Namen nennen konnte. O ja, und daß sie Ihnen mit den Augen ›gefolgt‹ ist, als Sie Ihre Fragen stellten.«

Mann warf einen Blick zu Jackson. »Ja, ich denke schon«, sagte er schließlich.

»Und woher wissen Sie, daß sie Sie verstanden hat?«

Mann runzelte die Stirn. »Mit Sicherheit *wissen* kann ich das nicht.«

»Oder auch nur, daß sie wußte, was mit ihr geschah?«

Mann blickte zu Brett. »Das hat sie uns später erzählt. Sie hat eine Aussage darüber gemacht, was geschehen ist.«

Das war eine gute Antwort. Caroline spürte, wie ihr Rhythmus ins Stocken kam, und sie wußte jetzt auch, warum Jackson nicht dazwischengegangen war.

Sie atmete tief ein, bevor sie leise fragte: »Waren Sie je berauscht, Mr. Mann?«

Jackson war sofort auf den Beinen. »Einspruch, Euer Ehren. Die diesbezüglichen persönlichen Erfahrungen des Zeugen sind – wenn er überhaupt welche hat – irrelevant für die Einschätzung des Verhaltens von Miss Allen.«

Caroline sah Richter Towle an. »Euer Ehren, Mr. Mann hat eine Meinung – oder zumindest eine Vermutung – geäußert über Miss Allens Geisteszustand vom Zeitpunkt ihrer Verhaftung bis zur Beendigung ihrer Aussage. Wenn er also über keinerlei medizinisches Fachwissen verfügt, kann sich diese Meinung nur auf persönliche Erfahrung gründen.«

Towle stützte sein Kinn auf eine Hand und warf einen raschen Blick zu Channing Masters. Fast abwesend sagte er: »Ich lasse die Frage zu.«

»Also, waren Sie?« fragte Caroline Mann.

Mann wurde rot. »Ich würde sagen, ja. Ein paarmal – immer von Whiskey.«

»Waren Sie je so betrunken, daß Sie hinterher nicht mehr wußten, wo Sie waren?«

Mann blickte zu Boden; Caroline hatte den Eindruck, als ob sein geradezu schmerzhaftes Bemühen um Ehrlichkeit sein Gesicht spannte. »Einmal. Nach einer Junggesellenparty.«

»Und wissen Sie noch alles, was an jenem Abend passiert ist?«

»Das meiste ...« Seine Stimme erstarb, er sah Caroline an, als habe er plötzlich begriffen, worauf sie hinauswollte.

Leise beendete sie den Satz für ihn. »Aber erst später.«

Er nickte langsam. »Das ist richtig. Und auch nicht alles.«

Caroline dachte, daß seine letzte Bemerkung schon viel zu nahe am Ziel war.

»Als Sie Miss Allen verhaftet haben?« fragte sie unvermittelt, »war ihr Haar da naß?«

Mann blinzelte überrascht. »Ich glaube ja.«

»Worauf stützten Sie diese Beobachtung?«

Mann dachte eine Weile nach. »Wie gesagt, ich gab ihr meine Jacke. Als ich sie über ihre Schultern legte, fühlte sich ihr Haar naß an.« Er betrachtete Brett. »Ihr Haar war auch lockiger und fester, als es jetzt aussieht.«

Caroline machte eine Pause. »So daß Sie Miss Allen später, als sie ihre Aussage machte, zumindest glaubten, daß sie schwimmen gewesen war.«

»Ich denke schon, ja.«

Caroline wartete erneut. »Das muß vor dem Mord an James Case gewesen sein, richtig?«

Mann zögerte und breitete dann die Hände aus. »Woher soll ich das wissen?«

»Weil ihr Gesicht, ihr Hals, ihr Haar und ihr Körper blutbespritzt waren, als Sie sie verhaftet haben, Mr. Mann.«

Er sah sie überrascht an. »Das ist richtig...«

»Es ist also durchaus möglich, daß Brett Allen – genau wie sie es Ihnen erzählt hat – sich zum Zeitpunkt des Mordes mitten auf dem Lake Heron befunden hat?«

Unter den Pressevertretern entstand ein erstes Gemurmel; sofort erhob sich Jackson, um Einspruch zu erheben. »Euer Ehren«, sagte er. »Das mag sehr wohl die Argumentation der Verteidigung sein. Aber wie und wann Miss Allens Haar naß wurde, entzieht sich der Kenntnis des Zeugen.«

Caroline wußte, daß er völlig recht hatte. »Durchaus nicht«, erwiderte sie knapp. »Nicht, wenn sich Blut an Miss Allens Haut und ihrem erwiesenermaßen nassen Haar befand.«

Towle erlaubte sich ein Lächeln. »Mr. Watts erhebt keinen Einspruch gegen die Nässe, sondern gegen den Lake Heron. Einspruch stattgegeben.«

Caroline widersprach nicht; sie hatte ihren Punkt gemacht. Statt dessen wandte sie sich wieder Mann zu und fragte: »Würden Sie die Blutspritzer auf Miss Allens Haut und Haaren als stark bezeichnen?«

Mann schien sein Gedächtnis zu durchstöbern. »Nein, ›stark‹ würde ich nicht sagen.«

»Wie würden Sie sie dann beschreiben?«

Mann faltete die Hände und blickte wieder zu Jackson. »Sie waren eher wie gesprüht – und ein paar Tropfen.«

»Ihre Haut war also keineswegs von oben bis unten blutverschmiert?«

Mann schüttelte langsam den Kopf. »Es waren eher feine Spritzer im Gesicht, und Pünktchen und Tropfen auf ihren Brüsten und ihrem Bauch. Ziemlich weit auseinander.«

Caroline machte eine Pause und fragte sich, wie Brett diese Anhörung erlebte. Und dann war Jackson wieder auf den Beinen. »Euer Ehren, wir haben Fotos von den Spritzmustern auf Miss Allens Haut. Ich würde sagen, diese Beweisstücke sind die zuverlässigsten Quellen für die Informationen, die Miss Masters dem Zeugen zu entlocken sucht.«

Caroline sah noch immer Richter Towle an. »Mit einigen weiteren Fragen glaube ich, demonstrieren zu können, daß Mr. Watts' Fotos keineswegs die ›zuverlässigsten Quellen‹ für was auch immer sind. Darf ich weitermachen?«

Towle nickte knapp. »Fahren Sie fort, Miss Masters. Aber zügig – sonst bin ich geneigt, Mr. Watts zuzustimmen.«

Caroline sah wieder Mann an. »Sie haben Miss Allen Ihre Jacke gegeben, nicht wahr?«

»Ja.«

»Und sie hat den Reißverschluß hochgezogen?«

Mann zögerte. »Also, genaugenommen habe ich es getan.«

»Und sie hat sie auf dem Weg ins Gefängnis getragen.«

»Ja.«

»Wie weit, würden Sie sagen, war Miss Allen von der Jacke bedeckt?«

Mann blickte zu Boden. »Vielleicht bis knapp über die Schenkel.«

»Und hat Miss Allen am Saum der Jacke gezogen, um sich zu bedecken?«

Mann schien zu erröten. »Daran erinnere ich mich. Ja.«

»So daß Ihre Jacke zwangsläufig ihre Haut berühren mußte?«

Mann schlug die Augen nieder. Langsam und zögernd sagte er: »Als ich die Jacke zurückbekam, waren Blutflecke darauf. Ich müßte also sagen, ja.«

Einen Moment lang tat er Caroline leid; er erlebte zum ersten

Mal in seinem Leben, was ein Anwalt aus der bedachtsamsten – oder gedankenlosesten – Handlung machen konnte. »Haben Sie die Jacke in die Reinigung gegeben, Mr. Mann?«

»Ja.«

»Und das haben Sie weder mit dem Gerichtsmediziner noch mit irgend jemandem von der Staatspolizei besprochen?«

Mann hob den Kopf. »Nein, Ma'am«, sagte er förmlich. »Das habe ich nicht.«

»Also gut. Dann wollen wir zu Ihrer Unterhaltung mit Miss Allen kommen, nachdem Sie im Gefängnis eingetroffen waren. Sie haben Miss Allen nicht über ihre Rechte belehrt – wie zum Beispiel das Recht auf einen Anwalt oder das Recht, die Aussage zu verweigern.«

Manns Gesichtszüge versteinerten. »Das ist korrekt«, sagte er fest. »Wir hatten noch nicht einmal eine Leiche, Ma'am. Ich wollte nur die öffentliche Sicherheit schützen und eine möglicherweise verletzte Person finden.«

Caroline stemmte beide Hände in die Hüften. »Und wie war diese unbekannte Person Ihrer Meinung nach verletzt worden?«

Mann deutete ein Schulterzucken an. »Ich hatte keine Ahnung.«

»Vielleicht mit einem Messer? Schließlich hatten Sie ein blutiges Messer gefunden und an Miss Allen keine Stichwunden entdecken können.« Caroline machte eine Pause. »Und Sie hatten ja so ziemlich alles gesehen.«

Mann errötete erneut. »Ich hielt es für möglich, daß jemand mit dem Messer verletzt worden war, ja.«

»Für möglich? Außer dem Messer und dem Blut an Miss Allen hatten Sie keinen Grund, sich zu fragen, ob irgend jemand ›verletzt‹ worden war, ist das richtig?«

»Wohl nicht.«

Caroline bedachte ihn mit einem ungläubigen Blick. »Und wie, dachten Sie, hatte sich diese Person ›verletzt‹? Indem sie in das Messer gefallen war?«

Jackson sprang sofort auf. »Einspruch, Euer Ehren. Es besteht kein Anlaß, daß die Verteidigung den Zeugen in dieser Form bedrängt. Wenn sie eine Frage hat, soll sie sie offen und direkt stellen.«

»Das akzeptiere ich, Euer Ehren.« Caroline wandte sich wieder an Mann. »Ich bitte um Entschuldigung«, sagte sie leise. »Doch haben Sie, ganz offen gefragt, nicht die Möglichkeit in Betracht gezogen, daß diese unbekannte Person von Miss Allen ›verletzt‹ worden war?«

Mann faltete wieder seine Hände und brauchte diesmal lange für seine Antwort. Caroline spürte die Feuchtigkeit auf ihren eigenen Handflächen. Dann sagte Mann leise: »Doch, Ma'am, vermutlich schon. Aber das war reine Spekulation.«

»Als Sie also Miss Allen fragten, ob jemand verletzt worden war, zogen Sie die Möglichkeit in Betracht, daß Miss Allen eine Gewalttat begangen hatte?«

Mann atmete lautlos ein. »Ja.«

»Und nachdem Miss Allen Ihnen gesagt hat, daß Sie vielleicht am Lake Heron suchen sollten, haben Sie die Staatspolizei angerufen.«

»Ja.«

»Mit wem haben Sie gesprochen?«

»Mit Sergeant Summers, dem Beamten, der herüberkam, nachdem wir die Leiche gefunden hatten.«

»Und was haben Sie ihm gesagt?«

Mann zögerte. »Daß wir es möglicherweise mit einem Fall von versuchtem oder tatsächlichem Mord zu tun hätten, in den vielleicht ein Mann namens James Case verwickelt wäre.«

Caroline nickte. »Haben Sie Sergeant Summers von Brett, dem Messer, der Brieftasche und dem Blut berichtet? Um sich von ihm über das weitere Vorgehen beraten zu lassen?«

»Ja.«

»Und als Sergeant Summers Ihnen sagte, Sie sollten sie ins Connaughton County Hospital bringen, geschah das, um die Beweise an ihrem Körper zu sichern, richtig?«

»Ja.«

»Bis Sie einen Durchsuchungsbefehl für ihre Person hatten.«

Manns Stimme war jetzt noch leiser. »Ja.«

»Weil sie eine potentielle Verdächtige war, richtig?«

»Einspruch.« Jackson kam rasch nach vorn; er sah zum ersten Mal wütend aus. »Was Mr. Mann nach Miss Allens erster Aussage gesagt oder gesagt bekommen hat, ist irrelevant für das, was er vorher gedacht hat. Miss Masters versucht, gute Polizeiarbeit als etwas Unsauberes darzustellen.«

Caroline ignorierte ihn und sah Richter Towle an. »Keineswegs, Euer Ehren. Der Beamte Mann hat das Recht, alle vernünftigen Maßnahmen zu ergreifen, um eine möglicherweise verwundete Person zu finden, einschließlich einer Befragung von Miss Allen. Aber Mr. Watts ist nicht berechtigt, die Aussagen einer unter Drogen stehenden, desorientierten jungen Frau im polizeilichen Gewahrsam, die nicht über ihre Rechte belehrt worden ist, als Beweis für eine Anklage wegen Mordes zu benutzen. Oder als Grundlage für Durchsuchungsbefehle, um weiteres Beweismaterial zu sammeln – so belastend dieses Material auch sein könnte.«

Towle hob eine Hand und blickte von Jackson zu Caroline. »Diese Frage wird von einem höheren Gericht geklärt werden, sollte dieses Gericht einen hinreichenden Tatverdacht feststellen«, sagte er zu beiden. »Ihre Klärung ist nicht Zweck dieses Verfahrens. Doch da wir schon einmal dabei sind, werde ich Miss Masters erlauben, diese Fragen zu stellen, da sie möglicherweise auch relevant für die Feststellung eines hinreichenden Tatverdachts sind.«

»Danke, Euer Ehren.« Caroline blickte kurz zu ihrem Vater. Sein Blick war nach innen gewandt, seine Miene beherrscht; vielleicht konnte nur Caroline die Befriedigung in seinem Gesicht lesen. Sie wandte sich wieder Mann zu.

»Die Frage, Mr. Mann, lautete, ob Miss Allen, als Sie sie ins Krankenhaus in Connaughton Falls gebracht haben, eine potentielle Tatverdächtige in einem möglichen Gewaltverbrechen war.«

Manns Kiefer arbeiteten. »Ja.«

»Aufgrund ihrer Aussage, wo man nach James Case suchen sollte.«

Mann zögerte und suchte nach Worten. »Aufgrund dessen«, sagte er, »und wegen des Messers, des Bluts und der Brieftasche.«

»Ohne Miss Allens Aussage hätten Sie nicht gewußt, wo Sie suchen sollten, oder?«

Manns Miene wirkte jetzt völlig verschlossen. »Nicht sofort.«

Caroline neigte den Kopf. »Haben Sie Miss Allen vor ihrer Aussage einem Alkoholtest unterzogen?«

»Nein .«

»Welchen Eindruck machte sie auf Sie?«

Mann blickte wieder zu Brett, und sein Gesichtsausdruck wurde etwas weicher. »Langsam. Irgendwie benommen.«

»Hatte Sie Sprachprobleme?«

»Leichte.«

»Haben Sie je zuvor jemanden verhaftet, der unter dem Einfluß von Marihuana stand?«

»Ja.«

»Hat sich Miss Allen so ähnlich verhalten?«

Mann zögerte. »Sie schien Schwierigkeiten zu haben, sich an die richtigen Worte zu erinnern, und sie hat gelallt.«

Caroline kam näher. »Sagen Sie, Mr. Mann, wieviel Zeit ist zwischen der Verhaftung von Miss Allen und der Ankunft im Connaughton County Hospital verstrichen?«

»Etwa zwei Stunden.«

»Und wurde sie dort einem Alkoholtest unterzogen?«

»Ja.«

»Haben Sie die Ergebnisse gesehen?«

»Ja.«

»War Miss Allen betrunken?«

Mann faltete die Hände. »Laut Bericht hatte sie fast doppelt so viel Promille im Blut wie gesetzlich erlaubt.«

»Man könnte also sagen, daß sie während der ganzen Zeit, die sie mit Ihnen verbracht hat, betrunken war?«

»Das würde ich sagen, ja.«

Caroline nickte befriedigt. Es war jetzt nicht nur offenkundig, daß Brett zum Zeitpunkt des Mordes betrunken war, sondern auch, daß alles, was Brett vor ihrer Fahrt ins Krankenhaus gesagt hatte, nicht als Beweismittel verwendet werden konnte, wenn das obere Gericht geltendem Recht folgte. Selbst das durch die beiden Durchsuchungsbefehle gesicherte Beweismaterial konnte möglicherweise unterdrückt werden, weil diese erst aufgrund ihrer ersten Aussage ausgestellt worden waren.

Es wurde Zeit, Bretts spätere Aussage zu attackieren.

»Wann wurde Miss Allen Ihres Wissens nach einer Blutprobe unterzogen, Mr. Mann?«

Mann kniff die Augen zusammen. »Laut Bericht ziemlich umgehend, etwa dreißig Minuten nach ihrem Eintreffen dort.«

»Es war also etwa zwei Uhr?«

»Das müßte ich noch einmal im Bericht nachsehen. Aber ich denke, so etwa.«

»Und Sie und Sergeant Summers haben um sechs Uhr fünfzehn mit ihrer Vernehmung begonnen, ist das richtig? Zumindest laut Tonband.«

»Ja.«

»Und davor hat Sergeant Summers Miss Allen ihre Rechte vorgelesen?«

»So ist es.«

»Haben Sie da ihren Alkoholpegel erneut getestet?«

Mann zögerte. »Das haben wir nicht.«

Caroline schlug einen verwunderten Ton an. »Das heißt, Sie wußten nicht, ob sie noch immer betrunken war?«

Mann runzelte die Stirn. »Sie war mittlerweile ganz anders – sie konnte sich deutlich artikulieren und war begierig zu reden.« Er hob seine Stimme. »Vor der Befragung haben wir Dr. Pumphrey angerufen, den Arzt, der sie im Krankenhaus untersucht hat. Er sagte, daß die Wirkung nach vier Stunden abgeklungen sein müßte.«

»Aber der Arzt hat sie nicht mehr selbst gesehen, richtig?«

»Nein.«

»Oder sie erneut getestet?«

»Nein.«

»Wissen Sie, wann Miss Allen zuletzt gegessen hatte?«

»Nein.«

»Oder geschlafen?«

»Nein.«

»Haben Sie ihr etwas zu essen angeboten?«

Das schien Mann kurz nachdenklich zu stimmen. »Nein.«

»Haben Sie schon einmal von einer chemischen Substanz namens THC gehört?«

»Ich weiß, daß sie in Marihuana ist.«

»Wissen Sie, welche Auswirkung sie auf das Erinnerungsvermögen hat?«

»Nein, eigentlich nicht.«

»Oder wie lange sie im Blut bleibt?«

»Nein.«

»Oder etwas darüber, wie die Wirkung durch den vorherigen Genuß von Alkohol, gefolgt von einem Geschlechtsakt, beeinflußt wird?«

Mann preßte trotzig die Lippen aufeinander. »Ich bin kein Arzt, Ma'am.« Aber Carolines Experte war einer, und er war bereit, beim Prozeß auszusagen, daß Brett gar nicht nüchtern gewesen sein konnte und daß ihre Erinnerung zwangsläufig verworren war. Leise erwiderte Caroline: »Ich danke Ihnen, Mr. Mann.«

Mann blickte zu Towle in der Hoffnung, daß es vorbei war. Sein Gebaren war jetzt anders – nicht mehr überzeugt und von Idealismus getragen, sondern trotzig und verwirrt. Doch Caroline war noch nicht ganz fertig.

»Haben Sie sich in der Zeit, die Sie mit Miss Allen verbracht haben, einen Eindruck darüber bilden können, ob sie Rechts- oder Linkshänderin ist?« fragte sie.

Mann lehnte sich in seinen Stuhl zurück. »Linkshänderin«, sagte er schließlich.

»Worauf stützen Sie diese Vermutung?«

Mann überlegte kurz. »Ich weiß noch, daß sie sich immer ihr Haar aus der Stirn gestrichen hat, als ob sie nervös oder abgelenkt wäre. Das hat sie mit der linken Hand getan.«

Caroline nickte. »Vielen Dank, Mr. Mann. Keine weiteren Fragen.«

4

»Du bist echt gut«, sagte Brett.

Caroline fühlte sich alles andere als gut; der Adrenalinschub aus dem Gerichtssaal war abgeklungen und hatte sie müde und leicht deprimiert zurückgelassen. Doch Caroline glaubte nicht an falsche Bescheidenheit, und es war besser, sich selbst noch mehr unter Druck zu setzen, wenn es Brett half, die Anhörung durchzustehen.

»Ja«, erwiderte sie. »Das bin ich. Und es ist besser gelaufen, als ich erwartet habe.«

Sie saßen an einem ramponierten Tisch in einem kargen Raum des Gerichtsgebäudes von Connaughton; die Anhörung war auf den nächsten Morgen vertagt worden, vor der Tür wartete ein Beamter, der Brett ins Gefängnis zurückbringen sollte. Doch Caroline wußte, daß sie reden mußten, auch wenn Brett vielleicht nur ein wenig Zuwendung brauchte.

Brett schwieg einen Moment. »Obwohl mir der Polizist ein bißchen leid getan hat.«

»Vielleicht wollte er dir auf seine Weise nur helfen. Vielleicht hat er auch gelernt, beim nächsten Mal zu lügen. In San Francisco hätte er das getan.«

Brett betrachtete sie. »Fällt dir das nicht schwer, jemanden so in Verlegenheit zu bringen?«

Caroline zuckte die Schultern. »Man denkt einfach nicht darüber nach. Als Anwältin darf ich das nicht – wo würdest du sonst stehen?«

Brett sah sie neugierig an. »Aber manchmal kommt es mir fast so vor, als könntest du deine Gefühle abschalten. Als ob du nur einen Schalter umlegen müßtest.«

Es war seltsam, wie wenig sie die bohrenden Fragen des Mädchens inzwischen störten. »Ist das so interessant?« fragte sie.

»Es ist ungewöhnlich. Zumindest für eine Frau.« Brett schüttelte verwundert den Kopf. »Du bist so anders als meine Mutter, daß es fast zum Lachen ist.«

»Wir hatten verschiedene Mütter. Gene machen viel aus.« Zum ersten Mal lächelte Caroline. »Du mußt nicht alles verstehen, Brett. Oder jeden.«

Als Brett sie jetzt ansah, wirkte ihr Gesicht wieder verletzlich. »Es ist nur, daß ich dich vor drei Wochen noch gar nicht kannte. Jetzt liegt mein Schicksal in deinen Händen, und ich habe eine Scheißangst.«

Wie sollte sie darauf am besten antworten, fragte sich Caroline. »Ich weiß«, sagte sie leise. »Und deswegen bin ich unter anderem auch so, wie ich bin. Oder versuche zumindest, dir diesen Eindruck zu vermitteln.«

Brett neigte den Kopf, als wollte sie sie aus einem anderen Blickwinkel betrachten. »Wer sorgt sich um dich, Caroline?«

Caroline lächelte trocken. »Warum sollte sich jemand um mich sorgen? Ich bin hier nur die Anwältin.«

Brett blickte auf den Tisch. »Ich hoffe«, sagte sie schließlich, »daß wir eines Tages einfach Freundinnen sein können.«

Caroline lächelte erneut. »Deswegen versuche ich ja, dich hier rauszuholen. Du hast mich noch nie in San Francisco besucht.«

Bretts Gesichtszüge schienen sich zu entspannen. Einen Moment lang beobachtete Caroline, wie Brett sich einen Ort vorstellte, den sie nur von Bildern kannte. Zu einem anderen Zeitpunkt hätte

Caroline es einfach genossen, nur mit ihr zusammenzusitzen. Doch es gab noch zu viel zu tun.

»Eine Sache haben wir nie wirklich besprochen«, sagte Caroline schließlich. »Dieser Anruf von James, kurz bevor ihr an den See gefahren seid.«

Aus ihren Träumereien gerissen, schlug Brett erneut den Blick nieder. Caroline sah, daß sie die Erinnerung in einen Strudel der Verwirrung – oder vielleicht auch der Schuld – riß. Mit dünner Stimme fragte sie: »Warum ist das jetzt wichtig?«

Doch Caroline konnte die Frage nicht beantworten. »Laß mir einfach meinen Willen«, sagte sie.

Stunden später riß Caroline das Fenster in ihrem Zimmer auf. Die Luft des frischen Sommerabends strich kühl über ihre Haut.

Sie konnte noch nicht schlafen.

Auf dem Tisch stand ein frischer Becher Kaffee, daneben lagen die Polizeiberichte und Vernehmungsprotokolle von Brett, Betty, Larry, ihrem Vater, Megan Race und zuoberst Megans Tagebuch.

Sie saß am Schreibtisch und las die Einträge noch einmal.

Selbst als sie sie jetzt studierte, um sich anhand von Megans wirren Ergüssen ihr Kreuzverhör zurechtzulegen, war ihr dieser Einbruch in die Privatsphäre eines fremden Menschen unangenehm. Sie erinnerte sich nur zu deutlich an ihr eigenes Tagebuch, konnte sich auch nach all den Jahren ihre Einträge nach Davids Verschwinden ins Gedächtnis rufen, als sie, von ihrer Familie entfremdet, mehrere Monate auf Martha's Vineyard geblieben war und noch immer gehofft hatte, von ihm zu hören: eine Litanei des Verlusts, der Sehnsucht, der Schuld, des Bedauerns und der Wut – auf ihren Vater, auf Betty und am meisten auf sich selbst. Bis die Hoffnung verblaßt war und sich Caroline resigniert, aber entschlossen gezwungen hatte, sich auf ein neues Leben einzurichten. Das Tagebuch hatte auf der vorletzten Seite geendet.

Am Tag vor ihrer Abreise nach Kalifornien hatte sie es verbrannt.

Sie stand auf, trat wieder ans Fenster und sah noch einmal die Kirche, die weißen Holzhäuser und die sanften Hügel. Ein Schnappschuß aus ihrer Erinnerung.

Sie hätte nie geglaubt, daß sie hierher zurückkehren würde, hätte nie gedacht, daß die Entscheidung, die sie damals für die Voraussetzung ihres neuen Lebens gehalten hatte, eben dieses Leben am Ende zunichte machen könnte.

Sie hatte Brett belogen: Mit einer ebenso tiefen, wie sinnlosen Sehnsucht wünschte sich Caroline, mit jemandem darüber reden zu können. Doch das konnte fairerweise nicht dieses Mädchen sein. Und vor Gericht würde Caroline die Freundschaft mit dem einzigen anderen Menschen zerstören, der sie vielleicht verstehen könnte.

In drei Tagen würde Megan Race den Zeugenstand betreten.

Caroline kehrte an ihren Schreibtisch zurück und begann, sich Notizen zu machen.

5

Das erste Bild, das sich am nächsten Morgen in Carolines Kopf festsetzte, war das von Jackson, wie er sich über die Absperrung beugte und ihrem Vater etwas zuflüsterte. Es war ein eigenartiger Moment, verlegen und förmlich: ein höfliches Händeschütteln, ein paar Worte von Jackson, das knappe Nicken ihres Vaters, während Larry und Betty so taten, als würden sie es nicht bemerken. Und dann nahm Richter Towle seinen Platz ein, und Jackson rief Sergeant Kenton Summers auf.

In dem Moment, in dem Summers den Zeugenstand betrat, erkannte Caroline, daß er eine harte Nuß war: Wie Jackson rasch feststellte, blickte er auf sechzehn Dienstjahre bei der Staatspolizei zurück, galt als Kriminalistikexperte und hatte in siebenundzwanzig Mordfällen die Ermittlungen geleitet. Seine Erfahrung vor Gericht stand ihm in sein rötliches Gesicht geschrieben – in den schweren Lidern, den ruhigen kobaltblauen Augen und einer gewissen ausdruckslosen Trägheit. Er hatte rotbraunes Haar, ein noch jugendliches Gesicht und konnte nicht wesentlich älter als Anfang vierzig sein, doch er hatte die Ausstrahlung eines Mannes, den nichts mehr überraschen oder wütend machen konnte. Er blickte auf den Kassettenrecorder vor Jackson.

»Wie würden Sie Miss Allens Verhalten vor der Vernehmung charakterisieren?« fragte Jackson.

Nach jeder Frage schien Summers seine Antwort kurz zu bedenken; Caroline spürte, daß es ein Trick war, um die Momente zu überspielen, in denen er wirklich überrascht war. Ruhig erwiderte er: »Sie war nüchtern, machte einen kohärenten Eindruck und konnte unseren Fragen folgen. Wie das Band zeigen wird.«

Wie auf Stichwort drückte Jackson auf einen Knopf, und das Band begann zu laufen.

Summers' Stimme, die Brett ruhig ihre Rechte vorlas, erfüllte den Raum. Neben Caroline hörte Brett blaß und aufmerksam zu, wie sie darauf verzichtete. Sie klang ziemlich klar.

Bis auf Bretts Stimme und die ruhigen Fragen des Polizisten war es still im Gerichtssaal. Als sie sich dem Mord näherten, veränderte sich ihr Tonfall. Sie sprach jetzt nicht mehr zögerlich, sondern voller Schrecken. Vielleicht hörte nur Caroline die Pause, als Brett von ihrem Gespräch mit James berichtete, ohne ihren Streit zu erwähnen. Doch jeder konnte sehen, wie Brett heftig schlucken mußte, als sie ihrer eigenen Stimme lauschte, die zitternd vor Überraschung und Entsetzen und durchaus überzeugend schilderte, wie sie die Leiche gefunden hatte. Und dann kam das Band zu ihrer letzten Lüge.

»Hatte James noch andere Freundinnen?« fragte Summers.

»Nein.« Bretts Stimme klang schockiert und wütend. »Völlig unmöglich.«

Brett hörte regungslos zu.

Jemand hustete, und Jackson ergriff erneut das Wort. »Haben Sie Miss Allens Aussage zunächst Glauben geschenkt?« fragte er.

Summers nickte. »Es war der einzige zusammenhängende Bericht, den wir hatten. Es war anfangs sogar eines unserer Hauptziele, ihre Aussage zu erhärten.«

Raffiniert, dachte Caroline. Jackson würde Summers benutzen, um zu demonstrieren, wie sehr sie Bretts Geschichte glauben wollten. »Können Sie uns Ihre weiteren Bemühungen schildern?« fragte Jackson.

»Zunächst einmal war da der Tatort. Wir haben sechs Untersuchungsbeamte eingesetzt, darunter zwei Labortechniker, und das Gebiet siebzig Quadratmeter um die Leiche abgesperrt. Dann haben wir es in etwa drei mal drei Meter große Planquadrate unterteilt und eine Woche lang Zentimeter für Zentimeter durchkämmt.«

»Was haben Sie gefunden?«

»Wir konnten Miss Allens Weg von der Leiche zum Auto deutlich verfolgen – es gab zerbrochene Äste, niedergetrampeltes Unterholz, Blutflecken auf Blättern. Doch wir haben keinerlei Spuren einer zweiten Person gefunden. Bei dem massiven Blutverlust von Mr. Case wäre es für den Mörder praktisch unmöglich gewesen, den Tatort zu verlassen, ohne Spuren zu hinterlassen.«

Richter Towle beobachtete Summers intensiv. »Haben Sie noch weitere Schritte unternommen, um Miss Allens Behauptung von einem unbekannten Mörder nachzugehen?«

»Das haben wir.« Er hob seine kräftige Hand und zählte sie auf. »Wir haben mit Nachbarn und anderen Personen aus der Gegend gesprochen, doch niemand hat irgendwelche Fremden oder Fahrzeuge in der Nähe des Sees gesehen.

Wir sind sämtliche Berichte über Landstreicher und Einbrüche in der Gegend durchgegangen und haben nach Anzeichen dafür gesucht, daß jemand kürzlich im Wald gelebt hat. Wieder nichts.

Wir haben nach Indizien für Miss Allens Behauptung gesucht, wonach James Case Ärger mit einem unbekannten Drogenhändler hatte. Doch wir konnten weder Spuren für ein gewaltsames Eindringen in seine Wohnung finden, noch fehlte Geld.

Wir haben die Nachbarn befragt, den Vermieter, alle Bekannten, sofern wir sie auftreiben konnten. Soweit wir feststellen konnten, hatte niemand ein Motiv, dem Jungen das anzutun.« Summers machte eine kurze Pause. »Ich meine, ihm mit solcher Kraft die Kehle zu durchschneiden, daß sein Kopf mehr ab als dran war.«

Er sagte das mit derart sachlicher Autorität, daß selbst Caroline einen Moment brauchte, um es zu verdauen. »Und wie sind Sie zu dem Schluß gekommen, daß es Miss Allen gewesen sein muß, die das getan hat?« fragte Jackson ruhig.

Summers strich sich übers Kinn. »Zunächst einmal waren da die Indizien. Außer Mr. Manns fanden sich an dem Messer nur Miss Allens Fingerabdrücke. Wir fanden ihre Fingerabdrücke ebenfalls am Hals des Opfers – als einzige außer denen des Notarztes. Und sie fanden sich – wiederum als einzige – auf der Brieftasche. Der einzige Weg vom Tatort, auf dem sich Spuren vom Blut des Opfers fanden, war der, den Miss Allen genommen hat. Und an der Leiche des Opfers haben wir nur Haare und Schamhaare von Miss Allen gefunden.

Es gab keinerlei Anzeichen für einen Kampf, und die einzigen Spuren, die wir neben den Verletzungen durch das Messer an seinem Körper gefunden haben, waren Kratzer auf seinem Rücken, die die Hautreste erklären würden, die wir unter Miss Allens Fingernägeln fanden.

Die Untersuchung von Miss Allen ergab, daß das Blut des Opfers auf ihren Körper und ihre Haare gespritzt war und daß sie mit dem Opfer Geschlechtsverkehr hatte.« Zum ersten Mal sah Summers Richter Towle direkt an. »Doch das Opfer kam nicht zum Höhepunkt.«

»Gab es noch andere Faktoren?« fragte Jackson.

Summers machte eine Pause und runzelte die Stirn. »Die Natur des Verbrechens selbst. Nach meiner Erfahrung bringen Drogenhändler andere Drogenhändler nicht mit Messern um. Das ist viel zu gefährlich.«

Caroline wußte, daß das stimmte; sie sah, wie Brett neben ihr die Augen schloß. »Dieses Verbrechen weist alle Anzeichen einer Beziehungstat auf«, fuhr Summers fort, »einer Tat aus Wut und Leidenschaft, die nicht von einem Fremden begangen wurde.«

»Sieh ihn weiter an«, flüsterte Caroline Brett zu. »Auf zum Gegenschlag«, fauchte sie noch, bevor sie sich erhob. »Die Meinung des Zeugen über die Bedeutung der Todesart ist die reinste Spekulation, wie auch seine weiteren Ausführungen bezüglich der Art der Ermittlungen. Wie ich Mr. Watts bereits einmal erklärt habe, kannten weder Charles Manson noch seine Mittäter die Menschen, die sie niedergemetzelt haben.«

Jackson sah Richter Towle an. »Euer Ehren«, sagte er, »es handelt sich hier nicht um einen Schwurgerichtsprozeß, und dieses Gericht ist durchaus in der Lage, die Zeugenaussagen in bezug auf ihre Relevanz zur Feststellung eines hinreichenden Tatverdachts zu gewichten. Darüber hinaus werden wir zeigen, daß die Art des Todes durchaus zu dem Tatmotiv paßt.«

»Ich höre«, sagte Towle prompt. »Abgelehnt«, sagte er zu Caroline. Doch als sie Platz nahm, wirkte Brett wieder gefaßt.

Sofort wandte sich Jackson wieder an Summers. »Wie Sie sich erinnern werden, Sergeant Summers, hat Miss Allen Ihnen erklärt, daß James Case sie gebeten hatte, mit ihr nach Kalifornien zu gehen, und daß das Opfer – zumindest soweit wir wissen – keine weiteren Liebesbeziehungen hatte. Gab es andere Zeugen, die diese Behauptung beleuchten konnten?«

»Jawohl.« Summers machte eine Pause und schien die Aufmerksamkeit des Gerichtssaals noch weiter auf sich zu ziehen: Die Reporter hielten mit gezückten Stiften inne, während Richter Towle sich vorbeugte. Brett schien kaum noch zu atmen. »Eine Studentin des Chase College«, fuhr Summers fort, »hat ausgesagt, daß sie eine intime Beziehung zu dem Opfer hatte und daß er sie gebeten hatte, mit ihr nach Kalifornien zu gehen. Außerdem soll er ihr versprochen haben, sich in der Nacht, in der er ermordet wurde, von Miss Allen zu trennen.«

Im Gerichtssaal entstand Unruhe. Mit kalter, kontrollierter Wut beschloß Caroline, Jackson dafür zahlen zu lassen. »Konnte jemand diese Beziehung bestätigen?« fragte er.

»Ja. Die Nachbarn.« Summers sah den Richter erneut an. »Und laut unserer Zeugin wußte Miss Allen auch davon.«

Jackson nickte in die allgemeine Unruhe hinein. »Und welche Schlüsse haben Sie auf der Grundlage dieser neuen Informationen gezogen, wenn überhaupt?«

»Welche Schlüsse? Gar keine. Doch wir hatten jetzt immerhin ein Motiv – rasende Eifersucht –, das Miss Allens Verhalten erklären konnte.« Summers sammelte sich. »Meiner Ansicht nach hat Miss Allen Wein und Marihuana dazu benutzt, um James Case in einen Zustand völliger Hilflosigkeit zu versetzen – nämlich beim Geschlechtsakt. Und dann hat sie ihm, kurz bevor er zum Höhepunkt kam, die Kehle durchgeschnitten.« Mit leiser, neutraler Stimme fuhr er fort: »Das würde auch erklären, warum sie hinterher die Brieftasche mitgenommen hat. Ihr imaginärer Dealer, den sie erfunden hatte, wollte ja sein Geld zurück.«

6

Summers' Augen waren blaßblaue Scheiben – undurchsichtig und unbeeindruckt.

»Sie haben sich in Ihrer Aussage vor allem auf Bretts mitgeschnittene Vernehmung bezogen. Ihre erste Aussage hat sie jedoch gegenüber dem Beamten Mann gemacht, oder? Als sie vorschlug, daß die Polizei am Lake Heron suchen sollte.«

»Ja. Deswegen hat mich der Beamte Mann angerufen.«

»Hat er dabei die Befürchtung geäußert, daß eine Gewalttat vorliegen könnte?«

»Ja.«

»Woraufhin Sie ihm gesagt haben, er solle Miss Allen ins Krankenhaus bringen.«

»Ja.«

»Damit die Polizei Zeit hatte, sich einen Durchsuchungsbefehl zu besorgen, um sie gründlich zu untersuchen?«

»Sofern das angemessen schien.«

»Und haben Sie anschließend festgestellt, daß es angemessen war?«

»Ja.«

»Weil Sie Mr. Case' Leiche gefunden hatten?«

»Ja.«

Caroline machte eine kurze Pause. »Aufgrund von Miss Allens vorheriger Aussage?«

Zum ersten Mal blitzte Trotz in seinen blauen Augen auf, der Drang zu widersprechen. »Wir hätten ihn so oder so gefunden«, antwortete er schließlich. »Vielleicht haben wir ihn mit ihrer Hilfe schneller gefunden.«

Das war eine gute Antwort: Summers hatte die Falle gerochen – daß nämlich ein Großteil des Beweismaterials gegen Brett aufgrund ihrer eigenen Aussage gesichert worden war – und versucht, ihr auszuweichen. Caroline setzte eine verwunderte Miene auf. »Der Fundort der Leiche ist doch ziemlich unzugänglich, oder?«

»Ja.«

»So daß Sie sie wohl kaum vor Anbruch des Tages gefunden hätten?«

Er zögerte erneut. »Schon möglich.«

»Zu diesem Zeitpunkt verhörten Sie Miss Allen jedoch bereits zum zweiten Mal.«

»Ja.«

»Nachdem Sie sich um drei Uhr morgens einen Durchsuchungsbefehl von Richter Deane besorgt hatten.«

Erneut beschränkte er seine Antwort auf ein »Ja«.

»Und Sie haben Mr. Case untersucht?«

»Ja.«

»Und Brett Allens Grundstück?«

»Soweit das in der Dunkelheit möglich war.«

»Und das alles geschah auf der Grundlage eines Durchsuchungsbefehls, der sich sowohl auf Miss Allens Aussage *als auch* auf den Fund der Leiche gründete?«

Summers runzelte die Stirn. »Ja.«

»Und Sie waren sich der Tatsache bewußt, daß Brett Allens Aussage gegenüber dem Beamten Mann erfolgt war, ohne daß man sie über ihre Rechte belehrt hatte?«

Summers lehnte sich zurück. »Als der Beamte Mann mich anrief, hat er mir das mitgeteilt, ja.«

»Haben Sie und der Beamte Mann bei Ihrem Gespräch überlegt, ob Miss Allen weiter vernommen werden sollte?«

Summers senkte seine schweren Lider unmerklich. »Ja«, sagte er schließlich.

Caroline empfand eine kurze Erleichterung: Zumindest waren sie ehrlich. »Und haben Sie dem Beamten Mann geraten, sie nicht weiter zu vernehmen?« bohrte sie weiter.

Summers faltete die Hände. »Zu dem Zeitpunkt, ja.«

»Aus welchem Grund?«

Summers sah sie an. »Aus Erfahrung.«

»Und weil sie unter Alkohol stand?«

»Auch deswegen.«

»Sie waren also nicht nur beunruhigt, daß Miss Allen nicht ordnungsgemäß über ihre Rechte belehrt worden war, sondern fürchteten auch, daß sie zu berauscht war, um sinnvoll und zusammenhängend zu antworten.«

Summers zuckte träge die Schultern. »Fürchten, würde ich nicht sagen. Aber im Zweifelsfall ist ein Test immer besser.«

»Und dieser Test ergab, daß Miss Allen unter erheblichem Alkoholeinfluß stand, richtig?«

»Ungefähr um zwei Uhr, ja.«

»Und auf welcher Grundlage haben Sie Miss Allen um sechs Uhr befragt?«

Summers sah sie direkt an. »Auf ihren Wunsch hin.«

Das war eine sehr gute Antwort und für die Verteidigung ziemlich schädlich. Caroline stand regungslos da. »Ich meinte die Vernehmung«, sagte sie ruhig. »Waren nicht der Leichenfund, die Untersuchung von Miss Allen und die Durchsuchung ihres Grundstücks Grundlage dieser Vernehmung?«

Summers zögerte. »In der Hauptsache schon.«

»Und all das basierte wiederum auf ihrer ersten Aussage gegenüber dem Beamten Mann, bei der sie ihm gesagt hatte, wo man nach James suchen sollte?«

Diesmal entstand eine längere Pause: Summers wußte sehr wohl, daß Caroline, wenn sie Glück hatte, praktisch alle Beweise, die aufgrund jener ersten Aussage gesichert worden waren, unterdrükken konnte. »Wir hätten sie in jedem Fall vernommen, sobald sie wieder nüchtern war«, sagte er, »Leiche hin oder her. Und die hätten wir bei Tageslicht sowieso gefunden. Doch in diesem Fall kam Miss Allen zu uns.«

Wieder eine schädliche Antwort. »Nüchtern?« gab Caroline zurück.

»Nüchtern.«

»Wer sagt das?«

»Dr. Pumphrey.«

»Der sie gar nicht persönlich gesehen hat, richtig?«

Caroline beobachtete, wie Summers zum ersten Mal mit sich kämpfte: Er wollte ihr widersprechen, doch er war zu routiniert, um sich dazu hinreißen zu lassen. Er wußte, daß Watts sich der Sache annehmen würde. »Dr. Pumphrey hat sie im Krankenhaus gesehen«, erwiderte er. »Um sechs Uhr habe ich ihm ihren Zustand nur geschildert.«

»Die einzigen, die Brett um sechs Uhr gesehen haben, waren also Sie und der Beamte Mann?«

»Ja.«

»Und Sie waren ebensowenig wie der Beamte Mann in der Lage, eine medizinische Einschätzung ihres Zustands vorzunehmen?«

»Nein. Ich kann nur eine Meinung äußern auf der Basis von Augenschein ...«

»Genausowenig wie Sie die Wirkung von THC auf das Erinnerungsvermögen beurteilen können?«

»Richtig.«

»Oder die Persönlichkeit eines Menschen?«

»So ist es.«

Caroline stützte ihre Hand in die Hüfte. »Sie haben also auch keine medizinisch fundierte Meinung darüber, ob Marihuana und Alkohol gemeinsam eine Wirkung hervorrufen können, die gemeinhin als Paranoia bekannt ist?«

Sie sah, daß sich Summers' Verärgerung in einer gewissen Stumpfheit seines Blickes äußerte. »Nein«, sagte er angespannt.

Caroline machte eine Pause. »Ausgehend von Ihrer Annahme, daß Miss Allen wieder normal funktionierte, haben Sie also hinter jeder von Miss Allens Aussagen, die Sie für irreführend hielten, einen Vorsatz vermutet?«

»Nicht unbedingt.« Summers wurde ein wenig lauter. »Schließlich *war* sie ja betrunken gewesen...«

»Genau. Doch jetzt war sie eine Verdächtige, richtig? Sonst hätten Sie ihr nicht ihre Rechte vorgelesen.«

Summers faltete wieder die Hände. »Selbst wenn jemand nur potentiell tatverdächtig ist, lesen wir ihm seine Rechte vor.«

»Sie vielleicht«, gab Caroline zurück. »Der Beamte Mann aber nicht.«

»Einspruch«, sagte Jackson.

»Stattgegeben.« Towle sah Caroline an. »Sie haben Ihren Punkt gemacht, Frau Anwältin. Bitte, fahren Sie fort.«

Caroline nahm sich einen Augenblick Zeit, um ihre Gedanken zu ordnen. Dabei war sie sich all der Menschen um sie herum und dem, was auf dem Spiel stand, sehr bewußt – für sie und vor allem für Brett. Und dann kam wie schon zu anderen Gelegenheiten in ihrem Leben eine fast gesegnete Ruhe über sie.

»Ist es nicht so, daß Brett Allen von ihrer ersten Vernehmung an Ihre Hauptverdächtige war?« fragte sie.

Summers schüttelte den Kopf. »Nicht unsere Hauptverdächtige. Natürlich war es eine naheliegende Möglichkeit. Aber wir haben, wie gesagt, auch nach anderen gesucht – wie zum Beispiel diesem Dealer.«

»Aber diese Spur haben Sie rasch wieder verworfen, richtig?«

»Es gab keinerlei Beweise – keine größere Geldsumme in seiner Wohnung, keine Spuren für ein gewaltsames Eindringen.«

Caroline sah ihn verwundert an. »Finden Sie es logisch, daß jemand, der gestohlenes Drogengeld verstecken wollte, das ausgerechnet in seiner Wohnung tun würde?«

»Einspruch«, unterbrach Jackson. »Aufforderung zur Spekulation.«

»Nicht mehr oder weniger als die Annahme, daß Drogenhändler zu zivilisiert sind, um anderen Menschen die Kehle durchzuschneiden«, wandte sich Caroline an Richter Towle. »Ich konsultiere lediglich Sergeant Summers' intime Kenntnis der Drogenszene, genau wie Mr. Watts.«

Towle lächelte schwach. »Abgelehnt«, sagte er und sah Summers an.

»Es ist reine Spekulation«, antwortete Summers schließlich. »Aber die eigene Wohnung wäre vielleicht in der Tat nicht der geeignetste Ort, um Geld zu verstecken.«

Caroline machte eine Pause. »Und ist es nicht so, daß Mr. Case' Tür nicht mit einem Sicherheitsschloß ausgestattet ist?«

Summers fixierte sie mit einem langen, harten Blick. »Das ist zutreffend.«

»Und würden Sie es bei Ihrer Kenntnis krimineller Elemente für möglich halten, daß jemand, der in eine Wohnung eindringen will, sich mittels eines Abdrucks einen Nachschlüssel anfertigen lassen könnte?«

»Ja.«

Caroline konnte Jacksons Blick auf sich spüren; ihr Puls raste. »Oder auch, daß sich jemand mit hinreichendem Geschick mittels einer Kreditkarte Zugang verschafft?«

Summers legte einen Finger an den Mund und tippte auf seine Lippen, während er Caroline weiter taxierte. »Auch das«, sagte er schließlich.

»Je nach Verwüstung der Wohnung könnte also anschließend James Case oder auch der Eindringling selbst einfach aufgeräumt haben.«

»Vermutlich schon.«

Jackson starrte reglos auf den Tisch. »Können Sie uns dann sagen, ob und in welchem Ausmaß James Case mit Drogen gehandelt hat? Weil das nämlich etwas ist, worüber Collegestudenten wohl kaum mit Polizisten plaudern.«

»Case war ein Gelegenheitsdealer«, gab Summers rasch zurück. »Doch es gibt keinen Beweis dafür, daß dieser andere Drogenhändler je existiert hat, ganz zu schweigen davon, daß er rechtzeitig zu diesem entlegenen Ort gefunden hat, um James Case zu töten.«

Das war die Antwort, auf die Caroline gehofft hatte. »Dann lassen Sie uns die Beweise betrachten. Sie sagen beispielsweise, daß

Bretts Fingerabdrücke am Hals des Opfers gefunden wurden. Halten Sie diesen Abdruck für wichtig?«

Ein angedeutetes Schulterzucken. »Es ist eines unter zahlreichen Beweisstücken. Ich würde es nicht näher klassifizieren wollen.«

»Ist es nicht so, daß zumindest in der einschlägigen Literatur kein Fall bekannt ist, in dem es gelungen ist, Fingerabdrücke an einer Leiche zu sichern?«

Summers stieß einen lautlosen Seufzer aus, wie um innere Ruhe kämpfend. »Das weiß ich nicht.«

»Haben Sie persönlich je von einem solchen Fall gehört?«

»Nein.«

»Weil Haare und die rauhe Beschaffenheit menschlicher Haut das Sichern von Fingerabdrücken erschweren?«

»Das ist richtig. Doch Miss Allen hat einen Abdruck auf der blutverschmierten Haut um die Wunde hinterlassen.«

»Das ist doch nicht weiter verwunderlich, oder? Sie behauptet, daß sie ihn erst berührt hat, nachdem seine Kehle durchgeschnitten worden war. Sagen Sie, haben Sie nicht auch noch andere Abdrücke in dem Blut gefunden?«

Summers betrachtete sie mit kühlem Blick. »Einen. Er stammte von einem Notarzt, der an den Tatort gerufen wurde.«

Caroline zog eine Braue hoch. »Ist er auch ein Tatverdächtiger?«

»Nein.«

»Und außer diesen Abdrücken im Blut des Opfers hat man keine weiteren Fingerabdrücke gefunden?«

»Nein, hat man nicht.«

Caroline nickte. »Bretts Fingerabdrücke auf dem Messer finden sich ebenfalls in getrocknetem Blut, oder?«

»Ja.«

»Genau wie die des Beamten Mann?«

Summers tippte sich wieder auf die Lippe und ließ seine Hände dann ganz bewußt in den Schoß sinken. »Ja.«

»Der sie genau wie Miss Allen hinterließ, als er das blutige Messer berührte?«

»Ja.«

Caroline neigte den Kopf. »Haben Sie irgendwelche sauberen Abdrücke auf dem Messer gefunden? Also nicht auf dem Blut?«

»Nein, das haben wir nicht...«

»Genausowenig wie Sie das Messer zu Brett Allen zurückverfolgen konnten«, drängte Caroline sanft weiter.

»Nein.«

»Was ist mit der Brieftasche? Befanden sich Miss Allens Fingerabdrücke dort ebenfalls auf einem Blutfleck?«

Summers zögerte erneut. »Ja.«

»Gab es irgendwelche sauberen Abdrücke«

»Nein.«

»Nicht einmal die von James Case? Ihm gehörte die Brieftasche schließlich.«

»Nein.« Summers betrachtete seine Hände. »Von Leder kann man normalerweise keine Abdrücke nehmen.«

»Dann könnte also alles genauso passiert sein, wie Brett es geschildert hat, richtig? Sie fand die Leiche, versuchte Mund-zu-Mund-Beatmung und machte sich dabei die Hände blutig.« Sie hielt inne. »Weswegen sie anschließend blutige Abdrücke am Hals des Opfers, am Messer und auf der Brieftasche hinterließ. Genau wie der Notarzt und der Beamte Mann.«

»Deren Abdrücke wir erklären können.« Summers blickte auf und fuhr mit kalter Stimme fort: »Es gibt keine anderen Fingerabdrücke, Miss Masters.«

»Und tausend mögliche Gründe, warum.« Caroline sah, daß Jackson einigermaßen ruhig geblieben war. »Hätte der Mörder vielleicht Handschuhe tragen können?«

Summers hatte wieder zu einer relativen Ruhe zurückgefunden. »Frau Anwältin«, sagte er geduldig, »es gibt nur sehr wenige Möglichkeiten, um festzustellen, ob jemand Handschuhe getragen hat.«

»Exakt. Wenn aber Brett ihre Hand an dem Messer hatte, um Mr. Case' Luftröhre durchzuschneiden, hätte sie da nicht mindestens einen sauberen Abdruck auf dem Griff des Messers hinterlassen müssen?«

»Der Griff ist aus Knochen, wovon sich auch nur sehr schwer Abdrücke nehmen lassen.«

»Doch der einzige Abdruck, den Brett auf dem Griff hinterlassen hat, ist blutig, richtig? Er wurde also ganz offensichtlich hinterlassen, nachdem Mr. Case' Kehle bereits aufgeschlitzt war.«

Summers ließ seine Lider sinken und betrachtete sie eingehend. »Das ist richtig.«

»Das können also nicht die Abdrücke sein, die Sie zu der Ansicht verleitet haben, daß Brett Allen eine Mörderin ist.«

»Die Abdrücke für sich genommen nicht.« Summers' Geduld klang zunehmend angestrengt. »Man muß die Gesamtheit aller Beweise betrachten.«

»Lassen Sie uns das tun, Sergeant. Suchen Sie sich ein Beweisstück aus – irgendeins.«

»Ist das eine Frage?« warf Jackson dazwischen.

Caroline ignorierte ihn. »Also gut«, sagte sie zu Summers. »Ich glaube, Sie haben die Tatsache erwähnt, daß Mr. Case nicht ejakuliert hat.«

Summers nickte. »Das habe ich.«

»Und was haben die Tests bezüglich Mr. Case' Alkohol- und Drogenkonsum an jenem Abend ergeben?«

»Auch er stand unter Alkohol- und Drogeneinfluß.«

Caroline lächelte schwach. »Kommt es Ihrer Beobachtung nach gelegentlich vor, daß männliche Erwachsene unter Alkohol- und Drogeneinfluß, sagen wir, unvollständige sexuelle Leistungen zeigen? Oder ist ein plötzlicher Tod die einzig mögliche Ursache von Impotenz?«

In den hinteren Reihen versuchte jemand, hustend ein Lachen zu unterdrücken. »Schon möglich«, sagte Summers sanft. »Die Beantwortung dieser Frage würde ich gerne dem Gerichtsmediziner überlassen.«

»Aber Sie beharren nicht darauf, daß sein gewaltsamer Tod die einzig mögliche Erklärung für die Tatsache ist, daß Mr. Case nicht ejakulierte?«

Zum ersten Mal blitzte so etwas wie grimmiger Humor in Summers Augen auf. »Nein.«

»Und würden Sie sagen, daß dieser Unfähigkeit zu ejakulieren in Ihrem Pantheon von Beweisen mehr oder weniger Bedeutung zukommt als Ihrer vorgeblichen Unfähigkeit, Beweise für die Existenz eines anderen Fluchtwegs zu finden als den, den Brett Allen genommen hat?«

Summers zögerte. »Weniger.«

»Viel weniger?«

»Das würde ich sagen, ja.«

»Darauf kommen wir gleich. Doch zuvor noch eine andere

Frage: Haben Sie irgendeinen Grund, die Ansicht des Beamten Mann in Zweifel zu ziehen, daß Miss Allens Haare naß waren?«

»Dazu habe ich keine Meinung.«

»Dann haben Sie also auch keine Meinung zu der Frage, ob Miss Allen schwimmen war?«

»Nein.«

Caroline zog eine Braue hoch. »Die Polizeifotos zeigen doch den Abdruck eines nackten Fußes am Strand, oder nicht?«

Summers nickte langsam. »Einen. Doch der könnte von jedem stammen.«

»Haben Sie versucht festzustellen, ob es Miss Allens Abdruck ist?«

»Nein, nicht direkt.«

»Hätte das nicht Miss Allens Behauptung stützen können, daß sie schwimmen war? Und deswegen zum Zeitpunkt seines Todes auch nicht einmal in der Nähe von Mr. Case?«

»Einspruch«, rief Jackson. »Das sind zwei Fragen auf einmal, und beide fordern den Zeugen zur Spekulation auf.«

»Das liegt daran, daß die Ermittlungen nicht mit der nötigen Gründlichkeit durchgeführt wurden«, schoß Caroline zurück. »Diese ganze Anhörung ist spekulativ. Ich bin berechtigt zu zeigen, daß sich im Gegensatz zu dem, was die Anklage behauptet, kein Mensch die Mühe gemacht hat, Brett Allen zu glauben.«

Towle blickte von Jackson zu Summers und nickte dann. »Abgelehnt«, sagte er.

Summers rutschte auf seinem Stuhl hin und her. »Schon möglich«, sagte er schließlich. »Aber das kann man nicht mit Sicherheit sagen.«

»Jetzt nicht mehr.« Caroline stemmte die Hände in die Hüften. »Zeigen die Polizeifotos nicht auch einen unidentifizierten Stiefelabdruck am Ufer ein paar Meter weiter den See entlang in Richtung Mosher Trail?«

Summers runzelte die Stirn. »Auch der könnte von jedem stammen, von Streifenbeamten oder den Leuten von der Spurensicherung.«

»Trug einer von ihnen Stiefel?«

»Ich weiß es nicht«, erwiderte er mit scharfem Unterton. »Er könnte genausogut auch von einem Angler stammen.«

»Oder von dem Mörder?«

Summers warf die Hände in die Luft. »Gut zehn Meter von der Leiche entfernt? Es gibt keinen Grund, hier einen Zusammenhang herzustellen.«

Caroline verschränkte die Arme. »Würden Sie so freundlich sein, das Gelände zwischen der Leiche und dem Fußabdruck zu beschreiben.«

Summers verfiel in Schweigen; die Pausen vor seinen Antworten waren jetzt nicht mehr nur vorgetäuscht. Caroline spürte den Kloß in ihrem Hals. »Wiese um die Leiche herum«, sagte Summers schließlich. »Und dann entlang des Ufers Steine.«

»Es ist unmöglich, Fußabdrücke von einer Wiese zu nehmen, richtig?«

Summers nickte widerwillig. »Das ist es wohl.«

»Und die Steine am Ufer waren aufgewirbelt?«

»Richtig. Aber das hätte die Polizei selbst oder sonst jemand gewesen sein können.« Nach einer weiteren Pause räumte er ein: »Auch dort war es unmöglich, Abdrücke zu nehmen.«

»So daß jemand von der Leiche bis zu der schlammigen Stelle hätten gehen können, wo der Stiefelabdruck gefunden wurde, ohne einen weiteren Abdruck zu hinterlassen?«

Summers sah sie lange und abschätzend an. »Eine theoretische Möglichkeit, ja. Aber es gab keine Blutspuren.«

»Und auch keine Zweige und Gestrüpp, an denen man Blutflekken hinterlassen könnte, richtig?«

Eine weitere Pause. »Das ist richtig. Aber eine Wiese und Steine.«

Caroline sah ihn erstaunt an. »Wiese und Steine? Glauben Sie, daß der ›hypothetische‹ Mörder den Tatort kriechend verlassen hat?«

Summers nickte. »Ich glaube überhaupt nicht an den ›hypothetischen‹ Mörder, Frau Anwältin …«

»Beantworten Sie bitte meine Frage. Warum sollte ein Mörder, der – nach Ihrer Version – auf James Case' Brust gesessen hat, Blut an den Schuhsohlen haben?«

Summers verschränkte die Arme. »Keine Ahnung.«

»Eine kluge Antwort.« Caroline neigte den Kopf. »Haben Sie sich eigentlich irgendwann einmal gefragt, ob der Mörder vielleicht auf anderem Wege zum Tatort hätte gelangen können? Am Ufer entlang oder vielleicht sogar per Boot?«

Summers sah sie verärgert an und mühte sich dann sichtlich um Gelassenheit. »An einen Hubschrauber haben wir nicht gedacht, Frau Anwältin. Aber wir haben natürlich auch andere Zugänge zum See als den über Miss Allens Grundstück überprüft. Und in keinem Fall hat ein Anwohner eine unbekannte Person oder ein fremdes Fahrzeug gesehen.«

»Lassen Sie uns ein Beispiel konstruieren. Der Mosher Trail ist der nächstgelegene Weg, der zum Tatort führt, richtig?«

»Ich würde sagen ja.«

»Und er führt ans Ufer des Sees?«

»Ja.«

»Haben Sie versucht, dort frische Spuren zu sichern?«

Summers starrte sie an. »Der Boden war knochenhart – getrockneter Schlamm aus dem Frühling –, und der Pfad wird relativ oft benutzt. Man hätte also nicht feststellen können, wer möglicherweise dort entlanggekommen ist und wann.«

»Der Mörder hätte also, wieder rein hypothetisch, bis zum Ende des Mosher Trail fahren oder laufen und dann am Wasser entlang bis zu der Stelle gehen können, wo James lag. Und alles ohne Fußspuren zu hinterlassen.«

»Vermutlich schon. Vorausgesetzt, daß niemand diese Person gesehen hätte.«

»Es war später Abend, oder nicht?«

»Natürlich.«

»Also gut«, sagte Caroline gleichmütig. »Haben wir damit die ›konkreten Beweise‹, die Ihrer Ansicht nach auf Brett Allens Schuld weisen, hinreichend betrachtet – das Messer, die Brieftasche, die Fingerabdrücke, der vermeintlich fehlende alternative Fluchtweg und Mr. Case' bedauerliches Unvermögen zu ejakulieren?«

Summers' Augen und Mund wirkten jetzt kleiner. »Sie können das nicht isoliert betrachten. Es gibt auch noch das vom Gerichtsmediziner festgestellte Spritzmuster des Blutes, sowohl auf der Haut von Miss Allen als auch auf der des Opfers.«

»O ja«, sagte Caroline achtlos, »das klären wir später mit ihm selbst. Aber sagen Sie, Sergeant Summers, wann haben Sie und Mr. Watts den Bericht des Gerichtsmediziners erhalten?«

»Etwa vier Tage nach der Tat.«

»Da lagen die Ergebnisse der Laboruntersuchungen schon vor.«

»Ja.«

»Sie sind aber trotzdem nicht losgerannt und haben Miss Allen verhaftet, oder?«

»Nein, das haben wir nicht.«

»Wann haben Sie dann in bezug auf diesen Bericht beschlossen, Anklage gegen Miss Allen zu erheben?«

Mit einem erneuten schwachen Lächeln deutete Summers an, daß er wußte, worauf sie hinauswollte. »Etwa fünf Tage später.«

»Wirklich?« fragte Caroline mit gespielter Neugier. »Was hat sich denn in diesen fünf Tagen ereignet, was Ihren Fall auf einmal so zwingend machte?«

Summers machte eine Pause. »Wir hatten Zeit, alle Indizien zusammenzusetzen ...«

»Kommen Sie, Sergeant Summers. War das nicht der Zeitpunkt, als sich Ihre Zeugin gemeldet hat? Mr. Case' vermeintliche Geliebte – Megan Race?«

Summers klappte den Mund auf und wieder zu. Caroline erkannte sofort, daß Summers wußte, daß er das Thema Megan Race mit Vorsicht behandeln mußte, obwohl weder er noch Jackson eine Ahnung hatten, warum. »Ja«, sagte er gepreßt.

»Die unter anderem behauptet, daß James Case Brett in der Nacht seines Todes eröffnen wollte, daß er und Megan zusammen nach Kalifornien gehen würden?«

»Das sagte ich heute morgen schon.«

Caroline neigte den Kopf. »James hatte eine seltsame Art, seine Botschaft zu übermitteln, finden Sie nicht? Aber vielleicht konnte er ja deswegen auch nicht zum Höhepunkt kommen – das Schuldgefühl war einfach zu groß.«

»Ist das eine Frage?« Jackson erhob sich und sah Caroline ärgerlich an. »Denn wenn es eine Feststellung ist, sollte Miss Masters sie vielleicht der einzigen lebenden Person überlassen, die zugegen war.«

Sie sah, daß Jackson an der Grenze seiner Geduld angekommen war; die Aufforderung, Brett in den Zeugenstand zu rufen, zeigte, daß sie ihm geschadet hatte. »Es waren zwei Personen«, erwiderte sie sanft. »Brett und der Mörder.«

Einen Moment lang sah Jackson sie festen Blickes an und wiederholte leise: »Haben Sie eine Frage?«

Caroline wußte, daß er sie in ihrem Rhythmus und jetzt auch in ihrer Konzentration stören wollte. »Ja«, warf Towle dazwischen. »Bitte, formulieren Sie eine Frage.«

Caroline nickte Jackson zu und wandte sich wieder an Summers. »Weisen die am Tatort gefundenen Indizien – einschließlich eines Kondoms – darauf hin, daß es einvernehmlich zum Geschlechtsverkehr kam?«

»Ja.«

»Und gibt es irgend etwas, das Ihre Theorie stützt, es wäre Bretts Idee gewesen? Oder ist das bloß hypothetisch?«

»Strenggenommen ist es hypothetisch...«

»Gibt es eigentlich außer Megan Race noch jemanden, der sagt, daß James Case überhaupt mit ihr fort wollte, Sergeant Summers?«

Summers machte eine Pause. »Sie sind zusammen *gesehen* worden, Miss Masters.«

»Das war nicht meine Frage, Sergeant. Aber ich nehme Ihre Antwort als solche und schließe die Frage an, ob Miss Race und das Opfer noch nach Anfang April zusammen gesehen worden sind.«

Summers betrachtete sie. »Danach haben wir nicht ausdrücklich gefragt, Frau Anwältin.«

»Haben Sie eine Antwort darauf?«

»Nein.« Summers hielt inne und sah auf einmal erleichtert aus. »Aber woher sollte Miss Race es sonst wissen? Wie kommt es, daß sie über dasselbe Thema gesprochen hat wie Miss Allen – daß er sie gebeten hatte, mit ihr nach Kalifornien zu kommen, aber vorher leider auf ungeklärte Art ums Leben kam?«

Vom Zeugenstand aus schien Summers in ihrem Gesicht nach Anzeichen von Bestürzung zu suchen. Doch Caroline lächelte nur. »Sie hielten es also für wichtig, daß Miss Race wußte, daß das Opfer nach Kalifornien wollte?«

Summers machte eine Pause; es war, als ob er die Falle witterte, ohne sie erkennen zu können, dachte Caroline. »Ja«, sagte er schließlich.

»Und das hat ihre Glaubwürdigkeit erhöht.«

Ein knappes Nicken. »Für mich schon.«

»Außerdem hat es Ihnen laut Ihrer Aussage von heute vormittag ein Tatmotiv geliefert. Die Ankündigung, eine Bombe platzen zu lassen, die Brett bestimmt wütend machen würde.«

»Ja.«

»Für Sie hat es also im Grunde erklärt, warum Brett Allen ihn angeblich getötet hat.«

Summers sah sie mit verschleiertem Trotz an. »Das sagte ich bereits.«

»Es wäre also angemessen zu sagen, daß Megan Race ein entscheidender Bestandteil der Anklage gegen Brett Allen ist?«

»Es gibt noch jede Menge andere Indizien«, setzte Summers an, bremste sich dann jedoch und sagte: »Aber sie ist sicher eine wichtige Zeugin.«

Einen Moment lang dachte Caroline an Larry, der hinter ihrem Rücken im Publikum saß; als sie sich umdrehte, um ihn anzusehen, wandte er den Blick ab. Sie drehte sich wieder zu Summers um und fragte: »War es nicht in der Tat so, daß das Auftauchen von Miss Race die Entscheidung, Miss Allen des Mordes anzuklagen, erst ausgelöst hat?«

»Aufruf zur Spekulation«, sagte Jackson gemessen und fügte mit Blick auf Caroline hinzu. »Wie Miss Masters weiß, war das nicht die Entscheidung von Sergeant Summers.«

Towle nickte. »Stattgegeben.«

Doch Caroline hatte sich schon wieder Summers zugewandt. »Bevor Mr. Watts Miss Allen des Mordes angeklagt hat, hat er sie da nach Ihrer Meinung gefragt?«

Ein widerwilliges, verspätetes Nicken. »Ja.«

»Und was haben Sie ihm gesagt?«

»Das wir genug haben, um sie anzuklagen.«

Caroline legte einen Finger auf ihre Lippen. »Und haben Sie auch, bevor Miss Race sich gemeldet hatte, gegenüber Mr. Watts eine Meinung bezüglich der Anklage gegen Miss Allen geäußert?«

Zum ersten Mal sah Summers Jackson an. »Das habe ich.«

»Und wie lautete diese Meinung?«

»Ich fand, wir sollten noch weitersuchen.«

Caroline betrachtete ihn schweigend; sie sah, daß Summers hoffte, daß sie sich damit zufrieden geben würde. Aber Caroline war noch nicht ganz fertig. »Wie lange nach dem Mord an Mr. Case hat sich Megan Race bei Ihnen gemeldet?«

»Etwa neun Tage.«

»Haben Sie Mr. Watts gegenüber nicht bemerkt, daß das ein wenig seltsam ist? Schließlich waren sie laut Miss Race so verliebt, daß sie zusammen fortgehen wollten.«

Fast abwesend tippte sich Summers erneut auf die Lippe. »Wir haben darüber gesprochen, ja. Aber laut Miss Race hatte sie Angst davor, was Miss Allen ihr antun könnte.«

»Haben Sie diese Erklärung akzeptiert?«

Ein kurzes Schulterzucken, ein wachsamer Blick. »Ich bin nicht Miss Race«, sagte er.

Caroline ließ ihn kurz zappeln. »Haben Sie Megan Race nicht vor allem deshalb geglaubt, weil Brett Allen Ihnen Ihrer Ansicht nach deren Existenz verschwiegen hatte?«

Summers beugte sich vor, als hätte sie ihm einen Rettungsring hingeworfen, bevor sein Kopf zurückschnellte und er sie mit seinen Gletscheraugen musterte, im unklaren über ihre Motive. »Könnten Sie das bitte wiederholen?« fragte er.

Caroline kam einen Schritt näher und sagte knapp: »Haben Sie Megan Race geglaubt, weil Sie dachten, daß Brett Allen, was ihre Person anging, gelogen hatte?«

Summers zögerte, bevor er zu einer Entscheidung kam. »Das war sicherlich ein Faktor, ja.«

Caroline lächelte auf ihn herab. »Aber laut dem Band haben Sie Brett nicht nach James' *früheren* Beziehungen gefragt, oder?«

Summers legte einen Arm auf das Geländer und stützte sein Kinn in seine Hand, dieser haarspaltenden Anwältin überdrüssig. »Nicht ausdrücklich«, sagte er und fügte hinzu, »vermutlich hatte ich erwartet, daß sie die Frage vernünftig beantworten würde.«

Carolines Lächeln wurde spöttisch. »Weil Sie davon ausgehen, daß Megans vermeintliche Beziehung zu dem Opfer bis zu dessen Tod andauerte?«

»Ja.«

»Dann hätten Sie diese Annahme Miss Allen gegenüber vielleicht auch deutlich machen sollen.« Caroline machte eine Pause. »Bevor Sie eine Anklageerhebung gegen sie befürwortet haben, weil sie Sie angelogen hat.«

Summers wurde rot. »Ich weiß, daß *das* keine Frage ist«, fauchte Jackson.

Caroline drehte sich zu ihm um. »Ach wirklich? Dann habe ich keine weiteren.«

Sie sah Summers an, bedankte sich bei ihm und nahm Platz. Genau wie ihr erstes Bild dieses Gerichtstages war auch das letzte eines von Jackson und ihrem Vater, die sie jetzt beide ansahen – Jackson mit argwöhnischem Blick und Channing mit kühl musternden Augen.

Sie wandte sich ab und sah Brett an, die sie mit einem erleichterten Lächeln voller Dankbarkeit anstrahlte.

7

Caroline schnitt sich noch ein Stück Gruyère ab und spülte es mit einem Schluck tiefrotem Chianti hinunter, der rauh in ihrer Kehle brannte.

»Vielen Dank fürs Besorgen«, sagte sie. »Und für die Informationen über Megans Mutter.«

Joe Lemieux lächelte. »Hatten Sie einen produktiven Tag? Oder bloß einen langen?«

Caroline antwortete nicht; vielleich war es das Schwierigste, gegenüber allen – einschließlich sich selbst – so zu tun, als hätte sie keine Gefühle. Sie nippte erneut an ihrem Wein. »Das kommt drauf an«, sagte sie schließlich. »Was haben Sie sonst noch für mich?«

Sie saßen in Carlton Greys Büro. Es war neun Uhr, und Carolines Lampe warf Schatten in die Ecken des Raumes. Lemieux rutschte auf seinem Stuhl hin und her.

»Das weiß ich nicht genau. Es ist mittlerweile drei Wochen her, seit dieser Typ ermordet wurde, und niemand kann sich daran erinnern, etwas gesehen zu haben. Andererseits haben die Leute auch keinen Grund, sich zu erinnern – für sie war es ein ganz gewöhnlicher Abend.« Lemieux beobachtete sie. »Ich kann Ihnen nur sagen, was wir auch schon vorher wußten – daß sie sich an jenem Abend bei ihrem Boss in der Cafeteria krank gemeldet hat.«

Caroline zuckte die Schultern. »Dann suchen Sie weiter.«

»Das habe ich. Niemand erinnert sich, sie oder ihren blauen Honda beim See gesehen zu haben.« Lemieux machte eine Pause und legte die Fingerspitzen aufeinander. »Wollen Sie ernsthaft weiter versuchen, sie mit dem Tatort in Verbindung zu bringen, oder reicht es Ihnen, wenn keiner sie gesehen hat?«

Caroline sah ihn an. »In der Nähe des Sees wäre natürlich besser.«

»Wenn sie mit einer Freundin Fernsehen geguckt hat, haben Sie Pech gehabt.« Er sah sie neugierig an. »Es sei denn, Sie glauben ...«

Caroline lächelte freudlos. »Ich weiß nicht, was ich glaube. Aber darauf kommt es in meinem Job auch nicht an.« Ihr Lächeln erstarb abrupt, leise fragte sie: »Haben Sie ihnen *alle* Bilder gezeigt?«

Lemieux sah sie scharf an. »Jedes einzelne.«

»Haben wir irgend jemanden vergessen?«

Lemieux betrachtete seine Fingerspitzen. »Sie meinen es wirklich ernst«, sagte er nach einer Weile leise.

Caroline starrte ihn einfach nur an.

»Uns bleibt noch eine Tankstelle«, erklärte Lemieux ihr. »Am Anfang des Mosher Trail. Der Junge, der dort nachts arbeitet, hat am Tag nach dem Mord Urlaub genommen, um seinen Bruder in Florida zu besuchen. Er kommt erst übermorgen abend zurück. Am Donnerstag.«

Caroline überlegte. »Vermutlich wird sie am Donnerstag in den Zeugenstand gerufen. Ich will versuchen, ihre Befragung bis Freitag hinzuziehen. Ich denke, das sollte nicht allzu schwierig sein.«

Lemieux sah sie fragend an, bevor er sagte: »Ich sollte dann besser los.«

Caroline lehnte sich in ihren Stuhl zurück. »Ist Megan eigentlich Rechts- oder Linkshänderin?« fragte sie.

Lemieux lächelte ein knappes, fragendes Lächeln. »Rechtshänderin, glaube ich.«

Caroline nickte. »Gut.«

8

Der Gerichtsmediziner Dr. Jack Corn hatte glattes graublondes Haar, eine Nickelbrille und das liebenswürdige, unverbindliche Lächeln eines Kleinstadtbankiers. Seine sanfte Erscheinung ließ kaum ahnen, daß er – wie Caroline sehr wohl wußte – ein landesweit anerkannter Pathologe war, der dem gerichtsmedizinischen Institut von New Hampshire über die Staatsgrenzen hinaus einen fachlichen Ruf erworben hatte. Seine Art war zuvorkommmend, seine Stimme sanft mit einem leichten Mittelwesten-Akzent.

Systematisch führte er Jackson durch den Ablauf der Ereignisse von seinem Eintreffen am Tatort bis zu der Fahrt ins Leichenschauhaus von Concord – wo er die Leiche zusammen mit zwei Assistenten fotografiert, sie auf mögliche Spuren untersucht, die Breite und Tiefe der Wunden gemessen und Blutproben entnommen hatte. Die Realität dieser Prozedur war nicht angenehm, doch Corn hatte das Talent, das Ganze klinisch, gründlich und wissenschaftlich klingen zu lassen.

»Haben Sie im Laufe Ihrer Untersuchungen auch die genaue Todesursache feststellen können?« fragte Jackson.

Corn nickte langsam. »Das Opfer starb an einer tiefen Halswunde, durch die Halsvene, Halsschlagader und Luftröhre durchtrennt wurden, wodurch die Atemwege sich mit Blut füllten, so daß Mr. Case buchstäblich an seinem eigenen Blut erstickt ist.«

Neben Caroline faltete Brett die Hände, atmete tief durch und blickte den Zeugen unverwandt an. »Könnten Sie die Umstände eines solchen Todes näher beschreiben?« sagte Jackson.

Das angedeutete Lächeln in Corns Gesicht war verschwunden. »Der Tod tritt nicht unmittelbar ein, Mr. Watts. Man hört ein gurgelndes Geräusch, und das Opfer kann im Todeskampf noch bis zu drei Minuten um sich schlagen. Mr. Case hat die letzten Minuten seines Lebens wahrscheinlich mit dem grausamen Wissen zugebracht, daß er erstickt, ohne etwas dagegen tun zu können.«

Caroline sah, wie Brett die Augen schloß. Jackson machte einen Schritt nach vorn. »Wie erklärt sich dieses gurgelnde Geräusch, Dr. Corn?«

»Asphyxie. Das Opfer war wahrscheinlich unfähig zu sprechen. Statt dessen hat es wohl unter dem gelitten, was wir Dyspnoe oder Atemnot nennen, und für ungefähr zehn bis fünfzehn Sekunden Blut gespuckt.« Corn machte eine Pause, als stelle er sich das Geschehen vor. »Irgendwann wird er wegen des Blutmangels einen Schock erlitten haben, obwohl ich hinzufügen sollte, daß er nicht allzu heftig gewesen sein dürfte. Doch die Wunde war so tief, daß Mr. Case' Kopf teilweise vom Rumpf abgetrennt war.«

Als Caroline Bretts Arm berührte, spürte sie das Zucken, das durch ihren Körper fuhr. Caroline umfaßte ihr Handgelenk fester.

»Haben Sie noch eine zweite Wunde feststellen können, Dr. Corn?«

»Genaugenommen waren es sogar drei. Ich vermute, daß die erste Wunde ebenfalls eine Halswunde war, aber sehr viel weniger tief, woraus wir geschlossen haben, daß die tödliche Verletzung von einem zweiten, erfolgreicher durchgeführten Versuch herrührt, die Kehle des Opfers durchzuschneiden.«

Corns ruhige und undramatische Schilderung beschwor auf seltsame Weise das Bild eines entschlossenen Mörders herauf, das Bild eines ebenso intimen wie leidenschaftlichen Gemetzels. »Und konnten Sie die Art der Wunde feststellen?« wollte Jackson wissen.

Corn faltete die Hände. »Es war eine Schnittwunde, verursacht von einem Messer, den Hautrissen zufolge mit einer gezackten Klinge. Anhand weiterer Messungen konnten wir feststellen, daß die Verletzungen zu dem Cahill-Anglermesser paßten, das in Miss Allens Besitz gefunden wurde.«

»Haben Sie die Leiche und die Wunden fotografiert?«

»Mein Assistent hat das getan, ja.«

Aus einem Umschlag auf dem Tisch der Staatsanwaltschaft zog Jackson einen Stapel Fotos. Zögernd wandte er sich an Caroline, während er gleichzeitig einen kurzen Seitenblick auf Brett warf. »Möchten Sie sie noch einmal durchsehen, Miss Masters?«

Caroline wandte sich kurz zu Brett. Sie verfügte über eigene Abzüge, hatte jedoch entschieden, daß diese Bilder Brett nur bis in ihre Träume verfolgen würden. »Guck nicht hin«, flüsterte sie. »Es ist sinnlos.« Brett nickte blaß und wandte sich ab.

»Ja«, sagte Caroline ruhig zu Jackson. »Vielen Dank.«

Jackson sah auf Caroline hinunter und zögerte, bevor er ihr den Umschlag gab und an seinen Tisch zurückging.

Caroline betrachtete die Fotos nacheinander.

Vereinbarungsgemäß waren sie zur besseren Identifikation markiert: das erste, Beweisstück der Anklage Nummer siebenundzwanzig, war ein von oben aufgenommenes Bild der starren Augen eines Mannes, für den der Tod das Ende seiner Qualen bedeutet hatte.

Caroline spürte, wie Brett neben ihr zusammenzuckte. Caroline fragte sich, ob dies die Angst vor der Entdeckung war oder vor der Erinnerung.

»Nicht«, murmelte sie. »Es wird nicht besser.«

So rasch wie möglich blätterte sie die Fotos durch. »Vielen Dank«, sagte sie zu Jackson.

Er nahm die Fotos wieder an sich und warf Brett einen undurchdringlichen Blick zu: Einen Augenblick lang sah Caroline die tiefen Falten um seine Augen von nahem, Spuren der Müdigkeit und Erschöpfung. Dann wandte er sich wieder ab.

Kurz darauf hatte ein blonder Assistent aus Jacksons Büro die Fotos an einer Anzeigetafel befestigt. Selbst von weitem konnte Caroline die Blutspritzer auf James' Gesicht und die klaffende Wunde in seinem Hals erkennen.

Als sie sich zu ihrer Familie umdrehte, sah sie Betty und Larry zu Boden blicken; nur ihr Vater schien die Bilder regungslos zu betrachten. Caroline hörte, wie Brett neben ihr langsam einatmete. »Es war dunkel«, murmelte sie. »Ich konnte ihn nicht sehen.«

Caroline wandte sich ihr zu. Während sie auf die Fotos starrte, hatte sich so etwas wie fassungsloses Entsetzen auf Bretts Gesicht gelegt. »Wie konnte jemand so etwas tun...«

Jackson trat vor. »Wurden diese Fotos im Rahmen der Autopsie von Mr. Case gemacht, Dr. Corn?«

»So ist es.«

»Und sie stehen im Einklang mit der von Ihnen geäußerten Ansicht über die Todesursache?«

»Ja.« Corn verließ den Zeugenstand und stellte sich vor die Anzeigetafel mit den Fotos. Caroline sah, wie der Richter ihm mit aufmerksamen, schmaläugigen Blicken folgte. »Beweisstück Nummer siebenundzwanzig zeigt beispielsweise das Spritzmuster des Blutes auf dem Gesicht des Opfers – breite Flecken an manchen Stellen, an anderen lediglich Spritzer. In Ermangelung eines glücklicheren Bildes würde ich sagen, daß die Verletzung von Mr. Case' Atemwegen ein Spritzmuster hinterlassen hat, das dem einer fast leeren Spraydose ähnelt, die je nach Druck sprüht oder tröpfelt.« Corn machte eine Pause, rückte seine Brille zurecht und fuhr fort: »Nach etwa zehn bis fünfzehn Sekunden hat der Druck nachgelassen, doch das Muster war bereits da.«

Caroline wußte, was als nächstes kam: Nach einem kurzen Austausch zwischen Towle und Jackson wurde eine zweite Anzeigetafel mit markierten Beweisstücken neben der ersten aufgebaut. Brett saß vollkommen reglos neben ihr.

Auf den Fotos, die Bretts Augen zeigten, konnte man sehen, daß sie vom Schock matt und dumpf waren. Ihr Gesicht, ihre Brust und ihr Leib waren blutbefleckt.

»Tut mir leid«, sagte Caroline leise. »Aber dagegen kann man nichts machen.«

Bretts Augen hatten einen teilnahmslosen Ausdruck angenommen. Vielleicht war es nur die Demütigung, dachte Caroline, wahrscheinlicher jedoch der Anblick von James' totem und ihrem geschockten Gesicht, Zwillingsmasken verbunden durch ein Muster aus Blut. Selbst Towle wirkte ob der Bilder wie erstarrt.

»Haben Sie auch die Blutspuren auf Miss Allens Gesicht, Hals und Körper untersucht?« fragte Jackson den Gerichtsmediziner.

»Jawohl.«

»Und stehen diese Bilder im Einklang oder im Widerspruch zu der Schlußfolgerung, wonach Miss Allen Mr. Case getötet hat?«

»Meiner Ansicht nach im Einklang.«

Brett starrte Corn an, ihr Körper war steif vor Entsetzen und Wut. Doch Jackson klang recht gelassen; als ob er es vorzog, diesen Fall in den Händen eines anderen zu wissen, dachte Caroline. »Und worauf stützt sich Ihre Ansicht, Dr. Corn?«

»Auf das Muster der Blutspuren.« Corn machte eine Pause und zeigte auf ein Foto von Bretts Hals. »Das Muster auf Beweisstück neununddreißig entspricht beispielsweise dem Druck, mit dem das Blut unmittelbar nach der Verletzung aus der Wunde ausgetreten ist, bevor er schwankend wurde und schließlich abnahm.«

»Könnte dieses Muster auch auf die von Miss Allen behauptete versuchte Mund-zu-Mund-Beatmung zurückzuführen sein?«

»Meines Erachtens nicht. Es gibt beispielsweise keinen Abdruck auf Miss Allens Mund, wie man erwarten sollte. Und auch wenn eine versuchte Mund-zu-Mund-Beatmung möglicherweise zu dem gepunkteten Muster auf Beweisstück siebenunddreißig geführt hat, würde das noch immer nicht das Tropfenmuster auf Miss Allens Bauch erklären, wie man es etwa auf Beweisstück fünfunddreißig erkennen kann.« Corn wandte sich dem Richter zu, als würde er ein Einmannseminar abhalten. »Sie können die Tropfenform der Spritzer deutlich sehen: Sie verjüngen sich von oben nach unten. Das kann auf keinen Fall durch eine versuchte Mund-zu-Mund-Beatmung verursacht worden sein, die erst erfolgt ist, nachdem der unmittelbare Druck aus der Wunde nachgelassen hat. Dafür ist das

Muster viel zu ausgeprägt. Es würde eher zu der Atemnot der ersten Sekunden nach der Verletzung passen.«

Ziemlich beeindruckend, dachte Caroline. »Ist schon gut«, murmelte sie Brett zu und kritzelte »primäres Einstichmuster« auf den Block vor sich.

Jacksons Stimme war jetzt fest. »Gibt es weitere Faktoren, die die Schlußfolgerung erhärten, daß es sich um einen Mord durch Miss Allen gehandelt hat?«

»Ja, die gibt es.« Corn wandte sich einem Foto von James' Bauch zu. »Soweit ich die Hypothese der Anklage verstehe, hat Miss Allen dem Opfer die Kehle durchgeschnitten, als sie auf ihm saß, möglicherweise während des Geschlechtsverkehrs. Auf den Fotos von Mr. Case' Brust werden Sie erkennen, daß das Spitzmuster auf Brust und Bauch deutlich weniger ausgeprägt ist. Das legt die Vermutung nahe, daß Miss Allens Brust und Bauch Mr. Case' Körper verdeckt haben.«

Richter Towle sah ihn an und schien zu nicken. »Kann man zusammenfassend sagen, daß die Spritzmuster sowohl auf dem Körper von Mr. Case als auch auf dem von Miss Allen in Einklang mit der Annahme stehen, daß sie ihm die Kehle aufgeschlitzt und ihn dann erstochen hat?«

»So ist es.«

Langsam wandte Jackson sich Brett zu, die Augen ein wenig melancholisch. »Aber wie kann eine so schmächtige Frau wie Miss Allen jemanden derart schwer verletzen?«

Corn sah Brett mit düsterer Miene an. »Ganz einfach.«

»Worauf stützt sich diese Ansicht?«

»Zunächst einmal auf die Mordwaffe. Die Klinge war rasiermesserscharf.« Corn machte eine Pause und zog sich dann aufs Fachliche zurück. »Vor einigen Jahren hat der berühmte Pathologe Bernard Knight nachgewiesen, daß es nur etwa ein Pfund Kraft braucht, um ein geschärftes Messer in einen menschlichen Körper zu treiben. Wie wir bei einigem Nachdenken alle aus eigener Erfahrung wissen. Wieviel Kraft braucht denn eine Krankenschwester, um einen gegen Grippe zu impfen?« Corn faltete die Hände und fuhr dann leise fort: »Das Messer war echte Qualitätsarbeit und gut gepflegt. Mit einem solchen Messer, Mr. Watts, hätte eine Frau wie Brett Allen diesen Jungen ohne jede Schwierigkeit töten können.«

9 Caroline nahm sich Zeit, als sie aufstand und auf Corn und die blutigen Fotos zuging, bemüht, möglichst große Gelassenheit auszustrahlen.

»Sind Sie mit Miss Allens Schilderung der Mordnacht vertraut?« fragte sie.

Corn sah sie an, weder einladend noch abwehrend. »Ich denke schon, ja.«

»Genauer gesagt, damit, daß sie und Mr. Case Wein und Marihuana zu sich genommen haben. Daß sie anschließend Verkehr hatten, wobei Mr. Case eingeschlafen ist. Daß sie schwimmen ging und von weitem sah, wie sich ein Schatten über Mr. Case beugte. Daß sie bei ihrer Rückkehr ein gurgelndes Geräusch hörte und annahm, Mr. Case würde an seinem eigenen Erbrochenen erstikken, woraufhin sie sich über seine Brust hockte und Mund-zu-Mund-Beatmung versuchte. Daß dadurch Blut in ihr Gesicht spritzte und sie in ihrem Schock das blutige Messer aus seiner Brust zog.« Caroline wurde abrupt leiser: »Das alles wissen Sie doch, oder nicht?«

Corn faltete die Hände, fast so, als wolle er sich wappnen. »Ja, Miss Masters, das weiß ich.«

»Und was ist daran verkehrt? Wenn Sie alle medizinischen Beweise noch einmal Revue passieren lassen, könnte es sich nicht genauso abgespielt haben, wie sie es sagt?«

Corn runzelte die Stirn. »Das glaube ich nicht.«

»Aber es würde immerhin die fehlenden Anzeichen für einen Kampf erklären, oder?«

»Schon möglich.«

»Und auch im Einklang mit der von Ihnen beschriebenen Atemnot stehen.«

»Das mag sein.«

Caroline stemmte die Hände in die Hüften. »Im übrigen behaupten Sie doch nicht, daß Miss Allen Mr. Case getötet hat, nicht wahr? Nur, daß sie ihn getötet haben könnte.«

»Ja. Wer diesen Mann getötet hat, fällt nicht in mein Gebiet.«

»Und der einzige Grund dafür, daß Sie Mr. Watts' Geschichte der von Miss Allen vorziehen, ist die Tatsache, daß das Spritzmuster auf Miss Allens Haut Ihrer Ansicht nach unmöglich bei einer versuchten Mund-zu-Mund-Beatmung entstanden sein könnte?«

Corn schürzte seine Lippen zu einem kleinen ›o‹. »Es ist die Gesamtheit der Umstände. Aber wenn wir bei dem Spritzmuster bleiben wollen, sind es mindestens zwei Dinge. Erstens erklärt das Blut auf Miss Allens Körper das fehlende Blut auf Mr. Case' Brust. Und zweitens entspricht das vereinzelt auftretende Tropfenmuster auf Miss Allens Körper nicht dem Muster, das eine Mund-zu-Mund-Beatmung hervorgerufen hätte.«

Caroline nickte. »Also gut, Dr. Corn. Lassen Sie uns zunächst diese Mund-zu-Mund-Beatmung näher betrachten. Sie sagten also nicht, daß sämtliches Blut auf Miss Allens Körper nicht dem Muster entspricht, das eine solche Beatmung hervorgerufen hätte?«

»Nein. Die Beatmung hätte einen leichten Schwall aus Mr. Case' Kehle hervorrufen können, der das Spritzmuster in ihrem Gesicht hätte hinterlassen können. Doch meiner Ansicht nach läßt sich das Tropfenmuster so nicht erklären.«

Caroline sah ihn verwirrt an. »Aber als Sie eben die tödlichen Verletzungen beschrieben haben, sagten Sie, daß der Druck des austretenden Blutes zwischen Sickern und Strömen bis hin zu regelrechtem Sprudeln geschwankt hätte. Richtig?«

»Ja.«

Caroline wandte sich der Tafel zu und blickte einen Moment lang in die starren Augen des toten James. »Die Blutspritzer auf Mr. Case' Gesicht auf Beweisstück dreiundzwanzig sind ein Ergebnis dieses Sprudelns, nehme ich an.«

»So ist es.«

Caroline ging zur zweiten Tafel und blieb neben einem Foto von Bretts Gesicht stehen. »Aber auf Miss Allens Gesicht fehlen diese Spritzer, oder?«

Corn zögerte. »So ist es, aber das könnte an der Entfernung liegen.«

Caroline wandte sich ihm zu. »Verzeihen Sie die Frage, Dr. Corn, aber reicht ›Spritzen‹ weiter als ›Sprudeln‹?«

»Nicht notwendigerweise. Aber Sie gehen bei Ihrer Frage davon aus, daß Miss Allen ihr Gesicht während der ersten Sekunden in stetig gleichem Abstand zu Mr. Case' Hals gehalten hat.« Corn blickte zur Tafel. »Ich möchte Sie auch auf die Beweisstücke fünfunddreißig und sechsunddreißig hinweisen – mit dem stärkeren Muster auf Miss Allens Brust und Bauch.«

Einen Moment lang sah Caroline ihn einfach nur an. Mit einem Hauch von Schärfe fragte sie ihn: »Sagt Ihnen der Begriff ›primäres Eintrittsmuster‹ etwas?«

»Natürlich.«

»Könnten Sie ihn für uns definieren?«

Corn warf ihr einen Blick unterdrückter Verärgerung zu. »Es ist das Spritzmuster, das beim Eintritt eines scharfen Werkzeugs in den menschlichen Körper entsteht.«

»Oder beim Austritt?«

»Auch das, ja.«

»Was sind Merkmale eines Stichkanalmusters?«

Einen Moment lang betrachtete Corn das Foto von Brett. »Es kann auch tropfenförmige Spritzer aufweisen«, räumte er ein. »Wie auf dem Bild von Miss Allen.«

»Und kann auch das *Herausziehen* eines Messers dieses Muster hervorrufen?«

»Es ist möglich. Ja.«

»Es ist also durchaus möglich, daß das Spritzmuster mittleren Drucks auf Miss Allens Gesicht auf ihre versuchte Mund-zu-Mund-Beatmung und das Tränenmuster auf ihrem Körper auf das Herausziehen des Messers zurückzuführen ist?« Caroline machte eine dramatische Pause. »Und nicht auf die von Ihnen geschilderte Dyspnoe?«

Corn wandte sich Caroline zu und schien sie mit fachmännischem Interesse zu mustern. »Ja«, sagte er schließlich. »Das wäre möglich.«

»Womit Mr. Watts nur die Lücke in dem Muster auf Mr. Case' Brust bleibt.«

Corns kleine braune Augen studierten sie aufmerksam. »Sofern Sie sich nur auf die Blutspuren und nicht seinen ganzen Fall beziehen.«

Caroline nickte knapp. »Sie haben uns bereits erläutert, daß diese Lücke entstanden ist, weil der Mörder auf Mr. Case gesessen hat. Nach dem Spritzmuster auf dem Gesicht des Opfers zu urteilen, welches Muster würden Sie bei dem Mörder vermuten?«

Corn nahm seine Brille ab und putzte sie mit seinem Taschentuch. »Das ist schwer zu sagen, Miss Masters. Das würde wiederum von der Entfernung abhängen.«

Caroline drehte sich um und zeigte auf die Blutspuren auf Bretts Schultern und Brüsten. »Würde man nicht ein sehr viel ausgeprägteres Muster erwarten?«

Corn betrachtete das Foto. »Ich kann Ihnen nur sagen«, erwiderte er schließlich, »daß es möglich ist...«

»Dann wäre es also auch möglich, daß der Mörder und nicht Brett das meiste Blut abbekommen hat, womit sich die freie Stelle auf Mr. Case' Brust erklären würde, während das sehr viel feinere Muster auf Miss Allen durch die versuchte Mund-zu-Mund-Beatmung verursacht worden wäre?«

»Ich kann nur wiederholen, es ist möglich. Aber was ist mit den fehlenden Blutspuren auf Miss Allens Mund?«

Caroline zog eine Braue hoch. »Wissen Sie zufällig, wieviel Zeit zwischen dem Mord und diesen Aufnahmen verstrichen ist?«

»Soweit ich weiß, etwa zwei Stunden.«

»Mit anderen Worten, mehr als genug Zeit für Miss Allen, sich die Lippen abzulecken. Oder sich zu übergeben und ihren Mund abzuwischen, was sie nachweislich getan hat.«

»Vermutlich schon.« Corn stand auf und ging zu der zweiten Tafel. »Doch wo wir gerade dabei sind, Miss Masters, sollte ich den Spritzer auf Miss Allens Hals erwähnen. Er ist weder tropfenförmig noch so fein, daß er von der Beatmung herrühren könnte, sondern weist vielmehr das Muster auf, das ich bei einer Dyspnoe erwarten würde.«

»Ein einziger Fleck?« Caroline trat neben ihn. »Ist Ihnen die Aussage des Beamten Mann bekannt, wonach er Miss Allen seine Jacke geliehen hat.«

»Ja.«

»Und könnte dieser einzelne Fleck nicht durch die Reibung der Lederjacke auf Miss Allens Haut verursacht worden sein?«

Corn kniff die Augen zusammen und betrachtete das Foto. »Ja«, sagte er gepreßt. »Das läßt sich jetzt nicht mehr so genau feststellen.«

Corn drehte sich um und wollte zum Zeugenstand zurückgehen. »Wo Sie gerade stehen«, hielt Caroline ihn auf. »Es gibt da noch etwas, was ich Sie gerne fragen würde. Bezüglich des Fotos.«

Corn wandte sich ihr wieder zu.

Caroline wies mit dem Zeigefinger auf einen kleinen Flecken am Hals von James Case. »Was ist das?«

Corn betrachtete die Stelle. »An der Leiche sah es aus wie ein winziger Bluterguß«, sagte er trocken. »Verursacht vielleicht von einem Finger.«

»Konnten Sie einen Abdruck nehmen?«

»Das konnten wir nicht.« Corns Stimme blieb trocken. »Ich meine mich zu erinnern, daß Sie Sergeant Summers gestern darauf hingewiesen haben, wie schwierig es ist, an einer Leiche Fingerabdrücke zu sichern. Zumindest wenn kein Blut vorhanden ist.«

Caroline bemerkte, daß Towle sich auf seinem Richterstuhl vorbeugte. Leise fragte sie: »Könnte es auch deshalb schwierig sein, weil die Person, die diesen Abdruck hinterlassen hat, Handschuhe trug?«

Corn neigte den Kopf. »Das läßt sich unmöglich sagen. Zumindest anhand dieses Fotos.«

»Dann warten Sie einen Moment.« Caroline ging zum Tisch der Verteidigung zurück und zog ein Foto aus ihrem Aktenkoffer. »Antrag zur Beweisaufnahme«, sagte sie zu Towle, »dies ist eine Vergrößerung der Halspartie von Mr. Case. Mit Erlaubnis des Gerichts würde ich Dr. Corn gern gleich darüber befragen, anstatt ihn später noch einmal aufzurufen.«

Towle blickte zu Jackson. »Mr. Watts?«

Jackson kam vor, ließ sich von Caroline das Foto geben und betrachtete es auffällig lange. Als er es zurückgab, war sein Gesichtsausdruck leer. »Einverstanden«, sagte er zu Towle.

»Danke«, erwiderte Caroline und gab Corn das Foto. Sie stand neben ihm und wies mit dem Finger auf eine schwache Linie entlang einer Wundkante.

Wenn er ehrlich ist, hatte ihr Experte erklärt, *kann der Gerichtsmediziner nicht nein sagen. Jedenfalls nicht mit hundertprozentiger Sicherheit.*

»Sehen Sie diese Linie?« fragte Caroline.

Corn nickte langsam. »Ja, die sehe ich.«

»Könnte die von der Naht eines Lederhandschuhs stammen?«

Corn blinzelte auf das Foto und sagte lange Zeit nichts. »Ja«, erwiderte er schließlich. »Das ist möglich.«

»Und von den Fingerabdrücken in Mr. Case' Blut wissen wir, daß Miss Allen keine Handschuhe trug.«

Corn wirkte jetzt besorgt, obwohl Caroline nicht wußte, ob wegen seiner eigenen Zweifel oder wegen des Gefühls, in die Enge getrieben worden zu sein. »Das wissen wir, ja.«

Er blickte auf und sah Caroline in der Erwartung an, daß sie ihren Punkt noch einmal demonstrativ auskosten würde. Doch sie gab das Foto Richter Towle und sagte schlicht: »Vielen Dank, Dr. Corn. Sie können sich jetzt wieder setzen.«

Corn warf ihr einen kurzen, fragenden Blick zu und nahm seinen Platz im Zeugenstand wieder ein.

Caroline trat vor ihn und ließ einen Moment verstreichen.

»Sind Sie ganz sicher«, fragte sie dann, »daß, wer immer Mr. Case getötet hat, rittlings auf ihm saß?«

Corn sah sie überrascht an, bevor er mit neuem Selbstbewußtsein antwortete: »Ja, das bin ich.«

»Und warum?«

»Es gibt eine Reihe von Gründen. Die freie Fläche auf Mr. Case' Brust, der Winkel der Stichwunde in seiner Brust sowie das Spritzmuster des Blutes auf der Wiese hinter ihm deuten darauf hin.«

Caroline nickte. »Also gut. Könnten Sie uns die Bewegung, mit der der Mörder die Kehle des Opfers Ihrer Ansicht nach aufgeschlitzt hat, einmal demonstrieren?«

Corn zögerte kurz. Dann hob er die rechte Hand, neigte das Handgelenk und schlitzte mit einer kräftigen, stoßenden Abwärtsbewegung den imaginären Hals von James Case auf. »Etwa so«, sagte er. »Das wäre die Bewegung.«

»Danke.« Scheinbar verwirrt hielt Caroline einen Moment inne. »Aber hätten Sie nicht die linke Hand nehmen müssen? Vorausgesetzt, Sie wollten Brett Allen imitieren.«

Corn sah sie überrascht an und lächelte dann schwach. »Ich nehme an, ja.«

»Und warum stimmen Sie mir zu?«

»Die Fingerabdrücke auf dem Griff des Messers – auf dem Blut des Opfers – stammten von ihrer linken Hand.«

»Genau.« Caroline trat wieder vor die Anzeigetafel und wies auf ein Foto, das die klaffende Wunde im Hals des Toten zeigte. »Sie haben die Tiefe der Wunde am Hals des Opfers gemessen, richtig?«

»Ja.«

»Und war die Wunde gleichmäßig tief?«

»Natürlich nicht. Sie war erwartungsgemäß in der Mitte am tiefsten.«

»Aber war die Wunde an einer Seite tiefer als an der anderen?«

Aus dem Augenwinkel sah sie, wie Jackson sich rührte. »Soweit ich mich erinnere«, antwortete Corn, »war sie rechts tiefer.«

Caroline nickte. »Sagen Sie, Dr. Corn, ist Ihnen ein Phänomen vertraut, das man Schwalbenschwanzbildung nennt?«

Eine kurze Pause. »Ja.«

»Könnten Sie es für uns beschreiben?«

Corn warf einen Blick zu Jackson und sah dann wieder Caroline an. »Man geht in einer sehr allgemeinen Faustregel davon aus, daß die Eintrittswunde bei einem horizontalen Schnitt tiefer ist als die Austrittswunde.«

»Und in diesem Fall war die Wunde rechts tiefer.«

»Ja.«

Caroline machte eine Pause und verschränkte die Arme. »Und welche Rückschlüsse läßt das bei Annahme einer Schwalbenschwanzbildung über den Täter zu?«

»Einspruch.« Jackson trat vor. »Diese Frage fordert lediglich zur Spekulation auf und basiert auf einer Aneinanderreihung von unbewiesenen Vermutungen, beginnend mit der Bewegung, mit der der Mörder das Messer geführt hat.«

»Gegen die Mr. Watts keinerlei Einwände hatte, solange der Mörder Miss Allen war, die auf der Brust des Opfers hockte«, gab Caroline zurück. »Und auf eben dieser Grundlage bitte ich Dr. Corn um seine fachmännische Meinung.«

Nickend wandte sich Towle an Jackson. »Ich werde die Frage zulassen, Mr. Watts, und sie dann selbst gewichten.« Er wandte sich wieder Corn zu. »Sie dürfen die Frage beantworten.«

Corn sah Caroline unverwandt an. »Es ist in der Tat reine Spekulation. Aber wenn meine Annahme zur Entstehung der Verletzungen zutreffend ist und eine Schwalbenschwanzbildung angenommen wird, ist der Mörder wahrscheinlich Rechtshänder.«

Caroline spürte die Unruhe im Gerichtssaal hinter sich. »Danke«, sagte sie knapp. »Ich habe keine weiteren Fragen.«

10

»Und wirst du uns den wahren Mörder präsentieren«, fragte Jackson, »oder ziehst du ein namenloses Phantom vor?«

Caroline zuckte die Schultern. »Ich weiß noch nicht.«

Es war sechs Uhr, und sie standen unter den Bäumen auf dem Rasen vor dem Gerichtsgebäude von Connaughton County. Die Pressevertreter waren abgezogen, um ihre Storys zu schreiben – daß nämlich Caroline Jackson aufgefordert hatte, die Anklage fallenzulassen. Brett war ins Gefängnis zurückgekehrt, die anderen nach Masters Hill, so daß sie sich jetzt allein im Licht des frühen Abends gegenüberstanden.

Caroline streifte ihre Schuhe ab.

Jackson war gereizt – er behandelte sie mit einer Mischung aus Vertrautheit und Mißtrauen, sein Ton war spöttisch. Doch er hatte sie aus einem bestimmten Grund angesprochen, und sie ahnte auch, warum.

Caroline atmete tief ein, streckte ihr Gesicht in die untergehende Sonne und wartete. »Es ist komisch«, sagte sie. »Wenn man den ganzen Tag so eingesperrt ist, vergißt man, daß es da draußen noch eine Welt gibt.«

Die Hände in den Taschen sah Jackson sich um. Connaughton Falls lag im Zentrum des Tales, das Resolve umgab, und die Aussicht auf Hügel und Wälder war beiden seit ihrer Kindheit vertraut. »Hast du das je vermißt?« fragte er.

»Ein bißchen. Weil ich wußte, daß ich nie hierher zurückkehren würde.«

Jackson sah sie von der Seite an. »Tja, und jetzt bist du doch wieder da«, sagte er schließlich. »Und du bist die Beste, die ich je gesehen habe. Es gibt fähige Anwälte – wie mich –, und dann gibt es die, die noch ein wenig mehr haben.«

Sein Ton war distanziert und sagte: Wenn er ihre Talente anerkennen konnte, war er auch clever genug, sie zu schlagen. »Das hört sich an, als wäre Bretts Verteidigung nur eine Frage des Talents«, erwiderte Caroline. »Vielleicht solltest du die Möglichkeit in Betracht ziehen, daß es mehr ist.«

Jackson wandte sich ihr zu. »Bisher besteht Bretts Verteidigung aus einer Anhäufung von Möglichkeiten und Mutmaßungen, ›könnte sein‹, ›sollte sein‹ und ›vielleicht‹. Ich bin allerdings von deiner Fähigkeit beeindruckt, dich binnen zehn Tagen durch einen offensichtlichen Sumpf von Expertenmeinungen zu arbeiten und in jeder Zeugenaussage ein schwarzes Loch zu finden, aus dem du eine weitere ›Möglichkeit‹ ziehst.«

Caroline schüttelte den Kopf. »Die Löcher sind da, die Möglichkeiten real. Dein Problem – und das deiner Zeugen – ist, daß ihr, nachdem Megan Race mit einem Motiv aufgetaucht war, so viele Schlußfolgerungen gezogen habt, bis ihr fest geglaubt habt, ihr hättet es praktisch mit einem Mord in einem geschlossenen Raum zu tun: Andere Verdächtige brauchten sich erst gar nicht zu bewerben.«

Jackson steckte die Hände in die Taschen. »Ja«, sagte er scharf. »Megan, die morgige Zeugin.«

Er schien keine Antwort zu erwarten, also schwieg Caroline.

Nach einer Weile zog Jackson seine Anzugjacke aus, löste seine Krawatte und setzte sich, mit dem Rücken an einen Baum gelehnt. »Und für wen ist Megan das größte Problem? Für Brett, für mich oder für dich?«

Caroline setzte sich neben ihn und blickte auf die Wiese. »Für einen von uns beiden«, sagte sie leise. »Brett ist gar nicht im Rennen.«

»Und du willst mir nichts verraten.«

»Das kann ich nicht. Um Bretts willen. Es sei denn, du verzichtest ganz auf eine Anklage.«

»Das kann ich nicht, wie du verdammt gut weißt. Nicht ohne Grund.«

Caroline zuckte die Schultern. »Da wären wir also.«

Jackson wandte sich ihr zu. »Selbst wenn eine gründliche Durchsuchung ihrer Wohnung einige seltsame Fingerabdrücke zutage fördern würde?« fragte er leise.

Carolines Miene wurde verschlossen. »Wenn ich dich recht verstehe«, erwiderte sie kühl, »vermutest du einen Konflikt zwischen Bretts Interessen und meinen. Oder vielleicht auch meinen Ambitionen.«

Jackson schüttelte den Kopf. »Ich versuche, dich zu verstehen, Caroline. Und ich kann es nicht.«

Caroline legte die Fingerspitzen aneinander und die Hände in den Schoß. »Dann hilft es dir vielleicht, wenn ich dir erzähle«, sagte sie schließlich, »daß ich meine Ambitionen aufgegeben habe. Du bist jetzt der einzige von uns beiden, der noch Richter werden will.«

Sein stummer Blick blieb verständnislos. Instinktiv berührte sie seinen Arm. »Ich hätte jeden anderen Staatsanwalt vorgezogen, Jackson. Aber das ist auch alles, was ich dir dazu sagen kann.«

Er betrachtete ihre Hand. »Wegen Brett?«

»Ja.«

Langsam entzog Jackson ihr seinen Arm. »Dann laß uns Megan für einen Moment vergessen und diskutieren, wo wir stehen.«

Kurz kam sich Caroline auf seltsame Art einsam vor. Und dann spürte sie den Reflex ihres Erwachsenenlebens, das Zurückschalten der Gefühle zugunsten des Verstands. »Du willst mir Totschlag anbieten«, sagte sie.

Jackson lächelte freudlos. »Wie hast du das nur erraten?«

»Gibt es dazu auch schon ein empfohlenes Strafmaß?«

»Zehn Jahre.« Sein Lächeln erstarb. »Das Angebot gilt nur einen Tag. Gib mir bis zum Beginn des morgigen Verhandlungstages Bescheid.«

Caroline spürte, wie sie innerlich erkaltete. »Ich dachte, es ginge nicht um deine Starzeugin. Und was ich möglicherweise für sie in petto habe.«

Jackson kniff die Augen zusammen. »Und ich dachte, du hättest keine Gewissenskonflikte.« Er machte eine Pause. »Ich weiß nicht, was du für Megan bereithältst. Aber ich kann die Anklage, die wir aufgebaut haben, jetzt nicht mehr einfach fallen lassen, und Fred Towle wird mich schon nicht abblitzen lassen. Weil es bei all deinen bisherigen Fragen um begründete Zweifel und nicht um den hinreichenden Tatverdacht ging. Und einer Jury in New Hampshire mußt du schon etwas mehr bieten als ein Schattenspiel um einen rechtshändigen Dealer mit Handschuhen, der an den Tatort gepaddelt ist, während Brett schwimmen war, James' Kehle durchgeschnitten hat und ebenso unbemerkt wieder von dannen gepaddelt ist. Am Ende kauft dir das keiner ab.«

Caroline fürchtete, daß er damit recht haben könnte. »Warum dann das Angebot?«

»Weil ich vermute, daß du eine Jury in Anbetracht von Bretts Trunkenheit und Eifersucht glauben machen kannst, sie hätte ohne Vorsatz gehandelt. Was du ihr allerdings nicht garantieren kannst, sind die zehn Jahre.« Sanft fuhr er fort: »Dann ist sie mit zweiunddreißig wieder draußen, und der Rest ihres Lebens gehört ihr. Kein besonders hoher Preis für das, was wir eben auf den Fotos gesehen haben.«

»Vielleicht werden diese Fotos nie als Beweismittel zugelassen«, gab Caroline zurück, »zumindest die von Brett nicht. Denn das meiste, was du hast, läßt sich direkt auf Bretts erste Aussage gegenüber Mann zurückführen, die ich mit Sicherheit vom Tisch bekomme. Und damit wird eine ganze Reihe von weiteren Indizien – die Fotos, die Untersuchung von Brett, die Durchsuchung ihres Grundstücks, ihre zweite Aussage – zu buchstäblich verbotenen Früchten.«

Jackson stützte seine Arme auf die Knie und sah sie ruhig an. »Ich kann dir sagen, was passieren wird. Wahrscheinlich kannst du erreichen, daß Bretts erste Aussage nicht zugelassen wird, mit viel Glück vielleicht sogar ihre zweite. Aber sämtliche Indizien, die sich auf den Fund der Leiche zurückführen lassen, finden Berücksichtigung, weil wir sie auch ohne ihre Hilfe gefunden hätten. Und beim Prozeß wird Brett ihre Geschichte so oder so erzählen und mir oder meinem Nachfolger Gelegenheit zum Kreuzverhör geben müssen. Weil keine vernünftige Jury ihr vergeben würde, wenn sie sich angesichts all dieser Indizien nicht erklären würde.«

Caroline starrte ihn an. »Oder deinem Nachfolger?« wiederholte sie.

»So ist es. Ich habe das Gefühl, daß ich diesen Fall nicht so genieße, wie ich es eigentlich tun sollte.«

Caroline lehnte sich zurück. War es Widerwillen oder Klugheit, fragte sie sich; sie konnte seinen inneren Druck förmlich spüren. Entweder es war Widerwillen an dem, was er tat, die Furcht, seinen Richterposten zu verspielen, oder im Laufe der Jahre hatten die Zweifel überhandgenommen. Aus eigener Erfahrung vermutete sie, daß es eine Mischung aus allem war.

»Hättest du dir auf der High School vorstellen können, daß wir einmal dieses Gespräch führen würden?« fragte sie schließlich.

Jackson schenkte ihr sein knappes, schräges Grinsen, das sich seit damals kaum verändert hatte. »Selbst wenn ich es mir hätte vorstellen können, Caroline, hätte ich trotzdem nie ahnen können, wie es sich anfühlt.«

Caroline schwieg einen Moment, ohne recht zu wissen warum. Dann ging es ihr auf: Dies war wahrscheinlich das letzte freundliche Gespräch, das sie mit Jackson Watts führen würde.

Sie wandte sich ab und blickte auf den Rasen, die Bäume und ihre länger werdenden Schatten.

»Ich werde mit Brett reden«, sagte sie. »Aber wenn du nach wie vor entschlossen bist, Megan aufzurufen, würde ich sie für ihren Auftritt bereithalten.«

Es war seltsam, dachte Caroline: Heute abend schien alles an Brett vor unterdrückter Angst zu beben – ihre lebhaften grünen Augen, ihre braunen Locken, die raschen Bewegungen ihrer Hände. Sie wirkte sehr viel echter, als Caroline sich selbst fühlte. Deswegen überraschte sie Bretts langes Schweigen.

»Vielleicht habe ich es nicht gut erklärt«, sagte Caroline.

»Du hast es wunderbar erklärt.« Bretts Blick war fest und durchdringend. »Zehn Jahre und raus. Ich versuche nur zu ergründen, was du mir nicht sagst.«

Caroline spürte, wie ein Gedanke den anderen kreuzte. Und dann fiel ihr jener Moment in einem spektakulären Mordprozeß wieder ein, in dem ein Prominenter angeklagt war, seine Frau brutal ermordet zu haben, der Moment, in dem sie gewußt hatte, daß er schuldig war – es war der Tag, an dem der Angeklagte, ermutigt von seinem PR-Berater, eine Belohnung auf den ›wahren‹ Mörder der geliebten Mutter seiner beiden kleinen Kinder ausgesetzt hatte. »Ich habe mich gefragt«, meinte Caroline schließlich, »was du wohl sagen würdest, wenn ich dich fragte, wer James deiner Meinung nach ermordet hat. Ein Dealer?«

»Nein, das glaube ich inzwischen nicht mehr.« Bretts Blick blieb fest. »Genausowenig wie du.«

Überrascht zögerte Caroline. »Aber wer dann?«

»Der Gedanke macht mir angst.« Brett schwieg einen Moment. »Ich habe mir den ganzen Tag diese Bilder angesehen und seither an nichts anderes mehr denken können.« Leise und nachdrücklich sprach sie weiter. »Es gibt die Erinnerung, und es gibt Dinge, die weiß man einfach. Und ich weiß, daß ich ihm so etwas nie hätte antun können. Und ich kenne auch niemanden, der das könnte.«

Caroline betrachtete sie in dem kargen Raum mit den gelben Wänden und hörte den Widerhall anderer Gespräche in anderen Räumen, in denen Risiken gegen Jahre abgewogen worden waren. Und doch war es diesmal ganz anders.

»Aber was denkst du, Caroline?« Brett schlug einen ironischen Ton an. »Ich verbeiße mich so in meine Unschuld, daß ich ganz vergesse, daß du meine Anwältin bist.«

Caroline zuckte innerlich zusammen. »Vielleicht habe ich nicht die Distanz, die ich haben sollte.«

Aus ihren eigenen Sorgen gerissen, warf Brett ihr einen kurzen, fragenden Blick zu, bevor sie leiser fortfuhr: »Die letzten drei Tage waren schrecklich. Manchmal fällt es mir schwer, mir vorzustellen, wie jemand anders sie empfunden hat. Oder es auch nur versuchen zu wollen.«

»Das brauchst du auch gar nicht. Aber ist dir mein Rat so wichtig?«

»Ja«, sagte Brett ruhig. »Jetzt ist er mir wichtig.«

Caroline atmete tief ein. »Ich würde Jacksons Angebot nicht annehmen.«

Bretts Blicke durchbohrten sie. »Warum?«

»Weil jeder kompetente Verteidiger diesen Handel auch noch später kriegen kann – selbst *Jacksons* Fall schreit im Grunde nach Totschlag.« Caroline machte eine Pause und spürte das Gewicht ihrer Worte. »Aber ich habe natürlich auch leicht reden. Wenn du jetzt die zehn Jahre nimmst, gibt es für dich keine Unwägbarkeiten mehr. Keinen Prozeß, kein Warten, keine Angst. Du fängst einfach an, deine Zeit abzusitzen, und hoffst, daß dir nach deiner Entlassung noch irgendein Leben bleibt – vielleicht eine berufliche Karriere oder Kinder, wer weiß. Möglicherweise ist Jacksons Nachfolger aber auch ein echter Hardliner, und du kriegst diesen Deal nie wieder angeboten.« Aufgewühlt fuhr Caroline fort: »Aber ich kann dir nicht dazu raten, Brett. Denn obwohl es mir angst macht, es laut auszusprechen, glaube ich, daß ich etwas Besseres für dich herausholen kann.«

Brett sah sie voller Hoffnung und Zweifel an. Nach einer Weile fragte sie leise: »Wegen Megan?«

Caroline sagte lange Zeit nichts. »Ja«, antwortete sie dann. »Zumindest wegen Megan.«

11

Es gab Tage im Gerichtssaal, an denen die Spannung förmlich mit Händen zu greifen war. Manchmal spürten das nur die Anwälte, in anderen Fällen auch die Zuschauer. Doch Megan Race strahlte noch etwas anderes aus: das Gefühl, daß dies für sie ein großer Augenblick war.

Sie schien sich jedes Aspektes bewußt zu sein – der Reporter, der Masters-Familie, der Bedeutung ihrer eigenen Aussage –, wie eine Schauspielerin, die vorgibt, das Publikum zu ignorieren, aber durch ihre Haltung, spezielle Gesten, die Art, ein Wort auszusprechen, oder ein verräterisches Schweigen zu erkennen gibt, daß sie sich ihrer Zuschauer sehr wohl bewußt ist. Sobald Megan den Zeugenstand betreten hatte, stolz und aufrecht, zog sie eine gespannte Aufmerksamkeit auf sich.

Caroline war sich ziemlich sicher, daß nur sie allein ahnte, daß es zu einem der seltensten Ereignisse in einem Gerichtssaal überhaupt kommen konnte, dem psychischen Zusammenbruch einer Persönlichkeit, und das war kein angenehmes Schauspiel. Doch dies war nur der geringste der zahlreichen Gründe, die sie hatten wünschen lassen, daß dieser Tag nie angebrochen wäre.

Caroline hatte Jackson unter vier Augen in einer Ecke der Lobby mitgeteilt: »Brett kann nicht auf das Angebot eingehen. Sie beharrt auf ihrer Unschuld.«

Jackson sah sie schweigend an; er wirkte so gedrückt, wie Caroline sich fühlte. »Darf ich fragen, was du ihr geraten hast?« sagte er schließlich.

»Das gleiche, fürchte ich.« Caroline zuckte die Schultern. »Da wären wir also.«

Jackson beobachtete sie noch einen Moment. »Ich versuche die ganze Zeit, dich zu verstehen«, sagte er. »Du kannst ihr doch nicht wirklich glauben, oder?«

»Ich habe angefangen, die Möglichkeit ernsthaft in Erwägung zu ziehen, Jackson. Und das solltest du auch.« Caroline zögerte. »Ich wünschte wirklich, wir könnten über Megan reden. Aber das ist nicht in Bretts Interesse.«

Jackson lächelte freudlos. »Nun denn«, sagte er, drehte sich um und betrat den Gerichtssaal. Caroline sah ihm nach. Für sie war der Moment trauriger, als er ahnen konnte.

Doch als sie neben Brett am Verteidigertisch Platz nahm, wußte sie wieder, warum sie gekommen war.

Brett begriff natürlich nichts von all dem. Ihre ganze Aufmerksamkeit galt Megan: Sie beobachtete sie mit einem kühlen Zorn, den Caroline seltsam ermutigend fand.

»Was für ein Mensch würde Gefallen an so etwas finden?« murmelte Brett.

Genau das ist es, dachte Caroline, und Brett hatte es instinktiv erfaßt: Megan hatte etwas Narzißtisches an sich, und der volle Gerichtssaal nährte diesen Narzißmus. So sehr sie sich auch wegen Caroline sorgen mochte, am Ende würde sich Megan nicht zurückhalten können.

»Mach dich auf einen langen Vormittag gefaßt«, flüsterte Caroline Brett zu. »Aber danach wird es besser.«

Mit erhobenem Kopf, den Blick stur geradeaus, schwor Megan, die Wahrheit zu sagen.

Ein letztes Mal drehte sich Caroline zu ihrer Familie um. Ihr Vater fixierte Megan mit eisigem Blick, so wie man ein Insekt betrachten würde, was Caroline noch beunruhigender fand als seine Wut. Unwillkürlich blickte Caroline zu ihrer Schwester.

Betty mangelte es an den Talenten ihres Vaters: Ihr blasses Gesicht war angst- und wutverzerrt. Caroline wußte, daß die Wut viel tiefer ging, auch wenn sie letztlich nicht komplizierter war als die Empörung einer Mutter, deren Kind vom Rabauken aus der Nachbarschaft drangsaliert wird. Doch es war die Furcht, daß ihr das, was ihr am wertvollsten war, aus Gründen, die sie nicht begreifen konnte, genommen werden sollte. Glücklicherweise wußte ihre Schwester nicht, daß es Larry war, der mit seinem Bruch ihres Vertrauens dazu beigetragen hatte, Brett in Gefahr zu bringen; nicht einmal Caroline würde genießen können, was das ihrer Schwester antun würde.

Larry saß neben ihr und faßte Bettys Hand, unfähig, Megan anzusehen. Mit einer gewissen Unbarmherzigkeit vergewisserte Caroline sich, daß er sie gesehen hatte. Erst als er den Blick abwandte, drehte sich auch Caroline um.

Ihr könnt mich alle mal, dachte sie.

Unter dem Tisch berührte sie Bretts Hand und spürte, wie sich die Finger des Mädchens um die ihren schlossen. Leise sagte sie: »Keine Angst.«

Im Zeugenstand war Megan ein Abbild trauervoller Würde.

Sie trug ein konservatives, dunkelblaues Kostüm, wie man es zu einem Bewerbungsgespräch tragen würde. Und genauso behandelte Jackson sie auch in ihren ersten Momenten vor den Augen der Öffentlichkeit.

»Welchen Notendurchschnitt haben Sie bis jetzt am Chase College gehabt?«

Megan faltete die Hände. »Eins Komma vier«, sagte sie. »Das heißt, fast nur glatte Einsen.«

Ihr ganzes Auftreten wirkt einen Hauch hochnäsig, dachte Caroline. Jackson kam rasch auf den anrührendsten Teil ihrer Lebensgeschichte zu sprechen. Megan hatte die High School mit Auszeichnung abgeschlossen und ein Teilstipendium fürs Chase College bekommen. Ihr Vater war gestorben, als sie zwölf war. Sie selbst arbeitete, um ihr Studium mitzufinanzieren. Mit einer gewissen Faszination beobachtete Caroline, wie Jackson Megans Persönlichkeit in ein strahlendes Licht rückte, und fragte sich, ob er ahnte, daß das einzig wirklich wichtige Detail der Verlust des Vaters war.

»Und Sie und Ihre Mutter stehen sich nahe?« fragte Jackson.

»Sehr. Nach Dads Tod waren wir nur noch zu zweit. Doch es war sein Traum, daß ich aufs College gehe, und wir haben uns diesem Traum verschrieben.« Sie machte eine Pause und schlug den Blick nieder. »Bis jetzt war meine Studienzeit hier, als ob sein Traum wahr geworden wäre.«

»Jetzt geht's los«, murmelte Caroline.

Jackson machte eine Pause, als wolle er Megan Zeit lassen, sich wieder zu fassen. »Kennen Sie die Angeklagte Brett Allen?«

Zum ersten Mal wandte sich Megan Brett direkt zu; ihr kurzer Seitenblick auf Caroline wirkte gleichzeitig verstohlen und trotzig. »Ja«, sagte sie.

Bei dieser Antwort überschlug sich ihre Stimme ein wenig. Caroline mußte zugeben, daß Megans Vorstellung bisher fast perfekt war. »Nicht weggucken«, flüsterte Caroline Brett zu. »Laß sie deine Anwesenheit spüren.«

»Und kennen Sie noch andere Mitglieder der Familie?« fragte Jackson.

Aus dem Augenwinkel sah Caroline, wie Larry den Blick senkte. »Ihren Vater.« Megan faltete die Hände. »Doch nur als Professor eines Seminars, in dessen Büro ich gekommen bin, wenn ich eine Frage hatte.«

Larry starrte weiter zu Boden. »Und mit welcher Note haben Sie das Seminar abgeschlossen?« fragte Jackson.

»Mit Eins.«

Jackson machte eine erneute Pause. »Hegen Sie irgendwelche Animositäten gegen ein Mitglied der Allen-Familie?«

Megan reckte das Kinn, was ihren langen, schlanken Hals zur Geltung brachte. Caroline bemerkte, daß ihr blondes Haar sorgfältig gestutzt worden war, so daß es die Schultern kaum berührte. »Nur gegen eins«, sagte Megan schließlich. »Gegen Brett Allen.«

Eine gute Antwort, dachte Caroline; Megans Auftritt war zumindest sorgfältig einstudiert worden.

»Können Sie uns den Grund für diese Animosität nennen, Miss Race?«

Sie riß entsetzt die Augen auf, als sei ihr der erlittene Verlust plötzlich ins Gedächtnis zurückgerufen worden. Leise sagte sie: »Weil James Case und ich uns geliebt haben.«

Eine schlichte, ernste Antwort, dachte Caroline, der man Jacksons guten Rat anhören konnte. Auch er senkte jetzt die Stimme. »Und wie lange hat diese Beziehung gedauert?«

Megan reckte erneut das Kinn. »Sie begann im Februar. Und dauerte bis zu dem Tag, an dem er starb.«

»Und Sie hatten eine intime Beziehung?«

»Ja, sie war sehr intensiv.« Zum ersten Mal schwang Stolz in Megans Stimme mit. »Physisch wie emotional.«

Bretts Lippen wurden schmal. Caroline hingegen verspürte einen Schauder des Unbehagens, weil sie nicht die Behauptung einer intimen Beziehung, sondern die Sehnsucht danach hörte, das traurige Geheimnis dieser jungen Frau, die Caroline in einem einsamen, ungeschützten Moment beobachtet hatte, wie sie sich selbst im Spiegel berührte.

Als ob sie ihre Gedanken gelesen hätte, blickte Megan zu Caroline. Caroline lächelte schwach. Als Jackson erneut die Stimme erhob, schien Megan zusammenzuzucken.

»Wie oft haben Sie sich gesehen?« fragte Jackson.

Ein abwesendes Zögern. »Mindestens zweimal die Woche.«

»Warum nicht öfter?«

»Ich muß abends arbeiten und natürlich noch etwas fürs College tun – mein Stipendium ist an einen bestimmten Notendurchschnitt geknüpft, und das Geld reicht trotzdem nicht ganz.« Megan ließ ihre Stimme sinken. »Außerdem brauchte James Zeit, um zu einer Entscheidung zu kommen.«

»Worüber?«

Megan faßte sich ans Schlüsselbein; für Caroline hatte die Geste etwas von verwitweter Sinnlichkeit, die Erinnerung an die Berührung des Geliebten. »Er mußte sich entscheiden zwischen Brett«, sagte sie leise, »und dem, was er bei mir gefunden hatte.«

In Bretts Gesicht standen Wut und Abscheu; Caroline spürte, daß sie bei all ihrer scheinbaren Sprunghaftigkeit das Mißbehagen der Neu-Engländer gegenüber jeder Form von Selbstinszenierung teilte. Doch Carolines zweiter Gedanke ging tiefer, als rational zu rechtfertigen war – in diesem Augenblick wirkte Brett auf sie viel zu echt, als daß darunter eine zweite Brett schlummern könnte, die von Drogen und Alkohol zum Leben erweckt werden konnte.

»Sie waren sich also der Tatsache bewußt, daß James mit Brett zusammen war, als sie Ihre Beziehung begannen?«

»Ja.« Megans Ton wurde ein wenig traurig. »Er suchte ganz offensichtlich nach einem Weg aus dieser Beziehung. Aber wie so viele Männer hatte er ein fehlgeleitetes Schuldgefühl.«

Caroline machte sich nicht die Mühe aufzustehen. »Ich frage mich, euer Ehren, ob wir uns an das halten können, was Mr. Case getan hat, anstatt uns Miss Race' Wunschvorstellungen über seine Persönlichkeit anzuhören. Vorausgesetzt, sie kennt den Unterschied.«

Obwohl sanft, strahlte Carolines Tonfall eine solche Feindseligkeit aus, daß Jackson – der von ihr offenbar ein vorsichtigeres Vorgehen erwartet hatte – sie ehrlich überrascht ansah, eine Reaktion, die sich auch in Towles gewölbten Brauen widerspiegelte. »Nun, es ist wahrscheinlich das beste, die Ereignisse für sich selbst sprechen zu lassen«, bemerkte der Richter. Er wandte sich Megan zu und fügte höflich hinzu: »Falls das möglich wäre, Miss Race.«

Doch Megan starrte Caroline an, ihr stolzer Blick war starr geworden. *Das paßt dir nicht, was?* dachte Caroline. »Vielen Dank, euer Ehren«, sagte sie zu Towle, ohne den Blick von Megan abzuwenden.

»Es gab jedenfalls eine Zeit«, fuhr Jackson rasch fort, »in der James sich sowohl mit Ihnen als auch mit Miss Allen getroffen hat?«

Megans Kopf schnellte in Jacksons Richtung. »Ja.«

»Und wußte Miss Allen davon?«

»Ja.«

»Wie wollen Sie das wissen?«

Einen Moment lang wirkte Megan beunruhigt. »Zunächst konnte ich fast nicht glauben, was James mir sagte. Daß sie uns verfolgen würde.«

Es war nett gemacht, dachte Caroline; eine bizarre Episode, die durch James' Tod rückblickend zur Horrorgeschichte geworden war. Diesmal stand Caroline auf. »Antrag auf Streichung aus dem Protokoll«, sagte sie. »Miss Race' Aussage über James' vermeintliches Wissen ist ganz offensichtlich Hörensagen.«

»Natürlich«, gab Jackson zurück. »Was jedoch bei einer üblichen Ausnahme zulässig ist – wenn es nämlich nicht wegen des Wahrheitsgehaltes der Aussage an sich vorgebracht wird, sondern als Beschreibung von Mr. Case' Geistesverfassung...«

»Und was soll das Ganze?« fauchte Caroline.

»Es soll unter anderem helfen, Mr. Case' späteres Verhalten sowohl gegenüber Miss Race als auch gegenüber Miss Allen zu erklären.«

Towle nickte und wandte sich Caroline zu. »Ich werde es zulassen, Miss Masters.«

Caroline setzte sich wieder. Wie erwartet hatte die minimale Bestätigung Megan ein Gefühl des Triumphs vermittelt; ihre Augen schienen zu blitzen, als sie sich kurz und gebieterisch im Gerichtssaal umsah, bevor sie den Kopf senkte und wieder in ihre Rolle zurückschlüpfte.

»Haben Sie irgendwann auch selbst die Erkenntnis gewonnen, daß Brett Allen Ihnen folgte?« fragte Jackson sie.

Ein knappes, widerwilliges Nicken. »Ja.«

»Und wann war das?«

Megan starrte ins Leere, wieder mit diesem glasigen Blick erinnerten Entsetzens. »Sie platzte in James' Apartment und hat uns zusammen erwischt.«

Caroline sah, wie Brett neben ihr die Tischkante packte. »Unter welchen Umständen?« fragte Jackson.

Megan schloß halb die Augen; ihr Tonfall war eine seltsame Mischung aus Zurückhaltung und Stolz. »Wir haben miteinander geschlafen. In James' Bett.«

»Wie erleichternd«, flüsterte Caroline. Doch Brett schien sie nicht zu hören. Stumm faßte Caroline Bretts Hand.

»Ich weiß, daß Ihnen das schwerfallen muß«, sagte Jackson, »aber können Sie uns schildern, was vorgefallen ist?«

Megan machte eine Pause und wandte den Blick ab. »James lag auf mir, so daß ich es war, die sie zuerst gesehen hat.«

»Und weiter.«

Sie schüttelte ungläubig den Kopf. »Brett hatte die Augen weit aufgerissen und starrte uns an. Und dann lächelte sie dieses irre, haßerfüllte Lächeln. Ich glaube, ich habe geschrien – ich bin mir nicht sicher. Ich weiß nur noch, wie James' Augen sich mit Angst füllten, bevor er sich umdrehte, um sie anzusehen. Zunächst hatte sie es auf mich abgesehen. Sie nannte mich eine Hexe und versuchte, sein Gesicht zu zerkratzen, um an mich heranzukommen.« Wie instinktiv berührte Megan ihre Wange. »Ich war so perplex, daß ich mich nur mit dem Laken bedeckt habe...«

Bretts auf den Tisch gepreßte Finger waren weiß. »Unsere Zeit wird kommen«, flüsterte Caroline.

»Aber James war wundervoll.« Megan hielt inne und schüttelte den Kopf. »Ich weiß nicht, wie, aber er hat seine Arme um sie gelegt, so daß sie sich nicht mehr bewegen konnte. Sie hat sich gewunden und gezappelt...« Ihre Stimme erstarb.

»Ja?«

»Und dann hat sie den Oberkörper zurückgebeugt, ihm ins Gesicht gespuckt und gesagt: ›Dafür bring ich dich um.‹«

Caroline dachte an Brett, und ihr Magen krampfte sich zusammen.

Megan hob den Kopf. »Das Bild werde ich nie vergessen«, sagte sie mit neuer Klarheit. »James mit der Spucke im Gesicht, ihre furchterregenden grünen Augen. Und dann sagte sie es ganz leise noch einmal. Um sicherzugehen, daß er es auch gehört hat. ›Ich bringe dich um.‹«

Megan faßte sich an die Stirn. »Und dann war sie auf einmal weg.«

Diese leicht zitternd vorgebrachten letzten Worte hallten bedeutungsschwer nach: Brett war nicht weg, raunten sie. Sie *hatte* ihn umgebracht.

»Alles wird gut«, murmelte Caroline.

Doch Jackson ließ den Moment in der Luft hängen – er spiegelte sich in Towles verhalten unglücklicher Miene, im Blick der wie wild mitschreibenden Gerichtsstenographin, die ihre Augen nicht von Megan wenden konnte. Vor allem jedoch in Megan selbst, die auf einmal so still, so offensichtlich abwesend wirkte, daß man verstehen konnte, wie sie Jackson seinen Fall gestohlen hatte.

Sanft fragte er: »Und welche Auswirkung hatte das auf ihre Beziehung zu James?«

»Er hat sich weiter mit ihr getroffen.« Megan klang jetzt ausgelaugt, als ob sie eine Tragödie vortrug, die sie in- und auswendig kannte, ohne das Ende verhindern zu können. »Sie hat gedroht, sich umzubringen, wissen Sie.«

Brett beugte sich vor. »Mein Gott...«

»Einspruch.« Wieder war Caroline aufgestanden. »Erneut Hörensagen. Und um wessen Geistesverfassung geht es jetzt?«

»Um die des Opfers«, sagte Jackson knapp. »Wie meine nächste Frage zeigen wird.«

Towle nickte. »Fahren Sie fort.«

Jackson wandte sich wieder Megan zu. Sie wartete, geduldig, höflich, niedergeschlagen: Caroline hatte das Gefühl, daß ihr ganzes Gebaren vermitteln sollte, daß sie nicht Rache suchte, sondern dem Mann, den sie liebte, die Treue hielt.

»Hat das die Umstände Ihrer weiteren Treffen mit James beeinflußt, Miss Race?«

Megan nickte langsam. »James sagte, er wollte sie loswerden, doch er fühlte sich auch für sie verantwortlich. Ich denke, er hat wirklich geglaubt, daß Brett sich etwas antun könnte, wenn er mit ihr Schluß macht.« Megan legte ihre Fingerspitzen aneinander.

»Also begann für uns eine Zeit, die mir damals endlos vorkam und heute so kurz erscheint – eine Zeit, in der ich fast so etwas wie James' Geliebte wurde, ein geheimes Verhältnis, von dem niemand ewas wissen durfte. Also haben wir die Nächte zusammen bei mir verbracht.

Wir haben uns mit keinem Menschen getroffen – es war, als ob wir nur sicher waren, solange wir unser Geheimnis wahrten. Ein Teil von mir haßte es. Aber heute erinnere ich mich daran, wie er mir Gedichte vorlas oder Szenen aus seinen Stücken vorspielte, und mir wird klar, daß wir entdeckt hatten, daß wir sonst keinen brauchten. Daß das, was uns physisch und geistig verband, genug war, um meine kleine Wohnung in eine bunte Welt zu verwandeln.« Sie hob erneut das Kinn. »Wir brauchten niemanden.«

Ja, dachte Caroline, das ist der Mensch, den ich erwartet habe. Jackson wirkte zum ersten Mal leicht beunruhigt. »Aber Sie waren weiter zusammen«, sagte er.

»O ja. Manchmal dachte ich mir, du bist ein Idiot.« Megan schenkte ihm ein schwaches, warmherziges Lächeln. »Aber am Ende wußte ich, daß es richtig gewesen war zu warten. In der Nacht vor seinem Tod kam James zu mir. Wir schliefen miteinander, es war wunderschön. Es hatte fast etwas Verzweifeltes, so daß ich Angst bekam, ihn zu verlieren. Ich dachte, er sei gekommen, um mir zu sagen, daß es vorbei sei und daß ihm das so weh tat, daß er mir ein letztes Mal so nahe wie möglich sein wollte.«

Caroline sah, wie Brett zusammenzuckte; die Schilderung mußte so sehr nach James geklungen haben, daß sie sich fragte, ob es wahr war. Caroline dachte, daß Megans Tragödie in einer Art fehlgeleiteter Sensibilität lag; ihr Verständnis und Gespür für andere Menschen war fast unheimlich, aber eben unvollkommen. Deswegen hörte sich ihre Version jener letzten Tage auch irgendwie echt an.

Megan sah Brett jetzt direkt an. »Doch ich hatte mich geirrt«, sagte sie leise. »James war gekommen, um mich zu bitten, mit ihm nach Kalifornien zu gehen...«

Brett öffnete stumm den Mund. »Was haben Sie gesagt?« fragte Jackson leise.

»Daß ich ihn liebe, daß ich aber gegenüber meiner Mutter und dem Andenken meines Vaters eine Verpflichtung hätte. Und daß er, bevor ich versuchen würde, all das in Einklang zu bringen, erst einmal offen zu *uns* stehen müßte.« Ihre Stimme wurde fest. »Ich habe ihm gesagt, er sollte zu Brett gehen, ihr alles sagen und ihr erklären, daß er sie nie wieder sehen würde.«

»Und was hat er gesagt?«

»Daß er das tun wolle.« Megan starrte Brett jetzt anklagend an, doch ihre Stimme blieb ruhig. »Er hat mir versprochen, Mr. Watts, daß er es ihr an dem Abend sagen wollte, an dem er dann gestorben ist.«

Bretts Gesicht strahlte auf einmal nicht mehr Zorn, sondern Verletztheit aus – als ob sie, wie sie es auf Carolines Drängen schon einmal getan hatte, der Wahrheit ihrer eigenen Erinnerung mißtraute. Jackson schien sich Megan fast zaghaft zu nähern, als würde er ihre Trauer nur widerwillig stören. »Und wo waren Sie an jenem Abend?«

»Allein in meiner Wohnung.« Auf einmal standen Tränen in Megans Augen. »Ich habe mit einer Flasche Sekt auf James gewartet. Nachdem er ihr die Wahrheit gesagt hatte, wollte James zu mir kommen, verstehen Sie ...«

Und dann versagte Megans Stimme.

»Perfekt«, murmelte Caroline.

12

Caroline stand auf und sah Megan halb lächelnd an. Megan schien zu erwarten, daß Caroline auf sie zukommen würde, und straffte ihre Schultern. Doch Caroline blieb am Tisch der Verteidigung stehen.

»Hallo, Megan.«

Carolines leiser, ein wenig trauriger Gruß ließ Megan hochschrecken. Argwöhnisch antwortete sie: »Hallo.«

Für Caroline gab es jetzt keine Nebengeräusche und keine Zuschauer mehr, niemanden außer dem Mädchen vor ihr. »Der von Ihnen geschilderte Zwischenfall, ich meine, der Tag, an dem Brett Sie und James zusammen im Bett erwischt hat, wann war das?«

Megan faltete die Hände. »Im April.«

»Und wie oft haben Sie James danach noch gesehen?«

Megan preßte die Lippen aufeinander. »Wie gesagt, ein- bis zweimal die Woche. In meiner Wohnung.«

»Haben Sie sich je mit anderen Menschen getroffen?«

»Nein. Wir brauchten Zeit für uns.«

»Oder sind Sie irgendwo hingegangen?«

»Nein«, sagte Megan barsch. »Ich habe doch schon ausgesagt, daß James sich Sorgen wegen Brett machte.«

Caroline neigte ihren Kopf. »Hatten Sie Angst?«

Ein verspätetes Nicken. »Zwangsläufig.«

»Haben Sie je mit irgend jemandem darüber gesprochen?«

»Mit James natürlich.«

»Mit niemandem sonst?«

Eine kurze Pause. »Nein. Es war für mich sehr schmerzlich und emotional aufwühlend.«

Caroline nickte verständnisvoll. »Könnte man sagen, daß James zumindest bis zum jetzigen Zeitpunkt die Liebe Ihres Lebens war?«

Megan hob erneut stolz den Kopf. »Ja, so ist es.«

»Dann würden Sie also auch sagen, daß er, als er starb, der Mensch war, der Ihnen am nächsten stand?«

»Ja«, bestätigte Megan prompt, bevor sie einschränkend hinzufügte, »außer meiner Mutter.«

Caroline nickte erneut. »Wie oft sprechen Sie mit Ihrer Mutter?«

Megan schwieg einen Moment. »Zwei- bis dreimal die Woche. Manchmal mehr, manchmal weniger.«

»Haben Sie James ihr gegenüber je erwähnt?«

Megan kniff die Augen zusammen. »Wie meinen Sie das?«

»Ich meine, seine Existenz.«

Megan schien zu erröten. »Natürlich.«

»Wie oft?«

Megan zögerte, bevor sie leise antwortete: »Zwei- oder dreimal.«

»Zwei- oder dreimal? Was haben Sie ihr über ihn erzählt?«

Megan preßte den Mund zusammen. »Ich weiß nicht mehr genau. Ich bin sicher, sie weiß, daß ich mich mit ihm getroffen habe.«

»Nicht, daß Sie ihn geliebt haben?«

Megan starrte sie lange ärgerlich an. »Ich weiß wirklich nicht mehr genau, was ich gesagt habe. Ich spreche mit meiner Mutter über viele Dinge.«

»Bestimmt. Zufälligerweise auch über Bretts Drohungen gegen James?«

Megan zögerte. »Ich glaube nicht.«

»Oder darüber, daß sie Sie verfolgt hat?«

»Ich kann mich nicht erinnern.«

Caroline zog eine Braue hoch. »Haben Sie James Ihrer Mutter gegenüber nach dem Zwischenfall im April überhaupt noch einmal erwähnt?«

Zum ersten Mal blickte Megan in Jacksons Richtung. »Ich bin hier«, sagte Caroline leise. »Und Mr. Watts kann Ihnen nicht helfen. Er weiß genau, warum ich diese Fragen stelle.«

Jackson sprang auf, um seiner Zeugin eine Atempause zu verschaffen. »Anstatt der Zeugin Vorträge zu halten, könnte Miss Masters die Frage vielleicht wiederholen.«

Caroline sah ihn nicht an. »Megan«, sagte sie leise, »haben Sie James, nachdem Brett Sie mit ihm zusammen im Bett erwischt hat, Ihrer Mutter gegenüber je wieder erwähnt?«

Megan starrte auf ihren Schoß. »Ich kann mich nicht erinnern. Die Lage, in der James und ich uns befanden, war, wie gesagt, ziemlich peinlich.«

»Dachten Sie nicht, daß Ihre Mutter Ihnen vielleicht helfen könnte?«

Megan runzelte die Stirn. »Ich wollte sie nicht aufregen.«

Caroline schaute überrascht. »Es ist kaum zu glauben, daß Sie mit niemandem mehr über ihn gesprochen haben. So wichtig, wie James für Sie war.«

Megan zögerte. »Ich erinnere mich wirklich nicht. Es war wichtiger für mich, mit James zusammenzusein als über ihn zu reden.«

Caroline schwieg eine Weile. »Es ist also zutreffend, daß Sie nach dem Zwischenfall im April mit keinem Menschen mehr über James gesprochen haben?«

Megan warf Caroline einen kurzen, feindseligen Blick zu. »Ich kann mich nicht erinnern.«

»Hat Sie nach April noch jemand zusammen gesehen?«

»Ich weiß es nicht.«

»Haben Sie und James die Wohnung je verlassen?«

»Nein.«

»Haben Sie jemals Leute eingeladen, wenn er da war?«

»Nein.«

»Wann kam er vorbei? An Wochenenden oder wochentags?«

Megans Miene war starr. »Wochentags. Immer abends.«

»An bestimmten Abenden?«

»Nein. Nur wenn er konnte und ich konnte.«

»Was genau haben Sie zusammen gemacht?«

»Das ist unsere Privatsache«, erwiderte Megan schrill. »Ich sehe nicht ein, warum ich Fragen zu meinem Privatleben beantworten soll.«

Carolines Stimme blieb ruhig, als sie ihre Frage wiederholte: »Was genau haben Sie zusammen gemacht?«

Megan warf einen Blick zu Jackson und schien sich dann wieder gefaßt zu haben. »Wir haben miteinander geschlafen. Wir waren nur für uns, und es war wunderschön.«

»Haben Sie auch geredet?«

»Natürlich.«

»Worüber?«

»Über alles«, erwiderte sie gereizt. »Wir waren einander die besten Freunde.«

Caroline machte eine Pause und spürte, wie sich die Tür zu ihrem Mitgefühl wieder schloß, wie sie erneut von einer totalen und tödlichen Kälte erfaßt wurde. In einem Ton gelangweilter Höflichkeit fragte sie: »Woher stammte James?«

Megan legte ihre Hände auf das Geländer des Zeugenstands. »Ich weiß nicht mehr genau.«

»Wo lebten seine Eltern?«

»Ich kann mich nicht erinnern.«

»Wissen Sie, wo er geboren wurde?«

»Nein.«

»Oder ob er Bruder oder Schwester hatte?«

»Nein.«

Caroline betrachtete sie neugierig. »Würden Sie James als einen verschlossenen Charakter bezeichnen?«

Megan setzte wieder ihre stolze Miene auf. »Vielleicht anderen gegenüber. Mir gegenüber nicht.«

»Hat er Ihnen zufällig erzählt, daß er Waise war?«

Caroline bemerkte, wie sich Megans um das Geländer geklammerte Finger weiß verfärbten. »Nein.«

»Oder daß er in einer Reihe von Pflegefamilien aufgewachsen ist?«

»Nein.«

Caroline sah, wie Brett neben ihr die Augen aufriß, erstaunt, wie wenig Megan wußte. »Nun«, sagte Caroline leise, »ich bin sicher, diese Themen waren besonders schmerzlich für ihn. Sagen Sie, wo wollten Sie und James eigentlich in Kalifornien wohnen?«

Megan blickte zu Jackson Watts. »So weit waren wir noch nicht gekommen«, sagte sie schließlich. »Zuerst mußte er mit ihr Schluß machen.«

»Hatte nicht zumindest James eine vage Vorstellung? Zum Beispiel in welche Stadt er gehen wollte?«

Megan lehnte sich steif zurück. »Warum fragen Sie mich all diese Sachen? Sie belästigen mich.« Rasch drehte sie sich um und blickte wütend vom Richter zu Jackson. »Muß ich all diese Fragen beantworten?«

Towle nahm seine Brille ab und sah Megan mit zusammengekniffenen Augen an. »O ja«, sagte er leise. »Das müssen Sie.«

Caroline bemerkte, daß Jackson seine Zeugin scharf musterte. »Welche Stadt?« bellte sie.

Megan drehte sich abrupt um, den Mund leicht geöffnet. Nach einer Weile sagte sie: »Los Angeles, glaube ich.«

»Was wollten Sie dort tun?«

»Wenn ich mitgegangen wäre? Mein Studium beenden, natürlich.« Verächtlich fuhr sie fort: »Ich hatte bestimmt nicht vor, wegen einem Mann alles hinzuschmeißen.«

»Das wäre doch eine schwerwiegende Entscheidung gewesen, oder nicht? Haben Sie zufälligerweise mit Ihrer Mutter darüber gesprochen?«

»Nein. So weit waren wir, wie gesagt, noch nicht.« Sie hielt inne und fuhr bemüht traurig fort: »Und dann war James tot.«

»Und Sie haben auf ihn gewartet, in Ihrer Wohnung. Mit einer Flasche Sekt.«

»Ja.« Caroline hatte den Eindruck, daß Megan die Frage und ihre Antwort ermutigend fand. »Ja«, wiederholte sie mit tränenerstickter Stimme.

»Was haben Sie getan, als James nicht auftauchte?«

Megan schüttelte den Kopf. »Ich habe die ganze Nacht versucht, ihn anzurufen...«

»Ach? Und haben Sie eine Nachricht auf seinem Anrufbeantworter hinterlassen?«

Megan schloß die Augen. »Ich weiß nicht mehr. Ich meine, es war so schrecklich ...«

Caroline griff langsam nach ihrem Aktenkoffer, legte ihn auf den Tisch und ließ den Verschluß leise aufschnappen.

Bei dem Geräusch riß Megan die Augen auf. Sie starrte erst den Aktenkoffer, dann Caroline an. »Wie haben Sie erfahren, daß James tot ist?«

Einen Moment lang wirkte Megan verwirrt. »Aus dem Radio.«

»Was haben Sie gemacht?«

Megan wurde blaß. »Ich habe geweint.«

»Haben Sie irgend jemanden angerufen?«

»Nein. Ich konnte nicht.«

»Oder es jemandem erzählt?«

»Nein.«

Caroline machte eine Pause. »Nicht einmal Ihrer Mutter?«

»Nein.«

»Wann haben Sie ihr erzählt, daß James tot ist?«

»Ich weiß nicht mehr.«

Leise fragte Caroline: »Erinnern Sie sich zufällig daran, wann James begraben wurde? Oder wo?«

Die gedämpfte Stille im Gerichtssaal war zu einem schmerzhaften kollektiven Schweigen geworden. »Ich konnte es nicht ertragen ...«

»Haben Sie überhaupt versucht, es herauszufinden?«

»Ich erinnere mich nicht.«

»Oder sich nach einem Trauergottesdienst erkundigt?«

Den Blick abgewandt schüttelte Megan den Kopf. »Nein«, antwortete sie schrill. »Verstehen Sie nicht, wie schmerzhaft das für mich war ...«

»Und wer, glaubten Sie, hatte ihn getötet?« fauchte Caroline.

Megan zögerte. »Es mußte Brett gewesen sein.«

Caroline verschränkte die Arme. »Es muß doch verdammt schwer gewesen sein, mit diesem Wissen zu leben.«

»Ja.«

»Geradezu unerträglich.«

Megan hatte den Blick noch immer abgewandt. »Ja.«

»Und wann sind Sie zur Polizei gegangen?«

Das Gesicht erstarrt, legte Megan einen Finger auf ihren Mund.

»Wann sind Sie zur Polizei gegangen?« wiederholte Caroline lauter.

Megan schüttelte den Kopf. »Ich kann mich nicht erinnern.«

»War es sechs Tage, nachdem man James tot aufgefunden hatte?«

Megan blickte auf. »Ich hatte Angst vor ihr.«

»Vor Brett?«

»Ja.«

»Weil sie Sie verfolgen könnte?«

»Ja.«

Caroline legte eine Hand auf den Tisch. »Haben Sie je *beobachtet,* daß Brett Sie verfolgt hat?«

»Ja«, erwiderte Megan wütend. »Das habe ich.«

»Schildern Sie, wie sie vorgegangen ist.«

Megan schluckte. »Sie ist in das Gebüsch vor meinem Haus gekrochen.« Ihre Stimme zitterte. »Wir konnten sie sehen, wie sie aus den Büschen zu uns hoch starrte...«

»Was haben Sie gemacht?«

»Nichts. James sagte, sie könnte sehr jähzornig sein...«

»Sie haben nicht die Polizei gerufen?«

Megan zuckte zusammen. »Nein.«

»Oder Ihre Mutter um Rat gefragt?«

»Nein.«

Caroline war jetzt in ihrem Element; Schlag auf Schlag ließ sie eine Frage nach der anderen auf Megan niederprasseln. »Lassen Sie mich das noch einmal rekapitulieren, Megan. Sie und James Case waren ein Paar, ja?«

»Ja.«

»Brett hat gedroht, ihn umzubringen.«

»Ja.«

»Und sich selbst umzubringen.«

»Das hat James gesagt.«

»Und Sie hat Ihnen nachspioniert?«

»Ja.«

»Sich vor Ihrem Haus versteckt?«

»Das sagte ich doch eben.«

»So daß Sie und James die Wohnung mehr als zwei Monate nicht verlassen haben, um gemeinsam etwas zu unternehmen?«

»Ja.«

»Doch am Ende hat James sich für Sie entschieden.«

»Ja.« Megan umklammerte die Lehnen des Zeugenstuhls. »Er hat sich für mich entschieden.«

»Und Sie gebeten, mit ihm nach Kalifornien zu gehen.«

»Ja.«

»Und in der Nacht, als er starb, haben Sie darauf gewartet, daß er es Brett Allen sagt und dann zu Ihnen kommt.«

Megan rang die Hände und versuchte sich zu sammeln. »Ja«, sagte sie leise. »Das habe ich.«

Caroline wartete einen Moment, bevor sie ebenso leise fortfuhr: »Und doch haben Sie all das keinem Menschen erzählt bis zu dem Tag, als Sie in Mr. Watts Büro kamen und Brett Allen des Mordes bezichtigten.«

Eine Weile starrte Megan sie einfach nur an. »Nein«, hauchte sie. »Ich konnte mit keinem darüber reden.«

»Nicht einmal mit Ihrer Mutter?«

»Nein.«

Caroline schwieg einen Moment. Dann setzte sie leise nach: »Trotz all dieser Telefonate, die Sie... wie war das noch mal... zwei- bis dreimal die Woche mit ihr geführt haben?«

Megan schien sie vom Zeugenstand aus verzweifelt anzusehen. »Ich erinnere mich jetzt nicht mehr. Das sagte ich schon.«

»Erinnern Sie sich dann noch daran, ob es R-Gespräche waren oder ob Sie die Kosten selbst getragen haben?«

»Einspruch«, hörte sie Jackson sagen. »Das ist nicht nur irrelevant, sondern auch schikanös.«

»Wohl kaum«, meinte Caroline zu Towle. »Es zielt direkt auf die Glaubwürdigkeit der Zeugin. Wie ich sofort zeigen werde.«

Towle nickte grimmig. »Fahren Sie fort, Miss Masters.«

Caroline wandte sich wieder Megan zu. »Wie war das jetzt? Ging es auf Ihre Rechnung, oder waren es R-Gespräche?«

Megan krümmte sich auf ihrem Stuhl. »Es ging auf meine Rechnung, glaube ich.«

»Oh? Und wer hat Ihre Anrufe entgegengenommen?«

Megans Unterkiefer klappte auf und wieder zu.

»Es kann sich nämlich kaum um Ihre Mutter gehandelt haben«, sagte Caroline. »Oder?«

Megan starrte sie an, Tränen traten in ihre Augen. »Wie meinen Sie das?«

Caroline kam auf sie zu und sagte leise. »Ich meine damit, daß sie an Depressionen leidet und in einer Anstalt ist. Daß sie mit niemandem spricht. Seit fünf Monaten schon.«

Megans Gesicht war aschfahl. »Haben Sie mich verstanden?« drängte Caroline.

Megan zuckte zurück. »Ja«, meinte sie matt. »Es geht ihr nicht gut.«

»Also sind diese Gespräche mit Ihrer Mutter – von denen Sie uns gerade unter Eid berichtet haben – nie geschehen. Sie sind nichts als Lügenmärchen.«

Megan reckte entschlossen ihr Kinn. »Ich habe nur ihre Intimsphäre geschützt …«

Caroline kostete die Stille, die sich im Gerichtssaal ausgebreitet hatte, aus. Towle blickte Megan mit offener Verachtung an. »Also«, fuhr Caroline langsam fort, »das einzige, was wahr ist, besteht darin, daß Sie niemals mit irgendwem über James Case gesprochen haben. Mit keinem.«

Megan senkte ihren Blick. »Ich erinnere mich jetzt nicht mehr.«

Den Blick auf Megan gerichtet klappte Caroline ihren Aktenkoffer auf. Fast beiläufig fragte sie: »Haben Sie je darüber *geschrieben*?«

Megan starrte wie hypnotisiert auf den Koffer. Flüsternd fragte sie: »Wie meinen Sie das?«

Caroline griff langsam in den Koffer und zog das rote Tagebuch hervor. Sie stellte es auf den Tisch, hielt es mit einer Hand fest und sah Megan erneut an. Megans Gesichtszüge schienen zu bröckeln. Doch abgesehen von ihrer einen Hand, die instinktiv an ihr Schlüsselbein faßte, rührte sie sich nicht.

Leise wiederholte Caroline ihre Frage. »Haben Sie je über Ihre Beziehung zu James Case geschrieben?«

Megan preßte ihre Finger an die Brust und fuhr zu Jackson herum. »Ich hätte gern eine Pause …«

Caroline beobachtete sie. »Beantworten Sie bitte die Frage. Dann können Sie alle Zeit haben, die Sie wollen.«

Megan sprang auf und rief mit schriller Stimme: »Ich lasse mir das nicht länger bieten …«

»Weil Sie eine Lügnerin sind«, sagte Caroline mit schneidender Kälte. »Ich weiß es, Sie wissen es, und in fünf Minuten wird es jeder in diesem Saal wissen.«

Jackson trat eilig vor und sagte angespannt: »Die Zeugin sitzt nun schon fast den ganzen Tag im Zeugenstand, euer Ehren. Wenn sie erschöpft oder erregt ist, ist niemandem damit gedient, wenn wir sie zwingen weiterzumachen. Wir können morgen fortfahren.«

Towle sah zu Megan, die ihn vom Zeugenstand anstarrte, und dann zu Caroline. »Frau Anwältin?«

Caroline sagte, den Blick noch immer auf Megan gerichtet, leise: »Sobald sie zugibt, daß sie lügt, bin ich mit Miss Race für heute fertig. Sie muß nur sagen: ›Alles, was ich Ihnen erzählt habe, habe ich mir ausgedacht.‹ Das würde nicht einmal lange dauern.«

»Nein.« Megan warf Jackson einen Blick zu, in dem sich Angst und Verrat mischten. »Ich möchte mit Mr. Watts sprechen.«

Towle betrachtete sie leicht widerwillig und wandte sich Caroline zu. »Mir scheint es geraten, daß die Zeugin Gelegenheit erhält, ihre Position zu überdenken, Miss Masters. In aller Sorgfalt. Zusammen mit Mr. Watts.«

Caroline warf Megan einen stummen Blick des Mitleids und der Verachtung zu. »Dann eben morgen früh, euer Ehren. Ich glaube, ich kann mich noch an meine letzte Frage erinnern. Genau wie Miss Race, dessen bin ich mir sicher.«

Towle blickte von Caroline zu Megan. »Also gut«, sagte er. »Das Gericht vertagt sich bis morgen um neun Uhr.«

Es entstand eine plötzliche Unruhe – Leute sprangen auf, Stimmengewirr erhob sich. Jackson trat auf Megan zu und führte sie an Caroline vorbei. Ihr Gesicht war tränenüberströmt.

An Caroline gewandt, sagte er gepreßt: »Ich möchte dich sprechen, Caroline. In fünf Minuten.«

»Laß dir Zeit«, erwiderte Caroline ruhig. »Ich glaube, Megan hat dir etwas zu sagen.«

Megan wich ihrem Blick aus. Jackson führte sie rasch hinaus.

Brett starrte auf das Notizbuch. »Was ist das?«

»Eine Art Tagebuch.« Caroline sprach leise. »Sie hat gelogen, und es steht alles hier drin. James hat mit ihr Schluß gemacht, nachdem du sie zusammen erwischt hast. Sie hat angefangen, dir und James nachzuspionieren, und sich unter seinem Fenster versteckt. Von Kalifornien wußte sie nur, weil sie zu ihm gegangen ist und ihn um eine zweite Chance gebeten hat.« Caroline sah sie an. »James hat ihr gesagt, daß er mit dir weggehen wollte. Deine Erinnerung entspricht, zumindest in diesem Punkt, den Tatsachen.«

Brett berührte ihren Arm. »Aber wie bist du daran gekommen?«

Trotz aller Erschöpfung und Sorge lächelte Caroline schwach: »Das will Jackson sicher auch gerne wissen.«

Jackson klappte das Tagebuch zu und knallte es auf den Tisch. »Was in Gottes Namen tust du da?« wollte er wissen.

Caroline zuckte die Schultern. »Ich entlarve einen Meineid. Sie ist wirklich ziemlich verrückt, mußt du wissen.«

Jackson starrte sie quer über den stumpfen Holztisch an. Sie saßen in dem Büro, das Caroline auch mit Brett benutzt hatte. »Du hättest damit zu mir kommen können.«

»Das hätte ich. Aber hättest du deine Anklage wirklich fallenlassen? Das wage ich zu bezweifeln.«

»Statt dessen siehst du zu, wie ich eine lügende Zeugin in den Zeugenstand bitte und wartest in aller Ruhe ab, bis du sie fertigmachen kannst. So daß die ganze Anklage zu einer solchen Farce wird, daß wir schon schlecht aussehen, wenn wir nur in Erwägung ziehen, sie weiterzuverfolgen.«

»Das *wirst* du«, prophezeite Caroline ihm mit stählerner Stimme, »wenn ich erst einmal mit Megan fertig bin.«

»Tut mir leid. Sie ist zur Zeit so hysterisch, daß sie keinen zusammenhängenden Satz herausbringt. Ich ziehe sie als Zeugin zurück ...«

»Zu spät. Sie ist vorgeladen, und sie gehört mir. Morgen mittag wird dieses Mädchen noch viel mehr sein als eine erbärmliche Lügnerin. Sie wird die beste Verdächtige sein, die du je übersehen hast.«

Jackson zögerte, bevor er leise sagte: »Nur, wenn du dieses Tagebuch verwendest.«

»Und genau das habe ich vor.«

Jackson schüttelte den Kopf. »Du hast sie doch schon vernichtet«, sagte er. »Wenn du dieses Tagebuch morgen benutzt, zerstörst du auch dein eigenes Leben. Nur Megans Zusammenbruch hat dich heute gerettet.«

Caroline schwieg eine Weile. »Ich behaupte, daß es mir per Post zugeschickt wurde. Wie Betty bestätigen kann.«

Jacksons Gesicht war fleckig vor Wut. »Beleidige meine Intelligenz nicht, Caroline. Du hast es dir selbst zugeschickt. Selbst wenn Betty das vielleicht nicht weiß.«

»Dann erhebe doch Anklage. Aber erst mal mußt du *diese* hinter dich bringen.« Caroline machte eine dramatische Pause. »Ich will sie morgen hier wieder sehen. Oder ich will, daß die Anklage gegen Brett vorbehaltslos fallengelassen wird.«

»Das kann ich nicht machen«, sagte er mit zusammengebissenen Zähnen. »Megan mag eine Lügnerin sein, aber das beweist noch lange nicht Bretts Unschuld. Du mußt mich also öffentlich lächerlich machen. Und deinen Ruf und vielleicht auch deine Karriere aufs Spiel setzen.« Er musterte sie mit wachem Blick. »Du warst es selbst, oder nicht? Du bist mit einer Kreditkarte in ihre Wohnung eingedrungen und hast sie durchsucht, bis du das Ding gefunden hast.«

Caroline starrte ihn an. »Ich habe dir die Sache mit Larry erzählt. Ich habe dich gebeten, Megan zu überprüfen. Dich gebeten – nein angefleht – ihre Wohnung durchsuchen zu lassen. Aber du wolltest sie nicht *beleidigen*. Weil sie ja so eine wichtige Zeugin war...«

»Sie wirkte glaubwürdig, verdammt noch mal.«

Caroline winkte verächtlich ab. »Tut mir leid. Ich hatte vergessen, daß ich moralisch disqualifiziert bin, dir das vorzuhalten.«

»Du kannst mich mal, Caroline. Du hast Beweismaterial zurückgehalten und es benutzt, um mich in die Pfanne zu hauen. Selbst wenn das für dich eine Kamikazemission ist. Du hättest es mir noch am selben Tag vorbeibringen sollen.« Jackson bremste sich und sah sie wieder scharf an. »Da ist noch etwas, habe ich recht?«

Caroline stand auf. »Sorge du nur dafür, daß sie morgen erscheint«, sagte sie und verließ den Raum.

13

Caroline zog den Umschlag unter dem Fahrersitz hervor und breitete die Fotos auf ihrem Schoß aus. Joe Lemieux hatte gute Arbeit geleistet. Zufrieden ordnete sie die Bilder. Zuoberst lag eine lebensechte Nahaufnahme von Megan Race. Caroline schob die Bilder zurück in den Umschlag.

Es war kurz nach acht, es dämmerte, und Caroline war allein.

Morgen würde ein schlimmer Tag für sie alle werden – für Jackson, Megan und Caroline selbst. Und danach würden sie alle mit den Konsequenzen leben müssen. Doch das war morgen; und bevor sie mit Megan fertig war, blieb noch eine Sache zu erledigen.

Sie hätte Lemieux schicken können. Doch die Verteidigung von Brett war ihr inzwischen zu einer regelrechten Obsession geworden; und dies war eine Aufgabe, die sie nicht delegieren konnte. Sie lächelte freudlos vor sich hin, als sie an ihre Zeit als ungeduldige, bisweilen ungestüme Anwältin dachte, die ihre eigenen Ermittlungen angestellt hatte. Sie wußte, daß es diesmal um sehr viel mehr ging – um mehr sogar als Brett. Denn all ihre Instinkte hatten Caroline gesagt, daß sie dies allein erledigen mußte.

Sie drehte die Zündung an und ließ Resolve hinter sich.

Die Fahrt zum Lake Heron war wie erwartet ungefähr so, wie sie an jenem Abend auch für Brett gewesen sein mußte – die gewundene Straße im Schatten der Bäume, über die die Dämmerung erst einen grauen Schleier und dann völlige Dunkelheit legte. Carolines Scheinwerfer bahnten sich einen Weg durch die Finsternis, und in den Lücken zwischen den Bäumen schimmerte silbern ein heller werdender Mond.

Als sie an der unasphaltierten Straße zu Bretts Grundstück vorbeikam, bremste Caroline ab, ohne anzuhalten.

Die Straße wurde noch dunkler und enger. Etwa eine Viertelmeile weiter sah Caroline das Neonschild einer Tankstelle mit Supermarkt, der ohne Zweifel zum Niedergang des Gemischtwarenladens von Resolve beigetragen hatte.

Ein paar Meter weiter begann der Mosher Trail.

Dort bog Caroline ab.

Die Straße wand sich in Serpentinen zwischen den Bäumen; einen kurzen, irritierenden Augenblick lang mußte Caroline an die Straße nach Windy Gates und ihre Mutter denken. Dann öffnete sich die Straße zu einem sanft abfallenden Lehm- und Steinhang mit Blick auf den Lake Heron.

Caroline stieg aus.

Der Mond war jetzt gelb, sein blasses Licht kroch über das Wasser. Sie ging bis ans Ufer.

Es ging ein leichter Wind; das Wasser plätscherte sanft zu Carolines Füßen. Im Strudel der Zeiten kam ihr der See kaum anders vor als in mancher Sommernacht mit Jackson, als sie noch jünger gewesen war als Brett jetzt.

Caroline drehte sich um und blickte auf das Grundstück, das einmal ihr gehört hatte. Am geschwungenen Ufer sah sie zwischen Wasser und Bäumen das weiche Gras der Wiese im Schatten liegen.

Vielleicht hatte sie sich zu viel erhofft oder zu viel befürchtet. Es fehlten zu viele Glieder in der Kette. Doch als sie jetzt hier am Ufer stand, war es nicht schwer, sich vorzustellen, daß jemand leise durch das seichte Wasser auf die beiden Liebenden im Gras zugewatet war.

Es fehlten noch immer zu viele Glieder der Kette, aber eines fehlte nicht – das Messer. Wenn sie nicht in den dunklen Nischen ihrer Erinnerung ein Messer mit dem anderen verwechselt hatte.

Megan hätte ihnen folgen können. Und vorausgesetzt sie kannte den See, hätte sie sie vielleicht sogar finden können.

Caroline spürte eine Kälte in der Luft.

Sie kehrte zu ihrem Wagen zurück und sah die Fotos noch einmal durch. Dann verließ sie das Ufer und fuhr langsam zum Anfang des Pfades, bis das Neonschild der Tankstelle auftauchte.

Es war ein weißes Gebäude, und das Neonlicht aus seinem Innern ließ es in einem hellen, unwirklichen Licht erstrahlen. Als Caroline vor der Zapfsäule hielt, kam ein schlaksiger Mann mit einer Baseballkappe aus dem Laden und trat an ihr Fenster. Als ihn das Licht über den Zapfsäulen erfaßte, sah Caroline, daß er kaum Anfang Zwanzig war, mit einem Ziegenbärtchen und einem Pferdeschwanz, was ihn noch jünger aussehen ließ.

»Volltanken?« fragte er.

»Ja, bitte.«

Er ging nach hinten, öffnete ihren Tankdeckel, steckte den Schlauch hinein und begann, die Windschutzscheibe zu säubern.

Caroline steckte ihren Kopf aus dem Wagen. »Ich wollte Sie noch etwas fragen.«

Mit einem lässigen Dreh aus dem Handgelenk entfernte er ein plattgedrücktes Insekt. »Sicher.«

Caroline stützte ihr Kinn in die Hand. »Ich bin Anwältin und bearbeite den Mord, der hier vor kurzem am Lake Heron passiert ist. Haben Sie davon gehört?«

Er blieb neugierig stehen. »Ein bißchen. Ich bin erst gestern abend wiedergekommen – ich habe meine Mutter in Florida besucht.« Er machte eine Pause. »Für wen arbeiten Sie?«

»Für Brett Allen, die Angeklagte, ein Mädchen etwa in Ihrem Alter. Ich glaube nicht, daß sie es getan hat, und ich versuche herauszufinden, ob jemand in der Gegend irgendwas beobachtet hat, was uns weiterhelfen könnte.«

Er nickte langsam. »Ja, mein Boß sagte, neulich wäre schon so ein Typ hier gewesen. Die Nacht, in der dieser andere Typ ermordet wurde, war wohl der letzte Arbeitstag vor meinem Urlaub.« Er musterte Caroline eingehender. »Wonach suchen Sie denn?«

»Nach irgendwas.« Caroline bemühte sich, ein wenig verloren zu klingen, eine Frau allein auf dem offenen Meer. »Ein Wagen oder eine Person, die sie vorher noch nie hier gesehen haben. Oder vielleicht jemand, der in den Mosher Trail eingebogen ist.«

»Mann.« Er bleckte instinktiv die Zähne, überrumpelt von der Aufforderung, sich an etwas Wichtiges zu erinnern, das sich an einem ganz gewöhnlichen Abend vor drei Wochen ereignet haben sollte. »Ich meine, ich bin bloß zwischen den Zapfsäulen und dem Laden hin und her gependelt und habe mehr an meine Ferien gedacht als an sonst irgendwas. Ich habe den Weg gar nicht richtig im Auge gehabt.«

Ein Klicken der Tankpistole zeigte an, daß Carolines Tank voll war. Der Junge ging nach hinten, quetschte noch ein paar Tropfen mehr hinein und hängte den Schlauch wieder an die Zapfsäule. Caroline gab ihm ihre Kreditkarte und beobachtete, wie er in den Laden ging.

Wenig später kam er mit dem Abrechnungsbeleg und einem Stift zurück. Ordentlich schrieb Caroline ihren Namen und fragte dann hoffnungsvoll: »Vielleicht würden Fotos helfen. Meinen Sie, Sie könnten sich ein paar ansehen?«

Er zögerte, widerwillig, in die Sache hineingezogen zu werden, doch dann behielt sein Gewissen die Oberhand. »Okay«, sagte er. »Sicher.«

Langsam zog Caroline die Bilder aus dem Umschlag. Nach kurzer Überlegung sortierte sie sie neu. »Zuerst die Autos«, sagte sie.

Sie schaltete die Innenbeleuchtung ein und gab ihm drei Fotos.

Der Junge beugte sich in ihren Wagen und blinzelte auf die

Schwarzweißvergrößerungen. Er sah die Fotos erst einmal und dann noch einmal durch. Beim letzten hielt er inne. »Wo wurde das aufgenommen?« fragte er.

»Vor dem Gerichtsgebäude von Connaughton County.«

Er blähte beim Ausatmen die Wangen. »Weil ich diesen Van schon mal gesehen habe. Oder zumindest einen ähnlichen.«

Caroline bemühte sich, ruhig zu bleiben. »Wann?«

»In jener Nacht. Er hat zum Tanken hier gehalten.«

»War der Fahrer ein Mann oder eine Frau?«

Der Junge zögerte. »Eine Frau. Ich bin mir ziemlich sicher.«

Nicht reagieren, sagte sich Caroline. *Denk an all die Zeugen, die etwas Falsches im Kopf haben.* »Gibt es einen bestimmten Grund, daß Sie sich an sie erinnern?«

Der Junge nickte stumm. »Ich weiß noch, daß sie einen ziemlich aufgeregten Eindruck machte.« Er kniff im Bemühen, seinem Gedächtnis auf die Sprünge zu helfen, die Augen zusammen. »Ich bin mir ziemlich sicher, daß es die Frau aus dem Van war.«

Caroline neigte den Kopf. »Aufgeregt...«

»Ja. Ich gebe mir immer Mühe, die Fenster ordentlich sauber zu machen. Aber die – sie sagte, ich solle aufhören, sie hätte keine Zeit, und das in echt harschem Ton.«

Wie sah sie aus, wollte Caroline fragen, doch sie bremste sich. »Würden Sie sie wiedererkennen?«

Der Junge sah sie an. »Ist das wichtig?«

Caroline nahm die übrigen Fotos. »Es könnte sein. Ja.«

Der Junge musterte sie eine Weile, nahm dann die Fotos und lehnte sich wieder durchs Fenster ins Licht. Er sortierte ein Bild nach hinten, dann das nächste und noch eins. Beim vierten hielt er inne.

»Was ist?«

Der Junge klappte den Mund zu und wieder auf. »Das ist sie.«

Carolines Kehle schnürte sich zusammen. »Sind Sie sicher?«

»Ja. Ich meine, auf dem Bild sieht sie auch aufgeregt aus. Wie an jenem Abend.«

Caroline setzte sich wieder hinters Steuer. »Haben Sie gesehen, wohin sie anschließend gefahren ist?«

Sie fand, daß ihre Stimme hinreichend gelassen klang. Doch der Junge beäugte sie mit neuem Argwohn. »Muß ich dann vor Gericht aussagen oder so was?«

»Ich weiß nicht. Ich hoffe nicht.«

Er zögerte und betrachtete das Bild. »Also, wohin oder in welche Richtung sie gefahren ist, weiß ich nicht. Aber ich weiß, daß ich sie gesehen habe.«

Im Schatten des Wagens sammelte Caroline sich. »Wenn Sie nichts dagegen haben, wäre es mir lieber, wenn Sie mit niemandem darüber reden. Vielleicht hat es am Ende ja wirklich nichts zu bedeuten.«

Er sah erleichtert aus. »Kein Problem.«

»Danke. Ich werde Sie wissen lassen, was weiter passiert.«

»Sicher.« Er gab ihr das Foto zurück. »Schönen Abend noch, okay?«

Caroline legte das Bild auf den Beifahrersitz. »Danke.«

Der Junge drehte sich langsam um und ging zum Laden zurück. Erst nach einer Weile ließ Caroline den Wagen an.

Sie fuhr am Mosher Trail vorbei, bis sie außer Sichtweite der Tankstelle war, und hielt dann am Straßenrand.

Dort blieb sie in der Dunkelheit sitzen und zwang sich nachzudenken. Doch nichts konnte den Schmerz der Schuld und Erinnerung, ihre Übelkeit und ihre Wut dämpfen. Sie konnte das Foto von Betty nicht ansehen.

14

Als Caroline in Masters Hill ankam, leuchtete ein schwacher Lichtschein aus den Fenstern im Erdgeschoß. Die oberen Stockwerke waren dunkel.

Die Luft war ruhig und still. Carolines Schritte hallten hohl auf der Veranda wider. Leise klopfte sie an die Tür.

Sie hörte, wie drinnen jemand aufstand und den Riegel beiseite schob. Die Tür ging auf, und Betty spähte durch den Spalt. Sie wirkte überrascht.

»Caroline.«

Caroline sah sie einen Moment lang an. »Wer ist sonst noch zu Hause?«

»Nur Larry«, sagte Betty gepreßt. »Was ist los?«

»Wir müssen reden.«

Betty zögerte und sah sich um. »Larry versucht zu schlafen. Der heutige Tag hat ihn schrecklich aufgeregt.«

»Dann komm nach draußen. Ihn brauchen wir dafür nicht.«

Betty rührte sich noch immer nicht; irgend etwas an Carolines Tonfall schien sie zurückzuhalten. Schließlich trat sie widerwillig auf die Veranda.

Caroline drehte sich um und ging von der Tür weg. Sie hörte, wie Betty ihr langsam folgte.

»Glaubst du, du kannst diese verabscheuungswürdige Frau diskreditieren?« fragte Betty.

Caroline wandte sich ihr zu. »Welche?«

Betty schien in dem dämmrigen Licht zu blinzeln. Caroline spürte, wie eine furchtbare Ruhe über sie kam. »Ich hatte eigentlich vor, morgen dich als Zeugin aufzurufen«, sagte sie. »Ich denke, das wird Brett noch mehr helfen.«

Betty erstarrte. »Wieso?«

Caroline ignorierte sie. »Als wir die Möglichkeit diskutiert haben, schienst du nichts dagegen zu haben. Also dachte ich, wir gehen ein paar Fragen noch mal durch.«

Betty beruhigte sich wieder. »Welche denn?«

Caroline kam auf sie zu und blieb erst einen halben Meter vor Betty stehen. »Warum hast du mich angelogen?« fragte sie leise.

Betty riß die Augen auf. »Angelogen ...«

»Du wußtest, daß Brett an jenem Abend mit ihm an den See fahren würde, weil du oben am Telefon gelauscht hast.« Carolines Stimme war kalt vor unterdrückter Wut. »Und ich schlage vor, daß du mich jetzt nicht schon wieder anlügst. Oder morgen auf dem Zeugenstand. Auch mein Verständnis für Nostalgie kennt Grenzen.«

Betty machte stumm einen Schritt zurück.

Caroline folgte ihr. »Mach den Mund auf, Betty. Probier mal, ob du einen Laut hervorbringst. Irgendwas wie: ›Ja, Caroline. Ich bin eine Lauscherin.‹«

Betty stand jetzt regungslos da. »Caroline«, sagte sie angespannt. »Du weißt nicht, was du tust.«

»Oh, das weiß ich schon seit Jahren«, erwiderte Caroline noch immer gedämpft. »Hast du sie belauscht, Betty?«

»Ja.« Betty richtete sich auf. »Weil ich sie liebe. Ich habe sie all die Jahre geliebt, in denen du weg warst.«

Caroline spürte, wie sich ihre Fäuste ballten. »Was hast du

mitgehört, verdammt noch mal? Daß er sie aufgefordert hat, mit ihm nach Kalifornien zu gehen?«

»Ja.« Betty erhob wütend ihre Stimme. »Und daß er Ärger wegen Drogen hatte ...«

»Und daß es ein Mädchen namens Megan gegeben hatte«, unterbrach Caroline sie. »Darüber hast du mich auch belogen, oder nicht?«

Betty drehte sich um und ging bis zur Ecke der Veranda.

Caroline senkte ihre Stimme wieder. »Wie lange nach ihr hast du das Haus verlassen?«

Bettys Profil in der Dunkelheit blieb regungslos.

Caroline kam näher. »Ich weiß es, verdammt noch mal. Sag mir nur, wann.«

Langsam wandte sich Betty Caroline zu. Fast ruhig fragte sie: »Woher weißt du das?«

»Weil du an der Tankstelle gehalten hast.« Caroline machte eine Pause. »Das war nicht besonders clever, Betty.«

Betty schien in sich zusammenzusinken. Im schwachen Licht wirkte sie ausgezehrt und müde: Caroline bekam ein krasses und unbarmherziges Bild von Betty als alter Frau.

»Ich habe es nicht geplant«, sagte Betty schließlich. »Nichts von alledem.«

Dieses schlichte Geständnis ließ Carolines Wut restlos verpuffen. Auf einmal empfand sie nur noch ein so abgründiges Entsetzen, daß sie wünschte, es ausradieren zu können. »Mein Gott, Betty.« Sie hörte das Beben in ihrer eigenen Stimme. »Mein Gott.«

Betty sah sie flehend an. Tonlos fragte sie: »Verstehst du jetzt?«

»Verstehen?« Caroline starrte sie an. »Wie kann irgend jemand das verstehen?«

Betty kam auf sie zu und blieb dann mit purem Entsetzen im Blick wie angewurzelt stehen. »Das denkst du von mir, Caroline? Du denkst, daß ich *so* bin?« Ihre Stimme klang belegt. »Eine Frau, die so verrückt ist, daß sie Bretts Freund umbringen und *ihr* die Schuld in die Schuhe schieben würde?«

Caroline konnte sie nur anstarren.

Betty packte ihren Kragen. »Du bist diejenige, die krank ist, Caroline – vergiftet von Schuldgefühlen und Haß und Jahren der Einsamkeit.«

Mit schrecklicher Entschlossenheit schlug Caroline ihrer Schwester ins Gesicht.

Das Klatschen hallte unnatürlich laut wider, gefolgt von Bettys gedämpftem Schrei. Carolines Handgelenk fühlte sich taub an, in ihren Augen standen Tränen. Betty starrte sie an, ihre Hand an die Wange gepreßt.

Mit flacher Stimme fragte Caroline: »Was hast du dort gemacht?«

Betty wandte sich ab. Nach einer Weile murmelte sie: »Ich kam von Vaters Angelhütte.«

»Warum?«

Betty rieb sich die Augen. »Weil er so aufgewühlt war. Er wollte allein sein.«

Caroline spürte, wie sich ihre Brust zusammenzog. Sie hob eine Hand, wie um sich selbst zu beruhigen. »Du hast es ihm erzählt.«

»Ja.« Betty sah sie mit einer Mischung aus Scham und Stolz an. »Larry war nicht da, Caroline. Ich mußte mit jemandem reden.«

Caroline spürte, wie sie zitterte. Erst nach einer Weile konnte sie sprechen. »Hast du eine Ahnung, was du angerichtet hast?« fragte sie. »*Wieder* angerichtet hast.«

Betty verschränkte die Arme, als wollte sie sich gegen die Kälte schützen. »Vater und ich konnten es keinem sagen. Wenn die Polizei gewußt hätte, daß Brett und James sich wegen Megan gestritten hatten...«

Sie hielt inne und wandte den Blick ab.

Auf einmal ahnte Caroline die grausame Wahrheit. »Du glaubst, Brett hätte ihn getötet. Und du hättest sie mit deinen Lügen geschützt...«

Betty sah sie unverwandt an. Doch sie wollte oder konnte nicht antworten.

»Was für Idioten wir doch sind.« Caroline hielt kopfschüttelnd inne. »Brett hat niemanden getötet.«

Betty schluckte. »Aber wer dann?«

Caroline verspürte eine plötzliche Übelkeit. »Mein Gott, Betty, hast du vergessen, wer uns gelehrt hat, wie man Fische ausnimmt?«

In der nachfolgenden Stille schloß Betty die Augen.

»Wo ist er?« wollte Caroline wissen.

»In seiner Angelhütte.« Betty öffnete die Augen und sagte mit zitternder Stimme: »Ich komme mit dir. Es ist besser, wenn wir beide mit ihm reden.«

Caroline richtete sich auf. »Nein«, erwiderte sie leise. »Ich muß es alleine tun. Schließlich ist Brett meine Tochter.«

Die tobende See im Rücken, war Caroline damals durch Wind und Regen langsam über den Strand zurückgegangen.

Sie fühlte sich wie taub; sie stellte sich vor, wie David gegen den Sturm ankämpfte, ohne zu wissen, was ihm Caroline im Bewußtsein ihres Verrats nicht hatte sagen können. Wie automatisch ging sie zum Bootshaus, um ihren Koffer zu holen.

Das Bootshaus war öde und leer. Sie sah sich vergebens nach einem Zeichen von ihm um; er hatte nur zwei Taschenbücher zurückgelassen. Sie öffnete ihren Koffer und verstaute sie darin. Sie würde sie für ihn aufbewahren oder sie ihm, wenn er schrieb, zuschicken.

Und dann spürte sie wieder den Schmerz – noch vor einer halben Stunde hatten sie sich in diesem Raum gegenübergestanden, und jetzt war er weg, und alles, was ihr von ihm blieb, war ein gewahrtes Geheimnis.

Sie verließ das Haus und schloß leise die Tür hinter sich.

Das Haus ihres Vaters war dunkel. Sie stieg die Treppe vom Strand hoch und wußte nur, daß sie ihm nicht sagen durfte, daß David weg war. Und dann wurde ihr in ihrem Elend plötzlich klar, wie sie ihrem Geliebten Zeit erkaufen konnte.

Sie öffnete die Tür und ging leise durchs Haus.

Ihr Vater stand im nachtdunklen Wintergarten. Von der Schwelle aus sah sie ihn gedankenverloren auf und ab gehen und hin und wieder aufs Meer blicken.

»Hallo, Vater.«

Er fuhr zusammen und drehte sich um. »Caroline«, sagte er, und an der Art, wie er zögerte, erkannte Caroline mit Gewißheit, daß er sie verraten hatte. »Wo bist du gewesen?« fragte er.

»In Boston. Das wußtest du doch.«

»Du bist pitschnaß.«

Caroline antwortete nicht. Sie kämpfte gegen den Drang an, ihn anzuschreien und ihm zu sagen, was er getan hatte. Um Davids willen durfte sie das nicht tun.

Sie ging auf ihn zu und sagte leise: »Ich bin zurückgekommen, um dir etwas zu sagen.«

Im schwachen Licht sah sie die Sorge in seinen tiefliegenden Augen und wußte, daß er dachte, daß sie gekommen war, um ihm zu erklären, daß sie David liebte und mit ihm fortgehen wollte. Vorsichtig fragte er: »Was ist denn?«

»Ich bin schwanger, Vater.«

»Schwanger?« Seine Stimme klang hohl. »Bist du ganz sicher?«

»Ja. Deswegen bin ich nach Boston gefahren. Ich hatte einen Termin bei meinem Arzt.«

Ihre Stimme klang höflich, wenn auch kein bißchen schuldbewußt. Doch ihr Vater rührte sich nicht; sein Wissen und seine Empfindungen hielten ihn davon ab, näherzukommen. »Du kannst dieses Baby nicht behalten, Caroline«, sagte er leise. »Das ist dir doch hoffentlich klar.«

Caroline hob ihre Hand. »Was ich als erstes tun werde, Vater, ist schlafen gehen. Und wenn ich noch ein wenig nachgedacht habe, werde ich mich morgen früh mit Scott treffen. Schließlich ist es unsere Entscheidung.«

Ihr Vater schien zu erbleichen: Mit haßerfüllter Befriedigung sah sie die schreckliche Erkenntnis über sein Gesicht huschen, daß er den Vater seines Enkelkindes verraten und ins Gefängnis gebracht hatte. Und Caroline las noch etwas in seiner Miene, was für sie noch verabscheuungswürdiger war – die Hoffnung, daß sie nie erfahren würde, wer sie verraten hatte.

»Caroline«, sagte er mit rauher Stimme. »Wir müssen darüber reden. Jetzt.«

»Tut mir leid, Vater, aber nicht jetzt. Ich scheine in letzter Zeit immer so müde zu sein.«

»Aber du bist meine Tochter...«

»Ich weiß«, sagte Caroline leise. Um Davids willen ging sie zu ihm und küßte ihn auf die Wange. »Ich weiß.«

In jener Nacht konnte sie nicht schlafen. Regen prasselte ans Fenster, und der heulende Wind rüttelte an den Läden; sie versuchte, die angsterfüllten Bilder zu verdrängen und David mit ihren guten Wünschen sicher durch den Sturm zu begleiten. Das Leben, das er in ihr zurückgelassen hatte, kam ihr fast unwirklich vor.

Am nächsten Morgen fühlte sie sich erschöpft, und ihr war übel. Doch sie zwang sich dazu, sich anzuziehen.

Ihr Bauch war noch immer flach. Doch ihr Körper hatte begonnen, Wasser zurückzuhalten und weiche Rundungen zu entwikkeln. Außerdem mochte sie keinen Kaffee mehr. Das und die Übelkeit waren die einzigen kleinen Hinweise auf ein neues Leben, das sich nur ihre Schwester sehnlichst gewünscht hatte.

Larry und Betty saßen in der Küche. Sie sah ihre Gesichter – die nervöse Besorgnis, die sie neuerdings an den Tag legten, wenn Channing und die neue, unberechenbare Caroline sich begegneten – und vermutete, daß Channing ihnen nichts gesagt hatte.

Ja, dachte sie, das wäre typisch für ihn. Eine Abtreibung, dann Harvard und das Leben würde seinen gewohnten Gang gehen. Und niemand außer ihnen beiden würde je die Wahrheit erfahren.

Larry lächelte sie fragend an, Bettys Lächeln war vorsichtiger. »Wie geht's?« fragte Larry.

»Ich bin schwanger«, antwortete Caroline und sah dabei ihre Schwester an.

Bettys Mund klappte auf.

Fast beiläufig fuhr Caroline fort: »Falls dir nicht auch dauernd schlecht ist, Betty, ist es bei dir wahrscheinlich falscher Alarm. Glaub mir.«

Betty machte Anstalten aufzustehen, doch Caroline ignorierte sie und ging an ihnen vorbei nach draußen.

Es war ein strahlender Morgen, die Luft war von der Klarheit und Reinheit, die einem heftigen Sturm gewöhnlich folgt. Perfektes Segelwetter, dachte Caroline.

Ihr Vater starrte auf den leeren Anlegeplatz.

Leise trat Caroline hinter ihn und sagte: »O ja, David ist weg.«

Er wandte sich zu ihr um, und es dauerte einen Moment, bis der Schock sein Gesicht verzerrte. »Der Abend gestern war der schwierigste in meinem ganzen Leben. Aber das alles ist jetzt fast vorbei. Denn dies ist das letzte Mal, das wir beide je miteinander sprechen werden.«

»Caroline.« Mit gequälter Miene streckte er die Hand aus. »Bitte...«

»Du hast meine Entscheidung für mich getroffen. Ich sollte nicht mit David zusammen sein, also hast du beschlossen, ihn ins Gefängnis zu schicken, während du mich glauben lassen wolltest, es wäre halt Pech gewesen.« Heftig atmend hielt sie inne. »Nun, jetzt hast du mich verloren. Und weißt du, was ich am allerschlimmsten finde? Daß dir nicht David leid tut. Du tust dir nur selbst leid...«

»Caroline.« Channing zog seine Hand zurück und rang um Würde. »Du weißt nicht, was es bedeutet, ein Kind zu lieben.«

»Nein. Aber ich kenne den Unterschied zwischen Liebe und Besitz.« Caroline bemühte sich, ihre Wut zu zügeln; doch was sie dann fühlte, war tiefer und umfassender als alle Wut. »Doch wenn du mich liebst, Vater, dann hoffe bitte nicht auf meine Vergebung. Hoffe um meinetwillen, daß David noch lebt.«

Sie drehte sich um und ließ ihn stehen.

Jenen Herbst verbrachte sie alleine auf Martha's Vineyard.

Ihr Vater hatte aufgegeben. Sie konnte ihn fühlen, konnte spüren, wie er allein in New Hampshire saß und hoffte, ihre Wut und die gegenseitige Entfremdung aussitzen zu können. Doch wenn sie noch miteinander geredet hätten, hätte er gewußt, daß es Caroline nicht mehr kümmerte.

In ihr wuchs ein neues Leben.

Die Entscheidung, es zu behalten, war, wie Caroline sich mit gnadenloser Ehrlichkeit eingestand, zutiefst irrational und an die Vorstellung geknüpft, daß dieses Leben ein Teil von David war, der vielleicht schon verloren war. Wenn er dagewesen wäre, wäre es vielleicht möglich gewesen, dieses werdende Leben zu beenden; sein Kind auszutragen, war vielleicht ein tief empfundener, verdrehter Akt der Wut und Rache. Doch sie hätte nicht mit dem Gedanken leben können, erst ihn und dann auch noch sein Kind getötet zu haben.

Denn das war die Crux. Caroline hatte keine allgemeinen Regeln parat, was eine Frau in ihrer Lage tun sollte; nach ihrer gesellschaftlichen Vorstellung mußte jede Frau selbst entscheiden. Dabei war sie so unbarmherzig mit sich, sich immer wieder daran zu erinnern, daß es darum ging, Leben zu bewahren oder zu nehmen. Und das konnte Caroline um Davids, um des Kindes und vor allem um ihrer selbst willen nicht tun.

Und so wuchs das Kind in ihr weiter, bis sie nur noch die Wahl hatte, es zu behalten oder es wegzugeben.

Doch selbst als sie gegen alle Wahrscheinlichkeit noch hoffte, von David zu hören, begann sie schon, sich eine eigene Zukunft vorzustellen.

Caroline wußte, was sie ohne das Kind tun würde – so weit wie möglich von New Hampshire wegziehen, ihr Jurastudium aus eigener Kraft finanzieren und sich selbständig machen. Eine Anwältin werden, wie sie, Caroline Masters – und niemand sonst –, glaubte, werden zu sollen. Doch so schwer es auch war, sich das Leben mit dem Baby vorzustellen, so schwer war es, sich die Fremden vorzustellen, die seine Eltern werden würden; und in jenem öden Winter auf Martha's Vineyard hatte Caroline viel zu viel Zeit, um darüber nachzudenken, was Eltern einem Kind antun konnten.

Eines Morgens, der Boden war frisch überfroren, stand auf einmal Larry vor der Tür.

Er lächelte schwach und verlegen. »Ich wollte dich besuchen.«

Überrascht stellte Caroline fest, daß sie froh war, ihn zu sehen, und war dankbar, daß ihre Verbitterung ihr Verhältnis zu Larry noch nicht getrübt hatte.

»Komm rein«, sagte sie. »Ich habe zur Zeit nur wenig Gesellschaft. Gar keine, um genau zu sein.«

Er warf einen Blick auf ihren Bauch. »Fast keine«, entgegnete er. »Aber ich nehme an, er – oder sie – redet noch nicht.«

Caroline lächelte. »Nein, aber sie läuft schon ein bißchen herum.«

Larry kam auf sie zu und umarmte sie. »Ich bin so froh, dich zu sehen, Caro. Keiner weiß, was er machen soll.«

Sie drückte ihr Gesicht an seine Schulter. »Ich auch nicht«, murmelte sie. »Auch wegen dem Baby.«

Eine Weile ließ sie sich einfach von ihm halten und fand es merkwürdig, daß ihr dabei zum Heulen zumute war.

»Caro«, sagte er leise. »Es tut mir so leid.«

»Ich weiß. Ich weiß...«

Nach einer Weile führte sie ihn, noch immer seine Hand haltend, in den Wintergarten, wo sie sich nebeneinander auf die Couch setzten. Das Meer vor dem Fenster sah öde und grau aus, auf der Wiese glänzte der Rauhreif. Caroline schlang die Arme um ihren Körper.

»Hast du je wieder von ihm gehört?« fragte Larry leise.

Caroline schüttelte den Kopf. »Entweder er ist tot, oder er will mir nicht vergeben. Ich hoffe letzteres.«

Larry verfiel in Schweigen. »Und denkst du darüber nach, es zu behalten?« fragte er nach einer Weile.

»Ich weiß nicht. Das sollte ich eigentlich nicht. Aber wenn ich es nicht tue, ist es so, als ob ich ein Leben in die Lotterie gebe. Woher weiß ich, welche Eltern dieses Baby bekommt?« Sie sah ihn an. »Es reicht nicht, daß jemand ein Kind will. Guck dir an, wie sehr mein Vater mich wollte.«

Larry wandte den Blick ab, wie um sich zu sammeln. »Ich weiß nicht, wie ich es dir sagen soll, Caroline, außer es einfach zu sagen. Ich möchte, daß du über etwas nachdenkst.«

Und auf einmal wußte Caroline, warum er gekommen war. Kalt fragte sie. »Was ist es?«

Larry wich ihrem Blick jetzt aus. »Wir werden nie ein Kind haben können, Caro. Wie sich herausgestellt hat, liegt das Problem nicht nur bei mir, sondern auch bei Betty ...«

Caroline stand abrupt auf. »Nie im Leben. Es ist besser für unsere Freundschaft, wenn ich einfach so tue, als wäre ich sprachlos. Doch ich kann einfach nicht glauben, daß du – der einzige, an dem mir noch etwas liegt – damit zu mir kommst.« Sie wurde lauter. »Ihr seid wirklich wie die Geier, alle miteinander. Aber du ...«

Larry sah sie an und sagte leise: »Wer hätte dich sonst fragen können, Caroline? Und wen würdest du sonst als Vater für dieses Baby wollen?«

Caroline atmete tief ein und starrte ihn an. »Du magst Betty bis zu deinem Tod hassen«, fuhr Larry fort, »obwohl ich dir um ihretwillen sagen muß, daß sie sich schrecklich schämt und todtraurig ist. Aber ich bitte dich nicht um ihretwillen. Ich bitte dich um des Babys willen, und für mich ...«

»Das Ganze war doch ursprünglich Bettys Idee?«

»War«, gab Larry zurück. »Bis ich wußte, daß wir mit Sicherheit keins haben können, während du eins bekommst.« Er ging zu Caroline, faßte sie an beiden Schultern und sah ihr tief in die Augen. »Was immer du von ihr denken magst, Betty wird dieses Kind lieben. Und ich werde da sein und darauf achten, daß alles gut läuft. Ich werde der Vater sein, Caroline. Würdest du lieber einem Fremden vertrauen?«

Caroline wandte sich ab und ging zum Sofa zurück. »Das ist einfach zuviel«, sagte sie.

Larry beobachtete sie stumm.

Caroline setzte sich und stützte ihre Ellenbogen auf die Knie, das Kinn in die Hände und starrte zu Boden. »Es ist nicht nur wegen Betty«, sagte sie schließlich. »Es ist wegen meinem Vater.«

»Aber dein Vater adoptiert niemanden.«

Caroline blickte grimmig zu ihm auf. »Mein Vater adoptiert Leben, und wenn du nicht vorsichtig bist, auch deins.« Langsam und voller Kälte fuhr sie fort: »Ich werde nicht zulassen, daß dieses Kind ein Leben nach den Vorstellungen meines Vaters lebt. Wenn es nur um dich ginge, Larry, wäre es vielleicht möglich. Aber wenn ich euch alle so ansehe, glaube ich nicht, daß es möglich ist.«

Larry setzte sich neben sie. Nach einer Weile sagte er: »Was würdest du von mir wollen?«

Mein Gott, dachte Caroline; einen Moment hatte sie sich das Baby zusammen mit Larry vorgestellt – mit einem Zuhause und einem Vater, der sein Leben von dem seines Kindes trennen konnte. »Ich würde wollen, daß du nicht in seiner Nähe lebst – in einer anderen Stadt, einem anderen Staat. Damit er nie wieder das Leben eines anderen Menschen kontrollieren kann.«

Larry blickte aufs Wasser. »Das kann ich machen«, sagte er schließlich. »So oder so.«

Langsam wandte sich Caroline ihm zu und sagte zu ihrer eigenen Überraschung: »Dann werde ich darüber nachdenken. Und jetzt laß mich bitte allein.«

Zwei Tage nach der Geburt kam Larry ins Krankenhaus.

Er war allein; Caroline hatte ihn nicht darum bitten müssen. Er betrachtete das Baby, das sie in den Armen hielt, staunend und leicht verwirrt.

»Mein Gott«, sagte er. »All die Haare. Ich wußte gar nicht, daß Babys Haare haben.«

»Ich auch nicht.«

Caroline betrachtete das Gesicht des kleinen Mädchens. Es war rot und von der Geburt noch immer geschwollen, doch es hatte wunderschöne Augen. Blinzelnd reckte die Kleine einen Arm, als wolle sie die Hand nach ihr ausstrecken. Seltsam, dachte Caroline, wie mühelos Mütter Sinn selbst in die simpelsten Reflexe eines Babys projizieren können.

»Möchtest du sie mal halten?« fragte sie Larry.

Unbeholfen streckte Larry die Arme aus und wiegte das Baby in seinen Armen. Caroline überließ es ihm.

Er setzte sich auf den Besucherstuhl und lächelte in die noch blinden Augen des Babys, bis der Moment sich für immer in Carolines Erinnerung eingeprägt hatte – die Sonne, die durch das Fenster fiel und das Gesicht der Kleinen erstrahlen ließ, während Larry seine Wange an ihre legte. »Sie riecht gut«, murmelte er. »Ganz frisch.«

»Ich weiß.«

Larry saß da und hielt das Baby, bis Caroline erkannte, daß er nicht über sich brachte, zu sagen, was getan werden mußte. »Ich habe alles gepackt, Larry«, sagte sie leise. »Für mich gibt es hier nichts mehr zu tun.«

Langsam blickte er zu ihr auf. »Okay.«

Caroline stand auf. »Ich trage sie.«

»Schaffst du das auch?«

»Hm-hm.«

Zum letzten Mal nahm Caroline ihr Baby in die Arme. Sie küßte seinen Kopf und roch, weil sie nicht anders konnte, noch einmal an seiner Haut.

Die ersten Schritte waren seltsam; Caroline fühlte sich noch immer wund, ihr Bauch kam ihr vor wie ein formloser Hautlappen. Doch sie vermutete, daß sie mit der Zeit wieder sie selbst werden würde. Als sie durch den Flur gingen, faßte Larry ihren Arm.

Die Krankenschwester beim Empfang lächelte sie an. »Geht's nach Hause?«

Caroline nickte. »Ja, nach Hause.«

Die Schwester zog ein Formular hervor, das Caroline unterschreiben mußte. Sie konnte weder Larry noch der Schwester in die Augen sehen.

Wortlos unterschrieb sie die Papiere.

Die Schwester tätschelte ihre Hand. »Haben Sie viel Spaß mit ihr«, sagte sie.

»Oh«, sagte Caroline, »ganz bestimmt.« Als sie sich abwandte, sah sie, daß jetzt Larry ihrem Blick auswich.

Es war ein klarer, kühler Apriltag. Vor dem Krankenhaus blieb Caroline kurz stehen und blinzelte in die Sonne.

»Ich habe dort drüben geparkt«, sagte Larry.

Gemeinsam gingen sie zu seinem Wagen. Caroline wußte, daß Betty im Woods Hotel auf der anderen Seite des Sund wartete. Larry würde mit dem Baby zur Fähre fahren, und in zwei Stunden würden die drei vereint sein.

Doch Larry wußte nicht, wie er sich von ihr verabschieden sollte.

»Ich will nichts von euch hören«, sagte Caroline. »Ich will von keinem wissen, wie es ihr geht. Nimm sie einfach und sorge bitte gut für sie.«

Das Baby im Arm, sah Larry sie fest an. »Das werden wir tun«, sagte er. »Das werde *ich* tun.«

Caroline hatte einen Kloß im Hals. »Wie werdet ihr sie nennen?«

»Ich weiß noch nicht.« Er versuchte zu lächeln. »Ich finde, sie sieht aus wie Baby Allen.«

Caroline betrachtete das Baby in seinen Armen. In diesem Moment machte das kleine Mädchen die Augen auf.

»Und ich finde«, sagte Caroline, »daß sie aussieht wie meine Mutter.«

Larry nickte langsam. »Kann ich dich irgendwo absetzen?« fragte er.

»Nein danke. Ich rufe mir ein Taxi.«

Das Baby im Arm, kam Larry auf Caroline zu und küßte sie auf die Stirn. Sie spürte, wie der Körper des Kindes ihren Arm streifte.

»Geh jetzt«, sagte sie.

Ohne zu antworten, packte Larry das Baby in den Wagen und stieg ein. Als sie wegfuhren, wandte sich Caroline ab.

Aus Freundlichkeit, Wut und Selbsterhaltungstrieb tat Caroline, was eine Leihmutter ihrer Meinung nach tun sollte. Sie zog nach Kalifornien und begann ein Jurastudium. Sie sah ihre Tochter nie wieder.

Sie hatte sich ein eigenes Leben aufgebaut, und Brett hatte dafür bezahlt.

Siebter Teil

In letzter Instanz

1

Zum ersten Mal seit dreiundzwanzig Jahren stand Caroline wieder vor der Holztür der einfachen Angelhütte ihres Vaters.

In der kühlen, stillen Dunkelheit kamen ihr Kindheitserinnerungen in den Sinn – das Rauschen der Kiefernzweige im böigen Wind, das Zelten unter sternklarem Himmel, das Grillen ihres Fangs über der alten steinernen Feuerstelle, das flackernde Licht der Flammen.

Mit pochendem Herzen klopfte sie an die Tür.

Zunächst war es still, dann hörte sie, wie ihr Vater mit der Ungeduld eines alten Mannes an dem Riegel zerrte.

»Caroline.«

Er schien kurz zu blinzeln, vielleicht aus Überraschung, vielleicht auch nur, um sich ans Licht zu gewöhnen. Er trug einen Bademantel und Pantoffeln; als er sie sah, reckte er, um Würde bemüht, seine Schultern. Er schien sich nicht sicher zu sein, ob er sie hereinbitten sollte.

»Ich habe geschlafen, wie du siehst«, sagte er.

Caroline antwortete nicht. Channing zögerte und öffnete dann mit trotziger Entschlossenheit die Tür.

Das Wohnzimmer war leicht verändert, doch die vertrauten Gegenstände waren geblieben, die Fliegenrute, das Regal mit den Büchern über das Angeln und die Natur, das Gemälde eines idyllischen Sees in England – auch der Sinn für Ordnung war der gleiche geblieben. Nur ein Foto, das sorgfältig auf dem Bücherregal arrangiert war, überraschte sie: Caroline im Alter von etwa sechzehn Jahren, den Kopf lachend nach hinten geworfen, während die Haare im Wind flatterten. Caroline konnte sich noch genau an den Moment erinnern: Sie hatte gerade eine Forelle gefangen und sie zurück ins Wasser geworfen. Doch sie hatte damals noch nicht gesehen, wie sehr sie auf diesem Schnappschuß ihrer Mutter ähnelte. Und Brett.

Caroline starrte das Bild an.

Der Blick ihres Vaters folgte ihr. »Sonst hatte ich kaum etwas von dir«, sagte er.

Langsam drehte sich Caroline zu ihm um. »Nur Brett«, erwiderte sie. »Und das Messer.«

Er sah blaß aus, dachte sie. Dann straffte er die Schultern und richtete sich innerlich auf. »Ja«, sagte er schließlich. »Ich habe es nie über mich gebracht, es wegzuwerfen.«

Für den Bruchteil einer Sekunde fiel sein Blick auf das hölzerne Stehpult, Caroline sah den grauen Revolver. Sie hatte noch immer Herzklopfen.

»Du bist am Ufer entlanggewatet«, sagte sie leise. »Genauso, wie du es mir beschrieben hast.«

Channing Masters hob in stummer Würde den Kopf und sah Caroline mit festem Blick direkt an.

Und in diesem Moment spürte Caroline das erdrückende Gewicht der Erkenntnis, die sie nicht hatte wahrhaben wollen. Übelkeit stieg in ihr auf und blieb in ihrem Hals stecken. Sie konnte nicht weitersprechen. Der rohe und verletzte Gesichtsausdruck, mit dem er sie ansah, war wie ein Spiegel ihres eigenen Entsetzens.

»Du hast meine Mutter verloren«, sagte sie langsam und mit zittriger Stimme. »Und dann hast du mich verloren. An andere Männer, wie du gedacht hast. Und jetzt konntest du nicht zulassen, daß ein anderer Mann dir auch noch Brett wegnehmen wollte ...«

»Verdammt, Caroline.« Die Gesichtszüge ihres Vaters versteinerten. »Für dich geht es immer nur um diesen einen Sommer, nicht wahr – ein bösartiger und besitzergreifender Mann ... Ich habe nicht gewollt, daß David tat, was er getan hat, obwohl ich bereit war, die Konsequenzen zu tragen, als hätte ich es gewollt. Aber verwechsle dein Trauma nicht mit dem von Brett, oder jenen Jungen mit *diesem*. James Case war ein narzißtischer, manipulativer Mann, der fest entschlossen war, Brett in Drogengeschichten zu verwickeln ...«

»Also hast du beschlossen, sie zu retten. Genau wie du mich gerettet hast.«

»*Richte* mich nicht«, fuhr ihr Vater sie an. »Wo warst du denn, als Brett aufwuchs, Caroline? Du hast deine eigenen Ambitionen in Kalifornien verfolgt, hast deine Tochter und deine Familie ignoriert. Du warst noch weniger für Brett da als Nicole für dich.« Channing zwang sich, aufrechter zu stehen. »In jener Nacht wußte ich nicht, was ich tun sollte. Ich wußte nur, daß diese Beziehung mit James enden mußte und daß niemand sonst sie beenden konnte – nicht Betty und ganz bestimmt nicht Larry. Also habe ich das Messer und die Pistole genommen, und als ich sie sah, wußte ich, was ich zu tun hatte.«

Sein Blick wurde abwesend, als ob jener Moment ihm lebhafter vor Augen stand als die Gegenwart. Seine Stimme war voller Trauer und Wut. »Ich habe gesehen, wie sie mit ihm getrunken, Marihuana geraucht und sich weggeworfen hat. Dieses wunderschöne Mädchen, das ihren Körper für verkommene Dinge hingab, während dieses verkommene Subjekt sie einlud, sein verkommenes Leben zu teilen ...«

»Mein Gott«, brachte sie bebend hervor. »Weißt du, was du ihr angetan hast? Bist du wirklich so verrückt?«

Channings Miene wurde verschlossen und unnahbar. »Der Arzt gibt mir noch ein Jahr zu leben, Caroline. Vielleicht zwei.« Er machte eine Pause. »Ich habe entdeckt, daß darin auch eine gewisse Freiheit liegt. Eine eigenartige Klarheit des Denkens und Wollens, und ein ausgeprägter Mangel an Gefühlsduselei.

Mein Leben – das Leben, das wir hatten – ist fast zu Ende. Alles, was davon bleibt, ist Brett. Als ich sie aus dem Gebüsch beobachtet habe, wußte ich, daß ich mit dem bißchen Leben, was mir noch blieb, vielleicht den Rest ihres Lebens retten konnte.«

Caroline nahm die Veränderung in ihm war. Auf einmal war er ganz ruhig, fast abwesend, und sie zwang sich, genauso ruhig zu werden. Eine tiefe Stille kam über sie, über ihr Herz und ihre Gedanken.

»Dann erzähl mir, was passiert ist«, sagte sie leise. »Denn es sieht ganz so aus, als ob die Aufgabe, Brett zu retten, am Ende doch mir zugefallen ist.«

Die Nacht war dunkel und voller Schatten; während Caroline seinen sparsamen Worten lauschte, hatte sie Bretts leidenschaftliche Schilderung im Sinn und konnte die Szenerie jetzt deutlich vor sich sehen.

Ihr Vater kniete hinter den Büschen und beobachtete sie. Zwei

Silhouetten im Mondschein, der Kopf des Mannes zwischen den Beinen der Frau, die silberschwarzen Umrisse der Frau, die aufschrie.

Er fand die Nacht kühl, seine müden alten Glieder schmerzten. Seine Schläfen pulsierten im Takt seiner Wut.

Als die Frau, seine Enkelin, sich hinkniete, hielt der Mann seinen Penis vor ihren Mund.

War es so gewesen, fragte er sich – mit Nicole und Paul Nerheim, mit Caroline und ihrem Liebhaber? Ein Teil von ihm wollte den Blick abwenden, doch er konnte nicht aufhören zuzusehen.

Im Mondlicht bestieg Brett ihn. Sie bewegte sich in rhythmischer Ekstase, während der Körper des Mannes unter ihr erschlaffte.

Brett starrte auf ihn herab und löste unbeholfen ihr Becken von seinem. Und dann beugte sie sich zum Abscheu ihres Großvaters hinab und küßte James ins Gesicht.

Vielleicht war es jener Augenblick – sklavisch und verloren –, der seine Entscheidung auslöste.

Langsam nahm er den Revolver von seinem Gürtel.

Die Luft strich kühl über seine Gedanken. In den Handschuhen fühlten sich seine gichtigen Finger an wie Stümpfe. Der stechende Schmerz in seinen Knien trieb Tränen in seine Augen.

Unbeholfen stand Brett auf, nackt vor dem schwarzen See hinter ihr. Sie zögerte einen Moment und taumelte dann einer spontanen Eingebung folgend aufs Wasser zu. Channing hörte das erste Platschen ihrer Füße im flachen Wasser, dann das Klatschen, als ihr Körper die Wasseroberfläche durchbrach.

Unter Schmerzen erhob Channing sich.

Er hatte Angst um sie, sie wirkte zu benommen, um schwimmen zu können. Doch dann sah er, wie sie mit gleichmäßigen Zügen in den Rhythmus verfiel, den er ihr beigebracht hatte, wenn er sie mit auf die Plattform genommen hatte, wo sie sich gemeinsam gesonnt hatten.

Sie hatte ihn mit James allein gelassen.

Langsam steckte Channing den Revolver wieder in seinen Gürtel.

Vom See her hörte er, daß Brett die Plattform erreicht hatte und sich aus dem Wasser zog.

Steif trat Channing auf die Lichtung.

Der Junge lag auf der Decke, die Arme seitlich weggestreckt wie ein gefallener Soldat. Channings Füße bewegten sich lautlos über das Gras.

Als er sich auf die Decke kniete, zuckte Channing vor Schmerz zusammen. Man hörte nur das hohle Knacken von Knorpel und Knochen und das kaum wahrnehmbare Säuseln von James' Atem.

Channing blickte in sein Gesicht.

James' Haut war glatt, die vollen, gleichmäßigen Lippen leicht geöffnet. Selbst seine arrogante Ausstrahlung schien wie weggewischt.

Doch Channing wußte, daß James, wenn er aufwachte, Brett wieder in seine egoistischen Bedürfnisse einwickeln würde. Er zwang sich, das Messer zu zücken, das Caroline ihm geschenkt hatte.

Einen Moment lang hielt er, das Messer über dem Gesicht des schlafenden Jungen, inne. Er hörte das Zirpen der Grillen und spürte Brett, die nur ein paar hundert Schritte entfernt war.

Er atmete einmal tief ein und schloß die Augen. Als er das Messer an James' nackten Hals ansetzte, spürte er das Zittern seiner zögernden Hand...

Jetzt.

Er stieß zu. Taub vor Alter, stockend vor Unentschlossenheit, versagte seine Hand ihm den Dienst.

James riß die Augen auf. Ein schmales Blutband sickerte aus der flachen Wunde.

Mein Gott, mein Gott.

»Nein«, keuchte James.

Channings behandschuhte Hände packten seine Kehle. James nackter Körper kämpfte sich aus dem Schlaf und dem Schock des Entsetzens hoch. Channings Herz raste.

Sein zweiter Schnitt war fest und sicher.

Sofort spürte er den widerlich warmen Blutstrahl auf seinem Gesicht und seinem Hemd, sah James' Augen, die panisch und wissend zu ihm hochstarrten.

Ein weiterer Blutschwall traf die Augen des alten Mannes, so daß er fast nichts mehr sehen konnte. Mit einem spastischen Zucken packte James seinen Arm.

Channing trieb das Messer in sein Herz.

Sein Arm sank zurück. Aus James' Kehle drang ein schreckliches Gurgeln.

Channing wich entsetzt zurück.

»James...«

Brett rief über das Wasser. Channing fuhr herum und erhob sich.

Auf der Decke zu seinen Füßen zuckte James krampfhaft im Todeskampf. Es klang, als ob jemand ertrinken würde.

»James...«

Hinter sich hörte Channing, wie Brett alarmiert ins Wasser gesprungen war.

Ekel und Galle standen in seiner Kehle, als er stolpernd in der Dunkelheit verschwand, bevor Brett sehen konnte, wer er war und was er getan hatte.

2

»Brett«, sagte Caroline leise. »Richtig, da war ja auch noch Brett, nicht wahr?«

Im düsteren Licht der alten Lampe wirkte Channings Gesicht aschfahl und blutleer, seine Stimme brüchig. »Ich wußte, daß es schrecklich für sie sein würde, genauso schrecklich, wie es für mich war. Doch es war vollbracht. Ich hätte nie gedacht, daß man sie verdächtigen würde. Die Fingerabdrücke, die Mund-zu-Mund-Beatmung, das Spritzmuster. Die Tatsache, daß sie das Messer und die Brieftasche mitnehmen würde. Wie hätte ich mir all diese Dinge vorstellen können?« Er machte eine Pause. »Ich konnte mir ja nicht einmal vorstellen, wie es sein würde, einen Menschen auf diese Art umzubringen.«

Caroline kämpfte gegen Mitleid und Ekel an. »Konntest du dir vorstellen, was es heißt, eines Mordes angeklagt zu werden, den man nicht begangen hat?« fragte sie kalt.

Channing wandte den Blick ab. »Ich wollte nicht, daß sie es erfährt. Und ja, ich wollte nicht, daß unsere Familie – daß ich mit dem Tod dieses Jungen in Verbindung gebracht werde.« Er machte eine Pause und sprach mit vor Scham leiser Stimme weiter. »Ich wußte, daß sie unschuldig war, und konnte mir nicht vorstellen, daß man sie anklagen würde. Und als man es dann doch tat, dachte ich, daß sie nie damit durchkommen würden. Zumindest, was das angeht, hatte ich ja auch recht.«

Caroline schüttelte wie benommen den Kopf. »Wie bist du auf den perversen Gedanken gekommen, mich anzurufen?«

Channing schien in sich hineinzuhören. »Ich wußte, daß du dich für sie verantwortlich fühlen würdest. Immerhin hast du dich ja entschieden, sie zu bekommen und sie dann zu verlassen. Außerdem konnte ich selbst aus der Ferne sehen, wie talentiert du bist.« Er sah sie wieder an. »Ich weiß, wie das alles für dich klingen muß – ich weiß, wie es sich anhört, wenn ich es sage. Doch bei allem Elend der letzten vier Tage habe ich doch ein gewisses Vergnügen dabei empfunden, dir zuzusehen.« Er hielt inne, und seine Stimme wurde noch leiser. »Du bist eine bemerkenswerte Anwältin, Caroline. Aber daran habe ich schon immer geglaubt.«

Caroline spürte seine Worte in ihrer Magengrube. »Dann mußt du auch geglaubt haben, daß ich dir auf die Schliche kommen würde. Vielleicht hast du es sogar gehofft.«

Er schüttelte langsam den Kopf. Und dann mischte sich ein reuiger Stolz in seine Stimme. »Ich wußte, daß diese Möglichkeit bestand. Doch ich hätte nie gedacht, daß du dich an das Messer erinnern würdest; ich glaubte, ich wäre der einzige, der sich an dein Geschenk erinnerte, als wenn es gestern gewesen wäre.« Seine Augen waren jetzt mit neuem Leben erfüllt. »Ich dachte, du hättest alles, was in jenen Jahren war, unser gemeinsames Leben, verdrängt und dich nur noch an den letzten Sommer erinnern wollen.«

Einen Moment lang war Caroline unfähig zu sprechen. Als sie schließlich die Worte herausbrachte, war ihre Stimme eiskalt. »War es nicht Teil des Vergnügens, sich mit mir zu messen, Vater? Den Mord für mich zu rekonstruieren und dann abzuwarten, ob ich deinen Anweisungen mit dem nötigen Geschick folgen würde?«

Channing errötete. »Wie kannst du so etwas denken? Was ich dir erzählt habe, habe ich dir um Bretts willen gesagt. Ich war schließlich für sie verantwortlich …«

»Um *Bretts* willen.« Carolines Stimme überschlug sich vor Zorn. »Ich weiß nicht, wie ich beschreiben soll, was sie deinetwegen durchmachen mußte.«

Einen Moment lang starrte Channing sie an. Dann drehte er sich um und ging in sein Schlafzimmer.

Noch bevor er zurückkehrte, machte sich Caroline auf das Schlimmste gefaßt.

Er kam mit einer durchsichtigen Plastiktüte zurück, die das blutverschmierte Hemd und die besudelte Hose enthielt. An die Tüte war ein Brief geheftet.

Caroline schwieg, als er ihr die Tüte gab. »Lies«, sagte er.

Caroline starrte auf die Kleider. Die dicken verkrusteten Spritzer auf dem blauen Arbeitshemd waren, wie sie jetzt wußte, genauso, wie sie sein mußten.

»Lies«, wiederholte er mit rauher Stimme.

Caroline stellte die Tüte ab und öffnete unbeholfen den Umschlag. Der Brief war an sie adressiert. Schluckend zwang sie sich zu lesen. Der Tonfall des Briefes war unverwechselbar.

In schmucklosem, sachlichem Stil und mit überzeugender Detailfreude beschrieb er ohne jede Sentimentalität, wie er James Case getötet hatte. Der Brief nannte seine Gründe, bat jedoch nicht um Mitleid. Nur bei Brett entschuldigte er sich.

Caroline sah ihren Vater schweigend an.

»Das Original liegt in meinem Safe«, sagte er. »Für den Fall, daß ich plötzlich abberufen werden würde.«

»Und wenn du nicht...« Caroline ließ die Frage unvollendet.

Channing richtete sich auf. »Ich war bereit, zu Jackson zu gehen – und zwar sofort, wenn du mit dieser Anhörung keinen Erfolg gehabt hättest. Doch ich hatte den Eindruck, daß du kurz davor warst, diese erbärmliche Megan endgültig zu diskreditieren.«

»Und dabei hast du zugesehen, wie Brett gelitten hat.«

»Drei Wochen sind keine so lange Zeit«, entgegnete Channing stoisch. »Ich weiß das. Ich habe dreiundzwanzig Jahre mit jenem letzten Sommer gelebt.«

Caroline starrte ihn an. »*Womit* hast du gelebt...«

Ihr Vater machte eine Pause. Und dann erklärte er ruhig und schlicht: »Dein David ist tot, Caroline.«

Caroline taumelte einen Schritt zurück. Das Herz hämmerte ihr in der Brust. »Woher willst du das wissen...«

»Er wird seit jener Nacht auf dem Sund vermißt.« Ihr Vater hielt inne und zwang sich, sie anzusehen. »Man hat das Catboat in der Nähe von Tarpaulin Cove gefunden, an den Felsen zerschellt.«

Caroline verschränkte die Arme und senkte den Kopf. Sie wippte auf ihren Füßen hin und her, um nicht am ganzen Körper zu zucken. »Du hast es gewußt«, sagte sie mit erstickter Stimme. »Du hast es die ganze Zeit *gewußt*...«

Channing faßte sich an die Stirn. »Drei Tage lang habe ich gehofft – ja sogar gebetet –, daß er irgendwie durchkommt, Caroline. Ich hatte das nicht gewollt.« Er schüttelte langsam den Kopf, als würde er den Moment der schrecklichen Erkenntnis noch einmal durchleben. »Und dann rief die Küstenwache an. Das Boot war auf meinen Namen registriert, verstehst du. Sie haben es gar nicht mit David in Verbindung gebracht. Also habe ich ihnen einfach erzählt, es hätte sich bei dem Sturm losgerissen...«

»Warum?«

»Damit du es nicht erfährst.« Channings Gesicht war von Schmerz gezeichnet. Leise fuhr er fort: »Ich wollte dich nicht verlieren, Caroline.«

Hilflos wandte Caroline sich ab. Ihr war, als ob sie keine Luft bekam.

»Jetzt weißt du alles«, erklärte ihr Vater mit lebloser Stimme. »Ich werde mich Jackson stellen. Bitte geh jetzt.«

Caroline sah die Bücher vor sich, das Bild eines lachenden Mädchens und die Pistole. Sie zwang sich, ihren Vater noch einmal anzusehen.

Sein Gesicht war wie ein geisterhaftes Abbild dessen, was er einmal gewesen war. Nur seine plötzlich feuchten Augen sahen sie voller Leben an.

»Caroline...«, setzte er an, und in diesem Moment erinnerte sie sich an alles, was zwischen ihnen gewesen war: die Wanderungen, die langen Tage am See, der Tod ihrer Mutter, die Gespräche am Abendbrottisch, ihre Zukunftspläne, die Anwältin, die sie sein würde. Den Verlust von David. Und daran, wie er all die Jahre, ohne daß sie es wollte, doch immer bestimmt hatte, wer Caroline Masters war.

Was immer er hatte sagen wollen, er brachte es offenbar nicht über die Lippen.

»Du bist wieder nach Hause gekommen, Caroline. Endlich, egal aus welchem Grund«, sagte er mit belegter Stimme. »Und jetzt laß mich bitte allein.«

Caroline riß sich zusammen. Einen letzten Augenblick lang sah sie in sein Gesicht und nickte ihm, unfähig, etwas zu sagen, langsam zu.

Leeren Blickes ging sie an ihm vorbei in die Nacht.

Ein paar Schritte vor seiner Tür blieb sie stehen, übermannt von der Anstrengung, ihre Fassung zu bewahren. Sie hielt den Kopf hoch und sog in tiefen, gleichmäßigen Zügen die kiefernsatte Luft ein.

Doch sie ging noch immer nicht weiter. Sie stand da und horchte. Die Nacht war kühl und still.

Durch die halbgeöffnete Tür hörte Caroline einen hohlen Knall.

Sie schloß die Augen. In der nachfolgenden schrecklichen, schmerzhaften Stille schien sie unfähig, sich zu rühren.

Doch außer ihr war niemand da. Sie mußte es alleine tun, wie sie es Betty gesagt hatte.

Langsam drehte sie sich um und ging zurück durch die Tür.

Drinnen blieb sie steif und stumm stehen. Kein Laut drang aus ihrer Kehle.

Ihr Vater war gnädig gewesen, wie sie sah. Gesicht und Kopf waren unversehrt; die Wunde, um die sich das frische Blut noch immer ausbreitete, war in seinem Herz.

Die Pistole lag neben ihm, bei dem Brief und der Tüte mit den Kleidern. Seine Augen starrten blind zu ihr hoch. Sie würden sie nie mehr sehen können.

Caroline kniete sich neben ihn und drückte seine Lider zu.

Dabei betrachtete sie sein Gesicht. Sie wußte, daß binnen Sekunden alles Menschliche von ihm weichen und er die wächserne Andersartigkeit aller Toten annehmen würde. Doch noch war ein Rest Farbe in seinem Gesicht, und seine Haut war nach wie vor warm.

Langsam zog sie ihre Hand zurück.

Einen letzten Moment, einen Herzschlag lang, blieb sie noch neben ihm hocken. Dann stand sie auf, wandte sich ab und rief Jackson an. Sie sah ihren Vater nicht wieder an.

3 Ein paar Meter vor ihr blieben die Scheinwerfer stehen. Der Motor wurde abgeschaltet. Eine Wagentür fiel zu, und dann hörte Caroline das Knirschen von Schritten auf dem Kies.

Jackson stand in der Dunkelheit vor ihr. Er wirkte noch leicht verwirrt, wie aus dem Schlaf gerissen. Doch seine Augen waren hellwach.

»Er ist dort drinnen«, sagte Caroline.

Jackson rührte sich nicht. Schweigend betrachtete er ihr Gesicht.

»Bitte«, sagte sie. »Regle du das für mich. Ich schaffe es einfach nicht mehr.«

Doch Jackson ließ sie nicht allein; vielleicht wußte er, daß ein Teil von ihr nicht wollte, daß er ging. Er faßte sie an beiden Handgelenken und fragte: »Worum ging es bei all dem eigentlich?«

»Um zu viele Dinge.« Caroline hielt inne und sah ihn an. »Brett ist meine Tochter, Jackson.«

Seine Augen blickten sie unverwandt an. »Heiliger Himmel«, murmelte er.

Er ließ ihre Hände nicht los.

Als der Notarzt kam, standen sie noch immer so da. Hinter dem Krankenwagen sah man das flackernde Licht eines Streifenwagens.

Plötzlich dachte Caroline an Brett. »Los«, sagte sie. »Du mußt schauen, was er hinterlassen hat. Bevor sie es versauen.«

Er sah sie an, begriff und nickte langsam.

Ohne sich von der Stelle zu rühren, hörte Caroline, wie er die Hütte betrat. Die Sanitäter und Polizisten, die an ihr vorbeirannten, nahm sie kaum wahr.

Sie erinnerte sich, daß es unterhalb der Hütte am Seeufer eine Bank gab.

Sie nahm die Treppe, die ihr Vater gebaut hatte, setzte sich und blickte aufs Wasser, das in der windstillen Nacht spiegelglatt dalag.

Man hörte kaum Geräusche, nur die Stimmen aus der Hütte, darunter Jacksons. Caroline wünschte, sie könnte etwas empfinden. Doch sie spürte nur eine Leere, die all ihre Gefühle betäubte.

Er ist tot, sagte sie sich, und Brett ist frei. Warum empfand sie nichts?

Es dauerte eine Weile, bis sie Jackson hinter sich hörte. »Ich habe die Staatspolizei angerufen«, sagte er. »Ich bringe dich hier weg. Den Rest können die auch alleine erledigen.«

Sie blickte nicht auf. »Es gibt noch mehr Anrufe zu erledigen«, erwiderte sie. »Betty ...«

»Die kann warten.«

Caroline widersprach ihm nicht.

Die Fahrt zu Jacksons Angelhütte dauerte etwa zehn Minuten. Caroline saß auf dem Beifahrersitz; Jackson betrachtete sie hin und wieder von der Seite, sagte jedoch nichts. Als sie seine Hütte betraten, sah Caroline den Kamin und erinnerte sich daran, wie sie hier miteinander geschlafen hatten. Es schien Jahre her zu sein.

Jackson führte sie auf die mit Fliegengittern geschützte Veranda. Sie setzte sich auf die Couch; hinter einer Lichtung zwischen den Bäumen konnte man den See als Oval im Dunkel schimmern sehen. Caroline starrte darauf, ohne ihn wirklich wahrzunehmen.

»Kann ich dir irgendwas anbieten?« fragte er.

»Nein danke.«

Jackson setzte sich auf die andere Ecke der Couch, ohne sie zu berühren. Das einzige, was Caroline empfand, war die Distanz zwischen ihnen.

»Du kannst mit mir reden«, sagte er schließlich. »Oder du kannst so weitermachen, wie du es meiner Ansicht nach schon seit Jahren getan haben mußt.«

Caroline sah ihn nicht an; schon das Sprechen an sich bereitete ihr große Mühe. »Ich bin mir nicht sicher, ob ich weiß, wie«, antwortete sie. »Ich weiß nicht mal, wo ich anfangen soll.«

»Irgendwo, Caroline. Mit dem, was dir als erstes einfällt.«

Sie war zu erschöpft, sich zu wehren; unwillkürlich stieg wie eine Antwort ein Bild in ihr auf, das ihre Brust zusammenschnürte – schwarzes vom Wasser umspültes Haar.

»Meine Mutter«, hörte sie sich sagen, und dann konnte sie nicht weitersprechen. Sie spürte seinen Arm um sich.

»Erzähl es mir.«

Und bevor sie innehalten konnte, um nachzudenken, erzählte sie ihm mit monotoner Stimme alles.

Von ihrer Mutter und wie sie gestorben war. Wie sie sich in

David verliebt hatte. Vom Verrat ihrer Schwester und dem ihres Vaters. Wie sie Brett zur Welt gebracht und wieder aufgegeben hatte, und warum sie zurückgekehrt war.

Und dann erzählte sie ihm, weil er es wissen mußte, von den Ereignissen der letzten drei Wochen. Von dem fehlenden Messer, dem Einbruch in Megans Wohnung. Von dem Muster aus Fakten und Ahnungen, mit dem sie die Schuld ihres Vaters erspürt hatte. Und von ihrer letzten Konfrontation, dem Moment, in dem sie, dreiundzwanzig Jahre zu spät, erfahren hatte, daß David tot war.

Als sie zu Ende war, konnte Caroline ihn nicht ansehen.

»Weißt du, was Vater zu mir gesagt hat?« fragte sie stumpf. »Daß er Angst hatte, mich zu verlieren.«

Sie spürte, wie Jacksons Arme sich fester um sie legten. »Nun«, sagte er schließlich. »Mich hast du jedenfalls nicht verloren. Du hast mich nur eine Weile verlegt.«

Caroline spürte, wie sich irgend etwas in ihr rührte. Sie wandte sich ihm zu, blickte in sein faltiges, gütiges Gesicht und fing, auf einmal unfähig, sich zu wehren, an zu weinen, schluchzte unkontrolliert, bis ihr Körper bebte, wie sie es nicht mehr getan hatte seit dem Abend, an dem David verschwunden war.

Jackson hielt sie einfach nur fest.

Das erste Morgengrau dämmerte über dem See.

Caroline lag auf der Couch in Jacksons Armen und dachte, daß der Tag auf grausame Art aussah wie jeder andere.

»Was denkst du?« fragte sie.

Er schwieg eine Weile. »Daß du in gewisser Weise recht hattest, es mir nicht zu erzählen«, sagte er schließlich. »Ich hätte es damals nie verstehen können.«

»Und jetzt?«

»Jetzt schon, glaube ich.«

Caroline wünschte sich, daß sie einfach hier bei ihm bleiben könnte. Und dann sah sie wieder das Bild ihres Vaters vor sich.

Als ob er ihre Gedanken gelesen hätte, sagte Jackson: »Wir haben heute einiges zu tun. Angefangen mit Fred Towle, der uns vor Gericht erwartet.«

Bei all ihrer Erschöpfung spürte Caroline, wie die Anwältin in ihr wieder erwachte. Sie richtete sich auf. »Wie sollen wir das regeln?«

»Ich werde mich darum kümmern.« Jackson rückte von ihr ab und sah sie an. »Ich werde Fred erzählen, daß dein Vater tot ist. Und daß ich die Anklage unter Vorbehalt fallenlasse...«

»Unter Vorbehalt?«

»Mehr kann ich nicht tun, bis die Autopsie und unsere Vernehmungen abgeschlossen sind. Ich werde weder Fred noch den Medien erklären, was passiert ist, bis wir beide uns auf eine Sprachregelung geeinigt haben.« Jackson machte eine Pause und fuhr mit ruhiger Stimme fort: »Deine Aufgabe ist es, ihr all das zu erklären. Zumindest so viel, wie du erklären willst.«

Caroline nickte stumm.

Einen Moment lang sah Jackson sie an. »Glaubt Brett, daß sie ihre Tochter ist?« fragte er leise.

Caroline wandte den Blick ab. »Ja.«

Jackson stand auf und trat ans Geländer der Veranda. Die Hände in den Taschen blickte er auf den See. »Hast du vor, ihr die Wahrheit zu sagen?«

Caroline wurde klar, daß sie sich das unbewußt auch schon selbst gefragt hatte. »Ich weiß nicht, Jackson. Ich bin im Moment nicht in der Verfassung dafür. Oder auch nur dafür, eine Entscheidung zu treffen.«

Jackson drehte sich um und sah sie an. »Aber unsere Welt dreht sich weiter, oder nicht? Und das ist vielleicht gerade heute morgen eine Gnade.«

Caroline dachte an Betty. Einen Moment lang fühlte sie sich zu schwach zum Aufstehen. Dann ging sie langsam zu Jacksons Telefon, um Betty mitzuteilen, daß ihr Vater tot war.

4

Carolines Wagen stand noch immer vor der Hütte ihres Vaters. Jackson kümmerte sich telefonisch um die Freigabe des Fahrzeugs; als er sie dort absetzte, sahen sie, daß das gelbe Plastikband, mit dem die Polizei das Grundstück abgesperrt hatte, bei der Einfahrt durchgeschnitten worden war. Ein Streifenbeamter erwartete sie. Die Leiche ihres Vaters war abtransportiert worden; für Caroline war die Fröhlichkeit des Morgens falsch, öde und unbarmherzig.

Sie sah Jackson an. »Danke.«

Er nickte, berührte sie jedoch nicht. Sie waren jetzt wieder zwei professionelle Juristen.

»Ruf mich an, wenn du mit Brett gesprochen hast«, sagte er. »Wir müssen unter anderem noch eine Erklärung ausarbeiten.«

»Sicher.«

Caroline fand, daß sie schon wieder klang, als hätte sie alles im Griff, und das mußte sie auch. Doch als sie Jackson wegfahren sah, fühlte sie sich schrecklich allein.

Sie ging zu ihrem Wagen und stieg ein. Durch die Windschutzscheibe blickte sie auf die Hütte ihres Vaters. Und dann fielen ihr die Fotos wieder ein.

Sie lagen noch auf dem Beifahrersitz. Wie benommen nahm sie sie zur Hand und betrachtete die Gesichter, die Joe Lemieux in ihrem Auftrag beim Betreten des Gerichtsgebäudes fotografiert hatte.

Megan. Betty. Larry. Ihr Vater ...

Er stieg steifbeinig die Treppe zum Gerichtsgebäude hoch, den Blick stur geradeaus gerichtet, das letzte Bemühen eines alten Mannes um Würde.

Wieder traten Tränen in Carolines Augen.

Sie wußte, daß Brett diese Fotos nie sehen durfte. Bevor sie den Wagen anließ, verstaute Caroline die Bilder unter dem Fahrersitz.

Als die Polizeibeamtin sie in den Aufnahmebereich brachte, wirkte Brett verwirrt, hin und her gerissen zwischen Unsicherheit und Hoffnung.

Einen Moment lang brachte Caroline kein Wort heraus. Die Realität, daß die Frau vor ihr, Davids Tochter, ihr Leben zurückerhalten hatte, traf sie ganz unvermittelt.

»Es ist vorbei«, sagte sie schließlich. »Du bist frei.«

Als Brett sie zögernd und unsicher anlächelte, wandte Caroline den Blick ab.

»Was ist passiert?« fragte Brett.

Caroline nahm ihre Hand. »Laß uns nach draußen gehen.«

Als sie ins Freie traten, sah Brett sich noch einmal um. Im Licht der Sonne wirkte das große Backsteingebäude harmlos, fast einladend. Doch Caroline vermutete, daß sein Schatten keinen von ihnen je wieder ganz loslassen würde.

Brett drehte sich zu ihr um. »Wie hast du das gemacht?« fragte sie.

Caroline ging schweigend vor ihr her und setzte sich dann ins Gras. Brett blieb stehen und blickte auf sie herab; Caroline sah, wie die grünen Augen des Mädchens ihre, Carolines, Miene registrierten. Brett kniete sich neben sie, ohne den Blick von ihr abzuwenden.

Caroline atmete tief ein. »Dein Großvater ist tot. Er hat sich erschossen.«

Bretts Gesichtszüge schienen zu zucken. Und dann erstarrten sie in einem eigenartigen, verletzten Ausdruck, während sie versuchte, das Gehörte in sich aufzunehmen und zu begreifen. »James ...«

»Ja. Vater hat ihn getötet.«

Es war ein Tag für Tränen, dachte Caroline.

Doch als Bretts Tränen kamen, flossen sie stumm. Selbst als sie ihre Wangen hinabkullerten, sahen ihre Augen Caroline weiter unverwandt an, als ob sie jemanden suchten, dem sie vertrauen konnten.

Es war einfach zuviel, dachte Caroline und nahm Bretts Hand. Und dann sagte Brett zu ihrer Verwunderung: »Erzähl mir, wie es passiert ist.«

Caroline betrachtete sie, bevor sie ihr ohne jede Betonung und Ausschmückung so viel erzählte, wie es ihrer Meinung nach angemessen war.

»Er hätte dich nicht im Gefängnis sitzen lassen«, beendete sie ihre Schilderung. »Doch er brachte es auch nicht über sich, dir unter die Augen zu treten.«

Brett schien zusammenzuzucken; Caroline stellte sich vor, daß sie sich daran erinnerte, wie sie den sterbenden James gefunden hatte, einen Augenblick, den sie jetzt weniger denn je überwinden oder auch nur verstehen konnte.

Als ob auch sie das wußte, wanderten Bretts Gedanken zurück zu Caroline. »Du hast Großvater gefunden.«

»Ja.«

»Mein Gott ...«

»Ich bin okay.« Caroline machte eine Pause und verbesserte sich. »Nein, ich bin überhaupt nicht okay. Aber ich wollte es dir selbst sagen.«

Die Arme verschränkt starrte Brett auf das Gras zwischen ihnen.

»Ich habe ihn geliebt«, sagte sie schließlich. Neben dem Schmerz in ihrer Stimme konnte Caroline die Furcht vor etwas hören, das zu gewaltig war, um es ertragen zu können. »Es tut mir leid... Ich weiß nicht, was ich tun soll. Wegen ihm und wegen allem.«

Caroline spürte ihre Worte wie Stiche ins Herz. Es dauerte eine Weile, bevor sie antwortete. »Manche Dinge – schreckliche Dinge – sind so. Es gibt keine Lektion zu lernen, keine Erklärung, die einem weiterhilft. Manchmal gibt es überhaupt keine Erklärung. Am Ende hat man nur sich selbst. Und wenn man Glück hat ein oder zwei verständnisvolle Freunde.«

Wieder standen Tränen in Bretts Augen. »Du redest doch auch von dir.«

Caroline zögerte einen Moment, bevor sie nickte. »Ich weiß nicht mal genau, wann ich wieder eine Nacht durchschlafen werde. Aber ich habe das alles schon einmal erlebt, und ich kenne den Weg da raus. Vielleicht kann ich dir helfen.«

Brett ergriff erneut Carolines Hand; ihre Finger, die die ihrer Mutter umklammerten, fühlten sich warm an. »Können wir noch etwas hierbleiben?« fragte sie schließlich. »Ich kann jetzt noch nicht nach Hause gehen.«

Caroline sah sie voll stummen Schmerzes an. David ist tot, wollte sie ihr sagen, dein Vater ist tot. Doch das konnte sie nicht. Denn für den Augenblick hatte das Mädchen, zum Guten oder zum Schlechten, einen Vater – den Vater, den Caroline ihr gegeben hatte. Caroline wußte nicht, wie sie ihn durch eine Erinnerung ersetzen sollte, die nur ihr allein gehörte.

»Ich werde hier bei dir bleiben«, sagte sie. »So lange du willst.«

5

Jackson hat also recht gehabt, dachte Caroline – heute waren die Anforderungen des Gesetzes tatsächlich eine Wohltat.

Sie hatte Brett nach Masters Hill gefahren, wo Betty und Larry schon auf der Veranda warteten. Sie hatte Brett nur abgesetzt und war nicht mit hineingegangen. Als Brett sich nach ihr umsah, hatte Caroline das bittere, irrationale Gefühl, daß sie sie wieder im Stich gelassen hatte. Dann umarmte Betty das Mädchen, und Caroline fuhr davon.

Jetzt saß sie mit Jackson in Carlton Greys Büro. Wieder zeigte er sich als der vollendete Profi. Seine Presseerklärung mußte kaum redigiert werden.

Allem Anschein nach, hieß es dort, hatte sich der Richter im Ruhestand, Channing Masters, umgebracht. Erste Ermittlungen hätten substantielles Beweismaterial einschließlich eines schriftlichen Geständnisses zutage gefördert, das darauf hindeutete, daß er James Case getötet hätte. Auch wenn die Ermittlungen noch nicht abgeschlossen seien, wäre die Anklage gegen Brett Allen fallengelassen worden. Sobald die genauen Umstände geklärt wären, würden sie in einer umfassenderen Pressemitteilung veröffentlicht.

Carolines Erklärung war ähnlich knapp. Sie bestätigte den Tod von Channing Masters. Im Namen ihrer Familie äußerte sie Verständnis dafür, daß das Beweismaterial zu einer Fehleinschätzung geführt hatte, und dankte dem Büro des Generalstaatsanwalts für Bretts prompte Freilassung. Die Familie verlieh ihrer Erleichterung über die Entlassung von Brett und ihrer Trauer über die Umstände des Todes von Richter Masters Ausdruck, wollte jedoch keinen weiteren Kommentar abgeben, weder jetzt noch in Zukunft.

Jackson las es. »Klingt äußerst huldvoll. Zumindest für mich.«

»Natürlich.«

Er schob seinen Stuhl zurück und sah sie über den Tisch hinweg an. »Ich übernehme die Presse«, sagte er. »Geh und versteck dich.«

Aus dem Nachmittag wurde Abend und dann Nacht. Caroline verließ ihr Zimmer nicht, sie hatte keinen Hunger und konnte nicht schlafen. Betty kümmerte sich um die prosaischen Einzelheiten eines unprosaischen Todes: Sie arrangierte einen Termin für die Trauerandacht und die Beerdigung und versuchte auszuloten, was ein Geistlicher möglicherweise sagen könnte. Brett war bei ihren Eltern, die genau wie Caroline nur die allerwichtigsten Anrufe beantworteten; im Gegensatz zu Caroline konnten sie sich in den Kreis der Familie zurückziehen. Für Caroline gab es nichts zu tun.

Sie war viel zu müde, um ihre Gedanken zu ordnen.

Sie lag ruhelos wach. An Schlaf war nicht zu denken.

Dann hörte sie ein Klopfen an der Tür.

Wer mag das sein, fragte sie sich. Sie hatte sich geweigert, Anrufe von Pressevertretern entgegenzunehmen; ein Zettel nach dem anderen war unter ihrer Tür durchgeschoben worden, um im Papierkorb abgelegt zu werden.

Vorsichtig öffnete Caroline die Tür. Draußen stand der Nachtportier, ein schüchterner Mann mit einer Tolle und einem permanent verwirrten Gesichtsausdruck. »Schon wieder ein Anruf«, sagte er. »Der Mann behauptet, er wäre der Präsident. Das Problem ist, daß er sich auch anhört wie der Präsident.«

Einen Moment lang wußte Caroline nicht, was sie sagen sollte. »Das möchte ich gerne selbst hören«, sagte sie dann. »Stellen Sie ihn durch.«

Eine Minute später klingelte das Telefon auf ihrem Zimmer.

»Caroline?«

»Mr. President?«

»Nun, ich bin froh, Sie endlich zu erreichen.« Er klang gleichzeitig freundlich und ein wenig verlegen. »Man hat mir vor nicht allzu langer Zeit den Bericht einer Nachrichtenagentur auf den Schreibtisch gelegt. Offenbar haben Sie eine persönliche Tragödie erlebt, und ich wollte Sie wissen lassen, wie sehr wir mit Ihnen fühlen. Wegen Ihres Vaters und allem, was Sie durchmachen müssen.« Er machte eine weitere Pause. »Ich rufe doch hoffentlich nicht zu früh an, oder? All das will schließlich erst einmal verdaut sein.«

Caroline war eigenartig gerührt. »Nein, keineswegs. Im Gegenteil, es ist mir eine Ermutigung.«

»Dann sollte ich Ihnen noch etwas sagen, so wenig es Sie unter den gegebenen Umständen auch trösten kann. Aber Sie hatten recht, an Ihre Nichte zu glauben und ungeachtet aller Konsequenzen zu ihr zu stehen.« Seine Stimme wurde noch leiser. »Man sagt, viele von uns sollten von ihrem Amt disqualifiziert werden, weil sie es zu sehr wollen. Das weiß ich nicht. Aber die Wahl, die Sie getroffen haben, wirft ein Licht auf Sie als Mensch und als potentielle Richterin. Und bestimmt kein schlechtes.«

Plötzlich wurde ihr die Ironie der Situation bewußt. Für sie hatte es nie eine andere Wahl gegeben, als zu Brett zu stehen; doch weil er das nicht wußte, bewunderte der Präsident sie für etwas, wogegen sie gar nicht angekonnt hätte. Aber sie war viel zu müde und dankbar für dieses Mißverständnis, um ihm zu widersprechen.

Sie bedankte sich einfach und legte auf.

Zwei Abende später, ihr Leben hing noch immer in der Schwebe, aß Caroline mit Jackson in seiner Angelhütte zu Abend. Erst nach und nach hatte sie begriffen, daß er sich ein paar Tage frei genommen hatte und nur ihretwegen hiergeblieben war. Doch sie wußte nicht, wie sie das angemessen würdigen sollte.

Sie aß ein Stück von ihrem saftigen T-Bone-Steak und spülte es mit einem Schluck Champagner hinunter. »Ich konnte es ihm einfach nicht sagen«, bemerkte sie.

Sie knüpfte an ein Gespräch an, das sie vor dem Essen geführt hatten. Jackson blickte über den Rand seines Weinglases und wußte sofort, daß sie den Präsidenten meinte. »Ich nehme an, das wolltest du auch nicht wirklich«, erwiderte er.

Caroline hatte das Gefühl, sich verteidigen zu müssen. »Wie ich dir schon vor der Anhörung sagte, möchte ich gar keine Richterin mehr werden. Warum sollte es mir nach all dem noch wichtig sein?«

Jackson starrte ins Feuer. »Du bist im Laufe der Jahre jemand geworden, Caroline. Und du hörst nicht auf, dieser Mensch zu sein, bloß weil du jetzt gezwungen warst, den Gründen dafür ins Auge zu sehen.«

Caroline erinnerte sich daran, wie sie sich selbst einmal gefragt hatte, wer sie sein würde, wenn nicht Richterin oder Anwältin. »Darum geht es nicht. Auch nicht um die Zeit, die es brauchen wird, um zu verdauen, was mein Vater getan hat. Ich bin in Megans Wohnung eingebrochen.« Mit flacher Stimme fuhr sie fort: »So etwas machen gute Richter nicht.«

Eine Zeitlang starrte Jackson nur weiter ins Feuer und sagte nichts. »Megan hat sich durch ihren Meineid selbst ins Unrecht gesetzt«, meinte er schließlich. »Wer würde ihr glauben?«

»Nein«, sagte Caroline scharf. »Ich kann wegen dieser Sache nicht lügen.«

Jackson sah sie an und erwiderte mit großer Ruhe: »Das mußt du auch gar nicht. Ich habe deiner Freundin Megan unmißverständlich klargemacht, daß es ganz allein meine Entscheidung ist, ob sie wegen Meineids angeklagt wird oder nicht. Und daß ich nicht möchte, daß sie rumläuft und noch weitere Menschen irgendwelcher Verbrechen bezichtigt – ob vor Gericht oder in den Medien.« Er machte eine Pause. »Sie hat das College verlassen und ist untergetaucht, Caroline. Sie möchte dieser letzten Demütigung um jeden Preis entgehen. Sie ist kein Problem mehr für dich. Und sie wird es auch nie wieder sein.« Er lächelte schwach. »Schließlich habe ich jetzt ihr Tagebuch.«

Caroline runzelte die Stirn. »Ich möchte nicht, daß du mich rettest. Versuch bitte nicht...«

»Du hast versucht, deine Tochter zu retten, Herrgott noch mal. Menschen tun jeden Tag schlimmere Dinge – ich habe in diesem Fall Schlimmeres getan, ohne auch nur ein einziges Gesetz zu brechen. Was mir einige ernüchternde nächtliche Gedanken beschert hat, aus denen ich ernsthaft zu lernen hoffe. Aber ich wage schwer zu bezweifeln, daß sie mich davon abhalten werden, Richter zu werden.«

Caroline schüttelte den Kopf. »Du hast eine Zeugin falsch eingeschätzt, Jackson. Ich habe das Gesetz gebrochen. Am Bundesappelationsgericht müßte ich zahllose Fälle von Menschen behandeln, die es ebenfalls gebrochen haben, wofür viele von ihnen absolut nachvollziehbare Gründe haben. Wie könnte ich das im Wissen um meine Schuld tun?«

»Weil alles andere kolossal dumm wäre. Du bist eine brillante Anwältin und, was noch viel wichtiger ist, eine mitfühlende und leidenschaftliche dazu. Und daran ändert diese Erfahrung überhaupt nichts.«

Caroline stand abrupt auf und trat ans Feuer. Eine Zeitlang beobachtete sie die bläulich-gelb flackernden Flammen. »Im Moment kommt mir die Frage, was ich wegen Brett tun soll, wichtiger vor«, sagte sie schließlich.

Sie spürte, wie Jackson hinter sie trat. »Was willst du denn?«

»Was ich will?« Sie drehte sich mit unvermittelter Heftigkeit zu ihm um und spürte ihre tiefe Sehnsucht. »Jede Faser von mir möchte sie als meine Tochter. Ich bin der Lügen so verdammt leid. Aber es ist mehr als das.« Sie sah ihn jetzt eindringlich an, Tränen standen in ihren Augen. »Ich möchte sie in meinem Leben haben, Jackson. Als ich neulich gesehen habe, wie Betty sie umarmte, hatte ich schreckliche Angst, sie wieder zu verlieren.«

Er sah sie voller Mitgefühl an, doch in seinem Blick lag noch etwas, was sie in ihrer Verzweiflung nicht deuten konnte. »Ich frage mich, wie Brett es aufnehmen würde.«

»Ich weiß es nicht – ganz gut, nehme ich an, mit der Zeit. Doch wenn ich sie sicher behalten will, muß ich ihr erzählen, wer ich bin. Wenn jemand die Macht elterlicher Gewalt kennt, dann ich.« Caroline hörte ihre eigenen Worte mit erschreckender Unmittelbarkeit, und dann wurde ihre Stimme fast flehend. »Ich würde gut für sie sein. Das habe ich vorher nie geglaubt. Aber jetzt habe ich Zeit mit ihr verbracht und ich weiß es. Wie kann ich einfach gehen und sie noch einmal zurücklassen?«

Jackson sah sie nachdenklich an, doch er berührte sie nicht. »Wie ich eben gesagt habe«, erwiderte er schließlich, »bist du ein mitfühlender Mensch. Was auch immer, ich bin sicher, du wirst wissen, was das Richtige ist.«

6

Als sie drei Tage später ihren Vater beerdigten, wußte Caroline es immer noch nicht.

Die Andacht fand in der Kapelle in Masters Hill statt. Die Familie saß auf der Bank der Masters, Larry am Ende, Brett zwischen Betty und Caroline. Sie sprachen kaum miteinander; bevor der Gottesdienst begann, berührte Brett Carolines Hand. Sie sah erschöpft aus, aber gefaßt.

»Alles in Ordnung mit dir?« fragte Caroline.

Brett konnte kaum antworten. »Er war mein Großvater«, sagte sie schlicht.

Die Reihen waren fast gefüllt, und Caroline erkannte viele Gesichter wieder; Menschen, die zu anständig waren, der Andacht fernzubleiben oder zu vergessen, wer Channing Masters für sie gewesen war. Viele waren selbst alt: Channing war schon seit mehr als einem Jahrzehnt pensioniert gewesen, und viele seiner großen und kleinen Werke waren jetzt nur noch eine Erinnerung. Er würde bestimmt das letzte Mitglied der Familie sein, das auf Masters Hill beerdigt wurde.

Die Andacht war schlicht und angemessen – ein Pastor mit sanfter Stimme, den Caroline nicht kannte, einfache Worte aus dem Alten Testament, ein Ausdruck der Hoffnung auf Erlösung. Caroline hörte nur sporadisch zu; sie hatte die Ausrichtung der Trauerfeier Betty und Larry überlassen. So wenig sie an ein Leben nach dem Tode glaubte, so hielt sie noch weniger von öffentlicher Frömmelei und den Ritualen, mit denen die Lebenden sich zu trösten suchten, indem sie die Wahrheit über die Toten und das Sterben verschleierten. Die Beerdigung ihrer Mutter hatte ihr gereicht: Caroline würde ihren Vater und David auf die Art zur letzten Ruhe geleiten, die ihr Herz für angemessen hielt.

Trotzdem kam sie mit auf den Friedhof.

Er wurde neben Bettys Mutter, Elizabeth Brett, beerdigt. Caroline fragte sich, was geworden wäre, wenn Elizabeth länger gelebt hätte. Vielleicht hätte sie ihm seinen Wunsch erfüllt und Söhne geboren; vielleicht würde Nicole Dessaliers noch leben, als alte Frau in Paris. Sicher hätte es keine Caroline und keine Brett gegeben, und ihr Vater wäre gestorben, wie er es sich gewünscht hatte, wenn seine Zeit erfüllt gewesen wäre. Und dann bedeckte die Erde ihn, und sie waren zu viert unter sich.

Sie standen um die frisch aufgeschüttete Erde und sahen sich an, Brett stand zwischen Betty und Larry. Caroline fragte sich, welche gemeinsamen Erinnerungen sie an ihn hatten, und im selben Moment wurde ihr klar, was sie zu tun hatte. Wenn sie es nicht schon immer gewußt hatte.

Sie sah erst Brett und dann Larry an. »Laßt uns hier einen Moment allein«, bat sie.

Sie verstanden sofort. Larry nickte und wandte sich Brett zu. Caroline sah ihnen nach, wie sie nebeneinander unter dem kühlen grauen Himmel zu ihrem Haus gingen.

Sie sah Betty über das Grab ihres Vaters hinweg an. »Ich werde es ihr nicht sagen«, begann sie schließlich.

Bettys Blick war stoisch und fest. »Warum nicht, Caroline? Ich sehe doch, wie gerne du es möchtest.«

Caroline nickte. »Ich möchte es sogar sehr gerne. Aber kein Mensch sollte gezwungen werden, mit zweiundzwanzig sein ganzes Leben neu zu interpretieren. Denn dazu habt ihr beide, du und Vater, mich gezwungen. Ich bringe es einfach nicht über mich, Brett dasselbe anzutun.« Caroline machte eine Pause und fuhr mit bewegter Stimme fort: »Obwohl es Zeiten gab, nachdem ich begriffen hatte, was ihr hier angetan wurde, wo ich fast vergessen hätte, wie egoistisch das wäre.«

Betty wurde rot. »Ja. Es wäre egoistisch.«

»Doch es gibt einen Preis«, fuhr Caroline fort. »Als sie geboren wurde, habe ich sie losgelassen. Und ich kann es noch einmal. Aber nur, wenn du es auch kannst.«

»Wie meinst du das?«

»Ich meine, daß es Zeit wird, daß Brett von hier weggeht, dich und Larry verläßt, wenn sie es möchte. Was sie meines Erachtens, wenn sie das erst einmal alles verarbeitet hat, bestimmt will.«

Betty blickte stumm auf das Grab ihres Vaters und nickte. »Wenn sie gehen will, werde ich nicht versuchen, sie aufzuhalten. Jetzt nicht mehr.«

Caroline sah sie eine Weile an. »Dann glaube ich nicht, daß wir uns noch einmal wiedersehen. Außer, so hoffe ich, zu den Festen in Bretts Leben – zu ihrer Hochzeit oder vielleicht einer Taufe. Aber du mußt dein Gewissen nicht mehr mit dem Gedanken an mich belasten, Betty. Ich glaube, ich kann auch dich jetzt loslassen.« Sie machte eine Pause; in der Ferne sah sie Brett mit ihrem Vater. »Und richte Larry aus, daß ich vielleicht von Anfang an wußte, was er tun würde, und nur die Augen davor verschlossen habe. Das alles war damals einfach zuviel für mich.«

Betty schien sie stumm über die Jahre hinweg zu mustern, eine ergraute Frau, die sich vor langer Zeit für einen hohen Preis eine Tochter erkauft hatte. »Kannst du wirklich damit leben, es ihr nicht zu sagen?« fragte sie. »Wirst du nicht eines Tages sie oder ihr Kind ansehen und denken, daß sie es wissen muß?«

Caroline schüttelte langsam den Kopf. »Ich bin ein sehr disziplinierter Mensch geworden, Betty. Das solltest du inzwischen wissen.« Caroline hielt einen Moment inne, bevor sie ihrer Schwester auch den Rest erklärte. »Es reicht, daß ich für sie hierher zurückgekommen bin«, sagte sie leise. »Brett wird nie meine Tochter sein. Aber ich habe mir das Recht verdient, mich wie ihre Mutter zu fühlen.«

7

Als Betty gegangen war, blieb Caroline allein am Grab ihrer Mutter stehen.

Nun, sagte sie stumm, *es ist vorbei. Ich habe mein Bestes getan.*

Bis auf das Zwitschern der Vögel war es völlig still, doch Caroline spürte jemanden in ihrem Rücken. Als sie sich umdrehte, sah sie, daß ihre Tochter auf sie wartete.

»Störe ich?« fragte Brett. »Meine Mutter meinte, daß du vielleicht hier bist.«

»Nein. Ich wollte dich vor meiner Abreise sowieso noch sehen.« Caroline machte eine Pause. »Um dir zu sagen, wie leid es mir tut, daß du mit alldem leben mußt.«

Brett kam, die Hände in den Taschen ihres Mantels, näher, offenbar bemüht, den Anblick von Channings Grab zu meiden. »Ich habe Großvater mein ganzes Leben lang geliebt. Und dann tötet er jemanden, den ich liebe. Wie kann er geglaubt haben, das aus Liebe zu mir zu tun?«

Caroline fragte sich, wie sie es ihr am besten erklärte. »Er war alt, Brett. Etwas ist mit ihm geschehen.«

Brett schüttelte knapp und unzufrieden den Kopf. »Als du weggegangen bist, war er noch nicht alt. Ging es da auch um einen Jungen?«

Caroline dachte, daß sie Nicole wie aus dem Gesicht geschnitten war. Nur der Mund und das Kinn waren Davids. »Ja«, erwiderte sie schlicht.

Brett sah sie einen Moment schweigend an. »Ich habe das Gefühl, du willst mich schützen.«

»Ich will mich schützen. Und du hast schon genug zu bewältigen, ohne auch noch uralte Geschichten durchzukauen.« Caroline hielt inne und suchte nach einer Wahrheit, die ihr nicht weh tun würde. »Dein Großvater war ein geplagter Mann. Ich weiß nicht warum, aber er wollte oder konnte nicht über sich reden ... seine Eltern, seine Verletzungen, was auch immer. Denn irgend etwas in ihm hatte Schaden genommen: Obwohl er es unbedingt wollte, wußte er nicht, wie er meine Mutter oder deine Mutter oder mich oder dich lieben sollte, wie er uns geben sollte, was wir brauchten. Weil, was immer es war, was er wollte, ihn davon abhielt, zu erkennen, was wir wollten. So daß am Ende auch wir alle Schaden genommen haben. Du noch am wenigsten. Du bist jung, Brett. Du hast noch dein ganzes Leben vor dir. Es gehört jetzt dir, und nichts hält dich davon ab, es voll und ganz zu leben.«

Brett schien sie zu betrachten. »Ich hatte dich noch nie vorher gesehen«, sagte sie schließlich. »Doch seit deiner Ankunft hatte ich das Gefühl, daß du auf mich aufpaßt und nie zulassen würdest, daß mir noch Schlimmeres passiert.«

Caroline sah sie an: Ihre heimlich geliebte Tochter stand neben dem Grabstein ihrer Großmutter Nicole. Caroline verspürte einen unerklärlichen Drang zu lächeln. »Das hätte ich auch nicht«, antwortete sie. »Ganz egal, was du getan hättest. Obwohl es mich sehr freut, daß es nichts war.«

Brett neigte den Kopf. »War es wegen Großvater? Weil du geglaubt hast, daß wir einiges gemeinsam hätten?«

»Vielleicht am Anfang. Aber am Ende war es wegen dir.«

Brett schien zu zögern, als wüßte sie nicht, was sie tun sollte, und dann berührte sie den Ärmel von Carolines Mantel. »Werde ich dich wiedersehen?« fragte sie.

Caroline lächelte. »Vielleicht kommst du mich mal besuchen. Das fände ich sehr schön.«

»Wirklich?«

»O ja. Außerdem warst du schließlich noch nie in San Francisco.«

Brett lächelte; einen Moment lang wollte Caroline sie fest in die Arme nehmen und ihr sagen, was sie wirklich empfand. Doch dann sah sie das frische Grab ihres Vaters und wußte wieder, daß sie in letzter Instanz allein entschieden hatte und die Wunden des Schweigens allein ertragen mußte.

Ein letztes Mal betrachtete Caroline das Gesicht ihrer Tochter. »Ich bin bereit, hier aufzubrechen«, sagte sie. »Du auch?«

Brett schwieg einen Moment. »Ja«, erwiderte sie dann, »ich auch.«

8

»Morgen fliegst du also«, sagte Jackson.

»Hm-hm. Um sechs Uhr bin ich wieder in San Francisco.« Carolines Stimme wurde sanfter. »Es wird Zeit, Jackson, bevor ich einen schrecklichen Fehler mache.«

Sie saßen auf Jacksons Steg, tranken Bier aus der Dose und sahen zu, wie das letzte Licht über dem Lake Heron verblaßte. »Ich glaube, du hast das Richtige getan«, sagte Jackson leise.

Caroline sah ihn an. »Habe ich das?«

»Sicher.« Er lächelte schwach. »Außerdem, wer sagt, daß du so eine tolle Mutter wärst? War es deine?«

Caroline warf ihm einen kühlen Blick zu. »Das tut ein bißchen weh, weißt du das? Aber nein, sie war keine besonders tolle Mutter. In gewisser Weise war ich meine eigene Mutter.«

Jackson hatte aufgehört zu lächeln. »Dann nehme ich alles zurück.« Er verfiel kurz in Schweigen. »Du bist ein guter Mensch, Caroline. Für mich hast du das Wesentliche begriffen: daß dich das Schweigen deines Vaters verletzt hat, daß dein Schweigen aber – zumindest im Moment – ein Akt der Güte ist. Und für diese Dinge gibt es keine Regeln, man kann nur auf sein Einfühlungsvermögen hoffen.«

Im Schneidersitz auf dem Steg hockend, sah sie ihn direkt an. »Du bist der einzige Mensch, dem ich das alles erzählt habe. Vielleicht der einzige, dem ich es je erzählen werde.«

Er musterte sie einen Moment lang schweigend. »Das macht mich dann wohl unentbehrlich, was? Oder vielleicht auch nur lästig.«

Caroline schüttelte den Kopf. »Nein«, sagte sie. »Du hast mir sehr geholfen. Das weißt du.«

Jackson sah sie zögernd und fragend an. »Ich habe mich nämlich gefragt, ob du mich, wenn sich alles ein wenig gesetzt hat, wiedersehen willst. Oder ob es dir um deiner selbst willen leichter fallen würde, so weiterzumachen wie bisher.«

Caroline sagte lange nichts. »Dafür habe ich mich, glaube ich, schon zu weit vorgewagt. Obwohl es mir besser gefallen würde, wenn du mich wie Brett in San Francisco besuchen kämst.« Sie lächelte. »Du kannst natürlich die Hotelkosten sparen und bei mir wohnen. Ich habe gehört, daß Beamte in New Hampshire nicht besonders gut verdienen. Nicht einmal Richter.« Sie berührte seine Hand und fuhr leise fort. »Ich mag dich sehr, Jackson. Mehr als ich je wußte.«

Nach einer Weile lächelte auch Jackson wieder. »Dann tu mir einen Gefallen, ja?«

»Welchen denn?«

»Nimm diesen Richterposten an, Caroline. Du mußt nicht alles aufgeben. Außerdem wärst du dann eine angenehmere Gesellschaft.«

Als sie ihn ansah, erkannte sie, daß es mehr war als nur Güte. Er bat sie, das Geschenk seiner Großzügigkeit anzunehmen, es für sich anzunehmen.

Vielleicht konnte sie das, dachte Caroline. Vielleicht konnte sie akzeptieren, wer sie war: Tochter von Channing und Nicole, heimliche Mutter von Brett. Mit den Macken, die ein Leben hinterlassen hatte, das sie noch immer nicht verstand, auch wenn sie jeden Tag dazulernte. Sie spürte, wie Jackson sie ansah.

In dieser Nacht blieb Caroline bei ihm.

Am nächsten Morgen flog Caroline Clark Masters, designierte Richterin am Bundesappellationsgericht, zurück nach San Francisco, um sich auf die Senatsanhörung vorzubereiten. Ihre Nichte Brett brachte sie zum Flughafen.

Danksagung

Wie immer haben mir eine Reihe von alten und neuen Freunden meine Arbeit sehr erleichtert.

In San Francisco bekam ich wertvolle Hinweise vom stellvertretenden Distriktstaatsanwalt Bill Fazio, den Strafverteidigern Hugh Anthony Levine und Jim Collins, dem Gerichtsmediziner Boyd Stephens, Inspektor Napoleon Hendrix von der Mordkommission und dem Privatdetektiv Hal Lipset. Auch der stellvertretende Distriktstaatsanwalt Al Giannini hat mich wieder beraten und das Manuskript durchgesehen.

Leser, die mit New Hampshire vertraut sind, werden merken, daß Masters Hill und die Stadt Resolve fiktionale Orte sind: Eine kleine Gemeinde in New Hampshire schien mir zu wiedererkennbar, um sie hier völlig authentisch abzubilden. Trotzdem hoffe ich, die Eigenart und das juristische Milieu dieser einzigartigen Gegend eingefangen zu haben. Mein guter Freund und Kollege Maynard Thomson konnte mir seine tiefe Zuneigung für diesen Staat vermitteln. Von vielen, die mir großzügig ihre Zeit geopfert haben, möchte ich hier die stellvertretende Generalstaatsanwältin Janice Rundles, den Bezirksstaatsanwalt Lincoln Soldati, Jennifer Soldati von der Anwaltskammer New Hampshire, den Anwalt und Autor John Davis, die Strafverteidiger Bob Stein und Paul Maggiotto, Kathy Deschenaux vom gerichtsmedizinischen Institut von New Hampshire und Sergeant Kevin Babcock von der Staatspolizei in New Hampshire nennen. Für das mögliche Gelingen meiner Geschichte schulde ich ihnen allen großen Dank; Fehler oder aus narrativen Gründen vorgenommene Vereinfachungen sind allein meine Schuld.

Besonders erwähnen möchte ich den verstorbenen Dr. Roger Fossum, oberster Gerichtsmediziner des Staates New Hampshire. In der Zeit, die ich mit Roger verbringen durfte, habe ich seine

Professionalität, seine Intelligenz, seine Menschlichkeit und seinen Humor, wie viele seiner Freunde, rasch schätzen gelernt.

Martha's Vineyard hat einen ureigenen Charme und eine eigene Geschichte. Der Umweltschützer, Verleger und Autor William Marks hat sein Wissen über die Geschichte der Insel aufs großzügigste mit mir geteilt, mich auf mögliche Schauplätze für bestimmte Szenen hingewiesen und mich mit seinen Segelkenntnissen beraten. Ohne seine Hilfe wären die Kapitel, die auf Martha's Vineyard spielen, nicht so, wie sie jetzt sind.

In der Frage, wie Drogen und Alkohol sich auf Bretts Verhalten und ihre Wahrnehmung ausgewirkt haben könnten, bin ich Dr. David Smith von der Haight-Ashbury Free Clinic und dem Autor Rick Seymour für ihre Informationen sehr dankbar. Dr. Rodney Shapiro hat mir geholfen, mögliche Emotionen und Motivationen von Brett, Channing Masters und Megan Race auszuloten. Durch die Skizzierung möglicher Aspekte, die Caroline Masters für eine Nominierung als Bundesrichterin in Frage kommen lassen, hat mein Freund, der Oberste Richter Thelton Henderson, mir geholfen, ihre Position besser zu verstehen. Und der bekannte Serologe Dr. Henry Lee war so freundlich, mir telefonisch für eine Reihe von Fragen bezüglich der gerichtsmedizinischen Indizien in einem derartigen Fall zur Verfügung zu stehen. Ich hoffe, ich bin ihren guten Ratschlägen einigermaßen gerecht geworden.

Meine Frau Laurie, mein Freund und Agent Fred Hill und meine wunderbaren Verleger – Sonny Mehta bei Knopf und Linda Grey und Clare Ferraro bei Ballantine – haben mir mit ihrer Kritik am Manuskript sehr geholfen. Wie immer hatten auch Philip Rotner und Lee Zell stets einen guten Rat für mich.

Vor allem jedoch möchte ich meiner Assistentin Alison Thomas danken. Jeden Tag hat sie mir geholfen, das Geschriebene auf Schwachpunkte, Fehler in der Charakterzeichnung, unstimmigen Jargon und Ungereimtheiten im Handlungsverlauf abzuklopfen. Schreiben ist ein einsames Geschäft: Ohne Alisons wache Augen und ihre freundliche Ermutigung wäre es noch viel schwieriger. Sie ist mir eine gute Freundin und ein unverzichtbarer Teil meiner Arbeit geworden. Aus all diesen Gründen und vielen anderen ist dieses Buch ihr gewidmet.

RICHARD NORTH PATTERSON

Das Maß der Schuld

Roman

Deutsch von Gabriele Burkhardt und Helmut Degner
480 Seiten. Gebunden

Der Tote im Hotelzimmer heißt Mark Ransom, ein berühmter Schriftsteller. Mary Carelli bestreitet nicht, ihn erschossen zu haben – aus Notwehr, weil er sie vergewaltigen wollte. Doch schon im ersten Verhör verstrickt sie sich in Widersprüche. Die Staatsanwältin erhebt Anklage wegen vorsätzlichen Mordes.

Acht Jahre hat Christopher Paget sie nicht gesehen, und nun benennt Mary Carelli ihn als ihren Anwalt. Als er einem Skandal auf die Spur kam, der einen Präsidenten zu Fall brachte, für den sie arbeitete, hatten sie eine kurze Affäre voller Liebe und Lügen. Auch die Geschichte, die Mary ihm jetzt zu ihrer Verteidigung erzählt, läßt viele Fragen offen. Die Suche nach den Antworten führt zurück in die Vergangenheit, zu einem berühmten Senator, der seine Freundin, eine nicht weniger bekannte Schauspielerin, seinen Freunden zum Vergnügen überließ. Und zu Pagets eigenem Sohn, der nicht begreift, warum sein Vater den Erklärungen seiner Mutter nicht eine Sekunde lang glaubt.

Richard North Patterson hat einen Roman voller Dramatik und explosiver Zeitbezüge geschrieben, von dem es zu Recht heißt, es sei »der beste Gerichtsroman seit Scott Turows *Aus Mangel an Beweisen*«.

C. BERTELSMANN